D0842113

DIE RACHE IST DEIN

FAYE KELLERMAN

DIE RACHE IST DEIN Roman

Aus dem amerikanischen Englisch
von Susanne Aeckerle

🐝 Eichborn.

Alle Namen, Personen, Orte und Ereignisse dieses Romans sind entweder von der Autorin frei erfunden oder werden fiktiv verwendet. Jede Ähnlichkeit mit tatsächlichen Ereignissen, Schauplätzen, Organisationen oder Personen, lebenden oder toten, ist vollkommen zufällig und entspricht weder der Absicht der Autorin noch des Verlages.

Für Jonathan, den Besten von allen
Für Barney, den besten Agenten von allen
Für Carrie, Lektorin par excellence, die immer für mich da ist

Die Deutsche Bibliothek – CIP-Einheitsaufnahme

Kellerman, Faye:
Die Rache ist Dein : Roman / Faye Kellerman. Aus dem Engl. übers. von Susanne Aeckerle. – Frankfurt am Main : Eichborn, 2001
Einheitssacht.: The stalker <dt.>
ISBN 3-8218-0831-4

© Eichborn AG, Frankfurt am Main, 2001
Original ©: 2000 by Faye Kellerman
Umschlaggestaltung: Christina Hucke unter Verwendung des Bildes
»Bildnis eines jungen Mädchens« von Jean-Baptiste Grenze, um 1770
Lektorat: Doris Engelke
Satz: Fuldaer Verlagsagentur, Fulda
Druck und Bindung: GGP Media, Pößneck
ISBN 3-8218-0831-4

Verlagsverzeichnis schickt gern:
Eichborn Verlag, Kaiserstraße 66, D-60329 Frankfurt am Main
www.eichborn.de

1

Nachts hätte es passieren sollen, in der abgelegensten Ecke eines schwach beleuchteten Parkplatzes. Statt dessen geschah es am hellichten Tag, mittags um fünf vor halb zwei. Farin wußte, wie spät es war, sie hatte durchs Autofenster auf die Uhr ihres Volvos geschaut – angeblich eines der sichersten Autos. Farin war eine Sicherheitsfanatikerin. Was ihr jetzt auch nicht viel half.

Es war nicht fair, sie hatte alles richtig gemacht, hatte auf einem offenen Gelände gegenüber vom Kinderspielplatz geparkt, Himmel noch mal! Überall waren Menschen. Zum Beispiel der Mann mit dem Pitbull, das Paar, das den sonnigen Pfad entlangging. Mütter hatten ein Auge auf ihre Kinder. Aber natürlich achtete keiner auf Farin. Viele Menschen, aber keiner würde ihr helfen, weil eine Waffe auf ihren Rücken gerichtet war.

Farin sagte:»Bitte, tun Sie meinem Kind ...«

»Halt die Klappe! Kein Wort, sonst bist du tot!« Die Stimme eines Mannes.»Sieh gradeaus!«

Farin gehorchte.

Die körperlose Stimme redete weiter.»Dreh dich nicht um, oder es knallt. Sieh mich nicht an. Kapiert?«

Farin nickte, hielt den Blick gesenkt. Seine Stimme war verhältnismäßig hoch. Er sprach abgehackt, vielleicht mit Akzent.

Sofort fing Tara an zu weinen. Mit zitternden Händen drückte Farin ihre Tochter an die Brust, summte ihr leise ins Ohr. Instinktiv schob sie ihre Handtasche über Taras Rücken, zog den Mantel über Tasche und Kind. Falls der Mann schoß, würden ihr Körper und die Handtasche Tara schützen, die Kugel mußte erst etwas anderes durchschlagen, bevor sie ...

Die Waffe bohrte sich in ihren Rücken. Farin biß sich auf die Lippe, um nicht aufzuschreien.

»Laß die Tasche fallen!« befahl die Stimme.

Farin gehorchte sofort. Sie hörte, wie er die Handtasche durchwühlte, einhändig, die Waffe immer noch auf sie gerichtet.

Bitte mach, daß er nur die Handtasche will! Metall klirrte. Ihre Schlüssel? Aus dem Augenwinkel sah sie, daß die Beifahrertür ihres Kombis geöffnet worden war. Wieder spürte sie den Druck der Waffe.

»Steig ein. Auf der Beifahrerseite! Sofort, oder ich erschieß dein Balg!«

Als ihr Kind erwähnt wurde, verlor Farin die Fassung. Tränen liefen ihr über die Wangen. Sie drückte die Kleine an sich, ging um die Motorhaube herum, jeder Gedanke an Flucht unmöglich, weil der Mann jeden Moment schießen konnte. An der offenen Tür blieb sie stehen.

»Steig ein!« blaffte er. »Schnell!«

Tara an die Brust gedrückt, bückte sie sich, schwankte, fand ihr Gleichgewicht, schob sich auf den Sitz.

»Rutsch rüber!«

Farin wußte nicht recht, wie sie das machen sollte. Der Wagen hatte Schalensitze, dazwischen eine Konsole. Unbeholfen und zögernd, Tara immer noch an sich gepreßt, hob sie ihren Hintern über die ledergepolsterte Konsole in den Fahrersitz. Nun saßen sie beide hinter das Steuer geklemmt. Wieder begann Tara zu weinen.

»Sie solls Maul halten!« knurrte er.

Sie ist noch ein Baby! wollte Farin rufen. *Sie hat Angst!* Statt dessen wiegte sie die Kleine, sang ihr leise ins Ohr. Er saß direkt neben ihr, hatte die Waffe an ihre Rippen gepreßt.

Sieh ihn nicht an, ermahnte sich Farin. *Sieh nicht hin, sieh nicht hin, sieh nicht hin!*

Sie starrte geradeaus, merkte aber, daß die Waffe jetzt auf Taras Kopf gerichtet war.

Denk nach, Farin! Denk nach!

Doch ihr Kopf war leer, kein rettender Gedanke, nichts. Angst hatte jede Pore ihres Körpers durchdrungen, das Herz hämmerte gegen ihre Rippen. Die Brust wurde ihr eng, ihr Atem ging schwer. Innerhalb von Sekunden fühlte Farin Benommenheit, und ihr wurde schwarz vor Augen. Sie sah Funken, hatte das schreckliche Gefühl, ins Nichts zu gleiten.

Nein, er hatte nicht abgedrückt. Sie war nur kurz davor, ohnmächtig zu werden!

Jetzt nicht, du Idiotin! Das darfst du nicht tun ...

»Gib mir das Gör! Fahr los!«

Tara saß immer noch auf ihrem Schoß, die kleinen Hände in Farins Bluse gekrallt. Wenn sie Tara losließ, waren sie beide hilflos, beide verloren; sie mußte endlich etwas unternehmen.

Ohne Vorwarnung warf sie sich seitwärts, rammte ihre Schulter mit aller Wucht gegen die Hand mit der Waffe. Obwohl er durch die plötzliche Bewegung die Waffe nicht losließ, wurde wenigstens sein Arm weggeschubst. Was Farin eine Sekunde Zeit gab.

Jetzt war die Konsole von Vorteil, denn der Mann mußte sie überwinden, um an Farin ranzukommen. Sie drückte den Griff runter, trat die Tür weit auf, umklammerte Tara, schoß aus dem Fahrersitz und wollte weglaufen.

Aber ihr Schuh blieb hängen, sie stolperte, fiel zu Boden.

Verdammt!

Im Fallen dachte sie: *Fang den Fall mit der Hüfte ab, schütz Tara mit deinem Körper, dann tritt um dich ...*

Sie drehte sich, landete auf Hüfte und Schulter, schrammte sich die Wange auf. Sofort rollte sie sich über Tara. Sie fand ihre Stimme wieder, stieß einen Schrei aus, der jedem Horrorfilm Ehre gemacht hätte.

Eine tiefe Männerstimme rief: »Was ist denn da drüben los?«

Obwohl sie nichts sehen konnte, hatte Farin das Gefühl, daß die Stimme zu dem Mann mit dem Pitbull gehörte.

Es knallte mehrmals.

O Gott, dachte sie, *er schießt auf mich!*

Farin machte sich auf das Schlimmste gefaßt – das Stechen, den Schmerz, das Zusammenkrümmen oder was sonst kam ... auf sie war noch nie geschossen worden.

Aber nichts durchdrang ihren Körper.

Das Knallen kam vom Motor ihres Wagens. Sekunden später fuhr der Volvo mit kreischenden Reifen los. Einer der Hinterreifen rollte über Farins linken Fuß und Knöchel.

Jetzt kam der Schmerz! Er durchflutete ihren Kopf und ließ sie aufschluchzen. Laut, aber Taras durchdringende Schreie waren noch lauter.

7

O Gott! Mein Kind ist verletzt! »Hilfe!« rief sie. »Warum hilft mir denn keiner?« Fuß und Knöchel waren gequetscht, ihr ganzer Unterkörper brannte vor Schmerz, besonders Beine und Hüften. Farin hob sich der Magen, das Gesicht fühlte sich an, als sei ein Bienenschwarm über sie hergefallen. Sie konnte kaum atmen, meinte, einen Herzanfall zu haben. Wenigstens konnte sie die Zehen ihres rechten Fußes bewegen, gelähmt war sie also nicht.

Während sie gequält stöhnte und schluchzte, sah sie den Mann mit dem braunen Pitbull auf sich zurennen. Er brüllte nach Hilfe, das konnte Farin hören. Der Pitbull bellte wie wild, bedrohlich, zerrte an der Leine. Plötzlich riß er sich los, kam in vollem Galopp auf sie zu!

Setzte zum Sprung an!

Flog durch die Luft!

Auch das noch! Er würde sie zerfleischen!

Der Hund war nur noch Zentimeter von ihrem Gesicht entfernt.

Sie fiel in Ohnmacht, als der Pitbull ihr das tränenüberströmte Gesicht ableckte.

Der Ehemann war stocksauer, wollte Decker mit bösen Blicken vertreiben. Kein Wunder. Decker, mit seinen 25 Jahren Berufserfahrung, nahm es auch nicht persönlich. Das gehörte eben zum Job.

»Sehen Sie sich meine Frau an!« rief der Mann. »Sie hat Schmerzen ...«

»Mir geht es gut, Jason ...«

»Nein, es geht dir nicht gut!« unterbrach Jason. »Du bist völlig erledigt. Das war doch die Hölle für euch!« Er wurde rot vor Wut. Plötzlich zitterte seine Unterlippe. »Du mußt dich ausruhen, Farin.«

Er war dem Zusammenbruch nahe. Decker verstand das Gefühl nur allzu gut, diese Hilflosigkeit, die das Gehirn vernebelt und einen rasend macht. Männer mußten ihre Familie beschützen. Wenn ihnen das nicht gelang, überrollten sie Schuldgefühle wie eine Flutwelle.

Ehrlich gesagt, sah Farin Henley grauenhaft aus. Die Frau hatte tiefe Schürfwunden an der linken Wange, vermutlich am ganzen Körper. Ihr linkes Bein war bis zur Hüfte eingegipst. Das Bein war zwar nicht gebrochen, wie der Arzt Decker versichert hatte, aber der Knöchel hatte Mehrfachfrakturen. Je weniger sie das Bein bewegte, desto besser würde der Knöchel heilen.

Trotz der Wunden und Kratzer sah Decker, daß Farin eine hübsche Frau war. Ein rundes, mädchenhaftes Gesicht, eingerahmt von kurzem, honigblondem Haar. Große blaue Augen, die jetzt rot gerändert waren. Decker schätzte sie auf Ende zwanzig. Ehemann Jason war vermutlich im selben Alter. Helle Haut, dunkelbraune Augen. Kräftiges braunes, geföhntes Haar. Seine schwarzen Augenbrauen bildeten perfekte Bögen. Weiße, schimmernde Zähne, obwohl er bisher noch nicht gelächelt hatte. Er war mittelgroß, aber gut gebaut. Jason hielt sich fit.

Statt direkt vorzugehen, entschied sich Decker für einen Umweg. Er schaute in das Kinderbett, das neben Farins Krankenhausbett stand, betrachtete das schlafende Kind. Taras Porzellanhaut war voller Kratzer, aber die Wunden schienen nur oberflächlich zu sein. Das Baby nuckelte im Schlaf am Daumen.

»Wie alt ist sie?« fragte Decker. »Etwa achtzehn Monate?«

Farin wischte sich die Tränen ab. »Stimmt.«

Jason blieb feindselig. »Was soll das? Wollen Sie sich anbiedernd? Wie rührend!«

»Jason!« wies ihn Farin zurecht.

»Werden Sie das Monster fassen?« Jason verdrehte die Augen.

»Vermutlich nicht. Sie haben keine Ahnung …«

»Doch, die haben wir.«

Schweigen.

»Und?« fragte Jason erwartungsvoll.

Decker wandte sich an Farin. »Haben Sie das Gesicht Ihres Angreifers gesehen, Mrs. Henley?«

Farin leckte sich die aufgesprungenen Lippen und schüttelte den Kopf. »Er hat mir verboten, ihn anzusehen.« Sie schluckte schwer. »Er sagte, sonst würde er mich erschießen.«

Jason meinte: »Das scheint Sie nicht zu überraschen, Lieutenant.«

»Wir haben noch weitere Fälle von Autoraub«, sagte Decker. »Die meisten sind tagsüber passiert und betrafen Frauen mit kleinen Kindern. Der Autodieb – oder die Diebe, denn wir glauben, es ist ein Ring – befiehlt den Frauen, ihn nicht anzusehen, sonst erschießt er das Kind.«

»Genau!« rief Farin. »Er sagte, er würde …« Sie senkte die Stimme zu einem Flüstern. »Er sagte, er würde sie erschießen.« Sie deutete auf Taras Kinderbett. »Was ist mit den anderen Frauen? Geht es ihnen gut?«

»Ja, es geht ihnen gut.«

»Gott sei Dank.« Farin verstummte. »Hab ich mich richtig verhalten? Als ich versuchte wegzulaufen?«

»Sie haben überlebt, Mrs. Henley. Das bedeutet, Sie haben das Richtige getan.«

»Sind die anderen Frauen auch geflohen?«

Decker fuhr sich durch das rote, mit Grau durchsetzte Haar. Eigentlich mehr Silber als rot. Ach, zum Teufel! Rina liebte ihn, und Hannah wurde nur selten für seine Enkeltochter gehalten. Er sah noch ganz gut aus. Nicht jung, aber auch nicht allzu schlecht für einen älteren Mann. »Sie leben«, antwortete er. »Das sind laufende Fälle. Ich kann Ihnen keine Einzelheiten nennen.«

Die Einzelheiten umfaßten Einbruch, Raub, Prügel und Vergewaltigungen. Die Überfälle hatten vor zwei Monaten begonnen und waren immer brutaler geworden. Wenn die Serie ungehindert weiterging, würde als nächstes ein Mord passieren. Decker hatte zehn Detectives auf die Sache angesetzt – eine gemeinsame Aktion der Dezernate für Sexualverbrechen, Raubüberfälle und Autodiebstahl. Mit etwas Glück würden die Verbrechen innerhalb dieser drei Kategorien bleiben und das Morddezernat nicht mit einbeziehen.

Jason wand sich. »Das Arschloch hat die Tasche meiner Frau. Ich habe bereits die Schlösser ausgewechselt und die Kreditkarten sperren lassen.«

»Sehr klug von Ihnen.«

»Ist …« Jason schloß kurz die Augen. »Bei den anderen Fällen, ist da einer … von diesen Männern später in das Haus des Opfers gekommen?«

»Nein«, erwiderte Decker.

Noch nicht, dachte er.

Erleichterung zeigte sich in Jasons Blick. Er sah zu seiner Frau. »Ich hab's dir doch gesagt, der Kerl ist ein Feigling. Ganoven, die sich an Frauen ranmachen, sind Feiglinge. Der kommt nicht wieder, Farin. Und falls doch, werde ich mit dem Hurensohn schon fertig!«

Fertig werden bedeutete eine Waffe. Eine schlechte Idee, es sei denn, Jason wußte unter Druck mit einer Waffe umzugehen. Nur wenige Waffenbesitzer wissen das. Decker konnte den Mann nicht davon abhalten, sich etwas zu seinem Schutz zu besorgen. Und er verstand die Gründe. Er hoffte nur, daß Henley klug genug war, die Waffe kindersicher aufzubewahren. Er würde sich Henley allein vorknöpfen und ihm den sicheren Umgang mit Waffen erklären.

»Ich denke immer noch, daß ich etwas hätte tun sollen ... etwas bemerken müssen.«

Decker schüttelte den Kopf. »Die Kerle sind Profis, Mrs. Henley. Sie haben Ihre Sache sehr gut gemacht.«

»Und was tun Sie, um die Gangster zu schnappen?« wollte Jason wissen.

»Ich rede mit Leuten wie Ihrer Frau ... hoffe, daß sie uns wichtige Details mitteilen können.«

»Sie haben gerade gesagt, daß die Dreckskerle den Frauen verbieten, sie anzusehen.«

»Vielleicht ist es einer gelungen, heimlich einen Blick zu riskieren.«

»Sie haben also nichts. Im Grunde sitzen Sie nur auf Ihrem Hintern und warten, daß andere die Arbeit für Sie machen.«

»Jason!« schimpfte Farin. »Entschuldigen Sie, Lieutenant ...«

»Du brauchst dich nicht für mich zu entschuldigen«, unterbrach Jason. Er wandte sich wieder an Decker: »Was gedenken Sie zu tun?«

Fünf Frauen arbeiten undercover, dachte Decker. *Und das ist nicht leicht, Junge, weil wir keine Babys als Lockvögel einsetzen können. Wir müssen Puppen verwenden oder Hunde oder andere Beamte, die als ältere*

Leute verkleidet sind. Irgendwas, damit diese Scheißkerle denken, sie hätten eine leichte Beute vor sich.

»Ich wünschte, ich könnte Ihnen mehr sagen, Mr. Henley.« Decker blieb ganz ruhig. »Aber das kann ich nicht.«

»Vermutlich tun Sie gar nichts.«

Decker antwortete nicht. An Farin gewandt, sagte er: »Sind Sie bereit, die Sache Schritt für Schritt mit mir durchzugehen?«

»Ja.«

»Bist du sicher?« fragte Jason.

»Ja.«

Decker schaute Jason an. »Wollen Sie dabeisein?«

»Klar.«

»Sie regen sich nur noch mehr auf.«

»Tu ich sowieso!« blaffte Jason. »Ich bin außer mir! Ich bin … ich bin …« Er verstummte, rieb sich die Stirn. »Haben Sie ein Aspirin dabei? Ich habe die Schwester gefragt, aber die verlangen hier fünf Dollar pro Tablette.«

Decker zog das Fläschchen Advil aus der Manteltasche, das er stets bei sich trug, und warf es ihm zu. »Gehen die auch?«

Jason nahm zwei Tabletten und warf das Fläschchen zurück. »Danke.«

»Keine Ursache.« Den Notizblock in der Hand, sagte Decker zu Farin: »Nehmen Sie sich Zeit.«

Farin nickte.

»Schießen Sie los, wenn Sie soweit sind.« Er verzog das Gesicht. »Tut mir leid. Keine gute Wortwahl.«

Farin lächelte. »Schon gut.«

Dieselben Worte hatte Decker bei den anderen fünf Opfern der Carjacker gebraucht. Alle hatten darüber gelächelt, genau wie Farin. Volltreffer, was das Lächeln anging. Zu dumm, daß seine Aufklärungsrate nicht annähernd so beeindruckend war.

2

Cindy war nicht der erste Polizist am Tatort, aber sie war der erste weibliche Officer. Als sie und ihr Partner Graham Beaudry eintrafen, hatte sich bereits eine beachtliche Menge vor dem Haus versammelt. Die Leute drängten sich auf dem Bürgersteig; der Rasen war mit gelbem Polizeiband abgesperrt. Gegenstände, hauptsächlich Frauenkleidung, lagen auf dem vertrockneten Gras verstreut wie bei einem improvisierten Flohmarkt. Gleich darauf kam ein Toaster aus dem offenen Fenster geflogen, platzte beim Aufprall auseinander und ließ die Heizspiralen nach allen Seiten fliegen.

Die Menge johlte.

Toll, dachte Cindy. *Ermutigt die Dummköpfe ruhig auch noch.*

Sofort begann das Paar zu schreien, größtenteils waren es schrille Frauenschreie. Sie zerschnitten die stille Vormittagsluft wie Sirenen.

Die ursprüngliche Anzeige war als häusliche Streitigkeit über den Funk gekommen, die unbeliebtesten Fälle auf dem Revier, weil sie oft in Gewalt ausarteten. Drei weitere Streifenwagen waren bereits eingetroffen, unter ihnen der von Sergeant Tropper. Also würde Sarge die Befehle geben.

Das Viertel bestand überwiegend aus Nachkriegsbauten für Veteranen. Hier wohnten vor allem Hispanos, wie in vielen Teilen Hollywoods. Und andere ethnische Gruppen, allesamt aus dem unteren Drittel des Einkommensniveaus. Ein paar reichere Weiße lebten ebenfalls in dem Bezirk, wohnten auf den Hügeln oder in abgelegenen Canyons.

Als Cindy aus dem Wagen stiegt, fing ihre Lunge an zu brennen. Smog breitete sich über den Talkessel aus, hing über den Bergen wie rostrote Tünche. Graham und Cindy gingen zu den anderen, Graham wie immer in seinem berühmten Watschelgang. Er hatte eine tiefe Taille und dazu überentwickelte Oberschenkel. Was ihn nicht gerade zu einem Sprinter machte, wie Cindy aus schlechter

Erfahrung wußte. Als sie einmal einem Straßenräuber nachjagen mußten, hatte Cindy Graham weit hinter sich gelassen.

Aber Beaudry hatte auch seine guten Seiten. Er behandelte sie mit Respekt, wahrscheinlich aus Achtung vor ihrem hochgestellten Vater, Lieutenant Decker.

Das Megaphon in der Hand, nickte Sergeant Tropper den beiden zu. Sarge war etwa so alt wie ihr Vater, vielleicht sogar älter. Mitte fünfzig, über einsachtzig, kräftig. Er hatte graue, dünne Haare, die er in Strähnen über den Kopf kämmte, um den kahlen Schädel zu kaschieren. Sein Blick war starr und kalt. Heute hatte Tropper zusammen mit Rob Brown Schicht; der nahm sie beiseite und schilderte ihnen die Lage.

»Zwei wirkliche Schätzchen. Sie sagt, sie zielt mit einer Waffe auf die Eier ihres Mannes. Er hat nicht widersprochen.«

Cindy sah sich um. »Sollten wir nicht zuerst das Gebiet räumen?«

»Das ist noch nicht alles, Officer Decker. Im Haus sind Kinder. Wenn Mamacita zu schießen anfängt, haben wir ein echtes Problem.«

»Wie alt sind die Kinder?« fragte Cindy.

»Sieben und neun.« Brown schob sich einen Kaugummi in den Mund. »Sarge überlegt, was wir jetzt tun sollen.«

»Kann man ihr das nicht ausreden?« fragte Beaudry.

»Bisher nicht«, erwiderte Brown. »Sie ist stocksauer!« Er sah auf die Uhr. »Drei Uhr zweiundfünfzig, verdammt. Hätten die nicht auf die Nachmittagsschicht warten können, die um vier beginnt?«

»Decker!«

Cindy sah sich um. Tropper winkte sie mit gekrümmtem Finger zu sich, gab ihr das Megaphon. »Wir sind ziemlich sicher, daß sie eine Waffe hat. Wenn sie die benützt, wäre das schlimm.«

»Sehr schlimm«, bestätigte Cindy.

»Ich will, daß Sie mit ihr reden. Von Frau zu Frau. Lenken Sie sie ab. Wir anderen gehen rein und retten die Kinder.«

Sie sah von Sarge zum Megaphon. »Und wenn sie Sie reinkommen hört?«

»Sorgen Sie dafür, daß sie das nicht tut. Verwickeln Sie sie in ein

Gespräch. Bringen Sie die Frau zum Labern. Das kann doch nicht so schwer sein. Ist doch 'ne prima Chance für Sie, Ihre feine Collegeausbildung in Psychologie einzusetzen.«

Sarge grinste, zeigte ebenmäßige, aber fleckige Zähne. Doch unter dem Sarkasmus spürte Cindy Anspannung. Sie hatte ein Aufbaustudium in Kriminologie absolviert, nicht in Psychologie. Aber jetzt war nicht der richtige Zeitpunkt, ihn zu verbessern.

»Wie heißen die beiden, Sir?«

»Ojeda.« Sarge sprach den Namen überdeutlich aus. »Luis und Estella Ojeda.« Dann ging er weg, beriet sich mit den anderen.

Cindy stand allein da, das Megaphon in der Hand. Ausgeschlossen von der Rettungsaktion, obwohl sie viel wendiger war als Beaudry. Sie befahl sich, nachsichtiger zu sein. Vielleicht hielt Tropper sie ja wirklich für die einzige, die mit der Frau fertig werden konnte. Die Situation war viel zu gefährlich, um an Cindy als Neuling ein Exempel zu statuieren. Trotzdem, Sieg oder Niederlage, sie wußte, daß man sie kritisch beobachtete.

Vielleicht will Tropper, daß ich Erfahrungen aus erster Hand erlange. Hm. Ob er das Wort »erlangen« überhaupt kennt?

So sehr sie sich auch bemühte dazuzugehören, im Grunde ihres Herzens war sie ein elitärer Snob. Man kann kein Mädchen aus einem Elitecollege ... Sarge gab ihr das Zeichen, loszulegen. Selbstvertrauen, sagte sie sich. Zeig ihnen, wie man das macht. Sie drückte auf den Knopf des Megaphons, sagte: »Hey, Estella! Wissen Sie, daß hier draußen Kleider von Ihnen liegen?«

Keine Antwort. Sarge machte hektische Gesten, was bedeutete *Red weiter, red weiter.*

»Sieht alles sehr schick aus«, sagte Cindy ins Megaphon.

»Is nur Dreck!« brülle Estella von drinnen. »All das Zeuch is Dreck! Er gibt seine *puta* das ganze hübsche Zeuch!«

Luis brüllte: »Ich hab nix *puta*! Sie is verrückt!«

»Er is Lügner!«

»Sie is verrückt!«

»Ich bring ihn um!«

»Is wahr«, schrie Luis. »Sie bringt mich um. Ich tu mich nich bewegen, weil sie bringt mich um. Sie is verrückt!«

Cindy sprach ganz ruhig. »Haben Sie eine Waffe, Estella?«

»Sie hat große Kanone!« antwortete Luis. »Sie is verrückt! *Loca en la cabeza!*«

Luis half sich damit nicht gerade. Cindy sagte: »Kommen Sie raus, Estella. Wir reden darüber.«

»Ich red nix mehr«, erwiderte Estella. »Er red. Alles nur Lügen!«

Was jetzt, Decker? Sag was! Wieder drückte Cindy auf den Megaphonknopf. »Hey, wo haben Sie das kleine Rote her, Estella? Von Payoff? Da hab ich genau so eins im Fenster gesehen. Ich fand es richtig schick. Sie haben einen guten Geschmack.«

Einen Augenblick war es still. Dann fragte Estella: «Ham Sie's gekauft?«

»Nein, hab ich nicht.«

»Warum nich?«

»Ich bin rothaarig. Für so was muß man dunkle Haare haben. Haben Sie dunkles Haar, Estella?«

»Ich hab dunkles Haar«, antwortete Estella. Pause. »Jemand is in mein Haus!«

»Nein, ich bin hier draußen.« Rasch fügte Cindy hinzu: »Wissen Sie, Estella, hier draußen sind eine Menge Leute, die sich Ihre tollen Kleider ansehen. Haben Sie schon mal daran gedacht, einen Flohmarkt zu veranstalten? Sie könnten viel Geld damit verdienen.«

»Das Zeuch is Dreck!«

»Nein, ist es nicht. Ich sage Ihnen doch, Sie haben einen guten Geschmack.« Cindy widerstand der Versuchung, auf die Uhr zu sehen. Sie wußte, daß sie nicht mehr als eine Minute geredet hatte, aber es kam ihr wie Stunden vor. »Mir gefällt das enge lila Kleid. Sie müssen phantastisch darin aussehen.«

»Lila is nich gut für Rothaarige«, erwiderte Estella.

»Ja, da haben Sie recht. Die grüne Satinbluse gefällt mir auch. Grün steht Rothaarigen gut.«

»Sie könn sie haben. Ich brauch kein Zeuch mehr, wenn ich ihn tot gemacht hab.«

Cindy drängte: »Glauben Sie mir, Estella, Sie könnten mit diesen Kleidern wirkliche eine Menge Geld verdienen.«

Ein lange Pause. Dann: »Wieviel?«

»Mindestens hundert ...«

»Is mir egal! Er gib all das Geld sein *puta*!«

»Ich hab keine *puta*!« schrie Luis. »Sie is verrückt!«

Die Stimme der Frau wurde hysterisch. »Ich bin nich verrückt!«

Cindy mischte sich ein. »Kommen Sie nach draußen, Estella, dann reden wir.« Aus den Augenwinkeln sah sie Sarge die Kinder zum Streifenwagen bringen. Gott sei Dank! Aber ihre Aufgabe war noch längst nicht beendet. »Ich helfe Ihnen, die Kleider einzusammeln ...«

»Tun Sie sie verhaften!« brüllte Luis. »Sie in Gefängnis werfen!«

»Halten Sie die Klappe, Luis!« rief Cindy.

»Ich stopf ihm Klappe ...«

»Nein, nein, nein, Estella. Kommen Sie raus zu mir. Wir besprechen ...«

»Ich tu mich nich bewegen, Missy Rotschopf. Sonst schnappt er sich Waffe. Er is starker Mann. Nix bewegen. Hierbleiben. Er bewegt sich, ich schieß ihm Loch in *cojones*.«

»Nix bewegen. Nix bewegen«, rief Luis. »*Estella, mi amore. Te amo mucho. Tu sabes que tu esta mi corazon!*«

Estella verstummte, und das war beängstigend. Plötzlich stand Sarge neben Cindy. »Sagen Sie ihr, wir schicken zwei Männer rein. Sagen Sie ihr, daß die Männer ihm Handschellen anlegen. Dann kann er ihr nichts tun, wenn sie sich bewegt. Er kann ihr die Waffe nicht wegnehmen. Und wir sind da, um sie zu beschützen.«

Cindy nickte und erklärte der Frau den Plan. Estella war nicht überzeugt, daß er funktionieren würde. »Ich will kein Männer in mein Haus. Männer tun nie auf Frauen hörn! Ich hasse Männer!«

»Und wenn ich reinkomme?« platze Cindy heraus.

»Was?« flüsterte Sarge. »Nehmen Sie das sofort zurück!«

Cindy nahm den Finger vom Megaphonknopf. »Warum?«

»Weil sie unberechenbar ist, Decker. Nehmen Sie es zurück, oder ich kriege Sie wegen Insubordination dran.«

Cindy wußte, daß er das nicht tun würde. Dazu war ihr Vater viel zu mächtig. »Ich habe Sie wohl mißverstanden, Sir. Sie sagten, Sie würden Officers reinschicken. Ich bin ein Officer, daher sah ich darin kein Problem. Offen gestanden, ich versteh das Problem immer noch nicht.«

Das entsprach nicht ganz dem, was Tropper gesagt hatte. Sarge hatte davon geredet, *Männer* reinzuschicken. Trotzdem saß er jetzt in der Falle. Sie konnte ihn der Diskriminierung beschuldigen. Er fluchte leise.

»Komm Sie rein, Missy Rotschopf?« fragte Estella.

Cindy sah zu Tropper. »Was soll ich ihr sagen, Sir?«

Tropper biß die Zähne zusammen. »Sagen Sie ihr, Sie kommen mit mehreren Officers rein ...«

»Wie wär's, wenn nur ich und mein Partner ...«

»Decker, für die brauchen Sie mehr als zwei. Damit Luis Ojeda nicht mal dran denkt, was zu unternehmen. Jetzt halten Sie die Klappe und tun Sie, was ich Ihnen sage!«

Er hatte recht. Cindy drückte auf den Knopf, sagte: »Ja, ich komme rein, Estella. Aber ich bring ein paar Kollegen mit. Damit Luis nicht auf dumme Gedanken kommt.«

»Ich tu nix«, protestierte Luis. »Sie bringt mich um.«

»Sind Sie damit einverstanden, Estella?« fragte Cindy.

Längeres Schweigen. Dann: »Sie komm rein und tun ihm Handschellen anlegen? Sie tun ihn verhaften?«

»Ich lege ihm Handschellen an, Estella. Darauf haben Sie mein Wort.«

»Hokay«, erwiderte die Frau. »Sie könn reinkommen, Missy Rotschopf.«

3

Cindy spürte Troppers Atem im Nacken, seine Nähe war so greifbar, als schubste er sie vor sich her. Beaudry und Rob Brown waren rechts und links von ihm. Genügend Rückendeckung, aber Cindy war allein an der Spitze und daher am verwundbarsten. Sie hatten entschieden, daß Estella zuerst Cindy sehen mußte. Als Beweis, daß man der Polizei trauen konnte. In der momentan aufgeheizten Atmosphäre von Korruption bei der Polzei war jeder gute Cop doppelt wichtig. Cindy schlug das Herz bis zum Hals. Doch die Furcht belebte sie, statt sie zu lähmen.

Sie hatten das Haus durch die Hintertür betreten, was sicherer war und nicht so provozierend. Im Haus war es stickig, die Luft feucht und schwer.

Cindy rief: »Wir sind jetzt in der Küche, nähern uns der Eßecke. Bewegen Sie sich nicht, Estella. Wir wollen nicht, daß es Probleme gibt.«

»Reden Sie weiter«, flüsterte Tropper.

»Sie wollen keine, und wir auch nicht.«

»Nein, ich mag nix Probleme«, sagte Estella.

»Ich mag auch nix Probleme«, stimmte Luis zu.

Als Cindy an der Eßecke vorbei war, sah sie Estellas Rücken in einer roten Bluse, vornübergebeugt, die schwarzen Haare rechts und links auf den Schultern wie Epauletten. Die Frau hielt eine Schrotflinte zwischen die Beine ihrer Mannes gezwängt.

Mit gerecktem Hals konnte Cindy Luis' Gesicht sehen. Schweißbedeckt, eine Haut wie dampfender Milchkaffee. Ein kleiner Mann, zart gebaut, schmales Gesicht, das eher mädchenhaft wirkte, bis auf den dünnen Schnurrbart und das schüttere Ziegenbärtchen am Kinn. Aknenarben bedeckten seine Wangen. Er wirkte eher wie ein bockiger Teenager als ein Vater zweier Kinder.

Cindy lehnte sich zu Tropper zurück. »Ich sehe ihn. Er sitzt mit dem Gesicht zu mir, sie hat uns den Rücken zugekehrt.«

Tropper gab den anderen ein Zeichen. Die drei Männer zogen ihre Waffen. »Okay. Sagen Sie ihr, wir kommen mit gezogener Waffe. Beide sollen sich nicht bewegen.«

»Bewegen Sie sich nicht, Estella«, sagte Cindy. »Ich bin hinter der Eßecke, aber drehen Sie sich nicht um. Ich will nicht, daß Luis sich die Flinte schnappt.«

»Nein, ich tu nix.«

»Gut.« Plötzlich merkte Cindy, daß ihr Schweißtropfen von der

Stirn liefen. »Ich trete jetzt vor, damit Luis mich und meine Kollegen sehen kann. Er soll sehen, daß wir Waffen auf seinen Kopf gerichtet haben. Damit er keine Dummheit macht. Sehen Sie mich, Luis?«

»Ich seh Sie …«

»Hat sie rotes Haar?« unterbrach Estella.

»*Sí*, sie hat rotes Haar.«

»Echt oder unecht?« wollte Estella wissen.

»Sieht echt aus«, antwortete Luis.

»Es ist echt.« Schweiß lief an Cindys Nase entlang. »Sehen Sie unsere Waffen, Luis?«

»Ich seh.«

»Sie funktionieren, Luis. Sie funktionieren sehr gut und sehr schnell. Also tun Sie nichts Unüberlegtes.«

»Ich tu nix.«

Sarge flüsterte: »Sagen Sie ihr, sie soll die Flinte von seinen Eiern nehmen und hochhalten. Und zwar ganz langsam. Dann nehmen Sie ihr die Flinte ab; wir übernehmen sie dann von Ihnen. Danach legen Sie ihr Handschellen an und der Spaß ist vorbei.«

»Ich soll *ihr* Handschellen anlegen?«

»Ja, Decker, ihr«, blaffte Tropper. »*Sie* zielt auf *seine* Eier. Wo liegt das Problem? Tun Sie jetzt, was ich sage, oder nicht?«

»Ja, Sir. Natürlich, Sir.« Eine winzige Pause. »Estella, ich möchte, daß Sie die Waffe langsam, ganz langsam hochheben …«

»Er nimmt Waffe, wenn ich mich beweg.«

»Nein, das tut er nicht«, entgegnete Cindy. »Drei Revolver sind auf seinen Kopf gerichtet.«

»Ich tu nix, ich tu nix«, jammerte Luis entsetzt.

Aber auch Estella war aufgeregt. »Ich heb Flinte nich hoch. Warum tun Sie nich, was Sie gesagt ham, Missy Rotschopf? Sie sagen, Sie tun ihm Handschellen anlegen und verhaften. Warum tun Sie das nich?«

»Wiederholen Sie, daß er nichts machen wird, weil wir auf ihn zielen«, flüsterte Tropper.

Cindy zögerte. »Sie klingt panisch, Sir. Warum kann ich sie nicht beruhigen und tun, was ich gesagt habe?«

20

»Weil Sie, wenn Sie hinter Luis treten und ihm die Handschellen anlegen, genau in der Schußlinie ihrer Schrotflinte sind, Decker.«

Oh. Stimmt.

»Holen Sie die Flinte«, befahl Tropper. »Los! Reden Sie mit ihr!«

Cindy wischte sich das Gesicht mit dem Ärmel ab. »Ich würde das ja gerne tun, Estella, aber wenn ich ihm Handschellen anlege, bin ich direkt vor Ihrer Schrotflinte. Das klappt so nicht.«

»Warum? Ich tu nich auf Sie schießen, nur auf Luis.«

»Sie könnten mich versehentlich treffen. Ich weiß, Sie würden das nicht wollen, aber so geht es einfach nicht.«

»Sie ham gelogen!« zischte Estella. »Sie tun genau so lügen wie Luis!«

»Estella, drei Revolver zielen auf seinen Kopf. Er wird sich nicht bewegen ...«

»Ich tu nix«, versprach Luis.

»Ich tu auch nix«, sagte Estella. »Luis is stark. Ich beweg mich, er nimmt Flinte weg und erschießt mich.«

»Wir wär's, wenn ich zu Ihnen komme und Ihnen die Flinte abnehme?« platze Cindy heraus. Sofort hörte sie Tropper fluchen, wagte aber nicht, ihn anzusehen. »Sie müssen nur ganz still sitzen und sich nicht bewegen. Ich kann das machen. Ich nehme die Flinte und ...«

»Dann kriegt er sie.«

»Ich bin eine sehr große Frau, Estella. Luis hat keine Chance gegen mich.«

Luis piepste: »Sie is sehr groß, Estella! Gib ihr die Flinte.«

Halt die Klappe, Luis! dachte Cindy. *Wenn du was sagst, tut sie genau das Gegenteil.* Die Zeit verstrich in Zeitlupe, während sie auf eine Antwort wartete.

»Luis is sehr stark«, sagte Estella schließlich.

»Das bin ich auch! Hören Sie, ich rede die ganze Zeit, damit Sie wissen, daß ich langsam näher komme. Wenn ich direkt hinter Ihnen bin, tippe ich Ihnen auf die Schulter ...«

»Ich weiß nich ...«, sagte Estella. »Ich ...«

»Ich helf Ihnen.«

Tropper knurrte. »Das entspricht nicht meinem Befehl!«

»Aber sie wird sich darauf einlassen, Sarge!« beharrte Cindy. »So komme ich nicht in die Schußlinie und Sie drei sind direkt hinter mir.«

Eine Sekunde verging, zwei ...

»Bitte, Sergeant Tropper«, flüsterte Cindy drängend. »Ich kann sie entwaffnen.«

»Ich hör nix«, sagte Estella. »Wo sind Sie? Ich werd böse.«

Cindy schaute in Troppers wütendes Gesicht. Er wußte, daß er in der Falle saß. Wenn er sich nicht bald entschied, würde die Situation eskalieren. Seine Stimme knallte wie eine Lederpeitsche. »Tun Sie's. Aber sagen Sie ihr, daß wir hinter Ihnen sind.«

Cindy bemühte sich, beruhigend zu klingen. »Okay, Estella, ich komme zu Ihnen. Meine Kollegen sind direkt hinter mir, damit Luis sie sehen kann. Ich gehe jetzt los. Ich mache zwei Schritte vorwärts. Sie hören mich doch, oder?«

»Sí, ich hör Sie! Was glauben Sie? Daß ich kein Ohren hab?«

»Jetzt mache ich noch ein paar Schritte. Luis sieht meine Kollegen ... ihre Revolver. Kommt meine Stimme näher?«

»Sí, ich hör Sie.«

»Gut, ich bin dicht hinter Ihnen. Ich werde Ihnen auf die Schulter tippen. Bewegen Sie sich nicht.«

»Ich beweg mich nich.«

»Luis, Sie bewegen sich auch nicht.«

»Ich beweg mich nich.«

»So ist es gut. Keiner bewegt sich, außer mir«, sagte Cindy. »Jetzt lege ich Ihnen die Hand auf die Schulter.« Sie berührte die knochige Schulter der Frau. Estella rührte sich nicht. »Das ist meine Hand.«

»Hokay.«

»Hören Sie mir genau zu, Estella, ja?«

»Hokay.«

»Ich beuge mich vor und lege meine Arme um Ihre Taille. Bewegen Sie sich nicht.«

»Ich beweg mich nich.«

Langsam beugte sich Cindy vor, ihre Brust berührte den Rücken der Frau. Sie lugte über Estellas Schulter, legte ihr die

Arme um die schlanke Taille und bewegte ihr Finger. »Sehen Sie meine Hände?«

»Ich seh sie.«

»Sehen Sie meine Finger?«

»Sí.«

»Gut, jetzt nehme ich Ihnen die Waffe ab.«

»Hokay.«

»Nicht bewegen.«

»Ich beweg mich nich.«

»Luis, wenn Sie sich bewegen und ich abrutsche, haben Sie keine *cojones* mehr. Verstanden?«

»Ich tu nix, ich tu nix.«

Cindy hatte auf der Polizeiakademie die Grundausbildung mit Schrotflinten erhalten. Aber sie hatte auf dem Schießstand nur wenig damit geübt, weil sie sich ganz auf die Feinheiten ihrer Dienstwaffe, einer Beretta, konzentriert hatte. Allerdings wußte sie, daß Schrotflinten nicht zu unterschätzen waren. Sie waren schwer zu kontrollieren, weil sie ein beträchtliches Gewicht hatten. Um die Flinte ruhig zu halten, stützte Estella den Kolben im Schoß ab. Ihre rechte Hand umklammerte den Griff, der Zeigefinger lag am Abzug. Ihre linke Hand befand sich unterhalb des Repetierschafts. Beide Hände zitterten sichtlich.

Leise sagte Cindy: »Nicht bewegen. Ich berühre jetzt Ihre Hände.« Sie legte ihre Handflächen über Estellas Finger. Die Haut war heiß und feucht.

»Spüren Sie meine Hände?«

»Sí.«

»Bewegen Sie Ihren Körper nicht, okay?«

»Hokay.«

Cindy ließ die Hände an der Schrotflinte entlanggleiten, versuchte sie sicher zu packen. Das war schwer, weil das Holz und das Metall feucht und glitschig von Estellas Schweiß waren. Cindy tastete weiter, bis sie zwei einigermaßen trockene Stellen fand, an denen sie nicht abrutschen würde. Dann packte sie die Waffe, wollte erst sprechen, wenn sie die Flinte fest im Griff hatte.

Schließlich sagte sie: »Nehmen Sie Ihre Hände weg.«

»Ich nehm mein Hände weg?«

»Ja, Sie nehmen Ihre Hände von der Waffe, bewegen aber Ihren Körper nicht.«

»Sie ham sie?«

»Ja, ich hab sie. Ich habe sie fest im Griff. Nehmen Sie Ihre Hände weg.«

»Hokay ...« Aber sie bewegte sich nicht. »Sie *esta segura*, daß Sie Flinte ham?«

»Ich hab sie.« Cindy blieb ruhig. »Ich halte sie fest. Nehmen Sie Ihre Hände weg, aber bewegen Sie Ihren Körper nicht.«

»Hokay.«

Sobald Estella die Waffe losließ, richtete Cindy sich auf und hielt die Schrotflinte hoch. Beaudry nahm sie ihr sofort ab. Luis sprang auf, wischte sich den Schweiß vom Gesicht. »Tun Sie die verrückte Hexe verhaften!«

»Legen Sie ihr Handschellen an, Decker.«

»Was?« Estella wandte Cindy ihr wütendes Gesicht zu. Sie war eine schöne Frau, große schwarze Augen, hohe Wangenknochen, glatte Haut und volle Lippen. Warum um alles in der Welt wollte Luis eine andere?

Mehr noch, was zum Teufel fand sie an *ihm*?

Vielleicht hatte er einen großen ...

»Was sagt er?« schrie Estella. »Sie tun ihn verhaften! Er hat die *puta*!«

Cindy nahm die Handschellen vom Gürtel, wirbelte Estella mit einer fließenden Bewegung herum und drehte ihr den rechten Arm auf den Rücken. Sie war Sekunden davor, auch den linken zu packen, als Estella plötzlich merkte, was geschah. Sie wand sich aus Cindys Griff, fing in höchsten Tönen auf spanisch zu kreischen an, spuckte Flüche und Schimpfwörter aus.

»Machen Sie es uns nicht noch schwerer ...«

»Hexe! Lügnerin! Tochter von *puta*...«

»Kein Grund, persönlich zu werden.« Cindy stieß ihr das Knie gegen die Beine, gerade fest genug, daß Estella zusammenknickte. Sobald die Frau in die Knie ging, war es ein Leichtes, sie zu Boden zu drücken, das Gesicht nach unten. Wieder benutzte Cindy Knie und Ellbogen, um den sich windenden Körper zu bändigen, hielt Estellas rechten Arm flach gegen deren Rücken gedrückt, langte nach dem anderen Arm, der versuchte, sie ins Gesicht zu schlagen. Estella war ihr an Stärke nicht gewachsen, aber ihr Widerstand, das Zucken und Winden, trieb Cindy den Schweiß auf die Stirn.

Das war die entscheidende Kraftprobe, und es war *mano a mano*. Denn keiner machte auch nur den geringsten Versuch, ihr zu helfen. Sie standen herum, sahen amüsiert zu, wie sie sich abmühte. Luis war in Hochstimmung, ein breites Grinsen auf seinem häßlichen Gesicht.

»Du gehst in *cárcel*, du *estúpida, loca* ...«

Wieder spuckte Estella in seine Richtung. »Er is der mit *puta*! Er geht in Gefängnis! Warum nich er in Gefängnis?«

Luis führte einen Siegestanz auf. »Viel Spaß mit die andern fetten Ladys.«

»Graham, bring ihn zum Schweigen!« blaffte Cindy.

»Halt die Klappe!« befahl ihm Beaudry.

Endlich konnte Cindy den herumfuchtelnden Arm packen und ihn auf Estellas Rücken drücken. Sie ließ die Handschellen einschnappen, zog Estella hoch. »Wir können ihn nicht ins Gefängnis schicken, Estella, weil Ehebruch nicht gegen das Gesetz ist. Sonst hätten Politiker ja ellenlange Strafregister.«

Luis warf seiner Frau Luftküsse zu. Sie wehrte sich gegen Cindy, wollte sich losreißen und Luis treten.

»Hören Sie auf«, befahl Cindy. »Sonst muß ich Ihnen auch die Füße fesseln.«

»Ich hoff, die Aufseherin in de *carcél* is ein grooooße Frau.«

»Du bist *un diabolo* mit ein *pequeño* Pimmel ...«

»Tun Sie sie verhaften!« brüllte Luis. »Ihr *lardo* Arsch in Gefängnis schmeißen!«

»Ich hab kein *lardo* Arsch!« schrie Estella. »Deine Hure hat *lardo* Arsch, dicke fette Arsch!«

»Haltet die Klappe! Alle beide!« unterbrach Cindy. »Sie müssen auch mit aufs Revier kommen, Luis, ist Ihnen das klar?«

»Was?« Luis verging das Grinsen. »Ich? Warum?«

»Wir müssen Ihre Aussage aufnehmen«, erklärte Cindy. »Außerdem müssen Sie zum Gericht und mit einem Richter sprechen, wenn Sie Ihre Kinder wiederhaben wollen. Sonst kommen die Kinder zu einer Pflegefamilie.«

»Ich?« Luis sah sie entgeistert an. »Ich muß das tun?«

»Ja, Sie, Kumpel«, bestätigte Cindy. »Ihre Frau kann nichts machen, wenn sie im Gefängnis sitzt.«

Tropper funkelte sie an. Cindy erwiderte seinen Blick unschuldsvoll, versuchte zu lächeln, was nicht einfach war, weil sie Estella immer noch festhalten mußte. »Ich informiere Mr. Ojeda nur über das Verfahren, wie er seine Kinder behalten kann. Vorausgesetzt, er will sie überhaupt.«

Estella bekam Schaum vor dem Mund. »Wenn du schickst Kinder weg, ich verfluch dich von *mi cama de muerte*! Ich spuck auf dich!«

»Nein, nein, Estella«, sagte Luis ernst. »Ich schick Kinder nich weg! Ich red mit Richter. Kein Sorge.«

Ron Brown murmelte: »Glauben Sie bloß nicht, daß der Richter Ihnen die Kinder gibt. Nicht mit einer Schrotflinte im Haus.«

»Ich schieß mein Kinder nich!« Luis war empört. »Nehmen Sie, nehmen Sie. Ich brauch kein Flinte.«

Estella weinte. »Die nehm die Kinder weg, Luis! Du darfst nich …«

»Die nehm Kinder nich weg!«

»Sie können einen Antrag stellen, um die Kinder wiederzubekommen, Sir«, sagte Cindy. »Natürlich sind Sie für die Kinder verantwortlich, solange Ihre Frau im Gefängnis sitzt. Das bedeutet, Sie müssen zu Hause bleiben und auf sie aufpassen, während Ihre Freunde sich draußen rumtreiben und Spaß haben.«

»Decker …«, knurrte Tropper.

»Selbstverständlich will ich Ihre Entscheidung, Anzeige zu erstatten, nicht beeinflussen.«

»Die Kinder bekommen Sie trotzdem nicht«, sagte Brown. »Nur verantwortungsvolle Erwachsene dürfen Kinder großziehen.«

»Vielleicht gibt es noch andere Verwandte«, meinte Beaudry.

»Ihre Mutter.« Luis wurde munterer.

»Glauben Sie, Estalles Mutter paßt auf Ihre Kinder auf, nachdem Sie dafür gesorgt haben, daß ihre Tochter ins Gefängnis kommt?«

»Decker, das reicht!«

Cindy preßte die Lippen zusammen. Sie verstand nicht, warum Tropper die Sache so persönlich nahm. Schließlich hatte sie immer wieder erlebt, daß ihre Kollegen bei häuslichen Streitereien die Beteiligten davon abbrachten, Anzeige zu erstatten. Vielleicht hatte es was mit der auf Luis' Eier gerichteten Waffe zu tun.

Estella schluchzte. »Die nehm die Kinder, Luis! Die nehm die Kinder!«

Luis freche Selbstsicherheit war Panik gewichen. »Nein, die nehm die Kinder nich, Estella.« Er sah zu Tropper. »Ich tu meine Frau nich anzeigen! Sie hat nix gemacht. Sie lassen sie gehen! Dann kommen wir und holen Kinder.«

Tropper fluchte leise. »Ich glaub's einfach nicht!«

»Er sagt, ich nix getan. Sie lassen mich gehn!« rief Estella.

»So einfach ist das nicht«, mischte sich Cindy wieder ein. »Selbst wenn Luis keine Anzeige erstattet, Estella, müssen wir Sie aufs Revier bringen und eine Strafanzeige wegen illegalen Besitzes und fahrlässigen Umgangs mit einer Schußwaffe aufnehmen.«

»Und dann?« fragte Luis.

»Dann muß sie bis zur Anklageerhebung im Gefängnis bleiben, das dauert vielleicht drei oder vier Stunden. Wenn sie sich schuldig bekennt, wird der Richter sie wahrscheinlich gehen lassen. Das heißt, Sie brauchen keine Kaution zu bezahlen …«

»Der Richter sperrt sie nich ein?«

Cindy zuckte die Schultern. »Das weiß ich nicht. Aber wir müssen sie einsperren, bis sie dem Richter vorgeführt werden kann.« Tropper warf ihr böse Blicke zu. Sie tat so, als sehe sie es nicht. »Für gewöhnlich wird illegaler Besitz und fahrlässiger Umgang mit einer Schußwaffe nicht mit Gefängnis bestraft, wenn es ein erstes Vergehen ist. Aber ich weiß nicht, wie der Richter entscheidet. Das hängt nicht von mir ab.«

»Wenn er sagt, ich kann gehn, tun wir dann die Kinder kriegen?« fragte Estella ängstlich.

»Nein«, erwiderte Cindy. »Dafür ist ein anderer Richter zuständig.«

»Aber is besser, wenn die Mutter da is, ja?« fragte Luis.

»Wahrscheinlich.«

»Dann mach ich kein Anzeige«, sagte Luis. »Sie lassen sie gehn.«

Brown lachte erstaunt. »Die hatte eine Kanone auf Ihre Eier gerichtet, und Sie vergeben ihr einfach.«

»Er is hokay«, sagte Estella.

»Ich bin hokay!« bestätigte Luis.

»Bringt sie aufs Revier. Sie bekommen beide eine Strafanzeige wegen illegalen Besitzes«, befahl Tropper

»Mich anzeigen?« rief Luis. »Ich hab nix gemacht.«

»Ja, ja.« Tropper drehte Luis um und legte ihm Handschellen an. »Wenn Sie mir jetzt erzählen, daß Sie beide mit der Waffe rumgefummelt haben, dann werden Sie beide wegen illegalem Besitz und Fahrlässigkeit angezeigt. Das bedeutet, Sie gehen beide in den Knast.« Tropper hielt inne. »Außer Sie ändern Ihre Meinung wegen der Anzeige gegen Ihre Frau.«

»Nein, tu ich nich!«

»Dann sind Sie beide verhaftet«, erklärte Tropper. »Sie haben sich Ihr Bett selbst gemacht, Kumpel. Nun sehen Sie zu, wie Sie darin liegen.«

»Das is hokay.« Estella nickte. »Er liegt in das Bett, aber nur mit mir.«

Tropper verdrehte die Augen, schob Luis vorwärts. »Gehen wir.«

Als sie nach draußen auf die Veranda traten, wurden sie von den Nachbarn mit Johlen und Pfiffen begrüßt. Estella senkte den Kopf, aber Cindy bemerkte, daß Luis breit grinste. Vermutlich hätte er auch noch gewinkt, wenn seine Hände nicht gefesselt gewesen wären.

Seine dreißig Sekunden im Rampenlicht. Typisch Hollywood. Jeder ist ein verdammter Star.

4

Bellini's war nicht zu Cindys zweitem Wohnzimmer geworden, aber sie fühlte sich hier ganz wohl. Anders als in den raueren Polizeikneipen gab es Koteletts und Sandwiches sowie Salate und Suppen, wenn jemand etwas Leichteres wollte. Bellini's war überschaubar, gedämpft beleuchtet, meist spielte Jazzmusik, und es gab einen Fernseher mit großem Bildschirm, auf dem gerade ein Baseballspiel lief, die Giants gegen die Padres. Der Fußboden bestand aus abgetretenen Holzbohlen, die Decke war mit Dämmplatten verkleidet. Da hier Essen serviert wurde, durfte von Rechts wegen nicht geraucht werden. Aber die Stammgäste umgingen die Vorschrift, indem sie die Hintertür öffneten und diesen Teil des Lokals zur Erweiterung der nicht vorhandenen Patio erklärten. Eine fragwürdige Sache, aber wer sollte den Besitzer vorladen, wenn die Polizei hier rauchte?

Als Beaudry eintrat, winkte er ein paar Freunden zu. Auch Cindy winkte, wollte sich zugehörig fühlen. Ron Brown saß auf einem Barhocker, aber Tropper war nicht bei ihm. Aus den Augenwinkeln sah Cindy jemanden, der gerade die Kneipe verließ. Es hätte Sarge sein können, doch sie war sich nicht sicher. Von den anderen kannte sie einige namentlich. Andy Lopez war ein Bekannter von der Polizeiakademie. Auch Slick Rick Bederman und sein Partner Sean Amory waren da. Bederman war kräftig gebaut, hatte dunkle Augen und dichtes, welliges Haar und wie immer einen arroganten Gesichtsausdruck. Sie hatte ihn mal auf einer Party kennengelernt … und es hatte ihr nicht gefallen, wie er sie ansah. Amory hatte einen helleren Teint, wirkte aber ebenfalls eingebildet. Beaudry schien ihre Ambivalenz zu bemerken. »Ist dir nach Gesellschaft zumute?« fragte er.

»Vielleicht später.«

Sie bestellten ihr Bier, nahmen es mit zu einer Nische, tranken schweigend. Beaudry klopfte im Rhythmus der Musik mit den Fingerspitzen auf den Tisch.

Schließlich sagte Beaudry: »Das hast du gut gemacht heute.«

»Danke.«

»Eins rauf für die guten Jungs.«

»Sind wir die guten Jungs?« fragte Cindy. »Nach dem, was die Zeitungen schreiben, würde man das nicht denken.«

Beaudry winkte ab. »Das ist nicht der erste Skandal und wird auch nicht der letzte sein.«

»Zu schade.«

»Tja, wird wohl so sein.« Beaudry hob sein Bierglas. »Trotzdem lass ich mir davon nicht den Schlaf rauben. Du glaubst also, du hast das heute gut gemacht?«

»Ich bin zufrieden.« Cindy gelang ein Lächeln. »Allerdings bezweifle ich, ob Tropper zufrieden ist. Gut, dann ist er eben sauer. Er ist nicht der erste und wird auch nicht der letzte sein.«

Beaudry hob die Augenbraue, schwieg aber.

»Was ist?« fragte Cindy. »Willst du mir Ratschläge geben?«

»Wenn du zufrieden bist, hab ich nichts dagegen einzuwenden.«

»Warum siehst du mich dann so an?«

»Wie seh ich dich denn an?«

»Als hätte ich Herpes.«

»Du bist zu empfindlich, Decker. Ich seh dich überhaupt nicht an. Und wenn, dann würde ich nicht an Herpes denken. Ich würde denken, daß du gut aussiehst in dem schwarzen Hosenanzug. Daß er gut zu deinem Haar paßt, das hübsch aussieht, wenn du es offen trägst.« Er nahm einen Schluck Bier. »Das war keine Anmache. Ich bin verheiratet, und ich will, daß das so bleibt. Nur ein altmodisches, einfaches Kompliment, also zeig mich nicht wegen sexueller Belästigung an.«

»Du findest, daß ich heute abend gut aussehe?«

»Das tust du.«

»Danke.« Cindy trank von ihrem Gebräu, leckte sich den Schaum von den Lippen. »Du denkst also, ich hab's vermasselt?«

»Nee, die Sache an sich hast du nicht vermasselt. Du hast die Situation ziemlich gut im Griff gehabt.« Er sah sich um, nach nichts Speziellem. »Nee, du hast es nicht vermasselt.«

»Aber mit Tropper hab ich Scheiß gebaut. Findest du das auch?«

30

»Nicht so ganz.«

»Was soll das ...«

»Warte, warte!« Beaudry hob die Hand. »Gib mir 'ne Sekunde Zeit, ja? Du hast mit ihm keinen Scheiß gebaut, das heißt, er wird keine Staatsangelegenheit daraus machen. Aber du könntest dir überlegen, etwas Nettes für ihn zu tun.«

»Was denn?« Sie schnaubte. »Ihm Kaffee holen? Ein Stück Zucker oder zwei ...«

»Hör auf, dich wie eine aufsässige Göre zu benehmen. Denk einfach mal darüber nach.«

Sie lachte. »Göre hat schon lange keiner mehr zu mir gesagt.«

»Aber man hat dich so genannt.«

»O ja.«

»Das steht dir ins Gesicht geschrieben, Decker. ›Ich bin eine Göre. Nicht nur das, ich bin eine rotzfreche Göre mit Bildung.‹«

Cindy gelang es, ihr Lächeln beizubehalten, doch in ihren Augen erlosch das Licht. »So siehst du mich?«

»Nein, *ich* sehe dich nicht so.« Beaudry seufzte. »Nur ... du hältst dich nicht zurück, Decker. Wie heute. Du drängst dich vor. In die Schußlinie. Und wenn du das tust, bemerken dich die Leute. Wie Tropper.«

»Es hat funktioniert.«

»Das ist nicht der Punkt.«

»Wie dumm von mir. Ich dachte, darauf käme es an.«

Beaudry wischte sich mit dem Ärmel Schaum vom Mund. »Hör zu, wir müssen nicht darüber reden. Wir können auch über was anderes sprechen. Du erzählst mir deinen Tratsch, ich erzähl dir meinen. Ich versuch nur ... na ja. Dir zu sagen, wie's ist.«

Sie wich seinem Blick aus. »Sei mir nicht böse, Graham, aber ich bin nicht in der Stimmung, mich sezieren zu lassen.«

»In Ordnung.«

»Andererseits bringt es nichts, wenn ich mit Tropper über Kreuz bin.« Sie starrte in ihr Bier. »Was soll ich deiner Meinung nach tun?«

Beaudry sah sich um, winkte sie näher zu sich. Sie beugte sich vor, Ellbogen auf dem Tisch.

»Tropper ist kein dummer Mann«, begann er.

»Das hab ich auch nicht ...«

»Halt die Klappe und hör mir zu, ja?« Er senkte die Stimme. »Tropper ist nicht dumm, Cindy. Er ist gewieft und erfahren, weiß, wie Menschen funktionieren.«

Beaudry wartete. »Ich hör dir zu«, sagte Cindy

»Wenn du ihn bittest, einen Vorfall zu schildern, ist er glasklar, erzählt dir alles von A bis Z, in allen Einzelheiten. Aber wenn er einen Bericht schreiben soll, dann hat er Probleme. Da ist er wie ein Fisch auf dem Trockenen. Er braucht Ewigkeiten, um die Formulare auszufüllen. Schreiben verwirrt ihn. Er bringt alles durcheinander ...«

»Er kriegt die Reihenfolge nicht hin?«

»So ähnlich. Er schreibt seine Berichte dauernd neu, weil sie total verschmiert sind.«

»Warum benutzt er keine Textverarbeitung?« fragte sie. »Du weißt schon ... ausschneiden und einfügen.«

»Tropper hat Schwierigkeiten mit Computern.« Beaudry trank sein Bier aus, hielt den Finger hoch, bedeutete der Bedienung, ihm noch eins zu bringen. »Du hast wahrscheinlich keine Probleme mit Computern?«

»Nicht mit der Textverarbeitung.«

»Und Berichteschreiben macht dir bestimmt auch nichts aus.«

»Ich finde es öde, aber nicht schwer. Im College habe ich jede Menge Referate geschrieben. Meistens hab ich mir vorher ein Konzept gemacht. Manchmal mache ich sogar jetzt noch Konzepte für meine Berichte, wenn der Vorfall kompliziert ist. Du könntest ihm vorschlagen, das mal zu versuchen.«

»Ich schlage Tropper gar nichts vor, und du solltest das auch nicht tun. Ich glaube, Sarge ist über den zweiten Bildungsweg auf die Polizeiakademie gekommen. Jetzt weißt du, warum er dich schief anguckt.«

Beaudry hielt ihren Blick fest.

»Über eines mußt du dir klar sein, Cindy. Die Jungs und Mädchen, mit denen du arbeitest, sind das Salz der Erde. Viele von uns sind ehemalige Soldaten. Wir sind Beamte, die sture Behördenjobs hassen, aber trotzdem eine gute Pension wollen. Du kommst von einem anderen Stern – ein Collegegör, das es irgendwie zur Polizei verschlagen hat. Das nicht nur auf dem College war, sondern auf einem Privatcollege ...«

»Sogar auf einem Elitecollege.«

»Siehst du, genau das meine ich!« Beaudry schlug mit der Faust auf den Tisch.

»Entschuldige.« Sie versuchte, ihr Lächeln zu verbergen. »Es war einfach zu verführerisch.«

»Vergiß es.«

»Ich hör dir doch zu, Graham.« Cindy steckte den Finger in den Schaum und leckte ihn ab. »Wenn die Jungs denken, ich sei mit Geld aufgewachsen, irren sie sich. Mein Vater hat sich ganz von unten hochgearbeitet.«

»Was mich zu einem weiteren Punkt bringt, Decker. Du mußt aufhören, von deinem Vater zu reden.«

»Also wirklich! Jetzt wirst du persönlich!«

»Ich sag dir das nur zu deinem eigenen Besten.«

»Mach ich überhaupt irgendwas richtig?«

»Nicht viel.«

Cindy sah weg, biß sich auf die Lippe, wollte ihre aufsteigende Wut unterdrücken.

»Jedesmal, wenn wir zu quatschen anfangen, den Tag durchkauen, sagst du so was wie ›Ja, mein Vater hatte auch mal so einen Fall‹.«

»Ich versuch mich einzubringen.«

»Das macht die Leute sauer. Als wolltest du sagen, daß ihre Erfahrungen nichts Besonderes sind. Jeder will was Besonderes sein. Du fühlst dich bereits so, weil du 'nen Collegeabschluß hast. Vergiß nicht, daß der durchschnittliche Cop einen High-School-Abschluß hat, vielleicht noch zwei Jahre auf einem Junior College wie ich. Wenn du wirklich was in der Birne hast, okay, dann gehst du vier Jahre aufs staatliche College und dann auf die Akademie und willst irgendwann die goldene Dienstmarke kriegen.«

»Wie mein Vater ...«

»Hör auf, deinen Vater zu erwähnen. Er ist keine Legende, Decker, er ist ein Schreibtischhengst.«

Zum ersten Mal war Cindy richtig gekränkt. »Das ist Schwachsinn, Beaudry! Er war mit da draußen, als der Orden in die Luft flog.«

»Ja, und eine Menge Leute sagen, er hätte das besser hinkriegen können.«

Ihr Gesicht wurde rot vor Zorn. »Das ist doch der letzte Scheißdreck!« Wütend flüsterte sie: »Er hat Dutzende von Kindern gerettet.«

»Aber ein Haufen Erwachsene wurden pulverisiert.«

»Er war nicht der Einsatzleiter, Graham. Er hatte nicht das Sagen!« Sie bebte. »Ach, vergiß es! Ich hab die Schnauze voll.«

Beaudry packte sie am Arm, bevor sie aufstehen konnte. »Ich kritisiere deinen Vater nicht, Cindy. Ich wiederhol nur, was ich gehört habe. Du mußt diese Dinge wissen.« Er ließ sie los. »Sonst arbeitest du blind.«

Sie antwortete nicht, starrte auf den Boden des leeren Glases. »Trink noch eins«, meinte Beaudry.

»Nein danke«, erwiderte sie steif.

Gleich darauf erschien die Kellnerin an ihrem Tisch. Sie trug ein tief ausgeschnittenes rotes Top, einen weiten roten Minirock mit einer kleinen weißen Volantschürze und rote Stöckelschuhe. Ihr Haar war kurz, blond und steif vor Haarspray. Sie stellte Beaudry ein neues Bier hin.

»Bring doch noch eins für meine Partnerin, Jasmine«, sagte er.

»Ich möchte nichts, danke«, lehnte Cindy ab.

Beaudry trat ihr unter dem Tisch ans Schienbein.

»Andererseits, eins mehr kann nicht schaden.« Cindy reichte der Kellnerin ihr leeres Glas und einen Zehn-Dollar-Schein.

Jasmine lächelte. »Der Boß sagt, heute abend geht's aufs Haus. Aber nur, wenn Sie nicht gierig werden.«

»Womit hab ich das verdient?«

»Er hat Sie beobachtet. Sie waren diese Woche schon dreimal hier. Belohnung für Ihre Treue.«

»Danken Sie ihm von mir.« Cindy zwang sich ein Lächeln ab.

»Wirklich. Und behalten Sie das Geld.«

Jasmins Lächeln wurde zu einem breiten Grinsen. »Ein Cop mit Klasse. Bin gleich zurück.«

Als sie gegangen war, meinte Beaudry: »Zehn Dollar sind aber ein großes Trinkgeld.«

»Wie gewonnen, so zerronnen.«

Er schob sein Glas über den Tisch. »Hier, nimm meins.«

»Nein, laß nur.« Sie schob es zurück.

Er nahm einen großen Schluck. »Du bist sauer, Decker. Du siehst aus wie meine Frau, als ich Mist mit ihrem Geburtstagsgeschenk gebaut hab.«

»Mir geht's gut.«

Beaudry winkte ab. »Das Gerede über deinen Vater ist nur Neid, Cin. Der kleine Mann, der sich an dem rächt, der's geschafft hat. Jeder von uns wäre gern an Big Deckers Stelle. Aber das ist nicht der Punkt. Wenn du weiter über Daddy redest, sieht es so aus, als würdest du noch an seinen Rockschößen hängen. Und es erinnert die einfachen Polizisten daran, daß sie es nicht so weit gebracht haben. Keine Frage, dein Vater hat es verdient. Er hat einen guten Ruf. Aber du mußt aufhören, dir Sorgen um ihn zu machen und dich lieber um dich selbst sorgen. Überleg dir, was *du* in letzter Zeit geschafft hast.«

Wieder wich Cindy seinem Blick aus. Sie griff nach Beaudrys Glas. »Um auf Tropper zurückzukommen … was soll ich tun?«

»Sag, du hast wenig zu tun und das macht dich kribbelig. Frag, ob du was für ihn tun kannst.«

»Er wird nein sagen.«

»Natürlich wird er das. Dann erwähnst du den Haufen Zeug, der in seinem ›Unerledigt‹-Körbchen liegt. Sag so was wie ›Hey, Sarge. Davon kann ich doch was übernehmen. Ich muß sowieso noch ein paar Berichte schreiben. Dann kann ich auch welche von Ihren handgeschriebenen abtippen.«

»Das durchschaut er doch sofort.«

»Klar weiß er, daß du dich einschleimen willst. Aber ich wette, er läßt dich machen. Er wird so tun, als sei's keine große Sache. Als sei's ihm gleichgültig. Aber er wird es nicht vergessen.«

»Und das ist alles?«

»Das ist alles.« Beaudry sah sich um. Die Kneipe füllte sich allmählich. »Ich muß nach Hause zu Sherri und den Kindern. Welchen Tag haben wir heute?«

»Den einundzwanzigsten.«

»Welchen Wochentag?«

»Donnerstag.«

»Ah ... heute gibt's Chili bei uns. Prima. Trink du mein Bier aus. Ich muß noch ein bißchen Platz lassen für das Bier zum Essen. Chili und Bier. Eine perfekte Mischung. Wenn Männer und Frauen doch auch nur wie Chili und Bier wären.«

Zu diesem Zeitpunkt hätte sie wahrscheinlich nach Hause gehen sollen. Statt dessen sah sich Cindy nach zumindest einigermaßen freundlichen Gesichtern um. Beaudrys Bemerkungen hatten sie aus der Fassung gebracht. Sie wollte nicht die Rolle der Einzelgängerin spielen. Der Außenseiter machte sich gut in Romanen, war aber in der Realität eine undankbare Rolle.

Sie wollte vor allem eines: dazugehören. Was zum Teufel war los mit ihr?

Je nun, seufzte sie. Sie konnte die Vergangenheit nicht ändern, also konzentrierte sie sich auf die Gegenwart. Andy Lopez und sein Partner Tim Waters saßen immer noch an der Bar. Andy schien ein vernünftiger Kerl zu sein. Tim beeindruckte sie nur wenig. Eine Unterhaltung mit den beiden würde oberflächlich bleiben.

Da mußte es noch was Besseres geben.

An einem anderen Tisch saßen Hayley Marx und Rhonda Nordich. Hayley war an die dreißig und seit sieben Jahren bei der Polizei. Sie war groß, mindestens einsachtundsiebzig, hatte kurzes blondes Haar und wachsame braune Augen. Rhonda war Zivilistin, arbeitete bei der Kriminalpolizei. Sie war älter, in den Vierzigern, vielleicht sogar über fünfzig. Ihre Haut war dunkel, ihr Haar kraus und grau meliert. Cindy hatte schon ab und zu mit Hayley geplaudert, aber noch kein Wort mit Rhonda gewechselt. Auf jeden Fall waren die beiden angenehmer als Lopez und Webster.

Mit dem Bierglas in der Hand stand sie auf und schlenderte hinüber. Hayley sah hoch. »Setz dich doch.«

»Danke.« Da die beiden Frauen sich gegenübersaßen, mußte sie sich neben eine von ihnen quetschen. Sie wandte sich Rhonda zu und reichte ihr die Hand. »Cindy Decker.«

»Rhonda Nordich.« Sie schüttelte Cindys Hand. »Ich hab früher mal mit deinem Vater gearbeitet.«

»In Foothill?«

»Ja, in Foothill. Jetzt ist er in Devonshire, oder?«

Cindy nickte.

»War ein netter Kerl.« Rhonda lachte leise und ließ das Mineralwasser in ihrem Glas kreisen. »Ist er vermutlich immer noch. Warum tut man so was? Redet über einen Menschen, den man früher mal kannte, als sei er tot?«

Cindy lächelte. »Keine Ahnung.«

»Tja, grüß ihn von mir.«

»Mach ich.«

Schweigen.

»Ich sehe, du hast Beaudry als Partner gekriegt?« meinte Hayley schließlich.

»Ja.«

»Was hältst du von ihm?«

Cindy war verblüfft über Hayleys direkte Frage. »Er ist ein guter Kerl.«

Hayley nahm einen Schluck von ihrem Chardonnay. »Na ja, sagen wir's mal so. Für einen Marathonlauf würde er sich nicht qualifizieren.«

»Ach das. Ja, das weiß ich schon.«

»Was?« fragte Rhonda.

»Daß er nicht der Schnellste ist«, erwiderte Cindy.

»Es geht das Gerücht, daß Slick Rick Bederman deswegen einen anderen Partner wollte«, meinte Hayley. »Bederman mühte sich mit einem Gauner ab, der ein Messer hatte. Bis Beaudry endlich kam, hatte der Gangster Bederman fast das Ohr abgesäbelt. Damit will ich nicht sagen, daß Beaudry ein schlechter Kerl ist. Ich will dich nur auf seine Schwächen aufmerksam machen. Also glaub nicht, daß ich was gegen ihn hab.«

»Nein, nein.« Trotzdem war Cindy nicht wohl in ihrer Haut. »Ich weiß das zu schätzen. Aber ich komme gut mit ihm klar.«

»Wie du meinst.« Hayley trank ihr Glas leer. »Bist du nur zum Trinken hier oder was?«

»Ich hab nichts Besonderes vor.«

»Wir wollten eigentlich was futtern. Du kannst gerne mit uns essen.«

Cindy lächelte. »Tja, da wäre noch die Schüssel mit den zwei Tage alten Spaghetti in meinem Kühlschrank.«

Endlich lächelte auch Hayley. »Mir kommen die Tränen.«

»Ihr jungen Leute kocht einfach nicht mehr«, meinte Rhonda.

»Ich kann kochen«, verteidigte sich Cindy. »Ich hab mich nur dagegen entschieden.«

»Ah ja«, bemerkte Rhonda.

»Alles eine Frage des Willens«, sagte Cindy.

Hayley grinste. »Tja, Rhonda, wenn du so wild darauf bist, für uns zu kochen …«

»Bei vier Kindern hab ich genug hungrige Mäuler gestopft. Das einzige, das ich jetzt stopfen will, ist mein eigenes.«

Cindy fragte: »Was könnt ihr mir empfehlen?«

»Wie hungrig bist du?« wollte Hayley wissen. »Reicht ein Sandwich? Oder soll es Steak oder Kotelett sein?«

»Eher Sandwich als Kotelett.«

»Versuch mal das Roastbeefsandwich«, schlug Hayley vor.

»Vielleicht nehm ich das«, sagte Rhonda. »Aber eigentlich sollte ich lieber Pute nehmen. Ich muß Kalorien zählen.«

»Pute ist nicht so gut wie Roastbeef.« Hayley wandte sich an Cindy. »Sehr trocken.«

»Wie wär's, wenn ich Roastbeef nehme und wir teilen, Rhonda?« meinte Cindy.

»Wenn ihr Roastbeef nehmt, nehm ich vielleicht Thunfisch«, überlegte Hayley. »Falls es euch nichts ausmacht, daß ich ein bißchen von euch klaue … wobei Roastbeef und Thunfisch allerdings nicht gut zusammenpassen.«

»Aber immer noch besser als Steak und Hummer«, warf Cindy ein.

»Vielleicht nehme ich auch Pastrami auf Roggenbrot«, sagte Hayley. »Magst du Pastrami, Cindy?«

»Ich liebe Pastrami.«

»Nee, das rühr ich nicht an!« sagte Rhonda. »Ist mir viel zu fett.«

»Dann lassen wir es. Wenn du teilen willst, Ro, nehm ich was anderes. Wie wär's mit Schinken und Käse?« Sie wandte sich an Cindy. »Magst du Schinken und Käse?«

»Eigentlich nicht. Ich esse keinen Schinken. Ich bin Jüdin.«

»Oh ...« Hayley dachte kurz nach. »Du ißt also koscher?«

»Nein, tu ich nicht. Ich esse nur keinen Schinken. Bei uns zu Hause gab es nie welchen. Speck gelegentlich schon.«

»Das ergibt aber keinen Sinn.«

»Ich weiß.« Sie zuckte die Schultern.

»Und wenn ich ein Clubsandwich nehme, würdest du das mit mir teilen?«

»Ja, ist okay.«

»Bist du einverstanden, Ro?«

»Was ist auf dem Clubsandwich?«

»Pute, Speck und Avocado.«

»Laß die Avocado weg. Nicht, daß ich Avocado nicht mag.« Sie klopfte auf ihre beachtliche Mitte. »Avocados mögen mich nicht.«

Hayley machte einen Schmollmund. »Aber das ist das beste daran.«

»Na gut, dann laß sie drauf.«

»Was bestellen wir denn nun?« fragte Cindy. »Ich blick nicht mehr durch.«

»Laß mich das machen.« Hayley winkte Jasmine heran. »Ein Roastbeefsandwich mit einer Extraportion Zwiebeln und viel Soße, Pommes und Krautsalat, ein Putensandwich mit extra Preiselbeeren, Kartoffelbrei statt Füllung und Krautsalat und ein Clubsandwich auf getoastetem Roggenbrot, zur Hälfte mit Avocado, die andere Hälfte ohne.«

»Willst du Fritten dazu, Marx?«

»Ja, okay.«

»Noch ein Glas Wein?«

»Ja.«

»Noch ein Miller Lite für dich, Honey?«

Cindy dachte kurz nach. »Lieber ein Cola light.«

»Warum das denn?« fragte Hayley. »Wieviel Bier hast du intus?«

»Das war das dritte. Mir geht's gut, aber man soll's nicht übertreiben.«

»Ich bin auch schon beim dritten.« Hayley verzog das Gesicht. »Gut, dann für mich auch ein Cola light.«

»Alles klar.« Jasmin sah auf ihren Block, dann zu Cindy. »Was davon kriegst du?«

»Wieso?« fragte Hayley.

»Weil ihre Bestellung aufs Haus geht.«

Rhonda und Hayley johlten.

»Was ist denn?« Cindy lächelte. »Was ist so komisch?«

»Doogle kann's doch nicht lassen«, meinte Hayley.

»Wer ist Doogle?«

»Der geile Kobold, dem die Kneipe gehört.«

»Hör nicht auf sie, Honey«, meinte Jasmine. »Die sind nur eifersüchtig. Also, was hast du bestellt?«

»Was wollte ich haben?« fragte Cindy die anderen. »Das Roastbeefsandwich?«

»Was ist am teuersten?« fragte Rhonda.

»Das Clubsandwich.«

»Dann hat sie das bestellt.«

Jasmine lachte. »Ihr seid mir die Richtigen!« Sie drehte sich um und ging.

»Wer ist Doogle?« wiederholte Cindy.

»Ein sehr kleiner Mann.« Hayley hielt die Hand etwa sechzig Zentimeter über den Boden. »Macht alle Frauen an.«

»Polizistinnen?«

»Alles, was eine Muschi hat.«

»Eine Muschi?«

»Meine könnte er stehend lecken, wenn ich ihn ließe«, sagte Hayley.

»Wie groß ist er?«

»Etwa einsfünfundfünzig. Und ganz schön alt. Um die fünfzig.«

»Klingt hervorragend«, sagte Cindy. »Genau wie meine letzte Verabredung.«

»Er hat Geld.«

»Tja, das kann nie schaden.«

»Solche Typen sind meistens geizig«, meinte Hayley. »Nach der Methode, ich verdien die Kohle, ich geb sie auch aus. Wenn du mir die Füße leckst, geb ich dir vielleicht Geld für die Parkuhr.«

Cindy lachte. »Das kenn ich.«

Hayley lachte ebenfalls. »Klingen wir schon betrunken?«

»Nein, nur bitter«, sagte Cindy.

»Oh-oh. Seht mal, wer da reinkommt. Der alte Schwerenöter.« Hayley winkte ihm kurz zu. »Paßt auf, er kommt her.«

Cindy drehte sich um, merkte, daß ihr die Hitze ins Gesicht schoß. Sie hoffte, die anderen hatten es nicht bemerkt, wußte aber, daß es nicht zu übersehen war. Ihre Haut war sehr hell. Sie errötete immer, wenn sie wütend war, verlegen oder stark erregt.

Zumindest hatte man ihr das gesagt.

5

Er war im Ninjastil gekleidet – schwarzes T-Shirt, schwarze Kordhose, schwarze Lederjacke, geschnitten wie ein Sakko. Sein dunkles Haar war glatt zurückgekämmt und grau an den Schläfen. In seinen Augen lag der wachsame Polizistenblick, den Cindy von ihrem Vater kannte. Aber seine Haltung war locker und entspannt. Er ging nicht auf sie zu, er *schlenderte*, als verlieh ihm sein Detective-Status Rechte, die den einfachen Uniformierten nicht zustanden. Er setzte sich Cindy gegenüber, fixierte aber Hayley, was sie nervös zu machen schien.

»Was machst du denn hier?« Hayley hielt seinem Blick stand, goß den restliche Chardonnay runter. »Mischst du dich unters Volk?«

»Ein paar von uns machen tatsächlich Überstunden, Marx.«

»Und woran arbeitest du?« fragte Hayley. »Die neuen Pfadfinder kommen erst im September.«

Er grinste, zeigte blendendweiße Zähne, winkte gleichzeitig der Kellnerin zu, ihm einen Drink zu bringen. »Wie du mit deinen Vorgesetzten redest.«

»Du bist nicht mein Vorgesetzter«, gab Hayley zurück.

»Im Moment nicht, aber das kann ja noch werden.«

Hayley drehte sich nach links, zu Cindy. »Cindy Decker, Scott Oliver.«

»Wir kennen uns.« Oliver klang unbekümmert. »Ich arbeite mit ihrem Daddy. Oder eher *für* ihren Daddy. Big Decker ist mein Lieutenant.«

»Du arbeitest in Devonshire?« fragte Rhonda.

»Ja«, erwiderte Oliver. »Ich war schon zwei Jahre bei der Mordkommission, bevor Decker an Bord kam – der Einschleimer, den sie uns vor die Nase gesetzt haben.«

»Oh-oh«, sagte Cindy. »Muß ich mir das anhören?«

»Da gibt's nichts zu hören.« Oliver grinste sie an. »Ich hab meinen Frieden damit gemacht.«

Aber sein Blick verriet, daß das letzte Wort noch nicht gesprochen war. »Wie ist er als Boß?« wollte Cindy wissen.

»Kommt drauf an, an welchem Tag man ihn erwischt. Wie ist er als Vater?«

»Kommt drauf an, an welchem Tag ...«

»Ah ja.«

Cindy lachte leise. »Du siehst ihn vermutlich öfter als ich.«

»Vermutlich.« Oliver wandte seine Aufmerksamkeit wieder Hayley Marx zu. »Du siehst gut aus.«

»An den Schleimern da draußen liegt's nicht.«

»Ist das eine Anspielung auf Anwesende?«

Hayley lächelte. »Ich verweigere die Aussage.«

Jasmine brachte ihre Bestellungen. »Hey, Oliver, dich hab ich aber lange nicht gesehen. Kehrst du in deine alten Jagdgründe zurück?«

»Bin leider nicht zum Vergnügen hier«, sagte Oliver. »Ich treff mich mit Osmondson.«

»Also was Berufliches. Soll ich dir die Ecknische reservieren?«

»Danke, das wäre nett.«

Alle schwiegen, während Jasmine das Essen verteilte. Oliver stellte sie ein Bier hin. »Hast du eine Ahnung, was Rolf trinkt?«

»Letztes Mal, als ich ihn sah, war's Stoly, pur«, meinte Oliver.

»Ich glaube, er trinkt keinen Alkohol mehr. Ich bring ihm Mineralwasser. Wenn er was Stärkeres will, soll er's sagen.«

Oliver betrachtete sein Bier. »Weißt du was, Jasmine? Ich muß mich heute abend konzentrieren. Ich nehm auch ein Mineralwasser.«

»Ich tausche mit dir«, sagte Cindy. »Ein Cola light gegen ein Bier.«

Hayley kicherte. »Sie säuft sich einen an.«

»Nee, mir geht's gut ...«

»Berühmte letzte Worte.«

Oliver gab Cindy sein Bier. »Das geht auf mich. Und du kannst dein Cola light behalten.«

Hayley sah zur Bar hinüber. Andy Lopez und Tim Waters beäugten sie. »Du ziehst die Schmeißfliegen an.«

Oliver lachte. »Ach was, Marx, das sind deine Pheromone ...«

»Nein, das bist du«, unterbrach ihn Hayley. »Seit du hier bist, denkt deine Spezies, sie könnte sich anschleichen.«

»Meine Spezies?« wiederholte Oliver. »Soviel ich in Biologie gelernt habe, gehören wir zur selben Spezies.«

»Alle, mit denen ich je gesprochen habe, sagen was anderes.«

»Gut gegeben.« Oliver sah zur Tür. »Da kommt meine Verabredung.«

Cindy drehte sich um. Rolf Osmondson war groß, kahlköpfig, hatte einen beachtlichen Bauch und trug einen Schnauzbart. Er sah aus, als hätte er die Fjorde erforscht. »Der kommt mir aber gar nicht wie dein Typ vor, Scott.«

Oliver betrachtete sie mit gespielt bestürzter Miene. »Fängst du jetzt auch noch an?«

»Ich zeig nur Solidarität mit meinen Schwestern.«

Oliver drohte ihr mit dem Finger. »Zieh keine Gräben, Decker, wenn du nicht zum Kampf bereit bist.« Er strich mit dem Zeigefinger über Hayleys Schulter. »Bis später, Ladys.« Eine Pause. »Oder auch nicht.«

Cindy sah ihm nach, wie er den Norweger begrüßte, ihm die Hand schüttelte. Sie gingen zu der reservierten Nische in der Ecke. Außer Cindys Sichtweite, was wohl Absicht war: Sie wollten in Ruhe einen Fall besprechen. Aus den Augenwinkeln betrachtete sie Hayley, die sichtlich aufgewühlt war, ihr Sandwich bearbeitete, sich einen Bissen in den Mund schob und langsam kaute.

Alle schwiegen.

Schließlich sagte Hayley: »Er ist so ein Idiot!« Dann, flüsternd: »Ich bin eine intelligente Frau. Warum hat er bloß diese Wirkung auf mich?«

Cindy spießte eine Fritte auf. »Du kennst doch den Sheryl-Crow-Song – ›My Favorite Mistake‹. Solche Fehler machen wir alle.«

»Tja, ich wünschte nur, meiner wäre kein solches Arschloch!« Sie stand auf. »Ich muß mir die Lippen nachziehen.«

Als Hayley weg war, biß Rhonda in ihr Putensandwich. »Armes Ding.«

»Sie hat sich gut gehalten.«

»Außer daß sie ganze Schweißseen unter den Achseln hat.«

»Wie lange waren die beiden zusammen?«

»Ich glaube nicht, daß sie je wirklich zusammen waren. Es war mehr eine zufällige Geschichte.«

»Nicht für sie«, entgegnete Cindy. Sie sah auf ihren Teller, zur Decke, zur Bar. Überall hin, nur nicht hinter sich. Andy Lopez fing ihren Blick auf. Unwillkürlich nickte sie, was dumm war. Weil Andy Tim anstieß. Beide standen auf.

»O je.« Zur Stärkung nahm Cindy einen großen Schluck Bier. »Da kommen sie.«

Rhonda leckte sich die Finger, die voller Bratensoße waren. »Benimm dich. Du bist viel zu jung, um schon so abgebrüht zu sein. Wie alt bist du? Einundzwanzig?«

»Fünfundzwanzig.«

Rhonda war erstaunt.

»Ich weiß, ich sehe jünger aus.«

»Wenn du keinen Alkohol trinken würdest, hätte ich dich für achtzehn gehalten.«

»Hey, Decker.« Tim Waters knallte seinen Scotch auf den Tisch. Er war mittelgroß, hatte hellbraunes Haar, trübe grüne Augen und ein nichtssagendes Gesicht. Cindy kam er wie der typische Durchschnittsamerikaner vor. »Hab gehört, du bist bei Tropper groß rausgekommen.«

»Gute Neuigkeiten verbreiten sich schnell.« Cindy deutete auf die Stühle. »Setzt euch. Aber bringt noch was zu trinken für Hayley mit.«

»Wir dachten, nachdem sie Oliver gesehen hat, wär sie abgehauen«, meinte Waters.

Sein Grinsen war häßlich. Cindy starrte ihn durchdringend an. Das schien zu wirken, denn er wurde rot. »Nein, Hayley ist noch da ... sie ist nur kurz aufs Klo gegangen.«

Waters nahm sich einen Stuhl und setzte sich. Andy Lopez rutschte neben Rhonda. Er war klein, schlank, aber Cindy erinnerte sich an die Gewichte, die er im Trainingsraum der Akademie gestemmt hatte.

»Brown hat gesagt, du hättest deine Sache gut gemacht«, sagte Lopez.

Sie sah ihn an. »Gut zu hören.« Mit gerunzelten Brauen fügte sie hinzu: »Warum hab ich das Gefühl, daß noch ein Nachsatz dazu gehört?«

Lopez schien sie nicht zu verstehen.

Sie seufzte. »Was hat Brown noch gesagt?«

»Brown sitzt da drüben.« Waters deutete mit einem Kopfnicken in Richtung Bar. »Warum fragst du ihn nicht?«

»Weil ich gerade esse.« Cindy trank mehr Bier. »Was hat er gesagt, Andy?«

»Nur daß ...« Lopez klaute eine von Cindys Fritten. »Du weißt schon ...« Seine Stimme verklang.

»Vielleicht, daß ich mich produziert habe?« Cindy fing Jasmines Blick auf, zeigte auf ihr leeres Bierglas. »Ich hab keine Schau abgezogen.«

»Ich glaub dir ja, Cin ...«

»Die Situation war sehr angespannt. Ich hab getan, was ich konnte, ehrlich.«

»Brown sagt, du hast das gut gemacht«, wiederholte Waters. »Warum zickst du so rum?«

»Weil Tropper sauer ist.«

»Ja, Tropper ist echt sauer«, bestätigte Lopez.

Cindy starrte ihn an. »Und?«

Lopez stibitzte sich noch eine Fritte. »Himmel, Decker, ich sag's ja bloß. Laß deine Wut nicht an mir aus.«

»Vergiß es, Decker. Tropper wird dir nichts tun«, fügte Waters hinzu.

Beinahe Wort für Wort, was Beaudry gesagt hatte. »Woher weißt du das?« fragte Cindy. »Wieso? Weil er Angst vor meinem Vater hat oder was?«

Waters nahm einen Schluck Scotch. »Sagen wir mal so, er hat einen gesunden Respekt vor Autorität.«

Jasmine kam mit einem frisch gezapften Bier, betrachtete Cindy besorgt. »Du weißt, daß das kein Litebier ist, Hon, oder? Vielleicht solltest du was essen. Besser, du hast was im Magen, sonst steigt dir das Zeug zu Kopf.«

Cindy biß von ihrem Sandwich ab. Es schmeckte wie Stroh. Sie spülte es mit Bier runter. »Mir geht's gut. Ehrlich.«

Waters lächelte. »Und wenn nicht, kann ich dich heimfahren.«

»Das wird nicht nötig sein.«

Hayley kam zurück, frisch geschminkt. Cindy fand, sie sah super aus. Offensichtlich fand Waters das auch. Seine Augen blieben ein bißchen zu lange an ihrem Busen hängen. Marx funkelte ihn an. »Wer hat denn dieses Gesindel reingelassen?«

»Ich bekenne mich schuldig.« Cindy hob die Hand. Mutter Jasmine hatte recht gehabt. Nach mehr als vier Bier brummte ihr der

Schädel, und sie brauchte unbedingt was im Magen. Sie wollte noch mal abbeißen, knabberte aber nur am Rand herum. Andy beäugte das Sandwich sehnsuchtsvoll.

»Willst du was davon, Lopez?« fragte Cindy. »Ich bin wirklich nicht hungrig.«

»Tja, wenn du es nicht willst.« Lopez brach die Hälfte ab. »Bevor es verkommt ...«

Plötzlich wurde die rauchige Luft drückend, schnürte ihr die Kehle zu. Sie war außer Atem, wollte aber nicht nach Luft schnappen. Die Anspannung war durch den dramatischen Nachmittag noch größer geworden. Dazu der Alkohol. Cindy hatte das Gefühl, gleich aus der Haut zu fahren.

Sie mußte raus, und zwar sofort. Rasch stand sie auf. Ebenso rasch begann der Raum sich zu drehen. Sie stützte sich auf dem Tisch ab, um das Gleichgewicht nicht zu verlieren.

»Alles in Ordnung, Decker?« fragte Hayley. »Setz dich, Mädchen. Du siehst blaß aus.«

»Nein, mir geht's gut.« Ein angestrengtes Lächeln. »Bin nur müde.«

»Komm, ich fahr dich nach Hause«, sagte Andy.

Sie wußte, daß er das aufrichtig meinte. Und es war sinnvoll, weil sie benebelt war. Aber der Gedanke, mit ihm im Auto zu sitzen, gefiel ihr nicht. »Danke, Andy.« Wieder ein Lächeln. »Mir geht's wirklich gut.«

»Ich fahr dich«, bot Rhonda an. »Hayley kann mich nachher abholen ...«

»Das ist nicht nötig!«

Sie klang barscher als gewollt. »Wirklich, Rhonda. Danke, aber ich schaff das schon. Bis später.«

Sie warf sich die Tasche über die Schulter. Da sie wußte, daß die anderen sie beobachtete, bemühte sie sich, sehr gerade zu gehen. Aber sobald sie draußen war, brach ihr der Schweiß aus. Ihr Herz klopfte wie wild, ihre Hände zitterten, und alles verschwamm ihr vor den Augen. Schwankend stand sie auf dem Parkplatz, starrte auf das Meer von Autos. Wo, zum Teufel, war ihres?

»Bitte, lieber Gott«, betete sie. »Mach, daß ich heil nach Hause finde, und ich werd's nie wieder tun.«

Sie suchte erst die eine Reihe ab, dann die nächste. Die dunstige Nachtluft trug wenig zu ihrer Wiederbelebung bei, kräuselte aber ihr Haar.

Endlich entdeckte sie ihn – ihren Saturn. Sie hätte ihn nie bemerkt, wenn er nicht unter einer Laterne gestanden hätte. Ihr Wagen war in dem glitzernden Neongrün lackiert, daß vor ein paar Jahren so modern war. Jetzt war der Farbton passé, und das Coupé sah aus wie ein alte, angemalte Hure.

Sie schwankte zu ihrem Auto, fummelte mit den Schlüssel herum. Schweiß lief ihr von der Stirn. Mühsam gelang es ihr, die Tür aufzuschließen, aber dann begann sich die Welt zu drehen. Cindy schloß die Augen, doch das Drehen wollte nicht aufhören. Sie lehnte sich gegen das Metall, drückte den Kopf gegen das dicke, kühle Glas, betete, daß sie nicht kotzen mußte.

»Gib mir …«

Cindy schreckte zusammen, machte einen Satz zurück, stieß beinahe gegen seine Brust. Sie drehte sich um, funkelte ihn an, vergaß ihr verschwitztes Gesicht. »Schleichst du dich immer so an?«

»Nur an Verbrecher«, antwortete Oliver. »Was du auch sein wirst, wenn du in dieser Verfassung fährst. Gib mir die Schlüssel.«

Ihr war zu schlecht zum Streiten. Sie reichte ihm den Schlüsselring.

»Schaffst du es auf die andere Seite?«

»Wenn ich langsam genug gehe.«

Oliver öffnete die Fahrertür. »Rutsch rein.«

»Danke.«

Unbeholfen hievte sie sich auf den Beifahrersitz, legte den Kopf zurück, schloß die Augen. Immer noch drehte sich alles. Sie umklammerte ihre Beine, hoffte, dadurch ihren Magen zur Ruhe zu bringen.

Oliver griff über sie hinweg und schnallte sie an. »Hier. Kau das.«

Cindy öffnete die Augen, sah auf die ihr hingehaltene Tasse. »Was ist das?«

»Eiswürfel. Das hilft gegen Übelkeit. Als du gegangen bist, sahst du ein bißchen wackelig aus … ein bißchen grün um die Nase.«

Sie nahm die Tasse, biß sich auf die Lippen, kämpfte gegen die Übelkeit an. »Hast du mir nachspioniert?«

Er ignorierte sie. »Wohin soll ich?«

»Philosophisch gesehen?«

»Cindy!«

»Bieg an der ersten Ampel links ab.«

»Gib mir die Adresse.«

»Von meiner Wohnung?«

»Ja, Cindy, von deiner Wohnung.«

»Die Straße geht von der Bagley ab. Drei Blocks nördlich vom Venice Boulevard. Kennst du dich in der Gegend aus?«

»Das ist in der Nähe von Culver City, oder?«

»Ja. Genau.« Cindy zerkaute einen Eiswürfel und nannte ihm die Hausnummer. »Tut mir leid.«

»Ist schon gut.«

Sie stieß einen tiefen, nach Bier riechenden Seufzer aus. Eigentlich wollte sie noch was sagen, wollte erklären, aber sie bekam die Worte nicht raus.

Die Fahrt verlief schweigend, lange fünfundzwanzig Minuten, die ihr wie Stunden vorkamen. Bei jeder Kurve, jedem Spurwechsel schwappte Magensäure in ihre Speiseröhre hoch. Sie lutschte Eiswürfel und schluckte oft. Mit Papiertüchern wischte sie sich den Schweiß ab, rümpfte die Nase, weil die Tücher nach Bier stanken.

Fünf Halbe, und sie stank. Verstohlen sah sie zu ihrem Fahrer. Falls ihn der Gestank störte, ließ er sich nichts anmerken.

Endlich, endlich parkte er ihr Auto auf vertrautem Gelände. Irgendwie gelang es ihr, ohne Hilfe auszusteigen und die Tasche mit über den Boden schleifenden Schulterriemen hinter sich herzuzerren. Oliver kam auf sie zu, und sie streckte die Hand nach den Schlüsseln aus. »Ich glaube, ab hier schaff ich es allein.«

»Ich muß von dir aus telefonieren.«

Cindy öffnete und schloß den Mund, betrachtete ihn aus mißtrauisch zusammengekniffenen Augen.

»Ich muß mir ein Taxi rufen, Cindy. Mein Auto steht noch bei Bellini's.«

»Oh.« Cindy dachte nach, verarbeitete die Worte. *Er muß sich ein Taxi rufen.* »Ich kann das für dich machen.«

Oliver ließ sie nicht aus den Augen, lachte leise. »Wahrscheinlich kriegst du das hin. Aber ich würde lieber drinnen warten, als mir hier draußen den Arsch abzufrieren.«

»Oh.« Wieder dachte Cindy nach. *Ja, das ergab einen Sinn.* »Klar. Komm rein.« Sie nickte, bewegte sich aber nicht.

Oliver nahm sie am Ellbogen, schob sie sanft vorwärts. »Welche Nummer?«

»Dreihundertzwei. Es gibt einen Aufzug …«

»Wir nehmen die Treppe. Das Laufen wird dir guttun.«

»Mir geht's gut.« Sie blinzelte. »Wirklich.«

Er reagierte nicht, schob sie weiter, die Hand um ihren Oberarm. Sie kam sich vor wie ein ungezogenes Kind, das in sein Zimmer gebracht wird. Vor ihrer Wohnung zog Oliver die Schlüssel heraus und hielt sie hoch. »Welcher ist es?«

»Der aus Metall.«

»Cindy!«

»Gold …«, sagte Cindy. »Der goldene. Ein Sicherheitsschlüssel. Genauer krieg ich das im Moment nicht hin.«

Nach mehreren Versuchen gelang es ihm aufzuschließen. Er stieß die Tür weit auf. »Nach dir.«

»Ein echter Gentleman.« Cindy lächelte. »Das Telefon steht irgendwo. Du entschuldigst mich?«

Sie wartete nicht auf eine Antwort, verschwand schnurstracks im Schlafzimmer, schälte sich aus ihrem verschwitzten, nach Bier und Rauch stinkenden Hosenanzug, fluchte, weil die Reinigung ein Vermögen kosten würde. Dann warf sie sich in der Unterwäsche aufs Bett, starrte zur Deckenlampe hinauf, die sich drehte und drehte und drehte …«

Oliver rief aus dem anderen Zimmer.

»Was?« brüllte sie.

»Die Taxifirma will die Telefonnummer wissen«, rief er zurück.

»Acht, fünf …«

»Was?«

»Warte mal eben.« Langsam erhob sie sich vom Bett, öffnete die

Tür einen Spalt breit und nannte ihm die Nummer. Sie hörte, wie er sie wiederholte, vermutlich für die Taxifirma. Fast hatte sie das Bett erreicht, da revoltierte ihr Magen. Sie versuchte gar nicht erst, ihn zu beruhigen, rannte ins Badezimmer, hoffte, leise zu würgen. Doch nach dem ersten Mal war ihr auch das egal. Als sie fertig war, kroch sie zum Waschbecken und wusch sich, immer noch kniend, Mund und Gesicht.

Schließlich konnte sie aufstehen, ohne daß ihr gleich wieder schwindelig wurde. Rasch schaute sie sich im Spiegel an. Sie sah genau so aus, wie sie sich fühlte – wie aufgewärmte Scheiße.

Cindy überlegte, ob sie sich in der Küche eine Tasse Kaffee machen sollte, aber *er* war da draußen.

Tja, sein Pech! Wessen Wohnung war das denn? Sie warf sich ihren rosa Bademantel über, schaute noch ein letztes Mal in den Spiegel. Nichts hatte sich verändert – rote Nase, fahle Haut, wässerige Augen und, dank des Nebels, knallrote, gekräuselte Haare. Sie sah aus, als stände sie in Flammen. Trotzdem, mit einem Mann zu reden (selbst mit Scott Oliver, der im Alter ihres Vaters war), wenn man wie der letzte Dreck aussah, hatte was. Das zeigte Selbstvertrauen.

Sie öffnete die Schlafzimmertür und kam heraus, ein stolzes, rosafarbenes, bleichgesichtiges Bündel. Oliver schaute aus dem Fenster. Er drehte sich um, Hände in den Hosentaschen, und unterdrückte ein Lächeln, als er sie sah. »Schwerer Tag, Decker?«

»Ich würd nicht im Traum dran denken, dich mit meiner jämmerlichen kleine Geschichte zu langweilen.« Sie ging in die Küche, ließ Wasser in die Kaffeekanne laufen. »Ich mach Koffeinfreien. Willst du welchen?«

»Nein danke.« Er schaute durch die Jalousie. »Ein guter Rat. Versuch's mit Orangensaft. Vitamin C ist gut gegen Kater.«

Cindy betrachtete die Kaffeekanne. »Okay.« Sie goß das Wasser weg, nahm eine Tüte Orangensaft aus dem Kühlschrank, schenkte sich ein Glas voll ein. »Auf ex.«

»Was ist passiert, Cindy?«

»Die Sache ist wirklich nicht interessant, Scott.«

Er zuckte die Schultern. »Erzähl schon.«

»Ich hab jemand gegen den Strich gebürstet. Keine große Sache. Das krieg ich schon wieder hin.«

»Man kann nicht früh genug lernen.« Er nickte. »Das wird dir nur guttun.«

»Danke«, sagte Cindy. »Aber warum so herablassend?«

Oliver trat wieder ans Fenster, spielte an der Jalousie herum. »War nicht herablassend gemeint.«

Sie trank den Orangensaft. Er brannte ihr in der Kehle. »Dann irre ich mich also in der Annahme, daß deine harmlos hingeworfene Bemerkung über meinen Vater nicht böse gemeint war?«

Schweigen senkte sich über den Raum. Hielt ein paar Minuten an.

»Wir machen einen Deal, ja?« Oliver drehte sich um, sah sie an. »Ich erzähle deinem Vater nichts von heute abend, wenn du vergißt, was ich gesagt habe.«

»Daß mein Dad ein Einschleimer ist?«

»Genau das.«

»Einverstanden.«

Oliver fuhr sich durch die Haare. »Dein Dad ist ein guter Mann, Cindy. Ein guter Mann und ein mehr als anständiger Boß.«

»Du brauchst ihn mir nicht anzupreisen.« Wieder Schweigen. Dann fragte sie: »Was wolltest du von Osmondson?«

»Wir haben Fälle verglichen.«

»Hat das was mit den Carjackings in Devonshire zu tun?«

Oliver antwortete nicht gleich. Ach, zum Teufel, dachte er dann, sie redet wahrscheinlich sowieso mit ihrem Vater darüber. »Kann sein.«

»Inwiefern?«

»Das weiß ich noch nicht, Cindy. Ich hab mir nur die Unterlagen geben lassen.«

»Entschuldige. Ich wollte nicht neugierig sein.« Sie trank den Orangensaft aus. »Eigentlich bin ich stinkneugierig, aber ich merke schon, daß ich aus dir nichts rauskriege.« Sie hob den Finger. »Doch das wird mich nicht abhalten. Mir bleibt immer noch Marge.«

»Dir geht's offensichtlich besser.«

»Ein bißchen. Obwohl mein Kopf immer noch dröhnt und ich wie eine ganze Brauerei stinke.«

»Leg dich schlafen.«

Draußen hupte es, gleichzeitig läutete das Telefon laut und schrill. Oliver nahm ab. »Ja ... danke.« Er legte auf. »Mein Taxi ist da.«

»Warte!« Cindy lief ins Schlafzimmer, zog einen Zwanziger aus ihrem Geldbeutel. Nach dem Zehner, den sie Jasmine gegeben hatte, und diesen zwanzig blieben ihr gerade noch fünf Dollar plus Kleingeld. Zumindest konnte sie dann kein Geld mehr für Bier verschwenden. Den Schein in der Hand, ging sie ins Wohnzimmer zurück und hielt ihn Oliver hin »Für deine Bemühungen ... und die Taxifahrt.«

Oliver betrachtete den zerknitterten Schein, feucht von ihrem Schweiß. Dann sah er ihr ins Gesicht. »Du spinnst wohl.« Er lachte leise, zerzauste ihr das Haar, schloß die Wohnungstür hinter sich.

Cindy blieb stehen, sah ins Leere. Sie hörte seine Schritte auf der Treppe, hörte, wie die Autotür zufiel. Ein Motor sprang an, brummte laut und verlor sich allmählich, bis nur noch Stille blieb. Die totale Stille ihrer Wohnung.

Doch nach wenigen Augenblicken nahm sie wieder die üblichen Hintergrundgeräusche wahr – das Surren des Kühlschranks, das Summen der batteriebetriebenen Wanduhr. Sie schaute sich im Wohnzimmer um. Ihre Möbel kamen ihr fremd vor, große, unfreundliche Kleckse mit cremefarbenen Bezügen. Sogar die Kissen. Statt dekorativ zu sein, wirkten sie wie böse rote Augen, starrten sie feindselig an. In der Glasplatte ihres Couchtisches spiegelte sich das unheimliche grüne Licht ihres Videorecorders.

Ein lautes Rumsen von draußen ließ sie zusammenschrecken.

Beruhige dich.

Nur ein Autoradio, dessen Bässe auf Maximum eingestellt sind.

Warum stand sie hier? Was sollte das? Nichts, entschied sie. Sie blinzelte mehrmals. Dann verriegelte sie die Tür und ging ins Bett.

6

»In Hollywood gab es in den letzten zwei Jahren sechs ähnliche Fälle«, erklärte Oliver. »Alle ungelöst. Zwei sind anders gelagert, aber bei den vier, die ich markiert habe, gibt es Übereinstimmungen.«

Sie waren in Deckers Büro, eigentlich nicht mehr als ein Kabuff, aber zumindest mit einer Tür, die man schließen konnte, um ein wenig Ruhe zu haben. Decker saß hinter seinem Schreibtisch, Oliver und Marge davor. Deckers Telefonanlage blinkte, war aber stumm geschaltet.

Decker blätterte eine der rot markierten Mappen durch, überflog den Inhalt – Art des Verbrechens, Ort, Zeitpunkt, äußere Umstände. »Die Frau hatte kein Kind dabei. Oder ist mir was entgangen?« Decker gab Oliver die Mappe zurück.

»Nein, sie hatte kein Kind. Aber sie trug schwere Einkaufstaschen, hatte also die Hände voll. Der Täter benutzte dieselbe Methode. Schlich sich von hinten an, drückte ihr eine Waffe in den Rücken. Befahl ihr zu fahren. Nicht in allen Fällen waren Kinder dabei.«

»Nur in einem nicht«, verbesserte Marge.

»Dann war der in Hollywood vielleicht eine Ausnahme«, meinte Oliver. »Ich wollte ja nur eure Aufmerksamkeit darauf lenken. Wenn ihr ihn für irrelevant haltet, okay.«

»Wir haben es registriert.«

»Übrigens, wie geht es deinem Kind?« fragte Oliver.

Marge unterdrückte ein Lächeln. »Vega ... findet sich sehr gut zurecht.«

»Und wie kommst du als Mutter zurecht?« wollte Decker wissen.

»Ganz gut«, erwiderte Marge. »Na ja, das Ganze ist doch zeitlich begrenzt, selbst wenn die nächsten paar Jahre vielleicht noch etwas stürmisch werden. Sie ist jetzt dreizehn. Wenn sie achtzehn ist, verschwindet sie ja sowieso aus meinem Leben, oder?«

Die beiden Männer brachen in Gelächter aus.

»Was ist?« Marges Blick schoß von Oliver zu Decker. »Klärt mich auf. Ich würde auch gern lachen.«

Decker schüttelte den Kopf. »Margie, das ist eins der Dinge, die mit dem ... Elternsein zu tun haben. Man muß einfach da sein.«

»Nimm ihr doch nicht die Illusion«, sagte Oliver. »Denn genau das ist es – eine Illusion.«

»Redet ihr nur. Ich beachte euch einfach nicht.«

Decker lachte in sich hinein, nahm sich eine andere Mappe vor. Eine der unmarkierten. Ein paar Minuten lang las er konzentriert. »Du glaubst also, der Fall mit der Lady und dem roten Ferrari gehört nicht dazu.«

»Zum einen ist es schwierig, einen Ferrari zu klauen. Der Wagen hat Handschaltung. Und auch wenn man damit umgehen kann, muß man wissen, wo die Gänge liegen. Und selbst wenn man sich mit der Gangschaltung auskennt, muß man ein derart temperamentvolles Auto fahren können. Außerdem war die Frau allein und trug nichts, was sie behindert hätte. Die Vorgehensweise ist nicht dieselbe. Entführung gegen Lösegeld. Sie war reich.«

»Klingt wie der Armand-Crayton-Fall«, meinte Marge.

»Außer, daß sie nicht gestorben ist, wie Crayton. Oder doch?« Decker sah zu Oliver. »Was ist aus ihr geworden?«

»Ich nehme an, daß das Lösegeld gezahlt wurde und es ihr gut geht.«

»Und die Entführer wurden nie geschnappt?«

»Offensichtlich nicht. Sonst wäre der Fall nicht mehr offen.«

»Merkwürdig«, sagte Decker. »Entführung hat die höchste Aufklärungsrate. Haben die das Auto wiederbekommen?«

»Keine Ahnung. Ich ruf Osmondson an und frag ihn.«

»Die Frau fuhr einen roten Ferrari, Crayton eine rote Corniche. Glaubst du, da besteht eine Verbindung?«

»Was? Eine Bande, die auf zwei Ebenen arbeitet?«

»Eine für die ausgefallenen Modelle, eine für die normalen.«

»Bei zwei der Mutter-Kind-Überfälle ging es jeweils um einen Mercedes«, warf Marge ein.

»Zwei Mercedes, fünf Volvos, ein BMW, ein Jeep«, sagte Decker. »Nicht dieselbe Klasse wie Ferraris und Corniches.«

»Im Crayton-Fall haben die Entführer kein Lösegeld verlangt«, erinnerte ihn Marge.

»So weit sind die nie gekommen. Der Wagen ist einen Abhang runtergestürzt und explodiert. Crayton verbrannte.«

»Ich sag ja nur, daß die Witwe nie kontaktiert wurde.«

»Armand Crayton war in kriminelle Aktivitäten verwickelt«, mischte sich Oliver ein. »Er hatte mit Verbrechern zu tun. Wir haben Auftragsmord nie ausgeschlossen.«

»Stimmt«, meinte Decker. »Als er starb, liefen diverse Verfahren gegen ihn.«

»Die Fahrerin des Ferrari … wie heißt sie noch?«

Decker blätterte in den Unterlagen. »Elizabeth Tarkum.«

»Soweit ich weiß, hatte sie keine Vorstrafen. Sie war einfach eine reiche Frau am falschen Ort zur falschen Zeit.«

»Eine reiche *junge* Frau«, korrigierte Decker. »Sechsundzwanzig, und sie fuhr einen Ferrari.«

Oliver hob die Augenbrauen. »Crayton war wie alt? Dreißig?«

»Einunddreißig.«

»Womit war Crayton beschäftigt?« fragte Marge. »Verkauf nach dem Schneeballprinzip?«

»Er verkaufte Land, das ihm nicht gehörte … so was in der Art.«

»Nein, das Land, das er verkaufte, gehörte ihm schon. Aber aus irgendeinem Grund ist er bankrott gegangen. Einzelheiten waren schwer rauszukriegen.« Decker lehnte sich im Stuhl zurück. »Bei dem Fall hatte ich ständig das Gefühl, daß mich jemand behindert.«

»Wer denn?«

»Weiß ich nicht. Ich hab Webster auf die Frau angesetzt, aber er hat nichts erreicht.«

»Vielleicht hatte diese Tarkum auch ein paar Leichen im Keller«, überlegte Marge. »Wenn man bedenkt … fährt mit sechsundzwanzig einen Ferrari.«

»In den Unterlagen deutet nichts darauf hin«, sagte Oliver.

»Wie alt ist ihr Mann?« fragte Decker.

Oliver zuckte die Schultern. »Keine Ahnung.«

Marge griff nach ihrer Tasse und tropfte Kaffee auf ihren Schoß. Mit gerunzelter Stirn rieb sie an dem Fleck herum. »Deshalb trage ich Schwarz. Ich kann kleckern, und niemand merkt es.«

Decker reichte ihr die Schachtel mit Papiertüchern. »Darum trage ich braun. Da sieht man es erst recht nichts.«

»Du bist der einzige auf dem gesamten Revier, der es sich leisten kann, ausgebeulte braune Anzüge zu tragen«, sagte Oliver. »Die sind so unmodern, daß sie schon wieder modisch sind.«

Decker lächelte. »Da siehst du's. Ein echter Trendsetter.«

Oliver sah von seinen Unterlagen auf. Decker hatte den Schreibtisch voller Familienfotos stehen – Cindy, seine Stiefsöhne, mehrere Bilder von seiner Frau Rina. Sie standen so, daß Oliver sie sehen konnte, und sie waren ihm vorher nie aufgefallen. Kaffeeduft stieg ihm in die Nase. Sein Magen knurrte. Seine Tasse stand draußen auf seinem Schreibtisch. Er griff nach Marges Tasse, nahm einen Schluck, verzog das Gesicht. »Bah, was hast du denn da rein getan?«

»Wieso? Süßstoff und ...«

»Wie kannst du so was trinken?«

»Oliver, das ist mein Kaffee.«

Decker lächelte. »Nimm meinen, Scotty. Der ist schwarz. Zwar lauwarm, aber ohne was drin.«

»Ich hol mir selbst einen, danke.« Er stand auf und griff nach Deckers Becher. »Wenn ich schon gehe, kann ich dir auch frischen mitbringen.« Sein Blick wanderte zu Marge. »Möchtest du noch was von deinem Chemiezeug?«

»Wenn er einen kriegt, krieg ich auch einen.« Sie reichte ihm ihre Tasse. »Zwei Kaffeeweißer, ein Süßstoff. Sag ja nichts.«

Er machte das Friedenszeichen. »Bin gleich wieder da.« Die Becher in der Hand, ging er zu seinem Schreibtisch, um seinen zu holen. In dem Moment klingelte das Telefon. Er stellte die Becher ab, griff nach dem Hörer. »Oliver.«

»Hi.«

Kurzes Zögern. »Hi.« Natürlich hatte er ihre Stimme erkannt. »Wie geht's dir?«

»Ich bin froh, wenn der Tag vorbei ist.«

»Was machst du?« Oliver sah auf seine Armbanduhr. Halb elf.

»Viel zu früh fürs Mittagessen.«

»Code sieben – Zehn-Minuten-Pause.«

»Ah, Donuts und Kaffee.«

»Nur Kaffee«, verbesserte Cindy. »Hier achten alle auf ihr Gewicht.« Schweigen. »Stör ich dich?«

»Ein bißchen.« Oliver sah über die Schulter zu Deckers Tür. Sie war nach wie vor geschlossen. Dann fragte er sich, warum er so besorgt war. »Was ist?«

»Ich mach's kurz. Wollte mich nur richtig bei dir bedanken. Das hab ich gestern abend in meinem Tran nämlich vergessen, glaub ich.«

»Vergiß es ...«

»Nein, tu ich nicht; ich werde daraus lernen. Es ist mir peinlich, Scott. Nicht so sehr, daß ich betrunken war, sondern daß ich fahren wollte. Das war wirklich dämlich. Mehr als das, es war gefährlich.«

»Ja, stimmt.«

Sie lachte. »Wenigstens bist du ehrlich. Na gut, es wird nicht wieder vorkommen.«

»Das passiert uns allen mal«, sagte Oliver sanft. »Wenn du daraus lernst, bist du schon einen Schritt weiter.«

»Also danke schön fürs Retten. Wiedersehen.«

»Hör mal, hast du ... Ach, nichts.«

»Würdest du bitte den Satz beenden?« verlangte Cindy. »Hab ich ... was?«

Wieder schaute Oliver über die Schulter. »Vielleicht sollten wir bei einer Tasse Kaffee darüber reden. Ich kenne immer noch eine Menge Burschen drüben in Hollywood. Ich könnte dir einiges erzählen.«

»Was denn?«

»Dich aufklären.«

»Über die Jungs ...« Pause. »Oder über mich?«

»Vielleicht beides.«

Cindy seufzte. »Laß nur, Oliver. Beaudry hat mir meine Mängel schon klargemacht. Offenbar sind es viele.«

»Hat er auch deine guten Seiten erwähnt?«

»Er sucht noch danach.« Ein paar Sekunden vergingen. »Gibt es denn welche?«

Als Oliver sich erneut umschaute, hatte Marge die Tür geöffnet, machte ihm Zeichen – »was ist?« Er hielt einen Finger hoch – »noch eine Minute« – und flüsterte: »Jetzt ist nicht der richtige Zeitpunkt. Hör zu, du hast um drei Feierabend, ich um fünf. Ich komm rüber. Um sieben? Wie wär's mit ›Musso and Frank‹?«

»Ein bißchen zu teuer für meinen Geldbeutel, Oliver.«

»Ich lad dich ein.« Marge winkte ungeduldig. »Ich muß Schluß machen. Dein Vater braucht meine klugen Einsichten.«

»Grüß ihn ja nicht von mir.«

»Herzchen, ich hab nicht vor, deinen Namen zu erwähnen.«

7

Es war wenig los, und der Verkehr hätte fließen müssen, weil hier 60 erlaubt war. Der Stau wurde durch einen Laster verursacht, der nicht nur kroch, sondern auch noch Schlangenlinien fuhr. Eine uralte Kiste, ein Riesending. Das hintere Rücklicht war eingedrückt, das Nummernschild abgelaufen und aus dem Auspuff kam dicker Qualm. Beaudry gab das Kennzeichen in den Computer ein. Eine Minute später erschienen die entsprechenden Daten und der Name des Besitzers auf dem Bildschirm.

»Ein Chevrolet, Baujahr 51«, las Beaudry ab. »Tja, das paßt. Nicht zur Fahndung ausgeschrieben. Eingetragen auf einen Anatol Petru-ke …« Beim Buchstabieren kniff er die Augen zusammen. »P-e-t-r-u-k-i-e-v-i-ch.«

»Petrukievich«, sagte Cindy.

»Klingt russisch.«

Möglich. »Auf jeden Fall ist der Mann betrunken.« Cindy schaltete Rotlicht und Sirene ein. Der Laster wurde weder langsamer noch schneller. Er fuhr einfach im Schneckentempo weiter.

Beaudry nahm das Megaphon vom Haken. »Fahren Sie das Fahrzeug an die Seite. Sofort.«

»Glaubst du wirklich, daß er weiß, was ein Fahrzeug ist, Graham?«

»Er wird's schon kapieren.« Sie fuhren langsam weiter, beobachteten den Laster. »Wird er langsamer?«

»Bei zehn Kilometer pro Stunde ist das schwer zu sagen.« Sie wartete. »Ja, er schlingert zum Bordstein rüber.«

»Siehst du, er hat verstanden, was Fahrzeug bedeutet.«

»Vielleicht lag es am Blinklicht und der Sirene.«

»Du bist einfach ein schlechter Verlierer. Kopf oder Zahl, Decker?«

»Zahl.«

Er warf die Münze, klatschte sie auf seinen Handrücken, zeigte ihr den Quarter; George Washington grinste sie an.

»Ich hab gewonnen, du übernimmst den Fahrer«, meinte Beaudry.

»Immer bin ich die Glückliche.« Sie verdrehte die Augen. »Aber wer braucht schon Glück? Eine gute Polizistin sorgt selbst für ihr Glück, stimmt's?«

»Wenn du das sagst, Decker.«

Cindy parkte hinter dem verchromten Dinosaurier, stieg aus, ließ die Tür zum Schutz offen. Sie wartete ab, ob der Fahrer im Wagen blieb.

Was er tat, zumindest für den Augenblick.

Sie öffnete ihren Halfter. Vorsichtig, die Hände auf den Hüften, ging sie an der linke Seite des Fahrzeugs nach vorne. Auf der Fahrertür prangte eine Werbung, MALERARBEITEN BESTER QUALITÄT, in großen schwarzen Buchstaben. Darunter ein lächelnder Pinsel. Die Telefonnummer gehörte zu einem Anschluß in Hollywood. Mr. Petrukievich war also von hier. Oder zumindest hatte er hier sein Geschäft.

Cindys Hand lag auf der Waffe, ihr Blick war extrem wachsam. Als sie sich dem Fenster näherte, wurde die Fahrertür geöffnet.

»Bleiben Sie im Wagen, Sir«, sagte sie streng.

Entweder ignorierte er sie oder verstand sie nicht; die Tür schwang weiter auf und zwei Füße landeten auf dem Boden. Cindy machte sich auf das Schlimmste gefaßt, denn als er stand, überragte er sie. Er war nicht nur groß, sondern auch sehr kräftig. Vierschrötig und bullig. Mindestens so groß wie ihr Dad.

»Bleiben Sie, wo Sie sind, Sir«, befahl sie.

Er erstarrte, schaute verwirrt. Seine Haut war bleich, ein helles Rosa, bis auf die Nase, die an eine riesige Erdbeere erinnerte. Glattes, bernsteinfarbenes Haar, das über seine breite Stirn gekämmt war. Sein Bart war dünn und blond. Er stank nach Alkohol.

Cindy hielt nach Beaudry Ausschau, hoffte auf seine Unterstützung, aber offensichtlich hatte ihr Partner selber Probleme. Im Führerhaus hatte noch ein Passagier gesessen, ebenso groß wie der Fahrer. Und wahrscheinlich genauso betrunken, denn er schwankte. Graham hatte Mühe, ihn aufrecht zu halten.

Der Fahrer wippte inzwischen auf den Füßen. »Ich hab nix gemacht.« Er nickte heftig, das Haar flog ihm in die Augen.

Cindy blieb stehen, sagte langsam und deutlich: »Sir, gehen Sie zurück, steigen Sie wieder ins Auto.«

»Zurück?« Das kam als «zrück« raus. Der Mann runzelte die Stirn, drehte sich um und zeigte Cindy seinen Rücken.

»Nein, nicht den Rücken. Zurück in den Laster. In den Laster! Drehen Sie sich um – drehen …« Sie ließ den Zeigefinger kreisen. Der Mann gehorchte, drehte sich um sich selbst. »So?«

Er war voll wie eine Haubitze, aber nicht aggressiv. Ihn in den Laster zurückzubefördern, war ausgeschlossen. Sie legte ihm die Hand auf die fleischige Schulter, damit er sich nicht weiter drehte. Sein Körper torkelte vorwärts, während sein Kopf immer noch hin und her schaukelte. Er stolperte, tastete mit beiden Händen nach der Kühlerhaube. Unter anderen Umständen wäre es die reinste Slapstick-Komödie gewesen. So war er ein Koloß von einem Betrunkenen, der jede Minute gefährlich werden konnte.

Wachsam sagte Cindy: »Zeigen Sie mir bitte Ihren Führerschein, Sir.«

Dem Mann gelang es, sie anzusehen. Sein Blick war verschwommen.

»Ihren Führerschein.« Cindy versuchte ihre Aufforderung pantomimisch darzustellen. Er schaute nur verständnislos. Sie rief Beaudry zu: »Spricht deiner englisch?«

»Glaub ich nicht«, erwiderte Beaudry. »Aber er hat gute Zähne. Das weiß ich, weil er ständig lächelt.«

Cindy betrachtete den Riesen. Stämmig war ein passendes Adjektiv für ihn. »Ihren Führerschein.« Sie drehte an einem imaginären Steuerrad. »Fahren.«

Der Mann nickte. »Da.« Er zeigte auf seinen Laster.

Er kapierte es nicht.

»Führerschein«, wiederholte Cindy lauter. Als könnte größere Lautstärke sein Verständnis erhöhen. »Führerschein.«

Der Mann wiederholte: »Führer-schein.«

»Officer Beaudry, können Sie mir mal ein Alcotest-Röhrchen bringen?« Wenn der Russe die erlaubte Promillegrenze überschritten hatte, brauchte sie seinen Führerschein nicht. Sie würde ihn sofort verhaften.

»Kann hier nicht weg«, rief Beaudry zurück. »Machen Sie einen einfachen Alkoholtest.«

Was hieß, Beaudry wollte sie nicht mit *zwei* Besoffenen allein lassen. Na gut. Das war legitim. Also würde sie den Fahrer testen. Kein Problem.

»Sind Sie Anatol Petrukievich?«

Der Mann strahlte. »Da!« Wieder nickte er. »Da!« Er brabbelte auf russisch los und beendete seine Rede mit einem breiten Lächeln. Cindy lächelte auch. Er grinste wie ein Schuljunge.

Na toll. Jetzt waren sie Kumpel.

»Schau her, Anatol.«

Als er seinen Namen hörte, sah er sie an. Wieder das Grinsen.

»Schau auf mein Bein. Siehst du, was ich mache?« Cindy balancierte auf dem rechten Fuß, hob das linke Bein etwa sechs Zentimeter hoch und zählte laut bis zehn. Dann zeigte sie auf ihn. »Du! Anatol! Jetzt Anatol, okay? *Capische?*«

Was Blödsinn war, denn *capische* war italienisch. Sie wiederholte die Übung, zählte wieder bis zehn, zeigte auf seine Brust. »Jetzt du.«

»Da!« Er nahm die Herausforderung an, verlagerte das Gewicht auf das rechten Bein, schwankte aber gefährlich, als sein linker Fuß sich vom Boden hob. Anatol wurde rot, versuchte es noch mal. Wieder nichts. Er sagte was auf russisch, wollte sich offenbar entschuldigen.

»Nein, ist schon okay«, rutschte ihr raus.

»O-key?« Er strahlte.

»Nein, nicht okay.« Cindy schüttelte den Kopf. »Nicht okay, nur … mach das!« Sie hob die Arme in Schulterhöhe, ballte die Fäuste, streckte den rechten Zeigefinger vor. Den Ellbogen gebeugt, berührte sie ihre Nasenspitze mit dem Zeigefinger, ohne die Arme zu senken. »Jetzt du, Anatol. Du.«

Der Mann nickt, bewegte sich aber nicht.

Um ihm auf die Sprünge zu helfen, hob sie seinen rechten Arm, streckte ihn aus. Aber sobald sie losließ, fiel der Arm wieder herab.

Bisher bekam er für seine Leistungen ein »Mangelhaft«. Aber da war auch die Sprachbarriere zu bedenken. Sie brauchte mehr objektive Informationen, bevor sie ihn einbuchtete. Sanft drehte sie ihn um, bis er mit dem Gesicht zum Chevy stand, nahm seine Hände, legte sie auf die Kühlerhaube. Dann drehte sie ihm, immer noch sanft, einen Arm nach dem anderen auf den Rücken und legte ihm Handschellen an.

Absolut kein Widerstand.

Er war groß und betrunken, aber ein verdammt glücklicher Bär.

Vorsichtig führte sie ihn zum Streifenwagen. Seine Füße schlurften über den Boden, und er schwankte und stolperte bei jedem Schritt. Cindy mußte ihn stützen. Der Teddybär war schwer, sehr schwer. Sie umklammerte die Handschellen, versucht ihn aufrecht zu halten. Aber statt ihn zu führen, wurde sie hin und her geschlenkert wie von einem monströsen, stockbesoffenen Krebs.

Schließlich erreichten sie den Streifenwagen.

»Vorsichtig, Anatol.«

Sie öffnete die rückwärtige Tür, stellte den Bär neben den Sitz.

»Rein.« Cindy gab ihm einen leichte Schubs. »Rein.« Sie drückte seinen Kopf runter, damit er sich den dicken Schädel nicht am Wagendach anstieß. Ein Teilerfolg. Anatols Kopf und Körper waren im Wagen, aber seine Füße baumelten immer noch über dem Rinnstein.

Mit erhobenem Zeigefinger befahl sie: »Warte hier.«

Anatol grinste. Er schien nicht im geringsten beunruhigt. Cindy holte ein Alcotest-Röhrchen aus dem Kofferraum. Als er es sah, signalisierte sein Blick Wiedererkennen. Ohne Anweisung blies er hinein. Sein besoffener Atem hätte selbst ein Rhinozeros umgeworfen.

»Mann!« stieß Cindy aus. »Das sind ja 2,5 Promille. Sie sind betrunken, Sir.«

Anatol grinste, deutete mit Daumen und Zeigefinger knapp drei Zentimeter an. »So viel Wodka.«

Cindy breitete die Arme aus. »Eher so viel Wodka.«

Anatol lachte.

»Haben Sie so einen?« Cindy holte ihren Führerschein heraus.

Anatol schüttelte den Kopf. »Hab nich.«

»Heißt das, Sie haben Ihren Führerschein nicht dabei oder Sie haben überhaupt keinen?«

Die grammatikalischen Feinheiten kamen bei ihm nicht an. »Hab nich.«

»Dann haben wir ein Problem.« Cindy bückte sich, hievte seine mit Farbe bespritzen riesigen Schuhe in den Wagen und schloß die Tür. »Officer Beaudry«, rief sie. »Ich hab ihn im Auto. Wir können los.«

»Komme.« Als Beaudry sich in Bewegung setzte, tappte der andere Russe ihm hinterher.

Beaudry drehte sich um. »Nein, Sie bleiben hier.« Er deutete auf den klapprigen Laster. »Setzen Sie sich rein. Besorgen Sie einen Anwalt für Ihren Freund.« Beaudry ahmte ein Telefongespräch nach, zeigte dann auf Petrukievich. »Holen Sie Hilfe für Ihren Freund. Er kommt ins Gefängnis.«

Ein verblüffter Blick. »Gefängnis?«

»Ja, genau.«

Cindy beobachtete Beaudry, der eine Gefängnisszene vorzuspielen versuchte.

»Ah!« Anatols betrunkener Kumpel lächelte, stieg in den Laster, lehnte sich zurück und schloß die Augen. Offenbar wollte er ein Nickerchen halten.

»Verhaften wir den auch?« fragte Cindy.

»Mit welcher Begründung?« gab Beaudry zurück. »Weil er schläft? Komm, fahren wir.«

Cindy ließ den Wagen an, griff nach dem Automatikschalthebel. Etwas klebte an ihrer Hand. Ein gelber Merkzettel. Sie pulte ihn von ihrer verschwitzten Handfläche. »Nicht vergessen« stand drauf, mit schwarzem Filzschreiber geschrieben. Ihr Schweiß hatte die Worte verwischt. Sie zeigte Beaudry den Zettel. »Hast du den hier hingeklebt?«

Er sah ihn sich an. »Nein.«

»Ich auch nicht.«

Beaudry zuckte die Schultern.

»Wie ist er dann hierhergekommen?« fragte Cindy.

»Bei dem wenigen Verkehr hat er bestimmt den Freeway genommen ...«

»Ich meine es ernst.«

»Wie zum Teufel soll ich das wissen, Decker? Vielleicht hast du ihn selber hingeklebt und vergessen.« Er grinste. »Damit du es *nicht* vergißt.«

»Sehr witzig.«

»Vielleicht waren es aber auch die Jungs von der Werkstatt.«

»Dann hätte ich ihn schon beim Losfahren bemerkt. Spätestens, als ich Mr. Petrukievich angehalten habe. Bist du sicher, daß du es nicht warst?«

»Ja. An so was würde ich mich erinnern.«

Cindy war verstört, aber sie sagte nichts mehr, starrte nur den Zettel an.

Beaudry wurde ungeduldig. »Decker, es ist schon spät. Ich bin müde. Laß es gut sein. Fahr endlich los.«

Sie zerknüllte die geheimnisvolle Botschaft, löste die Handbremse und fuhr los. Beaudry meldete über Funk die Verhaftung und ihre geschätzte Ankunftszeit im Revier.

Nicht vergessen.

Cindy versuchte, nicht mehr daran zu denken. »Was meinst du, wie lange werden wir mit unserem Freund brauchen?«

»Was liegt gegen ihn vor?«

»Rücksichtsloses Fahren, Alkohol am Steuer, ein Blutalkoholspiegel von 2,5 Promille und Fahren ohne Führerschein.«

»Vielleicht eine Stunde.«

»Jessas!«

»Warum? Hast du was vor?«

»Ja, aber erst später.«

»Hoffentlich bist du nicht unter Zeitdruck«, sagte Beaudry, »weil wir ihn nämlich nach Parker Center oder auf ein anderes Revier bringen müssen, wenn unsere Ausnüchterungszelle voll ist. Das dauert natürlich.«

»Es ist erst Viertel nach drei, Graham. Wie viele Besoffene können um die Zeit schon in der Zelle sein?«

»Viele hängen einfach nur rum, Cindy. Für die fängt die Cocktailstunde schon morgens an.«

Eingewickelt in ein weißes Badetuch, begutachtete Cindy ihren Kleiderschrank. Für was Leichtes war es noch zu früh im Jahr. Aber dicke Wolle war auch nicht mehr angesagt. Damit blieben ihr verschiedene Möglichkeiten.

Erstens: Ihr ärmelloses schwarzes Gabardinekleid. Geeignet für eine Einladung zum Essen, aber zu sexy für einen beruflichen Termin mit einem Vorgesetzten, noch dazu mit einem Mann, der mit ihrem Vater zusammenarbeitete. Gut, sie könnte ihren schwarzen Blazer dazu tragen, das würde die Sache abmildern. Aber das Jackett war eher blauschwarz, während das Kleid mehr ins Grünliche schimmerte. Sie würde nie begreifen, warum Schwarz so viele verschiedene Schattierungen hatte.

Zweitens: Ein olivfarbenes Hemdblusenkleid, das toll zu ihrem roten Haar aussah. Aber der Schnitt war militärisch; es hatte sogar Schulterklappen. Für dieses Kleid mußte sie in der richtigen Stimmung sein. Und das war sie nicht.

Drittens – die letzte Möglichkeit: Ein einreihiger, marineblauer Hosenanzug. Gut geschnitten um die Hüften, am Hintern nicht zu eng, kein tiefer Ausschnitt. Sehr geschäftsmäßig, damit keiner auf dumme Gedanken kam. Vielleicht sogar ein bißchen zu steif. Was sich aber mit einem Schal auflockern ließ.

Nur haßte sie Schals.

Manche Frauen hatten ein Talent dafür, warfen sich Schals sorglos über die Schulter oder legten sie sich wie Halsketten um. Bei ihr saßen die verdammten Dinger nie richtig, sahen aus wie ein Wetterschutz, nicht wie ein modischen Accessoire.

Sie nahm den schlichten Anzug vom Bügel und betrachtete ihn. Er würde genügen. Mit einer einfachen Goldkette und goldenen Ohrsteckern ließ er sich etwas aufpeppen. Diesen Aufzug konnte man wirklich nicht als aufreizend bezeichnen. Nicht, daß sie Scott verdächtigte, irgendwas im Sinn zu haben, aber Männer waren nun mal Männer. Selbst *alte* Männer.

Cindy wickelte sich aus dem Badetuch, schlüpfte in ihre Unterwäsche. Als nächstes kam die Hose; sie paßte gut, saß sogar ein bißchen locker. Eine freudige Überraschung.

Sie zog das Jackett über und knöpfte es zu. Verdutzt stellte sie fest, daß es über der Brust spannte. Rasch zog sie es wieder aus und betrachtete sich im Spiegel. Ihre Brüste waren nicht größer geworden, aber die Brustmuskulatur hatte sich entwickelt. Auch ihre Schultern waren breiter geworden.

Warum war ihr das noch nicht aufgefallen? Wahrscheinlich, weil sie nicht viel auf ihr Äußeres achtete. Nur, wenn es sein mußte, betrachtete sie sich im Spiegel. Vor Verabredungen. Und die waren in letzter Zeit selten. Die Sache mit Scott war zwar keine richtige Verabredung, aber immerhin ein Essen in einem Restaurant mit einem Mann, der kein Verwandter war. Sie führte die Veränderung ihres Körpers aufs Gewichtheben und Training zurück, ihre tägliche Laufstrecke von fünf Kilometern, dazu fünfzig Liegestützen und zweihundert Sit-ups.

Das Jackett spannte also. Na und? Sie würde es einfach nicht zuknöpfen. Aber dann mußte sie etwas *darunter* tragen. Ihre Blusen spannten wahrscheinlich auch. Blieben nur noch Pullover. Die meisten waren zu dick und zu sportlich für einen Hosenanzug. Außer vielleicht dem schwarzen, gerippten Rolli.

Ging Schwarz zu Marineblau?

Ach je, dachte sie. Mit miesem Stilgefühl geschlagen. Wenn sie doch nur eine Mutter hätte, die sich in solchen Dingen auskannte. Eine, die wußte, wie man Schals knotet, Sachen richtig kombiniert und welcher Lippenstift zu was paßte.

Ihre Mutter war in Modedingen genau so hoffnungslos wie sie. Moms Kleidung bestand hauptsächlich aus Baumwollkaftans oder Bauernblusen mit weiten, gerüschten Röcken. Dazu trug sie meist klotzige Glasperlenketten oder indianischen Silberschmuck mit Türkisen. Cindy hatte nie verstanden, warum sich ihre Mutter so kleidete, denn sie hatte eine gute Figur.

Cindy zog den Rolli an. Er saß eng, aber es würde gehen. Das Jackett verdeckte ihren Busen. Sie war schlank, einsachtundsiebzig groß, wog fünfundsechzig Kilo.

Sie legte etwas Rouge auf und schminkte sich die Lippen. Ihre schulterlangen Locken drehte sie zu einem Knoten zusammen und befestigte ihn mit einer Schmetterlingsspange. Mit der Handtasche über der Schulter verließ sie das Schlafzimmer. An der Wohnungstür blieb sie kurz stehen und schaute noch einmal ins Wohnzimmer.

Ihr Blick blieb am Kaminsims hängen, länger als nötig.

Irgendwas stimmte nicht.

Sie ging zum Kamin. Auf dem Sims standen eine Vase, eine kleine Waterford-Kristalluhr (ein Geburtstagsgeschenk ihrer Stiefmutter Rina), ein Dutzend Porzellantierchen (ihre Sammlung aus Kinderzeiten) und mehrere Familienfotos in Silberrahmen.

Das war es!

Hannahs Foto fehlte. Cindy ließ den Blick durch den Raum wandern, bis er am Couchtisch hängenblieb. Da stand das Bild ihrer sechsjährigen, strahlend lächelnden Halbschwester. Cindy nahm den Silberrahmen und stellte ihn wieder an seinen angestammten Platz.

Wie war er auf den Couchtisch gekommen? Sie hatte ihn nicht angerührt, seit sie das Foto aufgestellt hatte.

Oder doch, als sie das letzte Mal Staub gewischt hatte?

Gott, wann hatte sie überhaupt Staub gewischt?

Sie sah auf die Uhr. Zwanzig vor sieben. Selbst wenn sie Glück hatte mit dem Verkehr, schaffte sie es kaum noch rechtzeitig zum Restaurant.

Über das Bild würde sie später nachdenken. Sie schloß die Wohnungstür ab, vergewisserte sich, daß sie auch wirklich zu war, lief rasch die drei Treppen hinunter.

Vielleicht hatte Oliver gestern abend das Bild umgestellt. Vielleicht hatte er das Foto vom Kaminsims genommen, war damit auf und ab gegangen, als er auf sie wartete. Und hatte nicht mehr gewußt, wo es hingehört, als er es zurückstellen wollte.

Was Blödsinn war. Er hätte nur zum Sims schauen müssen, wo die anderen Fotos standen.

Cindy schaute sich um, blickte über die Schulter, schloß die Wagentür auf. Sie stieg ein, verriegelte sofort die Türen. Nach einem letzten Blick ließ sie den Motor an.

Vielleicht hatte Oliver es in der Hand gehalten und schnell abgestellt, als sie ins Zimmer kam. Weil er nicht wollte, daß sie ihn damit erwischte.

Das klang schon wahrscheinlicher.

Man kennt das ja. Man ist bei Fremden, wird neugierig und faßt Dinge an, die einen nichts angehen. Dann kommt jemand ins Zimmer, und man will nicht beim Herumschnüffeln ertappt werden.

So war es bestimmt gewesen. Oliver hatte das Bild verstellt.

Sie würde ihn fragen ... nachdem er die Rechnung bezahlt hatte.

8

Als sie auf den Tisch zuging, stand Oliver auf. Er war von der alten Schule, genau wie ihr Vater, hielt Frauen vermutlich die Tür auf und rückte ihnen den Stuhl zurecht. Ganz anders als ihre eigene

Generation, wo jeder auf sich gestellt war – gut fürs Selbstvertrauen, schlecht für die Manieren.

Scott sah gut aus, viel eleganter als am Abend zuvor. Er trug ein Kamelhaarjackett über einem cremefarbenen Hemd, dazu eine rote Krawatte und schwarze Hosen. Cindy ergriff seine ausgestreckte Hand. Statt ihre zu schütteln, zog er sie an sich und gab ihr einen Kuß auf die Wange, lehnte sich dabei über den Tisch. Er ließ sie los, musterte sie.

»Hübsch siehst du aus.«

»Danke. Du auch.«

»Ich seh hübsch aus?«

»Äh, ich meinte gut. Du siehst gut aus.«

»Gut ist okay. Ich bin sogar mit hübsch einverstanden. Setz dich doch.«

Cindy rutschte auf die rote Lederbank ihm gegenüber. Der Tisch stammte aus einem anderen Zeitalter, hatte eine Linoleumplatte, die wie Marmor aussehen sollte. Er war so klein, daß sich ihre Knie berührten. Cindy zog die Beine an. Falls Scott es bemerkt hatte, äußerte er sich nicht dazu.

Das ganze Restaurant erinnerte an vergangene Zeiten, als Hollywoods Ruhm noch das Grauman's Chinese Theater und The Walk of Fame bedeutete statt Piercingläden und Tätowierungssalons. Die Inneneinrichtung erinnerte an eine Art Jagdhütte mit Balkendecke, Deckenfries und Jagdbildern von Hirschen, Hasen und Hunden. Die Stiche hingen an dunkel getäfelten Wänden. Altes Holz … gutes Holz. Eine Bar mit Spiegelwand zog sich durch den ganzen Raum; die Spezialität waren trockene Martinis mit einer Olive oder – für die Kultivierteren – einer Perlzwiebel. Kellnerlehrlinge, zu erkennen an ihren grünen Westen und dem Lächeln, gossen Wasser ein und brachten Brot. Ein Ober, zu erkennen am roten Jackett und der verdrießlichen Miene, reichte ihnen die Speisekarten und fragte, ob sie etwas trinken wollten.

»Wein zum Essen?« fragte Oliver.

»Gerne.« Cindy sah zum Ober hoch. »Irgendwelche Spezialitäten, die nicht auf der Karte stehen?«

Der Ober betrachtete sie mißtrauisch. »Die Karte wird täglich neu geschrieben.«

»Oh.« Cindy überflog die Tageskarte. »Und alles, was da draufsteht, ist vorrätig?«

»Die Linguine mit Langostinos, das Westernomlett und das Hummerbisque nicht ...«

»Warum stehen sie dann auf der Karte?«

Der Ober funkelte sie an. »Wollen Sie mit dem Besitzer sprechen?«

»Nicht unbedingt.«

»Möchten Sie bestellen, Ma'am?«

Die Karte war reichhaltig und sehr klein gedruckt. »Kann ich mir ein paar Minuten Zeit lassen?«

Der Ober drehte sich um und ging.

»Ob wir den je wiedersehen?« fragte Cindy.

»Wenn du weiter so viel meckerst, wahrscheinlich nicht.«

Sie zuckte die Schultern. »Ich hab nur eine einfache Frage gestellt.«

Oliver sah sie an. »Muß Spaß gemacht haben, dich großzuziehen.«

Cindy lächelte. »Kann mich nicht erinnern, daß mein Vater sich beschwert hätte.«

»Vielleicht nicht bei dir ...«

»Wieso? Hat er was zu dir gesagt?«

Oliver war verblüfft über die Schärfe ihrer Frage. »Nein. Ich mach nur Konversation. Schwerer Tag heute, Decker?«

»Eigentlich nicht ... abgesehen von dem betrunkenen Russen, den ich heute nachmittag verhaftet habe.«

Er sah auf. »Wie ist es gelaufen?«

»Er ist in der Ausnüchterungszelle, und ich bin hier. Was man wohl als Sieg für die Gesellschaft und auch für mich ansehen könnte.« Sie schwieg. »Nee, auf der Arbeit läuft alles gut.« Sie rollte die Schultern. »Alles okay.«

Oliver ließ die Karte sinken und betrachtete sie. »Du wirkst angespannt ... so wie du da sitzt.«

»Bin ich nicht.« Zum Beweis ließ sie die Schultern hängen.

»Meine Muskeln sind etwas steif. Kommt vom Tippen. Du weißt schon, über die Tastatur gebeugt, ohne Rückenstütze. Bei der Polizei wird nicht sehr ergonomisch gedacht.«

»Was hast du denn getippt?«

»Berichte. Was ziemlich mühsam ist, weil man sie in einem bestimmten Format tippen muß. Darauf achten muß, daß die Worte nicht über den Rand hinausgehen, weil sie sonst zwischen den Zeilen stehen statt drauf, wenn man das Formular ausdruckt. Ich dachte, eine heiße Dusche würde helfen. Hat sie auch, aber nur kurz.«

»Warum tippst du so viele Berichte?«

Cindy legte die Karte weg. Sofort erschien der Ober. »Haben Sie sich entschieden?«

Für sie klang das wie *Haben Sie sich entschieden zu gehen? Bitte?* »Ja, danke. Ich nehme die Scholle. Ist die … ach, schon gut.«

»Wenn Sie eine Frage haben, stellen Sie sie ruhig. Ich mag zwar bellen, aber ich beiße nicht.«

Cindy lächelte. »Wie ist sie zubereitet?«

»Leicht paniert und in der Pfanne gebraten«, erwiderte der Ober stoisch. »Als Beilage Salzkartoffeln. Sie können aber auch Pommes frites haben.«

»Ja, lieber das.« Sie reichte ihm die Karte. »Danke.«

»Gern geschehen.« Er wandte sich an Oliver. »Und für Sie, Sir?«

»Ich hätte gern die Garnelen und eine Flasche von Ihrem besten Chardonnay.«

»Einen Caesarsalat für zwei als Entree?«

»Ja, warum nicht?«

Der Ober verschwand ohne weiteres Getue.

Cindy flüsterte: »Ob er in unser Essen spuckt?«

»Glaub ich nicht.«

»War ich diesmal höflich genug?«

»Etwas besser.« Er lächelte. »Warum tippst du so viele Berichte?«

»Aus Gefälligkeit.« Cindy sah zur Decke hoch. »Ich vervollständige Sergeant Troppers Berichte – eine Arbeit, die er haßt –, damit ich nicht mehr bei ihm verschissen hab.«

»Tropper?« Oliver dachte kurz nach. »Muß nach meiner Zeit gekommen sein. Warum hast du bei ihm verschissen?«

»Du meinst, außer daß ich eine Frau bin und dazu noch eine mit Collegeabschluß? Tja, ich hab es gewagt, eine schwierige Situation kompetent zu lösen. Das hat ihm nicht gefallen.«

Oliver hob die Augenbrauen. »Die Polizei bevorzugt Teamspieler, Cindy.«

»Ich hätte also beiseite treten und …«

Sie verstummte, als der rotbefrackte Ober mit einer Weinflasche und dem Caesarsalat an den Tisch kam. Er stellte die Teller vor sie hin, entkorkte die Flasche, goß Oliver einen Probeschluck ein. Scott schwenkte den Wein im Glas, roch, probierte.

»Ja, der ist gut.«

Sofort schenkte der Ober die beiden Gläser voll und stellte die Flasche in einen Eiskühler. »Pfeffer für den Salat?«

»Gerne«, erwiderte Cindy.

Der Ober holte eine Pfeffermühle und knallte sie vor Cindy auf den Tisch. »Bedienen Sie sich.« Er stapfte davon.

Cindy verteilte großzügig Pfeffer auf ihrem Salat. »Der Mann mag mich nicht. Vielleicht liegt es an meinen roten Haaren.«

»Vielleicht liegt es an deinem Benehmen.«

»Oh, bitte!« Cindy spießte ein Salatblatt auf, steckte es in den Mund und kaute langsam. »Normalerweise würde mich das ärgern. Aber das Essen ist zu gut. Spannung ist schlecht für die Verdauung.«

»Allerdings.« Oliver hob sein Weinglas.

Sie stießen an. »Auf was trinken wir?« fragte Cindy. »Auf die gute Teamspielerin?«

»Wie wär's damit, dich vor Gefahr zu bewahren?«

Cindy nahm einen Schluck. »Gefahr von den Verbrechern oder meinen Kollegen? Wolltest du mich nicht aufklären?«

»Halt dir den Rücken frei.«

»Fällt schwer, wenn man hinten keine Augen hat, Scott.«

»Ich meine es ernst, Cindy. Du mußt hin und wieder über die Schulter gucken. Du bist viel zu überheblich. Ich weiß nicht, ob es an deiner Unerfahrenheit liegt oder an deiner Bildung, der Stellung deines Vaters oder deiner sprühenden Persönlichkeit. Aber du mußt dir deiner selbst bewußt sein. Wichtiger noch, du mußt wissen, wie dein Verhalten auf deine Kollegen wirkt. Da draußen auf der Straße hängt dein Leben von ihnen ab.«

»Ich kann auf mich selbst aufpassen.«

»Siehst du, das ist ein großer Irrtum. Und ein gefährlicher dazu.« Er senkte die Stimme, beugte sich vor. »Du kannst *nicht* auf dich aufpassen. Keiner kann das da draußen. Jeder muß den anderen im Auge behalten. Polizeiarbeit ist Teamarbeit, Herzchen. Wenn du was allein machen willst, werde Spion.«

»Tja, das ist eine Idee. Diese schicken Sonnenbrillen!«

»Du bist schlagfertig, das muß man dir lassen.« Er lehnte sich zurück. »Nur hilft dir das nichts gegen eine 375er. Oder selbst eine 22er.«

»Weißt du was, Oliver, selbst wenn ich Hilfe von meinen Kollegen wollte, würden ich sie nicht bekommen. Warum soll ich also darauf warten?« Sie senkte die Salatgabel. »Die sind doch nur darauf aus, uns Frauen zu schikanieren. Wie gestern. Ich versuche, diese verrückte Latina zu bändigen ... und glaubst du, einer der Kerle hätte einen Finger krumm gemacht, um mir zu helfen?« Sie schüttelte den Kopf. »Mann, ich wünschte, ich hätte eine Partnerin, damit diese ganze Konkurrenzkiste vorbei wäre.«

»Hast du ein Problem mit deinem Partner?«

Cindy trank einen großen Schluck Wein. »Nein, Beaudry ist kein schlechter Kerl.«

»Warum zickst du dann so rum?«

»Ich zicke nicht rum! Ich meine doch nur ... ach, vergiß es.« Sie widmete sich wieder ihrem Salat. »Ich rede nur über die Arbeit, weil du mich danach gefragt hast. Normalerweise halte ich die Klappe und mach meinen Job. Wenn niemand mir traut, was soll ich machen?«

»Du bist Anfängerin, Cindy. So schnell kannst du es dir doch nicht mit allen verdorben haben.«

»Ich bin seit elf Monaten dabei. Das hat offenbar gereicht.« Sie lächelte, aber es war kein entspanntes Lächeln. »Gut, und jetzt bist du dran.«

»Sag mir erst, warum du meinst, daß die Jungs dir nicht trauen.«

»Dafür gibt's jede Menge Gründe. Angefangen damit, daß sie mir nicht an die Wäsche dürfen.«

»Okay. Das kauf ich dir ab. Alle Kerle versuchen das. Sobald sie kapieren, daß sie bei dir nicht landen können, werden sie's lassen.«

»Hoffentlich hast du recht.«

»Was ist mit den Frauen?«

»Ich war noch bei keinem Polzistinnentreffen. Zu viel zu tun. Vielleicht sollte ich mal hingehn.«

»Das solltest du.«

Sie seufzte. »Selbst die Frauen, die ich kenne ... die haben diesen bestimmten Blick. Ich glaube, sie mißtrauen mir, weil ich einen Collegeabschluß habe.«

»Soll das heißen, du hast keine Freunde? Gestern abend wirktest du ganz gesellig. Ein bißchen betrunken, aber gesellig. Ist da was passiert, wovon ich nichts weiß?«

»Nein, gestern abend lief's ganz gut. Hayley ist nett. Na ja, ich glaube, daß sie nett ist.« Sie warf Scott einen Blick zu. »Was war mit euch beiden?«

Oliver schwieg.

Cindy lächelte breit. »Darauf krieg ich wohl keine Antwort?«

»Gut geraten.«

Sie schenkte Wein nach. »Ich warte immer noch auf deine Aufklärung.«

»Hier geht's um allgemeine Ansichten, nicht um spezielle Einschätzungen.«

»Verstehe.«

»Du bist klug ...«

»Das hätte ich dir vorher sagen können.«

»Halt die Klappe, Decker, und hör zu. Du bist klug, fix im Denken und, wichtiger noch, du hast gute Reflexe. Kannst gut mit Menschenmengen umgehen. Ruhig, überzeugend – du läßt dir nichts anmerken, schreckst nicht zurück. Du hast eine gute Körperbeherrschung und viel Kraft, besonders für ein Mädchen ...«

»Muß an den Weizenflocken liegen.«

»Du bist verläßlich, pünktlich und scheinst keine größeren Laster zu haben. So wird es zumindest deinem Dad berichtet.« Er sah sie an. »Mir auch. Aber ich hör auch andere Dinge.«

Cindy merkte, wie sich ihr Magen zusammenzog. Sie wollte etwas Schnippisches sagen, aber es blieb ihr im Hals stecken. »Weiter.«

»Draußen auf der Straße bist du kein Problem, aber auf dem Revier hast du diese ›Ich bin was Besseres‹-Haltung. Du bist patzig, Decker.«

»Nur zu deiner Information, für jemanden von einem Elitecollege ist mein Verhalten ganz normal.«

»Tja, Decker, dazu kann ich nur sagen, daß du nicht mehr im College bist.« Wieder beugte er sich vor. »Du machst die Leute stinksauer ... genau die, die du vielleicht eines Tages brauchst. Vielleicht solltest du es mal mit Alltagspsychologie versuchen.«

»Ja, ja.«

»Sei nicht so abweisend und hör einfach zu. Weil mir – genau wie deinem Daddy – dein Wohlergehen am Herzen liegt. Leben und Tod, Entscheidungen, die im Bruchteil einer Sekunde getroffen werden, analysiert man nicht, Cindy. Man legt einfach los und hofft das Beste. Und die meisten von uns *kommen* einem Kollegen zu Hilfe, ohne an das eigene Leben zu denken. Wir handeln instinktiv. Das ist eine Gefühlssache. Ich spring ins Feuer, klar. Aber ich spring sehr viel schneller, wenn ich denjenigen mag. Hör auf, ein Snob zu sein. Vor allem, weil dein Vater keiner ist, und er hätte viel mehr Grund zur Arroganz als du ...«

»Ich bin nicht arrogant!«

Oliver verstummte und sah sie an. Sie war verstört, versuchte aber, es zu verbergen. Er wußte, daß er zu hart war, obwohl alles stimmte, was er sagte. Er hielt ihr Vorträge, genau wie er es mit seinen Söhnen gemacht hatte. Immer war er so darauf bedacht gewesen, die Worte rauszubringen, hatte nie darüber nachgedacht, wie sehr seine brutalen Bemerkungen ihnen zusetzten.

Cindy starrte in ihr Weinglas. »Willst du wissen, was die Ironie bei dem Ganzen ist?«

Oliver nickte.

»Eigentlich bin ich schüchtern«, sagte sie. »Ich versteck das hinter Überlegenheit. In der Welt der Cops ist es besser, egoistisch zu sein als schüchtern.« Sie blickte auf und sah ihm in die Augen. »Wenn du auch nur die geringste Furcht zeigst, kriegst du keinen Partner.«

»Das stimmt.«

»Wenn die Jungs wüßten, wie nervös ich war, würden sie mich in Salzsäure schmeißen.«

»Am Anfang ist jeder nervös.«

»Für Frauen ist das anders.«

»Da hast du sicher recht ...«

»Besser fressen als gefressen werden.« Sie senkte den Blick. »Übrigens, wer hält mich für klug? Oder hast du das erfunden, um mich zu trösten?«

»Nee, hab ich nicht. Zum Beispiel der Detective, mit dem ich mich gestern getroffen habe. Rolf Osmondson. Er sagt, du seist klug.«

Sie blieb skeptisch. »Keine Ahnung, wie er darauf kommt. Ich hab ihn gestern zum ersten Mal gesehen.«

»Offenbar hat er dich schon früher bemerkt.«

»Plötzlich bemerken höherrangige Detectives Anfänger in Uniform?«

»Wenn der höherrangige Detective heterosexuell und der uniformierte Anfänger eine hübsche junge Frau ist, kannst du darauf wetten, daß er sie bemerkt. Craig Barrows hat dich auch erwähnt.«

»Craig Barrows?«

»Den kennst du auch nicht?«

»Nein, ich glaube nicht.«

»Ungefähr meine Größe. Schmales Gesicht. Sandfarbenes, dünnes Haar. Blaue, blutunterlaufene Augen ...«

»Ja, genau. Ist der nicht bei der Mordkommission?«

»Ja.«

»Klar, jetzt erinnere ich mich«, sagte sie. »Etwa drei Monate, nachdem ich in Hollywood angefangen habe, hat einer der Alten eine Party gegeben und uns Anfänger tatsächlich eingeladen. Sogar ein paar Höherrangige waren das. Ich hab vielleicht zehn Minuten mit Detective Barrows geplaudert.« Cindy schob den Salatteller weg. Sofort räumte der Jungkellner ihn ab. »Und aus diesem einen Gespräch schließt er, daß ich klug bin?«

»Du mußt ihn beeindruckt haben.«

»Das war bestimmt mein rotes Haar.«

»Du schiebst sehr viel auf dein Haar, weißt du das?«

Sie kicherte und sah in das mißmutige Gesicht des Obers. Er stellte die Scholle vor sie hin. »Für die *Dame*.«

»Oh, vielen Dank.« Cindy biß in eine Fritte. »Ausgezeichnet.«

Der Ober lächelte! »Gern geschehen.« Er servierte Olivers Garnelen. »Noch Wein?« Dabei sah er Cindy an. »Der scheint Ihnen zu schmecken.«

»Wem schmeckt Wein nicht?« flüsterte sie ihm zu. »Danke. Ein halbes Glas. Ich muß noch Platz für den Nachtisch lassen.«

Der Ober schenkte ihnen beiden ein. »Wäre sonst noch was?«

»Im Moment nicht.« Cindy sah Oliver an. »Oder?«

»Nein, alles bestens«, erwiderte Oliver. »Vielen Dank.«

»Gern geschehen«, wiederholte der Ober. »Vorsicht mit den Gräten.«

Er verschwand.

»Sieh an, jetzt ist er um uns besorgt«, meinte Cindy. »Er will nicht, daß wir an einer Gräte ersticken. Der Junge taut auf!«

»Entweder das, oder du bist so besäuselt, daß sich deine Wahrnehmung geändert hat.«

»Mag sein, mag sein.« Sie aß noch eine Fritte. »Warum sagst du, ich sei besäuselt?«

»Weil deine vorher blassen Wangen Farbe bekommen haben.«

»Ach so. Das ist nur das Make-up.«

Oliver lachte. »Worüber hast du dich mit Craig unterhalten?«

»Wie bitte?«

»Craig Barrows. Auf der Party. Ihr habt zehn Minuten geplaudert, hast du gesagt.«

»Gott, das ist schon so lange her.« Sie versuchte sich zu erinnern. »Ich glaube, es ging um Armand Cray…« Hitze schoß ihr ins Gesicht. »Um den Fall Armand Crayton. Mein Partner Graham Beaudry und Slick Rick Bederman waren auch dabei.«

»Wann war das? Vor ungefähr sechs Monaten?«

»Das kann hinkommen. Alle Zeitungen hatten darüber berichtet. Irgendwie unheimlich, daß seine Frau alles mit angesehen hat.« Sie sah zu Scott, der sie intensiv betrachtete. »Nur so Geplauder.«

»Cindy, was verschweigst du mir?«

»Was soll das heißen?«

»Herzchen, du bist rot geworden. Was ist mit Armand Crayton? Hast du den Kerl gekannt?«

»Was geht dich das an?«

Oliver legte die Gabel klirrend ab und lehnte sich zurück. »Was mich das angeht? Der Fall ist nicht abgeschlossen, meine Liebe. Was verschweigst du?«

Cindy wartete kurz, seufzte. »Also gut. Ich hab in Silvers Fitneßstudio trainiert, im Valley, bevor ich in die Stadt gezogen bin. Vielleicht ein Jahr lang. Dort haben wir uns flüchtig kennengelernt.«

»Bist du mit ihm ausgegangen?«

»Ich sagte, flüchtig.«

»Hast du mit ihm geschlafen?«

»Kennst du die Definition des Wortes *flüchtig* nicht, Oliver?«

»Für viele Leute ist Sex eine flüchtige Angelegenheit.«

»Er war verheiratet, Scott.«

»Und?«

»Ich schlafe nicht mit verheirateten Männern! Nie!«

»Der Kerl war bekannt dafür, daß er in der Gegend herumbumste«, beharrte Oliver. »Hat er dir je erzählt, daß er verheiratet ist?«

»Nein. Aber weil ich nicht von gestern bin, hab ich mich nicht von ihm anmachen lassen.«

»Hat er es versucht?«

»Nicht allzu sehr«, erwiderte Cindy. »Wir haben nur manchmal nach dem Training an der Saftbar noch was getrunken. Zweimal hat er mich gefragt, ob ich noch woanders mit ihm einen Kaffee trinken wollte. Ich habe abgelehnt.«

Oliver zerbiß eine Garnele und versuchte verstohlen, den Schwanz auszuspucken. »Worüber habt ihr euch unterhalten?«

»Über nichts, was Licht auf den Fall werfen könnte.«

»Warum überläßt du mir nicht, das zu beurteilen?« Oliver runzelte die Stirn. »Was ist los, Cindy? Wieso bist du so zurückhaltend? So wie ich dich kenne, bist du doch Feuer und Flamme, wenn es um einen bedeutenden Fall geht. Zumindest würdest du es deinem Vater erzählen ...«

Er verstummte.

»Okay, verstehe. Du *hast* es deinem Dad erzählt. Und der Große Deck hat dir geraten, es für dich zu behalten. Krieg ich die Einzelheiten zu hören? Oder muß ich deinen Vater fragen?«

Cindy grinste boshaft. »Und wie willst du ihn darauf ansprechen? ›Äh, Deck, ich war zufällig mit deiner Tochter essen und ...‹«

»Oh, du miese kleine ...« Oliver warf mit dem Garnelenschwanz nach ihr. »Erzähl's mir, Cindy. Bitte.«

Cindy zögerte, sagte dann: »Unsere Bekanntschaft war nichts Tolles, Scott. Nur das übliche Blabla, über das Training und so. Gelegentlich erwähnte er einen heißen Geschäftsdeal, an dem er dran war. Ich glaube, er wollte mich beeindrucken.«

»Hört sich so an.«

»Tja, hat aber nicht funktioniert. Wenn er damit anfing, hab ich mich ausgeklinkt. Aber es waren nicht die Gespräche, die meinen Vater erschreckt haben.«

»Sondern?«

»Es war nur ein besonders dummer Fall von Zur-falschen-Zeit-am-falschen-Ort-sein. Nach einer unserer Plaudereien an der Saftbar gingen wir zusammen zu unseren Autos.« Cindy griff nach ihrem Weinglas, setzte es wieder ab, ohne getrunken zu haben. »Jemand hat auf uns geschossen ...«

»Großer Gott!«

»Ja, es war beängstigend.« Sie sah weg. »Das war ein paar Monate, bevor er ermordet wurde. Da war ich schon auf der Polizeiakademie und hatte meine Waffe dabei. Aber ich habe sie nicht benutzt.«

»Das war sehr klug.«

»Ja, das hat Dad auch gesagt, aber ich ...« Sie atmete aus. »Ich finde, ich hätte etwas tun müssen.« Sie flüsterte nur noch. »Ich hätte mir fast vor Angst in die Hose gemacht, Oliver.« Ihre Augen wurden feucht. »Nicht wegen der Schüsse, die waren beängstigend genug. Aber weil ich erstarrt bin.«

»Wieso? Was hast du gemacht? Bist du einfach stehengeblieben?«

»Nein, ich hab mich hinter ein Auto geduckt.«

»Das war vollkommen richtig.« Oliver nahm einen Schluck Wein. »Ich hätte genauso gehandelt.«

Sie schwieg.

»Cindy, was hättest du denn sonst tun sollen? Dir mit dem Kerl einen Schußwechsel liefern?«

Sie wischte sich übers Gesicht. »Ich weiß nicht. Ich denk nur immer, wenn das auf der Straße passiert wäre, im Dienst ...«

Oliver unterbrach sie. »Wenn so was, Gott behüte, auf der Straße passiert, weißt du, was du zu tun hast. Du hast dein Funkgerät, du hast deine Waffe und, um auf unser Gespräch zurückzukommen, du hast *Verstärkung*. Die aufs Geratewohl abgefeuerten Schüsse haben dich überrascht. Mach dir deswegen keine Gedanken.«

»Wird man von Schüssen nicht immer überrascht?«

»Klar«, erwiderte Oliver. »Aber im Dienst bist du eher auf so was gefaßt.«

Sie sah weg. »Vielleicht.«

»Du hast deinem Dad also von den Schüssen erzählt?«

»Ja.« Sie hielt inne. »Aber erst, nachdem Armand Crayton tot war.«

»Nicht gleich?«

»Nein. Ich wollte nicht, daß er sich aufregt. Außerdem wollte ich nicht zugeben, daß ich erstarrt bin. Das war mir peinlich.«

»Cindy, du bist nicht erstarrt, du hast dich geduckt! Das ist was völlig anderes.« Er aß die nächste Garnele. »Gut, du hast deinem Vater von den Schüssen erzählt, nachdem Armand Crayton entführt und ermordet worden war. Und dein Dad hat gesagt, du sollst mit niemandem darüber reden.«

»Ja.«

»Hat der Schütze dich gesehen, Cindy?«

»Ich … weiß nicht. Als es passierte, hatte ich wirklich Angst. Zuerst dachte ich, seine Frau hätte auf uns geschossen, weil sie annahm, Armand und ich hätten ein Verhältnis. Aber als er ermordet wurde und all die Sachen über ihn rauskamen, hab ich aufgehört, mir Sorgen zu machen. Armand hatte eine Menge Gegner. Die Schüsse galten nicht mir. Sie waren vermutlich das Geschenk eines verärgerten Investors.«

»Das hast du alles deinem Vater erzählt?«

»Ja. Und ich bin sicher, daß Dad meine Rolle dabei nicht für wichtig hielt, sonst hätte er dich und Marge und die anderen informiert.«

»Mir gegenüber hat er nie was erwähnt.«

»Also hielt er es nicht für wichtig.«

»Wahrscheinlicher ist, daß er sich Sorgen um deine Sicherheit gemacht hat.«

»Er würde nie einen Fall gefährden, Scott. Auch für mich nicht.«

Scott lachte. »Na klar doch!«

»Das ist mein Ernst. Dad hat Prinzipien!«

»Und Dad liebt seine Familie. Wenn er zwischen der Arbeit und deiner Sicherheit wählen müßte, würde er keine Sekunde zögern.« Er winkte ab. Ein Kellnerlehrling hielt das für die Aufforderung, sofort die Teller abzuräumen.

»Möchtest du ein Dessert?« fragte Oliver.

»Nein, ich kann nicht mehr. Vielen Dank, das Essen war köstlich.«

»Gern geschehen.« Oliver kratzte sich am Kinn. »Du hast dich mit Craig Barrows über den Crayton-Fall unterhalten?«

»Nur ganz allgemein.«

»Wie allgemein?«

»Wir haben über diese Carjackings geredet.« Sie wurde munterer. »Barrows hat mir erzählt, daß er mit Osmondson an einem Fall arbeitet, der Ähnlichkeiten mit dem Crayton-Fall hat.«

Am liebsten hätte Oliver seinen Notizblock rausgezogen, aber er beherrschte sich. Hier war es zu voll. Er mußte Cindy in einer ruhigeren Umgebung ausfragen. Die Sache systematisch mit ihr durchgehen. »Erinnerst du dich an Einzelheiten des Falles?«

Cindy trommelte leise auf den Tisch. »Aus irgendeinem Grund muß ich an einen roten Ferrari denken.«

Elizabeth Tarkum. »Du weißt, woran wir momentan in Devonshire arbeiten, oder?« fragte Oliver.

»Natürlich. An den Carjackings. Glaubst du, der Crayton-Fall könnte was damit zu tun haben?«

»Wäre möglich.«

»Du willst mich verhören, stimmt's?«

»Wir nennen das befragen.«

»Okay«, sagte Cindy. »Und wenn ich zustimme? Willst du das hinter dem Rücken meines Vaters machen?«

»Könnte einfacher sein.« Oliver fühlte sich unbehaglich. »Wie wär's, wenn ich morgen abend in deine Wohnung komme? Du erzählst mir alles über Armand Crayton und dein Gespräch mit Craig Barrows. Wenn ich das Gefühl habe, daß deine Beziehung zu Crayton wichtig ist für den Fall – oder für die laufenden Ermittlungen zu den Carjackings – erzähle ich deinem Vater von heute abend … was ein ziemlicher Tanz werden wird! Aber wenn du irgendwie Licht auf diese schrecklichen Überfälle werfen kannst, bleibt mir nichts anderes übrig.«

»Du verhältst dich sehr professionell.« Sie grinste. »Ich bin beeindruckt.«

»Nein, ganz und gar nicht.« Er rieb sich die Stirn. »Ich benehme mich wie ein Idiot, weil ich dich zum Essen eingeladen habe.«

Cindys Stimme wurde weicher. »Du warst einfach nur nett. Weil ich dir gestern abend leid getan habe. Ich weiß das zu schätzen, Scott.«

Er lächelte, legte die Kreditkarte auf den Tisch, um die Rechnung zu bezahlen. »Du bist ein nettes Mädchen.«

»Danke«, sagte Cindy. »Sollen wir uns die Rechnung teilen?«

Oliver lachte. »Die geht auf mich. Beim nächsten Mal bist du dran.«

»Gibt es denn ein nächstes Mal?«

Diesmal wurde Scott rot. Rasch wechselte Cindy das Thema. »Wann willst du morgen kommen?«

Er starrte sie an.

»Um mich zu befragen … erinnerst du dich?«

Wieder lachte er. »Äh, ja, ich erinnere mich. Ganz so senil bin ich noch nicht. Gegen sieben?«

»Ist mir recht.«

Cindy senkte den Blick. Sie wollte Scott wegen Hannahs Foto fragen: warum es auf dem Couchtisch gestanden hatte statt auf dem Kaminsims. Sie fand sich paranoid, besonders nach dieser merkwürdigen Unterhaltung. Aber es hätte mißtrauisch und unhöflich geklungen. Also beschloß sie, ihn morgen zu fragen. Das war logischer: Er vernahm sie, sie vernahm ihn.

»Fertig?« fragte er.

»Ja.« Sie stand auf. »Bringst du mich zu meinem Auto?«

»Natürlich«, erwiderte Oliver. »Und wenn wir Glück haben, schießt keiner auf uns.«

9

Der Morgen war anstrengend gewesen, aber es hatte sich gelohnt. Das schicke Kleid, das Stacy vor zwei Monaten entdeckt hatte, kostete jetzt nur noch die Hälfte. Schwarze, leichte Wolle, genau richtig für alle Jahreszeiten Südkaliforniens, außer vielleicht den Sommer. Und selbst dann konnte sie es abends tragen, weil viele Restaurants die Klimaanlage so kalt stellten, daß man in den schulterfreien Fummeln, die man trug, um sexy auszusehen, wie Espenlaub zitterte. Man tat so, als würde man sich bestens amüsieren, während die Nasenspitze gefror und die Speisekarte vom Atem beschlug.

Egal, jetzt besaß sie das passende schwarze Kleid für jede Gelegenheit, und noch dazu zum halben Preis. Und außerdem zwei Kaschmirpullover, um siebzig Prozent herabgesetzt, weil vom letzten Jahr, aber die Farben waren neutral. Stacy liebte Pullover. Sie brachten ihre schlanke Figur zur Geltung, die sie sowohl ihren Genen als auch regelmäßigem Training verdankte.

Stacy verließ das Einkaufszentrum durch einen der Hauptausgänge, blinzelte in das schmutzige Sonnenlicht. Beladen mit ihren Paketen, suchte sie den riesigen Parkplatz nach ihrem roten BMW-Kabrio ab, das ihr ein reicher Kunde weit unter Wert verkauft hatte. Ein schickes kleines Ding, aber so niedrig, daß es zwischen all den Kleinbussen und aufgemotzten Geländewagen nur schwer zu finden war. Sie verfluchte ihre Dämlichkeit. Warum achtete sie nie auf die Schilder – rot vier, acht lila oder so. Das hätte ihr das Leben sehr erleichtert und ihre Arme weniger ermüdet.

Konnte sie sich an irgendeinen Orientierungspunkt erinnern? Einen Baum, eine Mauer, die Rückwand eines Ladens oder auf welcher Seite des Boulevards sie geparkt hatte? Nichts. Schweiß lief ihr von der Stirn. Es war bewölkt, aber schwül, die feuchte Luft unangenehm drückend. Sie betastete ihr Haar, merkte, daß es sich wie Zuckerwatte anfühlte.

Wo war das gottverdammte Auto?

Weiter durch dieses Labyrinth aus Stahl und Blech.

Tu so, als wärst du im Lachkabinett auf dem Rummelplatz.

Aber dann fiel ihr ein, daß sie diese Dinger nicht mochte.

Und immer weiter und weiter und weiter. So nahe dran, und doch so weit weg. Dann schlug sie sich an die Stirn, Döskopp, der sie war. Sie stellte die Tüten auf den Boden, wühlte in ihrer Handtasche, bis sie die Schlüssel fand, drückte auf den Panikknopf.

Gar nicht weit weg ertönte die Hupe des BMWs – tut, tut, tut, tut, tut. Ah, welch herrliche Musik. Stacy sammelte ihre Tüten ein und folgte dem lieblichen Klang, bis ihr roter BMW in Sicht kam. Wieder drückte sie auf den Panikknopf, und das nervige Tuten hörte auf.

Sie eilte zum Auto, stellte die Pakete ab, schloß die Tür auf. Gleich darauf spürte sie heißen Atem im Nacken. Als sie sich umdrehen wollte, wurde sie gegen die Motorhaube gestoßen, ihr Gesicht prallte auf das heiße Metall, die Schlüssel wurden ihr aus der Hand gerissen. Etwas Hartes drückte sich an ihre Schläfe.

»Nicht bewegen!« befahl eine Stimme. »Sag nichts, schrei nicht, tu absolut gar nichts. Wenn du dich bewegst, bist du tot. Hast du verstanden? Nick mit dem Kopf.«

Es gelang ihr zu nicken, obwohl ihr Kopf gegen die Motorhaube gequetscht war.

»Du bist hübsch«, verkündete die Stimme. »Du bist sogar sehr hübsch. Aber ich hab's eilig, du hast Glück. Runter auf den Boden, Schlampe!«

Stacy war verwirrt, ihr Entsetzen verstärkte die Verwirrung noch. Die Stimme zischte ihr ins Ohr: »Runter auf den Boden, hab ich gesagt! Mach schon, Schlampe!«

Hände krallten sich in ihren Nacken und stießen sie auf den splittbedeckten Asphalt. Ihre Stirn schlug auf den harten Boden, ihre Wange wurde aufgekratzt und blutete. Ein Fuß trat ihr auf den schmerzenden Kopf, drückte ihn runter.

Ich sollte schreien, sagte sie sich. *Ich sollte wirklich schreien.* Aber sie brachte keinen Ton heraus.

Die Stimme sagte: »Wenn du eine brave kleine Schlampe bist und unten bleibst und ganz, ganz lange den Mund hältst, laß ich dich am Leben. Ein Pieps, und du bist tot. Ist das klar?«

Glasklar, dachte Stacy.

Der Fuß gab ihren Kopf frei und trat ihr in die Rippen. Der Schmerz durchschoß sie, und ihre Augen brannten. Noch ein Tritt, diesmal in den Rücken. Sie stöhnte auf, fühlte sich vom Schmerz wie in einen Schraubstock gepreßt. Der Fuß stieß sie zur Seite.

Die Autotür schwang auf und schlug gegen ihre Rippen.

Die Tür wurde zugeknallt.

Der Motor ihres hübschen kleines Kabrios sprang an.

Mit quietschenden Reifen setzte das Auto zurück.

Stacy blieb liegen. Zwei Gedanken erfüllten sie. Erstens, sie lebte noch. Wenn das hier das Schlimmste war, würde sie es überstehen. Zweitens, der Dieb hatte ihre Einkaufstüten nicht mitgenommen.

Wenigstens blieb ihr noch das schicke kleine Schwarze.

Marge las den Computerausdruck. »Schon wieder einer. Diesmal ein reiner Diebstahl. Das Opfer ist eine einzelne Frau. Kein Kind.«

»Was für ein Auto?« fragte Oliver.

»BMW-Kabrio. Korman vom Dezernat für Autodiebstähle hat den Anruf vor zwanzig Minuten entgegengenommen. Wir sollten uns den Tatort ansehen und die Einzelheiten klären.«

»Gibt's einen Grund, warum wir nicht gerufen wurden, als der Anruf kam?« fragte Oliver.

»Sie hätten uns rufen sollen. Alle wissen, daß wir an solchen Fällen arbeiten. Irgend jemand hat's vermasselt.«

»Siehst du, das ist das Problem.« Oliver stand auf und zog sein Jackett über. »Wenn unsere eigenen Einheiten nicht wissen, was die anderen machen, wie kann man da übergreifende Zusammenarbeit erwarten? Hollywood bearbeitet Fälle, wir bearbeiten welche und wer weiß, wer sonst noch … und keiner fügt die Teile zusammen.«

»Ich dachte, das hättest du gestern abend getan. Du warst doch lange genug mit ihm unterwegs. Ich hab dich viermal in drei Stunden angerufen, weil ich wissen wollte, ob du was erfahren hast.« Sie schloß ihren Aktenschrank ab. »Und, ist was dabei rausgekommen?«

Oliver überlegte fieberhaft. *Wovon redete sie?* »Mit wem soll ich mich denn getroffen haben?«

»Mit Rolf Osmondson vom Revier Hollywood.« Marge warf ihm einen Blick zu. »Warst du nicht gestern abend mit ihm essen?«

»Nein, das war vorgestern.«

Marge insistierte. »Nein, Scott, du hast mir gesagt, du würdest dich mit ihm treffen, um ein paar Einzelheiten wegen des Elizabeth-Tarkum-Falls abzuklären.«

Man sollte eben nicht lügen, wenn man über vierzig ist. Man vergißt, was man gesagt hat. Oliver versuchte, beiläufig zu klingen. »Nee, ich war nicht bei Osmondson. Ich hatte eine Verabredung. Ich hab mit ein paar Detectives aus Hollywood telefoniert. Das mußt du verwechselt haben.«

»Mit wem?«

Halt die Klappe, Marge! »Äh, einen Burschen namens Craig Barrows. Hab ich das nicht erwähnt?«

»Nein.«

»Tja, wir haben ein bißchen geplaudert. Nichts von Bedeutung.« Er wand sich. »Können wir?«

»Ja.« Marge hängte sich die Handtasche über die Schulter. »Sie ist wohl nicht schwer verletzt. Sie hat geredet ... die Frau mit dem BMW.«

»Sehr gut«, sagte Oliver. »Hat sie einen Namen?«

»Stacy Mills. Sie ist Fitneßtrainerin.«

»Könnte das was mit Crayton zu tun haben?«

Marge war verblüfft. »Keine Ahnung. Wie kommst du darauf?«

»Nicht das typische Auto für Überfälle auf Mutter und Kind.«

»Ich kann mir nicht vorstellen, daß es was mit Crayton zu tun hat«, meinte Marge. »Der Überfall geschah auf dem Parkplatz vom West-Hill-Einkaufszentrum.«

Sie gingen zu Marges Honda und fuhren los. Marge bog auf die Devonshire ein. Das Polizeirevier lag in einem Vorort. Als sie weiter nach Westen kamen, wurde die Straße breiter und die Besiedlung dünner.

Marge meinte: »In diesem offenen Land sollte doch ein rotes BMW-Kabrio leicht zu entdecken sein.«

»Es ist rot?«

»Ja. Hab ich das nicht erwähnt?«

»Nein«, sagte Oliver. »Craytons Croniche war auch rot.«

»Genau wie zig andere Autos. Aber interessant ist das schon.« Marge schaute aus dem Augenwinkel zu ihrem Partner. Er wirkte unruhig. »Beschäftigt dich irgendwas, Scott?«

»Nein, nein.« Er senkte den Kopf. »Vielleicht bin ich nur müde. Verhalt ich mich so?«

»Ein bißchen.« Müde und seltsam, dachte Marge. Aber sie hakte nicht nach. In der Ferne tauchten Dächer im spanischen Stil auf. Als Marges Honda die steilen Kurven des Hügels hinabfuhr, wurde das Einkaufszentrum Stück für Stück sichtbar. Es sah aus wie auf die platte Wiese gestellt, irgendwo im Nirgendwo.

Das Einkaufszentrum bestand aus einem halben Dutzend mediterran wirkender Gebäude, in denen unter anderem Outlets von teuren Marken wie Off-Saks, Barneys, Donna Karan, St. John's

Sports, Versace, Gucci und anderen italienischen Modedesignern untergebracht waren.

Olivers Blick wanderte über das glitzernde Meer aus Chrom.

»Wo ist der Tatort?«

»Korman sagte was von einem neu angelegten Parkplatz, glaube ich.«

»Woran siehst du, daß hier was neu ist? Alles ist neu. Das Ding ist ein einziges Labyrinth. Ich hasse Einkaufen, und ich hasse Einkaufszentren. Sie verkörpern die schlimmste Form menschlicher Homogenisierung; alle sehen gleich aus, haben dieselben Läden ...«

»Hier sind nur Discountläden.«

»Keine Individualität mehr«, klagte er. »Was ist aus den altmodischen Geschäften geworden? Du weißt schon, Geschäfte, die an einer richtigen Straße liegen, vielleicht mit einem kleinen Parkplatz dahinter.«

»Du wirst alt.« Marge bog nach links ab. »Du ziehst dich doch gut an. Wo kaufst du ein?«

»Es gibt ein paar Geschäfte, die kennen mich und mein Portemonnaie. Die rufen mich vor dem Ausverkauf an. Ich geh nach Ladenschluß hin.«

»Toller Service. Und du regelst nicht zufällig ein paar Strafzettel für sie?«

»Wenn ich das nur könnte.« Er fuhr sich durchs Haar. »Würde bei den Frauen Wunder wirken.«

Sie lächelte. »Hast du da plötzlich Schwierigkeiten?«

»Mit Frauen ist es immer schwierig, nichts gegen euer Geschlecht. Sieh dich doch bloß mal hier um. Wie voll das ist.«

»Hier sind nicht nur Frauen. Auch Männer sparen gern.«

»Hat was mit Ratio zu tun, Marge. Wenn mir was gefällt, dann kaufe ich es. Für Frauen ist es nicht nur Einkaufen, sondern ein Abenteuer.«

Marge verdrehte die Augen. »Anstrengender Abend, Oliver?«

Er merkte, daß er jammerte. Bedrückt starrte er durch die Windschutzscheiben. »Die Dinger deprimieren mich einfach.«

Marge war beunruhigt. Das paßte nicht zu Oliver. Er war oft zynisch, sogar unausstehlich. Aber deprimiert – nein.

Er sagte: »Eigentlich hatte ich einen sehr schönen Abend.«

Marge wartete auf mehr. Als nichts kam, fragte sie: »Heißt das, sie hatte tatsächlich was in der Birne?«

»Nur zu deiner Information, ich kann auch Eindruck auf Frauen machen, die nicht total hirnlos sind. Wenn ich mich anstrenge, kann ich sogar eine Unterhaltung führen ...«

»Scott, du klingst, als hättest du Verstopfung. Was zum Teufel ist los mit dir?«

»Hab ich doch gesagt. Ich hasse Einkaufszentren ... da drüben.« Er zeigte nach rechts.

Der Tatort war mit gelbem Absperrband eingekreist. Marge parkte hinter vier Streifenwagen. In einem davon war Milt Korman gekommen. Seit kurzem gab es die Anordnung, Zivilfahrzeuge nur dann zu benützen, wenn es um den Überraschungseffekt ging. In anderen Fällen waren Streifenwagen erwünscht. So erweckte man den Anschein von größerer Polizeipräsenz. Marge mußte daran denken, als sie aus ihrem Honda stieg.

Die Tür von Kormans Streifenwagen stand auf. Das Opfer saß auf dem Rücksitz, ihre in Sandalen steckenden Füße baumelten über dem Asphalt. Sie sah aus wie Anfang dreißig, hatte ein rundes Gesicht und große braune Augen, die durch geschickt aufgetragenen Eyeliner noch größer wirkten. Etwas Schminke war ihr über die Wange gelaufen und gab ihr das Aussehen eines traurigen Clowns. Sie hatte platinblondes Haar und trug glänzenden, kupferroten Lippenstift.

Korman lehnte am Streifenwagen und schrieb was auf seinen Block. Er war Ende fünfzig. Sachlich, nüchtern, mit dickem, graumeliertem Haar, geröteter Haut und einer vom Boxen und Trinken verformten Knollennase. Als er Oliver und Marge sah, winkte er sie herüber. »Das war kein einfacher Autodiebstahl, sondern ein Überfall. Die hätten euch sofort rufen sollen. Okay, ich erzähle euch, was ich weiß, und dann könnt ihr das Opfer befragen ... Die Sache war so. Sie hat eingekauft, suchte ihr Auto ...« Er sah hoch, ließ den Blick über den Parkplatz schweifen. »Ziemlich unübersichtlich hier.«

»Sind diese Einkaufszentren nicht zum Kotzen?« warf Oliver ein.

»Ja, ich hasse Einkaufen«, grummelte Korman. »Also, sie hatte sich verlaufen und war so damit beschäftigt, ihr Auto zu suchen, daß sie nicht gemerkt hat, ob ihr jemand gefolgt ist oder nicht.«

»Der Täter war definitiv männlich?« fragte Oliver.

»Sie sagt ja.«

Marge wurde lebhaft. »Hat sie ihn gesehen?«

»Nein. Wartet doch mal.« Korman wurde sauer. »Laß mich zu Ende erzählen, ja? Sie hat nicht gemerkt, ob ihr jemand gefolgt ist. Schließlich drückte sie auf den Panikknopf und fand ihr Auto.«

»Noch so was Beschissenes an Einkaufszentren. Man vergißt dauernd, wo man sein Auto geparkt hat«, sagte Oliver.

»Kann ich vielleicht ausreden?« fragte Korman. »Sie hat auf den Panikknopf gedrückt und ihr Auto gefunden. Wollte die Tür öffnen und spürte plötzlich jemand hinter sich. Hat den Kerl nicht gesehen. Er hat sie gegen die Motorhaube geschubst, Gesicht nach unten, und dann zu Boden gestoßen.«

»Sie weiß also nicht, ob es ein Mann war.«

»Er hat geredet. Es war ein Mann.«

»Mit Akzent?« fragte Oliver.

»Weiß ich nicht.« Korman kniff die Augen zusammen, weil die Stoßstangen das grelle Sonnenlicht reflektierten. »Der Täter nahm ihr die Autoschlüssel ab und fuhr weg. Ich hab sofort eine Fahndung nach dem Auto rausgegeben. Irgendwelche Ergebnisse?«

»Bisher nicht«, erwiderte Oliver.

»Merkwürdig«, sagte Korman. »Wie weit kommt man in einem roten BMW-Kabrio? So was ist doch sehr auffällig. Kann natürlich sein, daß der Täter einen Sattelschlepper in der Nähe stehen hatte und das Auto sofort in den Anhänger gefahren hat. Vielleicht solltet ihr eine Fahndung nach so einem Sattelschlepper rausgeben.«

»Entweder das, oder es gibt eine Hehlerwerkstatt in der Nähe.«

»Davon weiß ich nichts. Aber es hat in letzter Zeit genug Carjackings gegeben, daß sich eine Hehlerwerkstatt lohnen würde.« Korman schüttelte den Kopf. »Wollt ihr das Opfer jetzt verhören?«

»Ja, gut«, sagte Marge.

Korman ging mit ihnen. »Ms. Mills, darf ich Ihnen Detective

Dunn und Detective Oliver vorstellen? Sie würden Ihnen gern ein paar Fragen stellen.«

Die Frau sah zu Marge hoch, senkte den Blick wieder auf ihre Fingernägel – lange, harte Acrylnägel, im selben leuchtenden Kupferrot wie ihr Lippenstift. Sie klang resigniert, wie das typische Opfer. »Ich bin müde. Ich will nach Hause. Können die Fragen nicht warten?«

»Es wird nicht lange dauern«, sagte Marge.

»Sollen wir jemand für Sie anrufen?« fragte Oliver.

»Ich hab schon mit meiner Schwester telefoniert.«

»Kommt sie her?«

»Ja.« Die Frau hielt sich den Kopf. »Na gut, ich rede mit Ihnen, bis sie kommt. Was wollen Sie wissen? Ich hab ihn nicht gesehen.«

»Aber Sie haben ihn gehört«, stellte Marge fest.

»Ja.«

»Männlich?«

»Definitiv.«

»Wie klang er?« fragte Oliver.

»Wie ein *Wahnsinniger*!« Sie funkelte ihn an, sah wieder in ihren Schoß. Männer, merkte Oliver, standen ganz oben auf ihrer Abschußliste.

»Hatte er einen Akzent?« hakte Oliver nach.

Stacy schürzte die Lippen. »Nein, er klang amerikanisch. Wieso?«

»Nur aus Informa ...«

»Nein, Sie haben aus einem bestimmten Grund gefragt.« Sie wurde aufgeregt. »Warum? Haben Sie einen Ausländer in Verdacht?«

Marge meinte beruhigend: »Ich wünschte, wir könnten Ihnen mehr sagen, aber ...«

»Ihr Bullen seid doch alle gleich!«

Was weiß sie von Bullen? fragte sich Oliver. »Hatte er eine Waffe?«

»Ich hab keine gesehen. Aber ich glaube, er hat mir eine an den Kopf gehalten. Ich fühlte was Hartes.« Tränen rannen Stacy über die Wangen. »Er hat mich getreten ... einmal in die Rippen und einmal in den Rücken. Ich bin ziemlich stark, aber verdammt ... er hat mir weh getan. Ich hab Schmerzen!«

»Das tut mir sehr leid.« Marge wandte sich zu Korman um, formte lautlos das Wort *Krankenwagen?* Korman schüttelte den Kopf.

»Sie haben die Sanitäter weggeschickt?« fragte sie Stacy.

Die Frau zuckte die Schultern. »Diese Ambulanzen sind der reinste Betrug. Denen geht es doch nur um hohe Krankenhausrechnungen. Die stecken alle unter einer Decke ... Ich will nicht, daß mich jemand anfaßt, den ich nicht kenne.«

Marge konnte das gut verstehen. »Aber Sie lassen sich doch untersuchen?«

»Meine Schwester bringt mich zu meinem Arzt. Sie hat ihn schon angerufen.« Stacy atmete tief durch. »Glauben Sie, daß Sie mein Auto finden werden?«

»Wir arbeiten daran«, antwortete Korman.

»Das heißt nein. Ich möchte wirklich in Ruhe gelassen werden, bis meine Schwester kommt.«

»Haben Sie die Stimme des Mannes oder irgendwas an ihm erkannt?« fragte Oliver.

Sie sah ihn an wie einen Idioten. »Nein.«

»Sie glauben also nicht, daß es ein Racheakt war?«

»Nein!« Stacy wurde unruhig. »Warum sollte ich? Worauf wollen Sie hinaus?«

»Ms. Mills«, fragte Oliver, »kennen Sie einen Mann namens Armand Crayton?«

Stacys Gesicht wurde ausdruckslos. »Warum stellen Sie mir diese Fragen?«

Oliver warf Marge einen überraschten Blick zu. »Tut mir leid, wenn ich Sie aus der Fassung ...«

»Die ganze Sache hat mich aus der Fassung gebracht! Sie machen es nur noch schlimmer.« Stacy stieg aus dem Streifenwagen. »Lassen Sie mich endlich in Ruhe.«

Aber Oliver hakte nach. »Ich komm nur drauf, weil mich dieser Überfall an Crayton erinnert.«

»Aber ich lebe und er ist tot!« kreischte Stacy. »Bitte gehen Sie jetzt!«

»Ich versuche nur, Ihnen zu helfen.«

»Ich brauche keine Hilfe! *Verschwinden Sie!*«

»Die Sache wird nicht so einfach verschwinden, Ms. Mills.«

»Hauen Sie ab!« schrie sie. Dann verzerrte sich ihr Gesicht. »Bitte, gehen Sie ... bitte.«

»Also gut.« Oliver nickte. »Ich gehe.« Er zögerte, zog seine Brieftasche raus. »Falls Sie es sich anders überlegen, hier ist meine Karte.« Er hielt ihr die Visitenkarte hin.

Zur Überraschung aller griff Stacy Mills danach.

10

Decker merkte, daß er Kopfschmerzen bekam und rieb sich die Schläfen. Er betrachtete Oliver, der wie immer todschick aussah, und Marge in ihrem praktischen schwarzen Hosenanzug. »Wer von euch hat Crayton erwähnt?«

»Ich«, erwiderte Oliver.

»Warum?« fragte Decker.

»Weil sie ein rotes BMW-Kabrio fuhr. Craytons Auto war eine rote Corniche und Tarkum hatte einen roten Ferrari. Vielleicht kein Zufall?«

»Auf jeden Fall hat er einen Nerv getroffen«, meinte Marge. »Du hättest sehen sollen, wie sie reagierte. Sie ist ausgeflippt. Hat gesagt, wir sollten uns verpissen. Aber Olivers Visitenkarte hat sie genommen. Stacy weiß irgendwas. Die Frage ist nur, was?«

Wieder rieb sich Decker die Schläfen. Welche Farbe hatte Cindys Saturn? Irgendein merkwürdiges Grün. Und der Wagen war mit Sicherheit kein Luxusauto. Decker richtete sich auf und versuchte, objektiv zu wirken. »Was verbirgt sie eurer Meinung nach?«

Oliver knöpfte sein blaues Jackett auf, verkniff es sich aber, die

Krawatte zu lockern. Ihm war heiß, und er wunderte sich, wieso es den anderen nicht auch so ging. »Ein Racheakt. Die Leute, die Crayton umgelegt haben, könnten auch hinter ihr her sein.«

»Hat der Täter versucht, sie zu entführen?«

»Nein.« Marge schnippte ein Stäubchen von ihrer schwarzen Hose. »Laut Stacys Aussage hat er ihr befohlen, sich auf den Boden zu legen und bedauert, daß er nicht mehr Zeit hat, weil sie *hübsch* ist.«

»Hübsch? Also hätte er sie gern vergewaltigt?«

»Das war damit gemeint«, bestätigte Oliver. »Gut, in dem Punkt stimmen Crayton und Mills nicht überein. Aber ich glaube, es gibt einen Zusammenhang. Besonders nach Stacys Reaktion.«

»Mich erinnert der Fall eher an den von Elizabeth Tarkum«, sagte Decker.

»Vielleicht hängen sie alle zusammen.«

»Und die Gemeinsamkeit wäre?«

Oliver zuckte die Schultern. »Crayton hat sich Feinde gemacht. Es kann viele Gründe geben, warum ihn jemand umbringen wollte. Möglicherweise hatte er Beziehungen zu beiden Frauen. Die drei Fälle passen auf jeden Fall nicht in das Muster. Die Frauen hatten keine Kinder bei sich, und die Opfer wurden nicht gezwungen, ins Auto zu steigen.«

»Und wieso werden die Frauen erst jetzt überfallen, wo der Crayton-Fall längst kalt ist?«

»Erstens liegt die Sache mit Elizabeth Tarkum nur sechs Monate zurück. Zweitens könnte er es für einen guten Zeitpunkt gehalten haben, Mills zu überfallen, weil die Polizei das mit den anderen Fällen in Verbindung bringen würde.«

»Stacy sagt, der Täter klang amerikanisch«, fügte Marge hinzu. »Einige unserer Opfer mit Kindern haben ausgesagt, der Täter hätte wie ein Ausländer geklungen.«

»Aber Stacy hat ihn nicht gesehen.«

»Nein.« Marge betrachtete Decker, ihren ehemaligen Partner, der jetzt ihr Vorgesetzter war. Statt erfreut zu sein über die Informationen, wirkte er bedrückt. »Der Crayton-Fall ist nicht abgeschlossen. Ich denke, wir sollten die Unterlagen noch mal durchgehen und schauen, ob Stacy Mills oder Elizabeth Tarkum da irgendwo reinpassen.«

Decker lehnte sich zurück. »Gut, machen wir das. Stellt eine Liste von Craytons Freunden und Bekannten zusammen und überprüft, ob jemand bedroht oder ausgeraubt wurde, seltsame Anrufe bekam ... oder ob auf ihn geschossen wurde.«

Stille. Oliver versuchte, seine Besorgnis zu verbergen. Aber Decker achtete nicht auf ihn. Er sah zur Decke. »Das heißt, ich muß mit meiner Tochter sprechen.«

Marge machte große Augen. »Cindy? Wieso das denn?«

»Sie kannte Crayton«, erwiderte Decker.

Sofort war Oliver ungeheuer erleichtert. Aber er spielte mit und tat verwirrt. »Was? Woher?«

»Die beiden haben im selben Fitneßstudio trainiert«, gab Decker zu. »Sie waren lose befreundet.«

»Lose befreundet?« wiederholte Marge.

»Das ist ihre Version.« Decker wand sich. »Sie hat es mir so geschildert: Eines Tages gingen sie zusammen über den Parkplatz des Fitneßstudios. Jemand hat auf sie geschossen ...«

»Himmel!« stieß Oliver hervor. »Wann war das?«

Decker verzog das Gesicht. »Vor etwa einem Jahr. Kurz bevor Crayton ermordet wurde.«

»Und das erzählst du uns erst jetzt?« Oliver bemühte sich, wütend zu klingen.

»Stimmt«, sagte Decker ausdruckslos. »Sie hat es mir erst gesagt, nachdem Crayton tot war. Als sie schließlich damit rausrückte, habe ich sie ausführlich befragt. Sie behauptet, sie hätte den Schützen nicht gesehen und könnte sich nicht denken, wer es gewesen sei. Sie schien nichts zu verheimlichen. Deshalb gehe ich davon aus, daß die Schüsse Crayton galten und sie nur zur falschen Zeit am falschen Ort war.«

»Sie muß starr vor Schreck gewesen sein«, sagte Marge. »Armes Ding.«

»In dem Moment war sie bestimmt aufgewühlt.« Decker zog eine Zigarette heraus, spielte damit, rollte sie zwischen den Fingern. »Als sie es mir erzählte, schien sie gut damit fertig zu werden.«

Wieder Stille.

Decker kaute an den Enden seines Schnurrbarts. »Ich hab ihr geraten, den Mund zu halten. Außerdem hab ich sie gebeten, mich sofort anzurufen, wenn irgendwas auch nur vage Bedrohliches geschieht. Bisher hat sie nichts gesagt, aber Cindy hält ihr Privatleben ... na ja, sehr privat.«

Oliver schüttelte sein Bein aus. »Sie muß erfahren, was passiert ist, zu ihrem eigenen Schutz. Und wir müssen mit ihr reden, müssen rausfinden, ob sie dir alles gesagt hat.«

»Ich spreche mit ihr«, sagte Decker.

»Überlaß das Marge und mir. Wir sind objektiv. Du nicht. Außerdem wird sie bei uns offener sein.«

»Da bin ich mir nicht sicher.«

»Vielleicht ist es ihr peinlich, Pete, dir zu gestehen, daß sie was mit dem Kerl hatte«, meinte Marge.

Decker zuckte zusammen. »Ich *weiß* nicht, ob sie eine Affäre mit ihm hatte.«

»Dann überlaß es Marge und mir, das rauszufinden.« Oliver gab sich hilfreich. »Ich ruf sie an. Sie ist in Hollywood, oder? Ich wollte sowieso den Tarkum-Fall mit Rolf Osmondson durchgehen. Mit ihm und diesem anderen Detective namens Craig Barrows, der erwähnt hat, daß Tarkums Fall Ähnlichkeiten mit Crayton hätte ...«

»Was für Ähnlichkeiten?« fragte Decker.

»Kann ich so nicht sagen. Wenn ich schon mal dort bin, treffe ich mich mit Cindy.«

Decker schwieg. Oliver nahm das als Zustimmung. »Ich hab heute abend nichts vor. Bringen wir es hinter uns, damit Decker seinen Frieden hat.« Er sah zu Marge. »Was ist mit dir?«

»Ich müßte telefonieren ... Verabredungen verschieben.«

»Sie sollte möglichst bald befragt werden. Wenn du nicht kannst, mach ich das alleine«, sagte Oliver.

Deckers Blick wanderte langsam von seinem Schreibtisch zu Olivers Gesicht. Scott war clever genug, um zu begreifen. Er blieb ruhig, zuckte die Schultern. »Du kannst gern mitkommen, Boß, aber es könnte sein, daß sie sich dann gehemmt fühlt.«

»Wie kommst du darauf, daß sie mit *dir* redet?«

Oliver war frustriert. Er wollte Cindy warnen. Aber er wollte *allein* mit ihr sprechen. Aus persönlichen Gründen. »Ich glaube, ich könnte was aus ihr rauskriegen. Aber wenn du Zweifel daran hast, warte ich, bis Marge Zeit hat. Cindy ist deine Tochter. Du hast das Sagen.«

Decker sah zu Marge. »Verschieb deine Termine.«

»Das dürfte kein Problem sein«, meinte Marge.

»Prima!« Oliver tat begeistert, obwohl er enttäuscht war, weil Marge nun doch den Anstandswauwau spielen würde. Aber er wußte, daß es besser so war. »Gegen acht, Margie?«

»Ist mir recht. Wo wohnt sie?«

»In der Nähe von Culver City«, brummte Decker.

»Ich hatte vor, so gegen sechs nach Hollywood zu fahren. Wir treffen uns dann um acht bei Cindy.« Oliver sah zu Decker. »Bist du damit einverstanden?«

Widerstrebend stimmte Decker zu. Obwohl er nur ungern das Heft aus der Hand gab, wußte er, daß Scott recht hatte. Als Cindys Vater war er nicht objektiv. »Ich ruf sie an ... erkläre ihr die Situation und sage ihr, daß ihr um acht kommt. Bis dahin könnt ihr euch wieder mit dem Crayton-Fall vertraut machen. Teilt die Suche und die Befragungen so auf, wie ihr es für richtig haltet. Außerdem solltet ihr Korman fragen, ob vermehrt rote Luxuswagen gestohlen wurden.«

Oliver erhob sich. »Dann mal los.«

»Eins noch.« Decker stand auf und öffnete die Tür. »Im Fall Stacy Mills hat der Täter ihr befohlen, sie soll sich *auf den Boden legen*. Das kann er zwar aus Filmen haben oder aus den Polizeiserien im Fernsehen, aber vielleicht hat der Kerl eine entsprechende Ausbildung.«

»Der Täter ist ein Cop?«

»Ein Cop, ein ehemaliger Polizist, jemand, der von der Polizeiakademie abgelehnt wurde, rausgeflogen ist, Hilfssheriff war, Wachmann, ehemaliger Wachmann, ATF, Militär — jeder, der eine Uniform trägt und machtgierig ist.«

98

Cindy hielt den Hörer ans andere Ohr. »Mein Vater war sehr vage. Wie ist es rausgekommen?«

»Dein Dad kam darauf zu sprechen wegen eines neuen Falls.«

»Was?« schrie sie. »Ich kann dich nicht verstehen.«

»Dein Dad hat es erwähnt.«

»Mein Dad! Wieso? Worüber habt ihr gesprochen?«

»Cindy, ich kann dich kaum hören.« Oliver stand an einem Münztelefon einen Block vom Revier entfernt. Auf der Straße herrschte viel Verkehr. Er schaute sich um. Kein Mensch weit und breit. Und selbst wenn, was gab es schon zu sehen? »Ich erklär's dir später.«

»Wie kannst du's mir erklären, wenn Marge dabei ist?«

»Hör zu ... dein Dad sagte, wir würden gegen acht kommen, ja?«

»Ja.«

»Marge und ich fahren nicht zusammen. Ich komme zu dir, wie geplant. Gegen halb acht.«

»Komm um sieben. Ich hab jede Menge Fragen.«

Oliver zögerte. »Halb acht, Cindy. Ich bin um halb acht da.«

Schweigen.

Dann sagte Cindy kühl: »Okay, halb acht.«

»Ich habe das Gefühl, daß dein Dad unerwartet auftaucht«, erklärte Oliver. »Er delegiert nicht gern, wenn es um seine Familie geht. Du bist seine Tochter, und er hat ein persönliches Interesse an der Sache.« Er hielt kurz inne. »Ich weiß, daß er mit irgendeiner Entschuldigung auf deiner Türschwelle stehen wird. Ich spür das, wie ich den Wind spüre. Ich kann zwar erklären, warum ich zwanzig Minuten, sogar eine halbe Stunde zu früh dran bin ... nicht viel Verkehr, bin in Hollywood schneller fertig geworden als gedacht, bla, bla, bla. Aber ich kann nicht erklären, wieso ich eine ganze Stunde eher da bin. Das würde bedeuten, daß ich's geplant hab.«

»Was hast du geplant, Scott?«

»Jetzt wirst du naseweis.«

»Okay, dann um halb acht. Mir ist das egal.«

»Gut. Bis später.« Oliver lächelte, als er einhängte. Sie hatte zwar behauptet, es sei ihr egal, aber ihre Stimme hatte etwas anderes verraten.

Webster saß über seinen Schreibtisch gebeugt. Er blätterte die beiden Crayton-Akten durch: beide dick, voll mit eselsohrigen, farbigen Formularen. Die eine enthielt den Autopsiebericht, scheußliche Fotos der grausam zugerichteten Leiche mit hervorstehenden Knochen, alle schwarz verkohlt. Dutzende Schwarzweißfotos von der Unfallstelle, zusammen mit Listen der Fundstücke aus dem ausgebrannten Rolls. In der anderen Akte war alles persönliche Material über Crayton abgeheftet, mehrere Blätter, die einen Hochstapler mit all seinen Schiebereien, Winkelzügen und Betrügereien beschrieben. Dazu Unterlagen über Verfahren, die mehrere verärgerte Personen gegen ihn angestrengt hatten, einschließlich einer Sammelklage, die später fallengelassen worden war.

Armand hatte jede Menge Feinde gehabt.

Webster sah von den Papieren auf, richtete die blauen Augen auf Marge. »Setz dich. Sonst krieg ich noch einen steifen Hals.«

»Entschuldige.« Sie zog einen Stuhl heran.

»Bert und ich haben die Hauptverdächtigen befragt. Vier davon sahen vielversprechend aus ... die hatten vermutlich den größten Haß auf ihn.« Er reichte ihr eine Liste. »Ohne Ergebnis.«

Marge lehnte sich zurück, überflog die Liste. »Was habt ihr rausgefunden?«

»Alle hatten Alibis. Bert und ich hatten das Gefühl, daß uns was entging oder verschwiegen wurde. Besonders von der Witwe. Sie hat immer wieder versichert, es wäre okay ... wir täten unser Bestes. Ihre Haltung hat uns überrascht. Ich hatte das Gefühl, sie wollte gar nicht, daß wir allzusehr bohrten.«

»Wieso?«

»Sie hatte Angst, daß sich jemand an ihr rächen könnte.«

»Hat sie erwähnt, daß sie sich bedroht fühlte?«

»Sie hat es runtergespielt, meinte, die Entführung sei zufällig passiert, weil Armand ein so auffälliges und teures Auto fuhr. Es hätte jedem passieren können. Bert und ich waren immer der

100

Meinung, sie wollte nur ein Minimum — damit sich Armands Mutter zufriedengibt. Es tut mir zwar leid für Stacy Mills, aber ich bin froh, daß sie dem Crayton-Fall wieder zum Leben erweckt hat.«

»Ihr habt also weder Stacy Mills noch Elizabeth Tarkum befragt?«

»Nein. Aber ich bin sicher, daß Armand viele Geheimnisse mit ins Grab genommen hat. Durch Mills und Tarkum und Armands Frau seid ihr Crayton gegenüber im Vorteil, Margie. Die Frauen leben noch.«

»Wen würdest du dir als erste vornehmen?« fragte Marge. »Die Frau?«

Webster nickte. »Auf jeden Fall die Frau. Und wenn du was rausfindest, was mir entgangen ist, reib es mir nicht unter die Nase.«

11

Armand Crayton hatte in einem schicken Wohnkomplex im westlichsten Teil des San Fernando Valley gelebt. Dreißig Häuser auf je zweitausend Quadratmeter großen Grundstücken gruppierten sich um künstliche Seen und Lagunen. Um auf das Gelände zu kommen, mußte sich Marge über eine Sprechanlage anmelden. Sie bekam keine Antwort, aber gleich darauf schwang das schmiedeeiserne Tor auf.

Und wie waren die Entführer reingekommen? Marge fragte Oliver danach.

»Bert hat zwei Theorien«, erwiderte er. »Entweder haben sie sich eine magnetische Schlüsselkarte besorgt oder bei irgendeinem Anwohner geklingelt, behauptet, sie hätten eine Lieferung, und eine naive Seele hat ihnen das Tor geöffnet. Was ziemlich dämlich gewesen wäre, denn fast alle regelmäßigen Lieferanten haben eine Schlüsselkarte.«

»Das heißt, daß viele Karten im Umlauf sind.«

»Ja, sie sind leicht zu kriegen. Übrigens, die Theorie, sie hätten geklingelt und das Tor wurde geöffnet, hat sich bei den Befragungen der Anwohner nicht bestätigt. Keiner hat zugegeben, sie reingelassen zu haben.«

»Jemand von drinnen?«

»Vermutlich, was aber nicht heißt, daß es Armands Frau war … obwohl ich an ihrer Stelle die Nummer meines Anwalts auswendig gelernt hätte.«

Marge lächelte, parkte, stieg aus, streckte sich und betrachtete die ruhige Villa, die der Tatort eines Verbrechens war. Das Haus im mediterranen Stil war einstöckig – wie alle in der Anlage – und quadratisch, hatte Eckpfeiler, kleine Balkone und ein rotes Ziegeldach. Es war aprikofarben verputzt und umgeben von Palmen, Bananenstauden und Baumfarn. Aber Haus und Grundstück wirkten ungepflegt. Das Gras war zu hoch, Unkraut wuchs in den Beeten, und graue Streifen liefen von den Fensterecken nach unten. Die Eingangstür lag unter einem bogenförmigen Portikus. Marge klingelte. Eine Frau in den Zwanzigern öffnete die Tür.

»Mrs. Crayton?« fragte Marge.

»Nennen Sie mich Lark«, erwiderte die Frau. »Mrs. Crayton ist meine ehemalige Schwiegermutter. Sie sind von der Polizei?«

»Detective Oliver«, sagte Scott. »Und Detective Dunn. Danke, daß Sie uns empfangen.«

»Schon gut.« Lark öffnete die Tür weiter. »Kommen Sie rein.«

Als Oliver eintrat, fragte er sich, warum Tom und Bert die Schönheit der Witwe nicht erwähnt hatten. Groß und schlank, mit einem ansehnlichen Busen, über den sich ein weißes T-Shirt spannte. Ihre unglaublich langen Beine steckten in einfachen Bluejeans. Ein scharf geschnittenes Gesicht mit energischem Kinn und hohen Wangenknochen. Aschblondes Haar, zum Pferdeschwanz gebunden, graue, schwarz umrandete Augen. Üppige Lippen – Killerlippen.

Sie führte sie durch die Eingangshalle in eine Art Wohn- und Arbeitszimmer. Beige Wände umgaben übergroße, helle Möbel.

Topfpflanzen verliehen der Farblosigkeit etwas Leben, dazu der Blick aus den vorhanglosen Fenstern auf den aquamarinblauen Swimmingpool. Lark deutete auf ein Sofa und nahm selbst in einem der breiten Sessel Platz – der letzte Schrei im Möbeldesign.

Sie ließ ihre Beine über die Sessellehne baumeln.

Verführerisch, dachte Oliver. Unter ihrem Blick bekam er Gänsehaut. Die Pose hatte ihr in der Vergangenheit bestimmt schon gute Dienste geleistet. Beim Sprechen sah sie ihm in die Augen. »Gibt es neue Erkenntnisse?«

Oliver antwortete: »Nichts Weltbewegendes, aber wir sind immer noch …«

»Ja, ja.« Lark sah weg, wirkte gelangweilt, griff nach einem Zigarettenetui. Sie nahm eine Zigarette heraus und wandte sich an Marge. »Werfen Sie mir mal das Feuerzeug rüber, ja?«

Marge zögerte. *Herablassend, wie zu einem Dienstboten.* Sie entdeckte ein Kästchen mit Silberrand auf dem Couchtisch und hielt es hoch. »Das hier?«

»Ja, ja. Werfen Sie's einfach rüber.«

Marge widerstand der Versuchung, es ihr an den Kopf zu werfen. Lark fing es mit einer Hand auf, zündete sich die Zigarette an. Sie legte Feuerzeug und Zigarettenetui zurück auf den Couchtisch, stieß eine lange, lässige Rauchfahne aus. Wieder wandte sie sich an Oliver. »Warum sind Sie gekommen?«

»In letzter Zeit hat es ein paar Vorfälle gegeben, die uns interessant scheinen.«

Lark zog an der Zigarette. »Was für Vorfälle?«

»Carjackings«, antwortete Marge. »Sie könnten mit dem zusammenhängen, was Ihrem Mann passiert ist.«

»Das kann ich mir nicht vorstellen«, entgegnete Lark. »In der Zeitung stand, die Opfer waren Frauen mit Kindern.«

»Es gab auch andere, von denen Sie vielleicht nichts wissen«, fuhr Marge fort. »Die Verbrechen eskalieren. Wir wollten Sie fragen, ob Sie in letzter Zeit Drohanrufe bekommen haben …«

»Sie glauben, jemand hat es auf mich abgesehen?« fragte Lark mürrisch und zweifelnd. »Bißchen spät dafür, finden Sie nicht? Mein Mann wurde vor einem Jahr ermordet.«

»Sie haben also keine Drohanrufe bekommen?«

»Nein. Nichts. Ich habe der Polizei von Anfang an gesagt, daß ich die Sache für einen Zufall halte. Weil Armand diese protzige rote Corniche fuhr und sich sehr auffällig kleidete. Sie wissen schon, Goldketten und eine dicke Oyster Rolex. Er war jemand, den man nicht so leicht übersah.« Lark wippte mit dem Fuß. »Jemand hat ihn beobachtet ... kannte seine Gewohnheiten ... betrachtete ihn als leichte Beute, weil Armand einfach ... auffallend war. Niemand hat es auf mich abgesehen. Der Blitz schlägt nicht zweimal an derselben Stelle ein.«

Tut er doch, dachte Marge. »Ihr Mann hatte Feinde.«

»Das passiert, wenn man ein erfolgreicher Geschäftsmann ist.« Wieder sog sie tief den Rauch ein. »Da schafft man sich rasch Neider. Die Zeitungen haben Armand als großen Macher dargestellt. Kein Wort davon, wie hart er gearbeitet hat. Er hatte einen Traum. Und dann kommt so ein verdammtes Schwein und zerstört alles.« Sie blies Rauch aus. »Ich habe letztes Jahr über vieles nachgedacht, während ich auf die Auszahlung der Versicherung gewartet habe.«

»Und, hat sie gezahlt?«

»Endlich!« verkündete Lark. »Vor drei Wochen. Haben lange genug gebraucht, die Drecksäcke. Das Haus steht jetzt zum Verkauf. Sobald das über die Bühne ist, hau ich ab. Armand und ich haben eine Eigentumswohnung in der Marina. Da hab ich alles, was ich brauche, einschließlich Portier. Dieses Haus ist viel zu groß für mich ... ganz zu schweigen von den Erinnerungen. Und ich brauche das Geld vom Verkauf, um Armands Schulden zu bezahlen.« Sie wurde bitter. »Himmel, was für ein Schlamassel. Ich bin fast durch mit den Schuldnern und der Abwicklung des Bankrotts. Das Jahr war schrecklich.«

»Muß schlimm sein, sich mit Gelddingen zu befassen, wenn man noch trauert«, meinte Marge.

»Ja, kann schon sein.« Lark drückte die Zigarette in einem Keramikaschenbecher aus. »Noch zwei Gerichtstermine, dann bin ich frei wie ein Vogel, sagt der Anwalt.«

»Haben Sie noch Kontakt mit Armands Partnern?« fragte Marge.

»Lady, ich hab nicht mal mit Armands *Freunden* Kontakt. Ich brech alle Brücken hinter mir ab. Was nicht heißen soll, daß es mir mit Armand nicht gut gegangen ist. Aber ich will nur noch raus.« Nicht gerade der Inbegriff der verzweifelten Witwe, dachte Oliver. Aber wer konnte ihr das verübeln? Sie hatte den Mann wahrscheinlich geheiratet, weil sie ein gutes Leben wollte – Geld, Drogen, Sex, Affären mit dem Botenjungen, wenn der Alte unterwegs war. Statt dessen war ihr Mann ermordet worden, hatte ihr einen Haufen Schulden hinterlassen und – das Schlimmste in L.A. – auch noch für schlechte Presse gesorgt.

»Sie haben also weder Drohbriefe noch merkwürdige Anrufe bekommen?« vergewisserte sich Oliver noch mal.

»Meinen Sie den Stöhner?«

Oliver starrte sie an.

»Ich mach nur Spaß!« sagte Lark. »Keine merkwürdigen Anrufe, außer von den Anwälten der Gegenseite. Und ich will Ihnen etwas sagen, Detective Oliver. Lieber hab ich es mit einem obszönen Stöhner zu tun, als mit irgendeinem Anwalt.«

Beinahe hätte Cindy es geschafft, unbemerkt davonzukommen, aber Tropper fing sie ab. Sie grüßte höflich. Seine Erwiderung klang wie ein Vorwurf.

»Machen Sie Schluß für heute, Officer Decker?«

»Ja, Sir, nach einem langen Tag.« *Wie viele Überstunden erwartet er denn noch von mir?*

»Wo wollen Sie hin?« fragte er.

»Zum Essen mit meinem Vater«, log sie.

Tropper nickte. »Eines Tages würde ich den Lieutenant gerne kennenlernen.«

Wie soll man auf so was reagieren? Cindy rang sich ein Lächeln ab. »Schön.«

Er schwieg, schien auf mehr zu warten. *Erwartet er etwa sofort eine Einladung?* »Tja, ich muß mich beeilen.« Noch ein gezwungenes Lächeln. »Einen höherrangigen Beamten soll man nicht warten lassen.«

»Das gefällt mir, Decker«, sagte der Sarge. »Das gefällt mir sehr.«

»Wiedersehen, Sir.« Langsam und mit viel Selbstkontrolle drehte sie sich um und ging weg. Sobald er außer Sichtweite war, rannte sie in den Umkleideraum, wütend, weil sie völlig durchgeschwitzt war. Hayley Marx war da, kämmte sich die Haare, betrachtete sich kritisch im Spiegel. Falls ihr Cindys Schweißflecken unter den Achseln auffielen, ließ sie sich nichts anmerken.

»Hey, Decker. Wir haben dich gestern abend bei Bellini's vermißt.«

Cindy öffnete ihren Spind, zog langsam die Uniform aus. »Was war denn los?«

»Joey Goudis war besoffen und hat Andy Lopez vollgekotzt.«

»O Gott. Armer Andy!«

»Ach, der kann mich mal! Hat sich selbst wie ein Arschloch benommen und mir Bourbon auf meine Seidenbluse gekippt.«

»War er auch betrunken?«

»Nein, nur ungeschickt. Er hat nach dir gefragt. Lopez, meine ich. Er wollte wissen, wer dich neulich abend nach Hause gefahren hat. Du bist selbst gefahren, hab ich gesagt. Er fand das leichtsinnig, weil du ziemlich voll warst. Ich hab dich verteidigt, aber es war wirklich leichtsinnig, Decker.«

»Ich bin nicht selbst gefahren«, sagte Cindy. »Ich wollte fahren, hab's aber gelassen. Scott Oliver hat mir die Schlüssel abgenommen.«

Hayley drehte sich um und sah Cindy an. »*Oliver* hat dich nach Hause gefahren?«

Cindy knöpfte ihre Bluse auf. »Jep. Dad hätte es sicher nicht cool gefunden, wenn ich mich um einen Telefonmast gewickelt hätte, mit einem Alkoholgehalt von einer Million Promille, und Oliver nicht dazwischengegangen wäre.«

Hayley schwieg, schloß ihren Spind ab, den Blick immer noch auf Cindy gerichtet. »Was hat er gesagt? Oliver?«

»Bevor oder nachdem ich gekotzt habe?«

Hayley unterdrücke ein Lächeln. »Nicht sehr passend für ein erstes Rendezvous, Decker.«

»Das war kein Rendezvous.«

Hayley musterte sie prüfend und entschied, daß Cindy die Wahrheit sagte. »Er hat dich also nach Hause gebracht, ja?«

»Ja, Marx. Hat er. Was willst du sonst noch wissen?«

Sie verdrehte die Augen. »Ich führ mich auf wie ein Idiot.«

»Nein, das liegt nur an den Männern. Ist der Fleck aus deiner Bluse rausgegangen?«

»Weiß ich nicht«, erwiderte Hayley. »Hab sie noch nicht aus der Reinigung zurück.« Sie hielt inne. »Ich hab sie noch gar nicht *hingebracht*. Keine Zeit. Andy war übrigens enttäuscht, daß du dich nicht von ihm hast heimfahren lassen.«

»Sag ihm, nächstes Mal.«

»Warum kommst du heute nicht mit zu Bellini's und sagst es ihm selbst? Außerdem hab ich gehört, daß Doogle heute drei Drinks für den Preis von zwein verkauft.«

Cindy lächelte innerlich. Jemand *mochte* sie. Selbst nachdem sie zugegeben hatte, daß der Exfreund der Frau sie nach Hause gefahren hatte. Natürlich würde sie es nicht wagen, Hayley von dem gestrigen Essen zu erzählen ... oder von der Verabredung heute. Wozu auch? Das ging keinen was an. »Können wir das auf morgen verschieben? Ich muß einkaufen. Mein Kühlschrank ist leer bis auf einen welken Salat, eine Packung saurer Milch, ein Sixpack Bier und ein Sixpack Cola light.«

Hayley lächelte. »Du kannst dir mein Miracle Whip für die Salatsoße borgen.«

»Klingt wie ein Festmahl!«

»Kauf später ein. Ich komm mit.«

»Kauf jetzt mit mir ein. Ich hab später noch einen Termin.«

»Einen Termin oder eine heiße Verabredung?«

»Nur, wenn du auf Inzest stehst. Ich glaube, mein Dad kommt mich besuchen.«

»Du spinnst wohl.« Sie zögerte. »Er ist verheiratet, oder? Dein Dad?«

Cindy lachte. »Ja.«

»Geht er fremd?«

»Mein Dad ist der sittenstrengste Mann, den ...«

»Ja, ja.« Hayley zuckte die Schultern. »Das hab ich schon oft gehört.«

»Ehrlich! Außerdem, warum willst du was mit einem verheirateten Mann anfangen?«

»Er ist Lieutenant. Immer gut, Leute in hoher Position zu kennen.« Sie legte den Arm um Cindys nackte Schultern. »Warum würde ich mich sonst mit dir abgeben?«

»Und ich dachte, das läge an meiner charmanten Persönlichkeit.« Cindy zog einen weißen Rolli über den Kopf. »Wenn du auf Verheiratete scharf bist, Hayley, die gibt es da draußen genug.«

»Da hast du verdammt recht. Alle sind verheiratet oder schwul.« Hayley setzte sich auf die Bank vor Cindys Spind. »Ganz schön deprimierend.«

»Was? Mit verheirateten Männern auszugehen? Das kann nicht sehr befriedigend sein.«

»Noch nicht mal das. Mir stinkt alles. Ich mag meinen Job, aber ich will ihn nicht ewig machen.«

Cindy nickte, sagte aber nichts. Sie *liebte* ihren Job. Karriere bei der Polizei zu machen, stand ganz oben auf ihrer Liste. Eine feste Bindung, eine Familie, war das letzte, was sie wollte.

»Eines Tages hätt ich gern was Solides«, sagte Hayley. »Du weißt schon ... Gartenzaun, trappelnde Kinderfüße, den weißen Kleinbus mit all den verrückten Becherhaltern und dem Aufkleber ›Baby an Bord‹. Macho sein, ist eine einsame Angelegenheit. Das wirst du merken, wenn du lange genug dabei bist. Man muß zäh sein. Und wenn du zäh bist, behandeln die Kerle dich wie einen Kerl. Was vermutlich ihre Art ist, dich zu akzeptieren. Aber nach einer Weile geht einem das auf den Keks.«

»Du hast sicher recht.« Cindy zog den Reißverschluß ihrer Hose zu. »Wie lange fühlst du dich schon ausgebrannt?« Was hieß *Wie lange hab ich, bis es mir auch so geht?*

Hayley zuckte die Schultern. »Das passiert, ohne daß du es merkst, Decker. Vielleicht hat es was mit dem toten Baby zu tun, das wir gefunden haben.«

Vor ungefähr drei Monaten war ein Neugeborenes in einer Mülltonne gefunden worden. Hayley hatte es rausgefischt ... hatte das

leblose, nackte Bündel in den Händen gehalten. Cindy unterdrückte ein Schaudern. Sie legte Hayley die Hand auf die Schulter.
»Kommst du mit mir einkaufen?«

»Nee!« Hayley schüttelte den Kopf. »Ich geh lieber Doogle quälen.« Sie machte die oberen drei Knöpfe ihrer Bluse auf.

»Meinst du, das reicht?«

»Damit quälst du sie alle, Hayley.«

»Gut. Genau das hab ich vor.«

Oliver sah auf die Uhr. Viertel vor sechs; kaum Zeit, die Befragungen in Hollywood durchzuführen, was zu essen und rechtzeitig bei Cindy zu sein. Was sowieso totale Zeitverschwendung war, weil Decker garantiert auftauchen würde. Oliver würde keine Chance haben, mit ihr allein zu sein. Und höchstwahrscheinlich würde Decker während des ganzen Gesprächs dableiben, also war auch danach nichts möglich. Vielleicht sollte er Cindy über das Handy anrufen und sich in einer Stunde mit ihr auf einen Kaffee treffen. Dann hätten sie ein paar Minuten für sich, könnten über den Crayton-Fall reden und wieso Decker die Sache überhaupt aufs Tapet gebracht hatte. Und wie sie bei der Befragung reagieren sollte. Danach würden sie getrennt wegfahren und ...

»Hey, Scott, ich rede mit dir.«

Oliver schoß herum. »Ich hab dich nicht gehört, Marge. Was ist?«

»Wieso hast du mich nicht gehört? Ich stehe direkt neben dir.«

Er tippte sich an die Stirn. »Ich hab an den Crayton-Fall gedacht.«

»Und an was im speziellen?«

Oliver schaute sie versonnen an, während er fieberhaft nach einer Antwort suchte. »Wie sich die Dinge ändern können und ein toter Fall plötzlich wieder zum Leben erwacht. Zwei rote Autos ... und bumm. Natürlich sind wir noch weit von einer Lösung entfernt.«

»Tja, das hab ich auch gerade gedacht«, meinte Marge. »Besonders nach unserem Gespräch mit Lark.«

»Das ist ja ein verrückter Vogel.«

»Eher schon ein Geier«, sagte Marge. »Scott, erinnerst du dich, daß sie Armands Oyster Rolex erwähnt hat?«

»Ja, klar. Was ist damit?«

»Das hat mich nachdenklich gemacht. Wenn Crayton nur ein Zufallstreffer war, weil er reich war, haben sie ihn vielleicht ausgeraubt, bevor sie ...«

»Dafür hat die Zeit nicht gereicht, Margie. Lark hat die Entführung mit angesehen und sofort die Polizei gerufen. Das ist alles sehr schnell passiert.«

»Du hast vollkommen recht. Daher hat es mich auch nicht überrascht, daß er laut Bericht seine Brieftasche bei sich hatte.«

»Er ist doch verbrannt«, sagte Oliver. »Trotzdem konnte der Pathologe feststellen, daß Armand eine Brieftasche dabei hatte?«

»Die Spurensicherung hat Teile von Geldscheinen und Lederfetzen gefunden. Große Scheine.«

»Also wurde er nicht ausgeraubt. Obwohl das vielleicht ihre ursprüngliche Absicht war, weil er so viel Geld bei sich hatte.«

»Ja, könnte sein.« Marge räusperte sich. »Normalerweise trägt man doch seine Uhr, als wär sie ein Teil von einem. Man zieht sich an, man schminkt sich – gut, ich schmink mich. Als letztes binde ich die Uhr um. Ohne die Uhr komme ich mir nackt vor.«

»Und er trug keine Uhr? Du glaubst, er ist doch ausgeraubt worden?«

»Er trug eine, Scott, aber keine Rolex. Es war genug davon übrig, sie als Timex zu identifizieren.«

Oliver beschloß, den Advocatus Diaboli zu spielen. »Dann hat er eben an dem Tag das gute Stück zu Hause gelassen.«

»Kannst du dir Armand mit einer Timex vorstellen?«

»Offensichtlich hatte er eine um.«

»Oder jemand hat die Uhren ausgetauscht, bevor er verbrannt ist«, entgegnete Marge. »Lark hat extra betont, daß er den Entführern durch seine Protzerei aufgefallen ist – sein Auto und seine Oyster Rolex. Warum hat sie die Uhr erwähnt, wenn er sie an dem Tag gar nicht trug, Scott?«

»Vielleicht hat Lark das nur als Beispiel genommen. Oder sie wußte nicht, daß er die Rolex nicht umhatte.«

»Oder sie wußte es doch.«

»Worauf willst du hinaus?« fragte Oliver. »Daß sie vorher von der Entführung wußte, ihm die gute Uhr abgenommen und ihm eine billige gegeben hat?«

Marge zuckte die Schultern. »Du hast die Frau gesehen. Kam sie dir untröstlich vor?«

»Überhaupt nicht. Martinez und Webster haben die Vergangenheit der Frau überprüft und nichts gefunden. Sie sagten, während des Verhörs hätte Lark genau die richtigen Sachen gesagt. Und die Versicherung muß sie auch genau unter die Lupe genommen haben, bevor sie das Geld rausrückte. Die haben sich ein ganzes Jahr Zeit gelassen.«

»Vielleicht sollten wir deren Nachforschungen überprüfen. Kann doch nicht schaden, die Versicherung anzurufen.«

Oliver war einverstanden. Lark war gefährlich schön, herzlos und abgebrüht. Die perfekte Besetzung für die Rolle der »bösen Witwe«. Lark mußte überprüft werden. Obwohl die Überprüfung, an die er dachte, wenig mit der Vergangenheit der Witwe zu tun hatte.

12

Die Schlange war lang, und es ging nur langsam vorwärts, weil zu viele Leute die unterschiedlichsten Wünsche hatten – Kaffee mit Milch, ohne, mit fettarmer Sahne, koffeinfrei, mit Kaffeeweißer, ein bißchen Amaretto, aber kein Zucker. Vor Cindy standen noch fünf Kunden, als Oliver hereinkam. Er wirkte gehetzt mit seinem zerwühlten schwarzen Haar und dem ruhelosen Blick. Sie verließ ihren Platz in der Schlange, hakte sich bei ihm unter. »Keine Tasse Kaffee ist es wert, so lange zu warten. Wir können uns am Autoschalter von McDonalds einen McMocha holen und im Auto reden.«

Oliver lächelte. »McMocha?«

»Hab ich gerade erfunden.«

»Warum hast du dich überhaupt in die Schlange gestellt?«

»Was?«

Oliver machte sich los, ging zum Tresen und zeigte seine Dienstmarke. »Ich hab's eilig. Zwei Kaffee.«

Hinter dem Tresen stand ein verblüffter Teenager mit gepiercter Nase. Das Mädchen starrte auf die Dienstmarke, tat aber gehorsam, wie ihr geheißen. Einen Augenblick später gingen die beiden Polizisten raus, Oliver mit zwei dampfenden Pappbechern voll Kaffee. Er reichte sie Cindy und öffnete die Beifahrertür. »Gib sie mir.«

Cindy stieg ein, nahm ihm einen Becher ab. Sie trank einen Schluck, sagte: »Danke, aber mir liegt so was nicht.«

»Du findest es also in Ordnung, täglich auf der Straße dein Leben zu riskieren, dich von Besoffenen, Verbrechern und Schurken aller Art anmachen zu lassen. Aber du bringst es nicht fertig, dich für eine Tasse Kaffee vorzudrängen – für die ich *bezahlt* habe ...«

»Ich geb's dir wieder.«

»Darum geht es nicht.« Oliver trank. »Nicht mal heiß. Was ist bloß los mit diesen Leuten? Ich meine diese großen Ketten, die nicht daran denken, einem Beamten mal einen Kaffee zu spendieren.«

»Ach, die gute alte Zeit.«

»Du machst dich lustig, aber es stimmt. Heutzutage kannst du dir noch nicht mal ein Papiertaschentuch zum Naseabwischen leihen, ohne daß du als korrupt giltst.«

»Das ist auch ganz richtig so, Scott.«

»Was ist richtig?«

»Daß wir nichts umsonst kriegen. Sonst entsteht ein falscher Eindruck.«

»Willst du behaupten, daß ein Polizist bereit ist, für eine kostenlose Tasse Kaffee Beweise zu fälschen, damit es zu einer Mordanklage kommt?« Er schnaubte. »Du bist noch zu neu, um so selbstgerecht zu sein.«

»Aber ich bin es trotzdem. Das ist der Charme der Jugend. Jetzt

112

mal im Ernst, Scott, was tut sich da im Crayton-Fall? Wieso ist mein Name ins Spiel gekommen?«

»Dein Vater war's, wie gesagt.«

»In welchem Zusammenhang?«

»Als eine Freundin von Armand ...«

»Eine *flüchtige Bekannte*. Ich hoffe, er hat das gesagt.«

»Er hält sich mit seinem Urteil zurück.«

Cindy verzog das Gesicht. »Ich wußte doch, daß er mir nicht glaubt. Das hab ich an seinem Blick erkannt.«

»Was für ein Blick?«

»Dieser väterliche Blick, der besagt ›Du hast dein Milchgeld für Bonbons ausgegeben, stimmt's?‹«

»Auslöser für die ganze Sache war ein Autoraub heute nachmittag«, sagte Oliver. »Diesmal war es eine einzelne Frau mit einem roten BMW. Crayton fuhr eine rote Corniche, und Elizabeth Tarkum – die Frau, die Craig Barrows erwähnt hat – einen roten Ferrari. Tarkum wurde entführt wie Crayton, zusammen mit dem Wagen. Später wurde sie freigelassen, unverletzt, aber ziemlich mitgenommen. Wir suchen nach Verbindungen zwischen den drei Fällen.«

»Was für Verbindungen? Rote Autos?«

»Das, und vielleicht hatten diese Frauen was mit Crayton zu tun.«

»Zu tun?« fragte Cindy. »Geschäftlich oder privat?«

»Wissen wir nicht.«

»Also ein Schuß ins Blaue.«

»Hier geht es um einen ein Jahr alten, ungelösten Mordfall, der Ähnlichkeiten mit aktuellen Fällen hat. Wir wären nachlässig, wenn wir nicht alle Aspekte untersuchen würden.«

»Aber was hat das mit mir zu tun?« fragte sie. »Ich fahre einen neongrünen Saturn.«

Oliver sah sie an. »Hast du nicht gehört, was ich gesagt habe, Cindy? Frauen, die vielleicht eine Verbindung zu Crayton hatten. Du bist eine Frau, die *definitiv* mit ihm zu tun hatte. Eine Frau, auf die jemand geschossen hat. Dein Vater macht sich Sorgen, daß du entführt werden könntest.«

»Das ist totaler Blödsinn!«

»Warum? Weil du es so willst?«

»Nein, weil ich Armand kaum kannte. Und du weißt doch gar nicht, ob diese beiden Überfälle mit ihm zu tun hatten. Wonach willst du mich heute abend fragen? Mein Vater hat mir schon sämtliche Fragen gestellt.«

»Nur nach deiner Beziehung zu Armand…«

»Darüber habe ich dir und Dad bereits alles gesagt.«

»Na ja, vielleicht hat Marge noch ein paar Einsichten.«

»Kann ich mir nicht vorstellen.«

»Wir werden dich außerdem fragen, ob du ungewöhnliche Anrufe bekommen hast, merkwürdige Briefe.«

»Nichts.«

»Keine Drohbriefe, kein Gefühl, daß du verfolgt wirst?«

Cindy zögerte so lange, daß es Oliver auffiel. »Was ist?«

»Nichts.«

»Cindy!«

»Nichts Ungewöhnliches. Keine merkwürdigen Anrufe, keine seltsamen Briefe, keiner, der mich verfolgt. Mein Leben läuft völlig normal, alles Ordnung, alles an Ort und Stelle … außer du meinst das Foto meiner Schwester, das du vom Kaminsims genommen hast.«

»Was meinst du damit?«

»Als du mich neulich nach Hause gebracht hast.« Cindy versuchte, Ruhe zu bewahren. »Während ich im Bad war und mir die Seele aus dem Leib gekotzt habe, hast du dir die Fotos auf dem Kaminsims angeschaut.«

Oliver starrte sie an.

»Stimmt's?« fragte sie.

»Stimmt. Und?

»Du hast das Foto meiner kleinen Schwester gesehen, hast es genommen …

»Ich hab nichts angefaßt.« Er hielt inne. »Nein, stimmt nicht. Ich habe dein Telefon benutzt, um mir ein Taxi zu rufen, und die Lamellen auseinandergedrückt, als ich nach ihm Ausschau hielt. Also habe ich dein Telefon und die Jalousie berührt. Aber das war alles.«

Cindy schwieg, überlegte, was sie sagen sollte.

»Ich fasse die Sachen anderer Leute nicht an und stell sie erst recht nicht um«, fuhr Oliver fort. »Wenn ich in ein fremdes Haus komme, behalte ich die Hände in den Taschen. Eine Angewohnheit von der Arbeit. Berühre nie etwas, das ein Beweisstück sein könnte. Was ist mit dem Foto deiner Schwester?«

Cindy antwortete nicht, dachte an den Abend. Als sie ins Wohnzimmer gekommen war, hatte er die Hände in den Taschen gehabt.

Oliver zerknautschte den leeren Pappbecher. »Krieg ich eine Antwort oder nicht?«

»Klar.« *Ganz ruhig bleiben, Cindy.* »Ich dachte, du hättest das Bild verrückt. Wenn du es nicht warst, hab ich es wahrscheinlich selbst beim Staubwischen getan und vergessen, es zurückzustellen.«

Eine lahme Ausrede, was sie beide wußten. »Hat sich jemand an deinen Türen zu schaffen gemacht?« fragte Oliver.

»Nein.«

»Die Riegel an deinen Fenstern?«

»Alle intakt.«

»Sind deine Schubladen durchwühlt worden?«

»Nein.«

»Bist du dir sicher?«

»Ja.«

»Wann warst du zum letzten Mal zu Hause?«

»Heute morgen!« Sie runzelte die Stirn. »Warum machst du so eine große Sache daraus?«

»Tu ich nicht, ich stelle nur Fragen. Keine merkwürdigen Briefe oder Nachrichten auf deinem Anrufbeantworter?«

»Ich hab dir doch schon ...« Sie verstummte.

»Spuck's aus!« befahl Oliver.

»Ein Merkzettel auf dem Schalthebel meines Streifenwagens«, gestand Cindy. »›Nicht vergessen‹ stand da drauf.«

»Oh, mein Gott!«

»Das hatte nichts zu sagen, Scott. Wahrscheinlich eine Notiz, die sich einer von der Werkstatt gemacht hat.«

»Hast du den Zettel noch?«

»Nein, ich hab ihn weggeschmissen. Hör auf, mich so anzusehen. Woher hätte ich wissen sollen, daß das Ding wichtig ist?«

Oliver sah auf die Uhr. Zehn vor sieben. »Ich möchte mich in deiner Wohnung umschauen, bevor die anderen kommen. Sehen, ob irgendwas verändert ist.«

»Das ist doch lächerlich!«

»Du verschließt die Augen vor der Realität.«

»Nein. Ich hänge am Leben. Wenn was wäre, würd ich es dir sagen.«

»Dann tu es mir zuliebe. Laß mich früher kommen.«

Cindy merkte, wie ernst es ihm war. Auch seine Stimme hatte sich verändert, war berufsmäßig geworden. Das beunruhigte sie, aber sie versuchte es wegzuwischen. »Klar, wenn du's für so wichtig hältst.«

Oliver nickte. »Danke. Außerdem mußt du deinem Vater davon erzählen ... von dem Merkzettel und dem Foto.«

»Damit er sich wegen nichts aufregt? Kommt nicht in Frage! Und du sagst es ihm auch nicht. Denn wenn du das Foto erwähnst, mußt du zugeben, daß du in meiner Wohnung warst, und das willst du nicht.«

Olivers Ton wurde düster. »Decker, mir macht es nichts aus, deinem Vater zu erzählen, daß ich dich heimgefahren habe, weil du voll warst. Ich dachte, *du* hättest ein Problem damit.«

»Nicht im geringsten«, erwiderte Cindy selbstsicher. »Ich hab es sogar Hayley Marx erzählt, weil ich nichts zu verbergen habe.«

Oliver starrte sie verblüfft an. »Das ist doch nicht dein Ernst, oder?«

»Doch.« Cindy verschränkte die Arme und wartete auf seine Antwort.

»Warum zum Teufel hast du Hayley Marx erzählt, daß ich dich heimgebracht habe?«

»Wieso regst du dich so auf, Oliver? Ich war betrunken, du hast mich nach Hause gebracht. Basta.«

Oliver sackte im Sitz zusammen und schlug sich an die Stirn. »Ich kann's einfach nicht glauben! Dein Vater wird davon erfahren.«

»Na und? Du hast doch nur … der Öffentlichkeit einen Dienst erwiesen.«

»Himmel!« Oliver war sauer. »Warum ausgerechnet ihr? Hayley Marx und ihre große Klappe! Die ist ein Ein-Frauen-Klatschblatt! Ganz zu schweigen vom dem Dreh, den sie der Sache geben wird, um mir eins auszuwischen.«

»Ihr schien das nichts auszumachen. Sie mag dich immer noch.«

»Hier geht es nicht um Hayley Marx, Decker. Es geht darum, daß dein Vater es erfährt. Damit wollte ich mich nicht auseinandersetzen. Vor allem, weil *ich* vorgeschlagen habe, daß Marge und ich dich *an seiner Stelle* befragen. Das gefiel deinem Dad nicht sonderlich. Jetzt wird er garantiert mißtrauisch. Er ist mein Boß, Cindy. Hast du das vergessen?«

Das hatte sie tatsächlich.

Er funkelte sie böse an. »Wahrscheinlich hast du Hayley auch von unserem Essen erzählt.«

»Warum hätte ich das tun sollen?«

»Hm, laß mich nachdenken. Könnte es sein, weil du sprichst, bevor du nachdenkst?«

Jetzt wurde Cindy sauer. »Du bist noch viel beschissener als dein Ruf. Und denk ja nicht, ich erzähle Dad was von dem Abend oder dem verdammten Foto oder dem Merkzettel. Von mir erfährt er nichts. Wenn du ihm von dem Foto erzählen willst, dann mußt du auch *dieses* Gespräch erwähnen!«

Oliver betrachtete ihr wütendes Gesicht. Sie war ungestüm und hitzig, und sie nervte ihn gewaltig. Trotzdem bemühte er sich, ruhig zu bleiben. »Ist dir je der Gedanke gekommen, daß ich mir Sorgen um dich mache? Sorgen wie ein Vater? Sorgen, weil ich mit deinem Vater zusammenarbeite? Sorgen, weil ich weiß, daß du trotz deines impulsiven Mundwerks ein guter Kerl bist und ich es furchtbar fände, wenn dir was passiert?«

Cindy schaute in ihren Schoß, hob den Kopf und sprach zur Wagendecke. »Wie dumm von mir. Ich dachte, du machst dir Sorgen, weil du mich magst.«

»Das auch.« Er winkte ab. »Ich sollte mich an die Hirnlosen halten. Die entsprechen eher meinem Intelligenzquotienten und haben keine Erwartungen. Steig aus. Geh nach Hause. Überprüf deine Türschlösser. Wir sehen uns um acht.«

»Du kommst nicht früher?«

»Nein.« Er starrte durch die Windschutzscheibe.

Cindy trommelte aufs Armaturenbrett, öffnete die Tür. »Also, bis dann.«

»Paß auf dich auf, ja?«

»Klar, mach ich.«

Sie stieg aus, schloß sanft die Autotür, zögerte aber noch.

Wartete, daß er sie zurückrief.

Er dachte nicht daran! Sie war ihm einfach zu kompliziert.

Und daraus konnte nichts Gutes entstehen.

Oliver sah, wie sie auf den Füßen wippte, sich die Ärmel ihrer schwarzen Wolljacke um die Schultern knotete. Langsam ging sie zu ihrem Auto. Ihr weißer Rolli hob und senkte sich mit jedem Atemzug, Hüften und Hintern zeichneten sich durch die schwarze Hose ab. Sie galt als gute Läuferin. Aber sie hatte auch einen anmutigen Gang.

Er seufzte.

13

Dad wartete nicht auf sie; in dem Punkt hatte Scott sich geirrt. Und alle Riegel und Schlösser waren in Ordnung. Cindy sah sich auch den Türknauf genau an – keine Kratzer oder ähnliches. Alles schien unberührt. Etwas weniger angespannt schloß sie die Tür auf, betrat ihre Wohnung und warf die schwarze Jacke auf die Couch. Ein rascher Blick sagte ihr, daß alles so war, wie sie es verlassen hatte. Der Kaffeebecher vom Morgen stand noch auf dem Beistelltisch, die Zeitung lag auf derselben Seite aufgeschlagen da.

Okay. Das war also erledigt. Sie war erleichtert, aber auch ein bißchen enttäuscht. Ihr Job bot ihr Unvorhersehbares und Neues. Im Gegensatz dazu wirkte ihr Privatleben prosaisch und uninteressant. Aber sie wußte, daß sie mit ihren Wünschen vorsichtig sein mußte. *Interessant* war ein Adjektiv aus chinesischen Flüchen.

Sie nahm den Becher und trug ihn in die Küche, holte sich ein Glas, goß Weißwein ein, wußte, daß es dumm war, auf leeren Magen zu trinken. In letzter Zeit hatte sie einige Dummheiten gemacht, meist in Zusammenhang mit Oliver.

Mit dem Glas in der Hand ging sie zurück ins Wohnzimmer, blickte zum Kaminsims. Die Familienfotos und ihre Porzellantiere standen genau so, wie sie sie zurückgelassen hatte: Schweine, Katzen, Hunde und Kühe in trauter Gemeinsamkeit.

Cindy setzte sich vor den Fernseher, schaltete ihn mit der Fernbedienung ein. Auf dem Schirm erschien das Bild von zwei Menschen, die durch einen Supermarkt rasten und Dutzende in Cellophan verpackter Schinken in ihre Einkaufswagen warfen. Da der Ton ausgeschaltet war, sahen die zwei noch komischer aus, wie die Keystone Cops im Stummfilm. Sie dachte an Oliver, überlegte, ob er ihr absichtlich Angst einjagte. Und wenn ja, warum?

Vielleicht hatte er einen Superman-Komplex, war der Typ, der hilflose junge Maiden rettete. Dad nannte diese Typen HDS oder Helden der Stunde. Egal, wie sie die Geschichte erzählten, stets waren sie diejenigen, die alles ins Lot brachten. Der Held – und sie dachte absichtlich an einen Helden, nicht an eine Heldin, weil die HDS gewöhnlich Männer waren – benutzte Sätze wie »Wenn ich nicht da gewesen wäre« oder »Wenn es mich nicht gegeben hätte« oder das angeblich bescheidenere »Man bat mich um meine Meinung, und ich schlug das und das vor, was dann bestens funktionierte.«

Was hatte Oliver zu einem HDS gemacht? Unsicherheit? Oder hatte das erst eingesetzt, als er älter wurde? Vielleicht durch dieselben Ängste ausgelöst, die ihn hinter halb so alten Frauen herjagen ließen. Er brauchte einen Schub fürs Ego, mußte sich seine Jugendlichkeit bestätigen. Oder vielleicht hoffte er, bei seinem Boß Punkte zu machen, weil er dessen Tochter half? Aber das ergab keinen

Sinn, denn er wollte ihre Treffen geheimhalten. Vielleicht machte er sich tatsächlich ernsthafte Sorgen um ihre Sicherheit bei dieser Crayton-Sache.

Ihre Uhr – die absichtlich fünf Minuten vor ging – zeigte auf kurz nach halb acht. Genug Zeit, sich was zu essen zu machen. Was bestimmt sinnvoller war, als sich mit nichts als Wein im Magen verhören zu lassen. Sie zwang sich aufzustehen und steckte zwei gefrorene Pizzataschen in den Toaster.

Ach, die Freuden des Alleinlebens. Sogar Mom, die keine gute Köchin war, versorgte sich besser. Cindy hatte eine ständige Einladung, Freitag abends bei ihrem Dad und ihrer Stiefmutter zu essen – die Mahlzeit, mit der der jüdische Sabbat begann. Sie drängte sich nur ungern auf, aber vielleicht sollte sie diese Woche darauf zurückkommen. Ihre Stiefmutter Rina war sehr religiös, und ihr Vater hatte sich dem angepaßt. Ihre Lebensweise war Cindy fremd. Sie verglich sie mit einem kunstvoll gearbeiteten viktorianischen Stuhl – bezaubernd und schön, aber im Alltag unpraktisch. Doch es tat ihrem Vater gut, machte ihn glücklich, und das allein zählte. Die Pizzataschen schnellten hoch, landeten ein ganzes Stück vom Toaster entfernt auf der Arbeitsplatte. Vorsichtig hob sie eins der heißen Dinger auf, wickelte es in eine Serviette und biß auf dem Weg zum Schlafzimmer hinein. Wie zog man sich an, wenn man von seinen Kollegen verhört wurde ... oder, besser gesagt, von seinen Vorgesetzten?

Dad als ihr Vorgesetzter. Nachdem sie fast ein Jahrzehnt gebraucht hatte, um sich von den väterlichen Fesseln zu befreien.

Du hättest ja nicht zur Polizei gehen müssen.

Sie beschloß, sich nicht umzuziehen, auch wenn sie lieber Jeans und ein Sweatshirt angezogen hätte. In dem weißen Rolli und der schwarzen Hose wirkte sie professioneller. Sie bürstete ihre roten Locken, frischte ihr Make-up auf.

War sie nervös, weil sie mit ihnen reden sollte? Vielleicht ein bißchen. Sie mochte es nicht, daß man ihr Privatleben zerpflückte, besonders, weil Crayton als Freund keine gute Wahl gewesen war. Cindy hoffte, daß Marge sie unterstützen würde. Marge war cool. Seit Cindys Teenagerjahren war Marge die Partnerin ihres Vaters gewesen und hatte immer für Cindy Partei ergriffen, wenn Dad es mal wieder übertrieb.

Cindy steckte den Rolli in die Hose, bemerkte einen fast unsichtbaren Fleck. Sie mußte Kaffee verschüttet haben, auch wenn sie sich nicht daran erinnern konnte. Aber das war immer das Problem, wenn man was Weißes trug. Der kleinste Kaffeefleck war so sichtbar wie ein mit schwarzem Puder bestäubter Fingerabdruck. Sie zog den Rolli aus und öffnete die Schublade mit den Pullovern.

Sofort begann ihr Herz zu hämmern – laute, schnelle Schläge. Oberflächlich betrachtet, sah alles normal aus. Ihre Tops waren zusammengefaltet und ordentlich aufeinandergestapelt. Aber ein einziger Blick sagte ihr, daß jemand an der Schublade gewesen war, weil die Baumwolltops rechts lagen und die Wollpullover links. Sie legte immer, *immer* ihre Wollsachen nach rechts und die Baumwollsachen nach links. Rasch öffnete sie die anderen drei Kommodenschubladen – Hosen und Shorts, Sweatshirts und Pyjamas, Unterwäsche, Socken und Seidenstrümpfe.

Alles *wirkte* unberührt. Nur die Pulloverschublade nicht.

Oder sie täuschte sich.

Oder sie wurde verrückt.

Während sie ihre Sachen anstarrte, lief ihr der Schweiß über die Stirn, ihre Achseln wurden warm und feucht, ihre Hände zitterten. Ihr Magen verkrampfte sich. Glitzernde Funken tanzten vor ihren Augen. Cindy machte zwei Schritte zurück, stieß ans Bett, ließ sich auf die Bettkante sinken. Sie beugte sich vor, mit dem Kopf zwischen den Knien, bis ihr rotes Haar den Teppich berührte. Das kam nicht nur von den Pullovern, sondern auch vom Alkohol. Sie mußte aufhören zu trinken.

Einatmen, ausatmen. Gut, jetzt denk nach. Wann hast du zum letzten Mal die Schubladen aufgeräumt?

Vor einem Monat? Vielleicht sogar länger? War es möglich, daß sie die Stapel vertauscht, die Wollpullover nach rechts und die anderen nach links geräumt hatte statt umgekehrt? Mit ruhigem Blick betrachtet, war alles genau so gefaltet, wie sie ihre Pullover immer faltete. Und die Stapel waren ordentlich. Als Ordnungsfanatikerin, die sie war, stapelte sie immer alles ordentlich. Vielleicht bildete sie sich das auch alles bloß ein, weil Oliver es ihr suggeriert hatte.

Verdammter Kerl!

Sie warf den Kopf zurück, ließ sich rücklings aufs Bett fallen, starrte an die Decke. Nach wie vor in Hose und BH, merkte sie, wie ihr der Schweiß runterlief. Das ließ sie frösteln.

Zieh was an, Decker.

Vorsichtig erhob sie sich, tappte zur Schublade, fischte einen schwarzen Rippenpullover raus.

Nach wie vor hoffte sie, daß sie sich unnötig über diese Rechts-Links-Sache aufregte. Wahrscheinlich hatte sie es selbst gemacht, glaubte aber gleichzeitig, daß ihr das aufgefallen wäre. Vielleicht hatte sie es erst jetzt bemerkt, weil sie nach Ungewöhnlichem Ausschau hielt.

Sie wollte den Pullover überziehen, roch aber, wie verschwitzt sie war. Sie brauchte eine Dusche. Das Wasser würde nicht nur ihren Körper reinigen, sondern ihr auch den Kopf freimachen. Sie zog sich aus, steckte ihr Haar unter eine Duschhaube, drehte das heiße Wasser auf, bis es dampfte. Erst zuckte sie unter den nadelspitzen Wasserstrahlen zusammen, dann genoß sie die Kombination aus Schmerz und Wohltat. Als sie aus der Dusche stieg, war ihre Haut krebsrot. Wieder wurde ihr schwindelig, aber diesmal lag es am Blutdruck und nicht an der Furcht. In ein Handtuch gewickelt, setzte sie sich auf den Klodeckel, senkte den Kopf und versuchte, sich gegen die nahenden Kopfschmerzen zu wappnen.

Ihre Paranoia ging mit ihr durch. Wie sollte jemand in die Wohnung gekommen sein, ohne Spuren an den Schlössern zu hinterlassen? Und sie hatte die Riegel an der Tür und den Fenstern überprüft ... na gut, zumindest den an der Tür.

Besser, sie überprüfte die Fenster, bevor die Bande wie die Heuschrecken über sie herfiel. Langsam stand sie auf und zog sich an, ganz schwarz. Sie bürstete ihr Haar aus, legte frisches Make-up auf – nur einen Hauch Rouge und Lippenstift – und nahm vorsorglich zwei Advil. Den Rest der Pizzataschen warf sie in den Müll. Und überprüfte auch gleich das Seitenfenster in der Küche, durch das man nur schwer einsteigen konnte, weil es bündig mit der Mauer abschloß und im ersten Stock lag. Der Riegel war zu, am Rahmen war nichts zu entdecken. Die Farbe war weder zerkratzt noch abgeblättert. Falls der imaginäre Pulloverfreak in ihre Wohnung eingedrungen war, dann weder durch die Tür noch durch das Küchenfenster.

Oder er war ein Profi.

Der Gedanke gefiel ihr gar nicht.

Gerade wollte sie sich die Wohnzimmerfenster vornehmen, da klingelte es. Fünf vor acht, nach ihrer Uhr. Durch den Spion erkannte sie erleichtert ihren Vater. Sie wäre jetzt ungern mit Oliver allein gewesen. Rasch öffnete sie die Tür und bemühte sich, ganz normal zu wirken, warf ihm einen strafenden Blick zu, weil er hier »unangekündigt« auftauchte, obwohl sie insgeheim froh war, ihn zu sehen.

»Dad ...«

»Ich war hier in der Gegend.«

»Ja, du warst in der Gegend, weil du hergefahren bist.«

Decker lächelte. Entwaffnend, wie er hoffte. »Darf ich reinkommen?«

»Es wäre wohl unschicklich, einen Polzeilieutenant im Flur stehen zu lassen.« Sie trat zur Seite. »Komm rein. Ich beantworte keine Fragen, bis die anderen hier sind. Wir sind das alles schon mal durchgegangen. Ich hab keine Lust, mich ständig zu wiederholen.«

»In Ordnung.« Er trat an den Kaminsims und nahm das Foto von Hannah in die Hand. »Wo ist das aufgenommen? Im Zoo?«

»Ja. Hast du es noch nie gesehen?«

»Doch, ich glaube schon. Ich hab nur vergessen, wie niedlich sie darauf ist. Du solltest mir einen Abzug machen.«

Vielleicht hat Dad das Foto umgestellt. Wann war er das letzte Mal hier? Vor Monaten. »Gib's zu. Du findest deine Tochter Nummer zwei niedlicher als Nummer eins.«

»Ich finde dich hinreißend. Du siehst ohne Zähne nur nicht so süß aus wie sie.«

»Da hast du recht.« Cindy griff nach der Strickjacke, ließ sie wieder sinken. »Ist diese Befragung wirklich nötig?«

Decker zuckte die Schultern. »Wir werden sehen.«

»Reine Zeitverschwendung. Ich hab dir schon alles erzählt.«

»Oliver und Dunn glauben, ich sei nicht objektiv genug.«
Decker stellte das Foto auf den Sims zurück. »Mag sein, daß sie
recht haben.«

Wieder klingelte es. Diesmal war es Marge. Sie küßte Cindy auf
die Wangen und warf ihre Tasche auf die Couch. »Du hast einiges
verändert, seit ich zuletzt hier war.«

»Neue Jalousien, ein paar Kissen, mehr eigentlich nicht.«

Marge sah zu Decker. »Wieso wußte ich, daß du hier sein würdest?« Ihr Blick wanderte zu Cindy. »Kannst du reden, wenn er dabei ist?«

»Ja, natürlich. Die ganze Sache ist überflüssig, Marge. Ich hab
den Mann kaum gekannt.«

Marge zog einen Notizblock aus der Jackentasche. »Du meinst
Armand Crayton?«

»Ja, klar. Wir haben zusammen trainiert. Weiter nichts.«

»Abgesehen von den Schüssen«, fügte Marge hinzu.

»Du hast es ihr also schon erzählt«, sagte Cindy zu ihrem Vater.

»Nicht die Einzelheiten.«

»Weil es keine Einzelheiten gibt.« An Marge gewandt, sagte
Cindy: »Sie können ihm gegolten haben, aber vielleicht hat der
Schütze auch nur wahllos geschossen. Bestimmt galten die Schüsse
nicht mir.«

»Sollten wir nicht auf Scott warten?« fragte Decker.

»Er hat sich verspätet. Mit Hollywood hat das nicht so geklappt,
wie er dachte«, sagte Marge.

»Kommt er überhaupt noch?« fragte Decker.

»Ja, aber das kann dauern.«

»Hat er was über die Carjackings rausgekriegt?«

»Hat er nicht gesagt.«

»Um was geht es eigentlich? Offenbar scheint es mich ja zu be-
treffen«, sagte Cindy.

Marge setzte sich auf die Couch. »Klar. Setz dich, Cindy. Ich erzähl dir, was gelaufen ist.« Fast wortwörtlich wiederholte sie, was
Oliver Cindy vor einer Stunde berichtet hatte. »Wir überprüfen
diese Frauen, um zu sehen, ob sie was mit Crayton zu tun hatten,

weil die Fälle ähnlich sind. Außerdem reden wir mit Frauen, die ihn gekannt haben. Deswegen sind wir hier.«

»Ich war nie richtig mit ihm befreundet; es war nur eine lockere Bekanntschaft. Wir haben zusammen trainiert. Weiter nichts.«

»Nichts Geschäftliches?«

»Nein. Selbst wenn ich in eines seiner Projekte hätte investieren wollen, hätte mir das Geld dazu gefehlt.«

»Hat er mit dir über seine Geschäfte geredet?« fragte Decker.

»Nur ganz allgemein.«

»Was denn so?«

»Himmel, das ist schon lange her ...« Sie runzelte die Stirn. »Hauptsächlich Grundstücksspekulationen. Wenn ich mich richtig erinnere ... nagel mich nicht fest ... wollte er Land kaufen und einen raschen Profit damit machen. Solange die Zinsen niedrig und Immobilienwerte hoch waren.«

»Warum hat er mit dir darüber gesprochen, obwohl er wußte, daß du kein Geld hast?« wollte Decker wissen.

Er hat geprahlt, Dad. Wollte angeben. Mich beeindrucken. Was er nicht geschafft hat.«

»Hat er dich angemacht?« fragte Marge.

»Nicht auf die plumpe Tour«, erwiderte Cindy. »Aber wenn was draus geworden wäre, hätte er wohl nicht nein gesagt.«

»Hat er je vorgeschlagen, sich außerhalb des Fitneßzentrums mit dir zu treffen?«

»Ja, ein- oder zweimal, auf einen Kaffee. Ich habe abgelehnt. Dabei blieb es.« Sie wandte sich an ihren Vater. »Das hab ich dir doch alles erzählt.«

»Ich weiß. Aber es klingt anders, jetzt, wo Marge dabei ist.«

»Als auf dich geschossen wurde, Cindy, hat da jemand was gesagt?« fragte Marge.

»Niemand hat auf mich geschossen.«

Marge formulierte die Frage anders. »Als auf Armand und dich geschossen wurde, hat da jemand was gesagt?«

»Nein.«

»Überhaupt nichts?« hakte Decker nach.

»Nein. Warum auch?«

»Tja«, meinte Decker, »wenn das ein Racheakt an Crayton war, hätte derjenige seine Wut rausgebrüllt.«

»Wie im Film? ›Nimm dies, du Drecksack‹«. Cindy verzog das Gesicht. »Ist das nicht ein bißchen abgedroschen, Dad? Ein Klischee.«

Verbrecher sind Klischees. Pappfiguren. Austauschbare Teile. »Es ist also kein Wort gefallen?«

»Ich hab nichts gehört.«

»Seid ihr gegangen oder habt ihr gestanden, als geschossen wurde?«

»Ich ... wir ... haben in der Nähe seines Autos gestanden, glaube ich.«

»Du hast ihn zu seinem Auto gebracht?« fragte Marge. »Nicht umgekehrt?«

»Sein Auto parkte näher am Eingang«, sagte Cindy. »Und das würde doch auch Sinn ergeben, oder? Jemand hat sich in der Nähe von Craytons Auto versteckt. Weil Crayton das Ziel war, stimmt's?«

Keiner antwortete, was Cindy noch nervöser machte.

Schließlich sagte Marge: »Wie viele Schüsse wurden abgegeben?«

»Keine Ahnung. Ich hab sie nicht gezählt.«

»Einer, zwei ... mehr?«

»Vielleicht mehr.«

»Waren die Kugeln nahe?«

»Mir kam's wenigstens so vor.«

»Wie nahe?«

»Woher soll ich das wissen? Ich hab mich sofort hinter das Auto geduckt.«

»Sein Auto?« fragte Decker.

»Ja, sein Auto. Die rote Corniche.«

»Hat das Auto was abbekommen?«

»Höchstwahrscheinlich. Aber allzuschlimm kann es nicht gewesen sein. Weil er das nächste Mal wieder mit dem Auto zum Training kam.«

»Er kam wieder ins Fitneßstudio?« fragte Decker.

»Ja. Hat es wahrscheinlich für sicher gehalten. Daß der Schütze nicht zweimal dasselbe versuchen würde.«

»Wie kann man bloß so naiv sein!« rief Decker. »Und du weißt genau, daß er die rote Corniche gefahren hat?«

»Ja, weil ich ihn gefragte habe, was mit seinem Auto ist. Und er sagte, es sei alles in Ordnung. Dann haben wir das Thema gewechselt. Danach habe ich ihn vielleicht noch drei- oder viermal gesehen. Später, nach meinem Dienstantritt, hatte ich nicht mehr so viel Zeit, darum hab ich im Fitneßraum des Reviers trainiert.«

»Als die Schießerei begann, wart ihr beide so was wie starre Ziele, oder?« sagte Marge.

»Kann man so sagen.«

»Wenn der Schütze ein Profi war, hätte er jeden von euch treffen können.«

»Schon möglich.« Cindy zuckte die Schultern. »Wenn du darauf hinauswillst, daß er es auf mich abgesehen hatte, dann hätte er mich mit einem Schuß erledigen können.« Sie bekam eine Gänsehaut, rieb sich die Arme, sagte aber nichts.

»Marge will damit sagen, daß die Schüsse auch die Warnung einer eifersüchtigen Frau hätten sein können«, erklärte Decker.

»Oh. Aber genausogut hätten es Kids sein können, die es toll fanden, auf einen Rolls zu ballern.«

»Darum hab ich gefragt, ob das Auto was abbekommen hat«, sagte Decker. »Du sagst, der Schaden war nicht groß.«

»Vielleicht doch. Ich kann mich nicht erinnern, Daddy!«

Es klingelte. Decker stand auf, aber Cindy kam ihm zuvor. »Das ist meine Wohnung, Dad!«

Decker ließ sich zurücksinken. »Ich wollte nur höflich sein.«

Oliver kam rein. »Entschuldigt, ich hab mich verspätet.«

»Hast du was rausgekriegt?« fragte Decker.

»Ich glaube, du wirst dich freuen.« Oliver zog das Jackett aus, sah sich um. »Kann ich das irgendwo aufhängen?«

»Ich mach das schon. Setz dich doch, Scott.« Cindy wich seinem Blick aus. »Möchte jemand was zu trinken?«

»Ich nicht, danke.« Oliver setzte sich neben Marge. »Wie weit seid ihr bisher gekommen?«

Cindy brachte ihn auf den neuesten Stand. Als sie fertig war, sagte sie: »Mir ist klar, daß ihr auf den Racheaspekt aus seid. Aber ich hatte nichts mit Craytons Geschäften zu tun. Warum sollte jemand auf mich schießen?«

»Crayton war verheiratet. Könnte eure Bekanntschaft als Affäre mißdeutet worden sein?«

»Das haben wir gerade besprochen. Ich *vermute*, wenn jemand es so sehen wollte ...« Cindy setzte sich wieder. »Wart ihr bei seiner Frau?«

Oliver sah zu Marge. »Heute morgen.«

»Jung, sieht blendend aus, großer Busen und hat wahrscheinlich keine Geldsorgen mehr, seit Craytons Versicherung gezahlt hat«, sagte Marge.

»Aha! Sie hat also gezahlt. Wann denn?« wollte Decker wissen.

»Vor drei Wochen, sagt sie.«

Decker hob die Augenbrauen. »Nach über einem Jahr. Müssen sehr gründlich nachgeforscht haben.«

»Wir holen uns die Unterlagen, Loo«, sagte Oliver.

Decker überlegte. »*Sie* hat die Polizei gerufen. Glaubt ihr, sie hat die ganze Entführung in Szene gesetzt?«

»Der Unfall war nicht vorgetäuscht«, meinte Marge. »Soviel ist sicher.«

»Der Wagen ist den Abhang runtergestürzt und explodiert.« Decker hob den Finger. »Ich frag mich, wieviel Zeit zwischen dem Aufprall und der Explosion vergangen ist. Denn egal, was man in Filmen sieht, ein Auto, das über einen Abhang stürzt, explodiert für gewöhnlich nicht direkt nach dem Aufprall – außer, es fällt sehr tief. Zuerst muß die Benzinleitung reißen und Treibstoff auslaufen. Dann muß er sich entzünden, und die Explosion passiert erst, wenn der Funke den Benzintank erreicht.«

»Meinst du, jemand hat das Auto in die Luft gejagt, nachdem die Entführer abgehauen sind?« frage Oliver.

»Oder das Auto wurde vor der Entführung präpariert. Vergeßt nicht, daß Crayton ein ausgekochter Ganove war. Wenn jemand Frauen überfällt und ihnen die Autos klaut, um seinem Haß auf

Crayton Luft zu machen, sollten wir uns noch mal mit seinen Geschäften befassen.«

»Armand redete wie ein Betrüger«, warf Cindy ein. »Immer voller Ideen, wie er das große Geld machen würde. Wie diese Landkäufe.«

»Worum ging es da?« fragte Oliver.

»Armand hat mir erzählt, daß er billig kauft und es teuer weiterverkauft.«

»Ich hab inzwischen ein paar Nachforschungen angestellt«, mischte Decker sich ein. »Er hat nach dem Schneeballsystem gearbeitet, hat den ersten Investor dazu gebracht, Land oder Anteile an Spekulationsobjekten zu kaufen. Dann hat er das als Sicherheit für weitere Darlehen benutzt und noch mehr gekauft. Wenn alles gut läuft, beschwert sich keiner. Aber wenn der Markt zusammenbricht, sitzt er ohne Geld zur Abdeckung der anderen Investitionen da.«

»Seine Frau hat uns erzählt, daß er einen Haufen Schulden hinterlassen hat«, sagte Marge. »Sie war sauer auf ihn.«

»Aber die Schulden waren doch durch die Lebensversicherung abgedeckt«, meinte Cindy.

»Wer sagt, daß *er* die Versicherung abgeschlossen hat?« bemerkte Decker. »Vielleicht hat seine Frau sie auf ihn abgeschlossen.«

»Wir arbeiteten daran«, murmelte Oliver.

»Ihr scheint ja an vielem zu arbeiten.«

»Ich weiß. Wollt ihr hören, was ich zu Elizabeth Tarkum habe?«

»Schieß los.«

»Keine Investitionen bei Crayton unter ihrem Namen. Aber Crayton hatte geschäftlich viel mit Tarkums *Mann* zu tun. Dexter Bartholomew. In bestimmten Kreise besser als ›Dex the Tex‹ bekannt. Obwohl er nicht aus Texas, sondern aus Tulsa, Oklahoma stammt.«

»Wie hast du das erfahren?« fragte Decker.

»Aus dem ursprünglichen Bericht – Geschäftspartner, die man ausfindig gemacht hatte. Bartholomew hat bei den Geschäften mit Crayton Geld verdient, also wurde er als Verdächtiger ausgeschlossen. Außerdem hat niemand eine Verbindung zwischen Crayton und Tarkum hergestellt, weil sie einen anderen Nachnamen hat als ihr Mann. Die Investitionen liefen auf Dex' Namen, nicht auf Tarkum. Und zudem fand der Überfall auf Tarkum in Hollywood statt, nicht in Devonshire. Nur wenn man die beiden Fälle parallel durchgeht, macht es klick.«

»Tulsa ist eine Ölstadt«, sagte Decker. »Ist er in der Branche tätig?«

»Und wie«, bestätigte Oliver. »Er stellt Rohre und Verbindungsstücke und Druckventile her, alles, was man braucht, um das Öl von den Quellen zu den Raffinerien zu transportieren.«

»Und er hat bei Crayton investiert?«

»Ja. In Grundstücksspekulationen. Bartholomew hat sich eine goldene Nase daran verdient. Er ist stinkreich ... was auch den roten Ferrari seiner jungen Frau erklärt.«

»Erzähl mir noch mal, wie das mit dem Überfall war«, bat Decker.

»Elizabeth Tarkum ist in ihren Wagen gestiegen, hat den Motor angelassen. Als nächstes wachte sie zwanzig Meilen von zu Hause wieder auf. Das Auto wurde nie gefunden.«

»Die Diebe haben sie betäubt?«

»Sie kann sich nicht erinnern.«

»Vergewaltigt?«

»Wenn ja, hat sie keine Anzeige erstattet.«

»Warum sind wir erst jetzt auf diese Verbindung gestoßen?« wollte Decker wissen.

»Jedes Revier hatte mit Carjackings zu tun, Loo«, entgegnete Oliver. »Wir überprüfen sie erst jetzt, weil sie sich in unserem Bezirk häufen. Und selbst wenn wir nach ähnlichen Fällen gesucht hätten, wären wir nicht auf Tarkum gestoßen. Weil es keine Frau mit Kind war.«

»Äh, darf ich was sagen?« meldete sich Cindy zu Wort.

Drei Augenpaare sahen sie an.

Sie lächelte nervös. »Einer der Detectives in Hollywood ...Craig Barrows ... vor zehn Monaten hab ich mit ihm auf einer Party über Armand gesprochen. Weil gerade ein weiterer Autoraub passiert war. Wenn ich mir das jetzt überlege, war es vielleicht der Tarkum-

Fall. Er meinte, daß es gewisse Ähnlichkeiten mit dem Crayton-Fall gäbe.«

»Wie seid ihr darauf gekommen?« frage Oliver.

»Craig hat es angesprochen. Ich weiß nicht, warum.« Cindy dachte nach. »Eigentlich war es Rick Bederman. Er war derjenige, der den Anruf von den Wanderern entgegengenommen hatte.«

»Wanderer?« fragte Marge.

»Ja, Tarkum wurde in der Nähe von Griffith Park gefunden.«

»Also in einer einsamen Gegend, genau wie Crayton«, bemerkte Decker.

»Aber meilenweit entfernt von Craytons Unfallstelle. Und sie wurde nicht ermordet.«

»Wär nett gewesen, wenn wir das schon vor Monaten erfahren hätten.«

Cindy straffte sich. »Das war auf einer Party, Dad. Ich dachte, Barrows würde bloß angeben.«

»Du hättest es zumindest erwähnen ...«

»Pete!« warnte Marge.

Decker hob die Hand. »Vergiß es.«

Cindy senkte den Kopf. »Ich hätte ...«

»Vergiß es.« Decker stand auf. »Laß nur. Ich sollte sowieso gar nicht hier sein.«

»Wenn du schon mal da bist, kannst du auch bleiben«, sagte Cindy.

Decker lächelte seine Tochter an. »Das ist lieb von dir, Cindy, aber es ist schon spät.« Er wandte sich an seine Detectives. »Ich denk darüber nach. Wir treffen uns morgen früh in meinem Büro. Um zehn.«

»Ich bring dich zum Auto«, bot Cindy an.

Sobald sie draußen waren, entschuldigte sich Decker. »Tut mir leid, daß ich dich in Verlegenheit gebracht habe.«

»Ich hab's als Kompliment aufgefaßt«, erwiderte Cindy. »Du hast mich wie eine Kollegin behandelt, nicht wie eine Tochter.« Sie hielt inne. »Allein vom Zuhören hab ich heut abend eine Menge gelernt. Als Officer krieg ich das Leben auf der Straße mit, aber ich hab nie die Chance, auf sinnvolle Weise mit den Detectives zusammenzuarbeiten. Ich fand es toll!«

Decker umarmte sie. »Du bist ein Schatz. Paß auf dich auf ...«

Und nach kurzem Zögern: »Bei dir ist alles in Ordnung, ja?«

»Was meinst du damit?«

»Keine merkwürdigen Briefe oder Anrufe?«

Auf diese Frage war Cindy vorbereitet. Die Lüge kam so natürlich wie ein Gähnen. »Nein, nichts.«

»Keine seltsamen Leute, die dir nach Hause folgen?«

»Niemand hat was gegen mich, Daddy. Bestimmt nicht.«

»Aber du würdest es mir doch sagen.«

»Selbstverständlich. Mir geht's gut! Fahr nach Hause. Grüß Rina und die Kids. Dank ihr noch mal für die Einladung für Freitag abend. Diesmal komm ich ganz bestimmt.«

Decker strahlte. »Wirklich?«

»Ja, wirklich.« Sie schenkte ihm ihr wärmstes Lächeln. »Ich brauch eine gute Mahlzeit.«

»Die sollst du haben. Hab dich lieb, Prinzessin.«

»Ich dich auch.« Sie drehte sich um, widerstand der Versuchung, ihre Probleme bei ihm abzuladen und ihrem Dad alles zu gestehen – den Merkzettel und das umgestellte Foto, die Sache mit der Pulloverschublade, das generelle Unbehagen, das sie empfand. Daddys Trost und Beistand wären wunderbar gewesen.

Sie seufzte, dachte: Priester werden nicht umsonst Vater genannt.

14

Cindy sah dem Auto ihres Vaters nach, dachte, wieviel Mühe er sich gab. Er hatte die Größe besessen, sich zu entschuldigen, keine Kleinigkeit, schließlich war Cindy nicht nur seine Tochter, sondern auch eine Untergebene. Sie dachte darüber nach, als sie zur Wohnung zurückging. Was wohl als nächstes passieren würde?

In den drei Minuten ihrer Abwesenheit hatten Marge und Scott sich ausgebreitet und ihren Couchtisch mit Beschlag belegt. Sie hätte ärgerlich sein können. Statt dessen fand Cindy es cool: eine Möglichkeit zuzuhören und zu lernen. Marge blätterte einen Papierstapel durch. »Ist Dexter Bartholomew wegen des Crayton-Mordes je befragt worden?«

»Wahrscheinlich.«

»Ich kann nichts darüber finden.«

»Ich helf dir«, bot Cindy an.

Beide sahen auf und starrten sie an … als hätten sie vergessen, daß Cindy hier wohnte.

»Äh, danke.« Marge reichte ihr einen Stapel. »Such nach einem Bericht mit dem Namen Dexter Bartholomew. Fang mit den blau markierten an. Das sind Websters Unterlagen.« Einige Minuten vergingen, dann rief Marge triumphierend: »Da ist er. Bert hat etwa einen Monat nach dem Mord mit Bartholomew gesprochen. Ich frag mich nur, warum er so lange damit gewartet hat.«

»Vielleicht war Bartholomew verreist«, erwiderte Oliver. »Er gehörte sowieso nicht zu den Hauptverdächtigen, weil er an Crayton verdient hat.«

»Sieht so aus, als hätte Bartholomew seine Geschäftsbeziehungen zu Crayton etwa zwei Monate vor dessen Tod abgebrochen.«

»Ungefähr zur gleichen Zeit, als auf uns geschossen wurde«, warf Cindy ein.

Beide sahen sie an.

»War nur so ein Einfall«, sagte Cindy. »Hat wahrscheinlich nichts zu bedeuten.«

»Nein, gar nicht schlecht«, widersprach Oliver. »Möglicherweise wußte Bartholomew, daß was am Kochen war, daß es mit Crayton bergab ging, und hat sich deswegen zurückgezogen.«

»Wir sollten uns auf jeden Fall Craytons Aktivitäten kurz vor seinem Tod vornehmen«, meinte Marge.

»Okay, wir überprüfen Bartholomews Geschäfte mit Crayton.

Dazu Lark und die Versicherung. Was noch?« Er sah zu Cindy. »Du wolltest nicht gerade Kaffee machen, oder?«

Sie stand auf. »Wenn du bitte sagst.«

Er lächelte sie an. »Bitte.«

Cindy senkte den Kopf. »Koffeinfreien?«

»Bitte.«

»Was ist mit dir, Marge?«

»Ich hätte gern ...« Marge zögerte plötzlich. »Wolltest du ins Bett?«

»Marge, ich bin seit zwanzig Jahren nicht mehr um neun ins Bett gegangen.« Cindy ging in die Küche und stellte die Kaffeemaschine an. »Bleibt, so lange ihr wollt. Ihr glaubt also, Elizabeth Tarkum hat tatsächlich irgendwie mit Crayton zu tun?«

»Kann sein«, sagte Oliver.

»Aber in welcher Form?« fragte Marge.

»Da gibt es viele Möglichkeiten.«

»Vielleicht hatte jemand was gegen Dexter Bartholomew wegen seiner früheren Geschäftsverbindungen zu Crayton und hat das an seiner Frau ausgelassen?« schlug Cindy vor.

Oliver nickte. »Guter Gedanke.«

Bei dem Kompliment wurde Cindy rot. Um es zu verbergen, widmete sie sich rasch dem Kaffeekochen.

»Eine Botschaft für Dex auf dem Umweg über seine Frau«, sagte Marge. »Vielleicht sollten wir mit denen sprechen, die an Crayton verdient haben. Rausfinden, ob sie oder ihre Frauen bedroht worden sind.« Sie warf die Akten auf den Tisch. »Tom und Bert müssen einen Grund für die Reihenfolge ihrer Befragungen gehabt haben. Ich versteh ihn nur nicht.«

Es wurde still, die beiden Detectives blätterten in den Akten. Im Hintergrund gurgelte die Kaffeemaschine. Cindy zog den Vorhang vor dem Küchenfenster weg. Im Bruchteil einer Sekunde erhaschte sie einen flüchtigen Blick auf etwas ... einen verschwommenen Schatten. Sofort schoß ihr Adrenalin durch die Adern. Sie biß sich auf die Lippe, sagte nichts, hoffte, daß die beiden ihre geröteten Wangen und zitternden Hände nicht bemerken würden.

Natürlich merkten sie nichts, waren zu sehr in ihre Arbeit vertieft. So leise wie möglich riß Cindy ein Papiertuch von der Rolle, machte es unter kaltem Wasser naß und wischte sich das Gesicht ab. Das kalte Tuch tat gut. All dieses Gerede über Rache als Motiv regte ihre Phantasie nur übermäßig an.

Oder war es nicht die Phantasie?

Natürlich war es das. Vergiß es, Decker. Du bildest dir was ein.

Außerdem, wenn sie sagen würde, was sie gesehen hatte, würde die beiden sofort Fragen stellen, das ganze Gebiet absuchen, die Uniformierten zu Hilfe rufen. Natürlich würden sie nichts finden, weil da längst nichts mehr war. Und was würden sie dann machen? Sie würden sie rund um die Uhr bewachen, ihr folgen, dauernd anrufen. Und es natürlich ihrem Vater sagen. All diese unerwünschte Aufmerksamkeit würde ihr die Arbeit als Polizisten praktisch unmöglich machen. Denn wie sollte sie arbeiten mit drei Top-Detectives im Nacken?

In diesem Augenblick wurde ihr etwas klar. Wenn da tatsächlich was vorging – und das war sehr die Frage – würde sie es selbst rausfinden müssen. Der Gedanke jagte ihr Angst ein, aber er gab ihr auch Kraft. Sie war die Herrin ihres eigenen Geschicks – ohne Hilfe von außen. *Nicht von Tropper, nicht von Scott, nicht von Marge, nicht von Dad – vor allem nicht von Dad.*

Ohne aufzusehen, fragte Oliver: »Wie geht's dem Kaffee?«

Cindy fand ihre Stimme wieder. »Nicht allzu gut, Oliver. Ich glaube, er wird melancholisch.«

Oliver lachte, fing ihren Blick auf, runzelte die Stirn. Sofort sah sie weg. »Er ist gleich fertig.«

Oliver betrachtete sie weiter, konnte nicht entziffern, was er in ihrem Gesicht las. Er hob die Augenbrauen, wandte sich aber wieder der Arbeit zu. Irgendwas war passiert. Während er noch überlegte, ob er Cindy fragen sollte, sagte Marge: »Ich hab das Gefühl, wir müssen den ganzen Fall neu aufrollen. In den Crayton-Akten steht was von Landerschließung in Belfleur. Wo zum Teufel ist Belfleur?«

»Ungefähr fünfzig Kilometer westlich von Palm Springs«, antwortete Oliver.

»Du kennst den Ort?« fragte Marge.

»Fahr auf dem Weg nach Palm Springs immer daran vorbei. Ist zwei, vielleicht drei Ausfahrten lang. Eine kleine Wüstenstadt.«

»Da gibt es auch Kirschen.« Cindy goß den Kaffee in drei Becher, holte Milch und Zucker, stellte alles auf ein Tablett. »Früher sind wir zum Kirschenpflücken hingefahren.«

»Kirschbäume in der Wüste?« Marge goß ein wenig Milch in den Kaffee und nahm einen Schluck. »Ah, der schmeckt gut.«

»Danke«, sagte Cindy. »Belfleur ist keine reine Wüste. Es bekommt was von dem Klima der San Bernardino Mountains mit. Nicht so trocken wie in Palm Springs. Und viel kälter. Die Kirschen brauchen das. Ich weiß das, weil ich Dad gebeten hatte, Kirschbäume zu pflanzen, als er auf die Ranch gezogen ist. Er sagte, dafür sei es nicht kalt genug.« Eine nachdenkliche Pause. »Komisch, was man aus der Kindheit in Erinnerung behält. Gut, das war vor fünfzehn Jahren. Ich weiß nicht, wie es jetzt in Belfleur aussieht.«

»Nach dem, was man vom Freeway aus sieht, hat sich nicht viel verändert. Wenn ich mich recht erinnere, gibt es da einige Antiquitätengeschäfte. Und da hat Crayton investiert?« Oliver nahm einen großen Schluck.

»Es gab eine Sammelklage wegen Land in Belfleur«, sagte Marge. »Aber sie wurde entweder fallengelassen oder man hat sich zwei Monate vor Craytons Tod außergerichtlich geeinigt.«

»Zur gleichen Zeit, als sich Bartholomew von Crayton distanziert hat«, bemerkte Oliver.

»Zur gleichen Zeit, als auf ihn geschossen wurde«, fügte Cindy hinzu. »Wo ist die Verbindung?«

»Wir haben mit Elizabeth Tarkum angefangen«, sagte Marge. »Und wir sind bei Dexter Bartholomew gelandet. Glaubst du, es ist möglich, daß Bartholomews Frau unter dem Namen ihres Mannes in Craytons Projekte investiert hat, ohne daß ihr Mann davon wußte?«

»Kann sein«, antwortete Oliver.

Marge hielt ihren Becher umklammert. »Ich finde, wir sollten noch mal mit Bert und Tom reden. Die ganze Sache wird immer komplexer – ein Mord, zwei Carjackings, zwielichtige Grundstücksspekulationen ... wie sind wir da reingeraten? Ach ja, die Überfälle in unserem Bezirk. Wir sind ein bißchen abgeschweift.«

»Vielleicht hängt alles zusammen«, meinte Oliver.

»Ich weiß nicht, Oliver. Kommt mir vor wie ein chinesisches Puzzle – je mehr du ziehst ... Gut, wenn wir uns morgen um zehn mit Decker treffen, sollten wir vorher mit Bert oder Tom reden. Die Arbeit ist einfach zu viel für zwei Leute.«

»Ich helf euch«, warf Cindy ein.

»Wenn du Zeit hast, uns zu helfen, dann nimmt Hollywood dich nicht hart genug ran«, sagte Oliver.

»Ich könnte doch ein oder zwei Akten durchlesen. Notizen für euch machen.«

»Danke, Cindy, aber wir kommen schon zurecht.« Marge wandte sich an Scott. »Sollen wir uns um acht mit denen treffen? Danach dann das Gespräch mit Decker – Decker senior -, um alles durchzukauen und die Arbeit aufzuteilen ... die sich im Moment zu multiplizieren scheint.« Sie sah auf die Uhr. »Es ist schon spät.«

»Erst halb zehn«, protestierte Cindy.

»Ja, aber ich laß Vega nicht gern mehr als zwei Stunden allein.«

»Wie geht es ihr, Marge?« fragte Cindy.

»Nach außen hin prima. Kommt in der Schule bestens mit. Aber wie es ihr gefühlsmäßig geht, weiß ich nicht, weil Vega nicht viel redet. Ich muß auf Nuancen vertrauen, um zu wissen, ob sie glücklich ist oder nicht.«

»Kommt mir wie ein typischer Teenager vor«, brummelte Oliver.

Marge widersprach nicht, weil sie keine Ahnung hatte, was typisch war. Als sie die Dreizehnjährige adoptierte, hatte sie gewußt, daß es nicht einfach sein würde. Sie hatte Verhaltensprobleme befürchtet – schwere Probleme. Statt dessen bekam sie den Traum aller Eltern: eine brillante Schülerin voller Arbeitseifer und noch dazu total folgsam. Das perfekte Kind ... was Marge große Sorgen machte. Vega hatte ungewöhnlich hohe Wertmaßstäbe, gekoppelt mit der Angst, Gefühle zu zeigen. Selbst der Psychologe hatte seine Zweifel. Wie weit konnte man eine Dreizehnjährige ändern, die in einer so strengen Atmosphäre aufgewachsen war – wenn auch, körperlich gesehen, ohne Mißhandlungen? Vega bekam jede Menge Lob, Unterstützung und Preise für ihre schulischen Leistungen. Es war, als sei das Mädchen wegen seines überlegenen Intellekts zur Perfektion verdammt.

»Laß uns einpacken und heimgehen«, schlug Marge vor.

»Nimmst du dir noch Arbeit mit nach Hause?« fragte Oliver.

»Vielleicht les ich im Bett noch ein oder zwei Berichte.«

»Gut, dann nehm ich die von Bert und du die von Tom.«

»Einverstanden.« Marge sortierte die Akten auseinander. Toms waren blau markiert, Berts rot. Alles in der Bürokratie war farbig markiert. Nach fünf Minuten war sie fertig und stand auf. »Danke für alles, Cindy.«

Cindy gelang ein schwaches Lächeln. »Ich wünschte, ich könnte euch mehr helfen. Mir macht es nichts aus, Berichte zu lesen.«

Marge tätschelte ihr den Rücken. »Ich weiß, daß dir das nichts ausmacht, aber es ist keine gute Idee. Du willst zu viel in zu kurzer Zeit, Cindy. Konzentrier dich darauf, wo du bist, und hör auf, daran zu denken, wo du hinwillst. Jeder weiß, daß du verdammt gut bist. Du wirst deine goldene Dienstmarke schon sehr bald bekommen. Bis dahin mußt du alles lernen, was die Straße zu bieten hat.«

Cindy nickte. »Du hast recht. Ich sollte mich auf das Wesentliche konzentrieren.«

»Genau«. Marge küßte sie auf die Wange. »Wiedersehen, Schätzchen. Paß auf dich auf.« Sie wandte sich an Scott. »Kommst du?«

»Geh schon vor«, sagte Oliver. »Ich muß noch schnell aufs Klo.« Er fragte Cindy: »Und dein Badezimmer ist ... wo?«

Cindy deutete in die Richtung.

»Ich geh schon mal«, sagte Marge. »Ich möchte so schnell wie möglich nach Hause.« Sie winkte ihnen zu und ging.

Cindy räumte auf, wußte, was kommen würde. Da ihr nichts Besseres einfiel, beschloß sie, Angriff sei die beste Verteidigung. Wenn sie sich richtig abscheulich aufführte, würde er aufhören, sich um sie zu sorgen. Kurz danach kam Oliver aus dem Bad, die Hände in den Hosentaschen. Diesmal fiel ihr das auf. Er hatte sich auch die Haare gekämmt. Einzelheiten, die sie bemerkte. Darauf kam es an.

»Erzählst du's mir freiwillig, oder muß ich dir alles aus der Nase ziehen?« fragte Oliver.

Sie wusch die Becher aus. »Was soll ich dir erzählen?«

»Ah ja, wir spielen also das alte Spiel. Okay, auch recht. Was ist vorhin in der Küche passiert, Cindy?«

»Ich weiß nicht, was du ...«

»Doch, du weißt genau, was ich meine.«

»Alles in Ordnung.« Sie drehte das Wasser ab. »Geh nach Hause.«

Aber er ging nicht. Er trat hinter sie, legte ihr die Hände auf die Schultern, sagte sanft und einschmeichelnd: »Erzähl mir, was passiert ist.«

Sie drehte sich um, sah ihm in die Augen. Ihre Stimme war klar und hart. »Nichts ist passiert. Aber wenn es dir so wichtig ist, kann ich mir ja was ausdenken.«

Er betrachtete sie stumm.

»Geh nach Hause«, wiederholte sie. »Ich bin müde. Ich will ins Bett. Aber das geht nicht, so lange du hier bist.«

»Warum lügst du mich an?«

Weil ich dir nicht die Wahrheit sagen will.

»Warum vertraust du mir nicht?«

Weil du ein Lügner bist.

»Irgendwas geht hier vor«, sagte er. »Bilder sind verstellt, in deinem Streifenwagen tauchen merkwürdige Zettel auf ...«

»Der Zettel war von der Werkstatt.«

»Mit den Worten *Nicht vergessen?*« Oliver verzog das Gesicht. »*Was* sollst du nicht vergessen?«

»Die Schlacht um Alamo?«

»Sehr witzig, Cindy. Gut, noch mal von vorne. Heute abend ist was passiert. Wenn du es mir nicht sagst, kann ich dir nicht helfen.«

»Nichts ist passiert.« *Und ich brauch deine Hilfe nicht, Junge.* Sie drehte ihm den Rücken zu, machte sich mit dem Geschirr zu schaffen. »Du findest allein raus, ja?«

Keine Antwort. Trotzdem wußte sie, daß er noch da war. Sie hörte seinen Atem, langsam, gleichmäßig. »Hast du nicht gehört …«

»Ja, ich hab verstanden. Ich finde allein raus. In Ordnung. Ich gehe. Und eins will ich dir sagen, Decker. Ich komme erst wieder, wenn die Hölle zufriert.«

Einen Becher Kaffee in der Hand, kam Martinez in den Raum, in dem sie normalerweise Verhöre durchführten. Marge und Oliver waren bereits da. Der Tisch war zu zwei Dritteln mit Papieren bedeckt. Weiß Gott, wie lange sie schon da waren, denn er kam pünktlich.

»Hey, Bert«, sagte Marge. »Setz dich.«

Martinez stellte den Becher ab, hängte sein Jackett über einen freien Stuhl. »Möchte jemand Kaffee? Ich hab frischen gemacht.«

»Na, ist er nicht toll?« Oliver warf Marge einen finsteren Blick zu. »Sie hat sich geweigert, Kaffee zu kochen.«

»Ich hab mich nicht geweigert«, protestierte Marge. »Ich hab nur gesagt, daß du dran bist.«

»Ich mach keinen Kaffee«, sagte Oliver. »Ich bin kein Schwein, aber meiner sieht immer wie Schlamm aus und schmeckt auch so.«

»Weil du dich weigerst, es zu lernen.«

»Was regt ihr euch so auf?« meinte Martinez. »Der Kaffee ist fertig. Ich hol euch welchen.« Er klang genervt. »Bin gleich wieder da.«

Oliver schaute auf die Uhr. »Wir haben's geschafft, ihn in knapp achtundzwanzig Sekunden auf die Palme zu bringen. Ein echter Rekord. Besonders bei einem so ausgeglichenen Burschen wie Martinez.«

»Ich versteh nicht, warum du keinen Kaffee machst.« Jetzt war Marge sauer. »Du nimmst den Meßlöffel …«

»Ich will's nicht wissen.«

»Gießt Wasser in die Maschine …«

»Gib's auf.«

»Wie hat deine Ehe einundzwanzig Jahre gehalten?«

»Dreiundzwanzig.« Oliver klopfte mit dem Bleistift auf den Notizblock. »Keine Ahnung, Marge. Weil auch Heilige ihre Grenzen haben?«

Er klang trübsinnig. Marge hatte ein schlechtes Gewissen. Offenbar hatte sie einen Nerv getroffen. Um ihre Verlegenheit zu verbergen, vertiefte sie sich in die Unterlagen, bis Martinez zurückkam. Er reichte ihnen beiden einen Becher Kaffee und setzte sich.

»Tom kommt später – wenn er es überhaupt schafft. Er mußte seine Frau letzte Nacht in die Notaufnahme bringen. Ihr Blutdruck war wieder viel zu hoch.«

»Wie weit ist sie?« fragte Marge.

»Im achten Monat.«

»Die sollten die Geburt einleiten.«

»Das haben sie wohl auch vor«, sagte Martinez. »Oder vielleicht ein Kaiserschnitt. Denn so kann es nicht weitergehen. Weder für sie noch für Tom. Der Mann hat seit zwei Monaten keine Nacht mehr durchgeschlafen. Und das, noch bevor das Baby geboren ist.«

»Wer kümmert sich um das andere Kind?« fragte Marge. »Wie alt ist sein Sohn?«

»Sechs.« Martinez strich sich über den Schnäuzer. »Ihre Mutter wohnt zur Zeit bei ihnen.«

»Tom ist bestimmt begeistert.«

»Nein, er ist ihr sehr dankbar. Außerdem hilft meine Frau aus, wenn Grandma nicht mehr weiterweiß. James ist im gleichen Alter wie einer meiner Enkel.«

»Erst arbeitet man hart, um Kinder zu kriegen und sie großzuziehen. Dann dreht man sich eines Tages um, und sie sind weg, zusammen mit der eigenen Jugend«, grummelte Oliver.

»Hör nicht auf ihn«, riet Marge. »Er hat schlechte Laune.«

»Warum?«

»Brauch ich einen Grund?« fragte Oliver.

»Was macht ihr hier eigentlich?« wollte Martinez wissen. »Versucht ihr, die neuen Carjackings mit Armand Crayton in Verbindung zu bringen? Wir haben's versucht. Hat nichts gebracht. Was hab ich übersehen?«

»Gar nichts. Wir glauben nicht, daß der Crayton-Fall was mit den neuen Überfällen auf Mütter mit Kindern zu tun hat.« Marge gab ihm die Tarkum-Akte. »Aber vielleicht mit dem hier: Elizabeth Tarkum, sechsundzwanzig, wurde vor zehn Monaten in ihrem Auto überfallen. Ihr Mann Dexter Bartholomew war ein ehemaliger Geschäftspartner von Armand Crayton.«

»Klar, an Bartholomew erinnere ich mich – den Mann vergißt man nicht.« Martinez blätterte die Berichte durch. »Und seine Frau wurde überfallen? Wo kommt der Fall her?«

»Aus Hollywood«, antwortete Oliver. »Detective Rolf Osmondson hat ihn bearbeitet. Sowohl im Fall Crayton wie auch im Fall Tarkum ging es um teure rote Autos. Und wir haben noch einen … Stacy Mills. Ihr roter BMW wurde vor zwei Tagen geraubt.«

»Teure rote Autos«, sinnierte Martinez. »Sieht nach einem Muster aus. Was ist mit der Tarkum passiert?«

»Sie wurde dreißig Kilometer vom Ort des Überfalls entfernt gefunden. Offenbar betäubt.«

»Also wurde sie nicht ermordet wie Crayton«, stellte Martinez fest.

»Wir haben überlegt, ob Crayton vielleicht gar nicht sterben sollte«, meinte Marge.

»Kann sein, kann auch nicht sein. Im Moment ist das alles reine Spekulation.«

»Gut, dann spekulieren wir doch mal«, sagte Marge. »Angenommen, die Entführung war ein Racheakt, weil jemand durch Crayton Geld verloren hatte, und die Kidnapper waren nur angeheuert. Der Plan war, Crayton zu entführen und Lösegeld zu verlangen. Auf diese Weise wollte sich der betrogene Investor wenigstens einen Teil seines Geldes zurückholen. Aber dann ging was schief. Vielleicht sollte Lark Crayton an dem Tag nicht zu Hause sein. Aber sie war da, wurde Zeugin der Entführung und rief die Polizei. Plötzlich wurden die Entführer von der Polizei verfolgt. Die Corniche versuchte, den Verfolgern zu entkommen. Die Jagd wurde wilder und wilder, bis das Auto den Abhang hinunterstürzte. Crayton starb, und mit ihm die Hoffnung, das Geld zurückzubekommen. Der rachsüchtige Investor konnte nicht mehr an Crayton ran, also hielt er sich an einen von Craytons Partnern.«

»Interessantes Szenario, Margie, aber die haben nicht Bartholomew entführt, sondern seine Frau überfallen und ihr Auto geraubt. Außerdem ist ihr nichts passiert, und Lösegeld war offensichtlich auch nicht im Spiel.«

»Vielleicht haben die statt dessen das Auto genommen.«

Martinez blieb skeptisch. Marge beschloß, den Spieß umzudrehen. Sollte er doch ein Szenario vorschlagen. »Wenn Rache als Motiv ausgeschlossen ist, was habt ihr dann vermutet?«

»Natürlich haben wir an Rache gedacht, aber auch an andere Möglichkeiten.« Martinez' Becher war leer. »Ich hol mir noch welchen. Sonst noch jemand?«

Oliver stand auf. »Ich mach das schon.«

Marge sah ihn erstaunt an.

»Wenn ich Verbrennungen dritten Grades bekomme, bist du schuld!« Oliver nahm ihre Becher und ging raus.

»Scott ist kein schlechter Kerl«, meinte Martinez.

»Du brauchst ihn mir nicht anzupreisen. Ich hab die Besuche im Krankenhaus nicht vergessen.« Marge lächelte ihn an. »Deine auch nicht.«

»Wirklich?«

»Ja, ich war nicht so weggetreten, wie ihr dachtet. Ich konnte nicht sprechen, aber ich hab alles gehört.«

Martinez zupfte an seinem Schnäuzer. »Du bist bestimmt froh, das alles hinter dir zu haben.«

»Allerdings.«

Gleich darauf kam Oliver zurück. »Was ist los? Ihr guckt so komisch.«

»Wir haben deine Vorzüge gerühmt«, sagte Marge.

»Vorzüge?« Oliver verteilte die Becher und setzte sich. »Du meinst, ich hab nicht nur einen Vorzug, sondern mehrere?«

»Na ja, bis jetzt sind wir nur auf dein volles Haar gekommen. Aber wir arbeiten noch daran.«

Oliver lächelte, wandte sich an Martinez. »Welche Motive habt ihr außer Rache noch in Betracht gezogen, Bert?«

»Ein einfacher Diebstahl, der schiefging. Der Kerl fuhr schließlich einen Rolls Corniche.«

»Crayton hatte Geld dabei, als er starb«, informierte ihn Oliver.

»Darum sag ich ja, ein *schiefgegangener* Diebstahl.«

»Warum nicht einfach das Auto klauen?« fragte Marge. »Den Fahrer zu kidnappen, machte die Sache viel komplizierter.«

»Ihr geht davon aus, daß die Sache geplant war«, sagte Martinez. »So wie Lark Crayton den Verlauf beschrieb, klang das mehr nach ein paar impulsiven Rabauken.«

»Und du glaubst, daß Lark die Wahrheit gesagt hat?«

»Wir haben sie damals gleich befragt. Es gab keinen Grund, ihre Geschichte anzuzweifeln. Sie hat sofort angerufen, hat gesehen, wie Crayton mit Waffengewalt gezwungen wurde, in den Kofferraum zu klettern. Wir haben das Band vom Notruf abgehört. Ihre Panik wirkte echt. Mindestens fünf Streifenwagen haben den Rolls verfolgt, bis er abstürzte. Das Gelände ist dicht bewaldet. Die Täter konnten entkommen.«

»Sie konnten entkommen, obwohl sie von fünf Streifenwagen verfolgt wurden?« fragte Oliver ungläubig.

»Scott, du weißt, wie schnell so was passiert«, sagte Martinez.

Oliver nickte. »Können sie aus dem Auto gesprungen sein, bevor es den Abhang hinunterstürzte?«

»Klar, möglich ist alles.«

»Und ihr habt Rache nicht ausgeschlossen?«

»Nein, weil Crayton schwer verschuldet war.«

»Außerdem hatte er eine Lebensversicherung«, warf Marge ein.

»Ja, über zwei Millionen«, bestätigte Martinez. »Er hat sie abgeschlossen, und Lark ist die Nutznießerin. Die Versicherung war mißtrauisch, genau wie wir. Aber wir konnten Lark nichts nachweisen. Ihre Geschichte war vage und einfach … beinahe, als wäre sie eingeübt. Je unbestimmter und einfacher, desto schwerer ist es, einen Schwachpunkt zu finden. Wir haben sie total durchleuchtet. Sie ist keine Nonne, hat aber keine Vorstrafen. Hat die Versicherung je gezahlt?«

»Vor drei Wochen«, sagte Oliver.

»Also haben die auch nichts rausgefunden.«

»Ja, wir wollen mit denen reden. Das Versicherungsbüro macht um neun auf. Mal sehen, was sie haben.« Marge wärmte ihre Hände am Kaffeebecher. »Glaubst du wirklich, daß die Entführer irgendwelche Rabauken waren?«

»Zuerst nicht. Tom und ich waren überzeugt, daß ein verärgerter Investor dahinersteckte. Aber nach den endlosen Befragungen … na ja, ihr habt die Berichte gelesen. Wir konnten nichts finden. Wir hofften, daß die Versicherung Lark Crayton was anhängen könnte. Aber wenn sie gezahlt hat …«

»Was ist mit Dexter Bartholomew?« fragte Marge.

»Was soll mit dem sein?«

»Kam er euch irgendwie merkwürdig vor?«

»Total. Der Kerl ist ein absoluter Exzentriker. Aber wir konnten ihn nicht mit Craytons Tod in Verbindung bringen.« Martinez schaute auf die Tarkum-Akte. »Da war das hier noch nicht passiert. Wir müssen mindestens hundert Leute befragt haben. Die Sache sah so einfach aus. Der Mann hatte Schulden, also mußte jemand Zorn auf ihn haben. Aber damit kamen wir nicht weiter. Gut, dann eben kein Zorn. Die Frau ist Nutznießerin einer Lebensversicherung über zwei Millionen Dollar. Also nimmt man sich den Aspekt vor. Und kommt auch nicht weiter. Nach einer Weile denkt man, na gut, vielleicht war es wirklich bloß Pech. Crayton war zur falschen Zeit am falschen Ort.« Er hob die Tarkum-Akte hoch. »Möglich, daß das was bewegt. Ich nehme an, jemand hat Bartholomew wegen des Überfalls auf seine Frau befragt?«

»Osmondson«, sagte Oliver.

»Hat er Crayton erwähnt?«

Oliver schüttelte den Kopf. »Ich glaube, der Zusammenhang mit Crayton war ihm nicht klar, bevor ich ihm davon erzählt habe. Bartholomew muß noch mal befragt werden. Du hast das damals gemacht. Willst du es übernehmen?«

»Da die Tarkum-Sache euer Baby ist, solltet ihr die beiden vernehmen«, meinte Martinez.

Marge wandte sich an ihren Partner. »Rede du mit Elizabeth Tarkum. Ich nehme Dex.« Sie lächelte. »Dex nehmen klingt wie eine Droge, was?«

»Wunschdenken.« Wieder klopfte Oliver mit dem Bleistift. »Gibt's einen Grund für diese Mann/Frau-Aufteilung? Wenn die

Tarkum eine Affäre mit Crayton hatte, würde sie es dir gegenüber leichter zugeben.«

Marge war verblüfft. »Wieso sollte sie eine Affäre mit Crayton gehabt haben?«

»Sie ist jung und mit einem alten Mann verheiratet. Crayton läuft ihr über den Weg, wirft mit Geld um sich wie mit Kaugummipapier. Er schmeißt Riesenpartys und gilt als Playboy.« Oliver zuckte die Schultern. »Du kannst es eine Ahnung nennen.«

»Okay. Ich nehme trotzdem Dexter Bartholomew. Der Kerl ist zwar Ölmillionär und ein Macho, aber bei mir – einer Frau – wird er sich wahrscheinlich nicht so in Pose werfen.«

»Das mag sein«, meinte Oliver. »Mit den Schwanz zu wedeln, macht wenig Spaß bei einem schwanzlosen Gegner.«

»Schwanzlosigkeit ist ein rein physischer Aspekt«, entgegnete Marge. »Ich kann genausogut aufschneiden wie jeder andere.«

15

Marge hatte eine Vorstellung von dem Ölmillionär aus Texas – genauer genommen Oklahoma. Dexter Bartholomew, ein Schrank von einem Kerl; zwei Meter groß mit einem gewaltigen Cowboyhut, unter dessen Krempe sandfarbenes Haar hervorlugte – mit ein bißchen Grau durchsetzt. Ein vom Trinken gerötetes Gesicht mit Knollennase. Tiefliegende Schweinsaugen, breite Stirn. Khakihosen und -hemd, dazu Westernkrawatte und ein Bierbauch, der über einem echten Krokoledergürtel hing. Eine tiefe Stimme, ganz bestimmt, mit übertrieben breiter Aussprache.

Als die Sekretärin sie in Bartholomews Büro führte, sah Marge sich einem Mann gegenüber, der kaum einssechzig groß war. Marge überragte den schlanken Mann mit den schmalen Fingern und manikürten Nägeln. Dex trug keinen Hut. Dafür einen maßgeschneiderten marineblauen Nadelstreifenanzug. Sein Hemd war weiß, die Krawatte goldgelb, gehalten von einer Krawattennadel mit Diamanten. Protzig, ja, aber geschmackvoll. Der Gürtel war tatsächlich aus Krokoleder, und die Füße steckten in dazu passenden Loafers. Auf dem kleinen Körper saß ein kleiner Kopf. Ein sandfarbener Haarkranz um den kahlen Schädel. (Auch die Haarfarbe hatte sie richtig erraten.) Braune Augen – keine Schweinsaugen – hinter einer Brille. Eine Adlernase. Weiße, ebenmäßige Zähne blitzten. Das sollte wohl ein Lächeln sein, kam Marge aber vor wie die gebleckten Reißzähne eines Vielfraßes.

Sie rang sich ebenfalls ein Lächeln ab.

Das Büro war so gemütlich wie eine Hotelhalle und genauso möbliert, hatte aber Stil. Die Wände waren halbhoch mit Walnußholz getäfelt, darüber rubinrot. Diverse Sitzgruppen; Ohrensessel in blauem Leder, ein halbes Dutzend Stühle mit geschnitzter Lehne und Blumenmusterbezug, dazu drei Sofas mit verschiedenen Bezügen. Orientteppiche auf dem dunklen Holzboden. Mehrere Beistelltische mit Blumenarrangements. Alles sehr elegant und ein merkwürdiger Kontrast zu dem altmodischen, nüchternen Schreibtisch aus Rosenholz und den abstrakten Gemälden. Das Büro befand sich in einem Hochhaus am Sunset Boulevard, mußte also eine Aussicht haben. Aber Marge konnte im typischen L.A.-Dunst nur ein paar Dächer ausmachen.

»Kommen Sie rein, kommen Sie rein.« Dexter schüttelte ihr die Hand. »Sie haben zu tun, ich habe zu tun. Ich lasse Sie Ihre Arbeit machen. Denn je schneller Sie Ihre Arbeit erledigen, desto schneller kann ich an meine zurück.«

Marge nickte. Seine Aussprache war breit, aber die Stimme hoch und blechern. Er redete wie ein Maschinengewehr. Sie schaute sich nach einem Sitzplatz um. Sofort spürte er ihre Unschlüssigkeit.

»Nehmen Sie Platz, wo Sie wollen, junge Frau. Auf einem Stuhl, auf einem Sofa, sogar auf dem Boden. Ich hatte mal einen Kunden, der am liebsten dort saß. Er kam aus dem Nahen Osten, wo sie meistens auf dem Boden sitzen, weil es nicht so viele Stühle gibt. Damals habe ich erwogen, Stühle dorthin zu exportieren. Nicht solche wie die hier. Das sind englische – viktorianisch, aus dem neunzehnten Jahrhundert. Hübsch, aber keine Sammlerstücke von höchster Qualität. Zu Hause habe Queen Ann Stühle, georgianische Stühle, Regency-Stühle. Auch ein original Chippendale-Sofa und ein Serpentine-Sideboard. Die Händlerin sagte mir, sie stammten aus einem Schloß in Nordengland, aber das ist eine lange Geschichte und wahrscheinlich unglaubwürdig. Hauptsache, die Stücke sind in hervorragender Verfassung. Die Regency-Stühle sind sehr verspielt. Meine Frau mag so was. Sind Sie überhaupt an englischen Möbeln interessiert, oder langweile ich Sie zu Tode? Los. Sagen Sie was!«

»Nein, Sir, ich kenne mich damit nicht sonderlich aus«, sagte Marge. »Aber dieses Büro wirkt sehr stilvoll.«

»Schön, daß es Ihnen gefällt. Sehen Sie, ich habe gleich erkannt, daß Sie Geschmack haben. So was erkenne ich. Ich erkenne vieles, weil ich ein einfühlsamer Mensch bin. Aber das sollten wir nicht weiter vertiefen. Denn ich habe zu tun, und Sie haben zu tun. Also schlage ich vor, daß wir die Ästhetikfrage vergessen und uns dem Geschäftlichen zuwenden. Denn deswegen sind wir hier. Also, setzen Sie sich.«

Marge setzte sich in einen Ohrensessel. Dex ließ sich auf dem bestickten Sofa nieder. Seine Augen hinter den Brillengläsern starrten sie an. »Da Sie eine Ermittlerin sind, nehme ich an, daß Sie etwas ermitteln wollen. Wenn Sie mir sagen, um was es geht, bin ich vielleicht sogar in der Lage, Ihnen zu helfen. Schießen Sie los. Ich höre ... bin ganz Ohr ... ganz Auge und Ohr. Das ist Ihr Stichwort, Detective.«

Sein Blick war scharf wie ein Laserstrahl. Marge probierte ein Lächeln, aber er reagierte nicht. »Nur ein paar Fragen wegen des Überfalls auf Ihre Frau ...«

Dex unterbrach sie. »*Sie wollen über den Überfall auf meine Frau reden?* Tja, Ma'am, dann sollten Sie mit meiner Frau sprechen. Denn was weiß ich davon? *War ich etwa dabei?*«

»Soviel ich weiß, nicht ...«

»Verdammt richtig, ich war nicht dabei. Nein, Ma'am, ich war nicht mal *in der Nähe*. Denn wenn ich dort gewesen wäre, dann hätte ich mit diesen Idioten kurzen Prozeß gemacht, Sie wissen, was ich meine? Ich sag es Ihnen. Ich weiß, wie man so was handhabt. Erledigt! Finito! Bei mir kommt keiner davon. Aber ich war nicht da. Das ist das Problem. Während Elizabeth über den Hollywood Boulevard kurvte, war ich hier im Büro.«

»Sie stellen Ausrüstungen zur Ölförderung her, Mr. Bartholomew?«

»Das ist nur ein Teil des Bildes. Wenn Sie damit zufrieden sind, soll's mir recht sein. Aber natürlich tu ich das nicht hier ... nicht mal in diesem Bundesstaat. In diesem Büro widme ich mich meinen Geschäften und Finanzen und Investitionen wie auch den Geschäften und Finanzen der Firma. In meinen Büros in Tulsa und Oklahoma City geht es ganz anders zu.«

»Ja?«

»Ja, Ma'am, die Büros dort sind ganz was anderes.« Er beugte sich vor, sprach ernst. »Wissen Sie, Detective, um diese Welt zu verstehen, die langsam zerfällt ... implodiert wegen der Technologie und dem Internet ... Sie lachen, aber ich mach keine Witze.«

Sein Gesicht hatte sich gerötet. Marge sagte: »Nein, Sir, ich lache nicht. Ich verstehe, worauf Sie hinauswollen ...«

»Sie verstehen es nicht, weil ich es Ihnen nicht gesagt habe«, unterbrach er. »Technologie ist eine gute Sache. Ja, wirklich. Eine gute Sache. Aber sehr gefährlich. Das hat nichts mit dem zu tun, wovon wir reden.« Er hielt inne. »Wovon haben wir geredet?«

»Wie die Welt zu verstehen ist.«

»Genau. Man muß sich auf alle Arten von Menschen einlassen – Reiche, Arme, Schwarze, Weiße, Frauen, Männer, Kinder, Kriminelle – auf alle. Man muß wirklich mit jedem reden. Muß ihre Sprache sprechen, Sie wissen, was ich meine. Die Sprache, den Jargon, die Sprüche, das Gelaber. Wenn man das nicht tut, kann man sein Geschäft vergessen. Na gut. Warum sind Sie hier?«

»Um mit Ihnen über den Überfall auf ihre Frau zu sprechen.«

»Und ob ich dort war oder nicht. Und ich war nicht dort, wie ich Ihnen gesagt habe. Ich versichere Ihnen, daß ich nicht dort war. Warum reden wir dann darüber?«

Marge begriff, daß sie schnell und in kurzen Sätzen sprechen mußte. »Irgendeine Ahnung, wer es gewesen sein könnte?«

»Also, wenn ich eine Ahnung hätte, glauben Sie nicht, ich hätte das der Polizei mitgeteilt? Sie *sind* die Polizei. Und ich sage Ihnen hier und jetzt, ich weiß nicht, wer es getan hat. Ich habe nicht die geringste Ahnung, und ich würde es auch lieber vergessen, um Elizabeths willen. Jedesmal, wenn jemand so geschmacklos ist, das zu erwähnen, wird sie ganz starr. Und ich brauche keine starre Frau. Nein, kein Mann will so was – eine starre Frau. Außerdem habe ich keine Ahnung, wer es war. Sonst noch Fragen?«

Marge beobachtete ihn genau. »Haben Sie je daran gedacht, daß der Überfall und der Autoraub etwas mit Armand Crayton zu tun haben könnte?«

Wieder zeigte Dex die Zähne. Der Vielfraß schnappte zu. »Armand Crayton. Ah ja. Sie wollen, daß ich Ihnen etwas über Armand Crayton erzähle? Er hat es nicht verdient, so zu sterben. Nein, Ma'am, das hat er absolut nicht verdient.«

»Sie hatten geschäftlich mit ihm zu tun.«

»Ja, ich hab ein paar kleine Geschäfte mit ihm gemacht.«

»An denen Sie verdient haben.«

»Natürlich habe ich daran verdient! Darum geht es doch, Detective; man macht Geschäfte, um Geld zu verdienen.«

»Andere haben Geld verloren.«

»Wenn ein Idiot bei Crayton investiert und Geld verloren hat, sollte er besser keine Geschäfte machen. Dann weiß er nämlich nicht, was er tut. Ich will nicht behaupten, daß ich nie Geld verloren habe. Natürlich hab ich das. Aber es war kein Geld, das ich mir nicht leisten konnte. Sehen Sie, das ist der Unterschied. Nur Geld zu verlieren, wenn man es sich leisten kann. Man muß immer das Heft in der Hand behalten.«

»Vielleicht hat Crayton seinen Kunden die Risiken verschwiegen.«

»*Caveant emproium* oder wie das heißt. Der Käufer muß selbst auf seinen Arsch aufpassen. Sonst sollte er keine Geschäfte machen. Paßt man nicht auf, verliert man Geld. Und das tu ich nicht. Sonst noch Fragen? Denn, ehrlich gesagt, Miss Detective, sehe ich den Sinn Ihrer Fragen nicht.«

»Ob Sie mit Ihren Investitionen bei Crayton Geld verdient haben oder nicht, ist irrelevant für unsere Ermittlung, Mr. Bartholomew. Der Punkt ist …«

»Für Ihre Ermittlung mag das irrelevant sein, für mich ist es relevant. Nur darum geht es bei Geschäften … Geld zu verdienen. Warum sollte ich Ihre Fragen beantworten, wenn Ihre Ermittlung für mich irrelevant ist? Können Sie mir das sagen?«

Marge bemühte sich, geduldig zu bleiben. »Mr. Bartholomew …?«

»Worauf wollen Sie eigentlich hinaus, Detective?«

Marge platzte heraus: »Jemand könnte Ihre Frau entführt haben, um sich an Crayton zu rächen.«

»Quatsch mit Soße! Elizabeth hatte nichts mit Crayton zu tun. Sie konnte den Mann nicht leiden. Sie hielt ihn für einen Pißpott, entschuldigen Sie den Ausdruck. Jedesmal, wenn wir die Craytons besuchten, tat sie so, als sei sie Marie Antoinette auf dem Weg zur Guillotine.«

»Haben Sie mit Crayton gesellschaftlich verkehrt?« warf Marge ein.

»Ich verkehre mit jedermann gesellschaftlich.«

»Ich meine, haben Sie ihn zu Hause besucht und er Sie?«

»Sie unterbrechen mich«, sagte Dex. »Wenn Sie mich weiter unterbrechen, erfahren Sie nicht, was ich meine. Aber wenn Sie mich nicht unterbrechen, sage ich Ihnen, was ich meine, und Sie brauchen sich keine Fragen dazu stellen. Denn ich sage Ihnen, was ich meine.«

»Okay, Sir«, sage Marge. »Was meinen Sie?«

»Wo waren wir gerade?«

»Ob Sie gesellschaftlich mit Mr. Crayton verkehrten.«

»Ich verkehre mit all meinen Geschäftspartnern gesellschaftlich. Denn nur so kann man gute Geschäfte machen. Man muß vor allem Mensch sein und dann erst Geschäftsmann. Man muß beides haben – das menschliche Verständnis und die Geschicklichkeit eines Pferdehändlers. Hab ich mich klar genug ausgedrückt?«

»Waren Sie jemals im Haus von Mr. Crayton?«

»Habe ich das nicht gerade gesagt? Habe ich nicht gesagt, Elizabeth dort hin zu schleifen war wie Antoinettes Gang zum Galgen?«

»Guillotine.«

»Galgen, Guillotine … irgendein Folterinstrument.«

»Sie müssen Hunderte Geschäftspartner haben.«

»Vielleicht sogar Tausende …«

»Besuchen Sie und Ihre Frau die alle zu Hause?«

»Sie haben mich schon wieder unterbrochen. Aber ich weiß, worauf Sie hinauswollen. Nein, ich besuche nicht jeden Geschäftspartner zu Hause. Nicht, wenn er in Singapur lebt, oder in Japan oder China oder Europa oder Australien; außer ich bin in Singapur oder Japan oder China oder Europa oder Australien. Verstehen Sie?«

»Sie wickeln viele Geschäfte im Ausland ab.«

»Was sind Sie doch für ein kluges Mädchen.« Er grinste, zeigte seine spitzen Zähne. »Ja. Ich hab viel mit dem Ausland zu tun. Crayton lebt hier, also lädt er mich zum Essen ein, und als Gentleman nehme ich die Einladung an. Wenn man eingeladen wird, geht man hin. Außer man verabscheut den Mann. Ich habe ihn nicht verabscheut. Ich fand ihn ganz charmant. Und dann war da seine Frau; eine hübsche Frau. Wohl der Hauptgrund, daß Elizabeth nicht dorthin wollte. Sie konnte Crayton nicht leiden, aber sie verabscheute Lark. Weil Lark jung und schön ist. Sie wissen, wie Frauen sind.«

»Eifersüchtig?«

»Mir gefällt das Wort *beschützend* besser. Elizabeth beschützt mich, verstehen Sie, weil ich das einzige in ihrem Leben bin, das beschützenswert ist. Aber ich bin gern zu Armand gegangen, weil er witzig war. Und Lark, jung und hübsch wie sie ist, hielt Elizabeth auf Trab. Und wenn man einundsechzig ist und eine sechsundzwanzigjährige Frau hat, ist es nett, wenn sie auf Trab gehalten wird.«

»Sie war also eifersüchtig auf Lark?«

»Ich habe Ihnen gerade gesagt, daß ich das Wort *eifersüchtig* nicht mag. Elizabeth war sehr beschützerisch mir gegenüber, was Lark anging. Weil Lark sich mit Gewinnern und Verlierern auskennt. Bei ihrem Mann war sie da zwar nicht sicher, aber sie wußte genau, daß ich ein Gewinner bin. Leider bin ich schon vergeben. Aber wir wissen, wie schnell sich das ändern kann.«

»Gefällt es Ihnen, daß Elizabeth beschützend ist?«

»Ja. Es gefällt mir sehr, von einer jungen Frau beschützt zu werden. Wie wär's, wenn Sie nach diesem positiven Ergebnis mit der Befragung aufhören?«

»Waren Lark und Armand je bei Ihnen zu Gast?«

Er lachte abgehackt. »Sich in das Haus von jemanden schleppen zu lassen, den man verabscheut, ist eine Sache. So jemanden in das eigene Haus einzuladen, ist ganz etwas anderes. Selbst ich hätte das nicht von Elizabeth verlangen können. Also lautet die Antwort auf Ihre Frage: nein, wir haben die Craytons nie eingeladen. Was schade war. Denn Armand Crayton hatte keinen Geschmack, was Inneneinrichtung angeht. Nein, das nehme ich zurück. Armand hatte Geschmack. Einen ganz entsetzlichen Geschmack. Und ich hätte ihm vielleicht das eine oder andere darüber beibringen können, wenn er länger gelebt hätte.«

Bartholomew erhob sich.

»Um es zusammenzufassen, Detective, ich weiß nicht, wer meine Frau entführt hat, ich weiß nicht, warum er oder sie das getan hat, und es hatte nichts mit dem Mord an Armand Crayton zu tun, weil Elizabeth nichts mit Crayton zu tun hatte. Also habe ich Ihnen nichts mehr zu sagen. Überdies habe ich einen Termin, und zwar nicht mit Ihnen. Wenn Sie also meine Grobheit entschuldigen – Sie müssen jetzt gehen. Und selbst wenn Sie sie nicht entschuldigen, müssen Sie gehen. Ich hoffe, Sie haben das bekommen, was Sie wollen. Adieu!«

Er streckte ihr die Hand hin. Marge zögerte, stand auf und schüttelte sie. »Danke, daß Sie mir Ihre Zeit geopfert haben, Mr. Bartholomew.«

»Dafür können Sie mir wirklich danken, Detective. Denn ich verdiene an die zwanzigtausend Dollar pro Stunde. Also dürfte mich dieses kleine Gespräch zehntausend gekostet haben – der Preis der kleinen Diamantenspange, die meine Frau gern haben wollte. Und jetzt, wo mich dieses Gespräch zehntausend gekostet hat, werde ich die Spange nicht kaufen.« Wieder das Vielfraßlächeln. »Sie haben also Ihren Zweck erfüllt. Denn wenn sie mich fragt, warum ich ihr die Spange nicht gekauft habe, werde ich es auf die Polizei schieben.«

16

Auf dem Hollywood Freeway versuchte Cindy, sich von dem Müll des Tages zu befreien. Mißmutig und übermüdet zu sein, war schon schlimm genug. Aber Beaudry hatte die Dreistigkeit besessen, ebenfalls schlechter Laune zu sein, und die Schicht war die Hölle gewesen. Er hatte sich vor jeder Verhaftung gedrückt und ihr die Drecksarbeit überlassen, hatte sie wie eine blutige Anfängerin behandelt. Obwohl ihre Probezeit in sechs Wochen um war, blieb er der Boß. Also hatte sie Befehle entgegengenommen und alles geschluckt. Zwei wütende Cops mit geladenen Waffen und einer Shotgun, für acht angespannte Stunden zusammengesperrt. Ein Wunder, daß sich Polizisten nicht häufiger erschossen.

Und dann Tropper, der plötzlich ihr Kumpel war, ihr zunickte und ihr seine Schreibarbeiten gab. Normalerweise konnte sie Menschen gut einschätzen, aber bei ihm wußte sie nicht, ob er sie als Arbeitstier ansah oder aufs Kreuz legen wollte. Sie ging ihm aus dem Weg, wo immer sie konnte, fürchtete aber, daß es auffallen könnte.

Ihr Auto begann zu ruckeln. In ihrer Empörung hatte sie das Gaspedal ganz durchgetreten. Sie fuhr jetzt hundertdreißig und schaute sich instinktiv nach bösen Bullen um, die ihr einen Strafzettel verpassen würden. Dann lächelte sie. Sie war ja selbst der Feind. Sollte ein Kollege vom LAPD sie anhalten, würde sie vermutlich davonkommen. Aber die Highway Patrol war etwas anderes. Die kannte keine Gnade, weil die Zeiten hart waren, die Einkünfte knapp und es keine Zusammenarbeit mehr zwischen den einzelnen Behörden gab. Zu spät geboren, um Strafzettel unter der Hand zu regeln – was für ein Scheiß!

Wieder schaute sie rasch in den Rückspiegel, ging ein wenig vom Gas. Kein Streifenwagen in Sicht, aber ein roter Toyota Camry mit verbeulter Stoßstange und ohne vorderes Nummernschild – sechsunddreißig Dollar Strafe -, der ihr Tempo mithielt, obwohl sie immer noch hundertzwanzig fuhr. Das Auto war etwa fünf Jahre alt und brauchte dringend eine Wäsche. Sie blinkte, fuhr nach rechts, wurde langsamer und wartete darauf, daß der Camry sie überholte, damit sie das hintere Nummernschild sehen konnte. Aber er überholte nicht, verlangsamte ebenfalls.

Ja, er wurde nicht nur langsamer, sondern wechselte ebenfalls die Spur und fädelte sich zwei Autos hinter ihr ein. Sie fragte sich, warum es ihr wichtig war, das Nummernschild zu sehen. Sie hatte frei, war auf dem Weg zu ihrem Vater und einem hoffentlich entspannten Abendessen, was kümmerte sie da ein minderes Vergehen gegen die Straßenverkehrsordnung?

Sie fuhr unkonzentriert. Jetzt war sie zu langsam. Autos überholten sie rechts *und* links. Sie gab Gas, sah in den Rückspiegel. Der rote Camry hatte den Abstand verringert, war auf der anderen Spur anderthalb Längen hinter ihr.

Vergiß es, Decker.

Cindy wußte nicht, warum Beaudry schlechte Laune gehabt hatte, aber sie wußte genau, wieso sie mißmutig war. Das hatte was mit rätselhaften Botschaften, verstellten Fotos, umgeräumten Pullovern und Scott Oliver zu tun. Ihr Groll gegen ihn verblüffte sie, also lag es nicht nur an seinem unausstehlichen Verhalten. Sie war einsam; Scott war eine kurze Atempause gewesen.

Wieder schoß ihr Blick zum Rückspiegel. Der Camry war immer noch hinter ihr. Unwillkürlich wurde ihr die Brust eng, und ihr Magen verkrampfte sich. Ihr kam der Gedanke, daß das Auto sie verfolgte, aber das war lächerlich. Warum sollte jemand sie verfolgen? Erhob der Crayton-Fall sein häßliches Haupt? Aber sie hatte nichts mit Crayton und seinen Machenschaften zu tun. Und doch war der verdammte Camry nach wie vor da.

Komm schon, Decker. Du leidest an Verfolgungswahn.

Sie erreichte das Autobahnkreuz im Valley, und der stetige Verkehrsstrom kam nur noch im Schneckentempo voran, alle Auffahrten verstopft, so weit das Auge reichte. Ein rascher Blick über die Schulter. Der Camry war weg. Unwillkürlich atmete sie tief aus.

Sie kroch dahin, die Augen zusammengekniffen gegen die in der Sonne blitzende Wand der Chromstoßstangen, die immer wieder zum Stillstand kam. So schlimm wie auf dem Freeway konnte es unten auf den Straßen nicht sein. Cindy blinkte, nützte eine Lücke aus und drängte sich nach rechts. Sie drehte das Fenster runter, versuchte den Blick des Fahrers in dem schwarzen Jeep neben ihr aufzufangen. Der Drecksack tat so, als würde er sie nicht sehen.

Du kommst doch auch nicht vorwärts, Junge. Warum bist du so dickköpfig?

Wieder dachte sie an Oliver, daran, wie er sich gestern mit seiner Dienstmarke vorgedrängt hatte. Cindy fand sein Verhalten rüde und arrogant. *Tja, wie die Mächtigen der Versuchung erliegen, wenn sie im Stau stecken!* Sie hupte, machte den Jeepfahrer auf sich aufmerksam. Er funkelte sie böse an, und sie zeigte ihm ihre Dienstmarke.

Er wurde bleich.

»Machen Sie Platz! Ich hab's eilig!« brüllte sie.

Er gehorchte.

Also war sie auch nicht besser. Aber sie konnte darüber lachen. Endlich gelangte sie auf die rechte Fahrbahn, fuhr bei Laurel ab und fädelte sich in den Gegenverkehr aus dem Valley ein. Die Straßen waren ebenso verstopft, nur kamen hier noch die Ampeln dazu.

Vielleicht war es doch keine so gute Idee gewesen, vom Freeway abzufahren, aber jetzt saß sie fest. Vierzig Minuten lang quälte sie sich durch den dichten Pendlerverkehr im Valley, fuhr dann bei Burbank und Sepulveda auf die 405. Der Freeway war nicht gerade leer, aber wenigstens bewegten sich die Autos. Sie beschloß, daß jetzt höhere Geschwindigkeit angesagt war, und begann mühsam, sich zur linken Fahrbahn vorzuarbeiten. Da, eine Lücke zwischen einem Explorer und einem Volvo. Nur ein rasche Blick über die Schulter, zur Sicherheit …

Sofort schlug ihr Herz wie wild. Der zerbeulte Camry war wieder da.

Drecksack! Drecksack, Drecksack, Drecksack!

Denk nach, Decker!

Okay, der Wagen folgt dir. Sieh zu, daß du das Kennzeichen kriegst, gib es durch, finde raus, ob was gegen den Typ vorliegt. Eine gute Strategie, nur wurde der Camry langsamer, sowie sie langsamer fuhr – und blieb stets hinter ihr.

Sie konnte auf Nummer Sicher gehen und es melden. Ihm einen Streifenwagen hinterherschicken, der das Kennzeichen feststellte. Kein Problem. Sie hatte ein Handy in der Tasche. Aber wie würde das aussehen? Daß sie sich von einem Schrottauto verfolgen ließ und nicht damit fertig wurde! Wenigstens mußte sie das Kennzeichen kriegen. Das war das mindeste.

Da der Camry-Fahrer eine Konfrontation offenbar vermeiden wollte, mußte sie ihn austricksen. Dazu mußte sie nur wenden, ordentlich Gas geben und an ihm vorbeischießen, bevor er reagieren konnte. Aber auf dem Freeway ging das nicht. Sie mußte runter, das Auto würde ihr sicher folgen. Aber wo sollte sie abbiegen? Sie war immer noch zwanzig Minuten vom neuen Haus ihres Vaters entfernt. Sie kannte sich hier zwar aus, aber nicht so gut wie im nordöstlichen Valley, wo ihr Vater zehn Jahre lang eine Ranch gehabt hatte. Das Gebiet im Nordosten war weniger stark besiedelt und ging schließlich in den Angeles Crest National Forest über. Viele ungeteerte Straßen und hügeliges Gelände. Weiter oben in den Bergen war es dicht bewaldet.

Richtig … einsam …

Sie überlegte, ob der Camry wohl dumm genug war, ihr zu folgen. Sobald sie die Berge ansteuerte, mußte ihm klar sein, daß sie Bescheid wußte. Sie erhöhte das Tempo, fuhr wieder langsamer. Der Camry hielt Schritt.

Okay, ihr blieb also keine andere Wahl. Sie würde ihn überlisten. Die richtige Stelle finden, dann plötzlich wenden, bevor er wußte, was los war. Wenn er auszubrechen versuchte, hätte sie trotzdem das Kennzeichen.

Als der Verkehr auf dem Freeway nachließ, fuhren die Autos

schneller, und Cindy erhöhte auf hundertzehn. Weil die Sicht besser war, fiel der Camry zurück. Mit klopfendem Herzen kramte sie in ihrer Handtasche nach ihrer Waffe. Das Metall fühlte sich gut an, und obwohl Cindy die Waffe gerne auf den Sitz neben sich gelegt hätte, ließ sie sie in der Tasche. Sie nahm den Fuß vom Gaspedal und wurde langsamer. Erstaunlich. Ihr Selbstmitleid war verflogen, während sie ihren Schlachtplan entwickelte.

Am Foothill Boulevard verließ sie den Freeway und wartete an einer Ampel. Hinter sich sah sie den Camry, nur noch eine Wagenlänge entfernt. Die Ampel sprang um, und sie paßte sich dem Verkehr auf der vierspurigen Straße an.

Ein Kilometer, zwei, drei …

Der Camry war da, hielt jedoch Distanz. Und mit jeder Kurve und Biegung fiel er weiter zurück. Cindy konnte jetzt wenden und auf das Beste hoffen. Aber es war noch immer viel Verkehr. Besser, sie wartete noch ein bißchen. Vielleicht noch einen Kilometer.

Allmählich wurde die Besiedlung dünner, machte offenem, unbebautem Land Platz. Die Straße stieg an, der Motor jaulte. Und die Straße wurde immer schmaler.

Cindy schaute in den Rückspiegel: Der Camry war verschwunden. Tja, das war einerseits gut, andererseits nicht. Sie war erleichtert, aber auch bitter enttäuscht. Sie hätte das Kennzeichen feststellen müssen!

Hatte der Camry ganz aufgegeben oder verfolgte er sie in sicherem Abstand? Sollte sie vielleicht wenden und versuchen, ihn zu erwischen? Es hatte keinen Zweck, tiefer in die Berge zu fahren, den Lockvogel für ein Phantomauto zu spielen. Die Straße schlängelte sich durch ein dichtes Waldgebiet. Cindy fühlte sich angeschnitten.

Dreh um, Cindy! Das ist doch idiotisch!

Nur ging das jetzt nicht, weil das Gelände neben der zweispurigen Straße rechts und links dreißig Meter tief abfiel. Unter dem dichten Laub der Bäume wurde es bereits dämmrig.

Cindy zog eine Grimasse. Den Camry-Mann hierher zu locken, war ihr wie eine prima Idee vorgekommen. Gott, war sie impulsiv!

Keine Panik!

Irgendwo mußte es doch eine Wendemöglichkeit geben.

Reiß dich zusammen, Decker. Paranoia ist eine gefährliche Sache.
Noch eine Minute weiter, und immer noch nichts. Aber die Straße wurde breit genug für zwei Fahrspuren *und* Seitenstreifen. Und ihr Auto war klein genug, das zu nützen.

Sie hielt auf dem Seitenstreifen und wartete. Kein Camry kam den Berg hochgetuckert.

Verdammt! Wieder eine Gelegenheit verpaßt!

Sie wendete, fuhr bergab in Richtung ihres ursprünglichen Ziels, überlegte, ob sie den Camry ihrem Vater gegenüber erwähnen sollte. Natürlich würde Dad entweder die Wände hochgehen vor Sorge oder sie für eine unfähige Kuh halten ... was sie war.

Die Straße hinunter. Abwärts, abwärts, abwärts, mit quietschenden Reifen um die Kurven. Ja, sie fuhr zu schnell. Ja, die Sache hatte ihr mehr zugesetzt, als sie zugeben wollte, obwohl der Camry alt und verbeult war und dringend gewaschen werden mußte.

Bergab, bergab, bergab, bis sie die Ebene erreicht hatte, auf dem Foothill Boulevard zurück zum Freeway fuhr. Sie drehte das Radio an, stellte es ab. Von der Musik bekam sie Kopfweh. Sie war fünfzehn Minuten von Dads Haus entfernt. Der Abend dort würde ihr guttun, wenn es auch keine reine Entspannung war. Hannah würde sie sofort mit Beschlag belegen, mit ihr Puppen spielen wollen oder ein Videospiel ...

Mr. Camry war wieder da.

Wie zum Teufel hatte sie ihn übersehen können?

Zwei Wagenlängen hinter ihr. Jetzt mußte sie handeln. Sie brauchte nur ein bißchen Platz. Eins, zwei, drei ... los!

Jetzt oder nie, Deck. Und mit Gefühl!

Sie riß das Steuer herum, die Reifen quietschten protestierend. Aber ihre Taktik ging ins Auge; ihr plötzliches Ausscheren verriet dem Camry, daß sie ihn entdeckt hatte. Das Auto ruckte vorwärts und schoß davon. Sofort geriet sie ins Schleudern, drehte sich wieder in den Gegenverkehr, krachte fast in einen Explorer und einen Taurus, die in letzter Sekunde bremsen konnten und beinahe zusammengeprallt wären. Ein wütendes Hupkonzert schrillte los, begleitet von Flüchen.

Leckt mich doch, dachte sie. *Ich werde verfolgt, ihr Idioten!*

Sie hätte tot sein können, verschwendete aber kaum einen Gedanken daran, wie knapp sie davongekommen war. Ihre Wut trieb sie voran; eine innere Stimme warnte sie vor weiteren Dummheiten, gleichzeitig brüllte Cindy Obszönitäten. Der Camry war einige hundert Meter vor ihr, wurde aber immer schneller. Cindy trat das Gaspedal durch, schlängelte sich mit weit überhöhter Geschwindigkeit durch den Feierabendverkehr, versuchte, den Abstand zu verringern. Der Fahrer des Camrys schien ein Profi zu sein, denn er beschleunigte nahtlos, während Cindy ruckend und schlingernd aufschloß. Schließlich sah sie ihn die Auffahrt zur 210 hochrasen. Sie hupte, wechselte die Spuren, erreichte den Freeway vier Autos hinter ihrer Beute.

Der Verkehr war dicht, gab ihr aber trotzdem einige Bewegungsfreiheit. Mit zusammengekniffenen Augen konnte Cindy Teile des Kennzeichens ausmachen: 4-A-C – dann entweder ein O oder ein D ...

Bleib dran, Baby. Behalt ihn auf jeden Fall in Sichtweite.

Sie gewann an Boden, aber der Saturn war nicht das schnellste aller Autos und für filmreife Verfolgungsjagden nicht geschaffen.

Und du auch nicht!

Als sie das Kennzeichen deutlicher sehen konnte, las sie sich die Buchstaben und Zahlen laut vor, lernte sie auswendig. Vor ihnen lag das Autobahnkreuz, und der Camry hatte beschlossen, auf die 450 zurückzufahren. Der Fahrer schien erbarmungslos aufs Gas zu gehen, denn der Wagen ruckte und schoß dann mit Lichtgeschwindigkeit davon. Als Cindy mehr Gas geben wollte, jaulte und ratterte ihr Saturn protestierend. Trotzdem verlor sie das rote Auto nicht aus der Sicht.

Ein Kilometer, eineinhalb, zwei ...

Sie konnte das Kennzeichen durchgeben, aber um das Handy zu benützen, hätte sie langsamer fahren müssen, und wäre noch weiter zurückgefallen. Jetzt, wo sie das Kennzeichen wußte, spürte sie neuen Schwung und wurde anmaßend. Sie wollte das Schwein stellen, rausfinden, wer zum Teufel er war und warum er ihr folgte. Zumindest nahm sie an, daß es ein »Er« war.

Drei Kilometer, vier ...

Bei Devonshire bog er ab. Hervorragend! Das war genau die Richtung zu ihrem Vater. Vielleicht konnte sie den Verbrecher festnehmen *und* rechtzeitig zum Essen sein. Sie mogelte sich zur äußersten rechten Fahrspur durch, schoß mit weit überhöhter Geschwindigkeit in die Ausfahrt und ordnete sich links ein. Aber am Ende der Ausfahrt wurde sie von einer roten Ampel aufgehalten. Frustriert schlug sie auf das Steuerrad ein, sah den roten Camry über die Devonshire East in der Gegenrichtung davonrasen.

Sie saß fest! Obwohl sie das erste Auto auf der linken Spur war! Sie war versucht, links abzubiegen, aber das hieß, das Schicksal zu sehr herauszufordern. Ihr Glück war für heute verbraucht. Sie wühlte in ihrer Handtasche nach dem Handy. Als sich die Vermittlung meldete, bat sie um die Nummer der nächstgelegenen KFZ-Zulassungsstelle. Bis sie die Nummer bekam, war die Ampel auf Grün umgesprungen. Mit dem Gefühl, unsterblich zu sein, bog sie sofort verbotenerweise links ab, verließ sich auf das instinktive Bremsen der anderen Fahrer. Sie trat aufs Gas. Zu ihrer Überraschung entdeckte sie den Camry.

Was sie zuerst freute, aber, als dann die Vernunft einsetzte, verblüffte. Aller Logik nach hätte er längst in einer Seitenstraße verschwunden sein sollen.

Was machte er hier noch?

Wenn er verschwunden wäre, hätte sie das Kennzeichen durchgegeben und es dabei bewenden lassen. Aber jetzt wurde der Kerl persönlich. Verhöhnte sie. Cindy dachte nicht daran, sich von diesem Arschloch lächerlich machen zu lassen.

Wieder gab sie Gas, versuchte, den Abstand zu verringern. Aber der Camry schien einen aufgemotzten Motor zu besitzen, denn er raste die Devonshire hinunter, wechselte von einer Spur auf die andere mit der Geschicklichkeit eines Taschendiebes. Wurde schneller, wann immer es ihr gelang, andere zu überholen. Verspottete sie, machte sich über sie lustig.

Du kriegst mich nicht. Ich bin unschlagbar.

Und sie ließ sich darauf ein. Folgte ihm, fuhr wieder nach Osten. Cindy raste dem Camry hinterher, der an allen Ampeln Glück hatte. Schließlich wurde er von einer roten Ampel und Querverkehr aufgehalten, schlingerte auf zwei Rädern in einer Haarnadelkurve nach rechts, stieß fast mit einem entgegenkommenden Kombi voller Kinder zusammen. Cindy schrie auf.

Okay! Das reichte! Sie würde ihn durchgeben.

Sobald sie eine Hand frei hatte.

Denn jetzt fühlte sie sich erst recht verpflichtet, dem Dreckskerl zu folgen, ihn nicht zu verlieren. Sie hupte, zeigte den anderen Autos ihre Dienstmarke, quetschte sich zwischen ihnen hindurch. Gleich darauf hatte sie freie Fahrt. Sie trat das Gaspedal bis zum Anschlag durch, ihr Auto ruckte vorwärts wie ein Springteufel. Immer noch hupend folgte sie dem Camry, bis er von einem Fleck zu einer sichtbaren Form wurde. Von einer Form zu einem Auto.

Ihr Wagen begann zu rütteln, die Türen klapperten klagend, die Fenster ratterten ungehalten. Sie sah das Auto schon auseinanderbrechen, die Reifen unter dem Chassis wegrollen und die Metallteile nach allen Seiten fliegen.

Warum bretterte sie hinter ihm her? Sie hatte das Kennzeichen, sie hatte eine Beschreibung des Autos. Warum konnte sie es damit nicht genug sein lassen? Sie sollte nach den Regeln spielen. Statt dessen gab sie hier den Cowboy. Aber sie konnte nicht aufhören.

Das ist doch verrückt!

Sie sah den Camry nach rechts abbiegen, ins Schleudern kommen, die Balance wiederfinden und weiterrasen. Sie sah ihn in die Hügel hinauf, zurück zum Angeles Crest National Forest rasen. Noch einmal scharf nach rechts, nach links, wieder nach rechts, tiefer hinein in die Wildnis, zum Park, auf gewundenen, kurvenreichen Straßen. Cindys Saturn fing an zu stottern, das erste Zeichen, daß der Motor bald aufgeben würde. Sie konnte nicht schneller fahren, verlor den Camry, sah nur noch den Rest seiner Auspuffwolke.

Nun blieb ihr nichts übrig, als langsamer zu fahren. Ihr Herz schlug immer noch wie wild. Sie griff nach dem Handy, wollte das Kennzeichen durchgeben, wurde von einem Hinweisschild abgelenkt. STRASSE ENDET NACH SECHS METERN.

Straße endet.

Und tatsächlich landete sie gleich darauf in einer Sackgasse am Rande eines Parks mit Picknicktischen und Grillplätzen. Hinter der Wiese und den Tischen führten Pfade durch das hohe Gras in die dicht bewaldeten Berge.

Der Parkplatz war leer. Cindy bog ein, stellte den Motor ab und sah Rauch aus der Motorhaube quellen – deshalb hatte sie immer einen Fünf-Liter-Kanister mit Wasser dabei. Sie beschloß, sich ein bißchen umzusehen, während der Motor abkühlte. Die Handtasche über der Schulter, stieg sie aus und schloß die Autotür. Sie nahm ihre Waffe heraus, obwohl es dafür eigentlich keinen Grund gab. Hier schien außer ihr kein Mensch zu sein.

Sie schaute in die Ferne, beschattete die Augen mit der Hand. Alles wirkte unberührt. Ein paar Vögel schwebten träge am milchigen Himmel. Kein Spur einer Invasion des Homo sapiens, nur das Gezwitscher der Vögel und Summen der Insekten, die das letzte Sonnenlicht nutzen. Bald würde es dämmern.

Cindy schlenderte zu den Picknicktischen hinüber, hoffte, Reifenspuren zu finden, aber da war nichts. Eine kurze Überprüfung des Gebüschs zeigte ihr, daß die Blätter intakt waren. Nichts war runtergedrückt, umgeknickt oder abgebrochen. Sie mußte eine Abzweigung übersehen haben, nachdem sie den Camry auf dem Weg hier rauf aus den Augen verloren hatte.

Wieder betrachtete sie ihre Umgebung. Die fast vollkommene Stille wurde kurz von dem klagenden Heulen eines Coyoten unterbrochen. Gleich darauf wurde sein Ruf von anderen erwidert, laut und durchdringend wie Sirenen. Es dauerte fast eine Minute und ließ ihr Herz schneller schlagen. Ihr Blick schoß hierhin und dorthin, während sie die aufdringlichen Mücken abwehrte.

Dann hörte sie in der Ferne das Rumpeln eines Autos. Beißender Geruch stieg ihr in die Nase. Hatte der Camry gewendet und nahm jetzt sie in die Zange? Sie rannte zurück zum Auto, warf sich auf den Vordersitz und duckte sich, die Waffe in der Hand, so daß sie gerade noch aus dem Fenster sehen konnte.

Ein weißer Mustang tauchte auf, mit brummendem Motor. Kies knirschte unter seinen Reifen. Er parkte etwa drei Meter entfernt.

Stille.

Cindy merkte, wie ihr die Waffe aus der schweißnassen Hand glitt. Rasch wischte sie die Hand an der Hose ab, umklammerte den Griff, spürte das Herz im Hals. Ihr Magen verkrampfte sich, und ihr Kopf drohte zu zerspringen.

Komm schon, Baby! dachte Cindy. *Zeig dich endlich.*

Knirsch, knirsch, knirsch. Wer da kam, bewegte sich langsam. Schließlich sah Cindy ein Paar flache schwarze Loafers unter den Aufschlägen einer schwarzen Hose – einer Damenhose. Sie hob den Kopf ein paar Zentimeter, um besser sehen zu können.

Zu ihrer totalen Verblüffung stand da Hayley Marx. Ihre Kollegin trug einen weiten Seidenblazer über einer weißen Bluse. Ein gelb und schwarz gemusterter Schal war locker um den Hals geschlungen. Grotesk war ein viel zu schwaches Wort für das, was Cindy bei ihrem Anblick empfand.

»Hey«, rief Hayley.

Cindy richtete sich auf, und Hayley machte einen Satz zurück. Cindy sah die Hand der Kollegin in der Tasche verschwinden, rollte schnell das Fenster runter und rief: »Ich bin's. Decker.«

»*Decker?*« Hayleys Verblüffung klang echt. »Was zum Teufel machst du hier?«

Cindy steckte die Waffe weg, öffnete die Tür und stieg langsam aus. Sie machte ein paar Schritte, bemerkte, daß ihre sogenannte Freundin noch immer die Hand in der Tasche hatte und vermutlich nach ihrer Waffe suchte. »Dasselbe könnte ich dich auch fragen, Marx.«

Hayley sah sie verwundert an, lächelte dann. »Sieht so aus, als würden wir einander niederstarren.«

»Gefecht im O.K. Corral«, sagte Cindy.

Beide schwiegen. Cindy zwang sich, langsam zu atmen, entspannt dazustehen, und wartete ab, als sei Marx ein Kind, das etwas zerbrochen hat. Hayley schluckte den Köder. »Dein Auto dampft wie eine Wasserpfeife. Da ich im öffentlichen Dienst stehe, dachte ich, daß vielleicht jemand Hilfe braucht.«

Cindy widerstand der Versuchung, zu ihrem Auto zu sehen. »Ja, verstehe. Aber warum bist du *hier*?« Gedanken schossen ihr durch den Kopf. »Ich schlag hier nur die Zeit tot, bevor ich zu meinem

Vater zum Essen gehe. Er wohnt etwa zwanzig Minuten von hier entfernt, und ich will nicht zu früh kommen.« Nervöses Lachen. »Du weißt, wie das ist.«

»Äh, ja.« Hayleys Kichern war ebenso nervös. »Auch ich schlag Zeit tot. Ich treffe mich mit Scott Oliver und will nicht zu früh da sein.« Noch ein Grinsen. »Du weißt, wie *das* ist.«

Cindy brauchte einen Moment, um sich von dem Schock zu erholen. Oliver hatte ihr doch erst gestern gesagt, daß er Marx nicht ausstehen konnte. »Oliver?« Sie tat uninteressiert. »Was bist du? Eine Masochistin?«

Hayley lachte. »Kann schon sein.« Sie hob hilflos die Hände. »Ich hab ihm gestern was aufs Band gesprochen. Er hat zurückgerufen.« Ein Schulterzucken. »Ich weiß nicht, was über mich gekommen ist.«

Cindy lächelte, merkte aber, wie sehr es schmerzte. Sie ging auf Hayley zu. »Warum reden wir eigentlich aus drei Metern Abstand miteinander?«

Gemeinsam gingen sie zu Cindys Saturn. »Was um alles in der Welt ist mit deiner Karre passiert? Willst du nicht die Motorhaube öffnen?«

»Ja, ich wollte sie nur vorher abkühlen lassen.«

»Das nennst du abgekühlt?«

Cindy seufzte. »Toller Abschluß für einen absolut beschissenen Tag.« Sie stieg ins Auto und öffnete die Motorhaube. Rauch wogte in den Abendhimmel. Cindy zog am Hebel für den Kofferraum. »Ich hab einen Wasserkanister dabei.«

»Ich hol ihn.« Hayley kam mit dem Kanister und einem dreckigen Lappen zurück. Sie beugte sich über den Motor und wedelte den Qualm weg. »Erstaunlich ... daß wir uns hier oben treffen.«

»Glaubst du an Zufälle?« fragte Cindy.

»Eigentlich nicht«, erwiderte Hayley. »Aber dies ist weiß Gott einer.«

Vielleicht ja, vielleicht aber auch nicht. Im Augenblick war Cindys Skepsis kaum zu übertreffen. »Woher kennst du diesen Fleck?«

»Ich kenne ihn überhaupt nicht, bin früh los, um dem Verkehr aus dem Weg zu gehen, und einfach so rumgefahren … kann ich den Lappen benutzen, um den Kühler aufzuschrauben?«

»Klar.« Cindy stieg aus, trat zu ihr. »Wann triffst du dich mit Oliver?«

Hayley sah auf die Uhr. »In einer Stunde.«

»Meine Güte, da bist du ja wirklich früh los.«

»Ich bin nervös«, gab Hayley zu. »Fahren beruhigt mich. Sollen wir was trinken gehen vor unseren jeweiligen Verabredungen?«

Jetzt sah auch Cindy auf die Uhr. »Ich muß zu meinem Vater. Wie ist es mit morgen, oder mußt du arbeiten?«

»Nein, ich hab frei. Mittags oder abends?«

»Lieber abends. Samstag abends allein zu sein, ist so deprimierend.«

»Stimmt. Aber falls Oliver doch nicht der Holzkopf ist, den ich in Erinnerung habe, sag ich dir ab.«

»Okay.« Cindy fühlte sich weniger einsam. »Viel Glück.«

»Das kann ich brauchen. Ich komm mir vor wie ein totaler Idiot. Soll ich das ganze Wasser reinschütten?«

»Ja, mach nur. Ich kann nachfüllen, wenn ich bei Dad bin.«

Hayley betrachtete Cindy. »Du bist ein bißchen blaß.«

Cindy lächelte. »Wie gesagt, der Tag war beschissen …«

»Warum hast du dich im Auto versteckt?«

Beide beäugten sich aufs neue. »Ziemlich einsam hier oben«, sagte Cindy. »Wollte erstmal sehen, wer da kommt.«

Hayley sah als erste weg. »Du bist ja noch paranoider als ich. Bedrückt dich was, Decker?«

Cindy zupfte sich am Ohr. »Die Welt, Hayley. Die Welt bedrückt mich.«

17

Langsam fuhr Cindy den Berg hinunter; Hayley folgte ihr. Die Motorhaube war immer noch heiß, aber der Kühler dampfte nicht mehr. Dads Haus war nicht weit, und Cindy meinte, es zu schaffen. Nach einer Meile trennten sie sich, Hayley winkte ihr lächelnd zu. Vielleicht ein bißchen zu enthusiastisch, dachte Cindy. Wie viel Hayley ihr wohl geglaubt hatte? Und wieweit konnte sie Hayley glauben? Im Moment war Hayley nicht ihr größtes Problem. Ein roter Camry beschäftigte sie, kein weißer Mustang.

Theorien schossen ihr durch den Kopf, angefangen mit Crayton. War sie die nächste auf einer langen Liste von Opfern? Aber wieso? Sie war viel zu unbedeutend, nur ein kleines Rädchen im Getriebe. Also hatte es vielleicht doch nichts mit Armand zu tun. Cindy wußte, daß es in dieser Gegend in letzter Zeit mehrere Carjackings gegeben hatte. Doch wenn dies ein Fall von versuchtem Autoraub war, mußte es sich um den zaghaftesten Täter der Welt handeln. Außerdem hatten sich die Räuber auf ahnungslose Frauen mit Kinder spezialisiert, Frauen, die an einsamen Orten parkten. Cindy hatte sich auf einer vielbefahrenen Straße befunden. Bestens geeignet für eine Verfolgung, schlecht für eine Entführung.

Aber jemand hatte sie verfolgt.

Ein Schauder überlief sie.

Tief einatmen, Decker. Du schaffst das!

Als sie das neue Haus ihres Vaters erreichte, hatte sie ihre Emotionen wieder im Griff. Sie war nicht entspannt, aber auch nicht mehr vollkommen verkrampft.

Haus und Grundstück waren längst nicht so groß wie die alte Ranch ihres Vaters, lagen jedoch in einer weniger abgelegenen Gegend, was besser für die Kinder war. Nur, daß Rinas Söhne schon fast aus dem Haus waren. Sammy, der ältere, würde demnächst die High School beenden und in sechs Monaten nach Israel gehen. Jake war in der elften Klasse und wollte in einem Jahr L.A. verlassen. Dann gab es nur noch ein Kind in Dads neuer Familie, ihre

Halbschwester Hannah. Und die war auf der Ranch vollkommen glücklich gewesen. Aber Hannah würde überall glücklich sein. Das Kind war der reinste Sonnenschein im Vergleich zu Dads älterer Tochter, die, im Moment, mürrisch und mißtrauisch war.

Cindy parkte in der frisch geteerten Einfahrt. Als sie ausstieg, fing der Kühler wieder an zu dampfen. Rina war zur Begrüßung aus dem Haus gekommen. Sie trug ein locker sitzendes Kleid, hatte ihr schwarzes Haar unter eine rote Kappe gesteckt. Gemeinsam betrachteten sie das Auto, runzelten die Stirn.

»Das sieht nicht gut aus«, sagte Rina.

»Ist es auch nicht.« Cindy schüttelte den Kopf.

»Soll ich bis zur nächsten Tankstelle hinter dir herfahren? Das sind nur sechs Blocks.«

»Der Motor ist einfach überhitzt. Ich sprühe Kühlmittel drauf, bevor ich nach Hause fahre.«

»Wem bist du nachgejagt?«

Vielleicht meiner Einbildung.

»Ich werde deinen Vater bitten, sich den Wagen noch vor Beginn des Schabbes anzusehen«, fuhr Rina fort. »Ich möchte nicht, daß du unterwegs eine Panne hast.«

Cindy unterdrückte ein Schaudern. »Das ist nicht nötig. Sag ihm bloß nichts davon. Er macht sich nur Sorgen.« Sie rang sich ein Lächeln ab. »Ich muß mal telefonieren. Kann ich euer Telefon benutzen?«

»Klar.« Die beiden schlenderten zur Haustür. Rina legte den Arm um ihre Stieftochter. »Du siehst müde aus, Cindy.«

»Es war ein langer Tag.«

»Und wie es aussieht, kein besonders guter.«

Cindy lachte steif. »Wohl wahr.«

Rina drückte Cindys Schulter. »Vielleicht hilft dir ein gutes Essen.«

»Wenn jemand das schafft, dann du.« Sobald Cindy die Schwelle überschritten hatte, stieg ihr köstlicher Essensduft in die Nase. Das Wasser lief ihr im Mund zusammen. *Der reinste Pawlowsche Hund.* »Riecht wunderbar.«

»Danke. Ich hoffe, du bist hungrig.«

»Völlig ausgehungert.«

»O je.«

»Nur deine Pute kann mich retten.«

»Zu dumm. Ich hab Huhn und Lammrücken gemacht.«

»Das tut's zur Not auch.« Cindy sah sich im umgebauten Wohnzimmer um. Die früher niedrige Decke war jetzt vier Meter fünfzig hoch, abgestützt mit Balken in der Farbe von Pecannüssen. Breite Fenster ließen viel Licht herein. An den Wänden, die mit demselben Holz getäfelt waren, hingen Dutzende gerahmter Bilder. Alles, was man zur Unterhaltung brauchte, war da – Fernseher, Stereo, CD, Regale voller Bücher und Videos. Dads lederbezogene Möbel waren verschwunden. Dafür gab es Sofas und Sessel in Blauweiß-kariert, einfarbig und mit Delfter Muster. Jede Menge Kissen aus Denimstoff mit weißer Spitze oder Lochstickerei. Ein Schaukelstuhl stand auf der einen Seite des gemauerten Kamins, auf der anderen, wie ein verlorenes Schiff in einem blauen Ozean, ein ochsenblutroter Ledersessel mit Hocker, zweifellos ein Zugeständnis an den Geschmack ihres Vaters. Der Fußboden bestand aus breiten Holzdielen, darauf lag ein beigefarbener Teppich mit Wellenmuster in verschiedenen Materialien.

»Sieht toll aus«, sagte Cindy. »Richtig gemütlich.«

»Setz dich und ruh dich ein bißchen aus.«

»Hast du die Kissen gemacht?«

Rina nickte. »Und den Schaukelstuhl bezogen. Dein Vater hat den Wandschrank gebaut.«

»Klasse. Das hat er gut hingekriegt.«

»Allerdings. Irgendwie hat er ihn noch zwischen das zweite Bad und das Schlafzimmer gequetscht. Unser nächstes Projekt ist die Küche, Gott möge uns helfen. Wir warten, bis Sammy weg ist. Ein Kind weniger zu füttern.«

Cindy lächelte. »Im Gegensatz zu Kindern, die nicht essen?«

»Wie deine Schwester.«

»Wo ist sie?«

»Schaut sich ein Video an.«

»Soll ich sie begrüßen?«

Rina betrachtete ihre Stieftochter. »Laß dir Zeit.«

Klimpernde Autoschlüssel in der einen Hand, einen Packen Handzettel in der anderen, betrat Sammy das Wohnzimmer. Er trug ein weißes Hemd, schwarze Hosen und schwarze Schuhe. Sein sandfarbenes Haar war feucht und wirkte viel dunkler. Das meiste war unter einer schwarzen Samtjarmulke verborgen. Er griff nach einem Kissen, warf es auf Cindy. »Hey, Rotschopf.«

Cindy fing es mit einer Hand auf. »Hey.« Sammy war gewachsen und jetzt über einsachtzig. Mit seinen knapp achtzehn Jahren war er beinahe ein Mann. Und ein gutaussehender dazu. Cindy merkte, wie matt ihre Stimme klang, versuchte, das mit einem freundlichen Lächeln auszugleichen. Was ihr auch nicht gelang.

Sammy beäugte seine Stiefschwester. »Schwerer Tag?«

»So ähnlich.«

»Davon kannst du mir beim Essen erzählen. Ich muß das hier noch vor dem Schabbes in die Synagoge bringen.« Er hielt die Handzettel hoch. »Eine Abhandlung über den Thoraabschnitt für diese Woche, der von verschiedenen Opfern handelt. Nicht gerade ein leichter Text, aber ich habe es phantastisch hingekriegt. Willst du's lesen?«

»Versteh ich das denn?«

»Na klar. Ich schreibe nicht nur brillant, sondern auch knapp und klar.«

Cindy lachte. »Ich wollte wissen, ob es auf englisch oder hebräisch ist.«

Sammy reichte ihr die Zettel. »Hauptsächlich auf englisch, und die paar hebräischen Sachen sind übersetzt.« Er wandte sich an seine Mutter. »Hast du es gelesen, Ima?«

»Nein.«

Sammy gab ihr das Blatt. »Der konkrete Beweis, daß die Tausende von Dollar für die jüdische Tagesschule nicht verschwendet sind.«

»Wann kommst du zurück?« fragte Rina. »Es ist Viertel vor sechs.«

»Wann zündest du die Kerzen an?«

»Um Viertel nach sechs.«

»So wie ich fahre, reicht das dicke. Außerdem ist Dad auch noch nicht zu Hause.«

Rina funkelte ihn an. »Was hat das mit dir zu tun?«

»Überhaupt nichts. Bis dann.« Sammy knallte die Tür hinter sich zu. Rina zuckte zusammen. »Bestimmte Dinge werde ich *nicht* vermissen, wenn er weg ist.« Sie merkte, daß ihr Tränen in die Augen stiegen, und schaute zu Boden. »Nimm das Telefon in unserem Schlafzimmer, Cin. Da ist es ruhiger.«

»Danke. Wo ist euer Schlafzimmer?«

»Am Ende des Flurs. Mit Blick auf das Unkraut hinter dem Haus. Gartenarbeit hatte bisher keine Priorität.«

»Der Vorgarten sieht prima aus.«

»Aber nur, weil da all diese wundervollen Eichen und Platanen stehen.« Ein Küchenwecker klingelte. »Meine Plätzchen rufen. Komm in die Küche, wenn du fertig bist. Das löst zwar deine Probleme nicht, aber es riecht wenigstens gut.«

Cindy nickte, fühlte sich aufgehoben und zumindest ein bißchen besser. Sie ging den Flur entlang, dessen Wände mit Fotos und Hannahs Zeichnungen aus der Vorschule dekoriert waren. Die Tür auf der linken Seite vibrierte in dumpfen Baßrhythmen – das Zimmer der Jungs. Durch die geschlossene Tür auf der anderen Seite drang das hohe Quieken einer Cartoonfigur – Hannahs Zimmer.

Cindy betrat das Elternschlafzimmer am Ende des Flurs. Den größten Teil des Raumes nahmen ein Einzelbett und ein Doppelbett ein, nebeneinander geschoben. Trotz der Größe ihres Vaters wußte Cindy, daß das nicht der Grund für diese seltsame Zusammenstellung war. Es hatte was mit der jüdischen Vorstellung von religiöser Reinheit zu tun. Rina hatte versucht, ihr das zu erklären, aber Cindy hatte nur mit halbem Ohr zugehört; Fruchtbarkeitsriten interessierten sie nicht sonderlich.

Wenn sie bei der Familie ihres Vaters zu Besuch war, fühlte sie sich, was die Religion betraf, ein bißchen verloren, als wäre sie spirituell unterlegen. Was nicht an Rinas Verhalten lag, eher daran, daß ihre sechsjährige Schwester besser Hebräisch lesen konnte als sie. Hannah war damit aufgewachsen und ein kluges Kind, das wußte Cindy, aber sie kam sich trotzdem ignorant vor. Oft spürte sie, daß ihr Vater, christlich erzogen und erst seit acht Jahren bewußt Jude, ähnliche Gefühle hatte. Aber er verbarg es gut. Wenn er den *kiddusch* sang – die rituelle Segnung des Weins für das Sabbatmahl – klang sein Hebräisch fehlerlos.

Das Telefon stand auf Rinas Seite. Cindy setzte sich aufs Bett und versank in der flauschigen Decke. Am liebsten hätte sie sich hineingekuschelt und geschlafen. Statt dessen griff sie nach dem Telefon und gab das Kennzeichen des Camrys durch. Natürlich landete sie erstmal in der Warteschleife. Cindys Blick wanderte durch das Zimmer. Rina hatte Blaßgelb, Himmelblau und Weiß als Dekorfarben gewählt, ohne daß es kitschig wirkte. Durch das große Fenster sah man tatsächlich unkrautüberwachsenes Gelände. Noch stand leuchtendgelber Löwenzahn zwischen den Pusteblumen, purpurnen Grasnelken und orangefarbenem kalifornischem Mohn, dessen papierdünne Blütenblätter im Wind bebten. Dazu ein halbes Dutzend Laubbäume. Das Grundstück war groß, bot genug Platz für Hannah, Königin des Waldes zu spielen. (Taten Kinder das überhaupt noch?)

Dann war die Frau wieder am Apparat.

Das Kennzeichen war gestohlen; keine große Überraschung. Von einem bisher nicht aufgefundenen Fahrzeug. Oberflächlich betrachtet, war das keine große Sache. Gestohlene Autos wurden oft ausgeschlachtet und die Teile von verschiedenen Hehlern an die Höchstbietenden verkauft. Aber die Tatsache, daß *dieses* Kennzeichen von einem gestohlenen Auto stammte, ließ Cindy an die Carjackings denken, an den Tarkum-Fall und den neuesten beim Einkaufszentrum ... wie hieß die Frau noch? Stacy ...?

Auf Nachfrage erfuhr Cindy Marke und Bauart des Fahrzeugs, von dem die Kennzeichen stammten – ein Volvo Diesel Kombi, Baujahr Anfang der neunziger Jahre. Die Frau von der Zulassungsstelle suchte noch nach weiteren Informationen über den Vorbesitzer, da kam Cindys Vater ins Zimmer. Er sah verschwitzt und erledigt aus. Cindy legte sofort auf. »Hallo.«

Decker küßte sie auf die Stirn. »Meinetwegen mußt du das Gespräch nicht abbrechen.«

»Du siehst aus, als wärst du in Eile.«

»Nicht im geringsten. Mir bleiben noch ganze zwanzig Minuten zum Duschen und Rasieren.«

»Ganze zwanzig Minuten«, wiederholte Cindy. »Das reicht mir nicht mal, um die Augenbrauen anzumalen.«

»Wieso willst du die anmalen?« Er warf das Jackett aufs Bett und lockerte die Krawatte. »Die benutzt du doch nur zum Runzeln, wenn dir was nicht paßt.«

»Bla, bla, bla.« Cindy erhob sich. »Ich geh zu Rina in die Küche. Helf ihr beim Salat. Das kann ich wenigstens.« Sie küßte ihren Vater auf die Wange. »Danke für die Einladung. Ein gutes Essen kann ich wirklich gebrauchen.«

»Gern geschehen.« Ihr Vater ging ins Badezimmer, drehte die Dusche an, kam wieder heraus. »Ich hab eine Spezialaufgabe für dich. Marge und ihre Tochter Vega kommen.«

»Cool.«

»Vega kommt immer noch nicht ganz mit ihrer Umwelt zurecht. Unsere Bräuche bringen sie wahrscheinlich völlig durcheinander. Vielleicht kannst du eine Art Verbindung sein.«

»Eher wohl eine Dolmetscherin.«

Decker setzte sich aufs Bett und zog die Schuhe aus. »Das auch. Wie geht's dir, Herzchen? Du siehst müde aus.«

»Bin ich auch.«

»Alles in Ordnung?«

»Bestens.«

»Klingt nicht sehr überzeugend.«

»Muß am Hunger liegen. Ich freu mich aufs Essen. Nett, mal was zu essen, das nicht aus der Dose kommt. Mach dich für den Schabbes fertig. Wir reden später.«

Decker lächelte. Aber ihr sorgenvolles Gesicht erschreckte ihn. Wenn er sich nur nicht so viele Sorgen machen würde.

Rina zeigte ihr das Küchentelefon und bat sie, auf den Brokkoli zu achten, während sie sich für den Schabbes umzog. Die Küche war schmal, die Einrichtung alt, der Kühlschrank zu klein, und der Herd stammte offenbar aus den fünfziger Jahren. Eng, wie sie war, brauchte die Küche eine Totalrenovierung. Aber das hielt Rina nicht davon ab, in großem Stil zu kochen; alles sah köstlich aus und roch noch besser. Wieder lief Cindy das Wasser im Mund zusammen. Die Küche ihrer Mutter war wie für einen Partyservice umgebaut worden – großzügig und modern. Aber Mom kochte nie und gab auch keine Partys. Jetzt, wo Alan und sie allein waren, verbrachten sie die meiste Zeit auf Reisen oder aßen auswärts. Also blieb die schicke neue Küche dunkel wie die meisten Theater am Montag.

Noch einmal rief Cindy die Zulassungsstelle an und landete natürlich wieder in der Warteschleife. Den Hörer zwischen Schulter und Ohr geklemmt, umgeben von aromatischem Rosmarinduft, rührte sie die Brokkoliröschen und Knoblauchzehen um, nahm den Topf vom Feuer, als der Brokkoli leuchtend grün wurde. Bis die Frau wieder an den Apparat kam, hatte Cindy den Salat fertig.

Die Kennzeichen hatten einem Ehepaar namens Sam und Roseanne Barkley gehört. Cindy schlug die Adresse im Telefonbuch nach und entdeckte, daß das Paar nur sechs Kilometer von Dad entfernt wohnte, in einer Seitenstraße. Wahrscheinlich ein Gebiet mit einzeln stehenden Häusern, keine Wohnblocks, obwohl das nur geraten war. Nach einigen weiteren Telefonaten hatte Cindy Roseannes Führerscheinnummer raus und kannte jetzt Größe, Gewicht und Alter der Frau: braunes Haar, haselnußbraune Augen, neunundzwanzig Jahre alt – im besten Alter für Kinder. War die Frau in einen der Autoraubfälle verwickelt? Um das rauszufinden, mußte Cindy an die Berichte rankommen, und das war per Telefon schwierig. Außerdem war es Freitag, nach sechs, und die meisten Detectives waren schon nach Hause gegangen.

Sie konnte Dad fragen. Dad kannte alle Fälle, die seine Leuten bearbeiteten. Aber dann würde er Fragen stellen. Was schließlich zu der Sache mit dem Camry führen würde. Es war unfair, ihn am Sabbat mit ihren Angelegenheiten zu belasten. Der Mann brauchte schließlich auch mal einen Ruhetag.

Sie konnte Oliv … aber der war mit Hayley aus.

Blieb noch Marge. Ja gut, das war ihr Wochenende und auch sie hatte dienstfrei, genau wie Dad. Aber Freitag war für sie kein heiliger Tag, und Cindy wußte, daß sie mit Marge reden konnte, ohne daß die gleich ausrasten würde. Sollte diese Roseanne Opfer eines

174

Autoraubs sein, mußte Cindy ihre Kollegen über den Camry informieren. Sie steckte den Notizblock in die Handtasche und sah vom Küchentisch auf. Rina beobachtete sie.

»Mir geht's gut und dem Brokkoli auch«, sagte Cindy.

Rina schaute in den Topf, rührte rasch noch einmal um. »Sehr gut. Dein Vater macht sich Sorgen um dich.«

»Dad macht sich ständig um irgendwas Sorgen.«

»Ja, aber diesmal scheint es anders zu sein. Ist alles in Ordnung?«

Bevor Cindy antworten konnte, klingelte es an der Tür. »Das sind bestimmt Marge und Vega«, meinte Rina.

»Ich geh schon.« Cindy stand auf, doch Jacob war schneller. Auch er war gewachsen, nicht so sehr wie sein Bruder, aber dennoch. Sein Hemd hing aus der Hose, die Fransen seines Gebetsschals schauten darunter hervor. Schwarze Hose und schwarze Loafers. Er fuhr sich durch das feuchte schwarze Haar, befestigte seine Jarmulke mit einer Haarklammer. »Hi«, sagte er.

»Hi«, erwiderte Cindy.

Jacob öffnete die Tür. Er sah Marge an, dann Vega. Trotz ihrer dreizehn Jahre war Vega klein und zart. Ihre mokkafarbene Haut spannte sich über ihren hohen Wangenknochen. Ihre blauen Augen blickten stets aufmerksam und abschätzend.

»Hi, Jacob«, sagte Marge. »Das ist meine Tochter Vega.«

Jacob lächelte. Sein Gesicht wirkte jetzt offener, lebendiger. »Hi. Kommt rein.«

Vega betrachtete ihn ernst. »Danke.«

»Gern geschehen.«

Keiner bewegte sich. Schließlich sagte Marge: »Du kannst reingehen.«

Vega machte einen zögernden Schritt. Marge schloß Cindy in die Arme. »Wie geht's dir?«

»Gut.«

»Keiner hat auf dich geschossen?«

»Heute nicht.« Cindy wurde rot.

»Was war das?« fragte Jacob.

»Nichts«, erwiderte Cindy. »Ist schon lange her.«

»Klar, niemand erzählt mir was«, maulte Jacob. »Kann ich euch was zu trinken bringen?«

»Nein, danke.« Marge griff nach Vegas Hand. »Du kannst dich setzen.«

Vega betrachtete immer noch staunend ihre Umgebung.

»Setz dich auf die Couch, Vega«, sagte Marge.

Aber das Mädchen zögerte. Jacob mischte sich ein. »Marge hat mir erzählt, daß du Schach spielst. Ich muß zur Synagoge ... zum Tempel. Aber nach dem Essen können wir eine Partie spielen, wenn du willst.«

Vegas Augen wurden groß. »Du gehst in einen *Tempel?*«

»Ähm, nicht in so einen, wie deiner war. Einen Tempel für Juden. Ich bin Jude. Weißt du, was das ist?«

»Das ist eine Religion.«

»Ja. Meine Religion.«

Vega sah zu Marge, dann zu Jacob. »Du kannst ruhig Fragen stellen, Vega«, meinte Marge.

»Ich habe eine Bitte«, brachte das Mädchen hervor. »Ich möchte mit Jacob in den Tempel gehen.«

Sofort hatte Marge ein schlechtes Gewissen. In ihrem Enthusiasmus, Vega das moderne Amerika nahezubringen, hatte sie keinen Gedanken an Religion verschwendet. Selbst fast eine Atheistin, dachte Marge nur selten an Gott. Aber in diesem Augenblick wurde ihr klar, wie sehr Vega die Spiritualität gefehlt hatte.

»Geht das, Jacob?« Als der Junge zögerte, reagierte Vega sofort. »Wenn es nicht geht, ist das auch okay.«

Rina kam herein. »Hallo, hallo, hallo!« Sie umarmte Marge und lächelte Vega an. »Wie geht's dir, Vega?«

»Mir geht es gut, Rina, vielen Dank. Du hast ein sehr schönes Haus.«

»Danke.« Rina war schon oft mit Vega zusammen gewesen, aber heute war das Kind zum ersten Mal im neuen Haus. »Ich hoffe, du bist hungrig, weil ich eine Menge gekocht habe.«

Vega lächelte, aber ihre Augen blieben traurig.

»Sie möchte mit in die Synagoge gehen, Ima«, sagte Jacob.

»Wer?« fragt Rina.

»Vega.«

»Ich sehe, es ist ein Problem, wenn ich mitgehe«, sagte Vega. »Ich bleibe hier.«

»Nein, es ist kein Problem«, widersprach Rina. »Nur sitzen Männer und Frauen getrennt, und ich gehe Freitag abend gewöhnlich nicht mit.«

»Dann sitze ich eben alleine«, sagte Vega. »Das macht mir nichts aus.«

»Unsere Gottesdienste werden in einer anderen Sprache abgehalten«, sagte Rina. »Wenn du gehst, möchte ich, daß jemand dabei ist, der dir alles erklärt.« Sie wandte sich an Marge. »Falls es dir nichts ausmacht, auf Hannah und den Lammrücken aufzupassen, würde ich sie gern begleiten.«

»Das macht mir überhaupt nichts aus.«

Vega strahlte. »Betet ihr dort auch?«

»Ja, da wird sehr viel gebetet.« Rina sah zu Cindy. »Du behältst deine Schwester und das Essen auch im Auge, ja?«

»Marge und ich kriegen das schon hin.«

Sammy kam hereingerannt. »Hab's vier Minuten vor der Zeit geschafft. Bist du fertig, Yonkel? Wo ist Dad? Wir sind spät dran.«

»Bin schon da, bin schon da.« Decker kam aus dem Schlafzimmer.

Vega sah die drei Männer an. »Verlangt eure Religion, daß ihr beim Beten nasse Haare habt?«

Die drei lachten laut auf. Vega war entsetzt über den schrecklichen Fehler, den sie gemacht zu haben meinte. Aber Rina legte den Arm um sie. »Nein, unsere Haare müssen zum Beten nicht naß sein. Obwohl es fast so aussieht. Wir können morgen nicht duschen, daher duschen viele Leute noch mal vor dem Sabbat. Manchmal reicht die Zeit nicht, die Haare zu trocknen.« Zu Decker sagte sie: »Ich gehe mit in die Synagoge.«

»Ach ja?«

»Ja. Vega möchte mitkommen, Marge und Cindy passen auf Hannah auf. Yaakov, sag deiner Schwester, sie soll den Fernseher ausmachen. Es ist Zeit, die Kerzen anzuzünden. Möchtest du auch eine Kerze für den Sabbat anzünden, Vega? Ich habe noch welche.«

»Wenn ich darf«, sagte Vega.

Wieder hatte Marge ein schlechtes Gewissen. Innerhalb von Minuten hatte Rina eine stärkere Beziehung zu dem Mädchen hergestellt, als es ihr in sechs Monaten gelungen war.

»Ich zünde auch eine an«, platzte Cindy heraus.

Decker starrte seine Tochter an.

Cindy erwiderte seinen Blick. »Ich bin Jüdin, falls du das vergessen hast.«

Rina spürte die Spannung zwischen ihnen. »Möchtest du mit in die Synagoge kommen, Cindy?«

Cindy wußte, daß Rina sie mit einbeziehen wollte. Aber in der orthodoxen Synagoge fühlte sich Cindy immer so unwissend. Sie hatte Schwierigkeiten, dem Text zu folgen, und mußte sich an den anderen orientieren, was die Rituale betraf. Trotzdem wußte sie mehr über das Judentum als Vega. Wenn der Teenager mutig genug war, sich auf fremdes Territorium zu wagen, warum sollte sie dann zögern?

Andererseits, wenn sie hierblieb, konnte sie mit Marge über Roseanne Barkley und die gestohlenen Kennzeichen reden.

Aber wäre es nicht gut, die Arbeit eine Weile zu vergessen? Und vielleicht schuldete sie einer höheren Macht Dank? In letzter Zeit war sie sehr nachlässig damit gewesen.

Rina sagte gerade: » ... sag euch was. Warum gehen wir nicht alle?«

»Ich auch?« Marge deutete auf ihre Brust. »Machst du Witze?«

»Wir tragen Hosen«, bemerkte Cindy.

»Keiner wird sich daran stoßen«, erwiderte Rina. »Ich fände es schön ... falls es euch nichts ausmacht, daß das Essen ein bißchen verkocht ist ...«

»Ima, es ist schon spät«, drängte Sammy.

»Geht vor. Wir kommen nach.«

»Nein, wir gehen alle zusammen«, verkündete Decker. »Als Familie ... wenigstens dieses eine Mal.«

Sammy stöhnte. »Hannah ist nicht mal angezogen.«

»Dann zieh sie an.«

»Ich zieh sie an«, sagte Cindy.

»Überlaß das den Jungs, Cindy. Wie müssen die Kerzen anzünden.«

»Ich will euch nicht aufhalten.«

»Tust du auch nicht. Geh und zünde die Kerzen an. Wir warten auf dich.« Decker schenkte Vega ein freundliches Lächeln. »Dann wird unser Haar vielleicht noch trocken.«

18

Das Essen war nicht angebrannt. Decker fand es köstlich – Gemüsesuppe mit Markknochen, Taboulisalat mit Minze, Lammrücken, gegrilltes Hähnchen, Brokkoli, mit Rosmarin geröstete Kartoffeln. Ja, das Essen war ausgezeichnet, praktisch das einzig Gelungene an diesem Abend. Cindy machte sich Sorgen und versuchte es zu verbergen, Marge war niedergeschlagen und versuchte es zu verbergen, Sammy klopfte große Sprüche, Jacob war mürrisch und Hannah müde von dem langen Heimweg. Eine griesgrämige Truppe, nur Vega schien auf dem Rückweg von der Synagoge fast zu schweben. Nie hatte Decker ein Kind so viel fragen hören. Und das von Vega, die selten sprach und von sich aus nie ein Gespräch in Gang setzte. Alle Fragen betrafen Religion, waren an Rina gerichtet und wohl der Grund, warum Marge niedergeschlagen war.

Zwanzig Minuten lang aßen alle und lobten Rinas Kochkünste. Dann bestürmte Vega Rina erneut mit Fragen, bis Marge sie schließlich unterbrach. »Laß Rina auch mal Zeit zum Atmen, Vega.«

Zur allgemeinen Überraschung kicherte Vega. Marge war sprachlos. Noch nie hatte sie das Mädchen lachen hören.

Rina sagte: »Ich weiß, daß du neugierig bist, Vega. Vielleicht können wir uns irgendwann zusammensetzen und ausführlich darüber reden.«

Vega spielte mit ihrem Taboulisalat, häufte die Weizenkörner zu einem gefährlichen Berg auf. »Ich bin neugierig wegen der Tieropfer in eurem heiligen Buch ... über die Sammy geschrieben hat.«

Neugierig war eine glatte Untertreibung. Während des Gottesdienstes hatte Marge die aufgeregte Vega dauernd beruhigen müssen. Immer wieder hatte Vega Sätze im jüdischen Gebetbuch entdeckt und ihr gezeigt. Sie erinnerte sich nach wie vor an die Unterweisungen der Sekte, in der sie aufgewachsen war.

Unser Vater Jupiter hat uns genau diese Worte vorgetragen, Mutter Marge. Also ist diese Religion mit unserer verwandt.

Davon weiß ich nichts.

Aber es muß so sein!

Pst ...

Woher sollte Vater Jupiter sie sonst wissen?

Vielleicht hat er die Gebete gelesen.

Oder er war wirklich von Gott auserwählt. Vielleicht hat Gott ihm die Worte eingegeben, genau wie den Juden.

Marge hätte am liebsten geschrien *Er hat sie abgeschrieben, Vega, was denkst du denn?* Aber weil sie sich als Gast in einem Gotteshaus befand, hatte sie geschwiegen und wie auf heißen Kohlen gesessen. Sie zwang sich zur Ruhe, sah sich im Raum um, als wäre er ein Tatort voller Verdächtiger.

Rina hatte abwechselnd gebetet und sich den Kindern gewidmet. Sie gab Hannah ihren Goldschmuck, um sie ruhig zu halten. Das kleine Mädchen spielte damit, zog ihn an, stellte sich einem unsichtbaren Publikum zur Schau. So war sie beschäftigt, und das war gut. Außer, daß sie immer wieder Rinas Armband fallen ließ. Das machte Marge verrückt, aber Rina ertrug es mit Gelassenheit. Cindy dagegen betete, zu Marges Überraschung, mit großer Hingabe. Irgendwas war mit ihr los.

Und die Männer? Tja, die konnte sie nicht sehen. Männer und Frauen saßen getrennt, die Frauen hinter improvisierten Wandschirmen verborgen. Der Heimweg war erfrischend, außer daß Vegas Fragen sie zunehmend nervten. Beim Essen, so hatte Marge gehofft, würde sich Vega beruhigen. Aber das Gegenteil war der Fall. Das Mädchen war nicht zu stoppen.

»Ich finde die jüdischen Gebetbücher wirklich faszinierend«, sagte Vega.

»Tja, wenigstens eine«, murmelte Jacob.

Decker sah zu seinem Stiefsohn. Bis vor sechs Monaten hatte er sich traumhaft verhalten. Umgänglich und immer ein Lächeln auf den Lippen. Ein Musterkind – das sich allerdings auf Drogen eingelassen und Noten nach Hause gebracht hatte, die seinen Fähigkeiten nicht entsprachen. Dann waren gewisse Dinge ans Tageslicht gekommen, was dazu geführt hatte, daß er jetzt einmal wöchentlich zur Therapie ging. Innerhalb von zwei Monaten hatte er den Drogen abgeschworen, seine Noten hatten sich schlagartig verbessert, aber er war launisch geworden. Jacob war noch nicht so streitsüchtig wie Sammy, hatte sich aber zum Experten entwickelt, was das Augenrollen, finstere Blicke und Türknallen anging. Er hatte sich vom netten, aber selbstzerstörerischen Jungen zu einem melancholischen Teenager gewandelt, der langsam seinen Platz in der Welt fand. Decker wußte, daß das so sein mußte, aber manchmal war Jacobs Verhalten schwer zu ertragen.

Vega ließ nicht locker. »Warum braucht ein so starker und mächtiger Gott Tieropfer, Rina?«

Marge legte ihre Gabel ab. »Das reicht, Vega!«

Alle Augen richteten sich auf Marge. Das Mädchen errötete und schaute weg.

»Das ist eigentlich eine sehr gute Frage«, brachte Sammy stockend hervor.

Vega schaute zu ihm, senkte gleich wieder den Blick. Hannah schmollte. »Ich langweile mich. Kann mir jemand vorlesen?«

»Ich les dir vor«, sagte Jacob. »Ich langweile mich auch.«

Wieder schoß Deckers Blick zu seinem Sohn. Sollte er ihn wegen seiner Unhöflichkeit rügen? Zum Glück sprang Rina ein, sah Jacob strafend an.

Der ließ sich nicht aus der Ruhe bringen. »Ich versuch nur, mich in Hannahs Lage zu versetzen, Ima. Sie muß die Unterhaltung doch total lang...«

»Danke für deine Hilfe, Yonkel«, unterbrach Rina. »Wir kommen auch ohne deine Erklärungen zurecht. Du könntest erst mal aufessen.«

Jacob zuckte die Schultern, nagte an einem Lammknochen.

»Wenn ich noch einen Bissen esse, platze ich«, sagte Cindy. »Falls es deiner Ima recht ist, lese ich dir ein Buch vor, Hannah Banana. Wir haben heute noch gar nicht miteinander gespielt.«

Hannah schaute erwartungsvoll ihre Mutter an. Rina nickte.

Das kleine Mädchen klatschte in die Hände. »Liest du mir auch zwei Bücher vor, Cindy Mindy Bindy?«

»Klar.«

»Sechs Bücher?«

»Übertreib's nicht.«

»Vier?«

»Vielleicht.«

»Hannah, such erst die Bücher aus«, mahnte Decker. »Damit Cindy sieht, wie lang sie sind.«

»Wie lang kann denn ein Kinderbuch sein?«

»Für Hannah ist *Wilbur und Charlotte* ein Buch.«

»Oh.« Cindy runzelte die Stirn. »Gut, Hannah, suchen wir die Bücher zusammen aus.«

Rina stand auf und begann abzuräumen. Decker erhob sich ebenfalls, nahm die Platte mit dem Lammfleisch. Die nächsten zwei Tage würde er Lammsandwiches mit zur Arbeit nehmen. Auch Marge stand auf.

»Bleib sitzen, Margie, du bist Gast«, sagte Decker.

Vega platzte heraus: »Warum ist es eine gute Frage?«

Marge sah sie an. »Was?«

»Sammy sagte, meine Frage wegen der Tieropfer sei eine gute Frage. Darf ich fragen, warum sie gut ist?«

Marge wollte tief seufzen, aber Decker packte sie am Arm. »Genaugenommen bist du mehr Familie als Gast.« Er reichte ihr die Kartoffelschüssel. »Bring das in die Küche. Laß Vega und Sammy die Sache mit den Opfern klären.«

»Macht's dir was aus?« frage sie Sammy.

»Überhaupt nicht.« Er grinste. »Erspart mir das Abräumen.«

Decker zog Marge mit in die Küche. Rina lächelte ihr zu. »Sie ist nur neugierig.«

»Mit mir redet sie nie so.«

»Kinder gehen mit ihren Eltern anders um«, sagte Rina.

»Total anders«, bestätigte Decker leise. »Die Leute sagen so nette Dinge über die Jungs. Ich könnte schwören, daß sie über Fremde reden; das können nicht meine Jungs sein.«

»So schlimm sind sie auch nicht!«

»Dir gegenüber nicht, Rina, und das ist gut«, entgegnete Decker. »An diesem Vater-Sohn-Konflikt ist wirklich was dran. Außerdem bin ich nicht ihr leiblicher Vater ...«

»Ich glaube nicht, daß das wichtig ist«, warf Rina ein.

»Natürlich ist das wichtig. Deswegen will Sammy für ein Jahr nach Israel.«

»Gush ist eine gute Jeschiwa.«

»Gush ist die Jeschiwa, auf die sein Vater gegangen ist. Das genügt. Egal, ob ich es für gefährlich halte. Aber was soll's! Ich zahl hier ja nur die Rechnungen.«

»Wo soll ich das hintun, Rina?« Marge hatte immer noch die Schüssel in der Hand.

Rina nahm sie ihr ab und stellte sie auf die Arbeitsplatte, die für Fleisch vorbehalten war. Zu Decker sagte sie: »Tut mir leid, wenn er dir auf die Nerven geht. Mir geht er auch oft auf die Nerven.«

»Das weiß ich. Und ich beschwere mich auch nicht. Ich liebe Sammy. Er ist ein toller Junge. Er hat nur ...«

»Ein vorlautes Mundwerk«, ergänzte Rina.

»Das hat sich schon gebessert«, sagte Decker. »Ich war genauso. Wenn man sich als Teenager nicht gegen seine Eltern wehrt, stimmt was nicht.« Er wandte sich an Marge. »Was uns zu einem anderen Thema bringt. Je mehr Vega sich an dich gewöhnt, desto eigensinniger wird sie werden.«

»Das wäre wunderbar! Das Problem ist nur, sie redet nicht mit mir. Wie gern hätte ich Auseinandersetzungen mit ihr.«

»Sei vorsichtig mit deinen Wünschen«, warnte Rina.

Decker nickte. »Kinder lieben Helden, die nicht ihre Eltern sind. Wenn du was sagst, und Rina sagt dasselbe, wird Vega deine

Worte anders auffassen als die von Rina. Übrigens, hast du Dex Bartholomew erwischt?«

»Gott, der ist vielleicht eine Nummer!« Marge spürte, wie sie sich automatisch entspannten. Arbeit war eine bekannte Größe. »An dem Kerl ist so vieles schräg. Ich weiß gar nicht, wo ich anfangen soll.«

»Schräg? Oder verdächtig?« fragte Decker.

»Sehr schräg und auch irgendwie verdächtig. Er riß dauernd das Gespräch an sich.«

»Wie das?«

Rina unterbrach. »Leute, könnt ihr die Diskussion über die Arbeit nicht wenigstens bis nach dem Dessert verschieben?«

»Entschuldige«, sagte Marge.

»Ich bin schuld«, gab Decker zu. »Ich bin unverbesserlich.«

»Ja, das bist du«, stimmte Rina zu.

»Ima?« rief Sammy.

»Oh Gott. Ich hab sie zu lang mit Sammy allein gelassen. Er kriegt die Krise.«

»Du projizierst«, sagte Decker leise.

Sie gingen zurück ins Eßzimmer. »Vielleicht kannst du uns helfen, Ima«, meinte Sammy. »Ich hab Vega die Gründe der biblischen Opferungen erklärt. Im Hebräischen bedeutet das Wort *korban* – Opfer – nicht Opfer im wörtlichen Sinne. Der Wortstamm ist abgeleitet von dem Begriff *sich nahekommen*. Opfer werden Gott nicht um seinetwillen, sondern um unseretwillen dargebracht. Gott braucht keine Opfer. Aber wenn wir Gott opfern, kommen wir ihm näher.«

»Das Töten von Tieren bringt dich näher zu Gott?« Marge blieb skeptisch.

»Es bringt dich deiner Bedeutungslosigkeit näher«, erklärte Rina.

»Dafür brauche ich kein Opfer«, sagte Decker.

»Armer Dad. Fühlst du dich belagert?«

»Im Moment nicht, aber das kannst du sicher ändern.«

»Wir schlachten die Tiere nicht selbst«, fuhr Rina fort. »Das tun andere für uns, und wenn wir das Fleisch kaufen, machen wir uns keine Gedanken, wo es herkommt. Das ist nicht gut. Man sollte darüber nachdenken, daß etwas Lebendiges sterben mußte, damit wir es essen können. Wenn wir unsere Kühe selbst schlachten müßten, wären wir bestimmt alle Vegetarier.«

»Warum befürwortet eure Religion dann, daß ihr Fleisch eßt?« fragte Vega.

»Sie befürwortet es nicht, Vega, sie erlaubt es nur«, sagte Sammy. »Das ist nicht das Ideal.«

»Obwohl es gut schmeckt«, fügte Decker hinzu.

»Vor der großen Flut waren die Menschen Vegetarier«, erklärte Sammy. »Du weißt von Noah und der Sintflut?«

Vega schüttelte den Kopf.

»Wir sollten eigentlich Vegetarier sein. Daß wir es nicht sind, ist ein Fehler. Aber Gott betrachtet den Menschen als fehlerhaftes Wesen und erlaubt uns, Fleisch zu essen. Doch nur, wenn wir darüber nachdenken. Daher gibt es so viele jüdische Rituale für das Schlachten von Tieren.«

Rina ergänzte: »Wenn Juden Gott opfern, ist darin die Botschaft versteckt, daß sie Gott danken, weil er uns leben läßt. Das Leben des Tieres liegt in ihrer Hand, so wie ihr Leben in der Hand Gottes liegt. Tiere zu schlachten, um ihr Fleisch zu essen – soll, obwohl es erlaubt ist – uns an unsere Verletzlichkeit erinnern. Seine Grenzen und Sterblichkeit zu kennen, bringt einen näher zu Gott.«

Cindy kam zurück ins Eßzimmer. Sie schien die letzten Worte gehört zu haben. »Das stimmt. Verletzlichkeit lehrt einen, die eigene Bedeutung in der Welt anders einzuschätzen.«

Decker warf ihr einen fragenden Blick zu. Cindy zuckte die Schultern. »Sie will das Angelspiel spielen, Rina. Ich hab gesagt, ich würde dich fragen.«

Rina schaute sich am Tisch um. »Ist Jacob bei euch?«

Cindy nickte.

»Was ist los mit dem Jungen?« murmelte Rina. Zu Cindy sagte sie: »Nur ein paar Runden, Cindy, sag ihr das. Mehr nicht, egal, wie sehr sie bettelt.«

»Wenn sie schwierig wird, bring ich sie dir zurück. Das ist der Vorteil daran, die große Schwester zu sein.«

Vega kniff die Augen zusammen, schaute sehr ernst. »Opferungen sind sehr interessant! Vielleicht sollte ich mir Notizen machen.«

»Ich finde Opfern beunruhigend«, sagte Marge. »Wenn Töten falsch ist, warum es dann nicht verbieten?«

»Die jüdische Religion akzeptiert menschliche Schwächen, indem sie sie ritualisiert«, entgegnete Rina.

»Nicht *alle* menschlichen Schwächen«, verbesserte Decker.

»Na ja, Ehebruch nicht, falls du das meinst«, sagte Rina.

Decker lächelte.

»Aber es gibt viele sexuelle Dinge, die ritualisiert sind«, warf Sammy ein.

»Wie die *mikwe*, das rituelle Tauchbad?« fragte Decker.

»Das auch. Aber ich denke an *eschet jafat toar* ...«

»Was ist das?« fragte Decker.

»Ich erklär's dir später«, sagte Rina. »Das ist ein ganz anderes Thema. Sammy, hol deinen Bruder und räumt den Tisch zu Ende ab.«

»Ich helf dir«, sagte Vega zu Sammy. »Ich bin in derselben Altersgruppe wie du. Wir können weiterreden, während ich abwasche und du abtrocknest. Dann kann sich Jacob noch ein bißchen bei seiner Schwester ausruhen.«

»Das finde ich auch, Ima«, stimmte Sammy zu. »Ich mach das schon. Laß Yonkie in Ruhe. Er ist völlig fertig.«

»Wieso?« fragte Rina.

»Er muß zum ersten Mal im Leben wirklich was für die Schule tun.« Sammy reichte Vega die Salatschüssel. »Trag die in die Küche.«

Sobald die Teenager verschwunden waren, sackte Marge auf ihrem Stuhl zusammen. »Sie macht mich fertig! Für so tiefgründige Diskussionen bin ich einfach nicht geschaffen. Es ist gespenstisch.«

»Da kann ich dir nicht widersprechen«, meinte Decker.

Marge seufzte. »Ich geh besser auch in die Küche. Damit sie Sammy nicht in Grund und Boden redet.«

»Ich muß sowieso den Nachtisch vorbereiten.« Rina stapelte

186

schmutzige Teller aufeinander. »Bleib du hier und sprich mit Peter. Ich bestehe darauf.«

Marge wußte, daß sie eigentlich aufstehen und sich in ihrer Mutterrolle durchsetzen sollte, aber sie konnte die Vorstellung nicht ertragen, noch mehr über Gott zu reden. »Das ist nett von dir.«

Rina sah zu ihrem Mann. »Außerdem kann Peter es kaum erwarten, mit dir über die Arbeit zu reden.«

»Nein, nein, nein!« Decker nahm Rina die Teller ab. »Schieb das nicht auf mich.« Er brachte das Geschirr in die Küche, kam ins Eßzimmer zurück. »Im Moment ist alles friedlich.«

Rina hatte den Arm voller Servierplatten. »Von hier an übernehme ich.«

Decker sah ihr nach, bis sie in der Küche verschwunden war. »So, jetzt erzähl mir von Bartholomew.«

Marge faßte die Befragung vom Nachmittag zusammen. Wenn sie über Verdächtige sprach, war sie auf sicherem Terrain. Es erstaunte sie, daß sie beruflich so kompetent und als Mutter so inkompetent war.

»Er hat dich nicht zu Wort kommen lassen?«

»Überhaupt nicht.«

»Ist das seine Art, oder hat er was zu verbergen?«

»Ich glaube, beides. Ich weiß nicht, ob er was mit Craytons Tod zu tun hatte, aber ich wette mit dir, daß seine Geschäfte mit Crayton zumindest dubios waren.«

»Was für Geschäfte? Grundstücksspekulation?«

»Vielleicht ... in einem obskuren Ort namens Belfleur, nicht weit von Palm Springs. Ich wollte Bartholomew danach fragen, aber so weit bin ich gar nicht erst gekommen.«

»Hat Bartholomew den Kontakt nicht abgebrochen, bevor Crayton starb?«

»Erst ein paar Monate vor dessen Tod«, bestätigte Marge. »Falls sich jemand an Crayton rächen wollte, ist es möglich, daß sich dieser Jemand auch an Bartholomew rächen wollte. Vielleicht kam er nicht an Bartholomew ran, weil der zu gut geschützt ist. Also überfiel er statt dessen die Frau.«

»Wenn er sich aus finanziellen Gründen rächen wollte, hätte es einfachere Methoden als Carjacking gegeben.«

»Dann ging es eben nicht nur um Geld«, erwiderte Marge. Nichts trifft einen Mann mehr, als wenn jemand seine Frau in Angst und Schrecken versetzt. Obwohl ich das Gefühl habe, daß ihm seine Frau scheißegal ist. Aber das heißt nicht, daß ein Kerl wie Dex es sich bieten läßt, wenn jemand seine Frau attackiert.«

»Wollten wir nicht Elizabeth Tarkum vernehmen?«

»Scott hat versucht, einen Termin zu vereinbaren, aber sie war nicht erreichbar. Er ist nicht zu Hause, ich hab auf seinem Anrufbeantworter hinterlassen, daß er anrufen soll. Aber so, wie ich Scott kenne, könnte das eine Weile dauern.«

Cindy kam ins Zimmer. »Was kann eine Weile dauern?«

»Daß Scott nach Hause kommt«, erwiderte Marge. »Ich möchte wissen, ob er Elizabeth Tarkum befragt hat.«

»Der geraubte rote Ferrari?« fragte Cindy.

»Genau der«, bestätigte Decker.

Cindy wurde nervös. »Warum? Ist noch ein Auto geraubt worden?«

»Gott, ich hoffe nicht.«

Möglichst beiläufig fragte Cindy: »Ihr kaut die Sache also nur noch mal durch?«

Decker betrachtete seine Tochter. »Du wirkst angespannt, Cindy. Verschweigst du mir etwas?«

»Nein«, log sie.

Schweigen.

»Denn wenn was wäre, würdest du es mir sagen, oder?«

»Dad, es war eine schwere Woche. Das weißt du doch.«

Decker wußte es. Er wußte auch, daß es hier um mehr ging als eine »schwere Woche«. Hoffentlich war es nur ein persönliches Problem.

»Hannah fragt nach dir«, sagte Cindy. »Sie möchte, daß du sie ins Bett bringst.«

Decker stand wortlos auf und ging.

»Der muß gerade von Anspannung reden«, bemerkte Cindy. »Ich finde, Dad ist derjenige, der völlig fertig aussieht.«

»Diese Überfälle setzen ihm zu.«

Cindy senkte die Stimme. »Marge, sagt dir der Name Roseanne Barkley was?«

Marges Augen wurden schmal. »Warum fragst du?«

»Reg dich nicht auf.« Inzwischen hatte Cindy genug Zeit gehabt, sich eine Geschichte zurechtzulegen. »Auf dem Weg hierher fiel mir ein roter Camry wegen seiner Fahrweise auf. Ich hab die Kennzeichen durchgegeben, und sie sind gestohlen. Als ich versuchte, den Wagen anzuhalten, hat sich der Camry aus dem Staub gemacht. Statt ihn mit einem Zivilfahrzeug zu verfolgen, hab ich die Verkehrspolizei informiert. Sehr professionell von mir, findest du nicht?«

»Ich behalt mir mein Urteil vor«, erwiderte Marge. »Hast du nachgefragt, ob jemand das Auto gesehen hat?«

Cindy nickte. »Kein Glück.« Sie schob Brotkrumen auf den Tisch zusammen. »Ich ruf noch mal an, wenn ich zu Hause bin. Von hier will ich es nicht machen. Am Sabbat benutzen sie das Telefon nicht. Ich will nicht respektlos sein. Du hast also nie von Roseanne Barkley gehört?«

»Das hab ich nicht gesagt. Barkley war eines der ersten Opfer – ungefähr vor sechs Monaten. Sie wurde in einem Parkhaus überfallen, zu Boden gestoßen und getreten, sonst ist ihr nichts passiert. Sie hatte ihr Kind dabei. Die beiden kamen vom Kinderarzt.« Marge sah Cindy an. »Okay, Kiddo. Dein Vater ist nicht hier. Was verschweigst du mir?«

»Du glaubst, ich verschweig dir was?« Cindy tat verärgert. »Ich muß meine Handlungen vor meinen Vorgesetzten verantworten, nicht vor meinen Freunden.« Sie warf Marge einen Blick zu. »Zumindest dachte ich, daß wir Freundinnen sind ...«

»Lenk nicht mit Platitüden über Freundschaft vom Thema ab«, sagte Marge. »Wenn was Ernstes passiert ist, muß ich es wissen. Und dein Vater auch.«

»Und wenn was Ernstes passiert, sage ich es euch.«

»Hattest du vor, deinem Vater von dem Camry zu erzählen?«

»Irgendwann schon. Ich wollte erst mit dir reden, weil du nicht gleich an die Decke gehst. Bei Dad weiß man das nie.«

»Was kannst du mir über den Camry sagen?«

»Mindestens zehn Jahre alt. Beule an der rechten Seite. Schlecht überlackiert.«

Decker kam ins Eßzimmer zurück. Marge stand auf. »Ich geh in die Küche und schau nach, ob Vega deine Frau und deinen Sohn nicht zu Tode langweilt.«

»Sag Rina, sie soll Hannah gute Nacht sagen. Die wartet auf ihre Mami.«

»Mach ich. Außerdem müßte ich mal telefonieren. Ist das okay?«

»Klar. Was ist los?«

»Frag deine Tochter.«

Nachdem Marge gegangen war, sah Decker seine Tochter auffordernd an. Mit ausdrucksloser Stimme wiederholte sie ihre Camry-Geschichte. Sie brauchte dreißig Sekunden. Als sie fertig war, hatte sich der Blick ihres Vaters verdüstert. In diesem Moment kam Rina vorbei. Sie schaute ihren Mann an, dann ihre Stieftochter, schüttelte den Kopf. »Ich frag lieber gar nicht.«

Decker rang sich ein Lächeln ab. »Alles in Ordnung.«

Rina schwieg, war froh, in Hannahs Zimmer fliehen zu können. Sobald sie weg war, sagte Decker: »Ne gute Show, Cindy. Jetzt versuch's mal mit der Wahrheit.«

»Nichts hinzuzufügen. Tut mir leid. Ich könnte die Geschichte ausschmücken ...«

»Laß den Scheiß«, flüsterte Decker grimmig. »Rina hat gesagt, daß dein Auto furchtbar gequalmt hat. Und was meinst du, was mir das im Zusammenhang mit dem sagt, was du mir gerade erzählt hast?«

Cindy merkte, wie sich ihr Magen zusammenzog.

»Entweder hast du den Camry gejagt, oder er hat dich gejagt. Ich hoffe, es war das erste – daß du deine Fähigkeit als Polizistin überschätzt hast und den Fahrer auf eigene Faust verhaften wolltest. Aber dann hast du das Auto verloren. Als Anfängerin war es dir peinlich, das zuzugeben. Ich hoffe, daß es so war. Aber wenn dich jemand gejagt hat, dann mußt du mir das verdammt noch mal sagen. Jetzt sofort. Nicht nur, weil du meine Tochter bist, sondern weil es deine Pflicht als Polizistin ist. Weil es mit den Carjackings in letzter Zeit zu tun haben könnte.«

Er sah sie finster an ... geradezu glühend vor Zorn. Cindy versuchte, Fassung zu bewahren. Er war der Wahrheit sehr nahe gekommen, hatte seine Tochter aber nicht ganz durchschaut. Technisch gesehen hatte der Camry sie nicht gejagt ... nur verfolgt.

»Deswegen rede ich ja nicht mir dir«, bemerkte Cindy.

»Weil ich merke, wenn mir jemand Scheißdreck erzählt?« Decker biß die Zähne zusammen. »Okay. Du bist sauer auf mich. Ich bin sauer auf dich. Daran wird sich nichts ändern. Aber du sagst mir jetzt, was wirklich passiert ist, bevor ich die Geduld verliere, ja?«

Cindy schlug die Augen nieder, hoffte, sie würden sich nicht mit Tränen füllen. »Das Auto fuhr auffällig. Ich bin ihm in sicherem Abstand gefolgt, hab alles so gemacht, wie ich es gelernt habe.«

»Du hast das Kennzeichen nicht durchgegeben?«

»Läßt du mich bitte ausreden?«

»Weiter.«

»Ich wollte das Kennzeichen durchgeben, aber der Wagen schoß davon, hatte mich offenbar bemerkt. Als ich aufs Gas ging, konnte ich nicht mehr anrufen. Ich hatte kein Funkgerät, nur mein Handy, und wer tippt schon Nummern in ein Handy ein, wenn er hundertdreißig fährt?«

»Du hast den Camry aus den Augen verloren.«

»Ja.«

»Wo war das?«

»Im North Valley, nicht weit von deinem alten Haus.«

»Wo es noch flach ist?«

»Nein, in den Bergen, in der Nähe von Angeles Crest. Es war mir zu unheimlich, da allein hoch zu fahren.«

»Also hast du aufgegeben. Das war klug von dir. Warum hast du dann nicht das Kennzeichen durchgegeben?«

»Weil es mir peinlich war, wenn du's wissen willst. Außerdem war ich entnervt, mein Motor war überhitzt, und ich war allein. Vor allem wollte ich es ohne Panne bis hierher schaffen. Sobald ich hier war, hab ich die Sache gemeldet. Da hab ich von den gestohlenen

Kennzeichen und dieser Roseanne Barkley erfahren. Jetzt weißt du alles. Ich hab nichts hinzuzufügen, und mich anzufunkeln, wird dir auch nichts nützen.«

Decker stieß einen langen Seufzer aus. »Alles in Ordnung mit dir?«

»Mir geht's gut.« Cindys Stimme war immer noch ausdruckslos. »Ich fühl mich nur beschissen, weil ich so ungeschickt war. Über das Auto erzähl ich dir alles, was ich weiß. Aber ich will nicht über mich reden.«

»In Ordnung.« Decker versuchte es mit einem versöhnlichen Blick. »Freunde?«

»Immer, Dad.«

»Wir sollten rausfinden, ob jemand den Camry gesehen hat.«

»Marge ruft gerade an. Tut mir leid, daß ich dich angelogen habe. Aber selbst wenn ich das nicht getan hätte, ist das kein Versprechen, dir alles zu erzählen, was in meinem Leben vorgeht.«

»Dein Privatleben geht mich nichts an.«

»Kann ich das schriftlich haben?«

»Ich will nur, daß du in Sicherheit bist. Wie damals, als du sechzehn warst und angefangen hast, Auto zu fahren ... du kamst immer spät nach Hause. Ich wollte, daß du mich anrufst ...«

»Ich bin nicht mehr sechzehn, Dad.«

»Okay, das war ein schlechtes Beispiel.«

»Es war ein *bezeichnendes* Beispiel. Du liebst mich und willst, daß es mir immer gutgeht ...«

»Nur, daß du in Sicherheit bist.«

»Das ist unmöglich. Vor allem bei dem Beruf, den ich mir ausgesucht habe.«

Marge kam aus der Küche, schaute ernst. »Glaubst du, Rina kann auf Vega aufpassen?«

»Was ist los?«

»Der Camry ist gefunden worden«, erwiderte Marge. »Die Kennzeichen, sollte ich wohl eher sagen. Der Wagen ist völlig ausgebrannt.«

19

Cindy hatte erwartet, daß ihr gemeinsamer Beruf sie einander näherbringen würde, aber er schien einen Keil zwischen sie zu treiben. Sie starrte aus dem Fenster von Rinas weißem Volvo Kombi. Marge fuhr, Dad saß auf dem Beifahrersitz. Der Wagen war neu und sicher nicht billig gewesen. Bei all den Kosten für das neue Haus und den Umbau mußte auf Dads Bankkonto Ebbe herrschen. Zu den Geldsorgen jetzt auch noch die Carjackings – Dad mußte völlig fertig sein. Etwas schien ihn zwanghaft vorwärtszutreiben; daß er mit ihnen fuhr, am Sabbat arbeitete, obwohl es auch ohne ihn gegangen wäre, war ein Beispiel dafür.

Cindy drückte die Nase gegen die Scheibe.

Wenn Rina dagegen war, daß Dad am Feiertag arbeitete, hatte sie es nicht gezeigt. Vermutlich gab es ein ungeschriebenes Gesetz zwischen ihnen: Dads Arbeit war ausschließlich seine Domäne, und seine Entscheidungen, was seinen Job anbetraf, waren unverrückbar. Als Rina ihm zum Abschied einen Kuß gegeben hatte, wirkte sie nicht wütend. Andererseits hielt sich Dad möglichst streng an die jüdischen Gesetze. Nach ihrem Glauben entweihte elektrisches Licht den Sabbat. Also hatte Marge statt seiner die Autotür geöffnet, wodurch sich das Innenlicht automatisch anschaltete. Das war wahrscheinlich auch der Grund, warum sie fuhr.

Sie hatten jetzt die Berge erreicht, waren auf dem Weg zum Angeles Crest National Park.

Decker drehte sich um, wirkte wach und aufmerksam. »Bist du dem Camry auf dieser Straße gefolgt?«

»Ja.« Aber Cindy war sich nicht sicher. Es gab so viele Wege in die Berge, und nachts sahen die Straßen anders aus, einsamer und unheimlicher. Dunkelheit in bewaldeten Gebieten war mehr als das Fehlen von Licht; eher etwas Greifbares. Sie hüllte ein und erdrückte. »Ich hab ihn weiter oben verloren.«

»Wie weit oben?«

»Zwei Kilometer, vielleicht drei. Als die Straße steiler wurde.«

Sie versuchte, ihre Gedanken zu ordnen. »Das war verrückt, Dad. Ich hatte den Sichtkontakt mit dem Auto verloren. Aber ich war die ganze Zeit hinter ihm. Ich fuhr nicht viel langsamer als er. Dann endete die Straße, und das Auto war nirgends zu sehen. Ein Camry ist kein Geländewagen. Wohin kann er verschwunden sein?«

»Über die Felskante«, sagte Marge trocken.

»Nicht, solange ich dort war. Ich hätte es gehört, wenn zweitausend Tonnen Stahl auf die Felsen geprallt wären.«

»Nachdem du den Camry verloren hast, ist er wahrscheinlich irgendwo abgebogen und dir entwischt«, meinte Decker.

»Ich hab nach Abzweigungen von der Straße gesucht. Ich konnte keine finden.«

»Der Wald ist dicht«, sagte Marge. »Er kann den Wagen nur ein kleines Stück von der Straße weggefahren und im Gebüsch versteckt haben, bis du wieder runterkamst.«

»Ein qualmendes Auto wäre mir aufgefallen.«

»Das Auto hat gequalmt?« fragte Decker.

Cindy seufzte. »Vielleicht nicht. Das hab ich wohl gesagt, weil mein Auto qualmte. Ich weiß nur, daß ich keine Abzweigung gesehen und keinen Aufprall gehört habe.« Sie schüttelte den Kopf, froh, daß es im Wagen so dunkel war. »Ich hätte es sofort melden sollen. Vielleicht hätte jemand mit mehr Erfahrung den Camry anhalten können, bevor er hundertfünfzig Meter in die Tiefe stürzte. Indirekt fühle ich mich für den Tod des Fahrers verantwortlich.«

»Wer sagt, daß der Fahrer tot ist?« fragte Decker. »Du hast gerade gesagt, daß du keinen Aufprall gehört hast. Vielleicht ist das Auto über die Felskante gestoßen worden, als du weg warst.«

Cindy setzte sich auf. »Glaubst du?«

»Hat jemand was von einer Leiche gesagt, Marge?«

»Ich hab mit niemand vom Tatort gesprochen«, antwortete Marge. »Der Deputy, den ich am Apparat hatte, sagte, sie wären noch dabei, das Wrack zu untersuchen.«

Marge drehte das Fenster halb runter. Ein modriger Geruch wehte in den Wagen, dicht und feucht. Das Brummen des Motors klang künstlich und laut im Vergleich zu den nächtlichen Geräuschen der Natur. Marge schaltete, kroch den Berg hinauf. Selbst das Fernlicht konnte die Dunkelheit kaum durchdringen. Marge knipste das Innenlicht an und reichte Decker einen Zettel. »Kannst du mir die Wegbeschreibung vorlesen?«

»Mit angeschaltetem Innenlicht zu fahren, ist strafbar.« Cindy nannte den Paragraphen aus dem Strafgesetzbuch. »Ich hätte lieber Jura studieren sollen.«

Decker drehte sich um und lächelte mitfühlend. »Als dein Vater würde ich mir wünschen, daß du vergißt, was passiert ist, und einfach weitermachst. Als Polizist muß ich dir sagen, daß du darüber nachdenken solltest, was schiefgegangen ist. Gott weiß, daß Selbstbefragung das persönliche Glück beeinträchtigt. Und Gott weiß, daß ich dich vor allem glücklich sehen möchte. Aber was ich will, ist nicht so wichtig wie das, was du willst. Du möchtest eine gute Polizistin sein. Was manchmal heißt, mit sich unzufrieden zu sein.«

Tja, die Sache mit der Unzufriedenheit bekam sie bisher gut hin. »Danke für deine Ehrlichkeit.«

»Danke, daß du es so gut aufnimmst.« Decker entfaltete die Wegbeschreibung und las laut vor. »Etwa einen Kilometer bergauf. Du mußt sehr langsam fahren und genau hinsehen. Zwischen zwei Platanen findest du eine Wagenspur. Das ist die Abzweigung ...« Wieder drehte er sich zu Cindy um. »Da hast du deine verpaßte Abzweigung.«

»Jep.« Sie versuchte, ganz professionell zu bleiben, kam sich aber noch blöder vor. Sie hatte nicht nur den Wagen verloren, sondern auch noch die Abzweigung übersehen.

»Bleib anderthalb Kilometer auf dem Weg«, fuhr Decker fort. »Fahr ganz langsam, weil er schmal ist und zum Teil steil abfällt ...«

»Wie steil?« unterbrach Marge.

»Steht hier nicht«, murmelte Decker. »Ich hätte zu Hause bleiben sollen. In dieser Dunkelheit kann man ja kaum was erkennen.«

»Ich hab dir doch gesagt, ich schaff das alleine.«

»*Niemand* sollte hier allein unterwegs sein.«

»Ich hätte Scott über seine Pager benachrichtigt. Klang nicht so, als hätte er ein heißes Date. Er wäre bestimmt eingesprungen, damit du deinen Sabbat in Ruhe verbringen kannst.«

Klang nicht so, als hätte er ein heißes Date. Cindy unterdrückte ein Lächeln, tadelte sich aber gleich. *Warum denkst du immer noch an ihn?* Natürlich wußte sie, warum. An Scott zu denken, war angenehmer, als sich wie ein Versager zu fühlen.

Marge war noch langsamer geworden. »Der knappe Kilometer ist um.«

»Da sind die Platanen.« Decker deutete nach links.

»Und dazwischen soll ein Weg sein?« Marge kroch nur noch, schlug das Steuer vorsichtig nach links ein. »Tja, wenn du das sagst.«

»Kriegt der Wagen Kratzer ab?« fragte Decker.

»Kann schon sein.«

»Sei vorsichtig.«

»Willst du lieber fahren?«

»Das ergibt doch keinen Sinn«, unterbrach Cindy.

»Was ergibt keinen Sinn?« fragte Decker.

»Wie kann ein mit Höchstgeschwindigkeit fahrendes Auto so scharf abbiegen, und das an einer unmarkierten Abzweigung?«

»Offensichtlich kannte er sich in der Gegend besser aus als du.«

»Trotzdem, Daddy, er mußte ja fast rechtwinklig abbiegen, und das bei dem Tempo. Nach meiner unmaßgeblichen und oft falschen Meinung müßte ein Auto dabei gegen die Bäume prallen.«

»Möglich«, meinte Decker.

Er gab tatsächlich in einem Punkt nach. Halleluja!

Der Wagen holperte und rumpelte über den unebenen Weg. Der helle Strahl des Fernlichts wanderte über dichtes Laubwerk, Ranken und Schatten.

»Das ist ja der reinste Urwald«, bemerkte Cindy. »Wer hat den Unfall gemeldet? Trapper John?«

»Vielleicht hat ihn ein Verkehrshubschrauber bemerkt.«

»Ja doch, hier herrscht ja auch dichter Verkehr. Ich wette, es gibt überall Stauwarnungen.«

»Dein Sarkasmus hilft dir hier auch nicht weiter, Cindy.«

»Was nicht gegen meine Frage spricht. Wer hat ihn gemeldet?«

Plötzlich machte der Wagen einen Satz, und Decker prallte mit dem Kopf gegen das Autodach. Aus Achtung vor dem Feiertag fluchte er nur leise.

»Alles in Ordnung?« fragte Cindy.

Decker rieb sich den Kopf. »*Bestens*, danke.«

»Das muß richtig weh getan haben«, sagte Cindy. »Ich hab es krachen gehört.«

»Gott straft mich, weil ich den Sabbat mißachte.«

Marge lachte leise. »Wenn das Leben so einfach wäre.«

»Weißt du, wer den Unfall gemeldet hat?« fragte Decker.

»Nein, aber es muß jemand mit Adleraugen gewesen sein. Ich sehe nichts. Das ist, als könnte ich jeden Moment in einen Abgrund stürzen ...«

»Ich fahre, wenn du willst«, bot Cindy an. »Meine Augen sind ausgezeichnet.«

»Nein, ich schaff das schon.« Marge schnupperte plötzlich. »Hier riecht's nach Benzin.«

»Stimmt.«

»Ätzend«, sagte Cindy.

Eine passende Bezeichnung, fand Decker. Dieser widerliche Gestank nach brennendem Petroleum, das alles und jeden vernichtete. Während seines Einsatzes in Vietnam hatte er das täglich gerochen.

Marge kniff die Augen zusammen. »Da vorne ist ein Licht.« Der Wagen wurde hochgeschleudert und landete mit einem dumpfen Aufschlag auf den Rädern. »O je. Ich hoffe, Rina ist gut gepolstert, weil von den Stoßdämpfern nicht mehr viel übrig sein wird.«

Das schwache Licht wurde schnell größer und heller. In der Luft hing der Gestank von verbranntem Laub und Benzin. Cindy hielt sich die Nase zu. Gleich darauf sah sie die Umrisse geparkter Autos.

»Mann, stinkt das«, bemerkte Decker. »Park, wo du willst. Du hast freie Wahl, Marge.«

Cindy kicherte, aber es klang nicht fröhlich.

»Was ist los?« fragte Decker.

»Ach, die ganze Situation. Wir steuern das Licht an wie Motten eine Flamme. Hoffentlich verbrennen wir nicht.«

Marge verzog das Gesicht. »Du bist zu jung, um so abgebrüht und zynisch zu sein.«

»Biologisches Alter zählt nicht«, gab Cindy zurück. »Nur die Zeit, die ich auf der Straße verbringe. Ich bin erst fünfundzwanzig, aber in Polizeijahren bin ich reif für die Rente.«

Sie parkten hinter einem Abschleppwagen. Autos vom Sheriffbüro standen da, von der Highway Patrol, ein Krankenwagen und mehrere kleine Feuerwehrautos für unwegsames Gelände, wo die großen Löschzüge nicht rankamen. Im Gänsemarsch rutschten die drei langsam den Abhang hinunter, benutzten einen schmalen Trampelpfad mit provisorischen Handläufen, angelegt von den Feuerwehrleuten, den Sherpas der Expedition, wie Cindy witzelte. Aber selbst mit den Handläufen war der Abstieg steil und schwierig wegen der freigelegten Baumwurzeln. Außerdem konnte Cindy nicht ihr gewohntes Tempo anschlagen. Sie war eingeklemmt zwischen ihrem Vater vor sich und Marge, die hinter ihr her schlitterte und über ihre rutschigen Schuhe maulte. Sie brauchten einige Zeit, bis sie heil unten ankamen.

Am Rande der zerklüfteten Schlucht wischte sich Cindy den Schweiß von der Stirn. Grelles weißes Licht beleuchtete verbranntes Laub und die verkohlte Karosserie. Verstreute Metallteile blitzten im Licht auf, lagen bis zu sechzig Meter von der Unfallstelle entfernt. Gelbes Absperrband war um den eigentlichen Unfallort gespannt. Hinter der Absperrung standen an die zwei Dutzend Männer der verschiedenen Dienststellen, dazu vier Feuerwehrmänner, sowie zwei Gerichtsmediziner vom Büro des County-Coroners. Bei ihrem Anblick krampfte sich Cindys Magen zusammen. Und dazu noch der widerliche Benzingestank. Normalerweise hatte ihr Vater Masken dabei. Aber da sie mit Rinas Auto gekommen waren, mußten sie ohne diesen Schutz auskommen.

Ein Mann in der Khakiuniform eines Sheriffs kam auf sie zu. Decker zeigte seine Dienstmarke. »Detective Lieutenant Peter Decker. Das hier sind Detective Dunn und Officer Decker. Wir sind vom LAPD.«

»Detective Deputy Bryant Bowler.«

Dem Mann lief der Schweiß von der Stirn. Sein ganzer Körper – Uniform, Hände und Gesicht – war schwarz vor Ruß. Auch nachdem er die Schutzmaske abgenommen hatte, waren seine Gesichtszüge wegen der Asche schwer zu erkennen. Er schien zwischen fünfundzwanzig und vierzig zu sein, hatte blaue Augen und, nach dem Orange zu schließen, das zwischen den geschwärzten Locken hervorblitze, eigentlich brandrotes Haar.

»Sie sind ganz schön weit von Ihren heimatlichen Gefilden entfernt«, meinte Bowler. »Was bringt das LAPD hierher?«

»Daran bin ich schuld«, sagte Cindy. »Ich war am frühen Abend hier.«

Bowlers Kopf schoß hoch. »Sie waren hier?«

»Na ja, nicht genau an dieser Stelle, aber in der Gegend«, erklärte Cindy. »Ich habe den Camry verfolgt ...«

»Was? Welchen Camry? Sie meinen, das Auto, an dem wir arbeiten?«

Decker mischte sich ein. »Vielleicht sollte Officer Decker den ganzen Vorfall schildern, damit die Sache klarer wird.«

Womit er ihr die Gelegenheit gab, ihre Geschichte zu erzählen, denn inzwischen war es eine Geschichte. Cindy beschloß, die Einzelheiten wegzulassen, weil sie nicht mehr genau wußte, was sie ihrem Vater erzählt hatte. Sie sprach langsam, fand, daß ihre Worte logisch und folgerichtig klangen. Innerlich bereitete sie sich auf die vielen Fragen vor. »Bergauf behielt der Camry seine überhöhte Geschwindigkeit bei. Ich beschloß, langsamer zu fahren, selbst auf die Gefahr hin, die Verfolgung abbrechen zu müssen und das Fahrzeug aus den Augen zu verlieren.«

»Ist das passiert?« fragte Bowler.

»Wie bitte?«

»Haben Sie den Sichtkontakt verloren?«

»Ja. Ich bin trotzdem weitergefahren, bis die Straße endete.«

»Bei Prenners Park.«

»Den Namen habe ich nicht mitbekommen. Sah aus wie ein Picknickplatz.«

Bowler nickte. »Das ist Prenners Park.«

»Der Camry muß diese Abzweigung genommen haben. Mir ist er weder auf dem Hinweg noch auf dem Rückweg aufgefallen.«

»Das kann ich mir denken«, sagte Bowler. »Selbst bei Tageslicht ist es fast unmöglich, die Abzweigung zu finden. Man muß einfach wissen, daß sie da ist.«

»Ich blieb etwa zehn Minuten auf dem Picknickplatz. Einen Absturz habe ich in der Zeit nicht gehört, Deputy.«

»Um welche Uhrzeit war das?«

»Gegen fünf.«

Wieder mischte Decker sich ein. »Als sie das Kennzeichen durchgab, fand sie heraus, daß die Nummernschilder des Camry von einem unserer Carjacking-Fälle stammten.«

»Daher sind Sie also hier«, sagte Bowler.

Marge nickte.

»Der Camry war gestohlen«, stellte Bowler fest.

»Die Nummernschilder gehören zu einem Fahrzeug, das vor sechs Monaten geraubt wurde«, erwiderte Decker. »Über den Camry weiß ich nichts. Mit den Kollegen vom Dezernat für Autodiebstähle hab ich noch nicht gesprochen. Im Moment geht es uns vor allem um die Aufklärung der Überfälle, weniger um Autodiebstahl. Deswegen interessiert uns auch die Identität des Fahrers.«

»Bisher haben wir keinen gefunden«, sagte Bowler. »Wir glauben, daß das Auto hinabgestoßen wurde.«

Cindy empfand enorme Erleichterung. »Es gibt also keine Leiche?«

»Wir suchen noch, aber es würde uns nicht überraschen, wenn wir keine finden.«

»Wer hat festgestellt, daß das Auto runtergestoßen wurde?« fragte Decker.

»Alle gemeinsam. Wegen der Reifenspuren.«

»Keine Bremsspuren?«

»Nein.«

Reifen hinterließen bei unterschiedlichem Tempo unterschiedliche Spuren. Ein schnell fahrendes Auto wirbelt eine Menge Dreck auf und hinterläßt kurze, platte Abdrücke. Außerdem gibt es meist Bremsspuren, weil der Fahrer verzweifelt versucht, das Auto anzuhalten. Ein Fahrzeug, das geschoben wird, wirbelt weniger Dreck auf und hinterläßt längere, deutlichere Abdrücke. Und keine Bremsspuren.

»Wir haben Glück«, meinte Bowler. »Die Bodenbeschaffenheit war vorteilhaft – gerade feucht genug für ein paar gute Abdrücke, aber nicht so naß, daß sie mit Wasser vollgelaufen sind.«

»Was ist mit Fußabdrücken?«

»Schon schwerer. Wir haben ein paar verschmierte. Könnten Teilabdrücke sein.«

»Hier stinkt es nach Benzin«, warf Marge ein. »Wurde Brandbeschleuniger verwendet?«

»Die Brandstiftungsspezialisten sind hier. Wollen Sie mit ihnen reden?«

»Später«, sagte Decker. »Wie ist der Täter oder sind die Täter von hier weggekommen?«

»Tja, daran arbeiten wir noch. Schwer zu sagen, ob nur ein Fahrzeug hier war, weil leider inzwischen zu viel Verkehr war. Falls es andere Reifenabdrücke gegeben hat, sind die jetzt womöglich zerstört. Außerdem können wir sie im Dunkeln nicht erkennen. Vielleicht sind sie mit dem Camry hier raufgefahren, haben ihn runtergestoßen und sind per Motorrad, Fahrrad oder sogar zu Fuß verschwunden. Bergab zu laufen, ist nicht schwer, besonders bei Tageslicht. Wir haben noch nicht alle Abdrücke überprüft und können das auch erst, wenn es wieder hell ist.« Er reckte den Hals und schaute nach oben. »Haben Sie irgendwelche Theorien, die uns helfen könnten? Wir sind ganz Ohr.«

»Wer hat das brennende Fahrzeug gemeldet?« fragte Cindy.

»Ein örtlicher Verkehrshubschrauber sah Rauchwolken. Der Pilot ist hingeflogen und hat die Unfallstelle ausfindig gemacht. Auch das Wetter war auf unserer Seite. Kein Wind, nicht besonders trocken und sehr klar. Und es hat vor ein paar Tagen geregnet, daher war der Boden ziemlich feucht. Wir hatten die Löschfahrzeuge hier, bevor die Flammen zum Himmel schossen. Trotzdem sehen Sie ja, was sie angerichtet haben.« Bowler wurde gerufen. »Entschuldigen Sie mich.«

Nachdem er gegangen war, sagte Cindy: »Mea culpa, Dad. Ich

hab deine Vermutung, ein Verkehrshubschrauber hätte den Unfallort entdeckt, nicht ernstgenommen. Obwohl er, technisch gesehen, nicht den Unfallort, sondern nur das Feuer entdeckt hat.«

»Trotzdem mache ich Punkte«, stellte Decker fest.

»Das geb ich zu. Tja, und was jetzt?«

»Du wirst eine Aussage machen müssen. Dann sollten wir nach Hause fahren. Erstens ist das nicht mein Zuständigkeitsbereich. Außerdem haben sie jede Menge Techniker hier. Und ich kann nicht so arbeiten, wie ich will, weil Sabbat ist.«

»Was für eine Aussage?« fragte Cindy.

»Erzähl ihnen einfach, was du uns erzählt hast.«

»Muß ich sie unterschreiben?«

»Natürlich«. Decker sah sie scharf an. »Warum? Ist das ein Problem?«

»Nein«, erwiderte sie rasch. »Ich will nur keinen Fehler machen und irgendwas falsch beantworten.«

»Laß dir Zeit.« Decker schaute sie immer noch durchdringend an. »Wir haben es nicht eilig. Wir warten, bis du fertig bist.«

Cindy nickte. Ihr war schlecht, aber sie überspielte es. Sie mußte sich irgendwie durchmogeln, sagen, daß sie dem Auto gefolgt war statt umgekehrt. Locker mit den Fakten umgehen, hoffen, daß es nicht rauskam. Dads Blick hielt sie immer noch fest. Sie senkte den Kopf. »Ich frag mich, wem der Camry wohl ursprünglich gehört hat.«

»Ohne die korrekten Kennzeichen ist das schwierig, aber nicht unmöglich«, meinte Marge. »Wenn das Baujahr festgestellt werden kann, arbeiten wir uns rückwärts vor. Finden heraus, wie viele rote Camrys in dem Jahr in Kalifornien verkauft wurden.«

»Millionen.«

»Ganz so viele wahrscheinlich nicht.«

»Wenn jemand den Wagen verschwinden lassen wollte, warum dann auf diese Weise? Warum hat er ihn nicht einfach versteckt? Oder ausgeschlachtet und die Teile verkauft?«

»Das habe ich auch gerade gedacht«, sagte Decker. »Vielleicht war das Auto in ein Verbrechen verwickelt und der Besitzer wollte es zerstören. Könnte sein, daß es Beweise enthielt.«

»Was für Beweise?« fragte Cindy. »Blut? Oh, jetzt wird die Sache gespenstisch.«

Decker betrachtete seine Tochter. »Hast du mir wirklich alles gesagt?«

»Ja. Warum fragst du dauernd?«

»Jemand beschützen zu wollen, ist keine einseitige Sache«, sagte Decker. »Ich will dich beschützen. Aber manchmal habe ich das Gefühl, daß du auch mich beschützen willst.«

»Ich hab dir alles gesagt, Dad. Können wir es damit gut sein lassen?«

Decker nickte langsam. »Okay. Ich werd dich nicht mehr fragen.«

Cindy atmete aus. »Was für Beweise?«

»Wie du eben gesagt hast, Officer Decker. Blut, Haare, Fasern, Körperteile ...«

»Jetzt wirst du eklig.«

Decker lächelte. »Etwas Eindeutiges, das auf ein bestimmtes Verbrechen hindeutet. Etwas, das den Besitzer glauben läßt, ihm bliebe keine andere Wahl, als das Auto zu zerstören.«

»Ein Auto zu verbrennen, ist doch viel auffälliger als Ausschlachten«, hielt Marge dagegen.

»Das finde ich auch«, sagte Cindy. »Und wenn man Beweise vernichten will, warum dann die gestohlenen Kennzeichen dran lassen?«

Decker lachte leise. »Weil jemand Mist gebaut hat. Oder nicht an die Kennzeichen gedacht hat. Wir Amerikaner sind von der Brillanz des kriminellen Verstandes wie besessen. In Wirklichkeit sind die meisten Verbrecher einfach nur dumm.«

20

Erhitzt, verschwitzt, müde, dreckig, angewidert, unzufrieden mit sich, unfähig und mehr als verängstigt. Und das war nur ein Teil der Adjektive, die sie zur Beschreibung ihrer Gefühle verwenden würde. Am allermeisten brauchte Cindy eine Schulter, an der sie sich ausweinen konnte, aber da sie die nicht hatte, mußten ein heißes Bad und ihr Bett reichen.

Erst lange nach der Geisterstunde waren sie von ihrem Waldausflug zurückgekommen, aber außer Hannah hatte niemand geschlafen. Die erschöpfte Marge hatte Vega, die immer noch voller Fragen war, bei der Hand genommen und sich bei Rina entschuldigt, weil sie deren Mann am Sabbat entführt hatte. Als sich Cindy verabschieden wollte, hatten sowohl Rina wie auch Decker sie inständig gebeten, bis zum nächsten Morgen zu bleiben. Besonders ihr Vater wollte sie nur ungern so spät fahren lassen. Es stimmte, Cindy war total ausgelaugt, und es stimmte auch, daß ihr Auto am frühen Abend gequalmt hatte. Aber sie hatte sich dickköpfig geweigert, über Nacht zu bleiben. Sie brauchte ihre eigene Dusche, ihr eigenes Bett und ihre eigene Umgebung.

Ruf an, wenn du zu Hause bist, hatte Decker gebeten. *Bitte.*

Du machst dir zu viel Sorgen. Außerdem kannst du sowieso nicht ans Telefon, weil Sabbat ist.

Ich bleibe wach, bis ich deine Stimme höre.

Dad, bitte nicht.

Okay, ich bleib nicht wach. Aber ruf trotzdem an.

Widerwillig hatte sie zugestimmt. Er war besorgt, weil er spürte, das etwas nicht stimmte. Wenn er doch nur nicht so scharfsichtig wäre.

Auf dem Heimweg war ihre Paranoia kaum noch zu bändigen. Äußerst wachsam schaute sie dauernd über die Schulter, ließ den Blick ständig wandern, zum Rückspiegel, zu den Außenspiegeln. Immer wieder wechselte sie die Spur, wurde schneller, dann wieder langsamer. Hätte sie jemanden so fahren sehen, hätte sie ihn sofort zum Alkoholtest rausgewunken. Aber sie hatte gute Gründe, wollte wissen, ob sie beschattet wurde.

Doch es gab keinen Beschatter. Zumindest konnte sie niemanden entdecken. An der National bog sie vom Freeway ab. Noch – oder schon, denn es war bereits früher Samstag morgen – waren Autos unterwegs, aus einem Autoradio dröhnte ohrenbetäubender Rap. Cindy fiel sofort der Paragraph für Ruhestörung ein.

Sie bog in den Parkplatz vor ihrem Haus, stellte den Motor ab, ließ den Blick schweifen. Alles wirkte ruhig … verlassen. Ganz vorsichtig öffnete sie die Autotür und stieg aus – Schlüssel in der linken Hand, die Rechte um den Griff ihrer Waffe geklammert. Niemand sprang sie aus dem Schatten heraus an, niemand tauchte aus dem Nichts auf. Alles total friedlich, und so hatte sie es gern. Trotzdem wurde ihr Atem schneller. Die Nacht war so lang gewesen …

Zur Haustür, dann die Treppe hinauf.

Ständiger Blick über die Schulter.

Klappernde Schlüssel, die andere Hand um die Waffe geklammert.

Inzwischen keuchte sie, schwitzte …

Reiß dich zusammen, Decker.

Ein Blick nach links … nach rechts … über die Schulter.

Den Schlüssel ins Schloß.

Da stimmte was ganz und gar nicht. Als sie den Schlüssel ins Schloß steckte, schwang die Tür ein Stück auf, kein Sicherheitsriegel versperrte sie von innen. Cindy spürte, wie ihr das Blut aus dem Kopf wich und ihr Herz zu trommeln begann. Dann nahm sie sich zusammen. Stand ganz still, versuchte die Situation einzuschätzen, ohne in Panik zu geraten.

Cindy ließ den Schlüssel halb im Schloß stecken, zog die Waffe heraus.

Tür nicht abgeschlossen. War jemand drinnen? Ist noch drinnen? Alles dunkel. Hörst du was?

Aber sie hörte nur ihren keuchenden Atem.

Denk nach. Reingehen oder nicht? Jemanden anrufen? Aber wen? Die Polizei?

Sie war die Polizei.

Treib's nicht zu weit! Verschwinde, verschwinde! Verschwinde! Oder vielleicht … vielleicht nur ein kurzer Blick. Faß nichts an … hau lieber ab. Wen anrufen? Wen anrufen? Nur ein kurzer Blick.

Mit dem Lauf der Waffe schob sie die Tür weiter auf. Gestank schlug ihr entgegen. Nach diesem Abend hatte sie gedacht, nichts mehr riechen zu können, aber das stimmte nicht. Noch ein Schubs mit der Waffe. Jetzt war der Spalt fast zwanzig Zentimeter breit. Sie hielt inne, lauschte, schaute, konnte nichts sehen. Ihre Wohnung war dunkel.

Kein Geräusch, nur ihr Atem. Schweiß lief ihr von der Stirn, an der Nase entlang in den Mund. Cindy leckte das dreckige, salzige Wasser ab. Ihre Achseln waren schweißnaß, zwischen ihren Beinen war es feucht.

Hatte sie in die Hose gepinkelt? Nein, nur Schweiß … viel Schweiß.

Sie drückte mit der Waffe die Tür noch etwas weiter auf. Jetzt konnte sie trotz der Dunkelheit etwas erkennen. Ein heilloses Durcheinander …

Verschwinde!

Aber das wäre Schwäche. Cindy weigerte sich, Schwäche zu zeigen, sogar sich selbst gegenüber. Ein winziger Schritt vorwärts, aber immer noch einen Fuß draußen, für alle Fälle. Mit dem Lauf der Waffe knipste sie das Wohnzimmerlicht an. Ein Sekundenbruchteil, bis sich ihre Augen an die Helligkeit gewöhnt hatten. Dann wünschte sie, sie hätten es nicht getan. Das war mehr als ein Durcheinander. Ihre Wohnung, ihre Zuflucht … Jemand hatte sie in einen Abfallhaufen verwandelt, eine Müllkippe aus Trümmern und Scherben, aus Dreck und Müll. Ein ekelhafter Altar für einen dämonischen Gott, errichtet von einem Wahnsinnigen, einem entsetzlichen, grausamen, sadistischen …

Tränen schossen ihr in die Augen. Ihr Verstand setzte aus. Sie konnte nicht mal denken, so erstarrt war sie. Ihr Selbst war geschändet worden, verwüstet von einem zweibeinigen wilden Tier. Sie sackte zusammen, lehnte sich haltsuchend an den Türrahmen, die Waffe noch in der zitternden Hand.

Laß mich jetzt nicht in Stich, brüllte sie sich stumm an. *Vielleicht ist noch jemand hier.*

Cindy schluckte, zwang sich zum Handeln, packte die Dienstwaffe mit beiden Händen, stand breitbeinig da. Ihr Blick schweifte durch das Zimmer, über den Boden, um zu sehen, wie sie den Bücherhaufen, zerrissenen Fotos, Müll und zerbrochenem Glas ausweichen konnte – einem gewaltigen, stinkenden Haufen!

Denk nach!

Wie sich bewegen, ohne zu stolpern? Wo Deckungen finden, wenn nötig? Die Couch stand noch ... oder vielmehr der Rahmen. Die Rückenlehne war heil geblieben, aber mehrere Kissen waren aufgeschlitzt.

Mach voran! Überprüf die Wohnung!

Zuerst das Wohnzimmer, dann die Küche, dann Schlafzimmer und Bad. Der Vorteil einer kleinen Wohnung: weniger Räume zu überprüfen, wenn jemand sie verwüstet. Methodisch schob sie sich vorwärts, schaute in die offenen Zimmertüren, wich vorsichtig den Haufen aus Abfall und Dreck aus. In der Küche erstarrte sie erneut. Töpfe, Pfannen, Lebensmittel, Müll, zerbrochenes Geschirr, verstreutes Besteck, Pfützen von Milch, Saft und vielleicht Urin, soweit sie das sehen konnte. Auf jeden Fall roch es so, als ob jemand gepißt hätte.

Aber ihre Küchenuhr war noch heil. Laut der Katze mit dem pendelnden Schwanz war es zwanzig nach eins.

Mit dem Handrücken öffnete sie die Kühlschranktür, sah das Durcheinander aus klebrigen Nahrungsmitteln, zerbrochenen Eiern und verschütteten Getränken. Sie schloß sie sofort und öffnete die Schränke: Der Wahnsinnige hatte die Höflichkeit besessen, ihr wenigstens etwas Geschirr zu lassen – etwa die Hälfte war ganz, der Rest lag zertrümmert auf dem Boden.

Zurück ins Wohnzimmer, Scherben knirschten unter ihren Füßen, die Tränen liefen ihr über die Wangen. Langsam bahnte sie sich den Weg ins Schlafzimmer, jeder Schritt schmerzte, weil sie wußte, was sie vorfinden würde. Sie knipste das Licht an, sah, daß es noch schrecklicher war, als sie gedacht hatte. Ihre Kleider, ihre Bilder, die Parfümflaschen, die Kämme und Bürsten, der Schmuck, das Make-up, Schuhe, Unterwäsche, Socken und Strumpfhosen – alles wahllos durcheinander geworfen. Die Bettwäsche von der Matratze gezerrt, die Decke aufgeschlitzt, die Füllung überall verstreut. Auf der Matratze ein dampfender Haufen, der wie Hundescheiße aussah.

Cindy schluckte die Tränen hinunter, biß sich auf die Lippe, um das Zittern zu unterdrücken.

Die Schubladen halb offen, die Schranktür … halb zu.

War jemand im Schrank?

Voller Beklommenheit näherte sie sich dem Schrank. Sie schwankte nicht, aber ihre Schritte waren alles andere als leise. Jeder Schritt verriet sie.

Denk einfach, es wär eine Razzia. Atme tief durch, befahl sie sich. *Noch mal. Eins … zwei … drei. Los!*

Sie stieß mit dem Fuß die Tür auf, richtete die Waffe auf ihren rosa Bademantel.

»*Keine Bewegung!*« schrie sie.

Nichts geschah, nur ihr keuchender Atem war zu hören. Mit dem Fuß schob sie die noch hängenden Sachen beiseite, vergewisserte sich, daß niemand im Schrank war. Verzweifelt kämpfte sie gegen die Tränen, bewegte sich, inzwischen schon resigniert, Zentimeter für Zentimeter Richtung Bad, Sie wußte, was sie erwartete, weil der Inhalt ihres Medizinschranks zwischen den beiden Räumen verstreut lag. Als sie das Badezimmer fast erreicht hatte, lief es ihr kalt über den Rücken. Sie wirbelte herum, aber da war niemand.

Jetzt flippst du ganz aus, was?

Halt die Klappe! Das hatte sie laut gesagt.

Sie redete schon mit sich selbst.

Drehte sich zum Bad um. Wieder lief es ihr kalt über den Rücken. Sie wollte über die Schulter schauen. Bevor sie den Kopf drehen konnte, schrie eine Stimme hinter ihr: »*Stehen bleiben! Keine Bewegung, keine Bewegung, keine Bewegung!*«

Sie erstarrte, war gelähmt vor Angst. Angst, die eigentlich nicht angebracht schien. Ihr Verstand sagte ihr, daß Wahnsinnige nicht »Stehen bleiben« brüllen. Cops brüllen »Stehen bleiben«.

»Ich bin es, Cindy«, sagte die Stimme. »Scott Oliver. Beweg dich nicht!«

Sie blieb reglos stehen.

»Ich hocke neben deinem Bett, blicke auf einen Scheißhaufen, meine Waffe ist über der Matratze. Ich kann dich sehen. Du hältst deinen Revolver in der rechten Hand. Ich sag dir das, weil ich nicht aufstehen und von dir erschossen werden will. Ich möchte wirklich nicht, daß es zu einer dummen Tragödie kommt, okay?«

Sie antwortete nicht. Er sprach leise, aber eindringlich. Wie schaffte er das?

»Okay, wie wär's, wenn du dich zuerst umdrehst, damit du mich sehen kannst ... oder die Waffe? Dann stehe ich auf.«

Cindy schwieg immer noch.

»Oder ich stehe auf, aber dann siehst du nicht, was passiert.«

»Ich dreh mich um«, sagte Cindy. Ihre Stimme zitterte, klang wie unter Wasser.

»In Ordnung«, erwiderte Oliver. »Solange du nicht auf mich schießt ...«

»Ich schieße nicht.« Cindy drehte sich um. »Ich sehe deine Waffe.«

»Gut. Ich steh jetzt auf.« Seine Knie knackten. Für so was war er einfach zu alt. Bei ihrem Anblick hätte er fast laut aufgejapst. Ihr Gesicht war schweißnaß und dreckig. Sie starrte ihn mit wildem Blick an. Eine ganze Minute ließen sie einander nicht aus den Augen. Keiner sprach, und keiner bewegte sich. Schließlich fragte er: »Bist du allein?«

Keine Antwort.

»Ich meine ...« Er schluckte. »Ist jemand hier? Kann ich meine Waffe senken? Oder ist vielleicht noch jemand hier ... hast du alles überprüft?«

Noch immer keine Antwort.

Er hob den Revolver, legte ihn langsam aufs Bett. »Ich komme jetzt zu dir ...«

»Nein!«

»Gut. Okay! In Ordnung. Ich bleibe, wo ich bin. Beweg mich nicht. Sag du mir ...« Wieder schluckte er. »Geht es dir gut?«

Sie antwortete nicht, konnte nicht antworten.

»Ich meine … ich weiß, daß es dir nicht gutgeht.« Er seufzte, schaute zur Zimmerdecke. »Mußt du ins Krankenhaus?«

Cindy schüttelte den Kopf.

»Bist du überfallen worden?«

Wieder schüttelte sie den Kopf. »Ich … es war schon so, als ich nach Hause kam.« Pause. »Warum bist du hier?«

»Ich hab eine Nachricht auf deinem Anrufbeantworter hinterlassen.« Oliver lächelte, aber sein Mundwinkel zuckte. Er schwitzte wie blöd. »Du hast ihn wahrscheinlich nicht abgehört. Himmel Herrgott noch mal, was ist hier passiert?«

Sie starrte ihn an.

»Marge hat mich vor fünfzehn, zwanzig Minuten angerufen«, fuhr Oliver fort. »Sie hat mir von dem Camry erzählt und … daß du ihn verfolgt hast und er in die Schlucht gestürzt ist. Und …« Er atmete aus, verschränkte die Arme, um das Zittern seiner Hände zu verbergen. »Und sie wollte, daß ich … oder sie und ich … morgen zum Unfallort fahren … alles überprüfen und … und ich war in der Gegend und wußte, daß du zurückkommst, also dachte ich, du wärst noch auf. Ich wollte dir ein paar Fragen stellen … über den Unfall. Und über das Auto … du weißt schon, Hintergrundinformation. Vielleicht wollte ich dich auch einfach nur sehen.«

Sie rührte sich nicht.

Oliver fuhr sich mit der Zunge über die Lippen. »Ich sah das Licht in der Wohnung, aber die Tür war auf … Ich entdeckte die ganze Sauerei .. wollte wissen, ob …« Er hielt inne. »Na ja, du kannst dir vorstellen, wie mir zumute war.«

»Wo warst du?« fragte Cindy leise.

»Wie bitte?«

Ihre Wangen waren feucht und feuerrot. »Du sagst, du warst hier in der Gegend.« Sie räusperte sich. »Wo warst du?«

»Ich war in der Nähe … einfach so. Was soll das? Ich war …« Wieder lächelte er. Und wieder zuckte sein Mund. »Du glaubst doch nicht, daß ich …« Er verstummte.

Langsam ging sie auf ihn zu, Schritt für Schritt. Bis sie vor ihm stand. Bis sie jede Pore, jeden Schweißtropfen auf seinem Gesicht sehen konnte. Bis sie den salzigen Schweiß fast schmecken konnte. Bis sie sein Unbehagen in seinem säuerlichen Atem riechen konnte. »Ich weiß, wo du warst«, flüsterte sie. »Du warst bei Hayley Marx. Du hast sie gefickt, stimmt's? Warum hast du nicht gleich gesagt ›Ich war in Hayley Marx' Wohnung und hab sie gefickt!‹ Häh? Warum nicht?«

Oliver wurde rot. Er lachte leise, zuckte die Schultern, wich ihrem Blick aus. »Okay. Ich hab Hayley Marx gefickt.«

Sie holte aus und schlug ihn ins Gesicht. »Du Dreckskerl! Du verdammter Schweinehund!« Wieder schlug sie zu, traf seine Nase, die sofort zu bluten begann. Statt zurückzuschrecken, wurde sie noch wütender. Sie versetzte ihm einen Boxhieb in die Schulter. Dann trommelte sie mit den Fäusten auf ihn ein, bis ihr die Hände weh taten. Er wehrte sich nicht. »Du widerlicher, abscheulicher Hurensohn!«

Das Telefon klingelte. Erschrocken ließ sie von ihm ab, machte einen Satz rückwärts, schlang die Arme um sich. »O Gott, entschuldige, Scott. Entschuldige. Es tut mir so ...«

»Ist schon gut«, krächzte er, hielt sich die Nase. »Dein Telefon klingelt.«

»Es tut mir so leid ...«

»Cindy, dein Telefon.«

»O Gott, o Gott, o Gott.«

»Pst ...«

»So leid.«

»Ruhe!« blaffte Oliver. »Ich versuch mitzukriegen, wer dran ist ...« Er wischte sich das Blut mit dem Hemd ab. »Dein Vater. Ich geh ...«

»Nein!« Sie packte ihn am Arm. »Nein, nein, nein!«

»Er will wissen, wo du bist.«

»Nein!« Cindy grub ihm die Fingernägel in den Arm. »Wenn du was von dem hier sagst, weiß er, daß ich wegen des Autos gelogen habe.«

Oliver riß sich los, rieb sich den Arm. »Was für ein Auto? Wovon redest du?«

»Dann muß ich ihm sagen, daß der Camry mich verfolgt hat,

statt ich ihn. Und dann weiß er, daß ich gelogen habe. Und er wird mir nie, nie wieder vertrauen … und ich hab eine Aussage unterschrieben.«

»Der Camry hat sich an dich drangehängt?« fragte Oliver. »Du hast deinem Dad nicht gesagt, daß dich ein Auto verfolgt hat?«

»Du verstehst das nicht!« jammerte sie. »Ich konnte nichts sagen, Scott. Wenn ich was gesagt hätte, hätte er übernommen und …«

»Cindy, du mußt.«

»Nein!«

»Dann laß mich …«

»Nein, nein, nein! Du darfst ihm das nicht sagen. Du mußt es mir versprechen!«

»Uns bleibt keine andere Wahl, Cindy.«

»Dann weiß er, daß du hier bist.«

»Es ist mir scheißegal, ob er das weiß, Cindy. Du brauchst ihn, Baby. Und ich brauche ihn. Ich brauch seine professionelle Hilfe.«

»Du darfst ihm nichts sagen!«

»Ich muß!«

Wieder holte sie aus und wollte auf ihn eindreschen. Aber diesmal packte er ihre Handgelenke. »Hör auf, mich zu schlagen!«

»Laß mich los!« schrie sie. »Laß mich los, laß mich …« Plötzlich sank sie an seine Brust, begann zu weinen – tiefe, unkontrollierbare Schluchzer. Oliver ließ ihre Handgelenke los, nahm sie fest in die Arme.

»Ist schon gut!«

»Nichts ist gut!«

Sie hatte recht. Nichts war gut. Wut packte ihn. Wer zum Teufel war das gewesen? »Es tut mir so leid …« Wieder klingelte das Telefon. Oliver zuckte zusammen, machte einen Schritt zurück, ließ Cindy los. Schwitzte, hatte ein Zucken im Augenlid. Ganz zu schweigen von seiner Nase, aus der immer noch Blut rann. Doch es gelang ihm, ruhig zu sprechen. »Das wird noch mal dein Vater sein. Er macht sich Sorgen, ob du es bis nach Hause geschafft hast. Wenn du nicht rangehst, ruft er die Nationalgarde. Oder kommt selbst her.«

»Ich rede mit ihm.«

»Du bist nicht in der Verfassung ...«

»Mir geht's gut! Ich muß nur ein bißchen ruhiger werden.« Das dritte Klingeln. »Ich schaff das!« Das vierte. Jetzt oder nie. Sie griff nach den Hörer. »Mir geht's gut. Hör auf, dir Sorgen zu machen, Daddy.«

Langes Schweigen am anderen Ende. Dann sagte Decker: »Du hörst dich aber gar nicht so an.«

»Ich bin nur müde.«

»Du hast sehr lange für den Heimweg gebraucht.«

Ihre Stimme brach. »Ich bin langsam gefahren. Vorsichtig. So, wie du es magst.«

»Ich weiß, daß was nicht stimmt, Cindy. Wenn du mir nicht sagst ...«

»Alles in Ordnung!« schrie sie. »Alles in Ordnung, aber du gehst mir auf die Nerven.«

»Cindy ...«

»Laß mich in Ruhe!« Sie knallte den Hörer auf, zitterte am ganzen Körper, als hätte sie einen Anfall. Dann wurde ihr schwarz vor Augen, und ihre Knie wurden weich. Atemlos gab sie ihrer Panik und dem Streß nach, kippte um. Oliver fing sie auf, überlegte, wo er sie hinlegen sollte. Bestimmt nicht aufs Bett neben den Scheißhaufen; das ganze Zimmer stank danach. Er hob sie hoch, trug sie ins Wohnzimmer, legte sie auf das aufgeschlitzte Sofa.

Natürlich klingelte das Telefon gleich wieder. Scott stieg über den Müll, nahm ab. »Ich bin's, Oliver. Ihr ist nichts passiert, aber ihre Wohnung ist vollkommen verwüstet. Ziemlich schlimm. Besser, du kommst her.«

Decker war normalerweise nicht leicht zu erschrecken. Doch es dauerte ein paar Sekunden, bis er seine Stimme wiederfand. »Aber ihr ist nichts passiert?«

»Nein. Sie ist nicht verletzt. Sie kam nach Hause und fand ihre Wohnung in Trümmern vor.«

»Hat sie die Polizei gerufen?«

»Ich glaub nicht. Ich hab's auch nicht getan.«

»Dann laß es. Warte, bis ich komme. Brauchst du Beweisbeutel?«

»Jede Menge.«

»Bin schon unterwegs.«

Oliver hörte, wie aufgelegt wurde. Typisch Decker. Was auch immer er dachte, er war viel zu sehr Profi, um lange zu fragen.

21

Als Decker an die Tür klopfte, schwang sie von allein auf, ein gelblicher Lichtstreifen fiel in den Flur. Decker zog ein Taschentuch heraus, schob die Tür weiter auf, sah die Verwüstung, versuchte, sie zu verarbeiten. Aber seine Wut kam ihm in die Quere – tiefe, urtümliche Wut!

»Paß auf, wo du hintrittst«, warnte Oliver. »Ich hab noch nicht alles überprüft.«

»Wo ist sie?« knurrte Decker.

»Nimmt ein Bad.« Oliver betrachtete seinen Boß unauffällig; Deckers Augen waren glasig, erstarrt und ohne Licht. »Ich hab ihr dazu geraten. Sie hat eine Polaroidkamera. Ich hab Aufnahmen und Skizzen gemacht, bevor ich die Wanne ausgewischt habe. Die Sachen liegen auf dem Kaminsims. Neben den Porzellanfiguren, die jemand obszön arrangiert hat.«

Decker trat ein und schloß die Tür. Er ging nicht zum Kaminsims. Statt dessen konzentrierte er sich auf Oliver. Scott trug Plastikhandschuhe und Mundschutz. Als er merkte, daß Decker ihn anstarrte, nahm er die Maske ab. »Was ist?«

»Sag du's mir.«

»Ich war gegen halb zwei hier. Offenbar ist sie zehn Minuten vorher gekommen und hat alles so vorgefunden.«

»Hat sie eine Ahnung, wieso?«

»Ich glaube schon, aber so weit sind wir nicht gekommen.«

Überleg genau, was du sagst, befahl sich Decker. »Du warst schon vorher mal hier, oder? In dieser Wohnung?«

Oliver bemühte sich, ungezwungen zu wirken. Aber ihm standen Schweißtropfen auf der Oberlippe. «Ich war mit dir und Marge hier, vor zwei Tagen, als wir sie befragt haben.«

»Oliver ...«

»Und einmal davor«, unterbrach Oliver. »Ich hab sie von Bellini's nach Hause gefahren. Kennst du die Kneipe?«

»Sollte ich das?«

»Eine Polizistenkneipe in Hollywood. Als ich mich mit Osmondson getroffen habe – wegen der Unterlagen der Carjackings – war sie da. Sie hatte eine Menge Bier getrunken. Beim Rausgehen hat sie ein bißchen geschwankt. Ich wollte nicht, daß sie fuhr, also hab ich sie heimgebracht. Du kannst dir denken, warum ich nichts erzählt habe.«

Cindy hat ihn darum gebeten. Decker blieb ruhig. »War sie betrunken?«

»Eigentlich war ihr mehr schlecht.«

»Das sieht ihr nicht ähnlich.« Obwohl Decker klar war, daß er wenig über das Privatleben seiner Tochter wußte. »Hatte sie sich über etwas geärgert?«

Oliver zuckte die Schultern. »Sie ist noch neu auf dem Revier, und in Hollywood weht ein rauher Wind. Noch ganz die alte Schule. Schwer, da akzeptiert zu werden. Bestimmt hat sie eine Menge Ärger.«

»Stand sie unter Beschuß?«

»Sie ist jung, sie ist eine Frau, sie ist klug, und sie hat ein freches Mundwerk. Sie steht bestimmt unter Beschuß. Hat sie mir gesagt, von wem? Nein. Ich hab an dem Abend nur Taxi gespielt.«

»Hat sie dich heute abend angerufen, gebeten zu kommen?«

»Nein, ich war ... zufällig in der Gegend. Ich dachte, ich schau kurz mal vorbei.«

Schweigen. Die Sekunden vergingen, das Schweigen war anklagender als Worte. Oliver wurstelte sich weiter durch.

»Marge hat mich gegen halb eins angerufen. Sie hat mir erzählt, daß ihr drei euch den Camry angesehen habt, der in Angeles Crest einen Abhang hinunter gestürzt ist. Cindy soll ihn beschattet und irgendwo da oben verloren haben.« Er schaute Decker bestätigungheischend an.

»Und?« fragte der.

»Marge wollte, daß wir … sie und ich … morgen dahin fahren. Also eigentlich heute. Da ich nur zehn Minuten von hier entfernt war, dachte ich, ich könnte deiner Tochter ein paar Fragen stellen.«

»Um halb eins nachts?« Decker blieb skeptisch.

»Ich sah Licht in ihrer Wohnung, sie war also noch wach.« Oliver steckte die behandschuhten Hände in die Taschen. »Was soll die Frage? Denkst du, ich hatte was anderes im Sinn? Nein. Und selbst wenn, geht dich das nichts an.«

»Ganz im Gegenteil, das Wohlergehen meiner Tochter geht mich verdammt noch mal durchaus was an.«

»Verdammt hab ich nicht gesagt.«

»Aber gedacht.« Decker merkte, wie sich seine Hände zu Fäusten ballten, ganz unwillkürlich, weil Scott recht hatte. Cindys Privatleben war allein ihre Sache. Und Scott war zwar nicht gerade ein Tugendbold, aber er war immer ehrlich. Und er war hier, in Cindys Wohnung, half ihr, ging das ganze Chaos durch, wo er ohne weiteres mit den verschiedensten Ausreden hätte abhauen können. Trotzdem blieb Decker angespannt und wütend. »Weißt du was über die Geschichte hier?«

»Ich hab keinen blassen Schimmer«, blaffte Scott. »Wieso zum Teufel soll ich was wissen?«

Decker hätte ihn am liebsten geschlagen. »Hör auf, dich zu verteidigen. Ich dachte nur, sie hätte dir vielleicht was gesagt.«

Decker klang nicht nur wütend, sondern auch gekränkt. Oliver sagte: »Sie hat was davon gemurmelt, daß der Camry hinter ihr her war statt umgekehrt.«

»Großer Gott!« Decker sackte gegen die Wand, empfand Entrüstung und Versagen. »Herr im Himmel, warum hat sie mir das nicht erzählt? Das wirft auf jeden Fall ein völlig anderes Licht auf die Situation.«

»Hör zu, können wir den persönlichen Kram für eine Weile beiseite lassen und uns auf den Tatort konzentrieren?«

»Ich hab dich noch nie leiden können.«

»Ich kann dich auch nicht leiden«, erwiderte Oliver. »Ich finde dich arrogant und selbstgefällig und eingebildet, weil du das verdammte Glück hattest, eine schöne junge Frau zu heiraten, der du dich als jemand dargestellt hast, der du nicht bist. Und du hältst mich wahrscheinlich für einen oberflächlichen, abgebrühten, ungehobelten, lächerlichen alternden Babyboomer mit einem ungesunden Hang zur Jugend und vor allem zu jungen Mädchen. Aber ich bin ein guter Polizist und du auch. Können wir jetzt weitermachen?«

»Von mir aus.«

»Auf den ersten Blick weiß man nicht … zumindest ich wußte es nicht.« Oliver sah sich im Zimmer um. »Ein ziemlicher Schlamassel, aber der Schaden ist letztlich nicht allzu groß. Alle teuren Sachen haben die Verwüstung heil überstanden.«

»Das Sofa nicht.«

»Sogar das Sofa ist nicht völlig hin. Aufgeschlitzt, ja, aber nichts, was man nicht mit Nadel und Faden wieder reparieren kann. Ihr Fernseher ist ganz. Sogar die Fernbedienung funktioniert, ich hab's ausprobiert. Ihre Stereoanlage ist heil. Ihr gesamter Schmuck ist noch da.«

»Also war es kein Raubüberfall«, stellte Decker fest. »Was war es dann?« Zum ersten Mal sah er sich mit Polizistenblick im Zimmer um. »Sieht aus, als hätte der Täter nach was gesucht. Hat sie was angedeutet?«

»Mir gegenüber nicht. Das ist was Persönliches, Deck. Schau dir die Figürchen auf dem Kaminsims an.«

Vorsichtig stieg Decker über die heruntergefallenen Bilderrahmen und Glasscherben. Hannahs kleines Gesicht schaute ihn an wie ein im Aquarium gefangener Fisch. Ohne nachzudenken, hob er das Foto auf und steckte es in die Tasche. Dann ging er zögernd zum Kaminsims.

Cindy hatte schon immer Tierfigürchen gesammelt. Auf dem Sims stand nur ein kleiner Teil ihrer Menagerie. Ein Perverser hatte eine viehischen Orgie daraus gemacht. Schweine auf Schweinen in Missionarsstellung. Pferde, die einander von hinten bestiegen, zwei Kühe, die einander am Hinterteil beschnüffelten. Eigentlich ganz normales tierisches Verhalten, aber so, wie das arrangiert war, wirkte es alles andere als unschuldig.

»Kreativer Drecksack.« Decker kochte vor Zorn, doch seine Stimme blieb ruhig. »Origineller, als Drohungen mit Lippenstift auf den Badezimmerspiegel zu schmieren.«

Oliver hielt inne. »Hast du so was wie das hier schon mal gesehen?«

»Nein.«

»Ich auch nicht. Er hat eine Visitenkarte hinterlassen. Scheiße auf Cindys Matratze.«

»Himmel!« Decker verzog das Gesicht. »Menschliche?«

»Ich bin kein Experte, aber ich glaube, es war Hundescheiße. Ich hab sie eingetütet und rausgebracht, weil die ganze Wohnung danach stank.«

»Das ist Sachbeschädigung.« Decker rieb sich die Stirn. »Widerliche Beschädigung, aber keine teure. Jemand will ihr Angst einjagen.«

Decker fühlte sich plötzlich alt, als sei sein Leben erodiert, habe ihn ausgehöhlt wie Wellen, die gegen die Felsen schlagen. Mit einem Blick auf Oliver stellte er fest, das der genauso erschöpft war. Vielleicht ließ Cindys lebenssprühende Jugend Scott nur noch mehr spüren, daß er dem Tod entgegenging.

Oliver strich sich über das Kinn, als bräuchte er eine Rasur. »Ich hab noch nichts auf Fingerabdrücke untersucht. Hast du die Ausrüstung dabei?«

»Im Kofferraum. Ich tue, was ich kann, aber irgendwann müssen wir die Spurensicherung holen. Aber vorher müssen wir Cindy informieren.«

»Gute Idee. Ich hab eine Checkliste fürs Schlafzimmer auf die Kommode gelegt«, sagte Oliver. »Soll ich Marge anrufen?«

»Laß sie bei ihrer Tochter.« Plötzlich kniff Decker die Augen zusammen und runzelte die Stirn. »Was ist mit deiner Nase passiert?«

Vorsichtig betastete Oliver sein Gesicht. »Deine Tochter – Cindy war wütend auf mich. Eigentlich war sie eher wütend über das alles hier und hat sich an mir abreagiert. Das ist schon okay. Ich wußte, wie sie sich fühlte.«

»Tut es weh?«

»Teufel, ja. Cindy ist stark. Sie hat einen kräftigen Schlag.«

In ihrem flauschigen rosa Bademantel kam Cindy aus dem Bad, Hausschuhe an den Füßen. Als sie ihren Dad sah, blieb sie stehen, unsicher, wie sie ihm begegnen sollte. Sie versuchte es mit einem Lächeln, das aber rasch wieder erlosch, und brachte nur ein mattes »Hi« heraus.

Deckers Herz wurde schwer; sie sah so jung und verletzlich aus. Ihr Haar war unter einem Handtuchturban verborgen, ihr Gesicht bleich und ausdruckslos. Decker legte den Beweisbeutel weg, merkte, daß seine Tochter das Durcheinander im Zimmer anstarrte, die teilweise mit schwarzem Fingerabdruckpulver bestäubten Wände. »Was kann ich für dich tun?«

»Habt ihr Abdrücke gefunden?«

»Bisher noch nicht. Oliver und ich haben überlegt, ob wir die Spurensicherung rufen sollen.«

»Klar, soll doch die ganze Welt wissen, was für ein Idiot ich bin.«

Decker überlegte, wie er weiter vorgehen sollte. »Was würdest du denn am liebsten tun?«

»Den Kopf in den Ofen stecken?«

Decker näherte sich ihr wie einem verwundeten Tier, blieb vor ihr stehen. »Darf ich dich in den Arm nehmen?«

»Wenn du dich dann besser fühlst.«

»Wirst du dich dann besser fühlen?«

»Den Idioten zu küssen, macht es auch nicht besser, Dad.«

Decker umarmte sie trotzdem. »Ich hab dich lieb, Prinzessin.«

Sie lehnte sich an seine Brust, steif und verkrampft. »Ich hab dich auch lieb.«

»Wir schaffen das schon.«

»Falsch.« Sie schob ihn weg. »*Ich* schaffe das. Ich werde damit fertig. Nicht du.«

Er wußte, daß sie verzweifelt war, aber wie konnte er sie trösten, wenn sie ihm keine Chance gab? Je emotionaler er war, desto heftiger schien sie zurückzuschlagen. Ironischerweise interpretierte sie seine Zärtlichkeit offenbar als Schwäche. Wenn Sanftheit nicht funktionierte, konnte er genausogut er selbst bleiben. »Ich muß dir ein paar Fragen stellen.«

»Klar. Schieß los.«

»Diesmal aber bitte ehrliche Antworten.«

»Kein Problem.«

Aber Decker war sich da nicht so sicher.

»Danke, daß du die Scheiße von meinem Bett geräumt hast«, sagte Cindy.

»Das war Oliver.«

»Applaus für Scotts heimlichen Altruismus. Hipp, hipp ...«

»Laß uns ins Wohnzimmer gehen.«

»Ins ehemalige Wohnzimmer, meinst du wohl.« Sie nahm das Handtuch vom Kopf. Rostrotes Haar fiel ihr in Wellen über die Schultern. »Ist St. Scott noch da?«

Decker nickte.

»Dann sollte ich mich anziehen«, meinte Cindy. »Ach, vergiß es. Formalitäten sind unnötig. Er hat mich ohnmächtig gesehen, er hat mich betrunken gesehen, er hat mich kotzen gesehen ... wohl eher gehört. Er hat's dir schon erzählt, oder?«

»Keine Einzelheiten. Das mußt du auch nicht.«

»Ich versuch nur, ehrlich zu sein. Ich geh dir ganz schön auf die Nerven, was?«

Decker legte den Arm um seine Tochter. »Ich liebe dich. Hör auf mit dem Selbstmitleid.«

»Unter den gegebenen Umständen finde ich, daß Selbstmitleid verzeihlich ist.«

»Allerdings.« Decker führte sie ins Wohnzimmer. Cindy betrachtete das Durcheinander. »Sieht gar nicht so schlimm aus, wie ich es in Erinnerung habe. St. Scott hat wohl aufgeräumt. Hey, Oliver«, rief sie, »gehört Hausmeisterarbeit zu deinem Tätigkeitsbereich?«

Oliver antwortete aus der Küche: »Fenster putz ich nicht, aber ich mache Kaffee. Willst du welchen?«

»Hab ich denn noch eine Kaffeekanne?« fragte Cindy.

»Ja.«

»Hab ich Kaffee?«

Oliver öffnete den Kühlschrank, rümpfte die Nase. Kein schöner Anblick. »Ein halbes Päckchen hat er dir übriggelassen.«

»Ich hätte gern welchen«, sagte Decker.

»Das ist aber normaler, kein koffeinfreier«, warnte Cindy.

»Ist schon okay.«

»Mehr als okay. Um diese Uhrzeit eine Notwendigkeit.« Oliver goß Wasser in die heil gebliebene Kaffeemaschine. »Außerdem bin ich schon tagelang ohne Schlaf ausgekommen. Wobei sinnlos betrunken zu sein möglicherweise als Unterkategorie von Schlaf gilt.«

Cindy lächelte und lehnte sich an ihren Vater. Decker legte ihr den Arm um die Schultern. »Setz dich, Schatz.«

»Wohin? Mein Sofa ist im Eimer.« Cindy sah sich um, setzte sich auf die heile Sofalehne, die Hände schlaff im Schoß. »Der Fußboden ist sauberer. Was habt ihr mit dem Müll gemacht?«

»Eingetütet.« Oliver kam zurück ins Wohnzimmer. »Dein Dad und ich nehmen ihn uns später vor. Wahrscheinlich wird Marge uns dabei helfen.«

»Muß sie das erfahren?« stöhnte Cindy.

»Du kannst nichts dafür, Cin. Du hast das nicht verschuldet«, beruhigte sie Decker. »Je mehr Leute wir da dransetzen, desto besser.«

»Gut, solange du nicht die Polizei von Culver City anrufst. Das hier ist schließlich meine Wohnung, und ich habe das Recht, den Einbruch *nicht* zu melden.«

»Und wenn es nun ein Serieneinbrecher oder Vergewaltiger war?« fragte Decker. »Es ist deine Pflicht.«

»Wenn du wirklich denkst, daß das dahintersteckt, dann ruf an. Aber erspar mit weitere Fragen über Armand Crayton. Außerdem ist Crayton schon über ein Jahr tot. Ich weiß nicht, was das hier mit ihm zu tun haben könnte.«

»Warum erwähnst du ihn dann?« wollte Decker wissen.

»*Ich weiß es nicht!*« Sie schüttelte den Kopf. »Du sagst, es sei nicht meine Schuld. Aber wenn es das doch war … weil ich vielleicht jemanden vor den Kopf gestoßen habe?«

»Wen denn?« fragte Oliver.

»Das ist das Problem. Da gibt es viele.«

Decker zog seinen Notizblock raus. »Du hast doch jemand in Verdacht. Dir geht das schon eine Weile im Kopf rum, das merke ich.«

»Das war nur so ein Gefühl. Bis jetzt hab ich mich nie *körperlich* bedroht gefühlt.«

»Also fangen wir an«, meinte Oliver. »Hat sich irgendein Kerl dir gegenüber in letzter Zeit merkwürdig verhalten?«

»Nein.«

»Feindselig?« hakte Decker nach.

»Nein.«

»Hast du in den letzten paar Wochen jemanden auf die Palme gebracht?«

»Ich bring die Leute nicht auf die Palme. Ich … geh ihnen aus dem Weg. Wenn ich vor einem Rüpel meine Ruhe haben will, halte ich ihn auf Distanz.«

»Bist du momentan in so einer Situation?« fragte Decker.

»Ich hab das im übertragenen Sinne gemeint. Niemand interessiert sich für mich.«

»Im Gegenteil, Cindy. Irgend jemand interessiert sich sehr für dich. Du bist verfolgt worden. Oliver hat mir erzählt, daß der Camry hinter dir her war. Warum hast du nichts gesagt?«

Cindy antwortete nicht. Das war auch nicht nötig. Decker drängte nicht, konnte aber seine Irritation nicht ganz verbergen. »Wann ist dir aufgefallen, daß der Wagen dich beschattete?«

»Ich war schon im Valley. Irgendwo auf dem Hollywood Boulevard. Da hab ich ihn zum ersten Mal bemerkt. Aber er kann mir schon von dem Moment an gefolgt sein, als ich das Polizeirevier verließ.«

»Was ist nun wirklich passiert?« fragte Decker. »Diesmal bitte die Wahrheit.«

Cindy fing den skeptischen Blick ihres Vaters auf. »Schimpfen ist unnötig. Ich hatte nicht vor, den Camry zu stellen. Ich wollte nur das Kennzeichen. Aber ich hab mich verraten. Oder der Fahrer war sehr gerissen. Sobald er merkte, daß ich ihm auf den Fersen war, ist er abgehauen. Und ich hab darauf reagiert. Ich hab ihn gejagt.«

»Der Camry ist vor dir geflohen?«

»Ja.«

»Und du hast ihn in Angeles Crest verloren?«

»Ja.«

»Und bis dahin ist nichts Merkwürdiges passiert?«

Oliver mischte sich ein. »Erzähl ihm von dem Bilderrahmen.«

»Welcher Bilderrahmen?« fragte Decker.

»Der eigentlich auf ihren Kaminsims gehört. Mit einem Foto von Hannah.« Oliver sah sich um. »Ich kann es nirgends sehen.«

»Ich hab es.« Decker holte Hannahs Foto aus der Tasche. »Hab's vom Boden aufgehoben.«

»Manipulierst du Beweisstücke, Dad?« fragte Cindy.

»Zumindest hast du deinen Humor nicht verloren. Was war mit dem Bilderrahmen?«

»Ach, völlig unwichtig. Nicht der Rede wert.«

»So unwichtig, daß du mich danach fragen mußtest?« Oliver wandte sich an Decker. »Am Tag, nachdem ich sie heimgebracht hatte, rief sie an und fragte, ob ich Hannahs Foto vom Kaminsims auf den Tisch gestellt hätte, stimmt's?«

»Ja, auf den Tisch«, bestätigte Cindy. »Ich fand das Bild auf dem Tisch, kann mich aber nicht erinnern, es dort hingestellt zu haben. Die Familienfotos stehen immer auf dem Kaminsims.« Sie zuckte die Schultern. »Wenn wir schon bei diesem Blödsinn sind, sollte ich wohl auch den Zettel erwähnen.«

»Jemand hat einen Zettel mit der Aufschrift *Nicht vergessen* in ihrem Streifenwagen hinterlassen«, erklärte Oliver.

»Himmel!« rief Decker. »Was sollst du nicht vergessen?«

»Keine Ahnung, Dad!« schnappte Cindy. »Ich weiß nicht mal, ob der Zettel für mich bestimmt war. Und nein, ich hab ihn nicht mehr. Ich hab ihn weggeschmissen. Woher sollte ich ahnen, daß er vielleicht wichtig ist?«

Decker hielt sich zurück. »Sonst noch was?«

»Okay. Ich erzähl euch jetzt alles. Normalerweise hab ich meine

Baumwollpullover auf der rechten Seite, die aus Wolle auf der linken. Sie lagen andersrum. Vielleicht hab ich das gemacht. Vielleicht war's aber auch der Einbrecher.«

»Jemand war vor heute abend an deinen Sachen?« fragte Decker.

»Vielleicht.« Cindy rutschte hin und her. Die Armlehne des Sofas war einfach nicht zum Sitzen gedacht. »Das ist alles. Ich schwör's, auch wenn du mich auf die Folterbank schnallst, das war's.«

»Wann hat das alles angefangen?«

»An dem Abend, als Scott mich heimgebracht hat. Da hab ich zum ersten Mal bemerkt, daß das Foto nicht an seinem Platz stand.«

»Was war das für ein Datum?«

»Warte. Das war der Tag, an dem ich mich mit Osmondson getroffen habe.« Oliver blätterte in seinem Taschenkalender, nannte Decker das Datum.

»Also vor etwa einer Woche.« Decker wandte sich an Oliver. »Gab's einen Autoraub an dem Tag?«

»Nein. Ist sonst noch was an dem Tag passiert, Cindy?« fragte Oliver.

»Nichts.«

»Vielleicht während deiner Schicht?« fragte Decker. »Hast du jemanden verhaftet, der geschworen hat, sich an dir zu rächen?«

Cindy schüttelte den Kopf. »Verbrecher reden, drohen ständig. Aber ich kann mich an nichts Spektakuläres erinnern.«

»Was hast du an dem Tag gemacht?«

»Das weiß ich nicht mehr.«

»Hast du jemanden auf der Arbeit vergrätzt?« wollte Oliver wissen.

»Ich weiß es nicht!«

»Cindy, du erinnerst dich an den Abend bei Bellini's. Du hast mit Hayley und noch einer Frau am Tisch gesessen – einer Schwarzen ... keine Polizistin. Eher eine Zivilistin.«

»Rhonda. Sie ist Sekretärin bei den Detectives.«

»Ich kenne Rhonda«, warf Decker ein.

»Ja, das hat sie erwähnt. Ich soll dich von ihr grüßen.«

»Kann ich vielleicht mal meinen Gedanken zu Ende bringen?« bellte Oliver. »Also gut, du und Hayley und Rhonda. Worüber habt ihr geredet?«

»Über Männer. Daß die guten entweder verheiratet oder schwul sind. Ich hatte schlechte Laune und hab ziemlich viel Bier gekippt.«

»Warum hattest du schlechte Laune?« fragte Decker.

»Dad, ich hab selten gute Laune.«

Decker strich sich über den Schnurrbart. »Okay. Versuchen wir es andersrum. Die Frauen … seid ihr zusammen gekommen? Oder hast du sie dort getroffen?«

Cindy atmete aus. »Ich bin mit Graham gekommen … Graham Beaudry, meinem Partner.«

»Als du ihm zugeteilt worden bist, fandest du ihn ganz in Ordnung«, meinte Decker. »Gilt das immer noch?«

»Ja, im großen und ganzen. Graham ist ein bißchen faul, aber kein schlechter Kerl.«

»Hat er dich je angemacht?«

»Nein. Beaudry behandelt mich wie ein menschliches Wesen.«

»Im Gegensatz zu wem?«

»Nach außen hin benehmen sich alle einwandfrei. Aber sie reden hinter meinem Rücken.«

»Worüber?« fragte Decker.

»Daß ich patzig bin … überheblich … arrogant, weil mein Vater Lieutenant ist.«

»Und, stimmt das?«

»Ja, leider.« Cindy biß sich auf die Unterlippe. »Ich glaube, das war der Tag, als wir uns mit der Lady rumschlagen mußten, die mit einer Kanone auf die Eier ihres Mannes zielte. Ich hab mit Beaudry über die Verhaftung geredet.«

»Was war damit?«

»Die Lady … sie hieß …«, Cindy runzelte die Stirn. »Estella … die liebenswerte Estella Ojeda. War wohl mächtig sauer auf ihren Mann. Hatte das mit seiner *puta* rausgefunden und zielte mit einer abgesägten Schrotflinte auf seine *cojones*. Ich hab sie praktisch allein zur Vernunft gebracht. Hab ich echt gut hingekriegt.«

»War das für Beaudry ein Problem?« fragte Decker.

»Nicht für Beaudry. Aber mein Sergeant war stocksauer.«

Decker und Oliver tauschten Blicke. »Wieso das?«

»Weil ich ihn bloßgestellt habe. Er hatte Witze über meine Bildung gemacht – als wär ich eine hochnäsige Intellektuelle, während er genau weiß, wo's langgeht. Er hat mich reingeschickt und gedacht, ich würd's vermasseln. Ich hab ihm das Gegenteil bewiesen. In der Kneipe hat mir Beaudry erklärt, daß ich danebenlag und mir keinen Gefallen damit getan hätte, den Sarge in Verlegenheit zu bringen.«

»Was sicher stimmt«, meinte Decker. »Wie heißt der Sergeant?«

»Tropper.«

»Hat er auch einen Vornamen?«

»Clark«, erwiderte Cindy. »Aber um den brauch ich mir keine Sorgen zu machen. Die ganze letzte Woche hab ich in meiner Freizeit seine Berichte getippt, um ihn zu besänftigen.« Cindy lächelte, aber gezwungen. »Seitdem hat er mich in Ruhe gelassen.« Allerdings verschwieg sie, daß Tropper nicht mehr eisig war, sondern jetzt in Flammen stand. Sie mußte auch gar nichts sagen. Es stand ihr deutlich ins Gesicht geschrieben.

»Macht er dich an, Cindy?«

»Nein …«

»Wenn du auch nur die leiseste Vermutung hast, daß er dahintersteckt …«

»Ich hab keine Vermutung, Dad.« Cindy zuckte die Schultern. »Natürlich bin ich mir im Moment über gar nichts sicher. Ist Tropper zu so was fähig? Klar. Er ist ein Macho-Cop mit Wildwestallüren. Aber warum sollte er mich drangsalieren? Ich hab ihm die Hälfte seines Papierkrams abgenommen.«

Zu Oliver gewandt, sagte Decker: »Du hast in Hollywood gearbeitet. Was weißt du über Tropper?«

»Nichts. Er kam nach mir. Ich kann's aber rausfinden.«

»Tu das. Besser, es kommt von dir, als von mir.« Decker konzentrierte sich wieder auf Cindy. »Balzt sonst noch jemand rum?«

Sie schüttelte den Kopf. »Eigentlich nicht. Na gut, vielleicht Andy Lopez. Wir waren zusammen auf der Akademie. Er hatte mir an dem Abend angeboten, mich heimzufahren. Ich hab abgelehnt.«

»Glaubst du, das hat ihn wütend gemacht?« fragte Decker.

»Nein, er kam mir nicht so vor. Aber später hat mir Hayley Marx ... die Polizistin, die dabei war, als ich mir einen angesoffen habe ... sie hat mir erzählt, daß er gekränkt war. Sie glaubt, er ist in mich verknallt.«

»Ist er das?«

»Wir sind nur gute Bekannte. Ich weiß nicht, was er von mir hält.«

»Okay. Sonst noch jemand, von dem wir wissen sollten?«

»Wo wir gerade bei Hayley Marx sind ...« Cindy wandte sich an Oliver. »Hat sie erwähnt, daß wir uns gestern abend begegnet sind?«

»Sie hat erwähnt, daß sie dich gesehen hat«, erwiderte Oliver. »Aber keine Einzelheiten. Warum?«

»Weißt du, wo ich sie getroffen habe?«

»Nein.«

»In Prenner's Park. Der Park, wo die Straße aufhört. Ich hab angehalten, weil mein Auto qualmte. Plötzlich tauchte Hayley Marx auf.«

Decker war total verblüfft. Er hob die Augenbrauen. »Und du fandest das nicht merkwürdig genug, um es zu erwähnen?«

»Ich fand es äußerst merkwürdig. Aber ich weiß, daß sie mir nicht gefolgt sein kann. Sie fuhr einen Mustang, keinen Camry.«

»Autos kann man wechseln.«

»Nicht so schnell.«

»Doch, so schnell.«

»Dad, das hier kann sie nicht gewesen sein. Scott war den ganzen Abend mit ihr zusammen.«

»Sie hätte jemand anheuern können.«

»Warum sollte sie? Sie hat nichts gegen mich. Tut sogar so, als würde sie mich mögen. Ich fand es nur, na ja ... eigenartig.«

»Zu eigenartig für einen Zufall«, stellte Decker fest. »Sie scheint ein persönliches Interesse an deinem Privatleben zu haben … hat dir von Andy Lopez erzählt.«

»Das klingt schlimmer, als es ist, Dad. Wir haben uns nur unterhalten.«

»Vielleicht hat sie diesen Lopez gegen dich aufgehetzt.«

»Jetzt wirst du aber paranoid.«

»Ich klopfe bloß alle Möglichkeiten ab, Cindy!« Decker hob die Stimme. »Schau dir doch diesen Sauhaufen an!«

»Stimmt, es ist ein Sauhaufen«, erwiderte Cindy ruhig. »Ich bezweifle nur, daß Hayley damit zu tun hat.«

»Obwohl sie ganz zufällig mitten in der Wildnis auftaucht?« Decker blieb skeptisch. »Hat sie gesagt, was sie da oben wollte?«

»Zeit totschlagen, bis zu ihrer Verabredung mit Oliver.«

»Wann war das?«

»Gegen fünf. Sie sagte, sie würde sich später mit Scott treffen.«

»Das stimmt«, bestätige Oliver.

»Ich kauf ihr das keine Sekunde lang ab«, knurrte Decker. »Wieso ausgerechnet in Angeles Crest?«

»Wahrscheinlich ist sie dieselbe Strecke gefahren wie ich, Dad. Und wenn sie so gedacht hat wie ich, ist sie vom Freeway abgebogen, als der Stau anfing. Vielleicht ist sie nach Angeles Crest gefahren, um ein bißchen abzuschalten.«

»Nein, ist sie nicht«, widersprach Decker. »Sie fuhr da rauf, weil sie dir gefolgt ist.«

»Sie fuhr keinen Camry!«

»Ich sag ja nicht, daß sie der Camryfahrer war. Ich sag noch nicht mal, daß sie hinter der Camry-Sache steckte. Aber ich kann es nicht einfach als einen merkwürdigen Zufall abtun. Dazu ist es zu verrückt.«

»Es klingt verrückt«, warf Oliver ein. »Trotzdem hat sie mir gesagt, daß sie Cindy gesehen hat. Und Cindy hat recht. Hayley kann die Wohnung nicht verwüstet haben, weil wir den ganzen Abend zusammen waren.«

»Hayley ist eine der wenigen Frauen, die mit mir spricht«, sagte Cindy. »Warum sollte sie das tun?«

»Im Moment denke ich nicht an Motive, Cindy«, meinte

Decker. »Nur an Kandidaten. Und nach dem, was du erzählt hast, steht sie ziemlich weit oben auf der Kandidatenliste.«

22

Gegen vier Uhr morgens war das meiste sortiert, aufgelistet und weggebracht. Die Böden waren gefegt und gesaugt – die Staubsaugerbeutel waren natürlich Beweisstücke –, die Küchenschränke und der Kühlschrank waren wieder sauber, allerdings ohne Nahrungsmittel. Das Schlafzimmer war gelüftet und roch jetzt nach Lilien-Raumspray. Die Steppdecke war weg, aber Cindy hatte noch eine Wolldecke und frische Laken. Alles war ordentlich, sogar bewohnbar, hinterließ aber einen schlechten Nachgeschmack. Oliver, gut erzogen, ging als erster.

Decker zögerte, bat sie, mit ihm nach Hause zu kommen. Aber Cindy lehnte ab, lächelte müde, sagte, er solle nach Hause zu seiner Familie fahren. Sie käme schon zurecht. Und selbst, wenn nicht, müsse sie lernen, wieder allein zurechtzukommen. Sie komplimentierte ihn regelrecht raus. Sobald er gegangen war, schob sie den Riegel vor, lehnte sich gegen die Tür, atmete tief aus. Ihre Wohnung wirkte steril, so anheimelnd wie ein preiswertes Hotelzimmer. Alle persönlichen Dinge waren eingetütet und von Oliver und ihrem Vater mitgenommen worden. Sie wollten die Sache vorläufig nicht melden, aber wie lange würde das möglich sein? Distanziert und mit trockenen Augen betrachtete Cindy ihre Umgebung.

Der Streß machte sich bemerkbar. Sie zitterte, nicht aus Furcht, sondern weil ihre Nerven bloßlagen. Zum Schlafen war sie viel zu aufgedreht. Wenn sie den Rest der Nacht wach und klarbleiben wollte, brauchte sie einen Plan. Zwei Möglichkeiten: entweder sie konnte ihr Schicksal beklagen und irgendwann ausflippen, oder sie wahrte ihre Distanz und tat so, als sei sie die erste Polizistin am Tatort.

Dafür brauchte sie Stift und Papier, um sich Notizen zu machen. Ob sie so was überhaupt noch besaß? Ihr Büromaterial hob sie in einer Küchenschublade auf, und die waren während der Verwüstung fast alle ausgekippt worden. Sie war ruhelos, fühlte sich elend, von einem unbekannten Jäger mit unklaren Absichten verfolgt. War das nur eine Warnung? Wenn er ihr wirklich etwas antun wollte, warum verwüstete er dann ihre Wohnung?

Schreib das auf!

Also alles wieder auf Anfang: Stift und Papier. Übermüdet und schwerfällig schlurfte sie in die Küche, öffnete die Büroschublade. Jetzt war ihr Besteck darin untergebracht. Sie nahm den Besteckkasten heraus, öffnete die Besteckschublade, in der nur noch ein Dosenöffner und der Kaffeemeßlöffel lagen. Das Holz war noch feucht; Oliver hatte die Schublade ausgewischt. Cindy legte den Büchsenöffner und den Meßlöffel in den Besteckkasten und stellte ihn in die angestammte Schublade. Die andere war jetzt leer. Keine Schreibutensilien da.

In der Nähe gab es einen Drugstore, der vierundzwanzig Stunden geöffnet war. Cindy hatte schon immer wissen wollen, wer eigentlich morgens um vier einkaufte. Sie zog ihren Mantel über, nahm ihre Handtasche, vergewisserte sich, daß ihre Waffe griffbereit war. Als letztes holte sie die Schlüssel raus. Ein Blick aus dem Fenster – nur merkwürdige, leblose Umrisse und Schatten in schwarz und stahlgrau. Vorsichtig öffnete sie die Tür, schloß von außen ab, ging zu ihrem Auto.

Obwohl der arme Saturn einiges durchgestanden hatte, sprang er nach kurzem Stottern an. Wieder vergewisserte sie sich, daß ihr Revolver in der Handtasche war. Sie holperte hinüber zu Buy Rite Drugs, ließ den Blick ständig zwischen der Straße und dem Rückspiegel hin und her wandern. Der Parkplatz vor dem Geschäft war fast leer. Drinnen kam sie sich vor wie in einer Geisterstadt: leere, lange, hell erleuchtete Gänge mit spiegelblankem Linoleum. Die Neonröhren summten. Als sie an den rezeptfreien Medikamenten vorbei kam, sah sie eine aufgelöste Mutter, die einen großen Vorrat an Kinderzäpfchen einkaufte. Gleich darauf fiel ihr ein Typ mit schmierigem Haar und dürren Armen auf, der ungeschickt einen Karton Papiertaschentücher und ein Dutzend Schokoriegel umklammerte. Cindy ging hinüber zu den Büroartikeln, warf ein Paket liniertes Papier, einen Beutel Bleistifte, einen Beutel Filzschreiber, eine Schachtel Büroklammern, zwei Päckchen Merkzettel, zwei Bleistiftspitzer, einen gelben Marker und ein Ringbuch in den Einkaufswagen.

Wo sie schon mal hier war, nahm sie auch gleich Milch, Eier, Margarine, Orangensaft, zwei Kartons neapolitanisches Eis, eine Packung Cornflakes, eine Tüte Zucker und eine Flasche Pfannkuchensirup mit, den sie wahrscheinlich nie benutzen würde. Wenn schon Sirup, warum dann nicht auch eine Teigmischung für Pfannkuchen? Und dazu gehörten natürlich Blaubeeren, denn was konnte einen fröhlicher stimmen als Blaubeerpfannkuchen, Orangensaft und frischer Kaffee? Was sie daran erinnerte, daß sie Kaffee brauchte, da sie den letzten vor vier Stunden verbrauchte hatte.

Gegen zehn vor sechs bezahlte sie ihre Einkäufe und ging zum Parkplatz. Es war noch dunkel, aber die Morgendämmerung war nicht mehr weit, der Horizont war bereits purpurfarben und rosa eingefärbt. Alles war so still und frisch. Es konnte nur besser werden!

Nachdem sie bei Starbucks Kaffee und ein frisches Croissant gekauft hatte, machte sie sich auf den Heimweg, merkte, daß ihr Herz schneller schlug, je näher sie ihrer Wohnung kam. Als sie sich die Treppe hinaufschleppte, spürte sie einen regelrechten Adrenalinstoß – Herzklopfen, schmerzender Kopf, die Hände feucht und zitternd. Sie war in höchster Alarmbereitschaft und konnte das Zittern nicht unterdrücken.

Obwohl sie ihren Revolver zog, war das nur Show. So, wie sie zitterte, hätte sie nicht mal einen Wal auf drei Meter Entfernung getroffen. Trotzdem gelang es ihr, den Schlüssel ins Schloß zu stecken und die Tür zu öffnen. Immer noch mit gezogener Waffe, schob sie die Einkaufstüten mit dem Fuß nach drinnen. Noch ein Schubser, und sie war in der Wohnung, mitsamt der Einkäufe. Sie schob den Riegel vor, senkte die Waffe, sank zu Boden, den Kopf zwischen den Händen, die Augen fest zusammengekniffen, damit die Tränen nicht liefen.

Tief durchatmen!

Schon besser. Mach was ganz Normales! Etwas so Alltägliches, daß selbst ein dressierter Affe es tun könnte!

Cindy steckte die Waffe wieder in die Handtasche, stand auf, griff nach ihren Tüten und packte sie aus. Als ihr Kühlschrank voller wurde, faßte sie Mut. Sie beschloß, das Croissant zu vergessen und Pfannkuchen zu machen. Ihre Suche nach der Rührschüssel wurde von einem leisen Klopfen gestört. Sofort raste ihr Puls wieder los. Die Vernunft sagte ihr, daß es ein Freund war, denn Einbrecher kündigen sich nicht an. Trotzdem, raus mit der Waffe. Ein Blick durch den Türspion; da stand Scott mit einer großen Tüte. Sie ließ ihn rein, warf aber einen betonten Blick auf die Uhr. »Der Imbiß für Frühaufsteher ist einen Block weiter. So viel Cholesterin und Ptomain, wie du runterkriegst, und alles für zweineunundneunzig.«

»So verlockend das klingt, ich hab mich dagegen entschieden.« Oliver hielt die Tüte hoch. »Ich hab frische Brötchen, Butter, Erdbeermarmelade, Grapefruitsaft, Kaffee und eine Kaffeemühle mitgebracht.« Er grinste. »Typische Yuppikost!« Noch ein Blick und er bemerkte den Revolver in ihrer zitternden Hand. »Du kannst die Kanone wegstecken. Ich verspreche, daß ich mich gut benehmen werde.«

Cindy lächelte unter Tränen. »Danke.«

Oliver stellte seine Mitbringsel auf die Arbeitsplatte, sah ihre leeren Einkaufstüten. »Wir hatten wohl dieselbe Idee. Wo warst du einkaufen?«

»Bei Buy Rite Drugs. Ich hab Pfannkuchenteig gekauft. Für Blaubeerpfannkuchen.« Zum Beweis hielt sie die Dose hoch. »Hier sind die Blaubeeren.«

»Das seh ich.«

»Ich hab noch nie Pfannkuchen gemacht«, sagte Cindy. »Glaubst du, das ist schwer?«

»Nein, nicht mit Fertigteig. Hab ich dauernd gemacht, als meine Jungs noch klein waren. Als mein Leben noch einen Sinn hatte.«

»Was für ein hingebungsvoller Vater. Meiner hat mir nie Pfannkuchen gemacht, und schon gar keine Blaubeerpfannkuchen.«

»Tja, dann bin ich wohl der bessere Vater.« Oliver lächelte. »Du siehst fix und fertig aus. Laß mich den Teig anrühren.«

»Er kauft für mich ein und kocht sogar für mich. Wieviel Glück kann eine Frau haben?«

Langsam trat Oliver zu ihr, griff nach ihren Händen. Er nahm ihr die Waffe ab und legte sie auf die Arbeitsplatte. »Ich hab eine prima Idee. Leg dich hin, und ich mach nicht nur Pfannkuchen, sondern auch noch Rühreier dazu. Dann deck ich den Tisch und ruf dich, wenn alles fertig ist. Ein Butler und Koch, und ich verlange nicht mal Trinkgeld.«

»Das ist unschlagbar.«

»Geh ins Bett, Cin. Der Koch braucht Platz.«

Aber sie blieb stehen. »Du wohnst eine Dreiviertelstunde entfernt. Offensichtlich bist du nicht nach Hause gefahren.«

»Offensichtlich.«

»Wo warst du?«

Oliver lachte leise. »Hab mir einen starken Kaffee genehmigt, dann bin ich einkaufen gegangen. Geh ins Bett.«

»Ist es dir wirklich nicht zu ...«

»Ich muß selbst was essen«, meinte Oliver. »Treff mich nachher mit Marge wegen der Sache mit dem Camry.«

»Oh, das hatte ich ganz vergessen.«

»Geh ins Bett.«

Geh ins Bett ... ihr Bett, auf dem jetzt keine Scheiße mehr lag. Sie wollte Oliver fragen, was er mit dem Haufen gemacht hatte, aber das könnte seine Begeisterung fürs Kochen dämpfen. Regel Nummer eins: Wenn ein Mann für dich kochen will, laß ihn.

Cindy küßte ihn auf die Wange. »Danke, Scott. Das bedeutet mir viel.«

Er drehte sich um, streifte ihre Lippen. »Gern geschehen. Leg dich hin.«

Sie zögerte, wußte, daß sie mehr daraus machen konnte. Mit einer einzigen Berührung seines Fingers konnte sie viel mehr daraus machen. So müde, und doch so erregt. Ihr Körper war eine traurige Mischung durcheinandergeratener Hormone.

Oliver zog die Schublade auf, die jetzt mit Schreibutensilien vollgestopft war. »Du hast umgeräumt.«

»Wie konnte ich dir das antun!«

Oliver lachte. »Los, verschwinde.«

Er schien es ernst zu meinen. Langsam trottete Cindy zum Schlafzimmer, schlüpfte unter die Decke, schmiegte sich an die Matratze. Nach wenigen Minuten drangen ihr köstliche Düfte aus der Küche in die Nase. Sie hatte nur kurz die Augen schließen wollen ... ganz kurz. Aber ihr Bett war so bequem und der Duft so wunderbar, und irgendwie konnte sie die Augen nicht mehr öffnen. Außerdem war sie nicht allein. Oliver war da ...

Cindy erwachte völlig verschwitzt und mit wild klopfendem Herzen. Zu verängstigt, um sich zu bewegen, aber sie konnte zumindest die Augen öffnen. Zuerst drehte sich alles, doch dann beschloß das Zimmer, wieder zur Ruhe zu kommen. Es gelang ihr, einen Blick auf den Wecker zu werfen. Kurz nach zwei. Zweifellos am Nachmittag, weil die Sonne schien. Die herrlichen Düfte waren verflogen, nur der Geruch nach kaltem Fett hing noch in der Luft. Sich aufzurichten, war gar nicht so einfach, aber schließlich fand sie ihr Gleichgewicht *und* ihren rosa Bademantel. Sie schlurfte ins Wohnzimmer.

Scott war weg, seine Pfannkuchen waren in Frischhaltefolie eingeschlagen und lagen im Kühlschrank. Das Geschirr war abgewaschen. Die Arbeitsflächen waren sauber, wie zuvor, nur daß Cindy jetzt eine Kaffeemühle besaß. Wieder öffnete sie den Kühlschrank, nahm den ungemahlenen Kaffee heraus, füllte einen Meßlöffel voll in die Mühle.

Das Ding funktionierte, verwandelte die Bohnen in duftendes Kaffeemehl. Schon der Duft hob ihre Laune. Sie füllte die Kaffeemaschine, ging ins Bad. Kam wieder zurück, überprüfte die Tür. Natürlich war sie zu, aber da Oliver keinen Schlüssel besaß, war sie nicht abgeschlossen. Sofort drehte Cindy den Schlüssel um und legte den Riegel vor.

Nach dem Duschen zog sie einen lockeren Jogginganzug an. Das feuchte Haar kitzelte im Nacken. Sie machte die Pfannkuchen in der Mikrowelle warm, goß sich ein Glas Orangensaft ein, tat Milch in ihren Kaffee. Ein himmlisches Frühstück mit Butter und Zucker und Fett und all dem ungesunden Zeug, aber Cindy genoß jeden Bissen. Während sie genüßlich kaute, klingelte das Telefon, ließ sie erstarren. Sie atmete tief durch, griff nach dem Hörer. »Hi.«

»Gilt unsere Verabredung zum Essen noch?«

Mom.

»Ah ... klar«, erwiderte Cindy. »Ich freu mich.«

Pause. Dann sagte Mom: »Du hast es vergessen.«

»Aber nein ...«

»Doch. Aber ich nehm's dir nicht übel.«

Natürlich nahm sie es ihr übel. »Um wieviel Uhr, Mom?«

»Gegen fünf?«

In drei Stunden! »Das ist mir ein bißchen zu früh, Mom. Ich hab gerade erst ausgiebig gefrühstückt.«

»Siehst du, ich sag doch, du hast es vergessen. Warum hättest du sonst so spät gefrühstückt?«

Sherlock hatte sie bei ihrer Schwindelei ertappt. Cindy war sauer. »Ihr eßt doch nie so früh. Was ist denn los?«

»Ich dachte, wir könnten vor dem Essen noch ein bißchen reden.« Noch eine Pause, um ihr schlechtes Gewissen zu verstärken. »Aber wenn's dir zuviel ist ...«

»Geht es auch um halb sieben?« unterbrach Cindy.

»Tja, wenn du meinst ...«

»Prima«, zwitscherte Cindy. »Bis dann.«

Sie hängte ein, hatte gar keine Lust auf den Besuch. In letzter Zeit fühlte sie sich ihrem Vater näher als ihrer Mutter. Cindy liebte ihre Mutter, wunderte sich aber, wieso sie zwölf Jahre nach der Scheidung und offenbar glücklich wiederverheiratet immer noch glaubte, um die Gunst ihrer Tochter kämpfen zu müssen. Echte Beziehungen waren schwierig.

Inzwischen hatten die Pfannkuchen ihren Glanz verloren, hinterließen einen Fettfilm auf ihren Zähnen. Cindy legte die halb gegessene Portion zurück in den Kühlschrank, goß den Orangensaft weg, gönnte sich aber eine zweite Tasse Kaffee. Zeit, an die Arbeit zu gehen.

Stift und Papier wurden herausgeholt.

Als erstes schrieb sie *Crayton?* Warum sollte die Verwüstung ihrer Wohnung was mit Armand Crayton zu tun haben? Selbst wenn Scott und Marge und ihr Vater kurz davor waren, etwas über den Fall herauszufinden, warum sollte der Täter sich an ihr rächen?

Aber wenn der Täter nun von ihrer Bekanntschaft mit Crayton wußte und glaubte, sie wisse etwas über den Mord?

Doch warum sollte er sich damit zufriedengeben, nur ihre Wohnung zu verwüsten? Warum hatte er ... *schluck* ... sie nicht getötet? Sollte das eine Warnung sein?

Eine Warnung wovor?

Nicht vergessen.

Falls es nicht mit Crayton zusammenhing, wer steckte dann dahinter? Ihr Vater hatte drei Möglichkeiten genannt – Lopez, Marx und Tropper. Nimm sie dir und die Motive eines nach dem anderen vor.

Angenommen, Lopez hatte ihre Wohnung verwüstet, weil sie sich nicht von ihm heimfahren lassen wollte. Ziemlich labil, der Junge, sollte das der Fall sein. Sie würde ihn während der nächsten Tage beobachten ... den Vorfall vielleicht sogar erwähnen und seine Reaktion abwarten. Aber sie mußte vorsichtig vorgehen, um keinen Verdacht zu erwecken.

Cindy machte einen Haken neben Andy Lopez' Namen.

Tropper. Jeder am Tatort hatte ihren Triumph mitbekommen, wie sie Estella die Waffe abgenommen und eine häusliche Tragödie verhindert hatte. Trotz Troppers Bemühungen, sie wie eine Idiotin hinzustellen, war Cindy die Heldin des Tages gewesen. Tropper war sauer, nicht nur, weil sie gesiegt hatte, sondern das auch noch öffentlich. Er hatte versucht, sie in ihre Schranken zu weisen, und statt dessen hatte sie ihn fertiggemacht. Das mußte ihm peinlich gewesen sein. Hegte er immer noch einen Groll auf sie?

Wenn ja, dann nur insgeheim, ließ zu, daß Cindy seine Berichte tippte, ihm Kaffee holte und seine Ablage machte. Clark Tropper wirkte ihr gegenüber freundlicher als vor zehn Tagen. Manchmal regelrecht liebenswürdig … hatte sie gebeten, ihn ihrem Vater vorzustellen. Vielleicht war anmaßend das richtige Wort. Wollte er sie in Sicherheit wiegen, während er ihre Porzellantiere in Kamasutra-Stellungen arrangierte?

Wieder klingelte das Telefon. Cindy nahm ab. »Ja?«

»Hatten wir nicht verabredet, uns heute zu treffen?«

Hayley Marx. Cindy sagte: »Wir hatten ausgemacht, daß du mich anrufst.«

»Ja, stimmt. Ich hab verschlafen.«

»Dann muß es ja gestern abend gut gelaufen sein«, verkündete Cindy und hoffte, gleichgültig und gelangweilt zu klingen.

»Ja, war ganz okay.« Hayley schien nicht sehr begeistert. »Er war mit den Gedanken woanders.«

Cindy biß sich auf die Lippe. »Wo denn?«

»Er hat diese Carjackings erwähnt. Ich glaube, da herrscht dicke Luft. Du weißt wahrscheinlich mehr darüber, weil dein Dad in Devonshire ist.«

»Du denkst, mein Vater redet mit mir über die Arbeit?«

»Keine Ahnung. Ihr scheint euch sehr nahezustehen.«

»Tun wir auch. Aber das behält er für sich.«

»Wie alle Cops – verschlossen. Na gut, für Lunch ist es jetzt zu spät. Wie wär's mit Dinner?«

»Wo warst du vor zehn Minuten? Meine Mutter hat gerade angerufen. Ich geh um halb sieben zu ihr.«

»Erst zum Essen zu Dad, dann zu Mom?« bemerkte Hayley. »Hast du denn kein eigenes Leben, Cindy?«

Sie macht sich über mich lustig. Cindy schwieg.

Hayley klang zwanglos. »Wir könnten uns doch später bei Bellini's treffen. So gegen neun?«

Wie schnell kann ich bei Mom weg, ohne daß es unhöflich wirkt? »Eher halb zehn. Wenn ich zu früh gehe, wirft mir Mom das den ganzen nächsten Monat vor.«

»Ich glaube, du bist zu eng mit deinen Eltern verbandelt.«

»Und ich glaube, du solltest das Psychologisieren sein lassen.«

Hayley lachte laut auf. »Okay. Um halb zehn bei Bellini's. Da ist es zwar nicht toll, aber wenigstens kennt man meinen Namen.«

Dann legte sie auf. Cindy griff nach dem Bleistift, klopfte mehrfach damit auf das Papier. Unter der Rubrik Kandidaten notierte sie *Hayley Marx* an erster Stelle.

23

Decker wachte mit schrecklichen Kopfschmerzen auf. Er war es nicht gewöhnt, während des Tages zu schlafen, und dieser Schlaf war grausig gewesen, voll scheußlicher Bilder, die er jetzt schnellstens verdrängen mußte. Die Laken waren schweißnaß, und sein Gesicht war geschwollen und juckte. Trotz des Hämmerns in seinem Kopf bemerkte er, daß das Haus ruhig war. Kurz vor fünf. Die Familie war vermutlich wieder in der Schul, die Jungs zum Mincha-Gebet, und Rina hatte Hannah wohl zum nachmittäglichen Kinderprogramm gebracht. Decker quälte sich aus dem Bett, seine Fußsohlen kribbelten, als sie den Boden berührten. Er tappte ins Badezimmer, wischte sich Gesicht und Nacken mit einem feuchten Tuch ab, putzte sich die Zähne und schluckte zwei Advil, die den Schmerz zwar nicht nehmen, aber wenigstens etwas dämpfen würden.

Im Bademantel ging er ins Wohnzimmer und fand Rina auf der Couch, Kopf und Füße auf Kissen gelagert. Sie sah von ihrem Buch auf, klappte es zu. »Wie geht es dir?«

»Willst du darauf wirklich eine Antwort?«

Rina nahm die Füße von der Couch. »Komm, setz dich.«

»Du willst mich bestimmt nicht so nah bei dir haben.«

»Ist schon gut. Ich bin an wilde, nach Moschus riechende Tiere gewöhnt.« Sie klopfte auf das Polster. »Setz dich.«

Decker tat es, wenn auch zögernd. »Wo ist unser Nachwuchs?«

»Die Jungs haben Hannah mit zur Schul genommen.«

»Freiwillig, oder hast du sie darum gebeten?«

»Freiwillig.«

Decker hob die Augenbraue. »Die beweisen echte Nächstenliebe. Schön. Sie hat nicht angerufen, oder?«

»Nein.«

»Bestimmt nicht?«

»Ich hab nichts gehört, und auf dem Anrufbeantworter ist auch nichts.« Rina zuckte die Schultern. »Du wußtest doch, daß sie nicht anrufen würde.«

»Nein. Wäre eine nette Geste gewesen, aber das ist wohl zu viel verlangt.«

»Das hat mehr mit Selbstbehauptung als mit Höflichkeit zu tun, Peter.«

»Da hast du recht«, erwiderte Decker. »Alles, was ich tue, interpretieren sie als Einmischung. So sauer ich auch auf Oliver bin – er ist ein guter Polizist, das man muß ihm lassen. Wenn sie bereit ist, seine Hilfe anzunehmen, in Ordnung. Also warte ich ab, bis die Sache aufgeklärt ist. Und dann schlag ich ihn zusammen.«

»Peter!«

»Ich mach nur Spaß.«

»Nein, machst du nicht.«

Decker rieb sich die Stirn. »Glaubst du seine Geschichte? Daß er zufällig da war, als sie sich betrunken hat?«

»Ehrlich gesagt, ja.«

Peter warf ihr einen ungläubigen Blick zu. »Das kann doch nicht dein Ernst sein.«

»Du weißt, daß er in Hollywood war, Peter, und mit diesem Detective über die Carjackings geredet hat. Daß er da Cindy getroffen hat, ist doch ganz natürlich.«

Decker grummelte: »Ich glaube nicht an Zufälle. Ich wette, er hatte vor, sie dort zu treffen, und diese Saufgeschichte ist nur Tarnung. Die beiden wollen mir eins auswischen.«

»Bei allem Respekt, für mich ist Scott kein Raubtier. Cindy ist nicht seine Beute, aber wenn sie schon mal da ist und jemanden braucht ... kann ich mir vorstellen, daß er sich sagt ›Tja, warum nicht?‹ Andererseits ist Cindy sehr drauf bedacht, zu beweisen, daß sie dir ebenbürtig ist. Durch Oliver ist sie de facto zu einem deiner Detectives geworden ...«

»Oh, bitte!«

»Was dich nicht nur zu ihrem Vater, sondern zu einem Kumpel macht. Deswegen lehnt sie deine Hilfe so dickköpfig ab. Sie will diese Fassade der Ebenbürtigkeit unbedingt aufrechterhalten.« Rina griff nach seiner Hand. »Wir wissen, daß sie total verängstigt ist. Ich frage mich nur, ob es eine Möglichkeit gibt, ihr zu helfen, ohne daß wir sie vor den Kopf stoßen.«

»Es gibt eine Möglichkeit«, sagte Decker. »Ich kann rausfinden, wer dieser Dreckskerl ist, und ihn aus dem Verkehr ziehen. Vorzugsweise mit ihrer Hilfe, aber es geht auch ohne. Wenn sie Geheimnisse vor mir hat, dann kann ich auch welche vor ihr haben.«

»Das ist ja schön und gut, aber du hast keine Ahnung, wer er ist.«

»Ganz so ahnungslos bin ich nicht. Sie hat mich da auf was gebracht. Ich muß nicht bei Null anfangen.«

»Auf was hat sie dich gebracht?« fragte Rina.

»Auf ein paar ihrer Kollegen. Und ich schließe nicht aus, daß es was mit dem Crayton-Fall zu tun hat.«

»Das war vor mehr als einem Jahr.«

»Aber er ist noch nicht aufgeklärt. Wir haben alle das Gefühl, daß einige dieser Carjackings damit zu tun haben.«

»Und die anderen Fälle?«

Decker schaute gequält. »Wir arbeiten noch daran. Warum tut sie mir das an? Sie weiß doch, wieviel Sorgen ich mir mache.« Er sprang auf und nahm das Telefon aus der Ladestation. »Das macht mich verrückt! Ich muß wohl akzeptieren, daß ich der Erwachsene in dieser Beziehung bin.«

»Vielleicht ist das ja ein Teil des Problems. Daß du dich als der einzige Erwachsene fühlst.«

Er starrte sie an. »Seit wann beschäftigst du dich mit Seelenklempnerei?« Er verzog das Gesicht. »Das kommt von all den Kursen, die du belegst. Wenn die Ehefrau sich zu sehr für Psychologie interessiert, könnte die Ehe in Gefahr sein.«

Rina lachte. »Keine Bange. Mich wirst du nicht los.«

»Das hoffe ich.« Cindys Anrufbeantworter sprang an. Decker wartete pflichtschuldig auf den Pfeifton. »Hi, Süße, ich wollte nur wissen, wie es dir geht. Ruf mich an, ob alles okay ist. Ich liebe dich.« Er drückte auf die Schlußtaste. »Das wär's.«

»Nur daß du dir jetzt Sorgen machst, weil sie nicht zu Hause ist.«

»Genau.« Decker versuchte es auf ihrem Handy. Als er nur die irritierende blecherne Ansage bekam – der Teilnehmer ist vorübergehend nicht erreichbar – wählte er ihren Pager an. Entweder reagierte sie zu langsam oder sie ignorierte ihn absichtlich. Nach zehn Minuten ruhelosen Hin- und Herlaufens gab er auf und sank auf die Couch. »Ich weiß nicht mehr weiter. Hilf mir. Was soll ich tun?«

Rina griff nach seiner Hand. Er litt. Sie litt auch. Trotzdem mußte sie die Vernünftige bleiben, ihre Sorgen und Gefühle für sich behalten; Cindy war seine Tochter. »Du willst zu ihr fahren, oder?«

»Ich weiß nicht!«

»Man sollte Kindern gleich nach der Geburt Chips zur Lokalisierung implantieren. Die Hebamme könnte das machen, wenn sie den Nabel mit Höllenstein behandelt.«

»Das wäre hervorragend.«

»Warum versuchst du es nicht mit Olivers Pager, statt dich da rüber zu schleppen?« schlug Rina vor. »Vielleicht ist er bei ihr.«

»Darüber will ich lieber nicht nachdenken.« Decker zog die Nase kraus. »Aber die Idee ist gut.« Er gab Olivers Pagernummer ein, tigerte wieder auf und ab, bis das Telefon klingelte. Mit zitternder Hand nahm er ab. »Ja.«

»Was ist los?« fragte Oliver. »Ist mit Cindy alles okay?«

Deckers Herz sank. Wenn Oliver das fragte, war sie nicht bei ihm. »Das hoffe ich. Sie ist nicht zufällig bei dir?«

Oliver zögerte. Das war allerdings ein Gesinnungswandel. Aber Decker war inzwischen vermutlich so nervös, daß er jede Art Schutz akzeptierte. Für Decker war Oliver wahrscheinlich eine Mischung aus besitzergreifendem Affen und Pitbull. »Bei mir ist sie nicht«, sagte er. »Ich war die letzten drei Stunden mit Marge an der Unfallstelle des Camry. Gibt's ein Problem mit Cindy?«

»Nein. Sie ist nur nicht zu Hause. Vielleicht fahr ich vorbei, für alle Fälle.«

»Marge und ich haben hier noch so fünfzehn, zwanzig Minuten zu tun. Heute ist dein Sabbat. Wenn du willst, fahren wir vorbei. Erspart dir die Mühe ... wenn du willst.«

Der Junge versucht, diplomatisch zu sein, dachte Decker. »Warst du heute morgen bei ihr, Scott?«

Oliver sog scharf die Luft ein. Wollte Decker ihn verhören? Aber bevor Scott antworten konnte, fügte Decker hinzu: »Ich wollte nur wissen, ob sie dir irgendwas Neues erzählt hat. Etwas, das sie mir vielleicht nicht sagen wollte?«

Okay. Das war es also. Decker war außer sich vor Sorge, dankbar für jede Hilfe, weil Cindy seine Tochter, Polizistin *und* ein leichtsinniges Gör war. »Ja, ich war gegen sechs Uhr bei ihr. Hab ihr Frühstück gemacht, aber sie ist eingeschlafen, bevor ich fertig war. Nein, sie hat mir nichts weiter erzählt.«

»Schade.« Decker nahm das Telefon in die andere Hand. »Habt ihr am Unfallort was rausgefunden?«

»Erstaunlicherweise hat die Spurensicherung zwei Abdrücke am Lenkrad gefunden.«

»Wann?«

»Vor einer halben Stunde. Dank dieser neuen computerisierten nationalen Fingerabdruckkartei würden wir bereits in ein paar Stunden Näheres wissen, wenn heute Werktag wäre. So müssen wir bis Montag warten.«

»Sonst noch was?«

»Alles andere weißt du wahrscheinlich schon. Ja, es sieht so aus, als sei das Auto runtergestoßen und mit Brandbeschleuniger übergossen worden. Allerdings waren da Amateure am Werk, haben zu viel dem Zufall überlassen. Zum Beispiel darauf vertraut, daß die Explosion den Brandbeschleuniger entzündet. Ein Profi hätte eine Fernzündung benutzt. Wenn wir den Fahrer anhand der Fingerabdrücke identifizieren, kommen wir vielleicht mit den Carjackings weiter. Vorausgesetzt, wir finden den Fahrer. Cindy hat ihn bestimmt besser gesehen, als sie sich erinnert.«

»Kann sein. Ich würde sie ja fragen, wenn ich sie finden könnte.

Ich hab's über ihren Pager versucht, ihr Handy, ihr Telefon. Bleibt noch das Revier, aber erstens hat sie dienstfrei und zweitens würde sie in die Luft gehen, wenn sie rausfindet, daß ich da angerufen habe. Du bist weniger belastet als ich. Vielleicht könntest du für mich in Hollywood anrufen.«

»Klar, wenn du willst.«

Aber Decker wußte nicht, was er wollte. »Hast du eigentlich Elizabeth Tarkum erreicht?«

»Die ist übers Wochenende verreist.« Oliver schnaubte. »Ist ja mal ganz was Neues. Leute, die am Wochenende freimachen. Ich versuch's noch mal am Montag morgen.«

»Hat dir Marge von dem Gespräch mit Dexter Bartholomew erzählt?«

»Daß er offenbar mit Craytons Frau geflirtet hat. Und mit dem Überfall auf seine Frau oder, aus offensichtlichen Gründen, nichts mit Craytons Tod zu tun haben will. Wir haben ein paar Möglichkeiten durchgespielt. Erstens, daß was zwischen Dexter Bartholomew und Lark Crayton lief. Dann, daß Crayton was mit Elizabeth Tarkum hatte, was mehr Sinn ergibt, weil sie beide Opfer waren.«

»Dex legt Crayton aus Rache um, läßt dann seine Frau überfallen, um ihr eine Lektion zu erteilen. Ziemlich dämlicher Plan. Carjacking ist eine merkwürdige Rache. Und zwei gleichartige Fälle, deren Opfer sich kannten, würden automatisch den Verdacht auf die Ehepartner lenken. Was ja auch passiert ist.«

»Außer, daß wir die Fälle erst nach über einem Jahr in Verbindung bringen, weil sie in zwei verschiedenen Bezirken passiert sind. Möglicherweise wären wir nie darauf gekommen. Nur wegen dieser neuen Carjackings haben wir auch anderswo nachgeforscht. Ein arroganter Kerl wie Dex dachte vermutlich, daß er damit durchkommt.«

»Und jetzt, wo wir die Sache wieder ausgraben?« fragte Decker.

»Leute, die vielleicht mehr über Craytons Entführung wissen, würden auf der Hut sein. Das könnte auch auf Cindy zutreffen. Ich nehme ihr ab, daß sie Null über Crayton weiß. Aber wenn Dex denkt, sie weiß was ... du kannst dir denken, worauf ich hinauswill.«

Allerdings. Doch es so knapp zusammengefaßt zu hören, machte Decker nur noch nervöser. »Was ist mit Stacy Mills? Du sagst, du hättest das Gefühl, sie würde was verbergen. Kannst du mit Marge noch mal zu ihr gehen? Ihr klar machen, wie wichtig die Wahrheit ist? Vielleicht war sie mit Lark oder Armand befreundet und die haben sich ihr anvertraut.«

»Kann ich gerne machen, aber was ist mit Cindy?«

Decker unterdrückte ein Seufzen. »Ich fahr bei ihr vorbei. Ich bin zu nervös, hier rumzusitzen und nichts zu tun. Reine Zeitverschwendung vermutlich. Sie ist nicht zu Hause. Ich weiß nicht, was mir das bringen soll.«

»Seelenfrieden?«

»Diese romantische Vorstellung hab ich schon vor langem aufgegeben, Oliver.«

24

Oliver und Dunn erreichten die Wohnanlage, als die Sonne gerade unterging. Die Häuser sahen alle gleich aus, und es dauerte eine Weile, bis sie Stacy Mills' Wohnung fanden, in einem Haus namens The Windsome.

Die Aerobictrainerin wohnte im ersten Stock. Sie öffnete auf ihr Klopfen, wirkte sauer und mißtrauisch, trug etwas aus schwarzem Latex, das ihre Muskeln zur Geltung brachte. Stacy schien sehr nervös zu sein, ihr Blick schoß zwischen den beiden Polizisten hin und her. Ihre auberginefarben geschminkten Lippen waren zusammengepreßt. »Da Sie ja doch nicht weggehen, können Sie genausogut reinkommen.«

Sie führte sie in ein kleines Wohnzimmer mit zwei Fenstertüren, die zu einer Terrasse führten. An den Wänden hingen Drucke mit kitschigen Sonnenuntergängen, der Boden war mit einem flauschigen, cremefarbenen Teppich bedeckt. Die Möbel waren klobig und eckig, die Sofas und Sessel modisch bezogen. Auf den Sofas lagen keine Kissen, nur zwei weiße, langhaarige, gelangweilte Katzen, die sich farblich kaum von der Polsterung abhoben.

Oliver wählte einen Sessel; Marge setzte sich neben eine der gelangweilten Katzen. Das Tier hob den Kopf, beschloß, sich auf den Rücken zu rollen. Marge streichelte ihm den Bauch, und es schnurrte zufrieden. Stacys Augen wurden schmal, betrachteten die Katze wie einen treulosen Liebhaber.

»Wie lange wird das dauern?« blaffte Stacy. »Ich habe zu tun.«

Marge lehnte sich zurück, zog den Notizblock aus ihrer weichen Strohtasche. »Was sind Sie von Beruf?«

»Ich bin Privattrainerin. Ich arbeite für viele wichtige Leute – Leute aus der Industrie.«

Industrie bedeutete Hollywood. »Wie lange arbeiten Sie schon als Privattrainerin?« fragte Oliver.

»Was soll das sein? Ein Bewerbungsgespräch?« Stacy atmete aus, verschränkte die Arme. »Wieso rede ich überhaupt mit Ihnen? Sie haben das Auto nicht gefunden, oder?«

»Nein«, erwiderte Marge.

»Was wollen Sie dann hier? Ich bin in ein paar Stunden zum Essen eingeladen. Würden Sie jetzt gehen?«

»Wie lange arbeiten Sie schon als Privattrainerin?« wiederholte Oliver.

Stacy betrachtet ihn kalt. »Haben Sie mich das nicht gerade gefragt?«

»Ja, aber Sie haben die Frage nicht beantwortet.« Oliver holte seinen Notizblock aus der Innentasche seines leichten, grauen Jacketts – von Valentino, Secondhand für einen Bruchteil des ursprünglichen Preises gekauft. »Eine ganz einfache Frage, Ms. Mills.«

»Seit etwa zehn Jahren.«

»Wirklich?« Oliver lächelte. »Sie haben damit schon als Teenager begonnen?«

»Ha, ha, ha ...« Aber das Kompliment ließ sie nicht kalt. »Ich tu was für mein Aussehen. Das muß ich, bei meinen Beruf.«

»Kann ich mir vorstellen«, sagte Marge. »Niemand will Rat von jemandem annehmen, der nicht entsprechend aussieht. Wie der übergewichtige Arzt, der einem zum Abnehmen rät.«

»Können wir mit dem Small Talk aufhören? Warum sind Sie hier?«

»Ich würde Ihnen gern ein paar Fragen über Armand Crayton stellen«, meinte Marge.

»Wußte ich's doch!« Stacy ging auf und ab, ruderte mit den Armen. »Ich hab den Mann nicht gekannt! Aber wenn ich Sie dadurch schneller los werde, behaupte ich auch das Gegenteil.«

»Sie kannten ihn nicht?« wiederholte Marge.

»Genau!«

»Sind Sie ihm nie begegnet?« fragte Oliver.

Stacy funkelte ihn an. »Doch.«

»Und Sie behaupten immer noch, ihn nicht gekannt zu haben.«

»Wir haben uns nur gegrüßt. ›Hallo, wie geht's? Hi, geht's gut? Hey, wie läuft's?‹ Das heißt nicht, einen Menschen zu *kennen*.«

»Für mich klingt das, als hätten Sie sich regelmäßig gesehen«, sagte Marge. »Könnten Sie das näher erklären?«

»Ungern.«

Oliver richtete sich plötzlich auf. »Ich habe mit Lark Crayton gesprochen. Sie wirkt sehr fit. Sie ist eine Ihrer Kundinnen, nicht wahr?«

»War«, verbesserte Stacy. »Seit seinem Tod trainiere ich nicht mehr mit ihr. Erstens war sie nicht in der Verfassung. Zweitens wurde das Geld knapp.«

»Mochten Sie sie?« fragte Oliver.

»Sie hat ihre Rechnungen bezahlt. Für mich heißt das, jemanden zu mögen.«

»Waren Sie mit ihr befreundet?«

»Nein.« Stacy blieb stehen. »Sonst noch was?«

»Die Leute erzählen ihren Trainern alles mögliche, oder?« meinte Marge.

»Ja.«

»Sie müssen sich manchmal wie ein Psychiater vorkommen.«

»Manchmal schon«, bestätigte Stacy. »Aber ein guter Trainer bewahrt Stillschweigen, wie ein Psychiater.«

»Doch im Gegensatz zu einem Psychiater«, sagte Marge, »unterliegen Sie nicht der Schweigepflicht.«

»Wenn bekannt wird, daß ich rede, verliere ich meine Kunden, Detective.«

»Das muß ja nicht bekannt werden«, warf Oliver ein.

»Warum glaube ich Ihnen nicht?«

»Weil Sie scharfsinnig sind«, erwiderte Oliver. »Als Freund bin ich miserabel, aber ich bin ein ehrlicher Cop.« Er wandte sich bestätigungheischend Marge zu.

»Das zweite stimmt«, bestätigte Marge. »Hören Sie, wir wissen, wie sehr Sie der Überfall erschreckt hat …«

»Natürlich hat er mich erschreckt! Er hat mich in Panik versetzt! Wenn ich Ihnen trauen soll, dann klären Sie das verdammte Verbrechen auf. Auch ohne meine Hilfe. Dafür bezahle ich schließlich meine Steuern!«

Oliver sagte: »Ms. Mills, Ihre Kunden bezahlen Sie, um in Form zu bleiben oder fit zu werden. Aber wenn sie nicht trainieren oder auf ihr Gewicht achten, können Sie nichts ausrichten. Genauso geht es uns auch. Wenn Sie uns ein paar Hintergrundinformationen geben, könnte uns das sehr viel weiter bringen.«

»Wir wissen, daß Lark unzufrieden mit Crayton war. Erzählen Sie uns die Einzelheiten«, fügte Marge hinzu.

Stacy sah auf die Uhr. Dann ging sie zum Kühlschrank, nahm eine Flasche Wasser heraus. Sie trank gierig, als hätte ihr Crayton Energie geraubt. »Was wollen Sie wissen? Sie war unglücklich in ihrer Ehe. Weiß Gott kein Einzelfall in dieser Stadt.«

»Worüber hat sie sich besonders beschwert?« fragte Marge.

»Er arbeitete zu schwer, er arbeitete zu lange. Er war nie da, er hatte Freundinnen. Er verdiente nicht genug, obwohl sie in meinen Augen viel Geld hatte. Aber ich bin lange genug im Geschäft, um zu wissen, daß viele sogenannte Reiche am Rande des Bankrotts stehen, besonders die aus der Industrie. Selbst wer genug verdient, scheint das Geld nicht halten zu können. Erstaunlich, wie schnell sie die Millionen verpulvern. Wenn nicht für Autos, dann für Klamotten. Und wenn nicht für Klamotten, dann für Schmuck. Wenn sie bei Autos, Klamotten und Schmuck blieben, wär das ja okay. Aber dazu kommen die üppigen Partys, die gecharterten Jets, die Dreißig-Meter-Yachten, die drei Ferienvillen zusammen mit der Residenz in Holmby Hills und der Wohnung in New York. Glauben Sie, die wohnen in einem dieser zig Häuser? Ich hab einen Kunden ... der hat eine riesige Wohnung an der Upper East Side, eingerichtet von einem Toparchitekten von *Architectural Digest*. Glauben Sie, der wohnt dort, wenn er in New York ist? Nein, natürlich nicht. Das würde zu viel Sinn ergeben. Er mietet eine Suite im Carlyle, weil ihm der Zimmerservice gefällt.«

Marge lächelte. »Vielleicht könnten Sie die Wohnung billig von ihm leihen?«

»Er hat mir mehr als einmal angeboten, mich mitzunehmen. Angeblich, um ihn in Form zu halten, wenn er in New York ist. Ja, um seinen Pimmel in Form zu halten.« Sie bückte sich und nahm eine Katze hoch. Das Tier hing über ihren Armen wie ein Muff. »Ich will Ihnen was sagen. Ich verdiene mein Geld auf anständige Weise. Ich bin keine Hure.«

»Da haben Sie viel mit uns gemein«, sagte Oliver. »Wir werden dauernd rumgeschubst ...«

»Wer sagt, daß ich rumgeschubst werde!« Stacy klang gereizt.

»Sie vielleicht nicht, aber wir«, antwortete Marge. »Wir müssen dauernd befürchten, daß die ACLU oder das IAD oder irgendeine Bürgervereinigung uns beschuldigt. Und es ist schwer, methodisch vorzugehen, wenn man jemanden verhaftet, der betrunken oder mit Drogen vollgepumpt oder irrational wütend ist.«

»Tut mir leid, aber mein Herz blutet nicht für die Polizei.« Stacy streichelte die Katze.

»Das sollte es auch nicht«, erwiderte Marge. »Ich nörgele nicht. Ich wußte, was auf mich zukommt, als ich diesen Job gewählt habe. Sie doch bestimmt auch. Sie erzählen den Leuten, daß Sie für all diese reichen Filmstars arbeiten, die Ihnen alles mögliche anbieten. Und die Leute glauben dann, Sie hätten es geschafft. Aber alles hat seinen Preis, nicht wahr?«

»Entschuldigen Sie, aber was hat das mit Crayton zu tun?«

»Sagen Sie es uns«, meinte Oliver. »Sie sind diejenige, die so heftig reagiert hat, als wir seinen Namen erwähnten.«

Stacy drehte sich um, setzte die Katze aufs Sofa. »Na gut. Armand war ein typisches Beispiel. Mit ein bißchen Charme und viel Ehrgeiz hat er sich hochgearbeitet. Er hatte das Haus, die schöne Frau, den Rolls, die Partys und die Kunden, die in seine Projekte investiert haben. Aber unter der Oberfläche war alles auf Treibsand gebaut und konnte jederzeit wegrutschen.« Sie atmete ein, stieß die Luft wieder aus. »Lark hat mir gesagt, daß sie sich Sorgen macht. Er steckte bis über beide Ohren in zwielichtigen Geschäften.«

»Was für Geschäften?« fragte Oliver.

»Lark hat keine Einzelheiten erwähnt, nur daß Armand mit den Zahlungen im Verzug war und dringend Bargeld brauchte. Sein Lebensstil fraß ihn auf. Aber er konnte seinen teuren Kram nicht verkaufen, weil die Leute dann spitzgekriegt hätten, daß er in Schwierigkeiten war. Gleichzeitig gab sie hundert Mäuse pro Stunde dafür aus, daß ich ihr beim Schwitzen zusah. Lark fing immer wieder von dem Auto an. Die Corniche war natürlich geleast, und die Zahlungen rissen ein großes Loch in seine Finanzen.«

»Warum hat er den Wagen nicht einfach aufgegeben?«

»Weil er nicht aus dem Vertrag kam, ohne noch viel mehr zu zahlen, ganz zu schweigen von dem Gesichtsverlust. Sehen Sie, mir geht es so ähnlich. Ich muß eine Fassade aufrechterhalten. Ich fahre einen BMW ... na ja, ich fuhr einen BMW. Das gehört zur Show, aber ich hab meinen sehr günstig gekriegt – alles bar bezahlt. Jetzt ist er weg, aber die Versicherung springt ein. Ich könnte genauso am Haken zappeln wie alle anderen. Doch das tu ich nicht, weil ich eine Super-Schnäppchenjägerin bin.« Sie wandte sich an Oliver. »Zum Beispiel Ihr Jackett. Sieht nach Valentino aus. Ich könnte das heute mit fünfundsiebzig Prozent Nachlaß kriegen, weil es aus der Kollektion vom letzten Jahr ist.«

»Da hab ich ja gar nicht so schlecht abgeschnitten«, meinte Oliver. »Ich hab es letztes Jahr für sechzig Prozent gekriegt.«

»Nein, das ist wirklich nicht schlecht. Wo haben Sie's her?«

»Von ›Gutes für wenig Geld‹.«

»Kenne ich. Saisonware und zweite Wahl.«

»Um noch mal auf den Rolls zurückzukommen«, sagte Marge. »Armand wollte aus dem Leasingvertrag raus?«

»Laut Lark ja. Meine gesamten Informationen habe ich von Lark. Wenn es sich also als Schwachsinn herausstellt, kann ich nichts dafür.«

»Hatte sich Armand Gedanken gemacht, wie er aus dem Vertrag rauskommen könnte?« fragte Oliver.

Stacy seufzte. »Sie hat erwähnt, daß er einen Unfall vortäuschen wollte ... den Wagen gegen eine Mauer fahren und einen Totalschaden hinlegen. Sie fragte mich, ob das verdächtig aussehen würde.«

»Was haben Sie gesagt?«

»Daß ich es für eine total bescheuerte Idee hielt. Es würde nicht nur verdächtig aussehen, sondern er könnte dabei auch verletzt werden. Gegen Mauern fahren, um einen Totalschaden zu verursachen, das ist nichts für Amateure.«

»Wie hat sie reagiert?«

»Sie hat das Thema fallenlassen.«

»Und das war's dann?«

»Nein«, gab Stacy zu. »Zwei Wochen später hat sie mich gefragt, ob ich jemanden kenne, der nicht nur bereit wäre, ein Auto zu klauen, sondern es auch noch verschwinden lassen könnte. Als würde ich Verbrecher kennen, nur weil ich viele Leute trainiere.« Stacy schwieg, verschränkte wieder die Arme. »Ich war echt beleidigt.«

»Was haben Sie ihr geantwortet?«

»Daß ich niemanden weiß. Ich hab versucht, ganz ruhig zu bleiben, aber ich war schrecklich sauer. Dann passierte der Autoraub ... nur war es mehr als das. Mann, war ich nervös. Wenn sie das geplant hatte und ich eine Art Mitwisserin war ... was bedeutete das für mich? Mindestens sechs Monate lang hab ich ständig damit gerechnet, daß was passiert.«

»Wie viele Tage lagen zwischen Larks Frage und dem tatsächlichen Überfall?«

»Etwa ein Monat.«

»Und in dem Monat hat sie die Corniche nicht mehr erwähnt?«

»Nein ... zumindest hat sie nichts mehr von Plänen gesagt. Allerdings hat sie sich weiter über Armand beklagt. Daß er nicht mit Geld umgehen kann. Nach dem Überfall hab ich sie angerufen, um ihr mein Beileid auszusprechen. Sie war nicht zu Hause, rief aber eine Woche später zurück, sagte, sie sei nicht in der Verfassung, jemanden zu sehen. Und selbst wenn sie in der Verfassung wäre, könnte sie sich das Training nicht mehr leisten. Ich hab später noch mal angerufen, aber sie war wieder nicht zu Hause. Dann war nichts mehr. Bis letzte Woche.«

Sie wippte mit dem Fuß, nahm noch einen großen Schluck aus der Wasserflasche. »Ich bin unvorsichtig geworden, weil man auf die Dauer mit Paranoia nicht gut leben kann. Ein großer Fehler.«

»Haben Sie eine Ahnung, warum Ihr Auto geraubt wurde?« fragte Oliver.

»Wer weiß? Das Auto ist auffällig, ich sah verletzlich aus, reiner Zufall oder ... eine Mahnung, den Mund zu halten.« Stacys Augen wurden feucht. »Ich weiß es nicht. Wenn mich jemand warnen wollte, warum dann erst nach einem Jahr?« Sie sah die Detectives an. »Hab ich recht?«

Marge und Oliver nickten. Aber das schien sie nicht zu trösten.

»Das ist wie ein Alptraum«, fuhr Stacy fort. »Ich kann nicht essen, ich kann nicht schlafen. Ich nehme mehr Kunden an, als ich sollte, weil die Arbeit die Angst vertreibt. Das ist das einzig Positive. Ich verdiene mehr als gewöhnlich.« Sie hob die andere Katze hoch. Das Tier spürte ihre Anspannung und wand sich in ihren Armen. Aber Stacy hielt es fest. Vielleicht ein bißchen zu fest. »So kann das nicht mehr lange weitergehen. Ich bin vollkommen fertig!«

»Nur noch ein paar Fragen, Stacy, dann lassen wir Sie in Ruhe«, sagte Marge. »Hat Lark je über ihr gesellschaftliches Leben gesprochen?«

»Was meinen Sie damit?«

»Hat sie über ihre Freunde gesprochen?«

»Ja, klar. Sie hat über alles geredet.«

»Können Sie sich an Namen erinnern?«

»O je.« Stacy dachte nach. »Meist war ihr Geplapper reines Hintergrundgeräusch. Ich murmelte zustimmende Laute und sagte, sie sollte das Atmen nicht vergessen.«

»Hat sie je Dexter Bartholomew erwähnt?« fragte Oliver.

»Dexter Bartholomew?« Stacy schüttelte den Kopf. »Nicht, daß ich mich erinnern könnte.«

»Klingelt es da nicht bei Ihnen?«

»Nein. Sollte es?«

»Nicht unbedingt«, antwortete Marge. »Wie ist es mit Elizabeth Tarkum?«

Stacy dachte einen Moment nach, schüttelte wieder den Kopf. »Nein.«

»Sie können sich an keine Namen erinnern?«

Stacy schaute gequält. »Das ist alles schon ein Jahr her; ich kann mich total täuschen. Ein paarmal hat Lark von einem Kerl geredet, der ihr As im Ärmel ist. Sie bräuchte sich um nichts Sorgen zu machen, weil er Machopower hätte.«

Machopower! »Ein Cop?« rief Marge.

Stacy überlegte. »Könnte sein. So wie sie redete, dachte ich eher an die Mafia. Aber ein Cop würde mehr Sinn ergeben, stimmt's?«

»Stimmt«, bestätigte Marge. »Können Sie sich an den Namen erinnern?«

»Irgendwas Deutschklingendes, aber mehr fällt mir nicht ein.« Sie schüttelte den Kopf, stand auf und öffnete die Tür. »Ich bin wirklich zum Essen verabredet.«

»Danke, daß Sie sich die Zeit genommen haben«, sagte Marge.

Stacy knallte die Tür hinter ihnen regelrecht zu. Oliver und Marge gingen schweigend nebeneinander her, merkten, wie kühl es geworden war. Marge knöpfte ihr Jackett zu. »Es ist ein Cop, und deswegen verschweigt sie den Namen. Sie hat eine Scheißangst. Schlechte Cops sind gefährlich.«

»Hey, sogar gute Cops sind gefährlich.«

»Um so verständlicher, daß sie zittert. Was ist, ziehen wir Lark den Namen von ihrem As im Ärmel aus der Nase oder setzen wir Stacy noch mal unter Druck?«

»Wenn wir Stacy unter Druck setzen, haut sie ab.«

»Das glaube ich auch. Ebenso Lark, nachdem sie jetzt die Versicherungssumme kassiert hat. Vielleicht sollten wir abwarten, bis wir am Montag mit der Versicherung geredet haben?«

Oliver hob die Augenbrauen. »Wenn es jemals Montag wird. Mann, dieses Wochenende war die Hölle. Und es ist noch nicht mal vorbei.«

Marge blieb stehen. »Du rechnest mit *mehr?*«

Er sah sie an. »Ich mach mir Sorgen um Cindy. Decker hat nichts von ihr gehört, und sie reagiert nicht auf ihren Pager. Das ist nicht gut. Ich fahre zu ihr.«

Marge senkte die Stimme. »Du hast was mit ihr, stimmt's?«

Oliver sah weg. »Ich verweigere die Aussage.«

Um halb zehn trat Cindy aufs Gas, wußte, daß sie zu spät zu Bellini's kam und Hayleys unvermeidlichen Spott ertragen mußte. Drei Stunden lang hatte sie sich ihrer Mutter gewidmet, doch Mom schien beleidigt, als Cindy gehen mußte; als ließe sich Liebe in Minuten lockerer Plauderei messen. Trotzdem fühlte sie sich im Haus ihrer Mutter wohler als bei Bellini's, wo es laut war und voll mit angetrunkenen Polizisten, deren Machoallüren und Dreistigkeiten oft sehr häßlich werden konnten.

Die Hand über den Augen gegen das helle Licht ließ Cindy den Blick durch den Raum wandern und entdeckte Hayley, fast eine Wiederholung von letzter Woche, an einem Tisch mit Andy Lopez und seinem Partner Tim Waters. Da saßen auch noch andere, einschließlich Slick Rick Bederman, der Hayley durchdringend anstarrte. Während er sprach, drehte er an seinem Ehering, als sei der ihm unangenehm. Links von Bederman saß Sean Armory, ebenfalls verheiratet, was ihn nicht daran hinderte, mit seinen babyblauen Augen alle Frauen zu taxieren. Und Carolyn Everet, seit sechs Jahren bei der Polzei, eine einsachtundsiebzig große, langbeinige Blondine. Sie tranken Schnäpse und lachten sich schief. Fehlten nur Tropper, Ron Brown und Beaudry.

Cindy hätte am liebsten kehrtgemacht. Die Vorfälle der letzten Tage machten sie äußerst nervös – schneller Puls, schweißnasse Hände, unruhiger Blick. Aber sie war entschlossen, ihren Ängsten nicht nachzugeben. Sie schlenderte zum Tisch hinüber, zog sich einen Stuhl heran, und setzte sich rittlings zwischen Bederman und Everet. Hayley reichte ihr einen Schnaps. »Wie lief's bei Mama?«

Cindy goß den Schnaps mit einem Schluck runter. »Neurotisch.« Sie wandte sich an Carolyn Everet. »Cindy Decker. Ich hasse deine Beine. Nicht, daß sie häßlich wären. Ich wünschte nur, sie wären meine.«

»Liegt an den Genen, Mädchen«, erwiderte Carolyn. »Genau wie dein rotes Haar.«

»Wir können tauschen«, sagte Cindy.

»Sei vorsichtig mit deinen Wünschen.« Carolyn nahm eine von Cindys Locken zwischen die Finger. »Eines Tages könnte ich darauf zurückkommen.«

»Trink noch einen«, meinte Hayley. »Ertränk deine Sorgen mit Mr. Cuervo.«

Cindy nahm das Glas, hob es an die Lippen, nippte aber nur. Mit dem ersten hatte sie ihre gesellschaftliche Pflicht erfüllt. Jetzt konzentrierte sie sich darauf, einen klaren Kopf zu behalten. »Und, was ist während meiner Abwesenheit in der wunderbaren Hollywoodwelt passiert?«

Lopez antwortete: »Das Übliche.« Seine Hände lagen um ein großes Glas mit etwas Kaltem und Klarem. »Drecksäcke und Arschlöcher.«

»Wir haben uns gerade gefragt, wo Doogle ist«, meinte Carolyn. »Ich hab nicht viel Geld dabei und hatte gehofft, meine schlanken Beine würden meinen Kredit erhöhen.«

»Würden sie auch, wenn du sie spreizt«, sagte Waters.

»Red du nur«, erwiderte Carolyn. »Leihst du mir einen Zwanziger, Dreamboy?«

»Was krieg ich dafür?«

»Mein Wohlwollen. Vielleicht darfst du mir nächstes Mal die Füße küssen. Und denk dran, Waters. Meine Füße sind der unterste Teil meiner Beine.«

Waters nickte nachdenklich, reichte ihr zwei Zehner.

Lopez grinste. »War das nicht das Kinogeld für dich und dein Frauchen?«

»Ich geh mit ihr ins Rialto. Auf allen Plätzen nur zweifünfundsiebzig.«

Carolyn hielt die Scheine hoch. »Danke, Waters.«

»Wenigstens könntest du dich zu mir setzen und dir meine Probleme anhören.« Er sah betont zu Cindy rüber. »Hier wird's ein bißchen voll. Ich glaube, da drüben ist ein freier Tisch.«

Carolyn seufzte. »Mach dir keine Hoffnungen. Damit das klar ist. Aber wenn du reden willst, sollte ich dir wohl für zwanzig Mäuse ein wenig mein Ohr leihen.«

Waters stand auf. »Ich brauch nur eine Schulter zum Ausheulen. Und weil deine so hübsch ist ...«

»Bla, bla, bla.« Carolyn erhob sich. »Bis später. Timmy muß seine feminine Seite ausleben.«

Hayley sah ihnen nach, schaute sich im Raum um, als sei es unbekanntes Territorium. Zuerst schien sie nach jemandem zu suchen, wandte sich dann plötzlich Cindy zu. »Nimm's nicht persönlich ... daß sie gegangen sind. Das geht schon den ganzen Abend so.«

»Solange es nicht an meinem Mundgeruch liegt.«

»Dein Mundgeruch ist in Ordnung«, sagte Bederman.

Cindy schenkte ihm ein Lächeln, schwieg aber.

»Wie läuft's mit deinem Partner?« fragte Bederman.

»Beaudry?« Cindy zuckte die Schultern. »Gut ... oh, stimmt ja. Ihr seid früher zusammen Streife gefahren.«

»Jep.«

Cindy nickte, ließ die ungestellte Frage *Warum hast du den Wechsel beantragt?* im Raum stehen.

»Beaudry sagt, du wärst smart«, meinte Bederman.

»Ihr redet noch miteinander?«

»Dauernd. Er ist ein prima Kerl. Wir sind nur keine Partner mehr.«

Cindy wartete auf weitere Erklärungen. Aber es kam nichts. »Klingt gut. Ich weiß, daß Beaudry mich für einen Klugscheißer hält.«

»Jeder hält dich für einen Klugscheißer, Decker«, mischte sich Lopez ein. »Du bist wirklich klug, und du baust viel Scheiß mit deinem Knackarsch.«

»Mann, Lopez, da hast du aber einen tollen Witz gemacht«, bemerkte Hayley trocken. »Bei den Zwölfjährigen bist du bestimmt der totale Renner.«

Lopez' Gesicht verdüsterte sich. Cindy sank das Herz. Lopez stand immer noch auf ihrer Liste der Verdächtigen, und ihn zu verärgern, war das letzte, was sie brauchte. Sie versuchte, seine Verlegenheit mit einem Lächeln abzulenken. Aber das ermutigte ihn nur, weiter ins Fettnäpfchen zu treten. »Marx wiederum gilt als sehr zugeknöpft ... das heißt, wenn sie nicht gerade sehr aufgeknöpft ist.«

Die anderen buhten, aber Hayley lachte nur. »O je, o je, Andy, du kannst Witze reißen. Du solltest das Ergebnis deines letzten Intelligenztests hinterfragen. Die haben bestimmt einen Fehler gemacht, als sie dich als schwachsinnig eingestuft haben.«

Bei diesem Schlagabtausch fühlten sich alle unwohl. Sean Amory sagte: »Laß ihn doch in Ruhe, Marx. Er ist Anfänger.«

»Anfänger zu sein, ist keine Entschuldigung für Humorlosigkeit.«

»Lange dabei zu sein, ist keine Entschuldigung für Zickigkeit.« Lopez stand auf, warf dabei seinen Stuhl um. »Bis später.«

Hayley schob sich eine Handvoll Erdnüsse in den Mund. »Tja, jetzt hat er's mir gegeben.« Sie sah Bederman und Amory an. »Haltet ihr mich für zickig?«

»Alle Frauen sind manchmal zickig«, erwiderte Bederman. »Genau wie alle Männer manchmal Drecksäcke sind. Aber du solltest dir jemanden aussuchen, der dir gewachsen ist.«

»Dann muß er sich eben anstrengen.«

»Lopez imitiert nur Waters«, warf Amory ein. »Er hat einen Scheißkerl als Partner. Er glaubt, er muß auch ein Scheißkerl sein. Sei nicht so streng mit ihm.«

»Warum sollte ich? Andy ist ein Wichser.«

Alle schwiegen. Hayley stand auf. »Es reicht nicht, eine verdammte Frau in einer männerdominierten, paramilitärischen Organisation zu sein, ich muß auch noch Florence Wie-hieß-sie-gleich für die schwächeren Mitglieder eures Geschlechts spielen, damit denen der Pimmel nicht wie Wurstpelle verschrumpelt. Bin gleich wieder da.«

Am Tisch war es plötzlich sehr leer geworden. Cindy hatte es in weniger als fünf Minuten geschafft, daß sie statt zu siebt nur noch zu dritt waren. Sie fühlte sich wie auf dem Präsentierteller. Die beiden Männer schienen sie kritisch, wenn auch heimlich zu mustern. Bederman brach das Schweigen. »Du bist ja eine ganz Ruhige.«

Cindy lächelte. »So ist es sicherer.«

Bederman wollte sich noch einen Drink eingießen, hielt aber inne. »Ich sollte heimgehen. Hab meiner Frau gesagt, ich bin um zehn zurück.« Er sah auf die Uhr, wandte sich an Amory. »Was ist mit dir?«

»Geh du nur. Ich bleib hier bei der Kleinen, bis Marx zurückkommt.«

»Das ist nicht nötig«, sagte Cindy. »Ich brauch keinen Babysitter. Und Alleinsein macht mir nichts aus.«

Amory lächelte. »Dann hast du dir den falschen Ort ausgesucht.«

»Warum bist du hier?« fragte Bederman.

»Bei Bellini's? Wegen Hayley. Wir wollten uns hier treffen. Statt essen zu gehen.«

»Magst du Hayley?« wollte Bederman wissen.

»Ja.«

»Sie hat viel Mist gebaut. Mit zu vielen verheirateten Männern geschlafen. Jetzt ist sie verbittert. Mach nicht denselben Fehler.«

»Keine Bange. So bin ich nicht.«

Bederman sah sie durchdringend an. »Wie bist du dann?«

Sie wußte nicht, ob er sie taxierte. Ob er sie anmachen wollte. Das hatte ihr gerade noch gefehlt: Noch ein Mann, der zu ihrer Beunruhigung beitrug. »Das ist eine gute Frage mit vielen Antworten, Bederman. Im Moment bin ich etwas müde und habe Kopfschmerzen.«

»Brauchst du eine Tablette?«

»Danke, ich hab schon welche geschluckt.«

»Kann ich dich irgendwohin mitnehmen?« fragte er unschuldig.

»Nein, ich hab mein Auto dabei. Aber trotzdem danke.«

Bederman schien plötzlich das Interesse zu verlieren. Er wandte sich wieder an Amory. »Kommst du morgen das Spiel anschauen?«

»Ja. Ich bring die Familie mit.«

»Gut, bring du die Familie und das Bier. Ich sorg fürs Essen.«

»In Ordnung.«

Bederman ging. Cindy sah über die Schulter. Hayley saß neben Lopez, vorgebeugt, nickte, während er redete. Offenbar hatten sie Waffenstillstand geschlossen. Zu Amory sagte sie: »Ich komm wirklich allein zurecht.«

»Das glaub ich dir. Weißt du, ich mag Marx nicht, aber Lopez hätte das wirklich nicht sagen sollen. Du solltest ihm das nicht einfach durchgehen lassen.«

»Den knöpf ich mir schon vor, aber nicht in der Öffentlichkeit. Ich bring Leute nicht gern in Verlegenheit.«

»Bei Tropper hat dir das nichts ausgemacht.«

Cindy merkte, wie ihr das Blut ins Gesicht schoß. »Meinst du die Sache vor einer Woche? Das war doch nichts Dolles.«

»Für dich vielleicht nicht, aber der Sergeant war ziemlich sauer. Wenn du nicht diesen Nachnamen hättest, stände da bestimmt ein dicker schwarzer Punkt neben deiner Quartalsbeurteilung. Aber weil dein Vater Einfluß hat, wird sich Tropper zurückhalten.«

»Ich hab nur mein Bestes gegeben, Amory.«

»Das Beste ist nicht immer das Richtige.«

»Ich bemühe mich ja um ihn.« Wieder wurde sie rot. Wie das klang! »Ich meine, ich hab den Papierkram für ihn erledigt.«

»Ja, alle wissen, daß du seine Berichte tippst; sie sind verständlich.«

»O nein.« Cindy verzog das Gesicht. »Quatschen die anderen ihn darauf an?«

»Sie glauben, du schläfst mit ihm. Und Tropper streitet es nicht ab.«

Instinktiv warf Cindy den Kopf zurück, als hätte sie einen Schlag gegen das Kinn bekommen. »Das ist nicht nur falsch, das ist total absurd!« Aber sie empfand mehr Furcht als Wut.

Amory breitete die Arme aus. »Laß es nicht an dem Boten aus.

Vielleicht kannst du dem ein Ende machen und seine Berichte nicht mehr tippen.«

»Beaudry hatte das vorgeschlagen.«

»War wohl kein guter Tip.«

Cindy sah ihn an, unsicher, ob er Freund oder Feind war. »Ich sollte einfach meinen Job machen und nicht mehr auf den Rat anderer hören. Wer glaubt, daß ich mit Tropper schlafe?«

»Da scheint es zwei Lager zu geben«, erwiderte Amory. »Die Machos sagen ›Tja, typisch, 'ne Schlampe, die sich nach oben schläft.‹ Dann gibt's da noch andere Affen, die wissen, daß du Decker heißt und nicht blöd bist ... zumindest nicht *so* blöd. Vor allem nicht, um was mit Tropper anzufangen.«

»Ich schlafe nicht mit Clark Tropper. Genaugenommen schlafe ich momentan mit niemandem, weder mit Cops noch mit anderen. Mein Liebesleben ist total zum Stillstand gekommen.«

»Das läßt sich ändern.«

»Aber mit keinem von euch«, sagte Cindy. »Vielen Dank, ich behalte lieber meinen Nonnenstatus bei. Du könntest mir einen Gefallen tun und das verbreiten.«

»Daß du eine Nonne bist.«

»Daß bei mir *Zutritt verboten* ist.«

Amory stand auf. »Ich glaube, das war das Stichwort für meinen Abgang.«

»War nett, mit dir zu reden, Amory.« In wenigen Minuten hatte Cindy es geschafft, alle zu vertreiben. Mann, brachte sie Leben in die Bude! Nach einer Ewigkeit besaß Hayley die Freundlichkeit zurückzukommen. Sie warf Cindy einen fragenden Blick zu. »Du siehst fix und fertig aus.«

»Amory hat gesagt, alle glauben, daß ich mit Tropper schlafe. Stimmt das?«

»Amory hat wohl gehofft, daß du mit Tropper schläfst«, antwortete Hayley. »Weil du, wenn du so dämlich wärst, auch auf ihn reinfallen könntest.«

»Du hast die Frage nicht beantwortet. Hast du was läuten gehört?«

259

»Nichts Ernstes. Amory ist ein Schürzenjäger. Er hat's bei dir versucht. Es hat nicht funktioniert. Vergiß es.«

Cindy ersparte sich die Frage, woher Hayley das wußte. »Was ist mit Bederman?«

»Frag nicht.« Marx rieb sich die Stirn. »Gott, mir stinkt diese Kneipe. Warum sind wir hier?«

Weil du es wolltest! lag Cindy auf der Zunge. Statt dessen sagte sie: »Laß uns irgendwo in Ruhe einen Kaffee trinken.«

»Klingt gut. Wie wär's bei dir?«

Warum um alles in der Welt wollte Hayley dorthin? Um das zu beenden, was sie letzte Nacht angefangen hatte? Aber so, wie sie es sagte, klang es beinahe romantisch … als hätte sie es gern gemütlich. Bei Cindys momentanen Rochus auf die Kerle klang es verlockend. Beinahe. »Hast du die Sache mit Lopez geklärt?«

»Ja, klar.«

»Wo ist er?« Cindy sah sich um. »Ich seh ihn nirgends. Wo ist er hin?«

»Ich weiß nicht.« Hayley schaute in die Runde. »Vorhin stand er noch an der Theke. Egal. Laß uns gehen.«

Cindy hängte sich die Tasche über die Schulter. »Weißt du, wo ich wohne?«

»Keine Ahnung.«

»Dann fahr mir nach. Ich kann einen guten Cop gebrauchen, der auf mich aufpaßt.«

Hayley runzelte die Brauen. »Wieso?«

»Mir ist in letzter Zeit einiges passiert. Komm.«

Hayley rührte sich nicht. »Was ist dir passiert?«

Sie klang eher besorgt als überrascht. Cindy hätte mißtrauisch sein sollen, vorsichtig. Aber sie wollte sich dieser Frau anvertrauen. Was hatte Hayley an sich, das Cindys Vertrauen weckte?

»Ich erzähl's dir später«, sagte Cindy. »Nicht hier. Vor allem nicht hier.«

25

Acht Nachrichten auf dem Anrufbeantworter. Aber es wäre unklug, sie abzuhören, solange Hayley da war. Cindy war erstaunt, wie frisch ihre Wohnung aussah – sauber und ordentlich, die Arbeitsplatten in der Küche fleckenlos, als hätte sie Frühjahrsputz gehalten. Hayleys Blick wanderte durch den Raum, blieb an dem Sofa und den geflickten Polstern hängen.

»Was ist mit deinen Möbeln passiert?« fragte sie. »Sieht aus, als wäre jemand mit einem Messer durchgedreht.« Sie betrachtete Cindys Gesicht. »Ist es ein Beispiel für das, worauf du angespielt hast, oder hast du das Sofa gebraucht gekauft?«

»Nein, als ich am Freitag morgen zur Arbeit gegangen bin, war es noch ganz.«

»Mein lieber Schieber!« Hayley zog die Augenbrauen hoch. »Was ist passiert?«

»Wenn ich es wüßte, würde ich's dir sagen.«

»Jemand ist eingebrochen.« Hayley schüttelte den Kopf. »Puh! Kein Wunder, daß du so fertig aussiehst. Warum hast du das nicht gleich gesagt?«

Cindy zuckte die Schultern.

»Wann ist es passiert?«

»Letzte Nacht. Wahrscheinlich, als ich bei Dad war. Setz dich. Ich mach Kaffee.«

»Hast du nicht was Stärkeres?«

»Ja, aber das hol ich nicht raus. Ich brauch's nicht und du auch nicht.«

»Da hast du recht.« Hayley warf ihre Tasche auf den Boden und setzte sich neben die frische Naht, strich vorsichtig darüber. »Hast du die Cops geholt?«

»Mein Dad war da und hat rumgestöbert.« Cindy goß Wasser in die Kaffeemaschine, kam zurück ins Wohnzimmer. Plötzlich fühlte sie sich so schwer, als hätte sie Blei in den Füßen. »Das war kein

Zufall. Die Wohnung war verwüstet und viele Sachen sind kaputt, aber alle Wertsachen sind noch da.«

Hayley nickte.

»Vorschläge werden gern angenommen«, sagte Cindy.

»Wem hast du auf die Füße getreten?«

»Keine Ahnung.« Das Telefon klingelte. Wortlos nahm Cindy ab. »Hi, Dad. Bin grade reingekommen.«

»Du hältst wohl nichts davon, auf deinen Pager zu reagieren? Ich hab bei dir angerufen, auf deinem Pager, auf deinem Handy …«

»Ich hab keine Anrufe gekriegt, Dad … na ja, was hier war, weiß ich nicht. Ich bin eben erst heimgekommen. Ich war bei Mom und dann mit einer Freundin aus.« Mein Gott, sie war fünfundzwanzig und rechtfertigte sich immer noch vor ihrem Vater. »Mein Handy war aus, aber der Pager ist an. Wie oft hast du es versucht?«

»Mindestens ein halbes Dutzend Mal.«

Cindy nahm den Pager vom Gürtel. »Nichts drauf. Warte mal … er geht nicht an. Die Batterie muß leer sein.« Sie öffnete den kleinen Plastikdeckel. »Die Batterie ist weg.«

Schweigen in der Leitung. Dann sagte Decker: »Ich komme rüber.«

»Das ist nicht nötig, Dad. Ich hab jemanden hier. Mir geht es gut.«

»Wer ist bei dir? Oliver?«

»Hayley Marx.«

»Ich weiß nicht, wer schlimmer ist.«

Cindy mußte lächeln. »Ich ruf dich später an. Tut mir leid, daß du dir Sorgen gemacht hast.«

»Wann hast du den Pager das letzte Mal abgenommen, Cindy?«

»Weiß ich nicht, Dad. Da muß ich überlegen.«

»Kannst du dich nicht erinnern?«

»Ich trag ihn meistens, wenn ich aus dem Haus gehe. Manchmal laß ich ihn während der Arbeit im Schreibtisch, um nicht abgelenkt zu werden. Ich muß darüber nachdenken«, wiederholte sie.

»Hat er Freitag noch funktioniert?«

»Dad, ich muß *nachdenken*. Sobald es mir einfällt, ruf ich dich an.«

Sie klang unsicher. Decker wünschte sich verzweifelt, ihr den Schmerz nehmen zu können. Die nie nachlassende Sorge um das Wohl seiner Kinder machte ihn fertig. »Okay. Ruf mich an, bevor du ins Bett gehst. Überprüf die Türschlösser und die Fenster.«

»Ich ruf dich an, und ich überprüfe die Schlösser und die Fenster. Bis dann.« Cindy hängte ein, warf einen finsteren Blick auf ihren Pager, dann auf Hayley. »Ich muß zum Drugstore, eine neue Batterie kaufen.«

»Jemand hat sie aus deinem Pager genommen?«

»Sieht so aus.«

»Das ist ernst.« Hayley zog ihren Pager aus der Tasche und nahm die Batterie heraus. »Hier. Tu die rein. Sieh nach, ob was drauf ist.«

»Danke.« Cindy steckte die Batterie in das Fach. Sofort erwachte der Pager zum Leben. Sie sah die Nummern durch. Fünf Anrufe von Dad, zwei von Mom, dazu welche, deren Zahlenfolge ihr irgendwie vertraut war – vielleicht Marge oder sogar Oliver. Darum würde sie sich später kümmern. Sie gab Hayley die Batterie zurück.

»War das der erste Einbruch, Cindy?«

»Ja. Wieso?« Sie sah Hayley durchdringend an. »Du wirkst nicht ... gerade überrascht. Kannst du mir sagen, warum?«

»Hör auf, mich anzufunkeln«, sagte Hayley. »Ich bin auf deiner Seite. Kann ich jetzt einen Kaffee haben?«

Cindy sah weg. »Ja, klar.« Sie goß zwei Becher heißen, starken Kaffee ein, reichte einen Hayley und machte es sich auf dem Sessel bequem. »Wenn du Licht auf die Sache werfen kannst – ich bin ganz Ohr.«

Hayley nahm einen Schluck Kaffe, zögerte. »Das ist nur eine Idee, okay? Aber es könnte sein ... es *könnte* sein, daß es eine Art Initiationsritus war.«

Cindy sah sie ungläubig an. »Willst du damit sagen, daß es *Cops* waren? Cops, mit denen ich arbeite?«

»Mögli ...«

»Du behauptest allen Ernstes, daß … daß Cops in meine Wohnung eingebrochen sind und Hundescheiße auf mein Bett gepackt haben?«

»Hundescheiße?« Hayley wirkte entsetzt. »Das ist ja gräßlich!«

»Um nicht zu sagen widerlich.« Cindy atmete schwer. »Weißt du was davon?«

Hayley sah sich nach etwas um, worauf sie den Kaffeebecher abstellen konnte.

»Stell ihn einfach auf den Boden.« Cindy sprang auf, kaum fähig, ihre Wut zu unterdrücken. Sie bemühte sich, leise, klar und sehr langsam zu sprechen. »Du kannst nicht beides haben! Entweder du weißt was oder nicht!«

»Ich sag doch, es ist nur eine Ahnung.«

»Und auf was basiert diese Ahnung?«

»Hör auf, mich so anzusehen!« Hayley stellte den Becher auf den Boden. »Ich weiß nur, wozu einige dieser Kerle fähig sind, besonders bei Anfängerinnen. Wir haben es hier nicht mit politisch korrekten Jungs zu tun, Cin. Das sind High-School-Abgänger, einfach Gestrickte, die ein bißchen Aufregung haben wollen und eine gute Pension. Warum glaubst du wohl, daß ich auf dich aufpasse?«

»Tja, wenn du auf mich aufgepaßt hast, dann hast du irgendwo Scheiße gebaut.« Beide schwiegen, was Cindy Zeit gab zu überlegen, was sie gerade gesagt hatte. Sie atmete ein und langsam wieder aus. »Du hast keine Scheiße gebaut. Du bist nicht für mich verantwortlich. Entschuldige.«

Hayley winkte ab. »Wenn jemand in meine Wohnung eingebrochen wäre, sie verwüstet und Hundescheiße auf meinem Bett hinterlassen hätte, wäre ich bewegungsunfähig. Ich staune, daß du in ganzen Sätzen sprechen kannst.«

»Du hättest mich vor zwölf Stunden sehen sollen.« Cindy sammelte sich. »Dir ist auch was passiert.« Eine Feststellung, keine Frage. »Was?«

Hayleys Kiefer begannen zu mahlen. »Wenigstens nichts mit Exkrementen.«

»Was dann?«

»Am Anfang war ständig was mit meinem Auto. Einmal war es der Bremsschlauch, dann die Batterie, einmal der Zylinderkopf, dann war der Tank leer ... da hatte ich gerade Bellini's verlassen. Drei Uhr morgens, und kein Schwein weit und breit. Die Benzinanzeige stand auf halb voll, aber im Tank war kein Tropfen.«

»Warum hast du mir nichts gesagt?«

»Was hätte ich dir sagen sollen? Daß die Kerle, mit denen wir zusammenarbeiten, Arschlöcher sind? Das wußtest du bereits.«

»Wenigstens hättest du mich warnen können, Hayley. So bin ich völlig blind da reingetappt.«

»Tut mir leid.«

»Wie lange hat es gedauert?«

»Fast mein ganzes erstes Jahr. Dann haben sie andere gefunden, die sie schikanieren konnten. Ich hätte was sagen sollen. Ich hab es bewußt nicht getan, weil ich den Brunnen nicht vergiften wollte. Außerdem dachte ich, dir würde nichts passieren, wegen deines Vaters. Und du bist schon eine Weile dabei. Wir bewegen uns auf einem schmalen Grat zwischen Akzeptanz und Ablehnung. Je unauffälliger wir Frauen sind und je weniger Probleme wir bereiten, desto mehr mögen sie uns.«

»Wo sind wir hier?« blaffte Cindy. »Auf der Grundschule?«

»Es geht nicht darum, beliebt zu sein, Decker. Hier geht es um Leben und Tod. Sie müssen das Gefühl haben, daß wir zu ihnen gehören. Sonst riskieren sie ihren Arsch nicht, wenn wir sie brauchen. Also sag ich, laß sie ihren Spaß haben. Man kann nur hoffen, daß sie sich irgendwann genug amüsiert haben und bereit sind, ihr Leben für dich aufs Spiel zu setzen.«

»Wenn Vandalismus und Hundescheiße auf dem Bett deren Vorstellung von Spaß ist, dann ist etwas entsetzlich faul im Staate Hollywood.«

Hayley nickte. »Exkremente scheinen mir übertrieben.«

»*Scheinen?*« Cindy ging immer noch auf und ab. »Du willst behaupten, jemand von unserem Revier hätte das getan, als ein ... Initiationsritus?«

»Möglich. Vielleicht war es Tropper. Du hast ihn blamiert, stimmt's? Kann sein, daß er sich gerächt hat.«

»Das war vor über einer Woche. Und seitdem hab ich ständig was für ihn getan.«

»Vielleicht ist er immer noch sauer.«

»Ist er der Typ dazu?«

»Ja. Auf jeden Fall.

Hayley schien unbedingt Tropper die Schuld geben zu wollen. Er *war* der logischste Kandidat, aber Cindy war noch nicht bereit, Hayley freizusprechen. Was meinte sie damit, sie würde auf Cindy »aufpassen«? Cindy stellte ihr genau diese Frage.

»Ich halte nur Augen und Ohren offen«, antwortete Hayley.

»Und?«

Sie sah in ihren Schoß. »Man hört so einiges. ›Decker ist smart, sie geht mir auf die Nerven, mit ihrem Vater kann sie nicht mithalten, sie hat einen hübschen Arsch.‹ Hat das was zu bedeuten?« Hayley zuckte die Schultern. »Am meisten zerreißen sie sich das Maul über diesen Fall häuslicher Gewalt, wo du Tropper bloßgestellt hast. Dein Partner hat die Geschichte immer wieder erzählt.«

»Graham?«

Hayley nickte.

»Was hat er erzählt?«

»Daß du das prima hingekriegt hast. Und daß du Tropper zum Blödmann gemacht hast. Und daß du deswegen seine Berichte tippst. Um ihn zu versöhnen, ohne mit ihm schlafen zu müssen. Ich glaube, er findet das toll. Du kennst Beaudry. So schlicht, wie der ist, kann er sich einfach nicht vorstellen, daß jemand gegen die Obrigkeit meutert.«

»Wann hast du dieses Gerücht gehört, daß ich mit Tropper schlafe?«

»Nachdem du angefangen hast, dem Sarge zu helfen. Beaudry hat mit Bederman geredet, der mal wieder eine seiner berühmten Anti-Frauen, Anti-Quotenreglungstiraden hielt und versuchte, seine Chauvieinstellung hinter irgendwelchen idiotischen Argumentationen zu verbergen. Bederman hat's auf dich abgesehen. Und ich meine nicht in sexueller Hinsicht. Obwohl das möglicherweise auch mitspielt.«

»Ich weiß, daß er mich nicht leiden kann. Keine Ahnung, wieso.

Ich hab mit dem Kerl nur ein paarmal geredet, einschließlich heute abend.«

»Was hat Logik damit zu tun? Vielleicht liegt es daran, daß er uns zusammen gesehen hat. Bederman haßt mich. Hat er heute abend versucht, dich anzumachen?«

»Nein. Aber er hat mich gewarnt, ich soll nicht in deine Fußstapfen treten. Du hättest mit vielen verheirateten Männern gevögelt.«

Hayley zuckte zusammen. »Da hat er recht.«

»Mit unerfreulichem Ende?«

»So was endet immer unerfreulich.«

»Und weil es für dich unerfreulich geendet hat, kann Bederman mich nicht leiden?«

»Vielleicht. Oder weil du jetzt mit seinem alten Partner Streife fährst.«

»Aber Beaudry hat den Wechsel nicht beantragt. Das war Bederman. Warum soll es ihn kümmern, daß Graham mein Partner ist?«

»Vielleicht hat er das Gefühl, daß Graham dich besser leiden kann.«

»Um Himmels willen, Hayley, wir sind doch alle erwachsen!«

»Ja, es ist dämlich, aber leider Realität!« Sie blickte zu Cindy hoch. »Kannst du dich setzen? Du machst mich noch nervöser, als ich sowieso schon bin.«

Cindy sah sie an. »Warum bist du nervös?«

»Weil es sehr unangenehm ist, über all das zu reden. Bringt die Erinnerung daran zurück, wie sehr ich meine Chancen vermasselt habe. Vielleicht hab ich mich deswegen zu deinem Rabbi gemacht. Du hast immer noch 'ne reine Weste. Und du hast den Grips dazu. Wenn ich es nicht schaffe, kann ich dir vielleicht wenigstens helfen.«

»Bei was?«

»Die goldene Dienstmarke zu kriegen, was denn sonst. Du hast genug Verstand, aber du mußt lernen, das Spiel mitzuspielen.«

Cindy musterte Hayleys Gesicht, das ihr nichts verriet. Sie wollte wieder auf und ab gehen, besann sich und sank in den Sessel.

»Wie wär's mit Ehrlichkeit? Als erstes will ich wissen, was du da oben in Angeles Crest gemacht hast.«

»Geschaut, ob mit dir alles in Ordnung ist.«

»Du bist mir vom Revier bis rauf in die Berge *gefolgt*?« Cindy war fassungslos. »Warum denn, um alles in der Welt?«

»Nun mal langsam«, warnte Hayley. »So war das nicht. Wir haben das Revier zusammen verlassen, stimmt's? Wir sind zusammen zum Parkplatz gegangen. Wir sind in dieselbe Richtung gefahren, richtig?«

Cindy schwieg.

»Stimmt's?«

»Ja, ja. Aber ...«

»Warte«, unterbrach Hayley. »Du hast mir eine Frage gestellt, laß mich antworten. Ich bin dir nicht gefolgt, Decker. Ich bin dem Camry gefolgt, weil ich das Gefühl hatte, daß er dir folgte. Mein erster Gedanke war, daß einer von den Jungs vielleicht deine Verteilerkappe abgeschraubt hatte.«

»Du mußt das Kennzeichen gesehen haben.«

»Ja. Und ich hab es durchgegeben – gestohlene Kennzeichen. Also dachte ich mir, daß einer der Detectives vom Dezernat für Autodiebstahl dahintersteckt, eines seiner alten Beweismittel benutzte ...«

»Und du glaubst wirklich, ich kauf dir das ab?«

»Ich verkaufe nichts, daher ist es mir egal, ob du es mir abkaufst. Aber genau das habe ich gedacht.«

»Ein Detective, der gestohlene Kennzeichen aus der Asservatenkammer entwendet, um mir aufzulauern.« Cindy nickte. »Tja, das ergibt natürlich einen Sinn.«

Hayley blieb ganz ruhig. »Du bist noch so grün, daß du keine Ahnung hast. Aber so was passiert. In die Schlagzeilen kommt es nur, wenn kiloweise Kokain verschwindet. Aber keiner kümmert sich um ein paar Gramm ... eine Kette hier und einen Ring da ... oder den alten Fernseher, die zehn Jahre alte Stereoanlage. In der Asservatenkammer stehen ganze Kartons voll Kennzeichen von gestohlenen Fahrzeugen.«

Cindy wurde schwindelig. »Du hast tatsächlich geglaubt, der Camry sei ... ein Witz?«

»Kein Witz, ein Streich! Darum hab ich das Auto im Auge behalten. Ich mußte Zeit totschlagen. Ich dachte mir, wenn ich dir … Unannehmlichkeiten ersparen kann, warum nicht? Als du anfingst, die Spur zu wechseln, wußte ich, daß du deinen Beschatter entdeckt hattest. Was mich beeindruckt hat, schließlich bist du noch Anfängerin. Als der Camry umgedreht hat und dich abzuschütteln versuchte, war ich mir ganz sicher: Einer von den Kerlen, der es dir zeigen wollte. Du hättest ihn melden sollen, Decker, und die Sache auf sich beruhen lassen.«

»Ich konnte ihn nicht melden, weil ich zu schnell fuhr.«

»Das sag ich ja. Du hättest ihn fahren lassen sollen. Statt dessen hast du dich drangehängt und versucht, es allein durchzuziehen. Der Kerl hätte auch eine 44er Magnum dabei haben können. Er hätte dich umpusten können, bevor du weißt, was los ist. So, wie du gerast bist, hast du beinahe mehrere Unfälle verursacht.«

Cindy verdaute die Geschichte. Ein Teil davon war bestimmt erfunden, aber einiges stimmte. Marx und sie hatten das Revier zur selben Zeit verlassen. Und sie waren in dieselbe Richtung gefahren. Und Marx konnte Cindys Wohnung nicht verwüstet haben, weil sie mit Oliver zusammen gewesen war. Was ging hier wirklich vor?

»Egal« – Hayley betrachtete ihre Fingernägel, ließ die Hände in den Schoß fallen – »als du in die Berge raufgefahren bist, hab ich gewartet, weil ich wußte, daß du irgendwann wieder runterkommen würdest. Aber als du nicht kamst, hab ich mir Sorgen gemacht und bin dir nachgefahren. Und dann sah ich dein qualmendes Auto und dachte, ich hätte recht gehabt. Jemand hatte an deinem Wagen rumgepfuscht. Darum hab ich dich bergab begleitet. Sobald ich sah, daß dein Auto funktioniert, hab ich mich aus dem Staub gemacht.« Wieder betrachtete sie ihre Hände. »Das ist alles, Decker. Mehr fällt mir nicht ein.«

»Warum hast du mir nicht sofort von deinem Verdacht erzählt?«

»Das hätte ich tun sollen. Aber es ist nicht so einfach, Cin. Zu wissen, wem man vertrauen kann und vor wem man sich in acht nehmen muß. Du denkst momentan bestimmt dasselbe. Kann ich ihr trauen oder nicht?«

»Kann ich?«

»Wie soll ich das beantworten? Ja, du kannst mir trauen. Aber woher sollst du das wissen? Das ist einer der Fälle, bei dem dir nur die Zeit helfen kann.«

26

Kaum hatte Decker aufgelegt, hätte er Cindy am liebsten gleich wieder angerufen, die Leitung offen gehalten und den Hörer über Nacht wie ein Babyphon unter das Kissen geschoben. Aber Cindy war kein Baby mehr. Er machte die Nachttischlampe aus, wickelte sich in seine Decke, hoffte, daß der Schlaf irgendwann kommen und seine Sorgen überdecken würde. Da spürte er, wie Rina seinen Rücken streichelte.

Er schnurrte. »Das tut gut.«

»Alles in Ordnung?«

»Im Moment ja.«

»Glaubst du, daß sie schlafen kann?«

»Hoffentlich. Sie ist jung ...zäh ... läßt sich nicht so leicht unterkriegen. Eigenschaften, die ihr nützen, aber es schwer machen, ihr Vater zu sein.«

Schweigen. Mehr Streicheln.

»Mach weiter. Du machst das prima«, murmelte Decker.

»Eine bestimmte Stelle?« fragte Rina.

»Fühlt sich alles gut an.« Dann überlegte er kurz. »Tja, wenn du mich schon so fragst, meine Lieblingsstelle liegt nicht unbedingt auf meinem Rücken.«

»Ist dir wirklich danach?« Rina kicherte. »So war das nicht gemeint.«

Decker drehte sich um, sah sie an. »Ich weiß nicht. Wir können es probieren, aber versprechen kann ich nichts.«

»Probieren ist gut. Vielleicht ... lockert dich das auf.«

»Sex als Entspannung.« Er seufzte. »Wie hältst du es nur mit mir aus?«

»Erst die Liebe. Dann können wir reden.«

»Kann sein, daß ich hinterher zu müde bin.«

»Dann schlafen wir eben. Das ist auch okay.«

Decker dachte darüber nach. Sex, danach Schlaf. Das klang gut.

Im Halbschlaf hörte Cindy das Klopfen, erkannte aber erst nach einigen Sekunden, was es bedeutete. Jemand war an der Tür. Wieder vergingen Sekunden, bis ihr die Brust eng wurde und ihr Herz zu hämmern begann. Vielleicht war es Dad. (Und wenn es Dad war, wollte sie ihm wirklich aufmachen?) Es konnte aber auch Oliver sein.

Das Klopfen hörte auf.

Sie dachte: *Wenn du Oliver bist, geh nicht weg. Warte.*

Langsam schwang sie die Beine aus dem Bett und hüllte sich in den rosa Bademantel. Ein Auge war offen, das andere verklebt. (Hatte sie im Schlaf geweint?) Auf dem Weg zur Tür rieb sie mit dem Bademantelärmel daran herum, bis es aufging. »Wer ist da?«

»Oliver.«

Cindy schaute durch den Spion, öffnete die Kette, die sie erst vor einer Stunde angebracht hatte. Sie war in der Heimwerkerabteilung gewesen, hatte Batterien gesucht und die nicht besonders stabilen Türketten entdeckt, die böse Buben fernhalten sollten. Na gut, hatte sie gedacht, warum nicht. Kein wirklicher Schutz, aber ein Hindernis mehr. Schließlich machte sie die Tür auf.

»Hi. Komm rein.«

»Du hast schon geschlafen.«

»Jetzt bin ich wach.«

»Ich geh nach Hause.«

»Red keinen Quatsch. Komm rein heißt komm rein.«

Sie ließ ihn nicht aus den Augen, während er zu ihrem zerschlitzten Sofa ging und sich setzte. Sein Jackett gefiel ihr, was sie ihm auch sagte.

»Ja?« Er schnippte einen Fussel weg. »Ist von Valentino.«

»Sieht toll aus.«

»Ja? Danke.« Er lächelte. »Nett, daß du es bemerkt hast. Wie geht's dir? Wie lange hast du geschlafen?«

»Vier oder fünf Stunden.«

»Dann fehlt dir immer noch Schlaf. Du brauchst mindestens gute zwölf Stunden.«

»Stimmt.« Sie betrachtete sein abgespanntes Gesicht. »Und du?«

»Mir geht's gut.«

»Du bist weit weg von zu Hause. Was machst du hier? Schauen, ob alles in Ordnung ist? Dafür gibt es das Telefon, Oliver.«

»Telefone taugen nur was, wenn sie auch abgenommen werden. Ich hab deinen Dad hier nicht gesehen, also dachte ich …« Er hob die Hände und stand auf. »Mach dir um mich keine Sorgen. Morgen ist Sonntag. Ich bleib im Bett, esse Nachos und seh mir das Spiel an.«

»Du hast das Bier vergessen.«

»Ja, stimmt. Gute Nacht.«

»Willst du hier auf dem Sofa übernachten, Oliver? Schön ist es zwar nicht mehr, aber dafür reicht es allemal.«

»Wie lang ist das Ding?«

»Zwei Meter.«

Er dachte kurz nach. »Hast du ein sauberes Laken?«

»Sehr sauber. Ihr habt sie gestern alle gewaschen.«

»Stimmt ja.« Oliver schüttelte sein Bein aus. »Ehrlich gesagt, bin ich total erledigt. Den größten Teil des Tages hab ich an der Unfallstelle verbracht.«

»O Gott. War es schlimm?«

»Keine große Sache, nichts Unerwartetes. Aber Dreckarbeit. Ich hab geduscht, du brauchst dir also keine Sorgen machen, daß ich deine Möbel schmutzig mache.«

»Dein Schweiß ist die letzte meiner Sorgen.«

Oliver brachte ein müdes Lächeln zustande. »Hier zu schlafen, wär nett. Wenn es dir nichts ausmacht.«

»Mir macht es nichts aus.« Cindy spürte, wie ihr die Kehle eng wurde. »Ich glaube, ich würde besser schlafen.«

Olivers Lächeln wurde breiter. »Das wäre schön.«

Cindy trat zu ihm, legte die Hände auf seine Brust. Langsam ließ sie sie bis zu den Schultern hinaufgleiten. »Ich würde sogar noch besser schlafen, wenn ich nicht alleine wäre.«

»Du bist nicht alleine.«

»Ich meine, allein in meinem Bett.« Sie machte einen Schritt zurück, versetzte ihm einen Stoß. »So beschränkt kannst du doch nicht sein.«

Er nahm sie in die Arme, drückte ihren Körper an sich, spürte, wie seine Hose plötzlich eng wurde. Er hielt Cindy fest umschlungen, konnte sich aber kaum noch auf den Beinen halten. Der Streß des Tages, zusammen mit dem aufsteigenden Begehren. Sie war ein Kind, nicht älter als seine Söhne. Sie war jemandes Tochter, jemandes kleines Mädchen. Vor allem aber war sie nicht *sein* kleines Mädchen. Für ihn war Cindy ein junges Ding, ein Feuerkopf mit roten Haaren und einem knackigen Hintern. So mußte er darüber denken. Denn wenn er an sie dachte – an sie als Person – würde er zusammenschrumpeln wie eine Trockenfrucht. »Ich will nur sicherstellen, daß du weißt, was du tust.«

»Weißt du, was du tust?«

»Nein.«

»Tja, wie beruhigend, daß du nicht in allem Experte bist.«

Nach all seiner anfänglichen Nervosität fand er, daß er sich gut gehalten hatte. Ihr schien es zu gefallen. Und jetzt schlief sie, atmete tief und regelmäßig. Er beneidete sie um den Schlaf der Jugend. Seit der Geburt seiner Söhne war er mit einem überaktiven »Wachzentrum« geschlagen, das nie ganz abschaltete, nicht mal mitten in der Nacht.

Die Nacht mit ihr zu verbringen, war nicht klug. Aber er hatte so viele unklugen Entscheidungen in seinem Leben getroffen, da war diese bestimmt nicht die schlechteste. Nur wurde dadurch alles komplizierter. Schlimm daran war, daß er sie mochte. Er würde es wieder tun wollen. Und sie schien ihn auch zu mögen. Auch sie würde es wahrscheinlich wieder tun wollen. Dann ... nachdem sie es oft genug getan hatten … würde es eine Beziehung werden. Und das wäre sehr kompliziert. Decker würde es nicht gefallen, aber Decker mochte ihn sowieso nicht. Es würde sich also nicht viel ändern.

Nein, das stimmte nicht. Es würde vieles ändern.

»Bist du wach, Oliver?«

Der Klang ihrer Stimme ließ ihn zusammenschrecken. »Ja. Entschuldige, hab ich mich zu viel bewegt?«

»Du bewegst dich überhaupt nicht.«

»Oh …« Er atmete ein, dann aus. Vielleicht hatte sie nicht geschlafen. Vielleicht war er doch nicht so gut gewesen, wie er dachte. »Was ist los?«

»Hayley Marx war vorhin hier.«

Herrje. Hoffentlich wurde sie jetzt nicht emotional. »Und?«

»Wir haben ziemlich viel geredet.«

Oh, oh, dachte Oliver. *Das bedeutet nichts Gutes für mein Ego.*

»Sie hat angedeutet, daß … daß die Sache möglicherweise nur ein Witz war.«

»Was?«

»Der Einbruch in meine Wohnung. Daß die Jungs vom Revier mir nur einen Streich spielen wollten.«

Oliver setzte sich auf und zog die Decke über die Knie. Na gut, vielleicht hatten die beiden nicht über ihn geredet. Und ihre Gedanken galten gar nicht ihm. Sie dachte immer noch an den Einbruch. Es hätte ihn erleichtern sollen, daß er für sie nicht so wichtig war. Statt dessen fühlte er sich vernichtet. Tja, wenn er sie schon nicht mit seiner sexuellen Leistungsfähigkeit blenden konnte, dann vielleicht mit seinen Fähigkeiten als Detective. »Was hat Marx angedeutet?«

»Wie hat sie das ausgedrückt?« Cindy drehte sich um, setzte sich neben ihn und legte den Kopf auf seine Schulter. »Daß es vielleicht nur ein übler Streich war …«

»Wie bitte?«

»Daß die Jungs mich auf die Probe stellen wollten.«

»Mit Scheiße auf deinem Bett?«

Cindy schwieg. Trotz der Dunkelheit konnte sie sein Profil erkennen – die gerade Nase, das feste Kinn. »Was glaubst du?«

»Was meinst du damit?« *Keine besonders schlagfertige Antwort.*
»Willst du meine Meinung dazu wissen?«

»Ja, genau das. Glaubst du, der Einbruch könnte ein Streich sein, den die Jungs vom Revier mir gespielt haben?«

Diesmal hatte sie sich klar ausgedrückt. Oliver kapierte endlich, daß sie um Hilfe bat und keine theoretische Diskussion wollte. »Manche Polizisten sind Arschlöcher. Und manche verhalten sich ekelhaft gegenüber Frauen, besonders gegenüber Anfängerinnen. Aber jemand, der Scheiße auf deinem Bett hinterläßt, hat Probleme.«

»Du bis also nicht Hayleys Meinung.«

»Cindy, der Typ, der das getan hat, hat keinen Spaß gemacht. Er hat keine Stolperdrähte durch deine Wohnung gespannt oder ... oder dir Kletten ins Bett gelegt. Er hat deine Wohnung böswillig und geplant verwüstet. Der Drecksack, der das gemacht hat, war wütend und gewalttätig und will sich entweder an dir rächen oder lebt mit dir als Partnerin irgendwelche krankhaften Sexphantasien aus. Wenn Marx das als pennälerhaften Polizistenstreich sieht, nimmt sie etwas sehr Ernstes auf die leichte Schulter. Ehrlich gesagt, läßt mich das an ihrer Urteilskraft zweifeln. Und es macht mich ihr gegenüber sogar ... ein bißchen mißtrauisch.«

»Warum? Glaubst du, sie steckt dahinter?«

»Keine Ahnung. Könnte das sein?«

»Kann ich mir nicht vorstellen.« Cindy richtete sich auf. »Außer, sie glaubt, daß ich ... dich ihr weggenommen habe oder ... ich weiß nicht, wie sie das mit dir und mir rausgekriegt haben könnte ...« Ihre Stimme wurde hart. »Wenn du es ihr nicht gesagt hast.«

»Hör doch auf.« Oliver runzelte die Stirn. »So bescheuert bin selbst ich nicht.«

»Du bist das einzige, was sie mir verübeln könnte.«

»Ich geb's ja ungern zu, aber ich glaube nicht, daß ich ihr so wichtig bin.« Oliver spürte, wie sein ganzer Körper steif wurde, nur sein Schwanz blieb schlaff wie ein vertrockneter Selleriestengel. »Unsere Nacht war nicht gerade leidenschaftlich.«

Cindy schmiegte sich an seine Brust. »Das tut mir leid.«

»Von wegen.« Er schob sie weg. »Um deine ursprüngliche Frage zu beantworten, nein, ich halte es nicht für einen Polizistenstreich. Ich weiß, wozu Cops fähig sind. Ich hab selbst einiges angestellt. Aber ich hab nie Möbel zertrümmert und nie daran gedacht, Scheiße in Betten zu hinterlassen, nicht mal in dem meiner Ex-frau.«

Cindy war ernüchtert. Aus irgendeinem Grund hatte sie gehofft, daß der Einbrecher ein Polizist war. Das wäre ihr weniger bedrohlich vorgekommen als ein anonymer Perverser. Und doch wußte sie, wie tödlich Cops sein konnten. Schließlich waren sie stets bewaffnet. »Tja, dann fällt mir nichts mehr ein. Und dir?«

»Mein Hirn hat für heute abgeschaltet.«

»Zu dumm.«

»Cynthia, vielleicht sollten wir einfach … ich weiß nicht … den Moment genießen.«

Schweigen. »Na ja, vielleicht auch nicht.« Oliver sah auf ihre Nachttischuhr. Zwanzig nach drei. »Oder ein bißchen schlafen.«

»Schlaf du nur.« Sie nahm ein Taschenbuch vom Nachttisch. »Ich muß erstmal abschalten.«

»Schon gut, schon gut.« Oliver zog sie an sich. »Wie der Vater, so die Tochter – nur die Arbeit im Kopf. Erzähl mir, welche Weisheiten Marx sonst noch von sich gegeben hat.«

Cindy rieb sich die Augen. »Sie sagte, es könnte eine Art Initiationsritus sein.«

»Wie kommt sie darauf?«

»Wegen Sachen, die ihr passiert sind.« Sie berichtete von Marx' Autogeschichten. »So was passiert, stimmt's?«

»Ja.«

»Klingt glaubwürdig, oder?«

»Total glaubwürdig.«

»Widerlich.«

»Und dumm und sehr gefährlich.« Er senkte den Blick. »Wie gesagt, ich gebe zu, daß ich an genug dämlichen Streichen beteiligt war. Aber nichts mit Scheiße. Und sei es auch nur, weil niemand Scheiße anfassen will. Worüber habt ihr sonst noch gesprochen?«

»Wer es gewesen sein könnte. Auf ein paar Kandidaten sind wir gekommen.«

»Wer steht oben auf der Liste?«

»Tropper.«

»Der Sergeant, den du bloßgestellt hast.«

»Genau der.«

»Was ist mit dem anderen Kerl? Lopez?«

»Ja, über den haben wir auch geredet. Mann, den hat sie gestern abend ganz schön abfahren lassen. Er hat mir gegenüber ein paar schwachsinnige Bemerkungen gemacht, und Hayley hat's ihm gegeben. Aber voll. Später ist sie zu ihm gegangen und hat mit ihm geredet. Ich glaube, sie hat sich sogar entschuldigt.«

»Warum hat Lopez blöde Sprüche gemacht?«

»Er wollte witzig sein. Außerdem hat er seinen Partner imitiert – einen Typ namens Tim Waters, der wirklich ein Idiot ist.«

»Nie von ihm gehört.«

»Hayley sagt, Waters sei ein Schürzenjäger.«

»Wie die meisten Cops. Was hat sie noch gesagt?«

»Daß Bederman mich nicht leiden kann. Genauer gesagt, daß Bederman es auf mich abgesehen hätte, aber nicht in sexueller Hinsicht. Obwohl ich mir absolut nicht vorstellen kann, weshalb. Insgesamt hab ich vielleicht zehn Minuten mit dem Kerl geredet.«

»Bederman, Bederman ...« Oliver dachte nach. »Klingt vage bekannt. Wie heißt er mit Vornamen? Rich oder so?«

»Rick.«

»Ja. Der kam gerade, als ich versetzt wurde. Hatte schon ein oder zwei Streifefahren hinter sich. Muß vor etwa zehn Jahren gewesen sein. Wie alt ist er? Mitte dreißig?«

»Kann gut sein.«

»Ein furchtbarer Angeber. Ich erinnere mich, daß ich ihn nicht leiden konnte. Vielleicht war ich eifersüchtig und hab ihn als Konkurrenz betrachtet. Wie kommt sie darauf, daß er dich nicht leiden kann?«

»Keine Ahnung.«

»Du hast gestern abend mit ihm gesprochen?«

»Ja, er saß mit seinem Partner an Marx' Tisch, als ich ins Bellini's kam.«

»Worüber hast du dich mit ihm unterhalten?«

»Wir haben erst geredet, als Marx zu Lopez rüberging, der wütend davongestapft war. Bederman sagte, ich solle nicht mit verheirateten Männer schlafen, so wie Marx es getan hat. Das hätte ihr alles vermasselt.«

»Womit er absolut recht hat. Aber ich find's merkwürdig, daß er dir das sagt. So was sagt man, wenn man auf jemanden scharf ist. Hast du ihm die Meinung gesagt?«

»Nein, überhaupt nicht. Ich hab zugehört, aber ich fand es ziemlich daneben, weil er ja wußte, daß ich mit Hayley da war. Nachdem er weg war, hat sein Partner Sean Amory versucht, sich an mich ranzuwanzen. Inzwischen hatte ich die Schnauze voll. Also hab ich gesagt, für Cops sei ich nicht zu haben, und er darf das gern rumerzählen. Dabei haben wir es belassen.«

Im Dunkeln spürte sie, wie sie rot wurde. Zum Glück konnte Oliver das nicht sehen. »War wohl ein bißchen voreilig, wenn man bedenkt, daß ich hier mit dir im Bett liege.«

Oliver lachte leise. Aber seine Gedanken waren eindeutig woanders. »Hattest du beruflich mit einem dieser Kerle zu tun?«

»Wir – also Graham und ich – haben Bederman und Amory bei ein oder zwei Einsätzen geholfen. Ich glaube, sie uns auch ein paarmal. Bederman ist früher mit Graham Streife gefahren. Laut Bederman sind sie immer noch befreundet ...«

»Wirklich?«

Pause. »Du findest das offensichtlich bemerkenswert.«

»Ich finde es interessant. Wie heißt Graham mit Nachnamen?«

»Beaudry.«

»Und was hält Beaudry von Bederman?«

»Graham redet nicht über ihn. Aber Bederman hat gesagt, daß Graham mich für smart hält ... Gott, ist das alles provinziell! Er mag mich, aber sie mag ihn nicht und die anderen mögen sie ... bla, bla, bla.«

»Warum sind sie keine Partner mehr, wenn sie sich immer noch mögen?«

»Hat einfach nicht funktioniert.«

»Wer hat den Austausch beantragt?«

»Bederman.«

»Frag deinen Partner, warum er immer noch mit ihm befreundet ist, wenn Bederman wegwollte.«

»Und welche Antwort soll ich darauf erwarten?«

»Wahrscheinlich keine ehrliche«, meinte Oliver. »Wenn du einen Wechsel beantragst, heißt das für gewöhnlich, daß du mit deinem jetzigen Partner nicht klarkommst.«

Cindy überlegte. »Den Gerüchten nach hat Bederman den Wechsel beantragt, weil Graham langsam ist.«

»Langsam?«

»Er ist ein bißchen lahm, kann nicht schnell rennen. Bei Verfolgungen zu Fuß mußte Bederman die ganze Arbeit machen, während Graham mit großen Trara dem Geschnappten Handschellen anlegte.«

»Ist dir das auch aufgefallen?«

»Beaudry stellt mit Sicherheit keine olympischen Rekorde auf, aber ich glaube nicht, daß er sich drückt.« Sie dachte an die betrunkenen Russen vor zwei Tagen. Die Schwerarbeit hatte sie geleistet.

»Aber ist an den Gerüchten was dran?«

»So schlimm ist es wirklich nicht ...«

»Wenn du so ein Gerücht über deinen Ex-Partner verbreitest, stößt ihm das bestimmt sauer auf.«

»Graham hast ein dickes Fell.«

»Nein, Cindy, das erklärt überhaupt nichts. So was läßt man sich nicht gefallen, ohne selbst Gerüchte in die Welt zu setzen. Und wenn er das nicht tut, steckt was dahinter. Ich weiß, wie es bei den Uniformierten zugeht. Da stimmt was nicht.«

Cindy schwieg.

»Wenn zwei nach einem Wechsel weiterhin befreundet bleiben, heißt das für mich, die haben sich getrennt, weil es zu gefährlich war, weiter zusammenzubleiben.«

»Ich hab keine Ahnung, was du meinst.«

»Die haben irgendein schmutziges Ding zusammen gedreht, Cindy. Sie sind nicht erwischt worden und wollten sich trennen, bevor jemand sie als Einheit auszuschnüffeln beginnt.«

»Nein, das glaube ich nicht.«

»Warum nicht?«

»Weil ich Graham kenne. Der macht keine schmutzigen Dinger.«

»Woher weißt du das?«

Cindy dachte nach, fand aber keine Antwort.

»Wie lange fährst du schon mit ihm Streife?« fragte Oliver. »Sechs Monate? Acht? Das ist gar nichts, Decker. Überhaupt nichts. Ich war mal zwei Jahre lang der Partner von einem Kerl, bevor ich merkte, daß er korrupt war.«

»Was hast du gemacht?«

»Einen Wechsel beantragt. Aber ich sag dir was. Wir sind keine Freunde geblieben.«

»Wann war das?«

»In meinen Anfangsjahren in Hollywood. Damals habe ich noch an Ehrlichkeit, Gerechtigkeit und all den Scheiß geglaubt.«

»Hast du ihn verpfiffen?«

»Nope! Er hat bei Drogenrazzien geklaut. Keine tolle Sache, aber es war kein Mord. Du siehst Geld auf dem Tisch liegen und steckst einen Zwanziger ein. Dann ist es ein Fünfziger oder ein Hunderter. Keiner merkt es. Keiner kommt zu Schaden. Es ist verlockend. Ich war auch in Versuchung. Aber ich hab's nicht getan. Das ist der Unterschied.«

»Was ist mit deinem Ex-Partner passiert?«

»Der ist in Pension gegangen, als er seine zwanzig Jahre voll hatte. Später hab ich gehört, daß er als Wachmann arbeitet.«

Ein sehr glimpfliches Ende für eine solche Geschichte, fand Cindy. »Er ist nicht erwischt worden?«

»Nein. Die meisten werden nicht erwischt, solange sie nicht zu gierig sind. Aber wenn du lange genug dabei bist, fallen sie dir auf. Das sind diejenigen, die nie auf einen grünen Zweig kommen. Sie schaffen es einfach nicht die Leiter rauf, egal, wie viele Ehrenabzeichen sie bekommen, weil sie zu sehr damit beschäftigt sind, über die Schulter zu schauen. Ich bin nicht wegen der Moral sauber geblieben, sondern wegen der Angst, erwischt zu werden und all meine Träume den Bach runtergehen zu sehen. In meiner Familie sind lauter Cops, aber keiner hat es bis zur goldenen Dienstmarke gebracht. Mann, ich war früher vielleicht ein entschlossener Bursche.«

»Und du hast es geschafft.«

»Allerdings. Und kaum hatte ich das, hab ich alles vermasselt.«

»Nicht beruflich …«

»Doch. Beruflich und privat. Du kannst nicht das eine ohne das andere vermasseln. Es gibt einen Grund dafür, warum dein Dad ist, wo er ist, und ich da festhänge, wo ich bin. Ich hab mich zu sehr ablenken lassen, hab an meine eigenen Sprüche geglaubt. Dann war ich zu alt. Aber egal, jetzt geht es nicht um mich. Ich erzähl dir das bloß, weil ich weiß, wann zwei und zwei fünf ergeben. Da stimmt was nicht. Und du sagst, diese eine Unterhaltung in der Kneipe und noch ein oder zwei sonstige Begegnungen sind dein einziger Kontakt mit Bederman?«

Cindy zog die Knie an die Brust. »Ich hab dir von der Party erzählt, als ich neu in Hollywood war.«

»Ja, diese Begrüßungsparty für Anfänger. Etwa um die Zeit, als Crayton ins Jenseits befördert wurde. Du hast auch mit Craig Barrows geredet.«

»Was für ein Gedächtnis! Ich kann mich nicht erinnern, daß Bederman viel gesagt hätte.«

»Was hat er dann gemacht.«

»Zugehört, als ich über Crayton gesprochen habe.«

Oliver war plötzlich hellwach. »Was hast du denn über Crayton erzählt?«

»Nur, daß ich ihn aus dem Fitneßstudio kenne.«

»Hast du erwähnt, daß auf euch geschossen wurde?«

»Nein, Oliver, ich bin doch nicht ganz blöd.«

»Hat er dir Fragen gestellt oder Bemerkungen gemacht?«

»Keine, an die ich mich erinnern könnte.«

Crayton, Bederman und Barrows: Wie paßte das zusammen? Bederman arbeitete in Hollywood. Die Tarkum-Entführung war in Hollywood passiert, der Mord an Crayton in Devonshire. Wenn man Stacy Mills glauben durfte, steckte Lark Crayton möglicherweise hinter der Autoentführung ihres Mannes, vielleicht sogar hinter dem Mord. War sie auch die treibende Kraft bei dem Überfall auf Stacy Mills? »Sagt dir der Name Stacy Mills was?« fragte Oliver.

Cindy fuhr hoch, merkte, wie ihr das Herz bis zum Hals schlug. »Du *kennst* sie?«

Jetzt schoß Oliver hoch. »*Du* kennst sie?«

»Aus dem Fitneßstudio, in dem Armand und ich trainiert haben.«

»Mann o Mann«, schnaufte Oliver. »Sie ist vor kurzem überfallen worden. Ihr Auto wurde geraubt.«

»Was?« Cindy blieb die Luft weg. »Wann war das? Ist ihr was passiert?«

»Sie hat's überstanden, aber sie hat ein Problem mit der Wahrheit. Sie hat zugegeben, daß sie Lark Crayton kennt. Was ist mit Armand Crayton? War sie mit ihm befreundet?«

»Ich weiß nicht, ob sie Freunde waren. Ich hab sie öfter miteinander reden sehen.«

Oliver klang begeistert. »Meinst du, sie hatten was miteinander?«

»Kann ich nicht sagen.« Cindy atmete tief durch. »Armes Mädchen! Das ist ja furchtbar!«

Aber Oliver hatte nicht mehr viel Mitgefühl. Das Biest hatte Marge und ihn belogen. Sie kannte Armand. Vielleicht zu intim und deswegen hatte sie Angst vor Lark. »Wußte Stacy Mills, daß du mit Armand befreundet warst?«

»Wir waren nur Bekannte.«

»Hör auf mit der Haarspalterei. Wußte sie, daß du Crayton kanntest?

»Klar. Wir haben uns ab und zu unterhalten, Saft getrunken.« Cindy fuhr sich mit der Zunge über die Lippen. »Sie wußte, daß ich auf der Akademie war. Sie meinte, wenn ich mal die Schnauze voll hätte von der Polizei, könnte ich es als Privattrainerin versuchen. Das war ihr Beruf ... Privattrainerin.«

»Ist sie immer noch. Zumindest in der Hinsicht hat sie nicht gelogen.«

»Worüber dann?« fragte Cindy.

»Sie hat uns erzählt, sie hätte mit Lark Crayton gearbeitet und Armand kaum gekannt.«

»Vielleicht stimmt das. Die beiden kamen mir nie wie beste Freunde vor.«

»Stacy sagt, Armands Frau hätte den Verdacht gehabt, daß er eine Geliebte hatte. Vielleicht warst du das. Vielleicht wurde deswegen auf dich geschossen. Warst du freundlicher zu Armand als sie?«

»Ich war nicht sonderlich freundlich.«

»Wer hat mehr mit Armand geredet? Stacy oder du?«

»Ich weiß, worauf du hinauswillst. Daß Stacy eifersüchtig auf Armand und mich war. Oder Lark war eifersüchtig. Stacy wirkte nicht sonderlich an ihm interessiert.«

»Kann sein, daß sie es nicht war. Sie hat mehrfach gesagt, daß sie Lark besser kannte als Armand. Möglich, daß Lark sie dafür bezahlt hat, Armand nachzuspionieren, und sie ihr berichtet hat, er würde mit dir rummachen.«

»Das kann Stacy unmöglich gedacht haben«, rief Cindy. »Dazu gab es keinen Anlaß, Oliver.«

»Aber angenommen, Stacy wurde dafür bezahlt, Lark irgendwas zu berichten. Wenn es nichts zu berichten gab, würde Lark nicht zahlen, richtig?« Oliver versuchte, seine Gedanken zu klären. »Stacy kommt mir wie eine Frau vor, der Geld sehr wichtig ist.«

»Also hat Lark Crayton auf uns geschossen, weil Stacy ihr berichtet hat, Armand und ich hätten eine Affäre.«

»Wahrscheinlicher ist, daß Lark jemanden angeheuert hat. Laut Stacy hat Lark zu der Zeit vieles probiert, um Armand loszuwerden.« Oliver überlegte. »Ich glaube Stacy zwar nicht, aber ich wette, daß sie wie alle Lügner Wahrheit und Fiktion mischt.«

»Gott, geht's ihr wirklich gut?«

»Viel besser als dir. Ihre Wohnung ist noch heil.«

»Ich kann's einfach nicht glauben ...« Cindy biß sich auf die Lippe, die zu zittern begonnen hatte. »Was ist nur los!«

Oliver schoß ein Gedanke durch den Kopf. *Ein möglicher Cop, der Larks As im Loch war.* Er sagte: »Rick Bederman ... klingt das für dich deutsch?«

»Was?«

»Klingt der Name Bederman deutsch?«

»Eher amerikanisch.«

»Aber wenn du ihm eine europäische Nationalität zuordnen solltest, welche wäre es dann?«

»Englisch ... holländisch ... vielleicht deutsch. Warum?«

»Stacy Mills hat Marge und mir erzählt, Lark hätte ein As im Loch ...«

»Im Ärmel.«

»Was?«

»Sagt man nicht *ein As im Ärmel*?«

»Du lenkst ab.«

»Mach weiter.«

»Lark hätte einen Kerl mit Einfluß und einem deutschen Namen in der Tasche. Dabei denke ich an Cop, und ich denke an Bederman.«

»Warum Bederman? Lark wohnt in Foothill, Bederman arbeitet in Hollywood. Wo ist die Verbindung?«

»Dexter Bartholomew«, sagte Oliver. »Dessen Frau wurde entführt, das Auto geklaut. Marge und ich glauben, daß Dex jemanden angeheuert hat, seiner Frau einen Schreck einzujagen, weil sie mit Crayton rumgemacht hat.«

»Dex hat seine eigene Frau entführen lassen?«

»Möglich.«

»Hast du Beweise dafür?«

»Nein.« Oliver rieb sich die Augen. »Ich glaube, ich brauche Stift und Papier, um das auszutüfteln. Ich weiß, daß das alles irgendwie zusammenhängt, aber so krieg ich es nicht auf die Reihe. Ich bin zu müde.«

»Lark hat Bederman beauftragt, mir zur Warnung eins vor den Bug zu knallen ... oder vielleicht Armand einen Schreck einzujagen. Dann hat Bederman von Dexter Bartholomew den Auftrag gekriegt, dessen Frau als Strafe für ihre angebliche Affäre zu überfallen und ihr Auto zu rauben.«

»So ungefähr.«

»Und wer hat die arme Stacy Mills überfallen? Und warum jetzt? Warum nicht vor einem Jahr? Oder wenigstens vor sechs Monaten?«

»Weil wir gerade den Fall neu aufrollen und sie alle noch mal vernehmen.« Er sah Cindy an. »Dieser ganze Scheiß mit deiner Wohnung ... vielleicht war das die Warnung an dich.«

»Warnung wovor?«

»Weiß ich nicht«, gab Oliver zu.

»Warum haben sie mich nicht überfallen und mein Auto geraubt, wie bei den anderen Frauen?«

»Nicht so leicht bei einer Polizistin – die hat eine Waffe.«

Cindy seufzte. »Ich bin viel zu müde, das alles zu kapieren.«

»Ich auch.« Oliver gähnte. »Wir reden morgen früh darüber, wenn dein Vater kommt. Möglich, daß ihm was Neues dazu einfällt.«

»Mein Vater kommt morgen früh her?«

»Ja.«

»Hat er dir das gesagt?«

»Nein, aber ich kenne Väter und ich kenne Deck, und beides zusammen heißt, dein Vater wird morgen früh hier sein ... gegen zehn, würde ich sagen.« Oliver stieg aus dem Bett. »Darum schlafe ich heute nacht auf deinem Sofa. Das macht einen anständigeren Eindruck, falls wir beide noch nicht wach sind, wenn er kommt. Er wird zwar Verdacht schöpfen, aber er kann nichts beweisen.«

Cindy wurde nachdenklich. »Du willst es lieber geheimhalten.«

»Himmel, natürlich möchte ich es lieber geheimhalten. Ich arbeite mit dem Mann, Cindy. Wenn er mich direkt fragt, sage ich die Wahrheit. Aber Deck wird nicht fragen, und ich werde von mir aus nichts zugeben. Das mag zwar feige sein, aber sei's drum.«

»Mir kommt das sehr vernünftig vor.«

Oliver seufzte erleichtert.

»Ich hab nur noch eine Bitte«, sagte Cindy.

»Spuck's aus, Darling.«

»Da Dad vermutlich nicht in den nächsten ... sagen wir mal, dreißig Minuten auftauchen wird ... sollten wir die Gelegenheit vielleicht nützen.«

Oliver grinste. »Theoretisch ist das eine tolle Idee. Aber du bist jung, und ich bin alt. Nimm's also nicht persönlich, falls ich einschlafe.«

»Du bist einfach zu bescheiden.«

»Das ist Absicht. In meinem Alter ist es das einzige, was bei den Mädchen ankommt.«

Cindy zog ihn zu sich herunter. »Ich hoffe, es verdirbt dir nicht die Stimmung, aber ich mag dich, Oliver. Du bist nett zu mir gewesen, und das finde ich bei einem Mann sehr anziehend.«

Oliver streifte ihre Lippen mit den seinen. »Ich mag dich auch. Außerdem finde ich dich unglaublich sexy.« Er sah ihr tief in die Augen, hauptsächlich, um nicht auf ihre Brüste zu starren. »Baby, du bist so schön, daß nichts, was du sagst, die Stimmung verderben kann.«

27

Es klopfte nur leise, aber da Oliver einen leichten Schlaf hatte, war er schon beim dritten Klopfen an der Tür. Er öffnete sie, legte den Finger an die Lippen, deutete mit dem Daumen auf Cindys Schlafzimmertür. Deckers Gesicht war ausdruckslos; Oliver wußte aus Erfahrung, was das bedeutete – der Lieutenant war sauer. Vielleicht lag es an Olivers Aufzug: Boxershorts und sonst nichts. Wie gut, daß er völlig erledigt war. Selbst in seinem Alter wachte er gelegentlich noch mit einem Ständer auf. Er trat zur Seite, beobachtete, wie Deckers Blick durch den Raum wanderte und an den zerknitterten Laken auf dem Sofa hängenblieb. Da ihm sonst nichts einfiel, beschloß Oliver, seine Hose anzuziehen.

Deckers Blick verweilte auf den Laken. Was sollte diese Augenwischerei? Vielleicht wollte Cindy seine Gefühle nicht verletzen. Oder es war Olivers Idee gewesen. Warum es ihm unter die Nase reiben, wenn sie weiterhin zusammenarbeiten mußten. »Alles in Ordnung?«

»Ja, ihr geht's gut. Aber wir haben gestern nacht noch miteinander geredet.« Oliver band seine Armbanduhr um. Es war elf. Wenigstens war Decker zu einer zivilisierten Zeit gekommen. »Ich erzähl dir davon. Laß uns irgendwo einen Kaffee trinken.«

»Mir macht's nichts aus, hier zu reden.«

»Aber mir. Ich möchte nicht, daß Cindy mitkriegt, worüber wir reden. Du weißt, wie das ist, wenn wir Fälle durchkauen. Dabei kann man leicht paranoid werden.«

Endlich zeigte Decker Gefühl. Sein Gesicht enhüllte hundert Jahre Qual. »Was ist los, Oliver?«

»Ich bin nicht sicher, ob überhaupt was los ist, Loo, außer dem üblichen Scheiß, den Frauen als Anfängerinnen bei der Polizei durchmachen müssen.«

»Was für Scheiß?«

»Genau darüber will ich mit dir reden.« Oliver knöpfte sein Hemd zu, stopfte es in die Hose, schlüpfte in sein Jackett. Er roch verschwitzt, hätte duschen sollen, nachdem Cindy eingeschlafen war. Ach was, das mußte Decker jetzt ertragen. »Ich sollte ihr wohl eine Nachricht hinterlassen.«

Und was draufschreiben? Danke für den Fick. Dieser dreckige Bastard.

» ... wo hat sie Stifte und Papier?«

Decker nahm Olivers Stimme wahr. »Äh, in einer Küchenschublade, glaube ich.«

Oliver ging in die Küche. Sonnenlicht strömte durch das Fenster, blendete Olivers übermüdete Augen. Fast blind, zog er die Schublade auf und schrieb eine kurze Nachricht. *Bin mit deinem Vater Kaffee trinken gegangen. Komme in etwa einer Stunde zurück.* Er lehnte den Zettel gegen die Kaffeemaschine, ging ins Wohnzimmer, setzte die Sonnenbrille auf. Das war schon besser.

»Hast du einen Schlüssel zum Abschließen?« fragte er.

Decker verkniff sich die Antwort *Sie hat dir also noch keinen gegeben, du stinkender Drecksack?* Dann riß er sich zusammen. Wäre er genauso wütend, wenn Scott in Cindys Alter wäre? Vielleicht sollte er versuchen ... einfach ... versuchen, die Sache objektiver zu betrachten. Wer war hier der Verletzliche? Oliver war nicht mehr der Jüngste, und Cindy standen noch alle Möglichkeiten offen. Außerdem ließ Cindy sich nichts vormachen, sagte, was sie dachte, ohne auf menschliche Schwächen und Egos Rücksicht zu nehmen. Wenn hier jemand zu Schaden kommen würde, dann Oliver. Also sollte er ihn eher bedauern. So was zu verkraften, ist nicht leicht, wenn man alt ist.

»Hast du mich gehört, Lieutenant?« fragte Oliver.

»Ja, ja.« Decker hielt seinen Schlüsselring hoch. »Ich hab einen. Gehen wir.«

Die schicken Espressobars waren voll mit Leuten, die beim Sonntagsbrunch saßen. Oliver und Decker nahmen mit einem alten Café vorlieb. Sie baten um eine Nische am Ende des Raums, folgten der Bedienung namens Sally zu einer Ecke, wo zwei alte Männer Kaffee tranken und Toast nibbelten. Kaum hatten sie sich gesetzt, kam Sally mit zwei dampfenden Kaffeebechern, zog ihren Block heraus und wartete.

Decker nahm einen Zehner aus dem Geldbeutel. »Mir reicht Kaffee.« Er gab ihr den Geldschein. »Damit wir hier unsere Ruhe haben.«

Sie nahm das Geld. »Cops oder Kriminelle?«

Decker lächelte, zeigte ihr seine Dienstmarke.

Sally grinste. »Gut, Sie haben für Ihre Ruhe bezahlt, dann sollen Sie die auch haben. Soll ich die Kanne hier lassen? Die Kaffeekanne?«

»Das wäre nett.«

»Winken Sie einfach, wenn Sie doch noch was essen wollen.«

»Mach ich.«

Als sie gegangen war, sagte Oliver mit leiser Stimme: »Gut, jetzt zu Cindy. Du weißt, wie mit Anfängern umgegangen wird, besonders mit Anfängerinnen. Sie werden getestet. Manchmal läuft die Sache aus den Ruder.«

Decker nahm einen Schluck Kaffee, verzog das Gesicht. Stark und bitter. Konnte aber auch am sauren Geschmack in seinem Mund liegen. »In eine Wohnung einzubrechen, ist weiß Gott mehr als ein blöder Streich.«

»Aber wir sollten es in Betracht ziehen. Offenbar mußte Hayley Marx sich auch mit so Sachen rumschlagen, als sie neu in Hollywood war. Sie war diejenige, die einen Initiationsritus vermutet hat.«

»Was für Sachen?«

»Ihr Auto ging ständig kaputt, aus den verschiedensten Gründen. Sie könnte gelogen haben, aber es klang eigentlich glaubwürdig. Außerdem wissen wir, daß ein paar von den Kerlen Cindy auf dem Kieker haben.« Oliver zählte sie auf. »Erstens Tropper, der Sarge, den sie blamiert hat. Er könnte sauer auf sie sein. Und dann ist da dieser andere dusselige Anfänger, Andy Lopez, der gestern anzügliche Bemerkungen über sie gemacht hat.«

»Was für Bemerkungen?«

»Irgendwas über ihren Arsch ...«

»Bastard! Ich bring ihn um!«

»Das bezweifle ich nicht, Pete. Aber kann ich erstmal weiterreden?« Oliver beugte sich vor. »Außerdem Lopez' Partner, Tim Waters, ein großer Schürzenjäger. Aber den stell ich erstmal zurück, weil laut Hayley Marx es da noch dieser Uniformierte namens Rick Bederman gibt, der es auf sie abgesehen hat.«

Deckers Augen verdüsterten sich. »Kennst du ihn?«

»Kann mich kaum an ihn erinnern. Ein Macho-Arschloch, wenn ich das richtig im Gedächtnis hab. Ist allerdings schon lange her.«

»Warum hat er es auf sie abgesehen?«

»Cindy weiß es nicht. Aber wenn du mich fragst, hat das was mit Sex zu tun. Cin versteckt ihre Weiblichkeit nicht gerade.«

Decker verbarg seine Gefühle hinter dem Kaffeebecher. Er war wütend, und er war verlegen. Vor allem aber war er ein Vater. »Hat dieser Bederman sie angemacht?«

»Er hat ihr geraten, nicht mit verheirateten Männer zu vögeln.«

»Drecksack.«

»Ja, er klingt nicht besonders liebenswert. Aber interessanter ist, daß er früher der Partner von Cindys jetzigem Partner Graham Beaudry war. Und ...« Oliver hob den Finger. »Noch viel interessanter ist, daß Bederman den Wechsel beantragt hat und trotzdem weiterhin mit Beaudry befreundet ist.«

Oliver rekapitulierte das nächtliche Gespräch, Punkt für Punkt. Sein Gedächtnis war nicht so gut, wie er es sich gewünscht hätte, und er hätte sich Notizen machen sollen. Aber das wäre schwierig gewesen, nackt im Bett, seine Klamotten und sein Notizblock im anderen Zimmer. Decker unterbrach ihn kein einziges Mal, hatte aber gleich zu Anfang seinen Block gezückt. Was er wohl aufschrieb? Oliver wußte, daß später Fragen kommen würden, was auch prompt geschah.

Decker versuchte, es sich auf der Sitzbank bequem zu machen, aber das Polster war dünn und sein Hintern spürte die Federung. »Beaudry und Bederman … du glaubst also, daß sie in eine schmutzige Sache verwickelt waren.«

»Könnte ich mir vorstellen.«

Decker nickte. »Wenn das der Fall ist, hat Bederman Cindy keinen freundlichen Tip gegeben. Oder versucht, ihr an die Wäsche zu gehen. Hinter seinem Rat, nicht mit verheirateten Männern rumzuvögeln, steckt die Botschaft: komm mir nicht in die Quere. Dann müßte die nächste Frage lauten: warum sagt er das? Die logische Antwort? Er glaubt, daß Cindy was weiß. Er glaubt, Cindy hat was gegen ihn in der Hand.«

»Was denn?«

»Keine Ahnung, Oliver. Du bist der, mit dem sie redet.« Decker sah hoch. »Nehmen wir mal einen Moment lang an, ich könnte in dieser Sache objektiv sein. Wenn sie eine Fremde wäre, würde ich sie als erstes fragen, ob sie was gegen ihn in der Hand hat, und ihre Reaktion beobachten.«

»Sie hat gesagt, daß sie mit dem Kerl kaum geredet hat.«

»Okay.« Decker biß sich auf die Lippe. »Glaubst du, sie hat die Wahrheit gesagt?«

Oliver starrte ihn an. »Decker, wir reden hier von deiner Tochter!«

»Das weiß ich!« blaffte Decker. »Beantworte die verdammte Frage! Eins bist du wenigstens – ein einfühlsamer Cop.«

Eins! »Ja, ich glaube, sie hat die Wahrheit gesagt. Sie keine Ahnung hat, was das Arschloch von ihr wollte.« Oliver war entsetzt. »Ich kann einfach nicht glauben, was du mich da gefragt hast! Du kannst von Glück sagen, daß ich vertrauenswürdig bin.«

»Was glaubst du wohl, warum ich dich gefragte habe?« Decker rutschte herum. »Das heißt noch lange nicht, daß ich dich mag, nur, daß ich deiner Integrität als Cop vertraue.«

Oliver blieb stumm. Auf seine verdrehte Weise machte ihm Decker damit ein Kompliment. »Ich glaube ihr, daß sie keine Ahnung hat. Oder sie ist eine hervorragende Lügnerin.«

»Weißt du, was mir das sagt? Daß Bederman *glaubt*, sie hätte was gegen ihn in der Hand. Was kann das sein, und wo könnte sie es herausgefunden haben?«

»Wahrscheinlich von Beaudry«, erwiderte Oliver. »Nur weil Bederman behauptet, sie wären immer noch Freunde, muß das nicht stimmen. Es hat was mit dem Crayton-Fall zu tun, Deck. Bederman hat gehört, wie Cindy sagte, sie hätte mit ihm zusammen trainiert. Vielleicht hatte Bederman seine Finger im Spiel und glaubt, daß Cindy was weiß. Jemand hat auf sie geschossen.«

»Das ist schon eine Weile her.«

»Ja, Decker, aber wir rollen den Fall gerade neu auf. Erst verhören wir Lark Crayton, dann wird Stacy Mills überfallen und ihr Auto geraubt. Dann redet Marge mit Bartholomew, und Cindys Wohnung wird verwüstet. Ganz zu schweigen von dem Camry, der ihr gefolgt ist und dann praktischerweise in eine Schlucht gekippt wurde, ganz ähnlich wie im Fall Crayton. Erkennst du ein Muster?«

»Wie paßt Bederman da rein?«

»Lark erwähnte, daß sie jemand mit Einfluß als As im Ärmel hat. Wie wär's mit einem Cop, und wie wär's mit Bederman? Hast du nicht gesagt, wir sollten beim Überfall auf Stacy Mills an einen Cop denken?«

»Stimmt«, bestätigte Decker.

»Lark wollte, daß Armand einen Unfall hatte. Sie brauchte einen Profi dafür, und Bederman war der Richtige.«

»Dann zeig mir eine Verbindung zwischen Lark und Bederman.«

»Der Überfall auf Elizabeth Tarkum fand in Hollywood statt. Bederman arbeitet in Hollywood. Vielleicht hat ihm Dex Bederman damit beauftragt, und Lark hat das zufällig mitbekommen.«

»So was bekommt man nicht zufällig mit, Scott. Außerdem ist die Sache mit Tarkum erst nach Craytons Tod passiert.«

»Dann hat Dex vielleicht beides arrangiert«, sagte Oliver. »Was uns wieder auf die Theorie bringt, daß Dex' Frau eine Affäre mit Armand hatte. Bartholomew wollte beiden eine Lektion erteilen.«

»Du glaubst also, Dex hat den Mord an Crayton in Auftrag gegeben«, flüsterte Decker. »Eben hast du gesagt, Lark hätte den Mord an ihrem Mann in Auftrag gegeben.«

»Lark und Dex haben das gemeinsam gemacht.«

»Daß Dex den Mord an Crayton wollte, nehme ich dir ab. Aber ich glaube nicht, daß er dumm genug ist, durch einen arrangierten Überfall auf seine Frau die Aufmerksamkeit auf sich zu ziehen. Jemand würde zwei und zwei zusammenzählen, genau wie wir das jetzt versuchen.«

»Dumm ja«, meinte Oliver, »aber Dex ist ein arroganter Alpharüde. Marge sagt, der Kerl wäre total neben der Tasse, ein selbstgefälliger Idiot.« Er trank seinen Kaffee aus, verzog das Gesicht. »Wo ist Margie übrigens? Sie sollte hier sein, die Sache mit uns durchhecheln.«

»Vega und sie sind mit Rina und Hannah im Park.«

»Was ist bloß los mit ihr?« nörgelte Oliver. »Früher war sie der reinste Workaholic.«

Decker lächelte. »Sie hat ein Leben gefunden ...«

»Loo, ein Leben ist, in einen tollen Hengst verliebt zu sein. Ein Leben ist, nach Vegas zu fliegen, sich eine Show anzusehen und ein bißchen zu spielen. Ein Leben ist, bis zum Morgengrauen zu feiern. Aber das soll ein Leben sein? Mit einem Kind in den Park zu gehen, Staub in die Lunge zu kriegen und in Hundescheiße zu treten, weil irgendein Arschloch seinen Hund nicht an der Leine führt?«

»Wirst du allmählich lebendig, Oliver?« Decker lächelte wieder. »Liegt wohl am Schlafmangel.«

»Liegt wohl daran, daß ich dauernd den Babysitter spiele.« Oliver klopfte auf den Tisch. »Na gut. Angenommen, Stacy Mills hat die Wahrheit gesagt ... wovon man nicht unbedingt ausgehen kann. Angenommen, Lark war dumm genug und wollte ihren

Mann umbringen. Beim ersten Mal heuert sie jemanden an, der auf ihn und sein Flittchen ein paar Schüsse abfeuert, aber das funktioniert nicht.«

»Cindy hatte keine Affäre mit ihm.«

»Aber wenn Lark nun dachte, sie hätten eine? Vielleicht hat Stacy Mills – die wußte, daß Cindy und Armand zusammen trainierten – Lark mit falschen Informationen versorgt, um sich beliebt zu machen. Egal, auf jeden Fall weiß Lark jetzt, wer Cindy ist. Sie behält das im Hinterkopf. Und dann wird Armand immer unberechenbarer. Sie weiß, daß sie Hilfe von einem Profi braucht, und redet wieder mit Stacy. Schließlich hat Stacy für sie spioniert. Kann ja sein, daß sie ihr auch einen Auftragsmörder besorgen kann. Aber da läuft nichts. Stacy kennt sich zwar mit Klatsch und Tratsch aus, hat aber keine Ahnung, wie sie an einen Profikiller kommen soll. Also wendet sich Lark an Dex, der ihr ein paar Namen nennt, weil er Armand nicht leiden kann. Wie findest du es bis jetzt?«

»Interessant.« Decker sah in seine Notizen. »Gut, Lark redet mit Dex, der ihr Auftragskiller nennt. Und dann?«

Oliver war beeindruckt. »Du hast das alles mitgeschrieben?«

»Nur in Stichworten. Wie geht's weiter?«

»Lark hat Dex um Hilfe gebeten, und er hat sie an Bederman verwiesen.«

»Warum sollte Dex ihr helfen wollen?«

»Weil er sauer war, daß Armand seine Frau gevögelt hat«, erwiderte Oliver. »Dann beschließt Lark, sich auch an Tarkum zu rächen und benutzt denselben Kontakt – Bederman. Ein paar Monate lang, ein halbes Jahr läuft alles bestens. Dann fängt diese Serie von Carjackings an, und wir sehen uns auch anderswo um. Und ich stoße in Hollywood auf Tarkum und beginne, Fragen zu stellen. Um zu sehen, ob ihr Fall mit den neueren Fällen zusammenhängt. Was natürlich nicht funktioniert, weil Tarkum wahrscheinlich nichts mit den Fällen in Devonshire zu tun hat. Das hast du selbst gesagt.«

»Ich hab gesagt, das könnte sein.«

»Ich stolpere über Tarkum, und du denkst an Crayton, weil es in beiden Fällen um reiche Leute mit schicken Autos ging, statt um glücklose Mütter und Kinder in alten Autos. Dann erzähle ich Osmondson, daß mich Tarkum an Crayton erinnert. Osmondson redet darüber, und Bederman kriegt das mit. Er wird ein bißchen nervös. Als erstes ruft er Lark an. Sie gibt zu, daß sie Stacy Mills gegenüber zu viel geplaudert hat und bittet Bederman, Stacy einen ordentlichen Schreck einzujagen. Was uns wiederum nur noch neugieriger macht, weil wir jetzt drei ähnliche Fälle haben statt zwei. Aber Lark ist das egal. Sie will nur Stacy loswerden.«

»Warum würde Bederman mitmachen?« fragte Decker.

»Um seine Haut zu retten.«

»Der Mann ist ein Cop, Scott. Er muß doch wissen, daß das nur unsere Neugier weckt.«

»Vielleicht ist Bederman dämlich.«

»Oder …« Decker dachte nach. »Oder Bederman dachte, der Überfall auf Stacy Mills würde untergehen. Dann betrete ich die Bühne und rolle den Crayton-Fall neu auf. Bederman wird nervös, weil Cindy nicht nur meine Tochter ist, sondern auch Crayton gekannt hat.«

»Und er bekommt den Eindruck, daß er nicht so viele Löcher abgedichtet hat, wie er dachte«, fügte Oliver hinzu. »Also wird er noch nervöser. Er muß rausfinden, wieviel Cindy weiß. Aber wie?«

»Durch Beaudry«, sagte Decker. »Bederman kann Cindy nicht ausquetschen, weil er Angst hat, daß sie mit mir redet und er dann wirklich in der Tinte sitzt. Was tut er statt dessen? Er bittet seinen Ex-Partner um einen Gefallen. Aber wie kriegt er ihn dazu, sie auszuhorchen?«

»Das weiß ich vielleicht«, meinte Oliver. »Cindy hat erzählt, daß Beaudry als etwas langsam und schwerfällig gilt. Möglich, daß Bederman ihn aus ein paar kitzligen Situationen gerettet hat und wollte, daß Beaudry sich revanchiert. Nur ist es nicht Beaudry, der sie ausgequetscht hat, sondern eher Hayley. Ich weiß immer noch nicht, auf wessen Seite sie steht.«

Decker überlegte. »*Hat* Beaudry Cindy wegen Informationen über Crayton ausgequetscht?«

»Ich frag sie. Oder du kannst sie fragen. Jemand sollte sie fragen.«

»Eine hübsche Theorie«, sagte Decker. »Natürlich würde es mir wesentlich besser gefallen, wenn wir was finden, das Bederman mit dem Fall in Verbindung bringt.«

»Ich mach mich auf die Suche.« Oliver hielt inne. »Wäre nett, wenn ich *meine Partnerin* hätte …«

»Laß Marge in Ruhe. Sie hat lange genug gewartet.«

»Ich weiß. Ich wünsch ihr alles Gute. Hoffentlich weiß sie, was sie tut. Ich hatte auf jeden Fall keine Ahnung.«

»Niemand hat das. Das ist das Phantastische am Elternleben. Es gibt keine festgelegten Regeln.«

28

Im Park spannte sich eine Hängebrücke aus grauen Eichenbrettern, mit Stahlbolzen verbunden. Sie war sehr stabil gebaut, weil sie Stunde um Stunde, tagein, tagaus, Jahr für Jahr wild auf und ab hüpfende Kinder aushalten mußte.

Rinas Stimme war über dem Geschrei kaum zu verstehen. »Hannah, hör auf. Das kleine Mädchen will über die Brücke.«

Zu Rinas Überraschung blieb Hannah stehen, schlug die Hand vor den Mund mit der Zahnlücke und kicherte. »Entschuldigung.« Sie ging zu der etwa Zweijährigen, streckte ihr die Hand hin, sprach mit übertrieben mütterlichem Ton, der ihre hohe Kinderstimme noch höher klingen ließ. Ein Wunder, daß die Hunde nicht losheulten. »Soll ich dir helfen, Kleine?«

Das kleine Mädchen steckte den Daumen in den Mund. Hannah griff nach der anderen Hand und führte die Kleine über die schwankende Brücke. Sobald sie drüben waren, rannte Hannah wieder los. Marge beobachtete sie verblüfft.

»Ich weiß«, sagte Rina. »Sie ist hyperaktiv, und sie gibt nie Ruhe.«

»Du mußt völlig erschöpft sein.«

»Wäre ich auch, wenn ich mir nicht sagen würde, daß es das letzte Mal ist und so schnell vorbeigeht.« Rina sah sich um. Im Park war nicht viel los, weil viele, die sonst hierherkamen, am Sonntag länger schliefen. Es war ein hübscher Park, übersichtlich genug, um Hannah im Auge zu behalten. Ein Zaun umschloß einen Spielplatz mit Klettergerüsten, Reckstangen, Schaukeln und Rutschen, einige davon mit Kurven und Windungen und Röhren, die jedem Vergnügungspark Ehre gemacht hätten. Manchmal wurde hier auch Football und Baseball gespielt – es gab sogar Zuschauerbänke mit abblätternder Farbe – und auch Picknicktische und ein Grillplatz waren vorhanden. Vor dem Park war alles zugeparkt, aber Rina hatte auf der anderen Straßenseite noch einen Platz für den Volvo gefunden.

»Wo ist Vega?« fragte Rina.

Marge deutete zu einer Bank am Spielfeld. Vega saß über ein Buch gebeugt. »Ich hab sie hergebracht, um ihr Radfahren beizubringen. Keiner kann behaupten, daß ich es nicht versuche.«

Rina sah sie verwirrt an. »Was versuchen?«

Marge runzelte die Stirn. »Was meinst du?«

»Ich weiß es nicht. Darum frage ich ja.«

»Ich versuche, sie dazu zu bringen … nein, das ist nicht das richtige Wort.« Marge seufzte genervt. »Ich versuche ihr zu *helfen*, die Kindheit nachzuholen, die sie verpaßt hat. Du weißt schon … Radfahren, Schlittschuhlaufen, Musik hören, die ich nicht ausstehen kann oder Himmel, sogar fernsehen.«

Rina unterdrückte ein Lächeln. »Du willst, daß sie fernsieht?«

»Natürlich nicht die ganze Zeit!« Marge gab es auf. »Ich weiß, ich hör mich wie eine Idiotin an. Mein Kind liest dauernd! Wie furchtbar. Aber ich möchte nicht, daß sie alles andere ausschließt. Das kann doch nicht gesund sein.«

»Für die Augen wahrscheinlich nicht. Aber bestimmt für den Verstand.«

»Du verstehst das nicht.«

Rina zuckte philosophisch die Schultern. »Mag sein.«

Jetzt kam sich Marge noch idiotischer vor. Da hatte sie gerade einer Mutter, die seit fast zwanzig Jahren Kinder erzog, erklärt, sie hätte keine Ahnung von Kindererziehung. Und Marge, die seit acht Monaten das Sorgerecht für einen Teenager hatte, spielte sich als Expertin auf. Sie wippte mit dem Fuß. »Du hältst das nicht für problematisch? Daß sie den ganzen Tag liest?«

»Korrigier mich, wenn ich falsch liege. Aber ich glaube, du machst dir keine Sorgen wegen ihre Leserei, du machst dir Sorgen um ihre Integration.«

Leise sagte Marge: »Was soll ich tun?«

Rina legte Marge den Arm um die Taille. Sie hätte ihn ihr um die Schulter gelegt, aber Marge war zu groß. »Ich finde, du machst das prima. Sie wirkt sehr glücklich.«

»Sie ist so still. Außer bei dir! Mann, wie sie da redet. Vielleicht bin ich nicht die richtige ...«

»Hör auf.«

»Schon gut.« Marge verzog das Gesicht. »Ich weiß, daß sie viel durchgemacht hat. Ich weiß, daß sie in einer isolierten, bizarren Umgebung aufgewachsen ist. Aber sie lebt nicht mehr so. Die ganze Welt steht ihr offen.«

Rina lächelte. Es gab vieles, was sie ihrer Freundin sagen konnte, doch sie hielt sich mit Ratschlägen zurück, weil das für gewöhnlich ins Auge ging. »Ich würde mir nicht zu viel Sorgen machen.«

»Ehrlich?«

Rina nickte, brüllte dann: »Hör auf zu schreien, Hannah!« Leise fuhr sie fort: »Wenn sie so weitermacht, reißen ihr noch die Stimmbänder.«

»Siehst du, du machst dir auch Sorgen!« sagte Marge.

»Wie bitte?«

»Du machst dir Sorgen um Hannahs Stimmbänder.«

Rina lachte. »Ja, ich mach mir Sorgen. Darüber, ob Sammy in Israel sicher sein wird. Ob Jacob jemals die Pubertät übersteht. Ich mach mir Sorgen um Hannah. Sie ist so klein und verletzlich. Ich mach mir jeden Tag Sorgen um Peter, wenn er seine Waffe einsteckt und zur Arbeit geht. Aber egal, wie sehr ich mich sorge, wie sehr ich mich quäle, die Hände ringe und mir an die Stirn schlage, weiß ich doch, daß mir ein Magengeschwür *nicht* helfen wird. Es schadet mir eher, weil ich dann, wenn meine Familie mich wirklich braucht, in schlechter Verfassung bin. Also habe ich es mir zum Kredo gemacht, den Kopf in den Sand zu stecken und nichts Schlimmes zu denken, bevor es passiert. Jeder hat früher oder später mal Krisen. Warum sie vorwegnehmen?«

Sofort spürte Marge, wie ihr mulmig wurde. Rina sprach aus Erfahrung – mit vierundzwanzig verwitwet, allein verantwortlich für zwei kleine Jungen, Opfer eines Verbrechens mit sechsundzwanzig, eine Totaloperation mit dreißig. Und Marge beschwerte sich, daß ihre Adoptivtochter zu viel las.

»Vega ist ein wunderbares Mädchen, Marge«, fuhr Rina fort. »Du gibst ihr so viel emotionale Geborgenheit. Paß auf, sie wird sich prächtig entwickeln.«

»Was würde ich dafür geben, deine Gelassenheit zu haben!«

»Das liegt an deinem Beruf. Du erlebst ständig nur Verbrechen und Menschen in Not. Du wunderst dich, wie ich als Mutter so ruhig sein kann, und ich wundere mich, wie ihr, du und Peter und Scott, jeden Tag wieder da rausgehen könnt.«

Marge lachte leise. »Du versuchst, mich mit Komplimenten zum Schweigen zu bringen.«

»Kann sein.«

Sie lachten beide. In dem Moment verlor Hannah den Halt auf dem Klettergerüst, fiel runter und landete auf dem Po. »O je!« Rina lief los, hob das weinende kleine Mädchen auf. »Was ist denn passiert, Süße?«

»Ich bin runtergefallen und hab mir weh getan!« Lautes Heulen. »Sieh mal! Ich *blute*!«

Und tatsächlich lief ein bißchen Blut über ihr linkes Knie. Das rechte sah besser aus, war aber auch aufgeschürft. »Ach, du Arme!« Rina klopfte Hannahs Kleid ab. »Komm, wir gehen zur Toilette und waschen das ab ...«

»Ich will nach Hause!« kreischte Hannah.

Rina sah auf die Uhr. Kurz nach zwölf. Sie waren seit fast zwei Stunden hier. Das Kind war wahrscheinlich nicht nur »tödlich« verwundet, sondern auch müde und hungrig. Sie hob Hannah

hoch, die ihre dünnen Ärmchen um den Hals ihrer Mutter schlang.
»Bist du müde?«

»Ich bin nicht müde!« brachte Hannah zwischen den Schluchzern heraus. »Siehst du!« Sie befreite sich aus den Armen ihrer Mutter, hüpfte wie ein Hampelmann auf und ab, ihr Standardprogramm, wenn ihre Eltern behaupteten, sie sei müde. »Ich hab mir nur weh getan!«

Weitere Schluchzer.

»Okay.« Rina nahm sie wieder auf den Arm. »Was hältst du davon, wenn wir nach Hause fahren und Mittag essen?«

Hannah nickte und schniefte. Marge stand jetzt neben ihnen. »Wie lautet das Urteil?«

»Ich glaube, sie hat genug.«

»Danke, Hannah«, sagte Marge. »Ich hab auch genug. Nächstes Mal geh ich mit Vega in die Bücherei. Da kann ich mich wenigstens hinsetzen!«

»Marge ...«

»Hab nur Spaß gemacht.« Sie sah zu Vega hinüber. »Glaubst du, sie hört mich, wenn ich sie rufe?«

Rina griff nach der Tasche mit dem Sandkastenspielzeug und den Snacks. »Wir gehen zu ihr. Ich hab heute schon genug geschrien.«

»Gib her.« Marge nahm die Tasche.

Sie hatten den Rasen halb überquert, als Marge die Nase rümpfte. Es roch verdächtig nach Hundescheiße. »Riechst du was?«

»Allerdings.« Rina setzte Hannah ab und überprüfte ihre Schuhsohlen. »Ich will dir ja nicht deine gute Laune verderben, aber von mir kommt es nicht.«

Marge betrachtet die Sohlen ihrer Turnschuhe. »O Gott!«

»Iiiiiiii!« Hannah hielt sich die Nase zu, das blutige Knie war vorübergehend vergessen. »Puuuuuuh! Das stinkt!«

»Das reicht, Hannah!« Rina griff in die Umhängetasche und holte ein Päckchen feuchter Tücher heraus.

Marge nahm sie, murmelte: »Das ist doch das Letzte! Wirklich das Letzte!«

»Kann ich dir helfen?«

»Nein, außer du willst meine Schuhe abwischen.«

»Das überlaß ich lieber dir ...«

»Du bist mir eine schöne Freundin!«

»Iiiiiii. Bah, widerlich!«

»Erspar dir deine Kommentare, Kind«, blaffte Marge.

Rina lächelte. »Hör zu, mach du deine Schuhe sauber, und ich bring Hannah zum Auto. Wir warten da auf euch.«

»Weißt du, was ich an Turnschuhen hasse?«

»Die Profilsohlen.«

»Genau! Bah! Ist das eklig!«

»Vega kommt. Vielleicht hilft sie dir?«

»Klar, was denn sonst!«

»Iiiiii ...«

Rina legte Hannah die Hand auf den Mund. Das kleine Mädchen kicherte, war offensichtlich begeistert vom Ekel. Der Gestank wurde immer schlimmer, und Rina hielt es für angebracht, sich zu verdrücken. Sie griff nach ihrer großen Schultertasche. »Bis gleich«.

Während sie zu ihrem Volvo ging, merkte sie, wie schwer Hannah war. Rinas Kragen war verschwitzt, und ihr Rücken schmerzte. Hannah war zwar ihre Jüngste, aber kein Baby mehr.

»Schätzchen, ich muß dich absetzen.«

»Bitte«, bettelte Hannah. Sie klammerte sich an ihre Mutter. »Mein Knie tut weh.«

Nachdem der Hundekot keine Ablenkung mehr war, hatte sich Hannah wieder an ihre Wunde erinnert. »Mein Rücken tut weh«, erklärte Rina.

Widerstrebend rutschte die Kleine runter. »Entschuldige, Ima.«

»Danke, Süße.«

Früher hatte Hannah Mommy zu ihr gesagt. Seit sie in die erste Klasse ging, sagte sie Ima, wollte so erwachsen sein wie ihre großen Brüder. »Ich helf dir, die Tasche zu tragen ...«

»Laß nur. Das kann ich alleine.«

»Nein, ich helf dir.« Sie zog an den Riemen. Da Rina nicht Tauziehen spielen wollte, überließ sie ihr die Tasche. Hannah mühte sich ab, ihre roten Locken hüpften, während sie unsicher schwankte. Die Sonne spiegelte sich in ihren dunkelolivfarbenen Augen. Sie hätte Colleen oder Megan heißen sollen.

»Kann ich dir helfen?« fragte Rina.

»Nein, ich schaff das.« Ächzend und brummelnd, seufzend und stöhnend richtete sie sich auf, ganz die tapfere kleine Kriegerin.

»Ich ... hmpf .. schaff das.«

Wie verschieden ihre Kinder waren. Ihre Söhne, die dieselben Eltern hatten, waren so gegensätzlich. Schmuel war ernst, Yonkie heiter und unbeschwert ... zumindest, bis er sechzehn wurde und die Hormone mit Macht zuschlugen.

Sie erreichten den Straßenrand. Rina bückte sich und nahm Hannahs weiche kleine Hand. Mit der anderen griff sie nach der Tasche. »Komm.«

Gemeinsam überquerten Mutter und Tochter die Straße. Rina wühlte in ihrer Riesentasche, fischte die Schlüssel heraus. Sie öffnete die Rückklappe des Kombis, und Hannah kletterte sofort hinein.

»Hannah«, schimpfte Rina. »Komm sofort da raus. Du sollst nicht über die Rückbank klettern.«

»Bitte, bitte, bitte.«

Rina seufzte. »Vorsicht, damit ich dir die Klappe nicht auf die Finger knalle.« Sie schlug die Tür kräftig zu, wirbelte Staub vom schmutzigen Teppichbelag auf. Rina nieste laut, Hannah war im Inneren des Volvos verschwunden. Auf dem Weg zur Fahrertür suchte Rina in der Tasche nach Papiertüchern.

Gleichzeitig packten fremde Finger ihren rechten Arm und etwas Kaltes, Hartes preßte sich ihr in den Rücken. Instinktiv wußte sie, was es war. Noch bevor er sprach, war ihr klar, was hier passierte.

»Wenn du schreist oder dich bewegst, bist du tot.«

Eine rauhe Stimme ... mit Akzent. Rina erstarrte, während sich die Waffe tiefer in ihren Rücken bohrte. Im Gegensatz zu den anderen Carjacking-Opfern wußte sie, was passierte. Sie wußte, was er tun würde. Aber das nützte ihr wenig, weil sie vor Furcht wie gelähmt war.

Die Stimme sagte: »Tu, was ich sag, sonst bist du tot. Geh auf die andere Seite vom Wagen und mach die Tür auf. Los!«

Rina übersetzte *Er sagt, ich soll zur Beifahrertür gehen. Du weißt, was passieren wird. Nutz dein Wissen.*

Sie sah hinüber zum Park, zu den fernen Menschen und der fernen Marge, die immer noch an ihren Schuhen rumwischte.

Um Himmels willen, schau her! schrie sie lautlos.

Aber Marge war total vertieft.

Rina mußte allein klarkommen. Sie dachte an die Trauerfeier für Yitzhak, an das Gebet, das sie immer noch oft für ihren verstorbenen Mann sprach.

Der Mensch ist wie ein Atemzug, seine Tage sind ein flüchtiger Schatten ...

Denk jetzt nicht daran!

Wenn sie schrie, würde er sie bestimmt erschießen. Aber das mochte es wert sein, weil Hannah im Auto saß.

»Los jetzt!« flüsterte er drohend. »Geh oder ich mach dich kalt!«

Hannah war im Auto!

Tot oder lebendig, sie würde ihm das Auto nicht überlassen, solange Hannah drin war!

Langsam bewegte sich Rina auf die Beifahrertür zu, drehte wieder den Kopf im Marges Richtung. Aus den Augenwinkeln sah sie, wie Vega herüberschaute. Ihre Blicke trafen sich für einen Sekundenbruchteil. Aber das reichte, denn der Teenager faßte Marge an der Schulter. Die Waffe bohrte sich tiefer in Rinas Rücken, bis sie vor Schmerz zusammenzuckte.

»Sieh gradeaus«, knurrte er. »Los!«

Tu was!

Okay, Marge, ich schlag dir was vor. Ich tu was, wenn du was tust. Und, Gott, es könnte nicht schaden, wenn du uns ebenfalls hilfst.

Rina ließ die Schlüssel aus den Fingern gleiten. Mit hörbarem Klirren fielen sie auf die Straße.

»Was war das?«

»Ich hab die Schlüssel fallen lassen.

»Was?«

Mit ihrem ganzen Gewicht ließ sich Rina zu Boden fallen, unterbrach den Kontakt mit der Waffe für einen Moment. Vielleicht würde der Moment genügen. Sie rollte sich zusammen, die Knie gegen die Brust gedrückt, die Arme über den Ohren. Marges Schrei: »Polizei! Keine Bewegung!« hörte sie nicht. Aber sie hörte den betäubenden Knall der Schüsse, spürte, wie Kugeln an ihr vorbeipfiffen. Sie zog sich in sich selbst zurück und begann zu weinen. Etwas Schweres und Übelriechendes prallte gegen ihren Rücken, warme Nässe sickerte über ihren Hals. Rina schrie, schüttelte das Gewicht mit ruckhaften, unkontrollierten Bewegungen ab. Sie schrie immer noch, als Vega die Arme um sie legte. Selbst als Marge sie hochzog und fest an sich drückte, schrie sie weiter.

»Ist ja gut, dir ist nichts passiert!« versicherte ihr Marge.

Rina zitterte am ganzen Leib, konnte nicht sprechen, konnte sich kaum aufrecht halten.

»Dir ist nichts passiert«, wiederholte Marge, wiegte sie sanft. »Ist ja gut, ist ja gut!«

Plötzlich setzte der Mutterinstinkt ein. Rina schob Marge weg, rief »Hannah!«, lief um das Auto und stieß die Rückklappe auf. Das kleine Mädchen hüpfte auf dem Rücksitz herum. Als es das Gesicht seiner Mutter sah, totenbleich, tränenüberströmt, wurde es ganz still. »Tut mir leid, daß ich auf dem Sitz herumgehüpft bin, Ima. Ich schnall mich an. Sei nicht böse. Bitte sei nicht böse!«

Hannah brach in Tränen aus, hatte überhaupt nicht mitbekommen, was gerade passiert war.

Menschen strömten auf das Auto zu. Marge zückte ihre Dienstmarke, befahl allen zurückzutreten. Ihre Stimme war ruhig, voller Autorität. Nur Minuten vorher war sie eine verunsicherte Mutter gewesen. Die beiden Seiten von Marge schienen nicht zusammenzupassen, aber war das nicht bei vielen Menschen so? Rina nahm sich ein Beispiel an Marges professioneller Selbstsicherheit, fand ihre Stimme wieder. »Komm sofort aus dem Auto, Hannah!«

»Es tut mir soooo leid, Ima!«

»Komm raus!« schrie Rina, zerrte ihre Tochter am Arm. Die Kleine rutschte auf dem Bauch über den Sitz und schluchzte hysterisch, als sie endlich draußen war. Rina sehnte sich danach, sie in die Arme zu nehmen und zu küssen, weil sie das als Mutter brauchte. Aber für Hannah war es wichtig, so schnell wie möglich vom Tatort wegzukommen, bevor sie begriff, was hier Schreckliches passiert war. Rina schob sich zwischen ihre Tochter und den grausigen Anblick und blaffte Befehle für Vega. »Bring Hannah zurück in den Park, und spiel mit ihr, bis ich dich rufe!«

»Ich will bei dir bleiben!« heulte Hannah.

»Geh!« befahl sie Vega.

Der Teenager, aufgewachsen in einer Sekte, war an Befehle gewöhnt. Vega hob das kreischende Kind hoch und rannte mit ihm über die Straße. Als sie außer Sichtweite waren, verbarg Rina das Gesicht in den Händen und schluchzte so sehr, daß ihre Schultern bebten. Jemand redete auf sie ein, aber sie hörte nur weißes Rauschen. Gleich darauf tadelte sie sich, weil sie sich gehenließ, riß sich zusammen. Sie lebte und sie war in Sicherheit. Hannah lebte und war in Sicherheit. Was wollte sie mehr? Sie sollte Marge danken, sollte Vega dafür danken, daß sie sie gesehen hatte, sollte Haschem danken, daß er alles hatte gut ausgehen lassen.

Schweigend sagte sie *gomel*, das jüdische Gebet, mit dem man Gott dankt, wenn er eine Gefahr abgewendet hat. Danach wurde sie ruhiger. Sie lugte zwischen ihren Fingern hindurch und sah Marge gestikulieren, das Handy am Ohr.

Du hast ein Handy! sagte sich Rina. *Ruf Peters Pager an!*

Marge gelang es irgendwie, die Ordnung aufrechtzuerhalten, während sie gleichzeitig mit Maschinengewehrtempo ins Handy sprach. Rina trocknete sich die Augen, griff nach der Schultertasche, verstreute den halben Inhalt auf der Straße, einschließlich ihres Handys. Mit zitternden Fingern tippte sie die Zahlen für den Pager ihres Mannes ein.

Und wartete auf den Rückruf ...

Marge war immer noch von Neugierigen umringt. »Machen Sie Platz! Treten Sie zurück!« Sie sah zu Rina, rief: »Wo sind die Kinder?«

»Hannah ist mit Vega im Park. Ich will nicht, daß die beiden in die Sache verwickelt werden.«

Sie sind bereits darin verwickelt, sagte sich Marge. *Zumindest Vega.* Sie dachte an Rinas Worte: Jeder hat früher oder später mal Krisen. Im nachhinein kam ihr Hundescheiße wie eine verdammt milde Krise vor.

»Alles in Ordnung?« fragte sie.

»Ja, alles in Ordnung.« Rina gelang ein zittriges Lächeln.

Marge streckte die Arme nach Rina aus, vergaß ihre Pflichten als Polizistin, weil sie zu allererst ein Mensch war. Sie umarmten sich, sie war unendlich dankbar, daß sie beide unverletzt waren.

»Danke«, flüsterte Rina.

»Du solltest Vega danken. Sie hat dich gesehen.«

»Dann dank ich dir dafür, daß du mich nicht erschossen hast.«

»Und ich danke dir, daß du dich hast fallen lassen und die Schußlinie freigemacht hast.« Marge atmete schwer. »Hör mal, tu Vega den Gefallen und nimm sie noch mal mit in die Synagoge.«

»Aber gerne.« Rina kämpfte gegen die Tränen an. »Ich kann selbst ein bißchen Gott gebrauchen.«

Marge hielt sie umklammert, um ihrer selbst und um Rinas willen. Dann merkte sie, daß die Dinge außer Kontrolle gerieten. Widerstrebend löste sie sich von Rina und begann, Neugierige vom Tatort zu verscheuchen.

Ein Tatort, den sie geschaffen hatte! Na ja, sie hatte den Tatort nicht geschaffen. Sie hatte der Sache nur eine andere Wendung gegeben. Rina hatte die Regie geführt. Durch ihren improvisierten Sturz hatte sie Marge freie Sicht auf den Täter gegeben ... freie Schußbahn.

Marge sah zu Rina hinüber und reckte den Daumen hoch. »Gut gemacht, Mädchen! Wirklich prima!«

Gegen ihren Willen fing Rina wieder an zu weinen, überwältigt von Gefühlen – Freude, Wut, Angst, Erleichterung und Dankbarkeit für jeden Atemzug, den sie machte.

Danke, *Haschem*, sagte sie lautlos. Danke, daß du mich gerettet hast.

Und vielleicht war es ja ihr *emuno* – ihr Glaube – gewesen, der ihr erlaubt hatte, klar zu denken, eine Art Plan zu machen.

Im Hintergrund hörte sie das Heulen näher kommender Sirenen. Es übertönte fast das Klingeln ihres Handys.

Peter ruft zurück. Nimm ab.

Aber sie zögerte, wollte sich noch nicht von dieser überwältigenden Dankbarkeit lösen. Was für ein Glück sie gehabt hatte. Danke, Gott – Schöpfer und Regisseur des Lebens – daß du mich gerettet hast. Und danke, liebe Margie, für die tolle Rolle, die du gespielt hast.

Sie nahm den Anruf entgegen. Peters tiefe, geliebte Stimme drang an ihr Ohr. Einen Moment lang konnte Rina nicht sprechen. Und dann redete sie.

29

Jemand hatte ihr Wasser gebracht, ein anderer hatte ihr Tylenol angeboten. Da Peter so leicht Kopfschmerzen bekam, hatte Rina stets Advil in der Tasche. Sie lehnte das Tylenol ab, benutzte das Wasser, um die Advil zu schlucken. Wenn es auch nicht viel nützte. Sie zitterte immer noch unkontrollierbar. Eine Schwadron von Streifenwagen mit rotierenden Blinklichtern hatte das Gebiet umstellt wie Planwagen ein Lager. Polizeibeamte hatten den Tatort weiträumig mit gelbem Band abgesperrt. Rina war mittendrin, lehnte an der Rückklappe des Volvos, nur wenige Meter von der Leiche entfernt. Zwei Sanitäter warteten auf den Leichenwagen, während zwei Uniformierte bei dem Toten Wache hielten. Ein rot-weißer Krankenwagen stand in der Nähe, erinnerte Rina an den seidenen Faden, an dem das Leben hing.

Aus irgendeinem Grund fühlte sie sich beschützt. Kaum jemand wagte sich näher heran, um nur ja keine Beweise zu zerstören. Außerdem konnte Rina von hier aus die schaukelnde Hannah sehen. Ihre kleine Tochter schaute ernst, schwang die Beine auf und ab. Ima wollte, daß sie spielte, und genau das tat sie. Vega stand daneben, ließ das Kind nicht aus den Augen. Sie hatte Marge nicht um Hilfe gebeten; Vega würde es nicht einfallen, Fragen zu stellen.

Rina starrte ihr blutbeflecktes Kleid an. Sie hätte Peter bitten sollen, ihr etwas zum Wechseln mitzubringen. Zum einen würde die Spurensicherung ihr Kleid haben wollen, obwohl sie sich nicht vorstellen konnte, wozu. Aber wichtiger war, daß es sie krankmachte, das Blut eines anderen an sich zu haben. Doch damit konnte sie sich jetzt nicht aufhalten. Sie mußte sich für die auf sie zukommenden Fragen bereitmachen.

Uniformierte Beamte schwirrten wie Mücken herum. Manche suchten nach Zeugen, andere nahmen Aussagen auf, und wieder andere warteten offensichtlich auf Befehle. Die Zufälligkeit deutete darauf hin, daß niemand bisher die Sache in die Hand genommen hatte. Das würde sich ändern, sobald jemand von der Mordkommission kam.

Die Ironie war, daß Marge zur Mordkommission gehörte, aber offenbar konnte sie wegen ihrer Beteiligung die Ermittlungen nicht leiten. Sie tat Rina leid. Eine Schießerei, in die ein Beamter verwickelt war, hatte eine Untersuchung durch die Abteilung für solche Fälle zur Folge. Was kein Problem sein sollte, weil ihre Handlung gerechtfertigt war. Und Marge hatte viele Zeugen, die das bestätigen konnten. Trotzdem war es eine schwere Last, ein Leben auszulöschen, selbst wenn die Situation es erforderte.

Rina zitterte immer noch, obwohl eine freundliche Seele ihr eine Jeansjacke gegeben hatte. Sie schlang die Arme um sich, wiegte sich vor und zurück. Als sie sich umsah, fing sie den Blick eines uniformierten Beamten auf. Er zögerte, stieg über das Absperrband, stolzierte auf sie zu, den Block in der Hand. Er war dicklich und hatte dickes schwarzes Haar. Braune Augen starrten Rina mit grimmiger Entschlossenheit an.

»Wenn es Ihnen nichts ausmacht, Ma'am, würde ich Ihnen gern ein paar Fragen stellen.«

Sofort war Marge an ihrer Seite, zückte ihre Dienstmarke. »Es macht ihr was aus. Sie wartet auf Lieutenant Decker, ihren Mann. Bitte seien Sie so nett, und lassen Sie sie in Ruhe.«

Mir rotem Gesicht tappte der Uniformierte davon, murmelte Entschuldigungen.

Marge stemmte die Hände in die Hüften. »Kommst du zurecht?«

Rina rieb sich die Arme. »Dasselbe könnte ich dich fragen.«

»Mir geht's gut.« Marge kaute Kaugummi, sah sich um, versuchte gelassen zu wirken. »Das ist vertrautes Terrain.«

»Vertrautes Terrain mit einer persönlichen Note«, sagte Rina.

»Sehr persönlich ... Gott sei Dank, da ist Websters Audi. Bleib du hier.« Marge lief hinüber zum Auto. Tom stieg aus, strich sein Jackett glatt. Er war wieder er selbst, nicht mehr der nervöse werdende Vater. »Dein Timing hätte besser sein können«, nuschelte er. »Meine Frau hat vor sechs Stunden ein hinreißendes kleines Mädchen zur Welt gebracht.«

»Herzlichen Glückwunsch! Trotzdem, jetzt kannst du nichts mehr für sie tun. Ich würde sagen, mein Timing war ausgezeichnet.«

Webster legte den Arm um Marge. »Geht's dir einigermaßen?«

»Ging mir schon besser.« Sie biß sich auf die Lippe, faltete die Hände, damit er das Zittern nicht sah. »Bin nur nicht so heiß auf den ganzen Bürokratenkram. Weißt du, wer von der Untersuchungskommission kommt?«

»Bisher nur Hodges und Arness. Heute ist Sonntag, da dauert es, die Leute zusammenzutrommeln.«

Marge nickte. »Hodges und Arness sind okay.«

»Ja, das wird alles gut laufen, Margie. Willst du mir erzählen, was passiert ist?«

Rasch rekapitulierte Marge die Ereignisse. Dann sagte sie: »Ich habe versucht, den Uniformierten Anweisungen zu geben, aber mir sind die Hände gebunden wegen ... wegen dem Vorfall. Keiner weiß, was los ist.«

»Bert müßte gleich hier sein. Wir übernehmen die Untersuchung der Leiche, überlassen dich den Jungs von der Kommission. Wo ist der Tote?«

»Da drüben, neben Rinas Volvo.« Marge ging los. »Ich hab mich genau an die Regeln gehalten, Tom. Aber stell mir ruhig Fragen.«

»Hast du den Täter gewarnt?«

»Ja.«

»Haben andere dich gehört?«

»Ich hoffe.«

»Bestand unmittelbare Gefahr?«

»Ja. Er hatte eine Waffe und zielte auf mich.«

»Hat er geschossen?«

»Ich glaube ja, aber ich kann es nicht beschwören, weil alles so schnell ging. Würde es meine Aussage stützen, wenn er geschossen hat?«

»Ja. Du hast nichts angerührt?«

»Nichts. Die Waffe liegt da, wo er sie hat fallen lassen. Sieht nach einem 38er Colt Revolver aus.« Sie hustete. »Ich hab zwei Uniformierte neben die Waffe und die Leiche postiert.«

»Wieviel Schüsse hast du abgegeben?«

»Drei.«

»Danach hast du deine Waffe überprüft?«

Sie nickte. »Ja, hab ich.«

»Gut, du hast sie nicht leergeschossen«, sagte Webster. »Das beweist, daß du dich unter Kontrolle hattest. Sehr gut. Hast du den Täter nach Lebenszeichen untersucht?«

»An der Halsschlagader und am Handgelenk. Kein Puls feststellbar ... abgesehen von dem Blut, das wie ein Springbrunnen aus seiner Aorta sprudelte. Ein glatter Brustschuß. Ich meine ... schau mich an!«

Webster betrachtete sie. Ihr Kleidung war von oben bis unten rot gesprenkelt.

»Ich hab versucht, die Blutung zu stoppen, während ich mit dem Notruf sprach.« Sie redete ebensosehr mit sich wie mit Tom. »An das Gespräch kann ich mich nicht erinnern, aber es ist auf Band aufgezeichnet.«

»Hast du die Leiche bewegt?«

»Nur so viel, daß ich die Wunden überprüfen und ihn auf Lebenszeichen untersuchen konnte. Dabei hab ich das Blut abgekriegt. Ich hab mein Gesicht abgewendet, und an meinen Händen sind keine offenen Kratzer. Hoffentlich ist mir nichts passiert ... bete einfach, daß der Dreckskerl kein Aids hatte.« Ihr schwerer Seufzer drängte die Tränen zurück. »Gott, es war schrecklich! Ich hab versucht, das Loch in seiner Brust mit seinem Hemd zu verstopfen ... um die Blutung zu stoppen. Ich wußte, daß es Zeitverschwendung ist. Er war sofort tot.«

»Aber du hast es versucht.«

»Ja. Der Krankenwagen muß Minuten später hier gewesen sein ... sie haben mich dabei gesehen.«

»Ein Kinderspiel. Die Kommission kann dir nichts anhaben. Entspann dich einfach und beruhige dich.«

»Du hast gut reden.« Marge schüttelte den Kopf. »Jedesmal, wenn ich die Augen schließe, sehe ich diesen roten Strom auf mich zuschießen. Frisches Blut ist richtig warm ... heiß. Und klebrig. Entsetzlich!«

»Kann ich was für dich tun?«

»Sieh zu, daß du was über den Kerl rausfindest. Vielleicht ist das der Durchbruch bei den Carjacking-Fällen. Ist alles genauso abgelaufen wie bei Farin Henley ... bis hin zu dem Volvo-Kombi.«

»Das wär ein Witz. Du klärst deinen eigenen Fall auf. Natürlich wäre es hilfreich gewesen, wenn du den Kerl nicht erschossen hättest.«

»Zu dumm.« Marge brach in Lachen aus – trotz ihrer feuchten Augen.

Decker sprang über das Absperrband. Bevor Rina protestieren konnte, drückte er sie fest an sich. Sie wollte nicht weinen, aber ein paar Tränen kamen doch.

»Brauchst du einen Arzt?« fragte Decker.

»Ein Seelenklempner wäre besser.«

»Das läßt sich machen.« Decker hielt sie auf Armeslänge von sich entfernt, zog sie wieder an sich. »Wo ist Hannah?«

»Da drüben ...« Rina räusperte sich. »Mit Vega im Park. Siehst du sie? Auf der Rutsche?«

Decker sah hinüber. Hellrote Locken hüpften, als Hannah durch all die Kurven der Rutsche schoß. Seine Kleine, die beinahe zu einer Zahl in der Statistik geworden wäre ...

»Das arme Ding muß halb verhungert sein«, sagte Rina.

»Lieutenant ...«

»Jetzt nicht!« blaffte Decker.

Der Uniformierte zog sich zurück. Decker atmete tief durch.

»Ich hab deine Eltern angerufen.«

»Warum das denn, um alles in der Welt?«

»Weil sie es besser von mir erfahren sollten als aus dem Fernsehen.« Decker wischte sich den Schweiß von der Stirn. »Wir werden beide eine Weile beschäftigt sein. Ich dachte, sie könnten auf Hannah aufpassen.«

»Ich will nicht, daß das Kind da mit hineingezogen wird! Hannah hat nichts gesehen, und sie weiß nicht mal, was passiert ist.«

»Ich weiß. Deswegen brauch ich ja deine Eltern. Wir bringen Hannah so schnell wie möglich weg. Normalerweise hätte ich Cindy gebeten, aber die ist momentan nicht in der Verfassung dazu.«

»Armer Peter«, sagte Rina. »Du mußt fix und fertig sein.«

»Armer Peter? Arme *Rina*! Ein Wunder, daß du dich überhaupt auf den Beinen halten kannst.« Decker wischte sich über das Gesicht. »Da kommt man schon ins Grübeln. Möchte am liebsten ... den Tag küssen!«

»Ich habe Gott ununterbrochen gedankt.« Rinas Unterlippe zitterte. »Peter, was soll ich Hannah sagen? Sie glaubt, daß ich böse auf sie bin, weil sie auf dem Rücksitz rumgehüpft ist. Ich sollte sie trösten, aber ich bin so nervös. Was soll ich bloß tun?«

Decker lockerte die Umarmung. »Gib mir ein paar Minuten, hier ein bißchen Ordnung zu schaffen, dann kümmere ich mich um sie. Hat jemand deine Aussage aufgenommen?«

»Irgendein Officer wollte mir Fragen stellen, aber Marge hat ihn weggescheucht.«

Decker nickte, löste sich von seiner Frau, schaute sich um. Uniformierte regelten den Verkehr und hielten die Neugierigen zurück. Der Wagen des Coroners war eingetroffen, die Männer warteten darauf, daß der Polizeifotograf fertig wurde, damit sie die Leiche wegbringen konnten. Aber davor würde die interne Untersuchungskommission die Leiche nach Eintritts- und Austrittswunden untersuchen, um entlastendes Material für Marges Schüsse zu finden. Außerdem mußte Martinez noch die Taschen des Opfers nach Ausweispapieren durchsuchen.

Marge stand bei Oliver, gestikulierte, während sie sprach.

Decker rief ihn. Scott drehte sich um, klopfte Marge noch mal auf die Schulter, lief zum Absperrband und stieg vorsichtig darüber. Seine Glieder waren wie betäubt vom mangelnden Schlaf.

»Es tut mir so leid, Mrs. Decker«, sagte er. »Brauchen Sie einen Arzt oder sonst etwas?«

»Nein, ist schon gut.«

Decker sagte: »Nimm Rinas Aussage auf. Wenn du fertig bist, fahr ich sie nach Hause.«

»Ich kann fahren, Peter«, protestierte Rina.

»Erstens muß der Volvo noch hierbleiben. Zweitens denke ich nicht im Traum daran, dich nach dem, was passiert ist, fahren zu lassen.«

»Wenn ich fertig bin, kann ich mit Hannah und Vega nach Hause gehen?«

Decker nickte.

»Warum hast du dann meine Eltern angerufen?«

»Nur, falls du dich ausruhen willst. Könnte nicht schaden, wenn du ein bißchen Hilfe hast.«

»Und du sagst Marge Bescheid, daß Vega bei mir ist?«

»Ja. Kann sein, daß Vega auch eine Aussage machen muß. Ich seh zu, was ich da machen kann.« Er drohte Oliver mit dem Finger. »Paß gut auf sie auf.«

»Selbstverständlich.«

Decker betrachtete seinen Detective. Oliver sah vollkommen fertig aus. »Hol jemanden dazu, der ihre Aussage beglaubigt. Melde dich danach bei mir, dann geh nach Hause und schlaf dich aus … in deinem *eigenen* Bett.«

Oliver ignorierte den Sarkasmus, zog seinen Block raus. »Mach ich. Jemand sollte sich um Detective Dunn kümmern, bis die von der Kommission kommen. Sie ist ein bißchen nervös.«

Decker sah zu Marge. »Ich geh zu ihr.« Er küßte Rina auf die Wange, streifte ihre Lippen. »Ich liebe dich.«

»Ich dich auch.«

Aber Decker mochte nicht gehen. Er brachte ein schwaches Lächeln zustande, ging ein paar Schritte rückwärts. Dann drehte er sich um, ging zu seiner ehemaligen Partnerin, legte ihr die Hand auf die Schulter. »Ich glaube, ich bin dir Dank schuldig.«

»Himmel, ich bin einfach froh, daß es so ausgegangen ist. Hoffentlich sieht die Untersuchungskommission das auch so.« Marge biß sich auf den Daumennagel. »Wann kommt Hodges?«

»Ist unterwegs.«

»Wird er mich verhören?«

»Keine Ahnung, wie die sich die Arbeit aufteilen. Für die Aussage werden sie dich mit aufs Revier nehmen. Du wirst keine Probleme bekommen, Marge. Keiner will dich reinlegen. Geh die Sache einfach nur langsam an.«

Sie nickte.

»Zeigst du mir, wo du gestanden hast?«

Marge ging mit ihm zu der Stelle. An den Grashalmen klebte immer noch ein wenig Hundekot. »Ich hab hier gekniet, meine Schuhe abgeputzt ...« Marge hockte sich hin, spielte die Szene nach. »Vega hat mich an der Schulter gefaßt. Ich hab hochgeschaut ... sah Rina.«

Decker kniete sich neben sie. Aus dieser Position konnte er die Fahrerseite des Volvos deutlich sehen. »Und dann?«

»Ich bin aufgestanden ... hab meine Waffe gezogen. Bin losgerannt ...« Sie kniff die Augen zusammen. »Ich erinnere mich, da waren Leute in der Schußlinie. Ich hab gerufen, sie sollen aus dem Weg gehen, aus dem Weg ...«

»Sind sie noch hier?«

»Ja, Webster redet gerade mit einem. Der dicke Ältere mit dem grauen Pferdeschwanz und dem blauen Jogginganzug.«

Decker musterte den Mann. »Weiter.«

Marge ging los, blieb nach einigen Metern hinter einem dicken Eukalyptusbaum stehen. »Hier hab ich Deckung gesucht. Siehst du? Da ist mein Fußabdruck und der von meinem Knie.«

»Du hast gekniet.«

»Klar. Bessere Kontrolle. Aus dieser Position hatte ich klare Sicht. Rina hat sich zu Boden fallen lassen ...«

»Warum?«

»Weiß ich nicht. Da mußt du sie fragen. Aber es war ein brillanter Schachzug. So hatte ich den Täter genau in der Schußlinie. Ich gab mich zu erkennen. Der Täter drehte sich zu mir, zielte in meine Richtung. Ich eröffnete das Feuer.«

»Drei Schüsse.«

»Ja. Hat Tom dir das erzählt?«

Decker nickte. »Hast du Verstärkung angefordert, bevor du geschossen hast?«

»Erst danach. Ich konnte nicht gleichzeitig telefonieren und zielen. Und aufgrund der Situation und den bisherigen Erfahrungen mit den Carjacking-Fällen war ich mir sicher, daß sofortiges Handeln erforderlich war. Da war keine Zeit, erst auf Verstärkung zu warten.«

Decker sah sich um, ließ den Blick durch den Park wandern. »Wenn er auf dich geschossen hat, könnten die Kugeln überall sein.«

»Das ist mir auch schon durch den Kopf gegangen.«

»Kann ich mir denken.« Decker hockte sich hin, untersuchte den Boden. Neben Marges Fußabdrücken brachte er Markierungen an. Dann sah er sich den Baumstamm genauer an. Etwa vierzig Zentimeter über dem Boden blieb sein Blick hängen.

»Schau mal. Hier ist die Rinde eingekerbt. Strahlenförmig, wie ein Halbmond. Sieht aus, als wär hier eine Kugel entlanggeschrammt. Sobald der Fotograf fertig ist, tütet Martinez die Hände des Toten ein. Wir werden Schmauchspuren finden. Er hat bestimmt auf dich geschossen.«

»Gut. Aber es wär noch besser, wenn wir die Kugel hätten.«

»Wir durchsuchen den Park. Trotzdem, du bist aus dem Schneider. Die Kerbe wird der Kommission bei der Berechnung von Schußwinkeln und Flugbahn helfen.« Er markierte die Stelle mit einem Stück Klebeband. »Der Kerl war ein guter Schütze. Du hast Glück gehabt.«

»Hodges ist da«, sagte Marge.

Decker stand auf. »Rina macht jetzt ihre Aussage. Wenn sie fertig ist, nimmt sie Hannha und Vega mit nach Hause. Je nachdem, was Hodges und die anderen wollen, kann es sein, daß wir mit Vega reden müssen.«

»Ich weiß.«

»Aber vielleicht auch nicht.« Decker winkte dem Detective zu. Hodges war ein guter Detective – analytisch – und ein anständiger Kerl. Nach wie vor muskulös, aber um die Taille ein bißchen auseinandergegangen. Ein Mann mit Charakterkopf. Mit Anfang fünfzig war er zweieinhalb Jahre von der Pensionierung entfernt.

»Lieutenant«, sagte Hodges.

»Führen Sie die Vernehmung durch oder die Analyse?«

»Arness und Renquist sind auf dem Weg hierher.« Hodges wandte sich an Marge. »Renquist fährt mit Ihnen aufs Revier und nimmt Ihre Aussage auf. Wie fühlen Sie sich?«

Marge nickte nervös. »Mir geht's gut.«

»Fein.« Hodges verlagerte das Gewicht. »Ich warte auf Arness. Sah gerade so aus, als würden Sie etwas suchen, Loo. Was gefunden?«

»Nur das, was ich mit Klebeband markiert habe. Hier am Baum und Detective Dunns Abdrücke im Gras. Wie lange werden Sie brauchen?«

»Die übliche Zeit.«

»Drei ... vier Stunden?«

»In etwa.«

»Scott nimmt gerade die Aussage meiner Frau auf. Danach möchte ich sie nach Hause bringen. Ich werde vielleicht eine halbe bis dreiviertel Stunde weg sein.«

»Die Sache mit Ihrer Frau tut mir wirklich leid. Schrecklich, daß ihr das passieren mußte.«

»Sie ist heil davongekommen. Das ist die Hauptsache.«

»Gott sei Dank.«

»Loo?« Martinez kam über die Straße gelaufen und blieb vor dem Trio stehen.

»Da ist Renquist.« Hodges winkte ihn heran, wandte sich dann an Marge. »Sie schaffen das schon. Lassen Sie sich nur nicht hetzen. Viel Glück.«

»Mir geht's gut.« Und zum ersten Mal meinte Marge das fast ehrlich. Sie hatte Rina das Leben gerettet, das machte sie zur Heldin. Und die Jungs verhielten sich so nett und normal. Vielleicht würde wirklich alles gutgehen.

»Wolltest du was, Bert?« fragte Decker.

»Ja, stimmt!« Martinez erinnerte sich plötzlich, warum er hier war. »Ich hab die Taschen des Täters durchsucht.«

»Haben Sie die Leiche bewegt?« fragte Hodges sofort.

»Nein, hab ich nicht.«

»Das könnte die Schußwinkel ...«

»Ich hab sie nicht bewegt!«

»Ich hab die Leiche bewegt«, sagte Marge.

»Machen Sie keine Aussagen«, warnte Hodges. »Warten Sie auf Renquist.«

»Was hast du gefunden, Bert?«

»Seinen Führerschein. Er heißt Luk-Duc Penn, ist fünfundzwanzig Jahre alt, einsiebenundsechzig groß und wiegt achtundfünfzig Kilo. Er wohnt ... wohnte in Oxnard.« Martinez nannte Decker die genaue Adresse. »Die ganze Zeit suchen wir nach ähnlichen Fällen in L.A., und der Kerl wohnt außerhalb. Von hier aus braucht er nur die 101 Nord zu nehmen und ist in dreißig, vierzig Minuten in einem anderen Bezirk. Viel offenes Land zwischen hier und Oxnard. Kann man auch gut über Nebenwege erreichen.«

»In Oxnard wohnen hauptsächlich Hispanios«, sagte Marge.

»Hauptsächlich Einwanderer«, verbesserte Martinez. »Denkt an die ganzen Südostasiaten, die in letzter Zeit nach Südkalifornien strömen. Sie konkurrieren mit den mittelamerikanischen Zuwanderern um die Jobs und sind wahrscheinlich auch auf kriminellem Gebiet eine Konkurrenz. Wenn wir unsere Ermittlungen nach Norden ausdehnen, finden wir bestimmt Hehlerwerkstätten.«

»Klingt vernünftig«, meinte Decker. »Wir nehmen Kontakt mit der Polizei und einem Richter in Oxnard auf und holen uns Durchsuchungsbefehle.«

30

Weil sie selbst gerade Opfer eines Verbrechens geworden war, konnte Cindy gut nachempfinden, wie es Rina und Hannah gehen mußte. Ihre erste Reaktion war nicht nur emotional, sondern körperlich – ihr wurde plötzlich fruchtbar schwindelig. Aber ihr Vater hatte versichert, es ginge ihnen gut. Dad hatte ihr auch gleich erzählt, daß Hannah nichts gesehen hatte. Und daß Marge den Täter erschossen hatte. Cindy war sofort erleichtert. Rina mußte keinen Prozeß durchstehen, und sie konnten Hannah ehrlich sagen, daß der böse Mann für immer verschwunden war.

Doch dann dachte sie, wie ungeheuer belastend es sein mußte, einen Menschen getötet zu haben. Fragen drängten sich ihr auf. Konnte sie jemanden erschießen? Im Moment wohl schon. Aber bei den Schüssen auf sie und Crayton hatte sie sich hinter ein Auto geduckt und war starr vor Angst gewesen.

Am liebsten wäre sie sofort losgefahren, um sich davon zu überzeugen, daß es ihrer Schwester und Rina wirklich gutging. Doch im Moment war alles ein einziges Durcheinander.

Ruf doch in einer Stunde noch mal an, hatte ihr Vater gesagt und hinzugefügt: *Ist bei dir alles in Ordnung?*

Mir geht's gut, Daddy. Wirklich. Alles schon wieder fast normal. Sie hatte gezögert. *Aber warum muß ausgerechnet uns all das passieren?*

Ihr Dad hatte gelacht, aber es war kein fröhliches Lachen. *Probleme hat jeder mal. Vielleicht sind wir jetzt dran.*

Es tut mir so leid, Dad. Kommst du klar?

Mir geht's gut, meiner Familie geht's gut. Er hielt inne. *Ich liebe dich, Prinzessin. Bitte sei vorsichtig. Tu deinem alten Herrn einen Gefallen und bleib wenigstens mit uns in Verbindung.*

Mach ich, Dad. Keine Bange. Ich paß auf mich auf.

Er tat ihr wirklich leid. Aber die Sache hatte auch einen winzigen Vorteil. Endlich hatte sie Zeit für sich. Da Dad durch die neuesten Entwicklungen abgelenkt war, kreisten seine Gedanken nicht mehr ständig um sie. Dasselbe galt auch für Marge und Oliver. Das gab ihr die Freiheit nachzudenken … zu analysieren.

Sie griff nach der Kaffeekanne und wusch sie aus. Ihre Gedanken wanderten zu der mit Scott verbrachten Nacht. Alles war so schnell und so stürmisch geschehen, daß sie sich fragte, ob es überhaupt passiert war. Es kam ihr noch unwirklicher vor, weil sie allein aufgewacht und er bereits gegangen war. (Wenigstens lagen die zerknitterten Laken auf dem Sofa. Er hatte also tatsächlich hier geschlafen.) Und als er dann anrief, sagte er nur, daß er bei ihrem Vater sei und sie sich jetzt um die Sache im Park kümmern müßten.

Cindy trocknete die Kanne ab und stellte sie auf die Maschine.

Eine verrückte Nacht, aber wesentlich besser als die Nacht davor. An den Sex konnte sie sich kaum erinnern – sie war in Gedanken ganz woanders gewesen -, aber sie erinnerte sich an das Gespräch über Bederman und daß Scott gesagt hatte, für gewöhnlich blieben Partner nach einem Wechsel nicht befreundet. Das ließ Zweifel in ihr aufkommen über Graham und über Rick Bederman, weil er sich gestern abend sehr merkwürdig verhalten hatte und über Hayley hergezogen war. Vielleicht, dachte Cindy, hat es doch einen anderen Grund dafür gegeben, daß Bederman die Partnerschaft beenden wollte.

Ein Partnerwechsel mußte schriftlich beantragt werden. Also mußte sich in Bedermans Unterlagen eine Kopie des Antrags befinden. Wenn sie an seine Personalunterlagen rankam, würde sie den eigentlichen Grund für den Wechsel finden. Wär das nicht was?

Aber das war nicht so einfach. Personalunterlagen waren nicht nur vertraulich, sie wurden auch in der Innenstadt im Parker Center aufbewahrt. Zugang zu den Unterlagen war ohne schriftliche Genehmigung unmöglich, und die Personalabteilung war am Wochenende geschlossen. Es brachte nichts, ins Parker Center zu fahren.

Während Cindy weiter aufräumte, dachte sie nach. Auf den meisten Revieren war es am Wochenende sehr ruhig. Die Detectives saßen zu Hause auf Abruf, und wenn ein Fall bis Montag warten konnte, dann wurde das gemacht.

Cindy öffnete den Kühlschrank. Sie nahm Weintrauben heraus, steckte eine in den Mund, genoß den süßen, frischen Geschmack. Sie sank auf das Sofa, legte die Füße hoch.

In Hollywood mußte es rudimentäre Unterlagen über die dort arbeitenden Cops geben. Schließlich gab es Anwesenheitslisten, Urlaubsanträge, Krankschreibungen und Urlaubslisten. Die Anwesenheitsliste wurde für gewöhnlich vom Wachhabenden per Hand geführt, aber die hangeschriebenen Informationen wurden wahrscheinlich von einer zivilen Arbeitskraft in den Computer eingegeben. Vielleicht würde es ihr gelingen, den Reviercomputer zu knacken. Auf jeden Fall konnte sie viel unauffälliger in das Gebäude gelangen als ins Parker Center.

Aber wenn das Revier so leer war, würde ihre Anwesenheit nicht auffallen?

Sie hatte die Trauben aufgegessen, drehte die leeren Zweige in der Hand. Die Traube war ein Netzwerk, ein System. Man mußte nur wissen, wie das System funktionierte. Wenn jemand fragte, konnte sie behaupten, sie hätte Berichte zu schreiben oder würde Tropper aushelfen, weil der in Papierkram versank. Alle wußten, daß sie das tat, also würde es keinen Verdacht erregen.

Allerdings brauchte man für das Knacken eines Softwarecodes Zeit. Und vielleicht konnte sie ihn überhaupt nicht knacken. Falls es ihr gelang, wonach sollte sie suchen? Sie stand auf und griff nach ihrer Tasche. Besser, aktiv zu werden, als untätig rumzusitzen.

Sie entriegelte die Tür und schloß hinter sich ab. Vorsichtig sah sie sich um, auf dem Flur, der Treppe, der Straße, schaute hinauf zu den Hausdächern.

Inzwischen war ihr die Wachsamkeit zur Gewohnheit geworden.

Als erstes zog sie ihre Uniform an, weil das unauffälliger war. Dann ging sie ins Büro und tat so, als würde sie Berichte tippen. Sie hatte Glück. Das Revier war ruhig, und keiner schien sich für eine Anfängerin zu interessiert, die Formulare tippte.

Nach einiger Zeit stand sie auf und ging über den Flur zu dem Raum, in dem die Revierunterlagen aufgehoben wurden. Reinzukommen war denkbar einfach. Das Schloß ließ sich mit einer Kreditkarte öffnen. Mehr Schutz war nicht nötig, denn wer würde schon was auf einem Polizeirevier klauen? Nur verschwand ständig etwas: Bleistifte, Kugelschreiber, Papier, Blöcke, Umschläge, Aktendeckel, Merkzettel ...

Den Computer zu knacken, war so kompliziert wie das Umlegen eines Schalters. Innerhalb von Sekunden hatte sie zwei Dutzend Fenster zur Auswahl. Sie überprüfte eins nach dem anderen, bis sie auf ein Tabellenprogramm mit Eintragungen über die Tagesaufgaben stieß – Schichten, zugeteilte Wagen, zugeteilte Straßen, Gerichtstermine, freie Tage, Arbeitstage, wer mit wem Streife fuhr, welche Detectives welchem Fall zugeteilt waren. Die Zeitpläne waren nach Datum sortiert, die Cops alphabetisch. Es war nicht schwer, Bedermans Tagesaufgaben der letzten Jahre zu finden, aber es war zeitaufwendig.

Cindy hatte die Zeit, doch was nützte ihr das? Ricks Anwesenheitsliste sagte nichts über den Mann selbst aus. Aber es war immer noch besser, als nervös und verängstigt in ihrer kleinen Wohnung zu hocken.

In der Menüleiste fand sie die Option »Gehe zurück«. Rückwärts, Tag um Tag, Monat um Monat. Das war langweilig, stupide und brachte nichts. Rick war morgens um halb sieben da, trug sich nachmittags um halb vier aus. Sechs Tage Dienst, drei Tage frei. Manchmal arbeitete er längere Schichten, um mehr Tage hintereinander frei zu haben.

Zwei Monate zurück, drei, sechs. Die Haut unter ihren Augen begann zu zucken, während sie sich durch die endlosen, eng beschriebenen Kolonnen klickte. Diese Tabellen enthielten nichts Subjektives, keine Bemerkungen, ob gut oder schlecht. Nur sture Aufzeichnungen.

Acht Monate, neun Monate, elf Monate ... um die Zeit hatte Cindy in Hollywood angefangen. Davor war Beaudry allein Streife gefahren. Noch etwas weiter zurück, und Cindy entdeckte verblüfft, daß Graham schon mal einen weiblichen Partner namens Nicole Martin gehabt hatte. Und Beaudry hatte über *ein Jahr* mit ihr zusammengearbeitet.

Das war seltsam. Alle redeten davon, daß Graham und Rick früher Partner gewesen waren, aber niemand hatte Nicole Martin erwähnt. Nicht mal Graham. Cindy verfolgte Martins Weg für eine Weile. Dabei stellte sich heraus, daß Nicole nach Pacific versetzt worden war – als Detective, in das Dezernat für Jugendkriminalität. Um sich das bestätigen zu lassen, rief Cindy in Pacific an und verlangte Detective Martins Voicemail. Als sich der Apparat einschaltete, legte sie auf.

Okay. Grahams letzte Partnerin war befördert worden. Vielleicht erwähnte Graham sie deswegen nie, war verlegen, weil Martin den Aufstieg geschafft hatte. Aber Hayley hatte auch nichts gesagt. Möglicherweise aus demselben Grund.

Sehr seltsam. Oder Cindy verstand das System nicht. Es gab so viele ungeschriebene Regeln und Gesetze, die man nur mitbekam, wenn man sie unwissentlich brach.

Kein Wunder, daß Anfänger so nervös waren.

Vor Nicole war Graham Bedermans Partner gewesen.

Und was hatte Bederman gemacht, nachdem er und Graham sich getrennt hatte? Cindy hatte angenommen, daß er sofort seinen jetzigen Partner Sean Amory bekommen hatte. Aber als sie die Anwesenheitsliste durchsah, wurde ihr erneut klar, warum sie nie Glück im Spiel hatte. Ihre Annahmen waren immer falsch.

Bederman hatte zunächst überhaupt keinen neuen Partner bekommen. Außerdem war er zur Nachtschicht versetzt worden. Nein, nicht die Abendschicht – die Nachtschicht. In den frühen Morgenstunden. Die bei allen am wenigsten beliebte Schicht, weil die Einsätze meist gefährlich waren. Von allen gemieden, außer man hatte einen Hang zum Lasterhaften.

Was natürlich nicht fair war. Viele anständige Polizisten arbeiteten in der Nachtschicht. Einige hatten lieber tagsüber frei, andere waren alleinerziehende Mütter oder Väter, die nachts arbeiteten, um Zeit für die Kinder zu haben.

Aber Nachtschicht zu machen hieß auch, man konnte fremdgehen, ohne der Ehefrau was erklären zu müssen. In der Nachtschicht hatte man leichteren Zugang zur dunklen Seite – wortwörtlich und im übertragenen Sinn. Cops, die den Nervenkitzel liebten, sich gern in Randzonen bewegten, am Rande der Legalität – unter Nutten, Zuhältern, Schiebern und Dealern -, weil sie meinten, sie würden der Versuchung nicht erliegen. Doch das passierte immer wieder. Oft genug berichteten die Medien von unehrenhaft entlassenen Polizisten.

Nichts wies jedoch darauf hin, daß Rick zu dieser Sorte gehörte. Er konnte aus völlig legitimen Gründen Nachtschicht gemacht haben. Cindy wußte, daß er kleine Kinder hatte. Vielleicht hatte seine Frau tagsüber gearbeitet, während Bederman auf die Kinder aufpaßte. Allerdings kam er ihr nicht wie der häusliche Typ vor. Aber hatte er neulich nicht gesagt, er müsse früh gehen, weil er nach Hause wollte? Möglich, daß Cindy ihn falsch eingeschätzt hatte. Vielleicht war er ein liebevoller Familienvater.

Doch sie blieb skeptisch.

Rick hatte etwa zwei Jahre auf der dunklen Seite verbracht. Und ausgerechnet in diesen zwei Jahren hatte Armand Crayton seine großen finanziellen Erfolge gehabt. Genau in dieser Zeit hatte Crayton seine Partys gegeben, den Rolls-Royce geleast, Pläne geschmiedet und Geschäfte mit Dexter Bartholomew gemacht.

Zufall?

Noch einmal ließ Cindy die Einsatzliste durchrollen – rückwärts, vorwärts, wieder rückwärts, verfolgte die Entwicklung von Beaudry und Bederman. Eine halbe Stunde später meinte sie, alles zusammenzuhaben, war erstaunt über das Ergebnis.

Beaudry und Bederman waren fast zehn Jahre lang Partner gewesen. Die Partnerschaft hatte ungefähr um die Zeit begonnen, als Bederman laut Olivers Erinnerung nach Hollywood gekommen war und Oliver nach Devonshire versetzt wurde.

Zehn Jahre lang Partner.

Wenn Bederman Beaudrys Lahmheit auf den Geist gegangen war, dann hatte er sich lange Zeit gelassen, das zu äußern.

Scott hatte recht. Irgendwas stimmte da nicht.

Na gut, sagte sich Cindy. Sie waren zehn Jahre lang Partner. Und dann? Dann hatten sie sich getrennt, Beaudry bekam Nicole Martin als Partnerin und Bederman übernahm die Nachtschichten, allein.

Dann wurde Martin zum Detective befördert, und Beaudry fuhr sechs Monate allein Streife. Ungefähr um dieselbe Zeit kam Bederman in die Tagschicht zurück und fuhr ebenfalls drei Monate lang ohne Partner. Erst danach tauchte er auf der Einsatzliste zusammen mit Sean Amory auf.

Erstaunlich, was einem simple Einsatzlisten verrieten!

Drei Monate lang waren Bederman und Beaudry also während der Tagschicht allein gefahren. Wenn sie wieder als Partner hätten arbeiten wollen, wäre das möglich gewesen.

Offensichtlich hatten sie bewußt darauf verzichtet.

Warum?

Wer wollte nicht mit wem zusammenarbeiten? Oder beruhte es auf Gegenseitigkeit?

Und was hatte das mit Crayton zu tun, wenn es da überhaupt einen Zusammenhang gab?

Cindy schaltete den Computer aus, stopfte die handschriftlichen Notizen in ihre Tasche. Vorsichtig lugte sie aus dem Büro, schlich zu ihrem Spind, zog sich um und verließ das Revier. Draußen atmete sie erstmal tief durch. Sie hatte nicht bemerkt, wie angespannt sie war. Es tat gut, wieder im Freien zu sein.

Sie sah sich um, schlüpfte hinter das Steuer und verriegelte den Saturn, bevor sie den Motor anließ. Sie dachte an die Skandale, die in letzter Zeit aufgeflogen waren. Immer die alte Geschichte: Cops, die sich von Geld korrumpieren ließen. Ob sich auch Bederman während der zwei Jahre Nachtschicht vom schnellen Leben hatte verlocken lassen, zur selben Zeit, als Crayton auf dem Höhepunkt seiner Macht war? Cindy versuchte sich an die Gespräche mit Armand zu erinnern, seine Träume und Pläne. Meist hatte sie nur mit halbem Ohr zugehört, weil sie Armand für einen Aufschneider hielt. Weil sie glaubte, er wollte ihr Geld abknöpfen ... wollte ihr an die Wäsche.

Da er mit beidem keinen Erfolg hatte, fragte sich Cindy, warum er sich weiter mit ihr unterhielt. Vielleicht brauchte er nur einen Zuhörer. Trotzdem hatte auch er aufmerksam zugehört, wenn sie von der Akademie erzählte oder von ihrem Traum, Polizistin zu werden.

Hatte Crayton sie als nützlichen Kontakt zur Polizei betrachtet? Hatte er geglaubt, sie sei korrumpierbar? Warf er Köder aus, um zu sehen, worauf sie anbiß? Und hatte Lark Crayton nicht dasselbe gemacht? Hatte Stacy Mills mit Ideen gefüttert, bis sie den richtigen Köder fand?

Wenn Armand große Fische fangen wollte, hätte er fettere Köder verwenden müssen als simple Versprechen. Cindy dachte daran, daß sich alle nur auf Craytons Entführung und den Autoraub konzentriert hatten. Vielleicht hätten sie sich dafür interessieren sollen, was zu dem Autoraub geführt hatte, nämlich wie Armand seinen Lebensunterhalt verdiente.

Was hatte Cindys Vater noch über Craytons Geschäfte gesagt? Irgendwas mit Grundstücksspekulationen in der Nähe von Palm Springs. Wie hieß die Stadt gleich wieder? Was mit Blumen ... So was wie Las Flores, nur auf französisch. Les Fleurs? Belle Fleur?

Das war es. Belfleur. In einem Wort.

Cindy fuhr los, aber nicht nach Hause.

Zu ihrem Erschrecken merkte sie, daß sie in südöstlicher Richtung fuhr, bis sie Arlington erreichte. Dann, als würde sie ferngesteuert, bog sie nach Osten auf den Freeway ein.

Aber sie war nicht ferngesteuert. Sie wußte, was sie tat. Sie fuhr nach Belfleur in der Hoffnung, Hinweise darauf zu finden, was mit Craytons Plänen schiefgelaufen war.

Ein Schuß ins Blaue, aber zum Teufel noch mal, vielleicht würde sie dieses eine Mal richtig liegen.

31

Eigentlich hätte es, bei Temperaturen um zwanzig Grad, ein herrlicher Sonntagnachmittag werden sollen. Aber der morgendliche Küstennebel hatte sich nicht aufgelöst, der Himmel war milchig blau, als leide er an Sauerstoffmangel. Die Häuser waren in die Auspuffgase der Autos, Lastwagen und Busse gehüllt, alles wirkte verwaschen. Aber zum Glück herrschte wenig Verkehr. Selbst Cindys alter Saturn tuckerte in vernünftigem Tempo dahin, schien es zu genießen, endlich einmal nicht im Stau zu stecken.

Als sie die große Stadt hinter sich ließ, kam sie an Dutzenden von Schlafstädten vorbei. Die Siedlungen sahen identisch aus – zweistöckige Häuser mit spitzen Dächern aus Teerpappe und weißen Wänden. Ein Haus nach dem anderen. Und am Rande der Siedlungen riesige Einkaufszentren, einsame Inseln in einem Meer aus Asphalt.

Keine landschaftlich schöne Strecke, aber das war Cindy egal. Sie fand es herrlich, aus der Stadt herauszukommen, sich endlich einmal nicht bedroht zu fühlen. Allerdings wurde sie nicht sorglos. Ständig sah sie in den Rückspiegel, fuhr mal schneller, mal langsamer, wechselte immer wieder die Fahrbahn. Sie tastete in ihrer Tasche nach der Waffe, vergewisserte sich, daß ihr Handy eingeschaltet war. Sie öffnete das Fenster, schloß es wieder, drehte die Lautstärke des Radios hoch. Alles, damit sie aktiv und wach blieb. Trotzdem war da noch ein Rest von Angst, das nagende Gefühl, daß ihr etwas entging.

Wieder sah sie in den Rückspiegel. Nach einer Stunde waren von den Autos, die von Beginn an hinter ihr fuhren, nur noch vier übrig geblieben. Die Fahrzeuge fuhren in gleichmäßigem Tempo, hielten aber gebührend Abstand. Außerdem wechselte keines die Fahrbahn, wenn Cindy das tat. Also fühlte sie sich momentan in Sicherheit.

Ihr Magen knurrte. Sie holte einen Apfel aus der Tasche. Dreißig Minuten später aß sie ein paar Trauben.

Sie fuhr jetzt durch freie Landschaft. Zu beiden Seiten erstreckte sich karges Buschland bis zum Rand der Mojavewüste. Sandige Ebenen drängten sich gegen schneebedeckte Berge. Der Übergang geschah abrupt, aus dem flachen, trockenen Boden erhoben sich unverhofft die Vorberge. Aber die Luft war glasklar. Kein Küstennebel, keine Industrieabgase, die ihr die Sicht nahmen.

Cindy war erstaunt, daß eine so kleine Gemeinde wie Belfleur tatsächlich eine eigene Ausfahrt hatte. Auf dem Schild wurde das Städtchen als Antiqutätenhauptstadt der Region bezeichnet. Vom Freeway aus entdeckte Cindy auch wirklich einige Antiquitätengeschäfte. Sie wechselte auf die rechte Spur und bog in die Ausfahrt. Erleichtert stellte sie fest, daß ihr keines der anderen Autos folgte. Gleich darauf erreichte sie die Main Street – eine vierspurige, staubige Asphaltstraße parallel zum Freeway. Da es kein Geschäftszentrum zu geben schien, parkte sie einfach irgendwo und stieg aus.

Der Ort wirkte wie eine Geisterstadt. Keine Fußgänger, wenig Anzeichen von Leben. Belfleur war klein, wollte gerne malerisch sein, doch das gelang nicht ganz. Die Läden befanden sich in rasch errichteten, rauh verputzten Häusern, grau gestreift vom Regen oder schlechter Installation. Cindy kam an einem Imbiß, einem Café und einem Lebensmittelladen vorbei – alle geschlossen. Auf der anderen Straßenseite sah sie einen Secondhand-Laden, ebenfalls geschlossen, ein Eisenwarengeschäft und einen Spirituosenladen, die geöffnet hatten. Dreißig Meter weiter war nur noch offenes Gelände, von dem aus man die Berge sehen konnte. Dann noch ein Café, diesmal geöffnet und gut besucht. Cindy befragte ihren Magen, beschloß, daß sie im Moment eher neugierig als hungrig war. Sie würde sich auf dem Rückweg etwas zu essen holen.

Kurz danach kam sie zu einer ganzen Reihe von Antiquitätengeschäften. Sie betrat eines und stellte fest, daß es eher ein Ramschladen war. Viele alte Bücher und Kleidungsstücke … stapelweise Geschirr, das wie Urgroßmutters billiges Porzellan aussah. Ein Regal mit rostigen Büchsen für Mehl und Zucker. Ein weiteres Regal mit angeschlagenen Porzellanfiguren Made in Japan. Cindy entdeckte ein paar Stücke aus schillerndem Buntglas, die aber eigentlich viel zu teuer waren. Weil Mom so was sammelte und Cindy den Laden nicht mit leeren Händen verlassen wollte, nahm sie eine Tasse und Untertasse in die Hand und überprüfte sie auf Fehler. Die Sachen waren einwandfrei, und Cindy trug sie zum Ladentisch.

Eine Frau in den Vierzigern stand an der Kasse. Kurzer Haarschnitt, langes Kinn. Blaue Augen, umgeben von winzigen Fältchen, Runzeln und Krähenfüßen. Das Gesicht ungeschminkt, kein

Schmuck. Einfache Kleidung – ein kurzärmeliges Hawaiihemd und ausgebeulte Jeans. Cindy reichte ihr Tasse und Untertasse.

»Hübsch«, sagte die Frau und sah auf den Preis. »Ich hätte mehr dafür verlangen sollen. Pech gehabt. Mein Verlust, Ihr Gewinn.«

Cindy nickte und lächelte. »Hübsches Hemd.«

»Danke«, erwiderte die Frau. »Wir haben links einen ganzen Stapel davon. Haben Sie die gesehen?«

»Äh, nein.«

»Soll ich sie Ihnen zeigen?«

»Ja, warum nicht.«

Die Frau kam hinter dem Ladentisch hervor und führte Cindy durch die vollgestellten Gänge. »Die Hemden stammen aus den Fünfzigern und Sechzigern. Hundert Prozent Rayon. Keine Baumwolle. Die aus Baumwolle fallen nicht so gut. Wir haben auch ein paar Bowlinghemden, wenn Sie daran interessiert sind.«

»Ich geh nicht zum Bowling.«

»Macht nichts. Das tun die meisten Kunden auch nicht. Die Hemden sind momentan der letzte Schrei. Sie wissen schon, was jeder haben muß. Was machen Sie beruflich?«

Die Frage überraschte Cindy. »Ich bin Studentin.«

»University of Redlands?«

»Äh, nein, University of California in San Diego.«

»Netter Ort zum Studieren.« Die Frau wühlte einen Kleiderberg durch und zog ein rosa Hemd mit haiwaiianischen Hulatänzerinnen heraus. »Das dürfte Ihre Größe sein.«

»Hübsch.« Das meinte Cindy sogar ehrlich. »Wieviel?«

»Vierzig.«

»Puh! So viel?«

»Wie gesagt, das sind echte Stücke.«

»Wieviel haben die wohl neu gekostet?«

»Fünf, sechs Dollar. Ich geb es Ihnen für dreißig. Das verlange ich auch von Ron Harrison in West Hollywood. Der schlägt dann hundert Prozent drauf.« Sie lächelte. »Ziehen Sie es einfach über Ihre Bluse. Mal sehen, wie es Ihnen steht.«

Cindy schlüpfte in das Hemd. »Ein bißchen groß.«

»Die müssen groß sein.«

»Ich seh ja aus wie eine Gangsterbraut.«

»Die kaufen hier auch manchmal ein.« Wieder lächelte die Frau.

»Okay, ich geh auf fünfundzwanzig runter. Ich hab zwanzig dafür bezahlt. Die fünf Dollar werden Sie mir doch wohl gönnen.«

»Sie wollen mich überreden«, stellte Cindy fest. »Ich brauch das Hemd nicht.«

»Brauchen ist was völlig anderes als wollen. Wollen Sie es haben?«

»Eigentlich schon.«

»Dann kaufen Sie es. Sie werden es nicht bereuen.«

Cindy warf die Hände hoch, gab ihr das Hemd zurück. »Sie haben mich überzeugt. Ich nehm es.«

»Das Hemd steht Ihnen. Und wenn Sie Ihre Meinung ändern, bringen Sie es zu Ron Harrison. Sagen Sie ihm, Elaine hätte Sie geschickt.«

»Ich werd's mir merken.«

»Wollen Sie einen Espresso oder einen Cappuccino? Ich hab hinten eine Maschine.«

»Ach, lassen Sie nur ...«

»Ich mach mir selbst einen.«

»Gut, dann nehme ich einen Cappuccino.«

»Kommen Sie mit nach hinten.«

Cindy folgte Elaine in das Hinterzimmer. Die Maschine war zwischen alte Küchengeräte gequetscht, hauptsächlich Eisboxen. »Werden die immer noch benutzt?«

»Nein, die sind nur zur Dekoration, obwohl die meisten funktionieren. Zu uns kommen eine Menge Innenarchitekten aus L.A. auf der Suche nach solchem Zeug.«

»Ehrlich?«

»Ja, ehrlich. Sie klingen überrascht. Warum sollen die in L.A. fünfzig Prozent mehr zahlen, wenn sie bei uns dasselbe billiger kriegen? Wir haben hier ein paar echte Schätze.«

»Wer ist wir?«

»Wie bitte?«

»Sie sagten wir«, erwiderte Cindy. »Gehört Ihnen der Laden?«

»Mir und meiner Freundin.«

»Oh.«

328

»Wieso ›oh‹?« meinte Elaine herausfordernd. »Haben Sie was gegen Lesben?«

»Nicht im geringsten.« Cindy suchte nach den richtigen Worten. »Ich hatte nur nicht erwartet, in einem so kleinen Ort welche zu finden.«

»In Belfleur gibt es eine Menge Homos.«

»Tatsächlich?«

»Ja. Hauptsächlich Lesben. Aber auch ein paar ältere Schwule. Wo es Antiquitäten gibt, gibt es Homos. Klischees basieren nicht auf Fiktion.« Elaine nahm eine Milchtüte aus einer alten Eisbox und schäumte die Milch auf. »Wie heißen Sie?«

»Cindy.«

»Und was bringt Sie nach Belfleur, Cindy?«

»Eigentlich bin ich auf der Suche nach Informationen.«

Elaine unterbrach das Aufschäumen und sah sie an. »Sie sind keine Studentin.«

»Ich studiere das Leben.«

»Kommen Sie mir nicht mit so was. Was für Informationen suchen Sie?«

Cindy entschloß sich, aufrichtig zu sein. »Vor etwa einem Jahr wurde in Los Angeles ein Mann entführt und ermordet ...«

»Armand Crayton.«

»Sie kannten ihn?«

»Natürlich. Jeder kannte Armand. Der muß ein ganzes Dutzend Hawaiihemden bei mir gekauft haben.« Elaine hielt inne. »Ob die Witwe sie wohl noch hat?«

»Mochten Sie ihn?«

Elaine reichte ihr den Cappuccino. »Was sind Sie? Privatdetektivin?«

»Polizistin. Aber ich kaufe das Hemd und die Tasse trotzdem. Erzählen Sie mir von Armand Crayton.«

»Ein echtes Schlitzohr. Zuerst hat er es mit Anmache versucht. Als ich nicht anbiß, wollte er mit mir Geschäfte machen, was auch nicht funktioniert hat. Aber er muß eine Menge Dummköpfe rumgekriegt haben. Ich weiß aus sicherer Quelle, daß Dutzende bei ihm investiert haben. Die meisten waren nicht von hier.«

»In was investiert? Ein Bauprojekt?«

»Sollte ein Erholungsgebiet mit Eigentumswohnungen und Mietwohnungen werden. Desert Bloom Estates. In Armands Büro stand ein komplettes Modell.«

»Armand hatte hier ein Büro?«

»Eine Zeitlang. Nur wegen der Einheimischen, als Beweis dafür, daß er Pläne hatte, damit wir ihn nicht für einen völligen Bauernfänger hielten. War natürlich reine Augenwischerei, aber das Modell war hübsch. Mit kleinen Häuschen, blauem Cellophan für die Swimmingpools, Bäumchen und Kakteen rundherum. Armand hat Belfleur als ein besseres Palm Springs vermarktet, mit der Wüstenwärme, aber ohne die extreme Hitze. Hier gibt es wechselnde Jahreszeiten, wenn man tiefer nach San Berdoo hineinfährt, wo all die Obstplantagen sind. Da oben ist es richtig bewaldet. Natürlich kann es auch kalt werden. Darum wachsen da Kirschen und Äpfel. Im Winter wird es ordentlich kalt. Sind Sie an den Kirschbäumen vorbeigekommen?«

»Nein.«

»Fahren Sie weiter nach Norden, in die Berge. Dieses Jahr gibt es eine gute Ernte. Kommen Sie im Juni wieder. Wir haben Plantagen zum Selberflücken. Kirschen zu einem Bruchteil dessen, was sie im Supermarkt kosten.«

»Gehört Ihnen auch eine Kirschplantage?«

Elaine lächelte. »Da würde ich ja richtigen Unternehmergeist zeigen. Nein, ich hab leider keine Kirschbäume.«

»Was ist mit Armand? War der an Kirschen interessiert?«

»Nur an den menschlichen, jungfräulichen.« Elaine lachte über ihren Witz.

»Das klingt nach Armand.«

»Kannten Sie ihn gut?«

»Nur flüchtig. Aber man mußte Armand nicht allzu gut kennen, um zu wissen, worauf er aus war.«

»Wie wahr.«

»Armand wollte das Gelände also in ein Wüstenerholungsgebiet verwandeln.«

»Ja, und genau da lag das Problem«, erklärte Elaine. »Für einen

Wüstenkurort ist Belfleur nicht heiß genug. Und nicht kalt genug für ein Skigebiet. Als die Leute merkten, daß sie nicht in einen Garten Eden investiert hatten, zogen sie sich zurück. Die meisten Investoren stammten von außerhalb, waren nur darauf aus, schnell Geld zu machen. Das funktioniert nie.«

»Da haben Sie recht«, stimmte Cindy zu. »Wissen Sie, wieviel die Grundstücke ursprünglich gekostet haben?«

Elaine trank ihren Cappuccino, bekam einen Milchbart, den sie mit der Zungenspitze ableckte. »Da sollten Sie besser mit Ray sprechen. Er ist nicht nur ein echter Kavalier alter Schule, sondern hatte auf jeden Fall mehr mit Armand zu tun als ich. Ray ist der örtliche Immobilienmakler.« Elaine deutete zum Eingang des Ladens. »Gehen Sie rechts die Hauptstraße entlang, am Wohnwagenpark und dem größen Einkaufszentrum vorbei, bis Sie fast das Ende von Belfleur erreichen. Sie finden ihn auf der linken Straßenseite.«

»Ist sein Büro heute geöffnet?«

»Sein Büro?« Elaine lächelte. »Klingt komisch … sein Büro. Auf jeden Fall ist er immer da, außer Sonntagmorgens, da ist er in der Kirche. Ray ist hetero, ein fanatischer Republikaner und dazu Baptist. Aber lassen Sie sich davon nicht abschrecken. Trotz allem ist er ein guter Kerl.«

Das »Büro« war ein kleiner Laden mit verschmierten Fenstern. »Ray Harp« stand in Goldbuchstaben auf der Scheibe, darunter »Immobilienmakler«. Cindy öffnete die Glastür und trat ein. Ein Mann lümmelte in einem übergroßen Sessel, die Füße auf einem Kartentisch mit imitierter Holzplatte. Er rauchte eine Zigarre, trug einen weißen Anzug und einen Panamahut, hatte einen weißen Bart. Dazu ein rundes Gesicht, bleiche Haut und sehr dunkle Augen. Er war das Abbild eines ältlichen Plantagenbesitzers oder eines alten, korrupten Richters aus den Südstaaten. Und Cindy lag gar nicht so falsch. Als er sie fragte – ohne sich zu bewegen – ob er ihr helfen könnte, klang das leicht gedehnt. Aber es hörte sich mehr nach Texas an als nach dem tiefen Süden.

»Mein Name ist Cindy Decker. Sind Sie Mr. Harp?«

»Nett, Sie kennenzulernen, Cindy Decker.« Der Mann tippte sich an den Hut. »Nein, ich bin nicht Mr. Harp. Ich bin Mr. Harper, wenn Sie es wissen wollen. Das E und R sind schon vor langer Zeit vom Fenster abgekratzt worden. Hab mir nie die Mühe gemacht, die Buchstaben zu ersetzen, weil hier jeder weiß, wer ich bin.«

Cindy nickte und bemühte sich, freundlich zu lächeln, während sie sich umschaute. Der Aktenschrank war uralt; Papier quoll heraus, obwohl er geschlossen war. Der Wasserspender war antik und vermutlich mehr wert als alles, was Elaine in ihrem Laden hatte.

»Dann sind Sie also Raymond Harper.«

»Genaugenommen bin ich Elgin Harper. Ray war mein Bruder und ist vor fünfundzwanzig Jahren ausgezogen. Hab mir auch nicht die Mühe gemacht, das zu ändern. Viele nennen mich Ray.« Er lächelte, zeigte braune Zähne, blies einen Rauchring. »Was kann ich für Sie tun, Cindy Decker?«

»Ich hab vor, mir ein Wochenendhaus zu kaufen. Hier soll es billiger sein als in Palm Springs, hab ich gehört.«

Schweigen. Dann sagte Harper: »Sie wollen sich *hier* einen Zweitwohnsitz kaufen?« Er nahm die Füße vom Kartentisch. »Und was wollen Sie hier mit einem Haus?«

»Ich will einfach nur abschalten.« Cindy spann ihre Geschichte aus. »Vielleicht in die Berge fahren und wandern. Außerdem ist es nicht weit bis Palm Springs, und ich kann in die Stadt fahren, wenn mir mehr nach Trubel ist.«

Harper beäugte sie. »Sind Sie eine Nutte?«

Cindy lachte laut auf. »Nein, Sir, bin ich nicht.«

Harper blieb stumm.

»Ich bin keine Nutte«, wiederholte Cindy. »Ehrlich nicht.«

»Was machen Sie dann?«

»Warum sind Sie so neugierig?« fragte Cindy.

»Weil eine hübsche Lady hier reinspaziert und nach einem Ferienhaus fragt. Eine Lady, die Slacks trägt statt Jeans und einen schicken Pullover, der einen hübschen Busen ahnen läßt, verzeihen Sie meine Impertinenz. Wenn Sie hier Ihr Gewerbe ausüben wollen, hab ich nichts dagegen. Ich kann Sie auch weiterempfehlen. Teufel noch mal, ich bin ein heißblütiger Republikaner, vielleicht komme ich sogar selber zu Ihnen. Aber ich geh immer noch zur Kirche. Das bedeutet, daß ich Ihnen nichts verkaufen kann, weil ich dann Ärger kriege. Wobei wir allerdings nicht übermäßig christlich sind. Haben Sie all die Antiquitätenläden gesehen?«

»Ich war bei Elaine.«

»Sie ist eine von vielen. Himmel, wir haben mehr Queens in unsere Stadt, als es in Europa gibt. Aber wir wollen nicht, daß solche wie Sie Abschaum von draußen hier reinschleppen. Wir haben genug eigenen Abschaum. Wenn Sie Kunden wollen, versuchen Sie es in den Indianerreservaten.«

»Ich bin keine Nutte.«

»Tja, vielleicht nicht. Aber Sie sind nicht ehrlich. Was wollen Sie wirklich?«

Cindy sah sich um. »Sie sind schon lange hier, nicht wahr, Ray? Oder sollte ich Elgin sagen?«

»Was immer Sie wollen, Herzchen.« Er lachte, mußte aber husten. »Ja, ja, ich bin schon eine ganze Weile hier. Hey, Sie sind ein Kautionssteller. Wer hat sich diesmal aus dem Staub gemacht, ohne die Kaution zurückzuzahlen?«

»Ich bin kein Kautionssteller. Nicht mal eine Kautionsstellerin.«

»Na ja, auf jeden Fall sind Sie jemand, der Informationen will. Und Sie haben eine Waffe.« Er deutete auf ihre Handtasche. »Ich seh doch, wie das Ding den Boden ausbeult. Wenn Sie mich ausrauben wollen, gehen Sie lieber wieder. Das einzig Wertvolle hier ist der Wasserspender.«

Harper stand auf. Sein Hängebauch fiel über den Gürtel und bedeckte fast das Gekröse. Er stemmte die Hände in die Hüften, trat einen Schritt vor. »Also, was wollen Sie, junge Dame?«

»Okay«, sagte Cindy. »Hier ist mein Angebot: Ich erzähl Ihnen alles, was ich über Armand Crayton weiß, und Sie ergänzen den Rest.«

»Was springt dabei für mich raus, Cindy Decker?«

»Wer weiß? Vielleicht stoßen wir auf seinen Mörder.«

»Und was hab ich davon?«

»Sie mochten Armand nicht?«

»Eigentlich fand ich ihn sogar ganz sympathisch. Aber wenn Sie wissen wollen, wer ihn ermordet hat – da gibt es eine lange Kandidatenliste. Armand hat eine Menge Leute verärgert.«

»Erzählen Sie mir davon«, beharrte Cindy.

Harper blies noch einen Rauchring. »Ich glaube, ich setz mich wieder. Das könnte eine Weile dauernd. Nehmen Sie sich auch einen Stuhl.« Er hielt seine Zigarre hoch. »Stört Sie das?«

»Nein, überhaupt nicht. Ich mag den Geruch billiger Zigarren. Erinnert mich an dunkle Kaschemmen und illegales Glücksspiel.«

»Interessanter Gedanke.« Harper sank auf seinen Sessel und legte die Füße hoch. »Würden Sie uns Kaffee kochen?«

»Kann ich machen.« Sie sah sich um. »Wo ist die Kaffeekanne?«

»Im Klo, neben dem Klopapier.«

»Entzückend.«

»Wir sind hier nicht im Ritz, Herzchen.«

Cindy ging in die Toilette, die zwar klein, aber erstaunlich sauber war. Die Kaffeemaschine stand auf einem Regal, zusammen mit dem Kaffee, den sonstigen Zutaten und drei Bechern. Cindy goß Wasser in die Maschine, wartete darauf, daß der Kaffee durchlief. Derweilen versuchte sie, Fragen zu formulieren. Aber es waren so viele, daß sie aufgab.

»Wie trinken Sie Ihren Kaffee?« rief sie.

»Drei Päckchen Kaffeeweißer und drei Stück Zucker.«

Sie reichte ihm den Becher.

»Daran könnte ich mich gewöhnen«, sagte Harper. »Eine hübsche junge Frau, die mir Kaffee macht.« Kurze Pause. »Irgendeine Frau, die mir Kaffee macht.«

»Ich wette, Sie kommen gut bei den Frauen an.« Cindy zog sich einen Stuhl heran. »Diese Lässigkeit. Darauf fliegen sie doch alle. Also …« Sie trank einen Schluck Kaffee. »Was können Sie mir über Armand und die Desert Bloom Estates erzählen?«

»Der Gentleman hätte es fast durchgezogen. Ein echtes Meisterstück, Cindy, weil das Land hier wenig zu bieten hat. Aber Armand ging damit um, als hätte König Midas persönlich den Boden geküßt. Mann, konnte der Junge reden. Und er war nett zu den Einheimischen, obwohl alle wußten, daß er nur im eigenen Interesse handelte. Trotzdem, er war sehr höflich. Das muß ich ihm lassen.«

»Wer hat bei ihm investiert?«

»Dummköpfe, würde ich sagen, aber das wäre zu grob. Sie dürfen nicht vergessen, Cindy, daß der Aktienmarkt zur der Zeit blühte, E-Commerce hier und E-Commerce da. Die Leute investierten Geld in Firmen, die noch nie Gewinne gemacht hatten. Vermutlich hat sich Armand gedacht, er könne auf der Welle mitschwimmen. Der Hausbau boomte, und unbebautes Land stand hoch im Kurs – vorausgesetzt, es lag in Silicon Valley oder Seattle. Was ist das erste, was man bei der Maklerausbildung lernt? Grundstückslage, Grundstückslage, Grundstückslage. Tja, in Belfleur gilt ein Taschenrechner als High-Tech. Man braucht kein Genie zu sein, um das rauszufinden. Was soll ich Ihnen sagen? Belfleur hat nie an dem Boom teilgenommen.«

Harper drückte sein Zigarre aus und nahm einen Schluck Kaffee.

»Klar, wir hatten hier ein paar Hollywoodtypen mit Pferdeschwanz und zweiter Frau, die sich als Gentleman-Farmer versuchen wollten und Obstplantagen kauften, aber das war's dann auch. Bis Crayton auftauchte. Aber Armand machte keine Geschäfte mit Immobilien. Er machte Geschäfte mit Träumen, verkaufte sie an alle, die bereit waren, ihm zu glauben.«

Er wedelte mit der Hand, deutete ein Spruchband an.

»Desert Bloom Estates. Das Erholungsgebiet Ihrer Träume. Swimmingpools und Sauna und Fitneßcenter und Schlammpackungen und Salzbäder. Wellness total. Himmel, ich werd richtig aufgeregt, wenn eine hübsche junge Dame mir Kaffee macht.« Er zwinkerte ihr zu.

»Sie sind schon ganz rot im Gesicht, Mr. Harper. Wie hoch ist Ihr Blutdruck?«

»Keine Ahnung, weil er jede Minute steigt.«

»Passen Sie bloß auf«, riet ihm Cindy. »Meine Wiederbelebungskenntnisse sind ziemlich eingerostet.«

»Es könnte der Mühe wert sein.«

»Wem gehörte das Land für Desert Bloom?«

»Armand.«

»Er verkaufte also tatsächlich Land, das ihm gehörte.«

»Na ja, technisch gesehen gehörte es der Bank. Aber Armand besaß die Grundbucheinträge. Mr. Crayton war der Besitzer der Grundstücke und, noch wichtiger, der Baugenehmigungen.«

»Wer waren seine Kunden?«

»Hauptsächlich einfache Leute aus Los Angeles. Arbeiterschicht. Und eine Weile sah es so aus, als würde Armand die Sache durchziehen. Die Einheimischen waren begeistert.«

»Hat er auch an Einheimische verkauft?«

»Nur an wenige. Ich glaube, sie haben Armand nicht ganz vertraut, und sie hatten recht damit. Aber das ist nebensächlich. Ein Projekt wie Desert Bloom hätte den Ort neu beleben können. Die örtliche Bauaufsichtsbehörde konnte es kaum erwarten, die Pläne zu genehmigen. Auf so was hatten alle gewartet. Kam uns wie eine Art Vitaminspritze vor. Und es sah zunächst auch sehr vielversprechend aus. Armand hatte die Anzahlung geleistet. Woher ich das weiß? Weil er seine Geschäftskonten bei einer hiesigen Bank hatte. Und auf den Konten war Geld. Viel Geld. Wir dachten alle, es könnte nichts schiefgehen.«

»Was ist dann passiert?«

»Sie verfolgen den Markt nicht genau, nehme ich an.«

»Wenn ich Geld hätte, würde ich das tun.«

»Touché«, sagte Harper. »Das kenn ich. Tja, Cindy, der Markt brach ein ... ziemlich stark sogar.«

»Und Armand zog sich zurück.«

»Nein, er nicht. Aber sein Partner, der eigentliche Geldgeber. Als Dex den Stöpsel zog, brach alles zusammen.«

»Mit Dex meinen Sie Dexter Bartholomew«, sagte Cindy.

Harper sah sie an. »Jep, Sie haben Ihre Hausaufgaben gemacht. Der gute alte Knabe aus Oklahoma hielt uns alle eine Weile auf Trab. Aber dann ...« Er schnippte mit den Fingern. »Alles futsch. Dex weigerte sich plötzlich, weiteres Geld in Desert Bloom zu stecken, behauptete, mit den wenigen Erstkäufern, die Armand hatte, ließe sich ein Projekt von dem Ausmaß nicht in Angriff nehmen. Himmel, Armand hätte wesentlich mehr Geld gebraucht, um die Sache überhaupt auf den Weg zu bringen. Die ganze Versorgung – Wasser, Abwasser, Strom, Telefonleitungen. Aber alle wußten, was wirklich dahintersteckte. Dex hatte an der Börse Verluste gemacht und einfach nicht mehr genug Spielgeld.«

»Aber Armand hatte die Anzahlung geleistet.«

»Ja, Ma'am.«

»Also zahlte er sie an die Investoren zurück.«

»Nein, Ma'am. Ich sagte, er hätte das Geld eingezahlt. Ich hab nie gesagt, daß es auch auf der Bank blieb.«

»Er hat es ausgegeben.«

»Allerdings. Nicht für Wein, Weib und Gesang – obwohl das sicher auch dabei war. Hauptsächlich hatte er damit weiteres Land gekauft. Als der Börsenkrach kam und Dex sich zurückzog, stand Armand mit einer Menge wütender Investoren da.«

»Können Sie sich erinnern, ob einer ganz besonders wütend war?«

»Nope.« Harper seufzte. »War alles sehr mitleiderregend. Dex ließ Armand mit wertlosem Land sitzen, und der arme Junge hatte eine Menge zu erklären. Schließlich war er gezwungen, Konkurs anzumelden. Die Bank nahm das Land zurück, und der Traum verpuffte. Allerdings gehörten die Grundstücke immer noch denen, die sie gekauft hatten. Aber die waren jetzt wertlos. Es gab eine Sammelklage, doch die führte zu nichts, weil Crayton nichts hatte. Natürlich hielt ihn das nicht davon ab, in einem schicken Haus zu wohnen und ein schickes Auto zu fahren. Was manche erst richtig sauer gemacht hat.«

»Man darf nie zeigen, daß es einem dreckig geht, Mr. Harper.«

»Mag sein, aber es hätte nicht geschadet, wenn er ein bißchen rücksichtsvoller gewesen wäre.«

Cindy trank ihren Kaffee, dachte an Crayton. Er war ein Angeber und ein Träumer, genauso substanzlos wie ein Hollywoodslogan. »Bartholomew soll angeblich an Armand verdient haben. Aber das kann doch nicht stimmen.«

Harper lachte leise. »Dex braucht Ihnen nicht leid zu tun. Als Armand bankrott war, erbot sich Dex – mit der Höflichkeit des Gentleman für die armen ruinierte Seelen – das Land zurückzukaufen. Seine Großzügigkeit wurde nur von der Tatsache getrübt, daß er einen viel niedrigeren Preis bot. Trotzdem waren zwanzig Prozent pro Dollar besser als gar nichts. Dex hat einen guten Schnitt gemacht.«

»Wie das, wo das Land wertlos war?«

»Wertlos als Bauland, aber nicht wertlos als Land an sich. Da gibt es viel Stein, Cindy Decker. Guten, soliden Stein. Aber man braucht Kapital, um ihn abzubauen. Und Dex hatte das Kapital aus dem Pipelinegeschäft. Wenn Sie weiter nach Nordosten fahren, stoßen Sie auf die Steinbrüche. Nun sind wir in Belfleur nicht nachtragend, also werfen wir ihm nichts vor. Außerdem hat er hier einige Arbeitsplätze geschaffen. Dex hat seinen Reibach gemacht, weiß Gott.«

»Und alle haben an ihn verkauft?«

»Fast alle.« Harper grinste breit. »Schauen Sie, ich glaube nicht an Landverkauf zu Niedrigpreisen, wenn es um mein Geld geht. Ich behalt's lieber.«

»Sie waren einer der Erstkäufer von Desert Bloom, Mr. Harper?«

Harper ließ den Kopf in vorgetäuschter Beschämung hängen. »Leider muß ich zugeben, daß ich mich hab mitreißen lassen. Manchmal bin ich eben ein verrückter alter Narr.«

Eher ein schlauer alter Fuchs, dachte Cindy. »Sehr betrübt wirken Sie nicht.«

»Bin ich auch nicht. Mein kleines Grundstück liegt mitten in Dex' Steinbruch. Macht es ihm schwer, ohne unbefugtes Betreten von Punkt A nach Punkt B zu kommen.«

»Daraufhin hat er Ihnen den Höchstpreis geboten.«

»Mehr als einmal, Cindy, mehr als einmal. Aber ich will den Mann ja nicht ausnehmen. Ich berechne ihm nur eine winzige Summe für jede Durchfahrt.«

»Nur eine winzige Summe?«

»Eine ganz winzige.«

»Wie oft fährt er über Ihr Grundstück?«

»So an die zweihundertmal pro Tag.« Harper rülpste. »Das läppert sich zusammen.«

»Nehmen Ihnen die anderen das nicht übel?«

»Manche vielleicht. Die meisten sind beeindruckt.« Er nahm die Füße vom Tisch. »Sind Sie beeindruckt?«

»Allerdings.« Cindy schaute zur Decke. »Sie haben nicht zufällig eine Liste von Craytons Investoren?«

»Wenn ich eine hätte, wäre die vertraulich, junge Dame.« Cindy sah Harper schweigend an.

»Natürlich könnten wir über einen Preis verhandeln.« Harpers Lächeln wurde breiter. »Und es muß kein Geld sein.«

»Was schwebt Ihnen vor?«

»Ich könnte meine untadeligen Maßstäbe senken ... wenn Sie mir rasch einen blasen.«

Cindy zog ihre Dienstmarke heraus. »Sie haben gerade einer Polizistin einen unsittlichen Antrag gemacht.«

Harper grinste weiter, aber nicht mehr so lüstern. »Ach, kommen Sie, Cindy Decker. Wir wissen beide, daß Ihnen die Marke hier nicht viel nützt.«

»Ich könnte Sie trotzdem in Schwierigkeiten bringen, Elgin.«

»Nee, Sie wissen nicht, wie das läuft.« Harper stand auf. »Ich hab Freunde bei der Polizei.«

Cindy glaubte ihm. Sie gab ihm einen Kuß auf die Wange, flüsterte: »Bitte.«

»Geben Sie mir einen Zungenkuß, dann könnte ich meine Meinung ändern.«

»Ich möchte nicht für Ihren Herzinfarkt verantwortlich sein, Elgin.« Sie strahlte ihn an. »Seien Sie ein Schatz und helfen Sie mir.«

Harper schnaubte. »Na gut. Meinetwegen können Sie einen kurzen Blick darauf werfen.«

»Danke, Sir.«

»Wir sind also wieder beim ›Sir‹? Elgin hat mir besser gefallen. Wissen Sie, warum ich das tue? Sie haben Ihre Nase nicht wegen meiner Zigarre gerümpft. Die Stadtleute stopfen sich pfundweise Kokain in die Nase, aber ein bißchen Tabakrauch macht sie hysterisch. Sie sind in Ordnung, Cindy Decker. Sie wissen, wie man die Leute rumkriegt.«

»Danke, Elgin. Nett, daß Sie das sagen.«

Quietschend zog Harper eine Schublade des uralten Aktenschranks auf. »Eines Tages muß ich hier Ordnung machen.«

»Wozu denn?« fragte Cindy. »Sie scheinen doch auch so alles zu finden.«

»Mehr oder weniger.« Harper blätterte die vielfarbigen Papiere durch – gelb, weiß, blau liniert, Millimeterpapier, sogar Zeitungspapier. Ein totales Durcheinander. Aber eine Minute später hatte er das Gesuchte gefunden. »Hier.« Er reichte ihr die Liste, sah auf die Wanduhr. »Ich geb Ihnen dreißig Sekunden, junge Dame. Okay?«

»Okay, Elgin.« Rasch überflog Cindy die Liste. Sie brauchte die dreißig Sekunden nicht. Da die Namen alphabetisch geordnet waren, stand Rick Bederman fast am Anfang.

32

Jetzt hatte sie die Information, wußte aber nicht, was sie damit anfangen sollte. Ja, Rick Bederman war einer der Investoren des unglücklichen Desert Bloom Projekts, aber Cindy hatte nichts in der Hand, was ihn mit dem Verbrechen in Verbindung brachte. Und warum sollte ausgerechnet Bederman als einziger auf der Liste Rache an Crayton und Bartholomew genommen haben? Und was hatte das alles mit ihren eigenen Problemen zu tun?

Erst nach sieben, als es bereits dunkel war, kam sie nach Hause. Sie bog auf den Parkplatz, sah in den Rückspiegel, bevor sie die Tür entriegelte. Alles war ruhig. Rasch stieg sie aus, ging die zwei Treppen zu ihrer Wohnung hoch. Aber bevor sie eintrat, überprüfte sie erst den unteren Teil der Tür, wo sie ein Haar zum Türrahmen gespannt hatte. Es war noch da, und das war ermutigend. Sie schloß die Tür auf, trat ein, schob den Riegel vor. Ihre Wohnung schien unberührt. Selbst die Zeitschrift lag noch auf dem Couchtisch, an derselben Stelle aufgeschlagen. Es ging aufwärts.

Cindy beschloß, sich eine Kanne koffeinfreien Kaffee zu machen, goß Wasser in die Maschine und hörte ihren Anrufbeantworter ab. Die längste Nachricht stammte von Mom – wie sehr sie das Essen genossen hatte und daß sie es gern wiederholen würde, wenn Cindy *mehr Zeit* für ein ausführliches Gespräch hätte. Das war in Ordnung. Moms Nörgelei war normal, und normal war gut. Dann noch zwei Abrufe von Scott (*Hi, wie geht's dir? Alles in Ordnung? Hier läuft es bestens. Ruf mich an.*), zwei von Dad (*Sag mir nur, daß es dir gutgeht!*) und einer von Hayley Marx (*Ruf an, wenn du 'ne Minute Zeit hast.*) Verschiedentlich war aufgelegt worden. Normalerweise hätte sie das nicht weiter beachtet, aber die Ereignisse der vergangenen Woche hatten jede mögliche Bedrohung aufgebauscht.

Natürlich hätte sie zurückrufen und allen versichern sollen, daß es ihr gutging. Aber sie war total erschöpft und sehr hungrig. Der Donut aus dem Café in Belfleur hatte nicht lange vorgehalten. Vielleicht nach dem Essen.

Sie machte sich ein Sandwich mit geräucherter Putenbrust, Tomaten und Salat, bestrich es großzügig mit Senf und Mayonnaise. Dann deckte sie den Tisch, legte ein Set auf und klemmte eine Serviette unter das Besteck. Als der Kaffee fertig war, setzte sie sich zu ihrem einsamen Essen an den Tisch. Sie wurde richtig häuslich, und das machte sie glücklich. Noch vor einer Woche hatte sie in Selbstmitleid geschwelgt. Jetzt war sie entzückt über die Ruhe und die Alltäglichkeit, ihr Essen ungestört einnehmen zu können.

Sie war wirklich hungrig, mußte sich zwingen, langsam zu essen. Als sie fertig war, wischte sie sich den Mund hab, trug das Geschirr raus und genehmigte sich ein Glas Weißwein zum Nachtisch. Der Wein hatte einen leicht säuerlichen, angenehmen Geschmack. Während sie trank, wusch sie Geschirr, Tasse und Besteck ab. Dann holte sie Papier und Stift heraus, setzte sich an den Tisch und stellte Listen auf – Wer, Was und Wann.

Egal, wie sie es drehte und wendete, sie kam immer wieder zu demselben Schluß: Bederman hatte sein Geld verloren, Crayton aus Rache entführt und ermordet, Dex' Frau überfallen, ihren Ferrari geraubt und verhökert, um wenigstens etwas von dem verlorenen Geld zurückzubekommen. Was treibt einen Menschen zu solch radikalen Maßnahmen?

Theorie A: Bederman hatte sein gesamtes Geld bei Crayton investiert und war jetzt pleite. Er brauchte die Kohle zum Überleben.

Dagegen sprach: Wenn Bederman auf Verbrechen zurückgriff, um seine finanziellen Probleme zu lösen, gab es für einen Cop andere Wege, sofort an Geld zu kommen – einen Dealer oder Zuhälter unter Druck zu setzen oder, wie Scott gesagt hatte, ein paar Gramm aus der Asservatenkammer abzuzweigen. Wesentlich einfacher, als die Frau eines prominenten Bürgers gegen Lösegeld zu entführen. Aber vielleicht waren die Cops wegen der vielen Skandale vorsichtiger geworden. Vielleicht war die Asservatenkammer keine Möglichkeit mehr.

Theorie B: Bederman wollte nicht nur das Geld, er wollte Crayton und Dexter Bartholomew auch eine Lektion erteilen.

Dagegen sprach: Mord ist eine verdammt gefährliche Methode, jemandem eine Lektion zu erteilen. Besonders jemandem wie Crayton. Armands Leben und Finanzen würden zwangsläufig überprüft werden, wobei das Desert-Bloom-Fiasko ans Tageslicht käme. Aber wie viel würde tatsächlich rauskommen? Wo schon sie, als Anfängerin, mehr in Erfahrung gebracht hatte als die ursprüngliche Ermittlungsmannschaft. Gut, es konnte sein, daß die Leute in Belfleur kurz nach dem Mord an Crayton nicht so gesprächig gewesen waren. Vielleicht hatte der Mord sie so überwältigt oder verängstigt, daß sie wichtige Informationen verheimlicht, vergessen oder unterdrückt hatten. Elgin hatten den Ermittlern bestimmt nicht so ohne weiteres die Investorenliste gezeigt. Cindy war erst ein Jahr nach dem Mord zu ihm gekommen. Inzwischen waren die Leute weniger zurückhaltend.

Aber da Mord nicht verjährte, konnte der Täter immer noch auffliegen. Er blieb nach wie vor Freiwild. Bederman mußte das wissen. War er trotzdem bereit gewesen, ein solches Risiko einzugehen?

Theorie C: Bederman brauchte Geld, wollte Crayton und Dex eine Lektion erteilen *und* scherte sich nicht um das Risiko. Wieder mußte Cindy an die Skandale der letzten Zeit denken. Die Schiebungen und Korruptionsfälle, bei denen die Cops gedacht hatten, sie ständen über dem Gesetz, weil sie jede Nacht ihren Arsch riskierten. Und wenn sie ein bißchen Drogengeld abzweigten, sich von einer Nutte bedienen ließen, ein paar Flocken kassierten, weil sie *nur dieses eine Mal* wegschauten – na und?

Bederman konnte einer von denen sein. Und vielleicht hatte er gedacht, er wäre davongekommen, weil das Verbrechen nach einem Jahr immer noch nicht aufgeklärt war. Aber da gab es einen Haken. Bederman hatte nicht mit Geld um sich geworfen. Soweit Cindy wußte, hatte er keinen teuren Urlaub gemacht, sich Designerklamotten gekauft oder einen schicken Wagen geleast. Und für eine Affäre mit einer anderen Frau brauchte Bederman kein Geld. Es gab genug Frauen, die auf alles flogen, was Macht verkörperte oder eine Uniform trug.

Cindy kritzelte auf dem Papier herum, malte Kreise, schrieb ihren Namen in Blockbuchstaben. Sie kam sich wie ein Kind vor, das einen Schulaufsatz schreiben soll.

Hatte Bederman eine Affäre? War er deswegen zur Nachtschicht gewechselt? Lark hatte ein As im Ärmel erwähnt. Scott meinte, Bederman wäre ein guter Kandidat dafür.

Cindy brauchte Hilfe, um ihre Informationen richtig einzuordnen. Sie brauchte Scott oder Marge oder Dad. Die würden wissen, was damit anzufangen war. Aber dann mußte sie erklären, wie sie an die Informationen gekommen war. Sie hatte zwar nichts Gesetzwidriges getan, aber ihr war trotzdem nicht wohl bei der Sache. Man erwartete von ihr, daß sie Streifendienst machte und nicht als Detective arbeitete.

Andererseits war Crayton *Dads* ungelöster Fall. Sie würde ihm einen großen Gefallen tun, wenn sie ihm die Informationen gab, ganz zu schweigen davon, einen korrupten Polizisten zu überführen.

Der Türklopfer unterbrach ihre Gedanken, ließ sie zusammenzucken. Sie sprang auf, sah durch den Spion und zu ihrem Entsetzen direkt in Rick Bedermans Gesicht. Panik stieg in ihr auf. Gequetscht stieß sie hervor: »Einen Moment bitte.«

War er ihr nach Hause gefolgt?

Nein, das konnte nicht sein. Sie hatte alles überprüft. Hatte sich vergewissert!

Rasch stopfte sie ihre Notizen in die Küchenschublade. Dann nahm sie die Waffe aus der Tasche, umklammerte sie fest. Sie zwang sich, langsam ein- und auszuatmen, schob den Riegel zurück, ließ aber die Kette dran, als sie die Tür öffnete.

»Was willst du?«

Bederman wirkte gereizt. »Ähm, kann ich reinkommen, bitte?«

Blitzschnell wog Cindy die Möglichkeiten ab. Wenn sie Furcht zeigte, verlor sie nicht nur Ansehen als Cop, sondern präsentierte sich auch noch als Opfer. Das konnte sie nicht zulassen. Also nahm sie die Kette ab, versuchte, gleichzeitig verärgert und gleichgültig zu wirken. »Was machst du hier?«

Bedermans Blick fiel auf Cindys Waffe. »Willst du jemanden erschießen?«

»Ich hoffe nicht.« Sie trat von der Türschwelle zurück. »Komm rein.«

Bederman betrat das Wohnzimmer, den Blick immer noch auf den Revolver gerichtet. Schließlich sah er sich um, bemerkte die Sprungfeder, die aus der Sofapolsterung ragte. »Ich glaube, du brauchst neue Möbel.«

»Meine Möbel waren in Ordnung, bis jemand dieses Wochenende meine Wohnung verwüstet hat.«

Bederman riß die Augen auf. »Du machst Witze!«

»Nein. Setz dich.«

»Läufst du deswegen mit der Kanone rum?«

»Kann sein. Momentan bin ich nicht sehr vertrauensvoll.«

»Du hast mir die Tür geöffnet.«

»Gibt's einen Grund, warum ich das nicht hätte tun sollen?«

Bederman lächelte. Er trug ein Tweedjackett, ein weißes Hemd und Jeans, dazu Cowboystiefel. »Beruhige dich. Du klingst sehr angespannt.«

»Ich würde es geschäftsmäßig nennen. Was kann ich für Sie tun, Officer Bederman? Du kannst dich trotzdem setzen.«

Bederman zögerte, setzte sich dann auf einen Sessel. Er verschränkte die Hände unter dem Kinn, spreizte die Beine, als erwartete er, daß ihm einer geblasen wurde. Aber sein Gesicht war angespannt. »Denk bloß nicht, ich will dich anmachen.«

Schweigen. Cindy wartete auf eine Erklärung.

»Eigentlich bin ich hier, um dich von der Idee ... na ja, abzubringen.«

Abbringen? dachte Cindy. Oder wollte er sie umbringen? Sie schwieg weiter.

Bederman beugte sich vor, stützte die Ellbogen auf die Knie. »Ich bin leicht erregbar, gerate schnell in Fahrt. Zu schnell, wie manche sagen.« Er knöpfte das Jackett auf, gab den Blick auf den Schulterhalfter frei. »Heute nachmittag hab ich mit Graham geredet ...«

»Beim Barbecue?«

»Ja, woher ... ach ja, das hast du gestern bei Bellini's mitgekriegt.«

Cindy nickte.

»Ja, beim Barbecue. Graham war da. Wir kamen drauf, was ich zu dir gesagt habe ... über Hayley Marx ... und daß du nicht denselben Fehler machen sollst.« Er kratzte sich an der Nase. »Graham meinte, du ... könntest das falsch verstanden haben.«

»Und das heißt?«

Bederman biß die Zähne zusammen. »Das heißt, daß ich eine gute Ehe führe und das auch so bleiben soll. Ich will nicht, daß sich häßliche Gerüchte verbreiten.«

»Die meisten Gerüchte sind häßlich.«

»Ja. Stimmt wohl. Auf jeden Fall möchte ich, daß du vergißt, was ich gesagt habe. Ich geb ja zu, daß es nicht besonders klug war.«

»Was mich betrifft, ich hab's bereits vergessen.«

Bederman rutschte unruhig hin und her. »Okay. Na gut. Vergessen. Ich glaub zwar nicht, daß ich was falsch gemacht habe ... ich will nur nicht, daß du das mißverstehst.«

Beide schwiegen. Cindy stand auf. »Ich weiß, was du meinst. Du kannst jetzt gehen. Auftrag erledigt.«

Langsam erhob sich auch Bederman. »Du magst mich nicht.«

»Dazu kenne ich dich nicht gut genug, Bederman. Und momentan bin ich ziemlich mißtrauisch. Kannst du mir das verübeln?«

»Nein.« Bederman knöpfte das Jackett zu. »Du glaubst doch nicht, *ich* war das?«

Cindy kam die Lüge glatt über die Lippen. »Wie um alles in der Welt kommst du denn darauf?«

»Weil du immer noch die Kanone in der Hand hältst.«

Sie sah auf die Waffe. »Könnte sie eigentlich auch gleich reinigen. Hab sowieso nichts Besseres zu tun.«

»Gut, ich geh dann mal.« Aber er bewegte sich nicht. »Hast du eine Ahnung, wer es war?«

»Vermutungen.«

»Willst du darüber reden? Ich könnte dir vielleicht helfen. Bin schon länger dabei als du.«

Muß mir seine Überlegenheit beweisen. Wenn sie ablehnte, würde er es persönlich nehmen. *Wechsel das Thema, du Idiot!* »Wer hat übrigens gewonnen?«

»Was?«

»Beim Spiel. Habt ihr euch nicht das Sonntagsspiel der Dodgers angesehen?«

»Doch. Die Dodgers haben gewonnen. Warum fragst du? Hast du eine Wette laufen?«

»Leider nicht, da hätt ich gut absahnen können. Kaum zu glauben, daß sie tatsächlich gewonnen haben. Hatten sie denn so viel Vorsprung?«

»Die waren sechs zu null voraus, bis McGuire am Ende den siebten einen Ball weit ins rechte Feld hinausgeschlagen hat. Dann haben sie diesen neuen Jungen eingesetzt. Haben ihn erst ... ich weiß nicht genau, vor etwa einem Monat aus Albuquerque geholt. Der hat es geschafft, den Gegner während der letzten zwei Innings hinzuhalten. Die anderen haben zwar Treffer gemacht, aber keine Runs.«

»Erstaunlich.«

Bederman lächelte. »Magst du Baseball, Decker?«

»Ich bin an allen Sportarten interessiert. Sonst kann ich mit den Jungs nicht mithalten.«

»Ist dir das wichtig?« Bedermans Blick hielt den ihren fest. »Mit den Jungs mitzuhalten?«

Cindy wich seinem Blick nicht aus. »Ich komm gerne mit allen aus, Rick. Frag Graham. Ihr beide seid trotz des Partnerwechsels immer noch befreundet. Das ist ungewöhnlich. Weißt du, was mir das sagt? Daß du auch gern mit anderen auskommst.«

»Klar liegt mir daran. Aber glaub mir, ich kann mich behaupten. Komm mir ja nicht in die Quere.«

Eine versteckte Drohung oder nur Angeberei? »Ich werd's mir merken.«

»Tu das.«

»Okay. Dann bis später.«

Aber Bederman macht immer noch keine Anstalten zu gehen. »Mit Graham, das war nichts Persönliches. Darum sind wir nach wie vor befreundet. Es war nichts Persönliches.«

»Gut zu wissen.«

»Keine große Sache, Cindy. Meine Frau hatte einen anstrengenden Job, bei dem sie sehr früh anfangen mußte. Also hab ich mich in die Nachtschicht versetzen lassen, damit ich mich morgens um die Kindern kümmern konnte. Ihnen Frühstück machen, sie zur Schule bringen. Kinder brauchen ihren Vater.«

»Ich weiß. Ich verehre meinen Dad.«

Bederman versteifte sich. »Stimmt ja. Dein Vater ist Detective – Lieutenant, oder?«

Cindy nickte. *Als wüßte er das nicht.*

»Muß angenehm sein.«

»Das kratzt mich nicht, Bederman. Ich krieg trotzdem genügend Scheiße ab. Wann hast du geschlafen?«

»Was?«

»Als du Nachschicht hattest und tagsüber bei den Kindern warst. Das muß anstrengend gewesen sein. Hast du je geschlafen?«

»Klar. Während des Tages, wenn die Kinder in der Schule waren. Aber es war ganz schön hart. Schließlich hat meine Frau den Job gewechselt. Ich bin so bald wie möglich zur Tagschicht zurückgekehrt.«

»Muß eine Erleichterung gewesen sein.«

»Allerdings. Aber darauf wollte ich nicht hinaus. Ich wollte nur sagen, daß die Trennung von Beaudry keine persönlichen Gründe hatte. Graham ist ein guter Kerl und ein guter Partner.«

Cindy lächelte. »Da hast du recht.«

Bederman lächelte ebenfalls – ein breites Grinsen. Cindy merkte, daß er gern recht hatte. Langsam schlenderte er hinaus. Mit Erleichterung schloß sie hinter ihm ab.

»Er ist noch nicht aus Oxnard zurück«, sagte Rina. »Ich sag ihm, daß du angerufen hast. Er wird dir dankbar sein. Du weißt, wie viel Sorgen er sich macht.«

»Ich weiß.« Cindy nahm den Hörer ans andere Ohr. »Du hast keine Ahnung, wann er nach Hause kommt?«

»Nein, aber wahrscheinlich erst spät. Es läuft gut. Und wenn es gut läuft, wird es meistens spät.« Rina hielt inne. »Cindy, du klingst, als bedrückt dich was. Bist du in Schwierigkeiten?«

»Nicht im geringsten.«

»Aber irgendwas beschäftigt dich. Ruf ihn doch auf seinem Handy an. Das macht ihm bestimmt nichts aus.«

»Nee, so wichtig ist es nicht. Ich weiß, daß sie lange darauf gewartet haben, die Überfälle aufzuklären. Ich wollte nur ein paar Ideen mit ihm durchsprechen, aber das hat Zeit.«

»Schätzchen, du kannst gerne herkommen und hier auf ihn warten. Nach dem, was wir durchgemacht haben, können wir beide ein bißchen Gesellschaft brauchen.«

Cindy wurde rot. Sie war so mit sich beschäftigt gewesen, daß sie den Überfall auf Rina glatt vergessen hatte. Rasch fragte sie: »Wie kommst du zurecht? Wie geht's Hannah? Soll ich rüberkommen und mich um sie kümmern?«

»Hannah schläft, gelobt sei Haschem. Ob sie allerdings durchschläft, ist eine andere Frage.«

Cindy seufzte. »Was hältst du davon, wenn ich so in einer Stunde bei dir bin – gegen zehn. Ist das zu spät?«

»Nein, überhaupt nicht. Bis dann. Cindy?«

»Ja?«

»Paß bitte auf dich auf. Und bring deine Waffe mit.«

Cindy blieb stehen, bevor sie die Wohnungstür hinter sich schloß.
Vom Flurfenster aus konnte sie die Straße sehen. Sie musterte jedes
Auto und stellte fest, daß da nur die ihrer Nachbarn standen.

Cindy schloß die Tür ab. Mit der Waffe in der Hand ging sie die
Treppe hinunter, lief mit raschen Schritten zum Auto, stieg ein und
verriegelte die Türen. Sie ließ den Motor an, überprüfte die Benzinanzeige – voll – sah in den Rückspiegel und die Seitenspiegel.
Dann fuhr sie los.

Die Straßen waren ruhig, keiner verfolgte sie. Sie bog auf den
Freeway, trat das Gaspedal durch, bis sie genügend Tempo aufgenommen hatte. Zwanzig Minuten später heulte der Motor auf. Sekunden danach fing er zu stottern an, und der Wagen wurde
langsamer, obwohl die Benzinanzeige auf voll stand. Mit wild klopfendem Herzen trat Cindy das Gaspedal erneut durch, aber es tat
sich nichts. Das Auto wurde immer langsamer. Wenn sie nicht bald
nach rechts kam, würde sie auf der mittleren Fahrspur zwischen
Autos, Lastern, Bussen festhängen, die rechts und links an ihr vor-
beischossen, und möglicherweise einen Auffahrunfall verursachen.
Es war dunkel und die anderen Fahrer rechneten nicht damit, daß
Autos auf der Fahrbahn liegenblieben.

Denk nach!

Während sie versuchte, die aufsteigende Panik zu unterdrücken,
gelang es ihr, den Saturn auf den rechten Seitenstreifen zu lenken.
Gleich darauf hustete der Motor auf und verstummte. Cindy hörte
nur noch ihren flachen Atem. Sie blies in die Hände, schaute in den
Rückspiegel, verharrte so ein paar Minuten. Niemand hielt an, was
ein trauriges Zeichen für Los Angeles war, aber auch sehr gut, denn
es sah so aus, als sei ihr niemand gefolgt.

Sie mußte etwas tun. Und das würde sie auch. Aber erst wollte
sie die Anspannung loswerden, das schreckliche Gefühl, in eine Falle getappt zu sein. In ihrem Taschencomputer fand sie die Nummer
vom Pannendienst, tippte sie ins Handy ein.

Sie bekam keinen Anschluß.

Ihr Atmen wurde schneller.

Sie gab die Nummer noch mal ein.

Wieder kein Anschluß.

Cindy drehte das Handy um, wackelte an der Batterie, versuchte es erneut.

Nur ein wiederholtes Piepen. Entweder hatte sich jemand ihrer Nummer bemächtigt oder am Handy selbst war herumgepfuscht worden. Beides sehr beunruhigende Gedanken.

Sofort wurde ihr die Brust eng. Sie brüllte sich an, weil die Panik aufhören mußte. Schließlich war sie Polzistin. Sie konnte sich nicht so gehenlassen. Rasch tastete sie in ihrer Tasche nach der Waffe. Die funktionierte wenigstens.

Im Rückspiegel wurden helle Scheinwerfer größer, füllten ihn ganz aus. Cindy drehte sich um, sah das Auto langsamer werden ... immer langsamer, bis es sechs Meter hinter ihr anhielt. Aber es war nicht irgendein Auto. Es war ... die *Highway Patrol*!

Ja!

Nie hatte das CHP Emblem so gut ausgesehen.

Cindy sah auf ihre Hand, die den Griff der Dienstwaffe umklammert hielt. Wenn sie mit der Waffe herumfuchtelte, konnte das mißverstanden werden. Sie steckte den Revolver in die Tasche, zog aber ihre Dienstmarke heraus, rutschte über die Mittelkonsole und stieg auf der Beifahrerseite aus. Gefaßt ging sie auf den Streifenwagen zu, bis sie das Gesicht des Fahrers erkannte.

Zuerst dachte sie, sich das nur einzubilden, aber dem war nicht so. Die Erregung, die sie spürte, war gleichzeitig entsetzlich und überwältigend. Ihr wurde schwindlig, die Knie wurden ihr weich. Sie zwang sich, stehenzubleiben, verdrängte den Impuls, entweder wegzurennen oder ohnmächtig zu werden – beides nicht zu empfehlen, weil er eine Waffe hatte. Der Lauf ruhte auf seinem Arm, die Mündung zeigte nach unten. Aber das konnte sich in Sekundenschnelle ändern.

Stell dich dumm!

Was nicht schwer war. Sie *war* dumm!

War er ihr gefolgt oder hatte er die ganze Zeit vor ihrer Wohnung gewartet?

Aber ein Wagen der Highway Patrol wäre ihr aufgefallen.

»Probleme mit dem Auto, Decker?« fragte er. »Vielleicht kann ich helfen.«

Seine Stimme unterbrach ihre verängstigten Gedanken.

»Haben Sie immer nebenbei für die Highway Patrol gearbeitet?« fragte sie. »Die Uniform steht Ihnen gut.«

Langsam hob er den Arm wie zum Hitlergruß, hielt aber inne, als die Mündung der Waffe auf ihren Bauch zeigte. »Wenn du noch ein bißchen länger leben willst, hältst du besser die Klappe. Und komm nicht auf dumme Gedanken wie Weglaufen oder Schreien oder eine Show abzuziehen. Weil ich den Finger am Abzug habe und dich genauso schnell umpusten kann, wie ich einen Furz loslasse. Hast du verstanden?«

»Ja.«

»Wer weiß, Decker? Vielleicht schaffst du es ja, mich mit deinem klugscheißerischen Gerede einzulullen.« Er lächelte. Cindy sah seine Zähne im Mondlicht aufblitzen. »Du bist ein cleveres Mädchen. Was meinst du?«

»Ich werd's versuchen.«

»Komm mit.« Er wedelte mit der Waffe, senkte sie. Aber die Mündung war immer noch auf ihren Bauch gerichtet. Cindy hatte gehört, daß Bauchwunden sehr schmerzhaft waren – ungeheuer schmerzhaft. Aber der Tod war schlimmer.

Er redete weiter. » ... machen eine kleine Fahrt. Nur wir beide. Wir nehmen meinen Wagen. Ein Gentleman läßt eine Dame nicht fahren. Außerdem wolltest du vielleicht immer schon mal mit einem Streifenwagen der Highway Patrol fahren.«

»Mannomann! Mit Sirene und Blinklicht?«

»Immer einen dummen Spruch parat.« Jetzt funkelte er sie böse an. »Mal sehen, ob du auch noch Witze reißt, wenn du um Gnade winselst.«

Sie überlegte, ob sie behaupten sollte, ihr Vater sei auf dem Weg hierher. Doch das könnte eine Panikreaktion auslösen. Bring nie jemanden mit einer Schrotflinte in Panik. Sie spürte seinen durchdringenden Blick, merkte, wie ihr Kopf leer wurde, keinen klaren Gedanken mehr fassen konnte. Aber Freud hatte da dieses kleine

Ding namens Unterbewußtsein entdeckt. Und schon sprang sie zu ihrem eigenen Erstaunen über die Leitplanke und ließ sich wie ein Ball die Böschung des Freeways hinunterrollen. Schlang die Arme um die Knie und betete ... *wo kam das plötzlich her?*

Eine Sekunde, zwei, drei, vier.

Feuer explodierte hinter ihrem Kopf. Sie schrie, spürte den Schmerz, als die Schrotkugeln ihren Schädel streiften. Kopfüber stürzte sie sich ins Gebüsch, ließ sich auf den Bauch sinken, kroch auf eine Stelle zu, die die beste Tarnung bot, versuchte gleichzeitig zu fliehen und sich zu verstecken. Blut sickerte ihr über die Schläfe. Sie berührte die Wunde, zuckte zusammen, atmete tief durch. Ihr Bauch schrammte über die Steine, während sie vorwärtsrobbte.

Cindy hörte ihn die Böschung hinabkommen. Unter seinen dicken Schuhsohlen bröckelte lose Erde. Sie mußte weg.

Wie verhalten sich Tiere, wenn sie gejagt werden?

Sie rennen. (*Dann sieht er dich.*)

Sie krabbeln und kriechen und verstecken sich. (*Krabbeln und kriechen macht Krach.*)

Sie kämpfen. (*Er hat eine Flinte, ist dreißig Kilo schwerer als du und viel erfahrener!*)

Sie stellen sich tot.

Mach das, Mädchen!

Cindy lag still, versuchte, jeden Muskel ihres Körpers erstarren zu lassen. Schwierig, weil ihre Blase und ihr Darm revoltierten. Und sie hörte immer noch ihren verängstigten Atem, trotz der vorbeirasenden Autos. Wenn sie das hörte, hörte er es auch. Cindy öffnete den Mund, hoffte, auf diese Weise nicht nur mehr Luft zu bekommen, sondern auch ihr Schnaufen zu dämpfen.

Aber seine Schritte kamen näher. Vorsichtig drehte sie den Kopf, bis seine vom Mondlicht beschienene Silhouette sichtbar wurde. Er durchsuchte das Gebüsch, zerrte Zweige aus dem Weg, bog das Blattwerk auseinander.

Er war der Jäger, sie die Beute. Wie lange konnte das gutgehen? Wie lange würde sie durchhalten?

Wenn er sie fand, zusammengekauert wie ein verwundetes Tier, war sie so gut wie tot. Sie brauchte einen Plan. Denn das Überraschungsmoment war auf ihrer Seite.

Ihr blieben nur zwei Möglichkeiten. Weil er auf sie schießen würde, wenn sie wegrannte – er war als hervorragender Schütze bekannt –, mußte sie ihn entweder direkt angreifen oder versuchen, ihm die Flinte zu entreißen. Gelang es ihr, ihn unschädlich zu machen, würde es leichter sein, ihm die Waffe abzunehmen. Aber wenn das schiefging, war sie tot.

Flinte oder er? Flinte oder er?

Dann dachte sie: *Du mußt dich nicht sofort entscheiden. Laß es einfach darauf ankommen.*

Er kam näher und näher, ließ den Blick über das Gelände schweifen. Teilte die Blätter mit dem Lauf der Flinte, was bedeutete, daß die Mündung auf ihr Gesicht gerichtet sein würde, wenn er sie fand.

Setz die Füße ein. Die sind tödlicher als die Arme.

Stell dir vor, du wärst ein Känguruh.

Welche Motivation hab ich?

Er schießt mir den Kopf weg, wenn ich versage.

Noch dreißig Zentimeter. Zwanzig, neunzehn, achtzehn …

Sie hielt die Luft an, machte sich zum Angriff bereit.

Sechzehn, vierzehn …

Die Blätter teilten sich, ließen das Mondlicht durch.

Cindy versetzte ihm einen festen Tritt zwischen die Beine. Als er vornüber sackte, stieß sie mit den Knien nach und traf ihn an der Nase, die sofort zu bluten begann. Sie sprang auf, packte seinen Arm, wie sie es auf der Akademie gelernt hatte, verdrehte ihn mit aller Kraft. Aber er hatte dieselbe Ausbildung, kannte dieselben Griffe. Trotz seiner Behinderung – schmerzende Genitalien und blutende Nase – schien seine Kraft unbegrenzt zu sein.

Cindy hätte wegrennen sollen, solange sie die Möglichkeit dazu hatte. Aber sie wollte nicht. Sie wollte siegen! Die Flinte entglitt ihm allmählich. Sie hatte es fast geschafft. Sie war kleiner, wendiger. Ohne die Waffe hatte sie eine Chance.

Aber er trickste sie aus. Sein rechter Arm legte sich um ihren

Hals, zog sie zu sich heran. Sie war gezwungen, den linken loszulassen, versuchte, ihn auf den Rücken zu werfen, wie sie es auf der Akademie gelernt hatte.

Er war darauf vorbereitet. Und er war stark ... so stark.

Das Licht verblaßte.

Die Geräusche verstummten.

Ich liebe dich, Mom.

33

Decker umklammerte das Handy. »*Wie lange* ist ihr Anruf her?«

Rina unterdrückte ihre Besorgnis. »Sie sagte, sie würde gegen zehn hier sein.«

»Das war vor *einer Stunde*! Hast du sie angerufen?«

»Ja, selbstverständlich. Sie geht weder ans Telefon noch ans Handy und reagiert nicht auf ihren Pager. Vielleicht fährt sie über die Berge. Da ist der Empfang oft nicht gut.«

Aber Decker hörte nicht zu. Angst schnürte ihm die Kehle ab. »Wie oft hast du es versucht?«

»Bestimmt ein halbes Dutzend Mal«, gab Rina zu.

»Großer Gott!« Er lief unruhig auf und ab, während er sprach. »Ich komm nach Hause. Aber erst ruf ich in Hollywood an und bitte die, einen Streifenwagen zu ihrer Wohnung zu schicken. Okay ...« Er redete ebenso mit sich wie mit Rina. »Zuerst überprüfen wir, ob sie zu Hause ist. Dann stellen wir fest, ob ihr Auto weg ist. Wenn ihr Auto weg ist, gebe ich eine Fahndung raus. Also sollte ich besser die Highway Patrol anrufen. Wenn Cindy zu uns unterwegs ist, hat sie den Freeway genommen.«

»Willst du, daß ich nach ihr suche?«

»Auf keinen Fall! Bleib du am Telefon. Gott, was für ein Alptraum!«

Rina schloß die Augen. Sie wußte nicht, was sie sagen sollte. »Ich ruf dich sofort an, wenn sich was tut.«

»Sie hat nicht erwähnt, worüber sie mit mir sprechen wollte?«

»Nein.«

»Nicht mal andeutungsweise?«

Rina zögerte, wog ihre Worte sorgfältig ab. »Nichts Genaues. Sie klang ziemlich ... aufgeregt am Telefon. Als hätte sie was rausgefunden.«

»Na toll! Das ist ja noch schlimmer! Überall muß sie ihre Nase reinstecken.«

»Mag sein, daß ich mich täusche, Peter.«

»Du täuscht dich nie! Warum hast du das Wort *aufgeregt* benutzt?«

»Vielleicht ist abgelenkt das richtige Wort. Sie hat vergessen, nach Hannah zu fragen, bis ich den Vorfall von heute morgen erwähnte. Dann war sie plötzlich sehr besorgt um Hannah. Das sieht ihr nicht ähnlich ... ihre Schwester zu vergessen. Du weißt, wie sehr sie an Hannah hängt.«

»Cindy war den ganzen Tag nicht zu Hause! Sie hat irgendwo rumgeschnüffelt und sich zu weit vorgewagt. Gott, wie kann jemand, der so viel Köpfchen hat, gleichzeitig so *dumm* sein!«

»Vielleicht hat sie nur eine Panne.«

»Klar doch. Und Hühner können fliegen!« Decker fluchte leise. »Möglich, daß Scott was weiß. Ich muß los.«

»Mach dir keine Sorgen, Peter. Ihr wird schon nichts passiert sein.«

Decker wollte ihr glauben. Wollte ihr wirklich glauben. Er wollte auch glauben, daß das Gute belohnt und das Böse bestraft wird. Aber selbst der große Prophet Moses war nicht in Gottes Gerechtigkeitssystem eingeweiht worden. Wieso sollte dann er, ein bloßer Sterblicher, Kenntnisse über den verrückten Lauf der Welt haben?

Das Auto stand nicht auf dem Parkplatz, also war Cindy noch unterwegs. Lächerlich, es in ihrer Wohnung zu versuchen. Aber was zum Teufel, sie hatte sowieso nichts Besseres zu tun. Vielleicht hatte Cindy ihr Auto in die Werkstatt gebracht und fuhr einen Miet-wagen. Der Saturn hatte am Freitag ziemlich heftig gequalmt. Wäre nur vernünftig von Cindy, ihn nachsehen zu lassen. Hayley ging die zwei Treppen rauf, klopfte mehrmals an die Tür. Natürlich machte niemand auf.

Na und? War doch nicht schlimm, daß sie nicht zu Hause war.

Aber irgendwas hielt Hayley davon ab, einfach nach Hause zu fahren. Diese Nervosität ... dieser Druck im Magen ... als ob ihr eine fremde Macht signalisierte, daß etwas nicht stimmte. Also nahm sie eine Haarnadel und versuchte, das Schloß zu knacken. Als sie merkte, daß es einen zusätzlichen Riegel hatte, gab sie auf.

Jetzt hätte sie wirklich nach Hause fahren sollen. Aber das merkwürdige Gefühl wurde stärker, drängte sie, es an den Fenstern zu probieren. Sie waren verschlossen. Kein Wunder, schließlich war erst vor zwei Tagen jemand in Cindys Wohnung eingebrochen.

Hayley hätte sich wohl damit zufriedengegeben, hätte sie nicht frische Kratzspuren am Fensterbrett bemerkt, was sie noch nervö-ser machte. Sie trommelte gegen das Fenster, was nur die Scheiben zum Klirren brachte. Nun blieben ihr bloß noch zwei Möglichkei-ten – heimzugehen oder die Scheibe einzuschlagen.

Sie atmete tief durch. Dann wickelte sie sich die Jacke um die Faust und stieß fest zu. Glas klirrte. Vorsichtig griff sie durch das gezackte Loch und öffnete das Schloß. Dann schob sie das Fenster hoch und war gleich darauf in der Wohnung.

Sie rief Cindys Namen, aber niemand antwortete. Alles war still, keiner lauerte hinter dem Duschvorhang. Norman Bates gönnte sich eine Pause.

Inzwischen kam sie sich doppelt blöd vor: Erstens machte sie sich Sorgen um eine erwachsene Frau, die noch dazu Polizistin war, und zweitens hatte sie das Fenster eingeschlagen, wofür sie wahr-scheinlich bezahlen mußte. Und wie sollte sie das Cindy erklären, die ihr gegenüber sowieso mißtrauisch war? Wer wollte Cindy das verdenken? Sie konnte bestimmt nicht verstehen, wieso Hayley Fenster einschlug oder den Camry verfolgt hatte. Wie sollte Hayley ihr erklären, daß sie rein intuitiv handelte, ständig an den schreck-lichen Tag denken mußte, als sie drei Stunden lang mitten im Joshua-Tree-National-Park festsaß, in der sengenden Wüstenhitze, weil so ein Arschloch vom Revier es komisch gefunden hatte, ihr Kühlwasser abzulassen und die Batterie ihres Handys leer zu machen. Zum Glück war schließlich ein motorisierter guter Samariter vorbeigekommen. Und Wunder über Wunder, er war kein Verrückter oder Perverser. Er war einfach nur ein netter Kerl, der ihr sein Handy lieh und mit ihr wartete, bis der Pannendienst kam. Später, als sie wieder in Sicherheit war, hatte sie ihm Geld geschickt – fünfzig Dollar, was damals sehr viel für sie war. Der Brief kam zurück – Empfänger unbekannt. Von dem Moment an hatte Hayley geschworen, daß es ihr Schutzengel gewesen war. Und brauchte nicht jeder einen Schutzengel – jemand, der auf einen aufpaßte? Cindy war ein nettes Mädchen, das es zu was bringen würde, wenn ihr die Drecksäcke nicht in den Weg kamen.

Der Vollständigkeit halber sah sich Hayley noch mal genauer in der Wohnung um. Alles schien in Ordnung zu sein (bis auf das eingeschlagene Fenster, das sie auf jeden Fall verkleben mußte, bevor sie ging). Ohne nachzudenken drückte Hayley auf den Abspielknopf des Anrufbeantworters: eine Nachricht von Mom, zwei von Daddy, zwei von Oliver. Scott nannte zwar seinen Namen nicht, aber Hayley erkannte seine Stimme. Sie lächelte, hatte gewußt, daß sich da was tat, als er Cindy bei Bellini's nachgegangen war. Es war so vorhersehbar. Cindy versuchte, ihrem Vater etwas zu beweisen, und Oliver versuchte, seinem Boß was zu beweisen. Die beiden waren eine Art chemische Reaktion, die auf einen Katalysator wartet.

Aus Gewohnheit öffnete sie Schubladen, zuerst im Schlafzimmer, dann im Wohnzimmertisch, schließlich in der Küche. Dort stieß sie auf die Notizen mit Bedermans Namen. Die Zettel waren hinter einen Topflappen gestopft worden. Hayley glättete und sortierte sie. Listen und Diagramme und eine Menge Gekritzel … Bedermans Name und Cindys in Blockbuchstaben, und der Name Armand Crayton mit Pfeilen, die in alle Richtungen zeigten. Auf dem letzten Blatt fand sie eine Wegbeschreibung zu einem Ort namens Belfleur.

Wo zum Teufel war Belfleur?

Wichtiger noch, wo zum Teufel war Cindy?

Jemand war Cindy letzten Freitag in einem zerbeulten Camry in die Berge gefolgt. Dann hatte jemand ihre Wohnung verwüstet. Jetzt war Cindy nicht zu Hause, und es war nach elf und sie war hinter etwas her, das mit Armand Crayton zu tun hatte.

Crayton war tot.

Das sah nicht gut aus, und das mulmige Gefühl wurde immer stärker. Hayley wühlte in ihrer Handtasche, fand ihr Adreßbuch und schlug Olivers Handynummer nach. Während es klingelte, überlegte sie, wie sie ihm die Sache erklären sollte und ob er sie für eine totale Idiotin halten würde.

Beim dritten Klingeln nahm er ab. »Detective Oliver.«

Er klang angespannt. Sie sagte: »Hier ist Hayley Marx.«

»Was ist los?«

»Hast du die Nummer von Cindy Deckers Vater?« stammelte sie. »Ich muß ihn sprechen.«

»Wieso?« schoß er zurück. »Was ist los?«

Seine Erregung war spürbar. »Vielleicht kannst du mir helfen, Scott. Weißt du, wo Cindy Decker ist?«

»Nein!« blaffte er. »Warum willst du das wissen?«

»Vermutlich aus demselben Grund, weswegen du mich anblaffst. Ich mach mir Sorgen. Ich bin in ihrer Wohnung, ihr Auto ist nicht da. Sie war den ganzen Tag nicht zu Hause. Ich weiß, daß bei ihr eingebrochen wurde ...«

»*Wo* bist du?«

»In ihrer Wohnung«, wiederholte Hayley. »Ich hab ein Fenster eingeschlagen und bin eingestiegen. Weil ich ... dieses mulmige Gefühl ...«

»Was für ein Gefühl?« rief Oliver. »Was ist los? Ist irgendwas umgeworfen oder verstellt worden?«

»Nein, nur das eingeschlagene Fenster, das ich verkleben werde. Aber ich hab Notizen in ihrer Handschrift gefunden. Mit Rick Bedermans Namen drauf. Und, was noch unheimlicher ist, auf einigen Zetteln steht auch der von Armand Crayton.«

»O Gott!« stöhnte Oliver. *Hat der Dreckskerl sie erwischt?* »Ihre Stiefmutter hat vor fünf Minuten angerufen. Cindy war auf dem Weg zu ihr, ist aber bisher nicht angekommen.«

»Warte mal. Bei ihren Notizen war auch eine Wegbeschreibung zu einem Ort namens Belfleur. Kannst du damit was anfangen?«

»Ja, ich hab so eine Ahnung«, murmelte Oliver. »Das klingt nicht gut. Ihr Vater war vor ein paar Sekunden noch hier, ist aber gegangen, nachdem seine Frau angerufen hat. Wir sind alle in Oxnard, überprüfen eine Autowerkstatt. Warte. Vielleicht erwisch ich ihn noch.«

Hayley wartete, merkte, wie flach ihr Atem war. Die Wartezeit kam ihr sehr lang vor. Dann war eine besorgte, tiefe Stimme am Apparat.

»Erzählen Sie mir alles, was Sie wissen.«

Hayley räusperte sich. »Ich weiß, daß Ihre Tochter letzten Freitag von einem Camry verfolgt wurde. Ich weiß, daß der Camry in eine Schlucht gestürzt ist. Ich weiß, daß bei Cindy eingebrochen wurde. Ich hab Kratzer an der Fensterbank gefunden. Sonst scheint aber alles in Ordnung zu sein, Sir.«

»Warum rufen Sie mich an?«

Hayleys Kehle wurde trocken. »Auf meinem Revier gibt es ein paar merkwürdige Männer, Lieutenant.«

»Weiter.«

»Rick Bedermans Name taucht in Cindys Notizen auf.«

»Okay. Was ist mit Bedermans Partner Tim Waters?«

»Der ist auch merkwürdig. Aber von ihm steht nichts in den Notizen.«

»Sie hat auch von einem Jungen gesprochen, der mit ihr zusammen auf der Akademie war – Andy Lopez. Was wissen Sie über den?«

»Ein ziemlicher Dummkopf, aber er kommt mir nicht gefährlich vor. Auf den Zetteln wird er nicht erwähnt.«

»Sie hatte einen Zusammenstoß mit einem Sergeant ...«

»Clark Tropper. Sie hat Berichte für ihn getippt. Ich dachte, die Sache wäre ausgebügelt.«

»Vielleicht nicht. Haben Sie die Telefonnummern dieser Leute?«

»Die kann ich besorgen. Ich rufe die Männer an, wenn Sie wollen.«

»Nein, das mache ich. Besorgen Sie mir nur die Nummern.«

»Sir, es wäre weniger auffällig, wenn ich Bederman anrufe. Aber ich mach alles, was Sie wollen.«

Sie hat recht, dachte Decker. »Glauben Sie, Bederman würde ihr was antun?«

»Ja, wenn sie ihn zu sehr auf die Palme bringt. Diese Männer sind alle leicht reizbar.«

Decker bat sie, einen Moment zu warten. Er fragte Oliver: »Diese Marx. Kann man ihr trauen?«

Oliver überlegte. »Sie ist eine Nervensäge. Sarkastisch, gehässig, aufdringlich. Aber ich kann mich nicht erinnern, daß sie unaufrichtig ist. Was will sie?«

»Sie will Bederman anrufen und ihn aushorchen. Wenn sie aufrichtig ist, dann ist das eine gute Idee, weil es nicht so verdächtig wirkt. Aber wenn sie uns hinters Licht führen will, sitzen wir in der Tinte.«

»Wenn Bederman dahintersteckt, weiß er von dem Anruf, Deck. Marx ist keine große Leuchte, aber ich würde es riskieren. Weil sie momentan viel näher dran ist als wir.«

Decker hoffte, daß Oliver recht hatte. Zu Marx sagte er: »In Ordnung. Nehmen Sie Bederman und Waters und Lopez. Die sind Ihnen gleichgestellt. Tropper ist Sergeant. Wenn Sie ihn anrufen, sind Sie in der unterlegenen Position. Als Lieutenant steh ich im Rang über ihm. Ich nehme Tropper.«

»Klingt vernünftig.« Wieder räusperte Hayley sich. »Sir, ich weiß nicht, wie ich es Ihnen sagen soll ... ich hab ein Ortungsgerät an Cindys Wagen angebracht ...«

»*Was?*«

»Ich hab ein Ortungsgerät an Cindys Saturn angebracht. Nachdem der Camry sie verfolgt hat, hab ich mir Sorgen gemacht. Als ich bei der Polizei anfing, hat ein Spaßvogel vom Revier dafür gesorgt, daß mein Auto mitten in der Wüste stehenblieb. Das war so traumatisch, daß ich mir geschworen habe, so was nach Möglichkeit bei anderen Anfängerinnen zu verhindern. Ich weiß, das muß idiotisch klingen. Aber Gott ist mein Zeuge, ich mag Ihre Tochter.« Hayleys Augen wurden feucht. »Ich könnte es nicht ertragen, wenn ihr was passiert.« Sie kämpfte gegen die Tränen an. »Soll ich das Ortungsgerät aktivieren?«

»Teufel noch mal, ja, aktivieren Sie es!«

Hayley zuckte vor seiner Aggressivität zurück. »Okay, Sir. Der Empfänger ist bei mir zu Hause. Etwa fünfzehn Minuten von hier. Ich ruf Sie an, sobald ich ein Signal empfange. Dann kümmere ich mich um Bederman. Es tut mir alles so leid, Sir.«

»Mir auch.« Decker gab ihr sechs Telefonnummern. »Rufen Sie unter diesen Nummern an, wenn Sie irgendwas hören, egal, wie unwichtig es Ihnen erscheint.«

»Mach ich.«

Decker legte auf. Zu Oliver sagte er: »Hayley behauptet, sie hätte sich Sorgen um Cindy gemacht und ein Ortungsgerät an ihrem Wagen angebracht. Verdammt, *ich* hätte das tun sollen! Was ist bloß los mit mir?«

Was zum Teufel ist los mit uns beiden? Laut sagte Oliver: »Marx ist klüger, als ich dachte. Das war schon immer mein Fehler ... Frauen zu unterschätzen. Deshalb fährt meine Ex jetzt einen Mercedes und ich einen zehn Jahre alten Plymouth.«

34

Zuerst spürte sie das Hämmern im Kopf, scharfe, stechende Stöße hinter den Augäpfeln, ein dumpfer, pochender Schmerz in den Rippen. Der Schmerz war so stark, daß sie kaum etwas anderes wahrnahm. Aber das durfte sie nicht zulassen, weil sie leben wollte. Sie konzentrierte sich auf ihre anderen Sinne, zwang sich dazu. Die Vibration des Motors ließ ihren bewegungsunfähigen Körper auf und ab rucken. Nur ein paar Millimeter, aber das reichte, um ihr Stromstöße durch die Wirbelsäule zu jagen. Sie hatte das Gefühl, von innen aufgefressen zu werden, Sehne um Sehne, Knochen um Knochen.

Konzentrier dich!

Allmählich nahm sie auch andere Reize wahr: ihre Hände waren aneinandergefesselt, die Fußknöchel fest verschnürt. Die strammen Stricke schürften ihr die Haut auf und schnitten ihr ins Fleisch. In ihrem Mund steckte etwas Dickes, das leicht medizinisch schmeckte. Ihre Ohren registrierten Hintergrundgeräusche: vorbeizischende Autos, gelegentliches Hupen, die Sirenen eines Krankenwagens. Das Auto, in dem sie sich befand, fuhr schnell, bremste nicht, bog auch nicht scharf ab. Wahrscheinlich waren sie auf dem Freeway. Cindys Augen waren offen, nur gab es nichts zu sehen, bloß Schatten und Dunkelheit. Ein Teil von ihr wollte sich nicht erinnern, wie es zu diesem Verhängnis gekommen war. Aber sie erinnerte sich.

Cindy wußte genau, was passiert war. Nach ihrem vergeblichen Fluchtversuch war sie ohnmächtig geworden. Da mußte er sie gefesselt und geknebelt haben. Überwältigt worden zu sein, war ein schreckliches Gefühl. Sie hatte alles getan, was sie konnte, aber es hatte nicht gereicht.

Ihr Trost war, daß sie immer noch lebte. Wenn er von Anfang an vorgehabt hätte, sie umzubringen, hätte er das längst tun können. Offenbar hatte er noch andere Dinge für sie auf Lager. Unerfreuliche Dinge …

Der chemische Geruch stieg ihr in die Nase, machte sie duselig, vernebelte ihr aber den Kopf nicht ganz und gar. Sie konnte noch denken. Und wenn sie hier rauskommen wollte, mußte sie nachdenken.

Aus dem Autoradio erklang Countrymusik. Eine Frau sang von der Suche nach Liebe. Der Text und das beschwingte Tempo schienen sich über Cindys erbärmlichen Zustand lustig zu machen. Noch vor einer Woche hatte sie ihr mangelndes Liebesleben für ein unüberwindliches Problem gehalten. Dann war sie, erst vor wenigen Tagen, verfolgt worden und jemand hatte ihre Wohnung verwüstet. Sie hatte gedacht, daß es schlimmer nicht mehr werden könnte.

Tja, das war ein Irrtum.

Was würde sie nicht dafür geben, sich über dämliche Sachen aufzuregen wie ihr Liebesleben oder blöde Kollegen oder unbezahlte Rechnungen oder ihr klappriges altes Auto. Wenn Gott ihr doch nur einen weiteren Tag schenken würde, an dem sie sich über ihre lästige Mutter oder ihren überbesorgten Vater ärgern konnte. Nur einen Tag, um zu telefonieren, ein Sandwich zu essen, ihre Uniform anzuziehen oder aufs Klo zu gehen.

Ohne es wahrzunehmen, liefen ihr die Tränen über die Wangen, wurden vom Stoffknebel aufgesogen. Inzwischen spürte sie auch den Knebel, der ihr die Lippen auseinanderzwängte und hinter ihrem Kopf zusammengebunden war. Sie war ihrem Entführer dankbar, daß er ihr nicht das Gesicht verklebt hatte und sie ohne Schwierigkeiten atmen konnte. Und noch etwas machte sie dankbar: ihre Hände waren mit einem Strick gefesselt, nicht mit Handschellen. Das überraschte sie. Sie hätte ihn für einen Handschellenmann gehalten.

Was sie auf den Gedanken brachte, daß er ihr vielleicht … nicht allzusehr weh tun wollte. Aber das konnte Wunschdenken sein. Doch er hatte sie nicht umgebracht, als er die Möglichkeit dazu hatte. Und er mußte viele Möglichkeiten gehabt haben, denn sie konnte sich nicht daran erinnern, daß er sie gefesselt hatte …

»Bist du wach, Decker?«

Seine Stimme drang in ihr Bewußtsein, machte sie augenblicklich hellwach. Sie hätte die Zeit nutzen sollen, um Pläne zu schmieden. Statt dessen hatte sie frei assoziiert – toll, wenn sie in Therapie gewesen wäre, aber mehr als schlecht, weil sie entführt worden war und womöglich gefoltert werden würde.

»Ich weiß, daß du wach bist. Ich hör's an deinem Atem. Komm schon Officer Decker. Gib mir ein Lebenszeichen. Ein Grunzen reicht.«

Sie hätte grunzen, hätte ihm irgendein Zeichen geben können. Vielleicht hätte sie das tun sollen. Ihn ermutigen und zum Reden bringen sollen. Doch sie sagte nichts, tat nichts.

Er wartete. Sie blieb ganz starr, aus Angst, aus Trotz.

»Ich weiß verdammt gut, daß du mich hören kannst, Decker.

Ich will dir was sagen, Officer. Du bist nicht in der Position zu bluffen, also hör auf mit dem Scheiß und antworte mir.«

Wenn sie ihm kein Zeichen gab, tat er ihr wahrscheinlich weh. Er war es gewöhnt, Befehle zu erteilen, denen man gehorchte. Jetzt zahlte sie den Preis dafür, seine absolute Autorität in Frage gestellt zu haben. Als sie nicht reagierte, drehte er sich prompt um und gab ihr eine Ohrfeige. Nicht mal eine feste. Aber weil alles wund war, vermutlich von den Schlägen, die er ihr bereits gegeben hatte, brannte ihr Gesicht wie Feuer. Am liebsten wäre sie wieder ohnmächtig geworden. Statt dessen stöhnte sie.

»Das war doch nicht so schlimm, Decker. Nur ein liebevolles Tätscheln! Reiß dich zusammen!« Dann: »Weißt du was, Decker? Bei deinem Verstand und deinen Verbindungen hättest du es spielend schaffen können, wenn du die Dinge richtig angepackt hättest. Du weißt, was ich meine? Aber du hast ein Problem, Decker. Du mußt dich immer vordrängen. War schlimm genug, daß du dein vorlautes Mundwerk nicht halten konntest und mich blamieren mußtest. Aber als du dann Scheiße gefressen hast, dachte ich, ich könnte ... die Zügel ein bißchen lockerlassen.«

Wie gnädig, dachte Cindy. Selbst in Gedanken konnte sie ihren Sarkasmus nicht unterdrücken.

Er fuhr fort: »Weil du mich, falls du die goldene Dienstmarke bekämst – oder eher, *wenn* du sie bekämst – nicht für ein totales Arschloch halten würdest. Kapierst du, was ich sagen will?«

Cindy hatte kapiert. Absolut. Sie hatte seinetwegen Scheiße gefressen, und er war bereit gewesen, ihr zu vergeben. Aber was hatte sie falsch gemacht? Hatte ihm das noch nicht gereicht? Was verlangte der Drecksack denn noch? Hätte sie ihm in der Asservatenkammer einen blasen sollen?

»Jep, du hast mich echt für dumm verkauft. Ich dachte wirklich, du würdest mir in den Arsch kriechen. Aber ich bin eben dumm und ungebildet. Ich hab nicht gemerkt, daß du mich ausgetrickst hast, dich bei mir eingeschleimt hast und mich gleichzeitig leimen wolltest. Das war wirklich beschissen, Cindy. Macht mich total sauer. Dafür wirst du bezahlten. Und nicht zu knapp. Ich sag dir das, damit du das alles verstehst.«

Aber Cindy verstand überhaupt nichts. Was hatte sie getan, um ihm den Eindruck zu geben, daß sie ihn leimen wollte?

Er schnalzte strafend mit der Zunge. »Du konntest ja keine Ruhe geben und einfach nur mitspielen. Mußtest deine Nase in Sachen stecken, die dich nichts angehen.«

Wovon zum Teufel redete er bloß? Sie hatte nicht gegen ihn intrigiert ... hatte nichts getan, was auch nur im entferntesten mißverstanden werden konnte ...

»Was wolltest du damit beweisen, daß du da runtergefahren bist, hä?«

Wo runter gefahren?

»Wolltest Daddy anschmieren wie du mich angeschmiert hast?«

Anschmieren, dachte Cindy.

»Damit angeben, daß du besser bist als Daddy, was? Daß du seine Fälle lösen kannst. Gehst du so mit Vorgesetzten um? Weißt du was, Decker? Daddy hätte dir schon längst den Arsch versohlen sollen. Dann würdest du jetzt nicht in diesem Schlamassel stecken, weil du wüßtest, was sich gehört, statt so verdammt neugierig zu sein! Ich hab versucht, dich zu warnen. Hab dir Notizen geschickt. Hab dich durch die Gegend gejagt. Hab dir Zeichen gegeben – kleine und große. Hat alles nichts genützt. Jetzt hast du's rausgefunden, und das hast du nun davon!«

Cindy grunzte.

»Ich versteh kein Wort«, knurrte er.

Dann nimm mir den Knebel ab! Sekunden später wurde ihr Wunsch erfüllt. Mit einer schnellen, groben Bewegung riß er den Knebel runter, bis das Ding ihr wie ein Tuch um den Hals hing. Er hatte so fest daran gezerrt, daß sie befürchtete, gleich noch ein paar Zähne verloren zu haben. »Ich hab keine Ahnung, wovon Sie reden, Sir.«

Es überraschte sie nicht, daß nur Genuschel rauskam. Mund und Lippen waren geschwollen. Erstaunlich, daß er sie verstand. Zumindest glaubte sie das, weil er lachte. Ein häßliches, tiefes Lachen wie das eines Hexenmeisters, wenn es die überhaupt gab. Und vielleicht gab es sie, denn das hier erinnerte sie verdammt an Wells' Vision von der Hölle.

»Bei deiner tollen Schulbildung und dem geschwollenen Gerede, das du sonst von dir gibst, hätte ich dich nicht für so blöd gehalten«, sagte er.

»Aber ich weiß wirklich nicht ...« Sie hielt inne. Wenn das so weiterging, hatten sie sich bald festgefahren. Sie würde dies sagen, er das.

Benutz deine tolle Schulbildung!

Sie dachte an ihre Psychologievorlesungen, besonders an Milton Erickson und die Kunst des Unerwarteten. »Danke, daß Sie mir den Knebel abgenommen haben.«

Schweigen.

»Wonach riecht es hier?« fuhr Cindy fort, wehrte sich verzweifelt gegen die Wirkung des einschläfernden Knebels. »Ist das Chloroform? Wo um alles in der Welt haben Sie das her? In Krankenhäusern wird es längst nicht mehr benutzt. Muß Sie ganz schön Mühe gekostet haben, welches aufzutreiben. Aber andererseits halte ich Sie auch für einen sehr einfallsreichen Mann.«

»Woher willst du das wissen?«

»Ich hab einiges auf dem Kasten, erinnern Sie sich?«

Erneutes Schweigen.

Sie versuchte es noch mal. »Kann ich was sagen, ohne daß Sie gleich sauer werden?«

»Wahrscheinlich nicht.«

»Kann ich's probieren?«

»Kann ich dich daran hindern?«

»Sie könnten mich wieder knebeln. Inzwischen wissen wir beide, daß Sie mich vollkommen in der Hand haben.«

Er antwortete nicht. Cindy wertete das als Zeichen fortzufahren. »Sie glauben, daß ich Sie reinlegen wollte, Sir. Sagen Sie mir bitte, wie.«

»Red keinen Scheiß!« Er hieb mit solchen Wucht auf das Armaturenbrett, daß ihr schmerzender Körper zusammenzuckte. Jetzt keuchte er ... lauter als sie. »Lüg mich nicht an, verdammt. Was bildest du dir eigentlich ein, Decker? Wir wissen beide ganz genau, warum du nach Belfleur gefahren bist!«

Sie öffnete den Mund, klappte ihn wieder zu. Ihre Gedanken

überschlugen sich. Belfleur, Belfleur ... was hatte er mit Belfleur zu tun?

Und dann traf es sie wie ein Schlag ins Gesicht.

Sie hatte sich derart auf Bederman konzentriert, war so überzeugt von seiner Schuld gewesen, daß sie den Rest der Liste gar nicht erst überprüft hatte! Hätte sie das getan, wäre sie zweifellos auch auf seinen Namen gestoßen – und vielleicht noch auf andere. Auf der Liste konnten jede Menge Polizisten stehen. Eigentlich glaubte sie nicht an Konspiratonstheorien, aber im Moment konnte sie an nichts anderes denken. Sie alle! Alle waren sie hinter ihr her, weil sie dachten, sie wisse etwas. Sie wußte tatsächlich etwas. Sie wußte, daß sie mit Craytons Tod zu tun hatten ... und der Entführung von Bartholomews Frau ... und dem Überfall auf Stacy Mills. Cindy wußte etwas, aber sie wußte nicht alles. Gewiß nicht genug, um dafür zu sterben. Aber das wußte *er* nicht. Er dachte, sie hätte sich das alles zusammengereimt. Er hatte ihre Fähigkeiten überschätzt, so wie sie ihn unterschätzt hatte.

Decker wartete nicht, bis Oliver den Motor abstellte. Scott hatte kaum hinter Cindys Auto gehalten, da sprang Decker schon raus.

Gott segne Hayley Marx und ihr Ortungsgerät, dachte er. Zumindest vorläufig, weil Decker ihr immer noch nicht ganz traute. Er sprintete zur Beifahrertür des Saturn, aber sie war verriegelt. Die Fahrertür war zwar zu, jedoch nicht verschlossen. Er riß sie auf, schaute hinein.

Cindy war nicht da.

Decker öffnete den Kofferraum.

Da war sie auch nicht.

Was ihn gleichzeitig mit Erleichterung und Entsetzen erfüllte. Er hatte keine Leiche gefunden – danke, danke, Gott – aber Cindy war verschwunden. Die Ungewißheit trieb ihn zu hektischer Aktivität. Er durchwühlte ihre Handtasche, fand ihre Waffe und den Geldbeutel. Scheine und Kleingeld. Lippenstift, Kugelschreiber, Kreditkartenquittungen. Decker steckte sie ein. Wo war Cindys

Brieftasche mit Ausweis und Dienstmarke? Marge berührte seine Schulter, und er zuckte zusammen.

»Entschuldige«, sagte sie. »Ich wollte dich nicht ...«

»Ihre Waffe ist hier.« Decker drehte sich um, atmete schwer. »Sie hatte nicht mal die Chance, ihre Waffe zu ziehen!«

»Wir finden Sie, Peter.«

»Sag mir wie!« Decker wischte sich über die feuchten Wangen. »Sag mir *wie*!«

Oliver war zu ihnen getreten. »Vielleicht ist sie aus dem Auto gesprungen und hatte keine Zeit, ihre Waffe mitzunehmen.«

»Sie hätte sie mitgenommen.« Decker stieg aus, lief unruhig auf und ab. »Sie hätte ganz automatisch danach gegriffen. Der Kerl hat sie hinter dem Steuer vorgezerrt ...«

»Die Fahrertür war aber zu«, warf Oliver ein.

»Was?«

»Wenn du jemanden hinter dem Steuer vorzerrst, packst du ihn um den Hals und schleifst ihn zu deinem Auto. Du nimmst dir nicht die Zeit, die Tür zu schließen.«

»Die stößt du mit dem verdammten Fuß zu!« knurrte Decker.

Marge flüsterte Oliver fast unhörbar »Halt die Klappe« zu und rieb sich die Stirn. »Peter, wir müssen das als Tatort melden.«

»Dann mach das!«

Marge gab die Meldung durch, griff nach der Taschenlampe. »Ich geh die Böschung runter. Seh zu, ob ich was finden kann.«

Eine beunruhigende Bemerkung, weil alle wußten, was sie meinte. Oliver hätte mit Marge gehen und ihr helfen sollen. Aber der Gedanke, daß Cindy vielleicht tot dort unten lag, war ihm unerträglich. Das Bild würde ihn für immer verfolgen. Er verfluchte seinen Egoismus und seine Schwäche, konnte sich aber nicht dagegen wehren. Oliver warf einen Blick zu Decker, der haltsuchend am Saturn lehnte, das Gesicht mit der Hand bedeckt.

»Ich bleib wohl besser hier.« Mit einem Kopfrucken deutete er auf Decker.

»Ja, okay.« Marge machte ein paar Schritte, stolperte. Sie zwang sich, nicht zu weinen, bevor sie außer Sichtweite war. Erst an der

Böschung fing sie leise an zu weinen, wischte sich die Tränen ab, begann ihre Suche nach dem, was sie nicht zu finden hoffte.

Oliver legte Decker die Hand auf die Schulter. Der drehte sich um und starrte ihn mit glasigem Blick an. »Warum hat sie ihre Waffe nicht mitgenommen?«

»Ich weiß es nicht.«

»Das ergibt keinen Sinn!« Decker schluckte die Tränen. »Sie hat ihre Dienstmarke mitgenommen, aber nicht die Waffe.«

»Ihre *Dienstmarke?*«

»Ja. Zumindest ist sie nicht in ihrer Tasche. Das ergibt keinen Sinn.«

»Nichts ergibt hier Sinn, weil wir nicht wissen, was passiert ist.«

»Vielen Dank für diese prägnante Erklärung!« Decker stapfte davon, tigerte wieder auf und ab. Oliver beobachtete ihn wie betäubt, versuchte, das lähmende Gefühl abzuschütteln. Langsam setzte er einen Fuß vor den anderen, beugte sich hinunter, um Cindys Auto zu durchsuchen. Es roch nach ihr, und das machte ihn verrückt. Aber dann merkte er, daß der Wagen nur nach ihr roch. Der Täter hatte sie nicht rausgezerrt. Sie war freiwillig ausgestiegen.

Oliver zwang sich zur Konzentration. Er durchwühlte Cindys Handtasche. Decker hatte recht. Cindys Waffe lag am Boden der Tasche. Genau wie ihr Geldbeutel. Und wo war die Brieftasche mit Ausweis und Dienstmarke? Vielleicht war sie rausgefallen. Cindys Tasche war mehr ein Beutel, ohne Reißverschluß, so daß leicht etwas rausfallen konnte. Oliver durchsuchte das Auto ... unter den Fußmatten und Sitzpolstern, zwischen den Sitzen und der Konsole, das Handschuhfach und die Innenfächer der Türen.

Nichts.

In der Ferne heulten Sirenen auf. Bald würde es hier vor Cops wimmeln. Sie würden sie finden, wenn sie noch in der Nähe war.

Ohne nachzudenken, wanderte seine Hand zum Zündschloß, um den Motor zu starten, zu überprüfen, ob er lief. Aber im Schloß steckte kein Schlüssel.

Auch in ihrer Handtasche hatte er keine Schlüssel gefunden. Er durchsuchte sie noch mal.

Keine Dienstmarke *und* kein Schlüssel.

Oliver wartete einen Moment, stieg aus, ging um das Auto herum, den Strahl der Taschenlampe auf den Boden gerichtet. Vielleicht hatte sie den Schlüssel fallen lassen. Aber er fand nichts. Keinen Schlüssel, keine Brieftasche, nicht mal Fußabdrücke, zumindest nicht bei diesem Licht. Nichts, das auf etwas Unheilvolles hindeutete. Er ging einige Meter vom Auto weg und beleuchtete den Boden. Reifenspuren, die nicht bis zu Cindys Saturn führten. Spuren anderer Reifen, aber das mußte nichts bedeuten. Reifenspuren auf dem Randstreifen des Freeway waren ganz normal. Hier hielten Autos an, wenn sie eine Panne hatten. Aber die hier wirkten frisch, als hätte das Auto ...

»Hast du was gefunden?«

Oliver schreckte zusammen. »Du hast dich an mich rangeschlichen.« Er betrachtete seinen Boß. Decker wirkte, als sei er durch die Hölle gegangen. Oliver ließ den Strahl seiner Taschenlampe über den Boden wandern. »Sieh dir das an.«

»Reifenspuren?«

»Frische?«

»Der Kerl hat hinter ihr angehalten«, sagte Decker. »Sah, daß ihr der Wagen verreckt war, und hat sie aus dem Auto gezerrt.«

Oliver zögerte. »Cindy trägt meistens Turnschuhe, oder?«

Decker antwortete nicht, weil er wußte, worauf Oliver hinauswollte. Ihre Schuhe hatten keine Schleifspuren hinterlassen.

»Weißt du, was sonst noch in ihrer Tasche fehlt?« fragte Oliver. »Die Schlüssel.«

Decker sah ihn an.

»Wenn du mich fragst«, fuhr Oliver fort, »ich glaube, sie ist freiwillig ausgestiegen, hat Dienstmarke und Schlüssel mitgenommen und ist zu jemandem gegangen. Vielleicht sehen wir das alles falsch. Könnte doch sein, daß jemand auf dem Randstreifen stand, sie ihm helfen wollte und er sich als Psychopath herausstellte ...«

»Sie ist verfolgt worden. Wenn sie sich schon die Mühe gemacht hat, Dienstmarke und Schlüssel mitzunehmen, dann hätte sie auch ihre Waffe mitgenommen, Scott. Sie hätte bestimmt ihre Waffe mitgenommen.«

Beide schwiegen.

»Aber sie nahm ihre Schlüssel mit.« Decker dachte laut. »Sie ist ausgestiegen und hat die Schlüssel mitgenommen, damit sie sich nicht versehentlich ausschließt ... sie nahm die Dienstmarke mit, aber nicht die Waffe ...«

Denk nach! *Denk nach!*

Aber es kam nichts.

»Hast du was von Marx gehört?« fragte Decker.

»Sie hat Bederman und Tropper immer noch nicht gefunden.«

»Dreckskerle! Ruf sie noch mal an!« blaffte Decker. »Vielleicht lügt sie.«

Oliver zog sein Handy raus und begann zu wählen. Plötzlich schoß Decker ein Gedanke durch den Kopf. Was hatten Bederman und Tropper und Marx und all die anderen gemeinsam? Sie waren *Cops.*

»Warte mal!« rief Decker.

»Was?«

»Wie wär's damit: Ihr Auto ist verreckt, Scott! Es ist verreckt, weil irgendein verdammter Psychopath von ihrem Revier daran rumgefummelt hat. Sie saß also hier auf dem Freeway fest, und plötzlich hält jemand hinter ihr, um ihr zu helfen. Wenn es ein Unbekannter gewesen wäre, hätte sie die Waffe mitgenommen. Aber es war kein Fremder. Es war jemand, vor dem sie keine Angst hatte.«

»Jemand, den sie kennt.«

»Nein, das hätte sie noch mißtrauischer gemacht ... wenn jemand, den sie kennt, sie zufällig mit Motorproblemen hier auf dem Freeway gefunden hätte.«

Decker hatte natürlich recht. »Weiter«, sagte Oliver.

»Und wenn es ein Streifenwagen war?«

Oliver schlug sich an die Stirn. »Natürlich. Sie sieht, wie ein Polizist hinter ihr hält und weiß, daß sie sich ihm nicht mit gezogener Waffe nähern kann.«

»Und darum hat sie ihre Dienstmarke mitgenommen. Um sich zu identifizieren ...«

»Pete!« rief Marge.

»O Gott!« Deckers Knie gaben nach. Oliver fing ihn auf, bevor er fallen konnte. Marge kam auf sie zugerannt. »Ich hab nichts gefunden ... ich meine, ich hab sie nicht gefunden.« Marge brach in Tränen aus. »Ich meine, ihre Leiche.«

»Was hast du dann gefunden?« fragte Oliver.

Die Sirenen wurden lauter.

»Das ganze Gebüsch da unten ist zerdrückt«, antwortete Marge. »Ich glaube, da hat ein Kampf stattgefunden.«

»Blut?« fragte Decker.

»Ich hab keins gesehen.«

Aber Decker spürte, daß sie nur die halbe Wahrheit sagte. Ihm wurde schwindelig. »Ich muß mich setzen.«

Marge half ihm auf den Fahrersitz von Cindys Auto. Tränen stiegen ihm in die Augen. Er blinzelte, schaute weg.

»Marge, ruf in Hollywood an«, bat Oliver. »Frag, ob Tropper oder Bederman im Dienst sind. Wenn nicht, krieg raus, ob einer von ihnen mit einem Streifenwagen unterwegs ist oder ob ein Streifenwagen fehlt.«

»Warum?«

Oliver erklärte ihr Deckers Theorie.

»Ich mach's sofort.« Marge griff nach dem Handy.

»Ruf ...« Decker räusperte sich. »Ruf außerdem die Highway Patrol an.«

»Wieso?«

»Weil ...« Wieder räusperte er sich, atmete tief durch. Er hatte das Gefühl zu ersticken, obwohl die Nachtluft klar und frisch war. »Frag, ob von ihren Streifenwagen einer fehlt.«

Marge sah ihn an.

Decker erklärte: »Wenn ich Cindy wäre ... nicht wüßte, wer für mich und wer gegen mich ist ... würde ein normaler Streifenwagen mich mißtrauisch machen. Es könnte Bederman sein ... oder Tropper.« Wieder ein tiefer Atemzug. »Aber ein Wagen von der Highway Patrol ... wenn ich festsäße und einen von denen sehen würde ... wär ich sehr froh. Ich würde ohne Waffe aus dem Wagen steigen ... aber mit meiner Dienstmarke ... und sagen ... und sagen ›Hey, könnt ihr mir helfen?‹«

35

Hayley sprach vom Auto aus. »Lopez können wir abhaken. Der ist seit vier Stunden bei seinen Eltern. Tropper ist nach wie vor ein Fragezeichen. Ich hab Bedermans Frau erreicht. Sie erwartet ihn jeden Moment zurück ...«

»Von wo?« unterbrach Oliver.

»Von einer Spritztour. Das macht er anscheinend von Zeit zu Zeit.«

»Klingt sehr an den Haaren herbeigezogen.«

Das fand Hayley auch. »Er hat seinen Pager mit. Ich versuche, ihn zu erwischen.«

»Wenn er sich bis jetzt nicht gemeldet hat, Marx, dann will er sich nicht melden.«

»Sollen wir eine Fahndung nach seinem Auto rausgeben?«

»Würd ich liebend gern machen, aber wir haben nichts gegen ihn in der Hand.« Oliver war hin und her gerissen. »Wie lautet sein Autokennzeichen?«

»Er hat zwei Zivilfahrzeuge – einen Ford Aerostar Minivan und ein Camero Kabrio. Seine Frau sagt, er ist mit dem Camero unterwegs.« Hayley gab ihm beide Kennzeichen durch. »Aber wenn er irgendwas Finsteres vorhat, denk ich, hat er vielleicht den Van genommen und die Frau lügt, Scott.«

»Fahr doch bei ihm vorbei und schau nach, welches Auto fehlt.«

»Ja, klar ... gute Idee. Außerdem bin ich nur fünf Minuten von Graham Beaudrys Haus entfernt. Cindys jetzigem Partner ...«

»Ist das nicht auch Bedermans Ex-Partner?«

»Ja. Aber sie sind immer noch befreundet. Machen viel zusammen.«

»Stimmt, das hat Cindy mir erzählt. Mehr als seltsam, finde ich.«

»Dazu muß man Graham kennen. Der ist einfach so. Ich kann mir vorstellen, daß er weiß, wo Bederman ist. Oder zumindest weiß, in welche Kneipen Bederman geht.«

»Hast du's bei Bellini's versucht?«

»Ja, ich hab angerufen. Da ist er nicht. Graham ist ein netter Kerl. Ich frag ...«

»Du findest Graham nett. Kannst du ihn dir als möglichen Täter vorstellen?«

»Eigentlich nicht, aber wenn er was damit zu tun hat, sollte ich auf jeden Fall zu ihm fahren. Also, was soll ich zuerst machen? Mit Graham reden oder Bedermans Autos überprüfen?«

Beide schwiegen.

Hayley wechselte das Thema, um Oliver Zeit zum Nachdenken zu geben. »Wie läuft's bei euch?«

»Wir haben Kleidungsfetzen gefunden.«

»Von ihr?«

»Ich weiß es nicht, Hayley.«

Er klang bedrückt. Sie fragte: »Aber ihr ... also ... sie habt ihr nicht gefunden?«

»Dann würden wir dieses Gespräch nicht führen.«

»Entschuldige die dumme Frage.«

»Nein, laß nur.« Olivers Stimme wurde weicher. »Die Frage war ganz normal. Ich bin bloß gereizt.«

»Verständlich. Wie geht's dem Lieutenant?«

»Der geht durch die Hölle.«

Das Gespräch verstärkte Hayleys Panik. »Was soll ich zuerst machen?« fragte sie erneut.

»Wie weit ist es bis zu Beaudry?«

»Fünf Minuten.«

»Fahr erst zu ihm. Ruf an, wenn du was erfährst.«

»Du auch.«

Graham wohnte am Fuße eines Hügels, in einem weißen Holzhaus mit Blumenbeeten neben der Einfahrt. Hayley parkte auf der anderen Straßenseite und wollte aussteigen, als ein Auto in Beaudrys Einfahrt gestartet wurde und die Rücklichter angingen. Gerade genug Licht, um das Kennzeichen zu entziffern.

Bederman.

Sie ließ ihm einen halben Block Vorsprung, folgte ihm dann mit ausgeschalteten Scheinwerfern bis zum Venice Boulevard. Dann ließ sie sich mehrere Autolängen zurückfallen und schaltete die Scheinwerfer an. Als er in das Wohngebiet von Culver City einbog, hängte sie sich mit erneut ausgeschaltetem Licht wieder an ihn ran. Sein Wohnblock befand sich in einer Straße mit Eigentumswohnungen auf der einen und gleichförmigen, zweistöckigen Häusern auf der anderen Seite. Bederman bog in die Auffahrt der Eigentumswohnungen.

Hayley fuhr einen halben Block weiter, parkte und überlegte, was sie tun sollte. Wenn Bederman die letzten zwei Stunden bei Graham verbracht hatte, konnte er nicht mit Cindy zusammengewesen sein, außer Bederman und Beaudry steckten unter einer Decke. Nichts konnte Hayley noch überraschen. Trotzdem konnte sie sich einfach nicht vorstellen, daß Bederman und Beaudry sonntags beim Grillen zusammensaßen und Cindys Ableben planten. Sie rief Scott an und erzählte ihm, was passiert war.

»Er war mit dem Camero unterwegs. Das fand ich irgendwie beruhigend. Vor allem, weil es schwierig ist, eine Leiche in einem so kleinen Auto zu verstecken. Selbst der Kofferraum ist klein.«

»Ja.« Aber Oliver war entmutigt. Er wäre viel froher gewesen, wenn Hayley bei Bederman auch Cindy gefunden hätte – geknebelt und gefesselt, aber lebendig. Die schreckliche Ungewißheit vernebelte sein Denken.

»Bist du noch da, Scott?«

»Ja, bin ich.« Körperlich. Aber im Geist ganz woanders.

Hayley sagte: »Ich glaube nicht, daß Bederman noch mal wegfährt. Vielleicht sollte ich mich auf Graham konzentrieren.«

Oliver dachte darüber nach. »Kann sein, daß Bederman nur die Autos tauscht.«

»Soll ich hier warten?«

»Statt was?«

»Zu Beaudry zu fahren. Könnte doch sein, daß Bederman bei Graham war, um ihm zu beichten, was er getan hat.«

»Oder er hat sich bei Graham ein Alibi verschafft«, meinte Oliver. »Was erhoffst du dir davon, mit Graham zu reden?«

»Mit ihm versteh ich mich besser als mit Bederman. Und er ist Cindys Partner. Nach außen hin scheinen sie miteinander auszukommen. Ich denk einfach, ich kann mehr aus Beaudry rauskriegen als aus Bederman.«

»Was denn?«

»Irgendwas stimmt nicht mit Bederman.« Sie seufzte. »Ich weiß nicht. Ich bin kein Detective. Kannst du mir nicht ein paar Ratschläge geben?«

Das war typisch Hayley – immer geradeheraus. »Hier tut sich nicht viel«, meinte Oliver. »Hör zu, Hayley, ich übernehme Bederman und du Beaudry. Ich kann in etwa … zwanzig Minuten da sein.«

»Soll ich auf dich warten?«

»Ja … mach das.« Kurzes Schweigen. »Irgendwas von Tropper?«

»Nein. Hab ihn vor drei Minuten noch mal angerufen. Willst du eine Fahndung nach ihm rausgeben?«

»Auch gegen ihn haben wir nichts in der Hand, Hayley. Den Pager nicht zu beantworten, ist kein Verbrechen. Und wenn er in einem Streifenwagen sitzt, nützt uns die Fahndung nach seinem Privatwagen nichts. Könnte sogar schaden, weil Tropper es über Funk mitbekäme. Wenn er Cindy hat und hört, daß wir nach ihm suchen, gerät er vielleicht in Panik.«

Hayley stimmte zu. »Wir können ja seine Wohnung durchsuchen. Was hältst du davon?«

»Klar, wer braucht denn schon einen Durchsuchungsbefehl. Warte mal. Was?«

Hayley hörte gedämpftes Stimmengemurmel im Hintergrund. Sie meinte, Erregung in den Stimmen wahrzunehmen. Während sie wartete, rieb sie die Hände aneinander. Im Auto wurde es kalt, und der Kaffee, den sie sich vor einer Stunde besorgt hatte, war nur noch ein übles Gebräu mit geronnener Milch. Gleich darauf war Oliver wieder am Apparat.

»Hayley, weißt du, ob Tropper was mit der Highway Patrol zu tun hat?«

»Wie kommst du denn darauf?«

»Wir glauben, daß Cindy in einem Streifenwagen entführt wurde – möglicherweise einem von der Highway Patrol. Kennst du jemanden vom Hollywood-Revier, der einen Freund bei der Patrol hat?«

»Nein. Aber da gibt es bestimmt jemanden.«

»Was weißt du über Tropper?« fragte Oliver.

»Nicht viel. Er ist seit mindestens zehn Jahren in Hollywood. Ein abgebrühter Typ. Hat beruflich einen guten Ruf.«

»Keine Beschwerden wegen übermäßiger Gewaltanwendung?«

»Nicht, daß ich wüßte.«

»Verheiratet?«

»Geschieden.«

»Kinder?«

»Weiß ich nicht. Wir sind nicht gerade Kumpel.«

»Ich fahr zu Tropper«, sagte Oliver. »Red du mit Graham.«

»Komisch«, meinte Hayley. »All diese Kerle wohnen nur etwa zwanzig Minuten voneinander entfernt. Hast du Troppers Zivilkennzeichen? Nur für den Fall?«

»Ja. Aber wenn du ihm begegnen solltest, denk gar nicht erst daran, ihn allein zu verfolgen.«

»Niemals«, log Hayley. »Doch wer weiß? Vielleicht hab ich ja totales Glück und treff ihn unterwegs. Wenn ich ihn sehe, ruf ich dich an.«

»Das halte ich für unwahrscheinlich.«

»Sind schon seltsamere Dinge passiert.«

Aber Hayley hatte kein Glück, obwohl sie sich alle Mühe gab. Eine halbe Stunde lang fuhr sie herum, versuchte zu erraten, wo Tropper sein könnte, fand ihn aber nirgends. Sie war voller Angst – um Cindy und auch um sich. Hayley wurde das Gefühl nicht los, daß sie das nächste Opfer auf der Liste eines Psychopathen sein könnte.

Kurz vor eins kam sie schließlich bei Beaudrys Haus an. Die Fenster waren dunkel, aber das Verandalicht brannte. Beklommenheit erfüllte sie. Einerseits wollte sie, daß Graham zu den Guten gehörte. Andererseits mußte sie ihn als potentiellen Psychopathen betrachten.

Sie klingelte. Mehrere Minuten verstrichen, bis drinnen das Licht anging und jemand durch den Spion linste. Beaudry öffnete die Tür, das Haar völlig verwühlt, die Augen zusammengekniffen gegen das grelle Verandalicht. Er trug Bademantel und Pantoffeln. »Was zum Teufel machst du denn hier?«

»Cindy wird vermißt.«

»Was!« Sein Mund klappte auf. »Was soll das heißen?«

»Kann ich reinkommen?«

Er trat beiseite. Sein Mund stand immer noch auf. »Was ist los?«

Hayley musterte ihn. Er zeigte das richtige Maß an Schock und Entsetzen. »Wußtest du, daß sie Probleme hat, Graham?«

»Was für Probleme?«

»Mit Chauvischweinen.«

Beaudry blinzelte mehrmals. »Wen meinst du?«

»Da gibt's eine ganze Reihe. Zum Beispiel deinen Freund Bederman. Und Clark Tropper ...«

»Tropper ist fies zu allen.« Er starrte sie an. »Glaubst du, Tropper hat ihr was getan?«

»Keine Ahnung.« Hayley war erstaunt, wie ruhig und beiläufig sie klang. »Sie wird vermißt, und er antwortet nicht auf seinen Pager. Weißt du vielleicht, wo er sein könnte?«

Aber Beaudry wich der Frage aus. »Seit wann wird sie vermißt?«

»Seit drei Stunden.«

»Das ist nicht allzulange.«

»In drei Stunden kann viel geschehen, Graham.«

»Das weiß ich.« Er begann, auf und ab zu laufen. »Was ist passiert?«

»Sie war auf dem Weg zu ihrem Vater, wo sie nicht angekommen ist. Ihr Auto wurde verlassen auf dem Seitenstreifen des Freeway gefunden.«

»O Gott!«

Auf diese Reaktion konnte sich Hayley den anklagenden Ton nicht verkneifen. »Weißt du was davon?«

Beaudry versteifte sich. »Mir gefällt dein Ton nicht, Marx.«

»Was daran liegt, daß ich verdammten Schiß habe, Beaudry!«

Eine Frauenstimme rief: »Graham? Wer ist da?«

Seine Frau. Hayley hatte sie geweckt. Sie ruckte mit dem Kopf in Richtung der Stimme. »Kümmer dich um sie.«

»O Gott! Was für ein furchtbarer Schlamassel!« Graham rieb sich das Gesicht. »Ich bin auf deiner Seite, Hayley ...«

Hayley unterbrach ihn, konnte ihre Wut kaum zügeln. »Wenn du auf meiner Seite bist, Graham, dann sag mir verdammt noch mal, was du weißt!«

»Graham?« Diesmal klang die Stimme wehleidig.

»Warte! Ich komme gleich!« rief er. Zu Hayley gewandt, sagte er: »Ich muß sie nur rasch beruhigen, dann erzähl ich dir alles. Ich beeil mich.«

Zehn Minuten später kam er in Straßenkleidung zurück, die Waffe in der Hand. »Sollten wir nicht was unternehmen? Nach ihr suchen oder so?«

»Wo denn, Graham? In Rick Bedermans Aerostar?«

»Rick war die letzten zwei Stunden bei mir.«

»Weswegen? Um sich ein Alibi zu verschaffen?«

»Kann sein.«

Das Eingeständnis schockierte Hayley. »Was ist los?«

»Ich sag dir, was ich weiß, aber viel ist es nicht.« Graham klang angespannt. »Bederman hat ein Problem mit Cindy. Ich hab ihm gesagt, er soll sie in Ruhe lassen, doch das hat nicht viel genützt.«

»Will er sie vögeln?«

»Rick will jede Frau vögeln, aber das ist nicht das Problem. Es hat mit dem Crayton-Fall zu tun. Du erinnerst dich ...«

»Weiter.«

»Rick hat Craytons Frau gevögelt. Die beiden hatten zwei Jahre lang ein Verhältnis. Sie hat Fotos.«

»Wer?«

»Die Frau. Lark.«

»Lark hat Fotos von sich und Rick beim Vögeln?«

»Eigentlich sind es Videos. Weißt du, was das Verrückte daran ist? Rick hat die Aufnahmen gemacht, nicht sie. Der Kerl ist ein totaler Idiot ...«

»Aber ihr seid immer noch Freunde?«

»Weil seine Frau die beste Freundin meiner Frau ist. Weil er Kinder hat. Wenn man so lange Partner war wie wir, tut man sich gegenseitig den einen oder anderen Gefallen.«

»Schön, daß du so ein treuer Freund bist, aber was hat das mit Cindy zu tun?«

»Der Crayton-Fall ist nach wie vor ungelöst. Direkt nach dem Mord hat Bederman mit Lark Schluß gemacht. Zum einen hatte er in Craytons Geschäfte investiert und Geld verloren. Geld, von dem seine Frau nichts wußte. Außerdem gab es die Videos. Also hat er mit Lark einen Deal abgeschlossen. Sie sollte den Mund halten über die Affäre, und er würde ihr behilflich sein ...«

»Wobei?«

»Ihr beibringen wie sie beim Verhör mit den Cops umgehen sollte.«

»Du meinst, wie sie die Cops belügen konnte.«

»Ja.«

»Lark hat ihren Mann ermorden lassen, stimmt's?«

»Das weiß ich nicht. Rick weiß es auch nicht.« In diesem Punkt blieb Beaudry stur. »Aber er hatte Schiß und hat ihr geholfen, als sie ihn darum bat. Man muß sich vorstellen, in welcher Lage er war. Er hatte Angst, daß seine Frau von dem Verhältnis erfährt und daß er in den Mord an Crayton verwickelt wird ...«

»Hat er es getan?«

»Er schwört Stein und Bein, daß er es nicht war. Größtenteils glaube ich ihm, aber nicht ganz. Ich hatte meine Gründe, nicht wieder mit ihm als Partner zusammenzuarbeiten, als er zur Tagschicht zurückkam.«

»Aber ihr seid Freunde geblieben.«

»Ja.«

»Du bist ein Idiot!«

»Wem sagst du das! Ich weiß nicht, was mit mir los ist. Achtzehn Jahre bei der Polizei und mir tun die Leute ... immer noch leid.«

»Und Cindy?«

»Die tut mir entsetzlich leid, Marx! Wenn Rick ihr was angetan hat, mach ich das Arschloch fertig.« Beaudry starrte zur Decke. »Rick glaubt, daß Cindy irgendwie von dem Verhältnis erfahren hat. Er glaubt, daß sie es ihrem Vater sagen wird und der den ganzen Fall neu aufrollt. Dann hat Rick die Cops auf dem Hals und kriegt den Mord angehängt. Vor allem macht er sich Sorgen, weil er weiß, daß Cindy ihn nicht leiden kann.«

»Wann hat er dir das alles erzählt?«

»Heute. Ich war bei ihm zum Grillen. Er hat ein paar dämliche Bemerkungen über Cindy gemacht. Ich hab ihm immer wieder gesagt, er soll sie in Ruhe lassen. Hab ihm geraten, nicht mit ihr zu reden, *weil* er sich Sorgen wegen ihr und ihrem Daddy macht. Und was macht der Idiot? Fährt zu ihr! Sagt, er hätte alles ins Lot gebracht! Hätte alles geklärt, aber er war nervös, Hayley. Ich kann dir nur sagen, daß er die letzten zwei, drei Stunden bei mir war.«

»Aber das Timing haut genau hin, Graham! Sie wollte ihren Vater besuchen. Vielleicht hat sie tatsächlich was über Bederman rausgefunden. Also fummelt er an ihrem Auto rum, folgt ihr auf den Freeway und wartet, bis ihr der Motor verreckt. Dann hält er in seinem Streifenwagen hinter ihr ...«

»Rick hatte heute keinen Dienst. Wieso sollte er einen Streifenwagen fahren?«

»Die Detectives vor Ort sind offenbar der Ansicht, daß der Täter einen Streifenwagen fuhr. Weil Cindy ihre Waffe im Auto gelassen hat, als sie ausstieg.«

»Willst du damit sagen, daß sich Rick einen Streifenwagen geholt hat, nur um Cindy zu entführen?«

»Du behauptest doch, daß er ein Schwachkopf ist.«

»Komm, wir fahren zu Rick.« Beaudry holten seinen Mantel aus dem Flurschrank. »Fährst du?«

»Ja.«

»Du sagst, ihr Auto wurde auf dem Randstreifen vom Freeway gefunden?«

»Ja. Auf dem 405, der ins Valley führt.«

»Und wann haben sie zum letzten Mal von ihr gehört?«

»Gegen neun. Wieso?«

»Ich versuch nur, den Zeitrahmen klarzukriegen.«

Hayley schloß das Auto auf. Beaudry sagte: »Wenn er es war, muß ihm die Zeit ganz schön eng geworden sein. Er ist gegen acht losgefahren. Dann mußte er nach Hollywood, um den Streifenwagen zu holen, danach zu Cindy und ihr Auto präparieren. Das heißt, er muß gewußt haben, daß sie wegfährt. Dann muß er ihr gefolgt sein, sie auf der 405 aufgegabelt und ihr was angetan haben. Dann zurück zu meinem Haus, wo er gegen neun eintraf …«

»Du hast gesagt neun oder halb zehn.«

»Trotzdem, das wäre sehr, sehr eng geworden.«

Er hatte recht. Das war eng. Hayley ließ den Motor an. »Vielleicht hatte er den Streifenwagen schon vorher geholt.«

»Und was hat er damit gemacht? Ihn in der Garage geparkt? Du weißt, daß man sich nicht einfach einen Streifenwagen holen kann. Das wird vermerkt, Hayley. Wenn er was Ungesetzliches mit dem Wagen vorhatte, dann hätte er sich doch dadurch verraten.«

»Jemand hat ihm halt einen Gefallen getan und ihn einen borgen lassen, ohne es einzutragen.«

»Der Kilometerstand würde nicht stimmen.«

»Dann hat er den Wagen vielleicht geklaut.«

»Das wäre längst gemeldet worden.«

»Graham, ich weiß nicht mal, ob Cindy in einem Streifenwagen entführt wurde. Tatsache ist, daß Scott Oliver … er ist der Detective vor Ort … glaubt, es könnte ein Wagen von der Highway Patrol sein.«

»Highway Patrol?« Beaudry schlug sich an die Stirn. »Warum hast du das nicht gleich gesagt? Du weißt doch, daß die Regierung altes Zeug versteigert, um an Geld zu kommen? Jeder kann da alte Busse kaufen oder Feuerwehrautos oder Streifenwagen. Klar, die werden als außer Dienst gekennzeichnet und so, aber wenn man weiß, wie es geht, kann man sie jederzeit wieder herrichten. Das ist zwar verboten, aber …«

»Worauf willst du hinaus?«

»Tropper hat vor rund einem Jahr einen ausgemusterten Streifenwagen der Highway Patrol gekauft.«

36

Decker hängte das Funkmikrofon ein. »Er hat nur Kennzeichen für sein Zivilfahrzeug. Unter seinem Namen ist kein ehemaliger Streifenwagen registriert.«

»Irgendwas muß er haben, wenn er das Ding fährt«, meinte Oliver.

»Falsche Kennzeichen lassen sich leicht besorgen.«

»Drecksack!« Oliver sah aus dem Fenster. »Der Camry, der Cindy verfolgt hat ... der hatte Kennzeichen von einem unserer frühesten Carjackingfälle. Vielleicht hat er Kennzeichen aus der Asservatenkammer geklaut.«

»Die Highway Patrol benutzt offizielle Kennzeichen. Die mußte er sich machen lassen. Aber wir brauchen die Kennzeichen gar nicht. Wie viele Streifenwagen der Highway Patrol kann es schon geben?« Decker warf den Kopf zurück und schloß die Augen. »Der Wagen dürfte leicht zu finden sein, wenn er einfach nur in der Gegend rumfährt. Aber wir wissen, daß der Kerl über sie herfallen wird. Wir müssen rauskriegen wo.«

Da Oliver keine Antwort einfiel, fuhr er in angespanntem Schweigen weiter. Er tat so, als würde er Deckers feuchte Augen nicht sehen, kurvte durch schmale, dunkle Straßen, bis er Bedermans Block erreichte. Hayleys Auto parkte am Straßenrand. Da Marge ein paar Minuten vor ihnen losgefahren war, stand ihr Honda bereits dicht hinter Marx' Fahrzeug. Oliver entdeckte vier Silhouetten unter einer Straßenlaterne – Marge und Hayley und zwei Männer, die er nicht erkannte. Als er bremste, öffnete Decker die Augen, setzte sich auf, schlug mit der Faust in die Handfläche. Kaum hielt Oliver an, sprang Decker aus dem Auto und lief auf die anderen zu.

»Ich bin drauf und dran, jemanden umzubringen. Im Moment ist mir jeder recht.« Das kam so nachdrücklich heraus, daß niemand an seinen Worten zweifelte. »Ich brauche Antworten. Sofort!«

Alle Blicke richteten sich auf Bederman. Obwohl er ein Mann

von beträchtlicher Größe war, schrumpfte er vor Deckers wütendem Blick zusammen. »Ich kann nichts beschwören ...«

Decker packte ihn am Jackenkragen, zog ihn mit einem Ruck zu sich heran, überragte Bederman um gute acht Zentimeter. »Wissen Sie, wo die beiden sind?«

»Nein!« Bederman bot keinen Widerstand. »Nein, Sir, ich schwöre, daß ich es nicht weiß! Ich schwöre, daß ich genauso besorgt ...«

»*Nein, sind Sie nicht!*« schrie Decker. »*Sie können überhaupt nicht so besorgt sein, Sie verdammter Idiot! Wissen Sie, wo sie sind?*«

Bederman brach der Schweiß aus. »Nein! Ich würde es Ihnen sagen, wenn ich es wüßte. Ich weiß es nicht!«

Decker schwieg, hielt Bederman immer noch an der Jacke gepackt.

Hayley mischte sich mit leiser, zitternder Stimme ein. »Es hat was mit dem Crayton-Fall zu tun, Sir. Bederman hat in Craytons Geschäfte investiert. Tropper auch. Beide haben Geld verloren, aber bei Tropper war es mehr.«

Decker ließ Bederman los, stieß ihn von sich. Er brüllte immer noch, wenn auch nicht mehr ganz so laut. »Was hat das mit Cindy zu tun?«

Bederman gelang es, Worte hervorzubringen. »Tropper war stinksauer. Er redete davon, es den Kerlen zeigen zu wollen. Er sagte, das sei ich ihm schuldig.«

»Weil Sie ihn überredet haben, bei Crayton zu investieren?« fragte Oliver.

»Nein«, erwiderte Bederman. »Das war umgekehrt. Er hat *mich* überredet. Tropper ist ein Busenfreund von Dexter Bartholomew.«

»Woher kannte er Bartholomew?« fragte Marge.

»Tropper hat ihn bei einer Verkehrskontrolle erwischt«, sagte Bederman. »Dex hat ihn bestochen. Das war der Anfang einer wunderbaren Freundschaft.«

»Und Tropper hat Ihnen das ... einfach so erzählt?« fragte Decker.

»Ich hab's von Lark erfahren.«

»Rick hat sie gevögelt«, erklärte Beaudry.

»Und warum waren Sie Tropper was schuldig, wenn er Sie überredet hat?« wollte Oliver wissen.

Bederman wollte antworten, bekam aber nichts raus. Beaudry mischte sich ein. »Tropper hat ihn während der Affäre gedeckt.«

»Bei seiner Frau«, erriet Marge.

Beaudry nickte.

Bederman sah ihn an. »Das wäre nie passiert, wenn du mich gedeckt hättest.«

»Halt die Klappe, Rick!« knurrte Beaudry.

»Gute Idee!« fügte Marge hinzu.

Decker brüllte: »*Was hat das mit Cindy zu tun?*«

»Ich bin mir nicht scher, Sir«, gab Bederman zu. »Ich glaube, Cindy hat was rausgefunden ...«

»Was hat sie rausgefunden? Wer Crayton ermordet hat? Tropper?«

»Kann sein.« Bederman hielt inne. »Aber ich kann's nicht beschwören.«

»Wie kommt Tropper darauf, daß Cindy Bescheid wissen könnte?«

»Weil Sie und Ihre Leute wieder in dem Crayton-Fall rumgestochert haben.« Bederman wandte sich an Oliver. »Tropper hat gehört, daß Sie bei Bellini's waren, Osmondson Fragen gestellt haben. Er dachte, es ginge um Crayton. Was hätte es sonst sein sollen?«

»Es ging überhaupt nicht um Crayton«, sagte Marge. »Sondern um die Carjackingfälle in Devonshire.«

»Tja, Tropper dachte, es ginge um Crayton!« wiederholte Bederman. »Zumindest hat er mir das gesagt. Er dachte, ihr hättet was rausgefunden und würdet Cindy als Spionin benutzen, weil sie die Tochter des Lieutenants ist.«

»*Was?*« schrie Decker.

»Sir, ich weiß nicht, was er sich dabei gedacht hat! Der Mann ist gewalttätig und verrückt!«

»Hat Tropper Cindy verfolgt?« fragte Marge.

Bederman sah weg. »Vielleicht ...«

Wieder packte Decker ihn. Er schwitzte, zitterte und war unbeherrscht. Diesmal rammte er Bederman das Knie in die Eier und warf ihn zu Boden. »Ich bring dich um!«

Bederman krümmte sich vor Schmerz zusammen. »Ich schwöre, daß ich ihr ...«

Decker trat ihm in die Rippen. »Ich trampel so lange auf dir rum, bis du tot bist!«

Marge legte ihm die Hand auf die Schulter. »Nun mal langsam, Pete!«

Oliver trat zwischen Decker und den sich windenden Bederman. »Könntest du dich ein paar Sekunden zurückhalten, Deck? Ich hab noch Fragen an ihn.«

Decker ging weg, drehte sich gleich darauf um und kam zurück. Er riß Bederman hoch, stellte ihn auf die Füße, stieß ihm fast die Nase ins Gesicht. »Warum ...« Decker räusperte sich. »Warum hat der verdammte Scheißkerl beschlossen, sie ausgerechnet heute zu entführen?«

»Ich weiß es nicht!« flüsterte Bederman. Tränen standen ihm in den Augen. »Er hat mich nur gebeten, zu ihr zu gehen ...«

»Heute?«

»Ja, heute!«

»Warum?«

»Um sie auszuhorchen. Rauszufinden, ob sie was weiß. Ich hab nichts erfahren. Ich hab sie nicht ausgehorcht, weil ich es gar nicht wissen wollte. Sie werden es mir nicht glauben, aber ich bin zu ihr gegangen, um mich zu entschuldigen ...«

Hayley unterbrach ihn. »Und während er drinnen mit ihr geredet hat, war Tropper bestimmt draußen und hat ihr Auto präpariert.«

Wieder schob Decker das Gesicht dicht vor Bedermans. »*Haben Sie das gewußt?*«

»Nein, das schwöre ich !« Bederman schluckte schwer. »Das einzige, was ich je für den Mistkerl getan hab, war ... war, Stacy Mills einen Mordsschrecken einzujagen. Das war das einzige ...«

Wieder stieß ihm Decker das Knie in die Weichteile und warf ihn zu Boden.

»Hör auf damit, Peter!« rief Marge. »Du bringst ihn um!«

»Genau das hab ich vor!« brüllte Decker. »Warum haben Sie Stacy Mills einen Schreck eingejagt?«

»Weil Lark sagte, Stacy würde ihr großes Maul nicht halten!«

»Hat Lark ihren Mann umbringen lassen?«

»Ich weiß es nicht!«

»Hat Tropper gedroht, Ihrer Frau von der Affäre zu erzählen?« fragte Oliver.

»Ja. Darum bin ich zu Cindy gefahren ... um sie auszuhorchen. Tropper hat's mir befohlen. Er wollte wissen, wieviel sie über Crayton weiß.«

»Wieso sollte Ihre Frau Tropper die Sache mit der Affäre glauben?«

»Weil Tropper Fotos hat ... Videos«, erklärte Beaudry.

»Ach du lieber Himmel!« Decker widerstand der Versuchung, Bederman das Gesicht zu zerschlagen. »Er hat Aufnahmen gemacht, wie Sie diese Schlampe gevögelt haben?«

»Rick hat sie gemacht ... und bei Lark gelassen.« Beaudry zuckte die Schultern. »Sie muß sie Tropper gegeben haben.«

»Sie haben also *meiner Tochter* die Hölle heiß gemacht, nur um Ihre dreckigen Filme zu verbergen! Ich schlag Sie zu Brei, Bederman! Mit Ihrer Nase fang ich an ...«

»Sir?« unterbrach Hayley.

Decker wirbelt zu ihr herum.

»Cindy war den ganzen Nachmittag nicht zu Hause«, fuhr Hayley fort. »Wissen Sie, wo sie war?«

Decker schüttelte den Kopf. »Nein. Wissen Sie es?«

»Ich hab ein paar Notizen in ihrer Wohnung gefunden«, sagte Hayley. »Eine Wegbeschreibung zu einem Ort namens Belfleur.«

»O Gott! Wartet mal, wartet mal.« Decker zog die Kreditkartenbelege heraus, die er in Cindys Handtasche gefunden hatte. Er sah sie durch, erstarrte, als er den zweiten las. »Der Beleg stammt von gestern nachmittag aus Elaine's Antiquitätenladen in Belfleur!«

»Wo Bartholomew und Crayton Land gekauft hatten«, sagte Oliver. »Wenn Tropper ihr dahin gefolgt ist, könnte er glauben, daß sie was entdeckt hat.«

»Das hat sie vermutlich auch!« rief Decker. »Darum war sie auf dem Weg zu mir. Wie konnte sie nur so verdammt dumm sein!«

»Sie war nicht dumm«, widersprach Hayley. »Sie war unvorsichtig, weil sie jung ist.«

Decker zog Bederman hoch. »Strengen Sie sich an, Bederman! Wohin kann Tropper mit ihr gefahren sein?«

»Glauben Sie nicht, daß ich es Ihnen längst gesagt hätte, wenn ich es wüßte?« stöhnte Bederman.

Decker spuckte beim Sprechen. »Ich halte Sie für einen verdammten Lügner, also glaube ich Ihnen kein Wort ...«

Oliver mischte sich ein. »Wir müssen nachdenken, Pete. Einen klaren Kopf behalten. Wir wissen, daß Crayton entführt und ermordet wurde. Wahrscheinlich von Tropper.«

»Wir wissen nicht, ob Crayton absichtlich ermordet wurde«, warf Marge ein.

»Aber das Gegenteil wissen wir auch nicht«, hielt Oliver dagegen. »Wir wissen nur, daß der Rolls einen Abhang hinuntergestürzt ist. Hätte ein Unfall sein können oder Absicht.«

Decker lockerte den Griff, hielt Bederman aber immer noch an der Jacke fest. »Der Camry, der Cindy am Freitag gefolgt ist. Wir wissen, daß er *absichtlich* über die Felswand gestoßen wurde. Wo ist Craytons Rolls abgestürzt? Irgendwo in Angeles Crest, oder?«

»Ja, ich glaube schon«, antwortete Oliver.

»Ich meine mich zu erinnern, daß Tom was von zwei Ermittlungsteams sagte, weil der Fall zwei Bezirke betraf. Ich glaube auch, daß es Angeles Crest war«, bestätigte Marge.

»Demnach haben wir zwei Autos, die da abgestürzt sind«, stellte Oliver fest.

»Hat Tropper Cindy verfolgt?« brüllte Decker Bederman an.

»Ich weiß nicht ...«

»Gott, Sie sind völlig unbrauchbar!« Decker stieß ihn weg.

»Cindy und ich haben das Revier zusammen verlassen, Sir«, bemerkte Hayley. »Der Camry fuhr etwa zum selben Zeitpunkt los. Er parkte vor dem Revier, nicht auf dem Polizeiparkplatz, aber irgendwas hat mich mißtrauisch gemacht. Darum bin ich ihr nachgefahren. Ich wußte, daß sie zu Ihnen wollte, Sir. Eine ziemlich weite Strecke. Ich hatte Angst, daß sie unterwegs Schwierigkeiten mit dem Wagen bekommen könnte ...«

»War das Tropper?« unterbrach Decker.

»Das weiß ich nicht, Sir.«

»Nehmen wir mal an, daß es Tropper oder einer seiner Spezis war«, sagte Oliver. »Zwei abgestürzte Autos in derselben Gegend ...« Olivers Augen weiteten sich. »Vielleicht dachte Tropper, daß Cindy am Freitag dahin unterwegs war ... zu Craytons Absturzstelle. Vielleicht wollte Tropper sie davon ablenken, weil er was zurückgelassen hat oder befürchtete, sie könnte was entdecken. Und dann fährt Cindy gestern nach Belfleur. Was ihm bestätigte, daß sie hinter seine schmutzigen Geheimnisse gekommen ist.«

»Worauf willst du hinaus, Oliver?« knurrte Decker.

»Laß uns zur Unfallstelle fahren, Pete. Wir wissen nicht, wo der Dreckskerl ist! Aber wir können genausogut dort mit der Suche anfangen!«

Cindy hätte schwören können, daß die Nacht immer dunkler wurde. Sie lag mit dem Gesicht nach unten, konnte eigentlich nur die Fußmatte und die Lehne von Troppers Sitz erkennen, aber wenn sie sich den Hals verrenkte, konnte sie aus dem oberen Drittel des hinteren Seitenfensters sehen. Zweige und Blätter. Offenbar befanden sie sich in einer ländlichen Gegend. Cindy nahm an, daß es Angeles Crest war. Als Anhaltspunkt diente ihr nicht nur das dichte Laub, sondern auch die Länge der Fahrt. Dazu noch die engen, steilen Kurven. Der Knebel hing ihr nach wie vor um den Hals, strömte einen chemischen Geruch aus. Aber da er nicht direkt unter ihrer Nase war, konnte sie leichter atmen und klarer denken.

»Die Gegend kommt mir bekannt vor, Sergeant«, sagte sie. »Haben Sie mich am Freitag hierher verfolgt?«

»Nicht persönlich.«

Er erwartete, daß sie nach dem Fahrer fragen würde. Aber Cindy schwieg, wollte für ihn unberechenbar bleiben. Mehrere Sekunden vergingen. Dann sagte Tropper: »Weißt du, warum wir hier sind?«

»Ich hab ein paar Vermutungen. Wahrscheinlich sind sie falsch.«

»Seien Sie nicht so herablassend, Officer! Ich bin immer noch Ihr Vorgesetzter.«

»Ja, Sir, das stimmt allerdings.«

»Höre ich da Hohn in Ihrer Stimme, Officer Decker?«

»Sir, das ist nur Furcht. Na gut, nicht nur. Vielleicht auch ein bißchen Neugier.«

Er wartete auf mehr. Aber sie hielt ihn hin. »Weiter«, sagte er schließlich. »Neugier auf was?«

»Ich weiß, daß Sie wütend auf mich sind ...«

»Allerdings bin ich wütend. Sie haben mich als Trottel hingestellt, Officer. Das gefällt mir nicht.«

»Sir, ich bedaure aufrichtig, daß ich letzte Woche so patzig zu Ihnen war.« Letzte Woche war so viel passiert. So unendlich viel ... »Ich wollte nur alles wiedergutmachen.«

»Hach, und deswegen hast du mich ausspioniert.« Tropper schnaubte verächtlich. »Das soll wohl ein Witz sein, Decker.«

Cindy spürte, daß er alles verdrehen würde, was sie sagte. Daher antwortete sie nicht. Aber das hielt sie nicht vom Denken ab. Ihn ausspioniert? Wie um alles in der Welt hätte sie ihn mit dem Crayton-Fall in Verbindung bringen sollen?

»Los, Mädchen!« Tropper unterbrach ihre Gedanken. »Ich hab zwar nicht deine tolle Bildung, aber ein Volltrottel bin ich auch nicht. Ich hab doch gesehen, daß du mit diesem schmierigen Detective rumhängst, ihm alles mögliche über mich erzählst. Ich weiß, daß er Osmondson ausgehorcht hat. Ich weiß, daß er für deinen Vater arbeitet und daß der Crayton-Fall Daddy wie ein Stein im Magen liegt. Ich bin nicht so blöd, wie du denkst.«

»Ich halte Sie überhaupt nicht für blöd.«

»Ja, *jetzt* nicht mehr.«

Wieder schwieg Cindy. Sie hätte überlegen sollen, wie sie fliehen könnte. Was sie tun sollte, wenn er anhielt, sie mit in den Wald schleppte, um sie zu erschießen. Vielleicht konnte sie ihren Tod vortäuschen? Oder plante er, den Wagen über den Felsrand zu stoßen?

Vielleicht hatte er ihn so präpariert, daß der Tank explodierte und sie in Flammen aufging. Der Gedanke erfüllte sie mit Panik und Entsetzen. Wenn sie ihn nicht verdrängte, verlor sie die Kontrolle über ihren Geist, ihren Darm und ihre Blase. Gerade jetzt wollte sie auf keinen Fall in die Hose machen.

Daher dachte sie lieber über Tropper nach, versuchte, Logik in sein verrücktes Denken zu bringen. Tropper hatte sie mit Scott reden sehen. Scott und Dad arbeiteten an dem Crayton-Fall. Also hatte Tropper gedacht, sie hätte sich bei ihm eingeschleimt, Informationen über ihn gesammelt, um ihn an Dad oder Scott zu verpfeifen. Aber wie um alles in der Welt hätte sie Tropper überhaupt mit Crayton in Verbindung bringen sollen?

Offensichtlich war er überzeugt, daß sie seinetwegen nach Belfleur gefahren war. Aber seine Irrationalität hatte schon vorher begonnen. Er hatte zugegeben, daß er hinter dem Vorfall mit dem Camry steckte. Zweifellos hatte er auch ihre Wohnung verwüstet.

Aber wie kam er auf die Idee, daß sie was über ihn wußte? Nur weil sie mit Scott geredet hatte? Vielleicht reichte das für einen Typen, der so paranoid war wie Tropper.

Außer ... außer Tropper war der Schütze, der vor einem Jahr auf sie geschossen hatte, gesehen hatte, wie sie mit Crayton aus dem Fitneßstudio kam.

»Wir sind fast da«, sagte er.

Fast da? »Okay.«

»Du weißt, wohin wir wollen, stimmt's?«

»Sollte ich das?«

»Ja, das solltest du, Decker. Seine letzte Ruhestätte. Du bist bestimmt schon hier gewesen und hast ihm Blumen gebracht.«

Also hatte sie richtig kombiniert; gut gemacht, Mädel! Leider nützte ihr das jetzt nur wenig. »Ich hatte nie was mit ihm, Sir. Ich weiß, daß Sie das dachten, als Sie auf uns geschossen haben, aber ich schwöre Ihnen, er war nur ein Freund. Nicht mal ein Freund, Sergeant. Eher ein Bekannter. Er war freundlich zu mir, weil er Geld von mir wollte, wie von allen anderen. Ich ...«

Sie hielt inne. Sie würde Tropper, der sein schwer verdientes Geld bei Crayton angelegt hatte, doch nicht sagen, daß sie nie auf

Armands Masche reingefallen wäre. Daß sie Armand von Anfang an für einen Betrüger gehalten hatte.

»Ich hatte aber kein Geld. Irgendwann war es dann vorbei mit der Freundlichkeit.«

Tropper lachte, bitter und gemein. »Und das soll ich dir glauben? Er hat dir bestimmt einen Nachlaß gewährt.«

»Schön wär's. Leider hat er mir nur Halbwahrheiten und unverblümte Lügen aufgetischt. Ist mir egal, was Lark Ihnen erzählt hat. Ich war nicht seine Geliebte, Gott sei Dank!«

»Von Lark kam das nicht.«

Cindy überlegte. »Lark hat Sie nicht beauftragt, auf uns zu schießen?«

»Nein.«

»Ah ...« Cindy nickte. »Verstehe.«

»Was versteht du?« rief Tropper.

»Wenn es nicht Lark war, dann muß es Dexter Bartholomew gewesen sein. Was hatte der gegen Crayton? Hat sich Crayton an Bartholomews Frau rangemacht?«

»Ja, aber das war nicht der Punkt, weil Bart auch mit Lark rumgemacht hat. Bart war sauer, weil Crayton Geld vom Konto geklaut hat. Geld, das Bart für den Bau und die Finanzierung verwenden wollte. Aber das weißt du bestimmt schon.«

»Das wußte ich nicht«, sagte Cindy. »Vielleicht will ich es gar nicht wissen.«

»Was spielt das für eine Rolle, Decker? Du bist sowieso tot.«

Seine Kälte ließ sie erstarren. Sie zitterte, zwang sich aber, weiterzumachen. *Zeig vor allem keine Schwäche.* Für Tropper war Schwäche bestimmt ein Aufputschmittel. »Wie ich hörte, hat Bartholomew an Belfleur verdient, weil Crayton bankrott gegangen ist. Bartholomew hat das Land für einen Spottpreis zurückgekauft. Crayton war derjenige, der alles verloren hat.«

»Da hast du was falsch verstanden, Lady. *Crayton* hat das Land für eine Spottpreis zurückgekauft.«

»Das Land gehört Bartholomew, Sergeant«, sagte Cindy. »Das weiß ich genau.«

»Klar gehört ihm das Land. Jetzt, wo Crayton tot ist. Craytons

Tod hat alle Probleme gelöst. Lark hat schließlich die Versicherung kassiert, Bartholomew hat sein Land und ich hab mein Geld zurückbekommen und noch was dazu.«

»Weil Sie Bartholomew den ein oder anderen Gefallen getan haben.«

»Weil ich allen einen Gefallen getan habe. Crayton war ein Scheißkerl. Er hat gekriegt, was er verdient hat.«

»Lark war an seinem Tod beteiligt?«

»Wir haben ihr zwei Möglichkeiten gegeben. Entweder half sie uns oder sie würde mit ihm sterben. Sie war mehr als bereit, uns zu helfen, vor allem weil Bart gedroht hat, ihre Affären an die Öffentlichkeit zu bringen. Das hätte die Cops sehr neugierig gemacht.«

»Affären? Mehr als eine?«

»Du glaubst doch nicht, daß Bart der einzige war.«

»Wer noch?«

»Sag du's mir. Schließlich hast du einen Collegeabschluß.«

»Bederman?«

»Sehr gut.«

»Und sein Partner?«

»Beaudry ist viel zu verklemmt.«

»Nicht Beaudry. Tim Waters.«

Tropper schien zu grinsen. »Ja, stimmt. Bederman fährt ja jetzt mit Waters Streife. Ja, der hat sie auch gevögelt.«

»Und Sie, Sir? Wenn ich mich recht erinnere ...« Cindy versuchte sich aufzusetzen, konnte sich aber nicht bewegen. »Sind Sie um die Zeit nicht geschieden worden?«

Tropper antwortete nicht.

Cindy lächelte zum ersten Mal. »Was ist passiert, Sir? Hat Sie Ihnen Versprechungen gemacht, die sie nicht halten konnte?«

Tropper drehte sich um und versetzte ihr einen Hieb gegen das Kinn. Als ihr der Schmerz durch den Kopf zuckte, explodierten tausend winzige Sterne vor Cindys Augen. Sie und ihr großes Maul. Ach, zum Teufel damit! Wie Tropper gesagt hatte, sie war ja sowieso tot.

37

Dickköpfigkeit hatte auch ihre guten Seiten. Vor allem, wenn einem jeder Zentimeter des Körpers weh tat und es am vernünftigsten gewesen wäre, ohnmächtig zu werden. Aber Cindy weigerte sich, dem nachzugeben, genauso, wie sie ihren Mund nicht halten konnte – aus schierer, störrischer Willenskraft. Tropper brüllte sie an, doch das war nur ein einziges Gedröhne, weil in ihrem Kopf Glocken hallten. Endlich hörte er auf zu reden. Kurz darauf hörte das Geläute auf, und sie spürte ihren zerschlagenen Körper wieder. Ihr Darm krampfte sich zusammen und ihre Blase tropfte, aber sie riß sich zusammen.

Laß sie nie sehen, daß du schwitzt!

Nachdem seine Wut verraucht war, blieb er still. Cindy schwieg, weil sie nicht reden konnte. Erstaunlicherweise konnte sie immer noch hören, und sogar gut. Sie kurvten nun schon seit Ewigkeiten über die Bergstraßen, und sie hörte Eulenschreie, Geflatter, Pfeifen und manchmal ein durchdringendes Heulen, bei dem ihr Schauder über den Rücken liefen. Dazu das Brummen des Motors als Hintergrundgeräusch. Sie hatte sich so sehr daran gewöhnt, daß sie aufschreckte, als sie meinte, auch in der Ferne Motorengeräusch zu hören. Konnte es sein, daß hier oben noch ein Auto fuhr?

Die Phantasie ging mit ihr durch. Vielleicht war Hayley Marx ihr wieder gefolgt! Der Gedanke versetzte sie in Hochstimmung, obwohl die Vernunft sie warnte, sich allzu große Hoffnungen zu machen.

Was hätte sie nicht dafür gegeben, den Mustang wiederzusehen!

Vielleicht war es nur Einbildung, und sie verlor den Bezug zur Realität. Aber plötzlich wurde Tropper unruhig. Cindy erkannte es an der Lehne des Fahrersitzes, auf den sie die ganze Zeit starrte und der sich jetzt stärker bewegte.

Und dann wurde das Geräusch allmählich lauter.

»Scheiße!« knurrte Tropper.

Also hatte er auch was gehört! Okay, dachte Cindy. Jemand war da draußen. Na und? Warum sollte sich Tropper Sorgen machen? Welche Gefahr drohte ihm von einem anderen Auto, und welche Hilfe konnte sie erwarten? Sie konnte nicht schreien, konnte sich nicht bewegen. Ein anderes Auto würde ihr nichts nützen.

Der Gedanke war total deprimierend!

Aber dann überlegte sie.

Daß Tropper »Scheiße« gesagt hatte, bedeutete, daß er beunruhigt war. Vielleicht hatte er etwas gesehen, was ihm nicht gefiel. Zum Beispiel einen weiteren … Streifenwagen?

Wieder flammte ihre Hoffnung auf.

Hatte sie Rina nicht um neun angerufen und gesagt, sie sei in etwa einer Stunde bei ihr? Und als Cindy nicht kam, hätte Rina da nicht was unternommen?

Natürlich hatte sie das!

Rina blieb doch nicht untätig! Sie hatte Cindys Vater angerufen! Sie hatte die Polizei angerufen! Sie war vielleicht sogar mit dem eigenen Auto unterwegs und suchte nach ihr!

O Gott! Endlich hatte Cindy kapiert. Vielleicht suchte tatsächlich jemand nach ihr!

Durch die geschwollenen Lippen nuschelte sie: »Sir, können Sie mir sagen, wie spät es ist?«

»Halt die Klappe!« blaffte Tropper.

Leck mich doch! Sie würde es selbst rausfinden. Gegen halb zehn hatte sie die Panne auf dem Freeway gehabt. Dann war Tropper aufgetaucht, hatte ihr befohlen, in sein Auto zu steigen … sie war über die Leitplanke gesprungen und weggerannt. Das hatte mindestens fünfzehn, zwanzig Minuten gedauert. Dann hatten sie miteinander gekämpft. Vielleicht weitere zwanzig Minuten. Schließlich hatte er sie zu Boden geworfen, sie gefesselt und in sein Auto geschleppt. Noch mal eine halbe Stunde. Das hieß, Tropper wäre gegen elf, halb zwölf weitergefahren. Jetzt waren sie seit mindestens einer Stunde unterwegs, wenn nicht länger. Also mußte es vermutlich gegen ein Uhr sein.

Ja, Rina hätte inzwischen etwas unternommen. Und man suchte bestimmt nach ihr.

Aber wieso in dieser Gegend? Wenn man ihr Auto unten auf der

405 gefunden hatte, warum suchten sie dann hier in den Bergen nach ihr?

Cindy dachte weiter nach, verband Gründe mit umständlicher Logik, um den Mut nicht zu verlieren. War nicht hier in der Nähe der Camry abgestürzt? War es nicht sinnvoll, das Gebiet noch mal abzusuchen?

Sie hoffte, daß es so war.

Sie *betete* darum!

Die Geräusche wurden deutlicher. Autos, und mehr als eins. Ein schiefes Lächeln breitete sich über Cindys Gesicht. *Wie sie ihren Dad kannte, hatte er die Nationalgarde geschickt.*

»Scheiße!« rief Tropper wieder. »Wir müssen uns beeilen.«

O Gott, dachte sie. *Hoffentlich erschießt mich der Scheißkerl nicht auf der Stelle.*

»Das ändert die Sache.« Tropper hielt inne. »Aber nicht allzu-sehr.«

Er bog mehrmals ab, und bald spürte Cindy, wie das Auto ruckelte und holperte. Er war in den Wald hineingefahren oder zu-mindest auf einen ungepflasterten Weg.

»Warst du je zelten?« fragte Tropper.

Sie wußte, daß er auf eine Antwort wartete. Mühsam brachte sie hervor: »Ja.«

»Ich war oft zelten«, fuhr Tropper fort. »Als ich noch eine Fami-lie hatte. Das war vor Crayton und seiner Schlampe von Frau und all diesen Idioten, die mir das Leben vermasselt haben.«

Mehrere Sekunden verstrichen schweigend.

»Ja, ich war oft zelten«, wiederholte Tropper. »Ich kenne diese Gegend wie meine Hosentasche.«

Wie schön für dich, dachte sie. Nicht der gesunde Menschenver-stand hielt sie davon ab, das laut zu sagen, sondern ihr geschwäch-ter Zustand.

»Jetzt ist es nicht mehr weit«, sagte Tropper. »Du weißt, wovon ich rede, oder?«

Cindy antwortete nicht.

»Die Stelle! Wo die Corniche ihren Todessturz gemacht hat … du wärst doch sicher gern bei deinem Freund.«

»Er war nicht mein Freund«, murmelte Cindy.

Tropper drehte sich um, sah auf sie hinunter. Selbst im Dunkeln konnte sie sein großes, häßliches Gesicht erkennen.

»Was hast du gesagt? Du nuschelst so. Hab ich dir die Zähne eingeschlagen?«

Cindy fuhr sich mit der blutigen Zunge über die Schneidezähne. Sie hatten nicht nur Zacken, sondern fühlten sich auch kürzer an. Aber sie befanden sich noch in ihrem Mund, und das war doch schon was.

»Hätte mir Arbeit erspart«, sagte Tropper. »Ich werde dir das Gesicht zu Brei schlagen. Sonst hat die Pathologie was, womit sie arbeiten kann. Keine Bange. Ich versprech dir, daß du nach dem ersten Schlag hin bist.«

Die Motorengeräusche waren lauter geworden. Das machte ihr Mut.

»Nicht einfach, mich zusammenzuschlagen, wenn sie nach mir suchen«, murmelte sie.

»Glaubst du?«

»Ja ...« Cindy versuchte, gleichmäßig zu atmen. »Ja, das glaube ich.«

»Vielleicht hast du recht«, meinte Tropper ruhig. »Siehst du, deswegen bin ich von der Straße abgebogen. Die können suchen, so viel sie wollen. Uns finden sie nie.«

Ach ja? dachte sie. *Die finden uns.*

Bitte mach, daß sie uns finden.

Aber wie? Ein einzelnes Auto in einem riesigen Waldgebiet – wie sollte jemand sie finden? Troppers Motor war nichts sehr laut, und sie befanden sich tief im Wald. Das konnte sie durch das Fenster erkennen. Das Laub war dicht wie Nebel.

Moment mal!

Sie konnte die Blätter tatsächlich *sehen*! Was bedeutete, daß Tropper immer noch mit eingeschalteten Scheinwerfern fuhr! Ein schwacher Hoffnungsschimmer, aber sie klammerte sich daran fest. Das Auto holperte über unebene Wege, Büsche zerkratzten die Karosserie mit einem Geräusch, als würde jemand mit den Fingernägeln über eine Wandtafel fahren. Cindy bekam Gänsehaut, und das erstaunte sie ... daß sie immer noch Nervenenden hatte, die keinen Schmerz verursachten.

»Wir sind gleich da«, verkündete Tropper.

Cindy schlug das Herz bis zum Hals, ihr Atem ging schneller, bis sie fast erstickte. Die ganze Zeit hatte sie trotz aller Schmerzen, trotz der aussichtslosen Lage, keinen wirklichen Gedanken an das Sterben verschwendet.

Als das Auto jetzt langsamer fuhr, war sie plötzlich mit ihrer Sterblichkeit konfrontiert.

Das war's dann! Sie würde sterben!

Nun gab ihre Blase doch nach. Der Strom warmer Flüssigkeit tröstete sie ... zumindest war ihr Körper noch lebendig.

Das Auto fuhr noch langsamer und hielt an. Tropper schaltete den Motor aus und blieb einen Moment sitzen. Ohne das Motorengeräusch nahm Cindy nur noch die Laute des Waldes und fernes Rumpeln wahr.

So viel zerstörte Hoffnung.

Sie hörte, wie die Autotür quietschend geöffnete wurde. Tropper stieg aus. Gleich darauf öffnete sich die hintere Tür. Cindy hatte so lange dagegen gelehnt, daß sie fast hinausfiel.

Er beugte sich vor, bis sein Gesicht über ihrem war, brannte mit seinen dunklen Augen höllische Löcher in die ihren, erstickte sie fast mit seinem übelriechenden Atem. »Mann, siehst du fertig aus!«

Ihre Blase hatte zwar nachgegeben, aber Cindy war noch rebellisch genug, um die Tränen zu unterdrücken.

»Ich würde mich ja entschuldigen, Officer Decker«, meinte Tropper, »aber du bist so ein verdammter Klugscheißer, und es ist besser, daß es so endet. Warte mal eben. Bin gleich wieder da.«

Sie hörte das Rascheln trockener Blätter. Gleich darauf wurde der Kofferraum geöffnet. Dann kam Tropper zurück und hielt etwas hoch.

Ein Vorschlaghammer!

Wenn es einen passenden Moment gegeben hätte, in Panik zu geraten ... zu weinen, zu betteln, zu flehen und falsche Versprechungen zu machen, dann wäre es dieser gewesen.

Aber Dickköpfigkeit und ein merkwürdiges, unangemessenes

Gefühl von Würde hielt sie zurück. Sie bot keinen Widerstand, spürte, wie eine seltsame Ruhe über sie kam.

Tropper wartete, rechnete damit, daß sie etwas tat, etwas sagte. Als nichts kam, sagte er: »Weil du eine Kollegin bist ... werde ich dich nicht leiden lassen.«

Cindy bedankte sich ruhig, schloß die Augen und wartete ... und wartete ... und wartete.

Sie öffnete die Augen. Er starrte sie an. Was wollte er von ihr? Was wollte er?

Langsam hob Tropper den Hammer, senkte ihn nach unendlich langen Sekunden wieder.

»Ich hab nicht genug Platz«, knurrte er. »Wenn ich das hier mache, kriegt das Auto was ab. Ganz zu schweigen davon, daß du leiden mußt. Ich wollte, daß du nach dem ersten Schlag hin bist.« Er verlagerte das Gewicht. »Ich sag dir was. Wenn du versprichst, nicht wegzulaufen, hol ich dich aus dem Auto raus. Ich bring dich zu einer hübschen Stelle. Da kannst du diese Welt mit Blick auf den herrlichen sternenübersäten Himmel verlassen.«

Cindy biß sich auf die zitternden Lippen. »Das klingt gut.«

»Ich schwör dir, Decker«, fuhr Tropper fort, »wenn du wegläufst, krieg ich dich. Und dann wirst du leiden.«

»Verstanden, Sergeant.«

Wieder wartete er. »Du bist wirklich sehr ruhig für jemanden, der gleich sterben wird.«

»Innerlich bin ich ziemlich nervös, Sir.«

»Tja, das verbirgst du gut.« Tropper beugte sich vor und band ihre Beine los. Mit einer raschen Bewegung zog er sie aus dem Auto und richtete sie auf, hielt sie an dem Strick fest, mit dem ihre Arme auf dem Rücken gefesselt waren. Cindys Knie gaben nach, aber er packte den Strick nur noch fester. »Ich hab dir gerade ein Kompliment gemacht, Decker. Du wirst doch jetzt nicht schlappmachen, oder?«

»Zumindest nicht absichtlich, Sir.«

»Stell dich hin!«

Sie richtete sich so gerade auf, wie sie konnte. »Ich bin bereit, Sir.«

»Mir gefällt dein Stil, Decker.«

»Danke. Sind Sie sicher, daß es keine andere Lösung gibt?«

»Ich bin sicher.« Tropper griff nach ihren gebundenen Händen und schob sie vorwärts. »Los, suchen wir uns einen hübschen Platz.«

Sein Griff war nicht allzu fest. Sie dachte kurz daran wegzulaufen. Aber wie schnell konnte sie mit ihrem schmerzenden Körper laufen? Wie weit würde sie kommen? Er würde sie einholen und sehr wütend auf sie sein. Cindy wollte wirklich nicht verstümmelt und gefoltert werden.

Sie ging ihm wohl zu langsam, denn er schubste sie an. Diesmal war er grob. Trockene Blätter und Zweige knackten unter ihren Schuhen. Das Geräusch hatte sie so abgelenkt, daß sie das andere erst nach einigen Sekunden wahrnahm – das deutliche wack, wack, wack ferner Rotorenblätter.

Beide sahen gleichzeitig hoch. Drei oder vier Hubschrauber, die auf sie zukamen.

Woher wußten die, daß sie hier waren?

Die Scheinwerfer! fiel Cindy ein. Tropper war nicht nur mit eingeschalteten Scheinwerfern gefahren, er hatte sie auch nach dem Halten angelassen. Cindy sah sie in der Ferne wie einen Heiligenschein.

»Scheiße!« brüllte Tropper.

Cindy ergriff die Gelegenheit. Instinktiv rannte sie los. Tropper schoß hinter ihr her, hatte sie mit seinen langen Schritten in Sekundenschnelle eingeholt. Er setzte zum Sprung an, packte sie an den Händen, verlor das Gleichgewicht. Beide krachten zu Boden. Rasch rappelte er sich auf, hob den Vorschlaghammer und schlug zu. Cindy rollte sich zur Seite, entging dem Schlag nur um Haaresbreite. Der Schwung des schweren Hammers hatte ihn erneut aus dem Gleichgewicht gebracht, was ihr gerade genug Zeit ließ, aufzuspringen und loszurennen. Wieder holte er sie ein, riß sie so scharf am Kragen zurück, daß sie fast erstickte. Aber jetzt hatten die Hubschrauber sie eingekreist, richteten ihre Suchscheinwerfer auf den Boden, erhellten das Gelände wie bei Nachtaufnahmen zu einem Film.

Cindy erlaubte sich ein mattes Lächeln, während Tropper hochsah und Flüche ausstieß. Wäre der Sergeant klug gewesen, hätte er sie losgelassen, seine eigene Haut gerettet und wäre zum Auto zurückgerannt. Statt dessen packte er sie fester und wollte *mit ihr* zum Auto zurück. Da sie kaum die Kraft besaß, Widerstand zu leisen, machte sie sich schlaff, weil ihr Gewicht ihn noch mehr behindern würde und er sie dann vielleicht fallen ließ.

Aber er dachte nicht daran. Er beschimpfte sie und trat gegen ihre schlaffen Beine. »Steh auf! *Steh auf! Steh auf!*« Als er merkte, daß sein Gebrüll nichts nützte, schlang ihr Tropper den Arm um die Taille und zerrte sie mit zurück, ließ ihre Beine über den harten, rauhen Boden schleifen. Cindy spürte, wie ihre Kleidung zerriß und ihre Haut aufgeschürft wurde. Doch er kam nur langsam und unbeholfen voran, was den Hubschraubern Zeit ließ, sie erneut einzukreisen. Cindy hoffte, daß sich Tropper und sie so deutlich vom Boden abhoben wie Pickel auf glatter Haut.

Die Helikopter kamen näher, schwebten über ihnen, bis Cindy den Wind der Rotoren und die Hitze der Suchscheinwerfer spürte. Sie kniff die Augen gegen das blendende Licht zusammen und konnte sogar die Gesichter der Scharfschützen erkennen. Der Krach war ohrenbetäubend, übertönte fast das Kreischen der näherkommenden Sirenen. Fast ... aber nicht ganz.

Sekunden später hörte sie Worte aus einem Megaphon. Sie seien umstellt, er solle sie loslassen und sich ergeben, oder sie würden schießen – so was in der Art. Vielleicht bildete sie sich das auch nur ein, aus all den Filmen, die sie gesehen hatte. Sie konnte eigentlich nichts verstehen, weil sie vor Angst zu starr war, aber die Befehle kamen auch sehr rasch und wütend.

Tropper achtete nicht darauf. Er hatte das Auto erreicht, riß die Fahrertür auf, schob Cindy als erste hinein, glitt hinter das Steuer. Augenblicke später hatte er den Motor auf Touren gebracht und raste tiefer in den Wald.

Die Suchscheinwerfer der Hubschrauber folgten ihnen durch das dichte Laubdach, huschten wie Kometen über den Himmel. Ironischerweise machten sie es Tropper leichter, in der Dunkelheit zu sehen. Er trat das Gaspedal durch, und das Auto schoß mit einem Satz vorwärts. Cindy schrie auf, als sie ins Schleudern gerieten, kaum noch Kontakt mit dem weichen Waldboden hielten. Im Rückspiegel sah sie die rotierenden roten und blauen Lichter der Streifenwagen, die mehrere Autolängen zurücklagen.

Tropper erhöhte die Geschwindigkeit, Bäume flogen vorbei. Eine falsche Drehung am Steuer, und sie würden vollkommen zerquetscht werden.

»O Gott!« Cindy war voller Panik, ihr Herz raste. »O Gott, o Gott …«

»Halt die Klappe!« brüllte Tropper.

Ihr Blick schoß zum Tacho. Die Nadel kletterte immer höher – sechzig, achtzig, über neunzig. Tropper hatte sich angeschnallt (komisch, wie sich manche Gewohnheiten festsetzen), aber Cindy wurde im Wagen hin und her geschleudert, konnte sich mit den gefesselten Händen nicht festhalten. Wenn es zu einem Zusammenstoß kam, hatte er den Airbag und den Sitzgurt; sie würde durch die Windschutzscheibe katapultiert werden, sich das Gesicht zerschneiden und konnte sich nicht mal mit den Hände schützen. Das Auto schoß wie eine Rakete durch den Wald, schrammte an Büschen entlang, kam ins Schleudern, wenn die Reifen auf Felsbrocken, Steine und große Baumwurzeln prallten. Am liebsten hätte sie die Augen geschlossen, aber sie konnte nicht.

»Wir werden beide draufgehen!« schrie sie. »Geben Sie auf!«

Eine Sekunde später schrie sie wieder, als der Vorderreifen gegen einen gefällten Stamm krachte und hochschnellte. Das Auto landete mit einem dumpfen Krachen auf dem Boden und raste weiter.

»O Gott«, kreischte sie. »O Gott, o Gott …«

»Halt die Klappe!«

»Halten Sie die Klappe!«

»Sei endlich still!« Tropper riß das Steuer nach rechts, dann nach links und hatte gleich darauf wieder die Bergstraße erreicht – schmal und zweispurig, aber zumindest asphaltiert. Inzwischen wurden sie von einer ganzen Streifenwagenkarawane verfolgt. Auch die Hubschrauber waren noch da.

Wieder glitt Cindys Blick zum Tacho. Tropper fuhr fast hundert, nahm die Kurven wie ein Rennwagen. Die Streifenwagen waren noch weiter zurückgefallen, mußten langsamer fahren, auch wenn

Tropper das Tempo noch erhöhte. Aber die Hubschrauber behielten sie im Suchscheinwerfer.

Bei jeder Kurve hob sich Cindys Magen. Galle stieg ihr in die Kehle. Schweiß lief ihr von der Stirn. Wenn sie vorher Angst gehabt hatte – vor Tropper und dem Vorschlaghammer – hatte jetzt schieres Entsetzen sie gepackt. Falls er so weiterfuhr, würde sie auf jeden Fall sterben, und es würde ein schmerzhafter Tod sein.

Ihr Magen krampfte sich zusammen, und sie übergab sich.

Tropper verzog angewidert die Nase. Wütend trat er das Gaspedal durch, bis es flach auf dem Boden war.

Eine Haarnadelkurve.

Er riß das Steuer ein Sekunde zu spät herum.

Cindy schrie, als das Auto durch die Leitplanke brach.

Wurde an einer Million schmerzhaft stechender Nadeln vorbei nach vorne geschleudert.

Flog durch den sternenübersäten Himmel.

Wenn sie nicht solche Schmerzen gehabt hätte, wäre es wunderschön gewesen.

Das letzte, was sie hörte, war eine ohrenbetäubende Explosion.

Das letzte, was sie sah, war das Aufblitzen von hellem, blendenden Licht.

Das letzte, was sie spürte, war die Wärme einer plötzlichen Hitzewelle.

Und dann war alles fort!

Dunkelheit ... Kälte ... Stille.

38

Mom hatte schon wieder einen Wutanfall. Diesmal war der Sündenbock Dr. Heinz, der Arzt aus der Notaufnahme, der Cindy behandelt hatte, als sie eingeliefert worden war. Allerdings hatte Cindy keine Erinnerung an den Arzt oder an irgendwas aus jener Nacht, obwohl man ihr gesagt hatte, sie hätte geredet, als die Sanitäter sie in die Notaufnahme schoben.

»Wenn noch jemand sagt, sie hat Glück gehabt, erwürg ich ihn!« Mom war dem Zusammenbruch nahe. »Glück hat man, wenn man in der Lotterie gewinnt! Wenn man in Vegas das große Geld macht! Verfolgt, entführt, zusammengeschlagen zu werden und Gott weiß wie viele Meter einen Abhang hinunterzustürzen, hat nichts mit Glück zu tun! Ich wage zu behaupten, daß in keiner Kultur der Welt Glück auf diese Weise definiert wird, einschließlich der Stämme, die sich im Namen der Schönheit selbst verstümmeln!«

Der Blick des Arztes wanderte von Mom zu Alan, der die Rolle des leidenden Ehemanns übernommen hatte, und zurück zu Mom. Dr. Heinz reagierte mit geduldigem Lächeln auf den Ausbruch. Cindy verstand die Frustration ihrer Mutter – stimmte ihr sogar zu –, aber sie konnte sich besser beherrschen. Moms Gebrüll war nicht nur peinlich, Cindy bekam auch Kopfschmerzen davon. Sie hörte es durch die Verbände um ihren Kopf und ihre Ohren. Momentan war der größte Teil ihres Oberkörpers in Verbände gehüllt, die den Brustkorb einschnürten und das Atmen erschwerten. Hinzu kamen noch die gebrochenen Rippen.

Sie schloß die Augen. Wenn sie sich nicht bewegte, sah sie aus, als schliefe sie. Und wenn sie schlief, nervte niemand sie, und der Schmerz war nicht so deutlich zu spüren. Aber Schlafen war schwer, wenn Mom brüllte. Also ruhte Cindy sich aus, beobachtete die Konfrontation zwischen Mutter und Arzt durch halb geschlossene Augenlider.

Mom fiel es schwer, sie anzusehen. Cindy fiel es genauso schwer, ihre Mutter anzusehen, deren Augen stets voller Tränen standen und die immer kurz vor dem Zusammenbruch war. Wie gern hätte Cindy ihr gesagt, sie solle sich zusammenreißen, aber Cindy würde den Mund halten, egal, wie sehr ihr zerschundener Körper schmerzte. Mütter hatten das Recht, bemitleidenswert und verängstigt auszusehen, wenn ihre einzige Tochter (und in diesem Fall das einzige Kind) sechzig Meter tief über eine Felswand abstürzte. Der Sturz wäre noch tiefer gewesen, wenn Cindy nicht das »Glück« gehabt hätte, in einem Baum zu landen. Blätter waren weicher als harte Erde, und die Äste hatten sie davor bewahrt, weitere dreißig Meter zu fallen.

»Sie müssen entschuldigen«, sagte der Doktor. »Wir Ärzte neigen dazu, die Dinge vom medizinischen Standpunkt aus zu betrachten. Ich habe von Glück gesprochen, weil gebrochene Rippen rasch heilen. Die Schlüsselbeine sind nur angebrochen. Und die Fraktur im Arm ist ein glatter Bruch. Alle anderen Knochen sind wie durch ein Wunder heil geblieben.«

Mom sah ihn mit stahlhartem Blick an. »Dr. Heinz!« Sie sprach sehr deutlich. »Meine Tochter ist kein anatomisches Anschauungsmaterial! Sie ist ein Mensch! Sehen Sie sie doch … nur an!«

»Ich verstehe, Ma'm …«

»Nein, Sie verstehen nicht!« protestierte Mom. »Sie verstehen überhaupt nichts!« Schluchzen. »Ich bin dankbar, daß sie hier ist … aber mit Glück hat das nichts zu tun!«

Typisch Dad, in diesem Augenblick hereinzukommen. Moms Blick wurde eisig, sie wischte sich rasch über die Augen, riß sich so weit zusammen, daß sie einen dramatischen Abgang hinbekam. Sie erhob sich von ihrem Wachposten an Cindys Bett, marschierte zur Tür, murmelte, sie sei unten in der Cafeteria, *falls* jemand sie brauchte.

Alan folgte ihr. Bevor er ging, sagte er: »Sie ist ein bißchen überreizt.«

»Das ist vollkommen verständlich«, erwiderte Dr. Heinz.

Nachdem er gegangen war, fragte Decker: »Störe ich bei was Medizinischem?«

»Ich hab mir nur das Krankenblatt angesehen«, antwortete Dr. Heinz. »Die letzten Untersuchungen. Sieht alles gut aus, Lieutenant. Ihre Lebenszeichen sind nach wie vor sehr stark.«

Cindy hob den Arm ein paar Zentimeter vom Bett und ließ den Zeigefinger kreisen.

Der Arzt unterdrückte ein Kichern. »Ich hab Ihre Ansicht registriert, Officer Decker.« Er lächelte. »Machen Sie so weiter. Das ist ein gutes Zeichen, deutet auf Genesung. Es kann nur besser werden.«

Mit geschlossenen Augen formte Cindy das Wort »Danke.« Und war verwundert, daß sie es sogar aussprechen konnte.

»Gern geschehen! Ich sehe später noch mal nach Ihnen.«

Decker zwang sich zu einem Lächeln, stand auf und schüttelte dem Arzt die Hand. »Vielen Dank für alles.«

»Das ist doch selbstverständlich.« Heinz steckte das Krankenblatt in den Halter an der Tür und ging. Plötzlich war Decker allein mit seiner Tochter. Panik erfüllte ihn. Zum ersten Mal war sie bei seinem Eintreffen wach ... nicht nur wach, sondern auch klar genug, um eine ironische Geste zu machen ... und Decker wußte nicht, was er sagen sollte. Wie er seine Exfrau um ihre Wut und die Fähigkeit beneidete, sie auszudrücken. Er blickte sich im Krankenzimmer um, suchte nach einem Hinweis, wie er sich verhalten sollte. Aber er sah nur roboterhafte, piepsende Maschinen und Dutzende von Blumengebinden und Luftballons, an denen Teddybären und andere Stofftiere hingen.

Cindy folgte seinem Blick. »Gib sie Hannah.«

Decker drehte sich um. »Was sagst du, Liebling?«

Cindy seufzte. Ihr Kopf war klar, aber es haperte noch mit dem Sprechen. »Die Teddybären ... Ted-dy-bären.«

Decker kniff verwirrt die Augen zusammen.

Cindy zeigte darauf.

»Du willst an den Blumen riechen?« fragte Decker.

Cindy schüttelte den Kopf, schloß die Augen, sagte nichts mehr.

Decker war frustriert. Nicht mal seine eigene Tochter konnte er verstehen! Am liebsten hätte er geschrien. Etwas zertrümmert. Einen Hammer genommen und alles kurz und klein geschlagen. Statt dessen saß er da wie ein lebloser Klotz, überlegte fieberhaft, was er tun sollte.

Cindy griff nach seiner Hand.

Gott sei Dank! dachte Decker. Das konnte er. Er nahm die Hand, streichelte sie, küßte sie. Dutzende von Kratzern zogen sich kreuz und quer über den Handrücken. Auch ihr Gesicht war von Schrammen und Schnitten bedeckt. Einige heilten bereits, andere waren immer noch rot und offen. Insgesamt sah Cindy furchtbar aus, war aber noch gut davongekommen, wenn man bedachte, was sie durchgemacht hatte.

Neben den kleinen Kratzern hatte sie mehrere tiefe Schnitte und Wunden davongetragen. Ein Z-förmiger Schnitt auf der Hand war genäht worden und immer noch rosa und geschwollen, näßte aber endlich nicht mehr.

Trotz Jans Protest hatte Cindy wirklich Glück gehabt. Ihr Flug durch die Windschutzscheibe hatte verhindert, daß sie im Auto war, als es explodierte. Und sie hatte das Glück gehabt, in einer großen, belaubten Platane zu landen, die ihren Fall abgefangen hatte und sie in ihren Ästen festhielt. Es war nicht leicht gewesen, Cindy zu finden, und noch schwieriger, sie von dem Baum herunterzuholen. Hunderte mikroskopisch kleiner Glassplitter hatten sie zerstochen, lange, tödliche Scherben hatten ihr Schnitte zugefügt, und sie hatte stark geblutet. Sie stand kurz vor dem Schock. Aber durch die Gnade Gottes war sie am Leben und bei Bewußtsein. Nicht nur das, selbst auf der Fahrt zum Krankenhaus, als sie zitterte und bebte, stöhnte und jammerte und vor Schmerzen schrie, konnte sie alle Finger und alle Zehen bewegen. Schon nach drei Tagen war sie von der Intensivstation in ein normales Krankenzimmer verlegt worden.

Die wunderbare Heilkraft der Jugend!

Wieder versuchte Decker, leichte Konversation zu machen. »Wunderschöne Blumen, Prinzessin. Und so viele. Du mußt eine Menge Fans haben.«

Und noch viel mehr Feinde, dachte Cindy. Trotzdem drückte sie sanft die Hand ihres Vaters.

»Die gelben Rosen gefallen mir besonders gut.«

Cindy gelang ein Nicken. Die Rosen waren von Scott. Ein paar Kollegen aus Hollywood waren aus Pflichtgefühl gekommen, aber Oliver aus echter Besorgnis. Cindy war dankbar für die Aufmerksamkeit, das Mitgefühl und die freundlichen, ermutigenden Worte. Und sie wußte, daß er entscheidend zu ihrer Rettung beigetragen hatte. Aber als er das Zimmer verließ, war es, als hätte es ihn nie gegeben. Sie dachte nur selten an ihn, wußte, daß da bisher keine tieferen Gefühle waren – wenn es sie je geben würde. (Spürte er das auch?) Wie auch immer die Beziehung aussah, die Romanze des Jahrhunderts war sie auf jeden Fall nicht. Ein bißchen traurig, wenn sie es recht bedachte.

Traurig, aber nicht tragisch.

Tragisch war der gezielte Ruin und Tod von Armand Crayton, geplant von Bartholomew und ausgeführt von Tropper, nur weil Crayton sich mit Dexters Frau eingelassen hatte. Tragisch war das Unrecht, das Tropper ihr angetan hatte. Das Ende einer kurzen, wenn auch genüßlichen, Bettgeschichte mit einem gutaussehenden Mann, dessen Selbstwertgefühl davon abhing, mit wie vielen jungen Frauen er ins Bett stieg, konnte man nicht als tragisch bezeichnen.

Cindy schloß die Augen. Sie wußte, daß sie Oliver Unrecht tat, aber im Moment war sie zu erledigt, um fair zu sein. Cindy erkannte, das Wut kein förderliches Gefühl ist. Wenn die Wut lange anhielt, wurde sie zu roher, nackter Böswilligkeit. Aber im Moment war das wesentlich besser, als in Depression zu verfallen.

Eine Schwester kam herein, lächelte, als sie sah, daß Decker die Hand seiner Tochter hielt. »Ach, wie süß!« säuselte sie. »Hat das Mädchen ein Glück!«

Wie gut, daß Cindy nicht sprechen konnte. Sie traute ihrem Mund nicht, bei den Gedanken, die sie hegte.

Die Schwester, deren Namensschild sie als M. Villa auswies, sagte, es sei Zeit für die Schmerzmittel.

Decker küßte die Hand seiner Tochter. »Das wird dir sicher guttun, Liebling!«

Selbst Dad klang bescheuert. Aber sie drückte seine Hand, um ihm zu zeigen, daß sie ihn liebte.

Die Schwester spritzte etwas in Cindys Tropf. Bald darauf fühlte sich Cindy warm und benommen. Augenblicke später kam Rina ins Zimmer, einen Stapel Zeitschriften im Arm. Ohne viel Getue legte sie sie auf Cindys Nachttisch. »Ich hab dir Gartenzeitschriften gebracht, weil da Bilder drin sind. Ich dachte, du hast vielleicht keine Lust auf Fernsehen und bist zu kaputt zum Lesen.« Sie sah Cindy ins Gesicht. »Sieh dir das an. Die Schrammen verschorfen ja schon.«

»Sieht es schlimm aus?« murmelte Cindy.

»Was?« fragte Decker.

»Sie hat gefragt, ob es schlimm aussieht«, übersetzte Rina. »Na ja, die Kratzer im Gesicht scheinen nicht sehr tief zu sein. Ich würde sagen, in ein paar Wochen sind sie verheilt. Was dann noch übrig ist, kannst du mit Make-up überdecken.«

Cindy nickte.

»Das wird wieder. Schau einfach nicht in den Spiegel«, fuhr Rina fort. »Das ist wie das Wiegen nach einer Schwangerschaft. Hannah hat dir Bilder gemalt. Soll ich sie aufhängen?«

Cindy nickte. »Gib ihr die Teddybären.«

»Welche Teddybären?« Rina sah sich um. »Ach, die. Später. Behalt du sie erst mal. Wenn Hannah dich besucht, kann sie damit spielen. Wo ist deine Mutter?«

»Jan ist in der Cafeteria«, sagte Decker. »Warum?«

»Nichts für ungut, aber ich bin wahrscheinlich die letzte, die sie sehen will. Mir geht es vor allem darum, daß Cindy Ruhe hat.« Wieder sah sie Cindy an. »Ich kann es kaum fassen, wie schnell du heilst. Das scheint ja fast stündlich zu gehen. Die Jungs wollten dich heute abend besuchen. Ich hab ihnen gesagt, sie sollen noch ein paar Tage warten.«

Wieder nickte Cindy. Das Schmerzmittel machte sie duselig und sehr glücklich – die Freuden von Demerol.

»Hannah ist allerdings was anderes. Kinder sind nicht zimperlich.« Rina wandte sich an Decker. »Erinnerst du dich, als meine Mutter vor drei Jahren Gürtelrose hatte? Die ganze linke Seite ihres Gesichts war geschwollen und rot. Hannah ging einfach zu ihr, küßte sie auf die gesunde Seite und sagte: ›Lies mir was vor, Oma.‹ Sie war noch nicht mal höflich, wollte nur, daß sie ihr vorlas. Hat sich überhaupt nicht um die Gefühle oder das Gesicht meiner Mutter gekümmert.« Rina lachte. »Wenn du sie sehen willst, bringe ich sie für ein paar Minuten mit. Länger nicht, weil dich das zu sehr ermüdet.«

»Bring sie mit«, sagte Cindy.

»Okay.« Rina stand auf. »Ich geh jetzt wieder.« Sie küßte Cindy auf die Stirn. »Bis später. Schlaf gut.«

Cindy nickte. »Ich bin müde.«

Decker erhob sich. »Ich bring dich zum Fahrstuhl.« Er wartete, bis sie einige Meter vom Zimmer entfernt waren. Dann flüsterte er seiner Frau zu: »Wie um alles in der Welt kannst du sie verstehen?«

»Wegen der Kinder«, erwiderte Rina sachlich. »Nicht die Kleinen. Die sind leicht zu verstehen. Sie brüllen und schreien, was ihnen gerade einfällt. Aber die Teenager! Entweder murmeln sie vor sich hin, oder ich werde tatsächlich taub, weil ich kein Wort von dem verstehe, was sie sagen.« Sie lächelte. »Ich hab das ehrlich gemeint. Es ist ein Wunder, wie gut sie aussieht. Ihre Lippe ist verheilt, und ihre Nase wird besser aussehen als je zuvor.«

»Sie wollte sich immer die Nase operieren lassen.«

»Tja, das ist ja jetzt passiert. Ich hoffe nur, der Arzt hat sie nicht zu klein gemacht. Cindy hatte eine Patriziernase ... sehr stattlich im Vergleich zu all diesen kalifornischen Knopfnasen. Das hatte was ... Klassisches.«

Decker seufzte. »Ich weiß nicht, wie du das machst.«

»Was?«

»So ... so zuversichtlich zu sein, ohne unecht zu klingen. Du bist so selbstsicher. Wenn du Cindy sagst, daß alles gut werden wird, glaubt sie dir das. Und wenn ich bei ihr bin, komme ich mir wie der letzte Esel vor. Ich weiß nicht, was ich sagen oder tun soll! Ich bin ihr Vater, Himmel noch mal!«

»Genau daran liegt es, Peter. Du bist der Vater, ich bin nur die Stiefmutter. Ich liebe Cindy sehr, aber weil ich sie nicht von klein an kenne, kann ich objektiv bleiben. Wenn es um Hannah ginge, *chaßwecholile*, wäre ich völlig außer mir.«

Der Fahrstuhl kam. Rina sah ihren Mann an und streckte die Arme nach ihm aus. Statt sie nur kurz zu umarmen, drückte Decker sie fest an sich. Seine Finger fuhren unter ihre Kappe und in ihr Haar. Sie hörte ihn tiefe, kurze Atemzüge machen, spürte, wie sich sein Brustkorb hob. Eine Weile blieben sie so stehen, ließen die Fahrstühle kommen und gehen. Als sie schließlich aufsah, waren seine Augen feucht und rot, aber die Wangen trocken.

Erstickt brachte er hervor: »Schätze, es war noch nicht an der Zeit.«

»Nein«, erwiderte Rina. »Gott hat zu viele Pläne mit ihr. Das weiß ich. Ich weiß nur nicht ... welche. Aber ist das nicht das Leben, Peter? Was auch immer geschieht, das Leben bleibt ein Geheimnis!«

39

Cindy hatte nicht kommen wollen und sie wollte nicht hier sein. Aber Marx hatte erklärt, drei Monate Pause wären genug. Und wo Cindy jetzt keine Anfängerin mehr war, müsse sie den Teufel bei den Hörnern packen, sich wieder aufs Pferd schwingen, bla, bla, bla. Da Marx ihre Rolle als Mentorin zu genießen schien, wollte Cindy nicht widersprechen. Sie wußte, daß sie Hayley was schuldig war, also fügte sie sich diesem schrecklichen Ritual. Und jetzt war sie hier, bei Bellini's, versuchte, das eisige Schweigen und die feindseligen Blicke der Kollegen zu ignorieren, als sie mit Hayley auf der Suche nach einem freien Tisch am Tresen vorbeiging.

Auf dem Revier war es schlimm genug – das Zischeln, Kichern und Grinsen. Aber da konnte Cindy sich abwenden, nicht darauf achten und ihre Arbeit machen, und die machte sie gut. Graham hatte sich anständig verhalten, von Anfang an ... wenn auch nicht übermäßig feinfühlig. Sie hatte ja nicht erwartet, daß er ihr Therapeut sein würde, aber ein gewissen Verständnis wäre doch nett gewesen.

Den Tag konnte sie überstehen, konnte sich hinter den täglichen Anforderungen verschanzen. Aber bei Bellini's gab es kein Abwehrschild, keine schützende Barriere, keine Stacheldrahtzäune. Sie konnte sich nicht hinter Büroarbeit oder Telefonanrufen oder Trimmgeräten verschanzen. Hier war alles offen. Sie wollte nur auf ihr Bierglas schauen, war aber immer noch so verängstigt, daß sie ständig über die Schulter sah oder im Spiegel verfolgte, wer kam und wer ging.

Hätte sie einen anderen Beruf gehabt, wäre sie längst abgehauen und hätte die Abwicklung ihren Anwälten überlassen. Aber aus Hochachtung vor ihrem Vater, vor Marge Dunn und Scott Oliver, vor Hayley und Graham und all den anderen, die sich *bemüht* hatten, biß sie sich durch, Tag für Tag, fragte sich, wie lange sie das aushalten würde.

Hayley war mitten in einer Geschichte. »Der Kerl wedelt mit was rum, und wir wissen nicht, was es ist, aber es kann keine Waffe sein oder irgendwas Hartes, weil es so schlaff runterbaumelt. Ray und Raul waren mit uns da ... Raul nähert sich dem Kerl – Decker, hörst du zu?«

Cindy nahm einen Schluck Bier. »Raul nähert sich ...«

»Das interessiert dich doch gar nicht.«

»Natürlich interessiert es mich. Mit was hat er rumgewedelt?«

Hayley lachte leise. »Warte, warte, das kommt erst noch.«

Cindy sah in den Wandspiegel. Sie wurde angestarrt, aber keiner kam an ihren Tisch. Das war gut. »Erzähl weiter.«

»Okay, okay.« Wieder kicherte Hayley. »Raul nähert sich ihm also mit gezogener Waffe, sagt dem Verdächtigen, er soll das Ding fallen lassen, mit dem er da wedelt. Worauf der Kerl, der ein Arschloch ist wie alle Verbrecher, ihm das Ding an den Kopf wirft, mitten ins Gesicht.«

»Gott, wie gruselig.«

Hayley konnte sich nicht mehr halten vor Lachen. »Stellt sich raus, daß es sein Kondom ist ...«

»O Gott.«

»Ein gebrauchtes Kondom!«

»Wie widerlich!«

»Der Idiot konnte von Glück sagen, daß Raul ihn nicht auf der Stelle erschossen hat!«

»Was nur zu verständlich gewesen wäre«, sagte Cindy.

»Absolut. Decker, was guckst du so? Hör auf, dauernd rumzurutschen. Niemand kümmert sich um dich.«

»Du schon.« Cindy lächelte trübe. »Du bist so ziemlich die einzige.«

»Ach, erspar mir dein verdammtes Selbstmitleid!«

Cindy hob ihr Glas. »Danke, daß du mich auf den Boden zurückgeholt hast, wie immer.«

»Graham kommt her.« Hayley sah auf, lächelte. »Wie läuft's?«

»Nicht schlecht, Marx.« Graham zog sich einen Stuhl ran und setzte sich.

»Kann ich dir ein Bier spendieren?« fragte Cindy.

»Nee, ich muß gehen. Das Footballspiel.«

»Das darfst du natürlich nicht verpassen«, sagte Cindy.

»Rick kommt vorbei«, verkündete Beaudry.

»Grüß ihn von mir«, meinte Cindy.

»Lieber nicht.«

Cindy zögerte, fragte: »Wann ist er denn gegen Kaution freigekommen?«

»Vor etwa einem Monat.«

Cindy runzelte die Stirn. »Schon so lange?«

»Ja.«

»Wie geht es ihm, oder ist die Frage unpassend?«

»Für einen ehemaligen Cop, der wegen Überfall und tätlichem Angriff angeklagt wird und mitten in einer häßlichen Scheidung steckt, würde ich sagen, ziemlich dreckig.« Beaudry schüttelte den Kopf. »Mir tut er nicht leid. Er hat selbst Schuld. Aber was soll ich sagen? Der Mann ist am Ende! Da kann ich ihm doch wenigstens die Möglichkeit geben, sich in Ruhe das Spiel anzuschauen.«

»Weiß er, daß wir immer noch Partner sind?« fragte Cindy.

»Ja. Manchmal fragt er nach dir. Aber ich sag nichts. Das geht ihn nichts an. Ich wußte schon, warum ich mich von ihm getrennt habe. Und ich weiß, warum ich mit dir zusammenbleibe. Diesmal bin ich auf der Gewinnerseite.«

Cindy lachte überrascht auf. »Glaubst du?«

»Ich weiß es. Klar, im Moment sitzt du in der Scheiße. Aber laß mal ein Jahr vergehen, bis Gras über die Sache gewachsen ist und irgendein anderer Skandal Schlagzeilen macht. Eh du dich versiehst, wirst du die goldene Dienstmarke haben, und dann wirst du an dieses Gespräch denken und deinen alten Kumpel Graham Beaudry nicht vergessen.«

»Nein, meinen alten Kumpel Graham vergeß ich bestimmt nicht.«

Beaudry stand auf. »Bis morgen dann?«

»Wie immer.«

Beaudry ging.

Die beiden Frauen schwiegen. Dann fragte Marx: »Vertraust du ihm?«

»Ja. Das mag ein Fehler sein, aber irgend jemandem muß man vertrauen.«

»Stimmt. Ich glaube, wenn er dich übers Ohr hauen wollte, hätte er das längst getan.«

Cindy sah über die Schulter. »Der Junge hat Stehvermögen – mit mir zusammenzubleiben ...«

»Warum sollte er nicht?« meinte Hayley. »Du nimmst ihm sowohl auf der Straße als auch sonst fast die ganze Arbeit ab.«

»Er muß meinetwegen ganz schön was aushalten.«

»Glaub ich nicht«, erwiderte Hayley. »Graham ist eine Ente. Von dem perlt alles ab. Sieh ihn dir doch an. Er ist immer noch mit Rick befreundet ... hörst du zu?«

»Jemand ist gerade zur Tür hereingekommen. Sieht aus, als wolle sie zu uns«, antwortete Cindy. »Mittelgroß, kurze dunkle Haare, dürr wie eine Bohnenstange ... ziemlich hübsch ... ich kenn sie nicht.«

Hayley drehte sich um, hob die Augenbrauen. »Petra Conner. Mordkommission.«

»Der Cart-Ramsey-Fall?«

»Genau. Von wegen was aushalten. Mann, hat die lange unter Feuer gestanden.«

»Und was zum Teufel will sie von mir?«

Hayley schüttelte den Kopf, aber um ihr Lippen spielte ein Lächeln.

»Was ist?« flüsterte Cindy.

»Pst.«

Petra setzte sich ungefragt auf Grahams Stuhl. Von weitem sah sie viel jünger aus, aber von nahem erkannte Cindy die Runzeln und Falten. Zuerst dachte Cindy, Petra Conner sei ganz in Schwarz gekleidet. Doch bei genauerem Hinsehen entpuppte sich die Farbe ihrer Bluse als sehr dunkles Marineblau. Petra machte die Kellnerin auf sich aufmerksam, hob den schlanken Zeigefinger und nickte. Dann wandte sie sich an Hayley. »Hast du es ihr gesagt?«

»Nein, ich ...«

Petra winkte ab. »Ich bin Petra Conner.«

»Das hat Hayley mir gerade gesagt.« Cindy streckte ihr die Hand hin. »Hübsche Bluse. Was ist das? Eine Art Jaquard-Druck?«

»Ja, so was Ähnliches.«

»Hübsch«, wiederholte Cindy.

»Danke.«

Jasmine, die Kellnerin, brachte ein Glas Weißwein. »Wollt ihr auch noch was?« fragte Petra.

»Danke, für mich nicht«, sagte Cindy. »Als ich letztes Mal zuviel getrunken habe, hat mich das in Schwierigkeiten gebracht.«

»Geht uns das nicht allen so?« meinte Petra.

Cindy lachte. »Mag schon sein.« Unbehagliches Schweigen machte sich breit. Unbehaglich für Cindy, aber vielleicht nicht für Conner. Cindy fand, daß Petra gleichzeitig zerbrechlich und robust wirkte. Die Frau hatte was Ausgeglichenes – eine der glücklichen.

»Ich gehör zur Seite der Guten«, sagte Petra.

Cindy nickte kaum merklich. Sie traute niemandem, vor allem keinem, der von sich behauptete, auf der Seite der Guten zu stehen.

Petra beugte sich vor. »Tropper hat nie was getaugt. Er war von Anfang an ein Drecksack. Keiner vermißt ihn, außer vielleicht seine Kinder. Aber Bederman war seit über zehn Jahren dabei. Er hat sich viele Freunde gemacht, hat vielen einen Gefallen getan. Du weißt ja, Cops und ihre Loyalität: der Code des Schweigens und all das. So läuft das immer noch. Das ist dir bestimmt nicht neu. Aber es ist immer gut, die Dinge offenzulegen. Das sollte dir bewußt sein.«

»Daß ich mir Feinde gemacht hab.«

»Eine ganze Menge«, sagte Petra gleichgültig. »Aber noch eines solltest du wissen: da sind zwar eine Menge verrückter Kerle, die dich weg haben wollen, doch es gibt ein paar ausgewählte, wichtige Menschen, die dich im Auge behalten, Officer. Wenn du durchdrehst, bist du draußen. Wenn du durchhältst, bringst du es zu was.«

Cindy starrte sie an, sah dann in ihr Bier. »Okay. Danke.«

Petra wartete kurz, setzte hinzu: »Leicht ist es nicht. Kerle können mies sein, Cops können mies sein. Beides zusammen – Cops und Kerle – ergibt die miesesten Typen. Aber so ist es nun mal.«

Cindy nickte.

»Wir sind zu unbegrenzten Schuldgefühlen fähig, Decker«, sagte Petra. »Ich werfe mir immer noch vor, daß mein Mann mich verlassen hat, suche Entschuldigungen für sein beschissenes Benehmen. Aber in Wirklichkeit hat er alles vermasselt. Und genauso ist es bei dir. *Rick Bederman* hat Scheiße gebaut. *Du* nicht. Das mußt du dir klarmachen, okay?«

»Okay«, erwiderte Cindy.

»Das sag ich ihr die ganze Zeit«, bemerkte Hayley.

»Ja, aber es bedeutet mehr, wenn es von mir kommt.« Petra lachte. »Gut, das war das! Jetzt zu dem eigentlichen Grund, warum ich hier bin: unsere Bowlingliga ...«

»Was?« fragte Cindy lachend.

»Die Bowlingliga der weiblichen Polizeibeamten. Hollywood ist letztes Jahr dritter geworden. Der Captain hat mich angeheuert und verlangt, daß wir dieses Jahr besser abschneiden.« Petra verzog keine Miene. »Bowling ist ein taktischer Sport, ganz zu schweigen von der Hand-Augen-Koordination. Bowling ist gut für die grobmotorischen Fähigkeiten, so wie Malen gut für die Feinmotorik ist. Hayley sollte dir das alles erzählen, aber sie wollte dich nicht *bedrängen*, weil du immer noch so *zerbrechlich* bist.«

»Wie lieb«, meine Cindy.

»Wie bescheuert!« verkündete Petra. »Du hast kräftige Arme, Decker. Und ich habe dich auf dem Schießstand gesehen. Ich weiß, daß du gut schießt. Gehst du zum Bowling?«

»Nur zum Spaß«, erwiderte Cindy. »Ich war noch nie in einer Liga.«

»Tja, jetzt bist du in einer!« stellte Petra fest. »Training ist donnerstags und samstags in Mar Vista. Um sieben.« Sie stand auf. »Bis dann.«

»Ich hab mir vor drei Monaten den Arm gebrochen«, gab Cindy zu bedenken.

»Den linken«, sagte Petra. »Du bist Rechtshänderin.« Sie wandte sich an Hayley. »Sorg dafür, daß sie kommt.«

»Plötzlich bin ich für sie verantwortlich?« fragte Hayley.

»Ja«, erwiderte Petra. »Genau das.«

Petra ging genauso unvermittelt, wie sie gekommen war. Cindy fand, daß es ein guter Zeitpunkt war, ebenfalls zu gehen. Sie erhob sich. »Ich bin müde, Hayley. Brauch meinen Schönheitsschlaf.«

»Ich begleite dich nach draußen.«

»Das schaff ich schon alleine.« Aber es klang nicht überzeugend.

Hayley half ihr, das Gesicht zu wahren. »Ich bin auch müde. Gehen wir.«

Wieder mußten sie die bösen Blicke und Bemerkungen über sich ergehen lassen. Cindy ging hocherhobenen Hauptes am Tresen vorbei. Nie war ihr Kopf so schwer gewesen. Sobald sie auf dem Parkplatz waren, schloß sie den Saturn auf, stieg ein und ließ den Motor an. »Er läuft. Fahr nach Hause!«

Hayley schlug die Fahrertür zu, aber Cindy fuhr nicht gleich los. Sie wartete, bis auch Hayley ihr Auto erreicht hatte, hörte den Motor anspringen, sah die Scheinwerfer aufblinken. Als sie sich vergewissert hatte, daß mit Marx' Auto alles in Ordnung war, bog sie vom Parkplatz.

Machte sich direkt auf den Heimweg. Nach zwanzig Minuten hatte sie die Kreuzung Robertson und Venice erreicht. Bis nach Hause waren es noch fünf Minuten. Sie hätte auf die National abbiegen müssen. Wenn sie weiter nach Westen fuhr, landete sie irgendwann am Meer. Sie hielt an, als sie das grellbunte Schild von Mar Vista Bowling erreichte, fuhr auf den Parkplatz, stellte den Motor ab. Ach, zum Teufel! Schlimmstenfalls konnte sie so auf konstruktive Weise Wut und Frustration abbauen.

Einen Moment lang blieb sie still sitzen. Ihr war nach Weinen zumute, aber es kam nichts. Sie konnte nicht weinen. Cindy hatte so lange keine echten Gefühle mehr gezeigt, daß sie es verlernt hatte.

Sie hatte sich immer gefragt, wie ihr Vater das aushielt.

Jetzt wußte sie es.

»*Realistisch bis zur Schmerzgrenze*«

Publishers Weekly

Faye Kellerman
Der Schlange List
Roman
Aus dem Amerikanischen
von Chris Hirte
400 Seiten · geb. m. SU.
DM 39,80 · öS 291,– · sFr 37,–
Ab 01.01.2002: € 19,90
ISBN 3-8218-0579-x

Der Schlange List beginnt mit einem verheerenden Mord-
anschlag auf ein Luxusrestaurant. Peter Decker gerät bei der
Suche nach dem Motiv (der Täter scheint von vornherein klar)
in einflußreiche Kreise und macht sich eine mächtige Feindin,
die alles daransetzt, seinen guten Ruf zu zerstören. Als seine
Frau Rina Parallelen zur Skrupellosigkeit und Raffinesse der
Isebel des Alten Testaments entdeckt, ist eine heiße Spur
gefunden ...

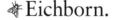 Eichborn.
Kaiserstraße 66
60329 Frankfurt
Telefon: 069 / 25 60 03-0
Fax: 069 / 25 60 03-30
www.eichborn.de
Wir schicken Ihnen gern ein Verlagsverzeichnis.

»Buch des Jahres«

People Magazine

Faye Kellerman
Der wird Euch mit Feuer taufen
Roman
Aus dem Amerikanischen
von Susanne Aeckerle
432 Seiten · geb. m. SU.
DM 39,80 · öS 291,– · sFr 37,–
Ab 01.01.2002: € 19,90
ISBN 3-8218-0828-4

Jupiter, Guru des pseudowissenschaftlichen »Orden der Ringe
Gottes«, wird tot aufgefunden. Der Empfang am Tatort, dem
Hauptquartier der Sekte, ist für Detective Peter Decker und
seine Leute ungewöhnlich feindselig. Zwei Sektenmitglieder verschwinden, und ein weiteres wird brutal ernmordet. Bereitet
einer der Getreuen einen kollektiven Selbstmord vor?
Gleichzeitig ist das Familienleben im Hause Decker stürmisch
wie noch nie. Auch in der abgeschotteten, streng jüdisch-ortho-
doxen Schule der Söhne gibt es Drogen, Pornos und Konflikte,
denen Rina Decker ratloser gegenübersteht als ihr Mann ...

 Eichborn.
Kaiserstraße 66
60329 Frankfurt
Telefon: 069 / 25 60 03-0
Fax: 069 / 25 60 03-30
www.eichborn.de
Wir schicken Ihnen gern ein Verlagsverzeichnis.